ALEXANDRE LANG

PANDÉMIE

L'EFFONDREMENT

Pour contacter directement l'auteur, rendez vous sur son blog à l'adresse suivante : http://pandemieeffondrement.wordpress.com/

Conception graphique et illustration G. Plocus

*A ma mère, mon frère, ma sœur,
partis trop tôt.*

Remerciements

A celles et ceux qui ont cru dans ce projet –ils sont nombreux !- et qui y ont contribué activement, en premier lieu à ma femme qui m'a toujours soutenu dans cette aventure, aux membres de la famille, proches, ami(e)s, anonymes sollicités sur des points spécifiques, à ma société pour son histoire et ses hommes, son soutien.

A l'Armée de l'Air Française, à l'EC-1/7 et ses escadrilles.

A la France et à l'Humanité pour ce qu'elles ont de plus grand.

Avertissements

L'histoire de 'Pandémie, L'Effondrement' est basée sur un abondant travail préalable de recherche et de réflexion. La monstruosité de certaines théories biologiques évoquées pourra notamment sembler irréaliste à certains lecteurs. *Pourtant*, les éléments constitutifs essentiels de ces théories reposent sur des faits historiques et scientifiques établis, l'imagination de l'auteur ne jouant qu'un rôle de révélateur. En d'autres termes, l'horreur décrite dans ce livre est réaliste. Pire, elle pourrait bien un jour prendre corps…

Bien que les faits évoqués reposent sur des faits établis, en tout ou partie, cet ouvrage reste une fiction et toute similitude avec des personnages, des événements, des lieux, situations ou avec l'actualité réelle ne pourrait être que fortuite et indépendante de la volonté de l'auteur.

Les propos, opinions et théories évoqués dans le cadre de cette œuvre sont ceux de l'auteur et n'engagent aucune autre personne, physique ou morale.

Enfin, ce livre est une auto-publication. Malgré tout le soin apporté à sa réalisation et les efforts –nombreux !- de relecture, il se peut que des coquilles aient finalement échappé à l'examen minutieux. La mansuétude du lecteur est donc la bienvenue…

CHAPITRE 1

Ville de Korla, République Populaire de Chine, 28 mai

Le docteur Dawn Xiao Liu-Tcheng enleva l'embout de son stéthoscope pour mieux écouter. Elle avait cru qu'on l'appelait mais elle était tellement absorbée par la tâche qu'elle n'en était pas sûre. Elle fronça les sourcils et reprit l'auscultation du patient.

La porte de son cabinet à l'Hôpital Principal de Korla s'ouvrit au même moment, confirmant qu'elle n'avait pas rêvé. Une jeune et belle femme, l'infirmière Wao, passa la tête dans son cabinet, une main sur la poignée.

- Docteur, fit celle-ci, on vous demande en salle d'attente. C'est urgent, d'après ce que disent ces gens. Et euh…

- Quoi ? demanda Dawn Xiao en soupirant.

- Ce qu'ils disent n'a pas vraiment de sens… Mais c'est à vous de voir, car c'est vous qu'ils demandent.

Liu-Tcheng soupira et passa la main sur son front pour ôter la sueur qui s'y accumulait. L'été était chaud, la température flirtait avec les quarante degrés et l'hôpital n'était pas encore équipé de climatisation. Un véritable enfer pour les malades et le corps médical. Elle rajusta le stéthoscope. Face à elle, le vieil homme édenté, brûlé par le soleil, était immobile sur sa chaise. Elle plaça l'instrument froid sur son torse décharné et le sentit frémir.

- Inspirez ! demanda-t-elle.

En tant que docteur généraliste travaillant dans un hôpital d'état, elle devait s'occuper des patients, sans discrimination, car c'était contraire aux codes et principes du Parti. Elle était consciencieuse et, par delà son attachement au communisme, profondément vouée à la cause médicale, s'occupant du paysan sans sou pour une affection qui semblait se transformer en pneumonie.

Le printemps avait été frais et il avait attrapé un mauvais rhume. Mal soigné, c'était devenu plus grave.

Classique, dans les campagnes.

- Toussez !

L'homme parcheminé obéit docilement et un méchant roulement rauque retentit. Sentant le regard de l'infirmière silencieuse dans son dos, elle finit par ajouter :

- Retournez auprès des patients et dites-leur que je serai avec eux quand l'examen sera fini. Et apportez-moi un verre d'eau. Il fait vraiment trop chaud.

L'infirmière sortit après un hochement de tête.

Restée seule, Liu-Tcheng se replongea dans l'examen clinique du patient et, après une courte série de tests complémentaires, confirma l'origine des symptômes.

- Pneumonie bactérienne, camarade, fit-elle en se redressant sur son siège. Il est temps de vous soigner. Cette maladie ne passera pas toute seule, vous savez. Vous *devez* vous soigner. Vous comprenez ?

L'homme sourit et acquiesça d'un hochement de tête. Elle lui demanda de se rhabiller et rédigea une ordonnance alors que l'infirmière revenait, verre d'eau à la main. Elle le déposa sur le bureau du docteur et s'éclipsa discrètement.

Le docteur Liu-Tcheng tendit l'ordonnance au vieil homme.

- Si vous ne savez pas lire, demandez à quelqu'un qui sait.

Il secoua nerveusement la tête.

- Vous avez besoin de médicaments pour récupérer, continua-t-elle, pas de remèdes de grand-mères. C'est compris ?

L'homme sourit, laissant apparaître une dentition épouvantable. Elle comprit qu'il l'avait écoutée sans l'entendre.

- C'est important, poursuivit-elle en forçant sur sa voix après avoir bu une gorgée d'eau. Les remèdes, ça ne marche pas. Ça se saurait depuis longtemps sinon. Ce qu'il vous faut maintenant, ce sont des *anti-bio-tiques*.

Elle le poussa doucement vers la porte du cabinet. Le vieillard marcha à petits pas en toussant et en dodelinant de la tête. Elle savait pertinemment que celui-ci n'en ferait qu'à sa tête une fois de retour chez lui. Les vieilles coutumes animistes avaient la vie dure dans l'Empire du Milieu et elle ne pouvait pas faire plus pour lui.

Il sortit et Liu-Tcheng en profita pour finir son verre. Il faisait décidément très chaud, *trop* chaud, mais elle se consola en se disant que la Chine n'était pas seule à souffrir de la chaleur. Toutes les nations de l'hémisphère nord subissaient le même sort.

Désaltérée, elle sortit du bureau et gagna la salle d'attente qui jouxtait le cabinet. Plusieurs patients levèrent aussitôt les yeux vers elle dans l'espoir de passer à leur tour. Sa réputation dépassait largement les frontières de la ville : toute la province la connaissait. A quarante quatre ans, divorcée et récemment remariée, mère d'un jeune garçon qu'elle ne voyait pas beaucoup, elle se consacrait entièrement à son métier et était devenue la meilleure praticienne généraliste de Korla. Les gens du cru, majoritairement des

Ouïghours musulmans, avaient une confiance aveugle en elle. Ce seul fait lui assurait le soutien inconditionnel des autorités communistes de la région qui appréciaient son action auprès des minorités et y voyaient un moyen d'asseoir l'emprise de l'ethnie Han, dominante en Chine, détestée localement, sur les marches occidentales du pays.

- Je serai à vous dans une minute. Juste le temps de m'occuper d'un cas imprévu.

Il y eut des murmures de déception. Elle traversa la salle d'attente et accéléra le pas dans le couloir de service. Elle détestait être interrompue lorsqu'elle donnait des soins. Après une marche rapide dans les couloirs bourdonnant d'activité, elle rejoignit la salle d'attente principale, sorte de cellule d'aiguillage pour patients non prioritaires.

Pourquoi l'infirmière Wao avait-elle parlé d'urgence ? Avec son expérience, elle devait être capable de faire un pré-diagnostic autonome et fiable...

Lorsqu'elle entra dans la grande salle, l'odeur, le bruit et l'agitation la frappèrent autant que l'odeur de transpiration, d'haleine fétide et de cuisine à l'ail qu'exhalait la cinquantaine de patients entassés là.

A l'écart, elle repéra un groupe agité, une demi-douzaine de paysans peu éduqués d'après leur tenue et leur maintien. L'infirmière Wao essayait de les canaliser.

Elle se dirigea vers eux. L'infirmière sourit en la voyant approcher, visiblement soulagée.

- Calmez-vous tous maintenant ! fit le docteur d'une voix autoritaire. Je vais m'occuper de vous, mais j'ai besoin de calme.

Les paysans se tournèrent vers elle et la regardèrent, tout-à-coup muets, les yeux gros comme des soucoupes. Sans attendre, elle enchaîna.

- J'ai besoin d'une seule personne pour m'expliquer ce qui se passe.

Bien que de taille moyenne, elle discerna une hésitation dans le petit groupe. Sa tenue impeccable, blouse blanche, jupe noire et bas blancs, son statut de docteur, éduquée, de l'ethnie dominante, devait les impressionner.

Un homme d'une cinquantaine d'années se détacha du groupe, s'approcha d'elle et enleva sa casquette en toile élimée. Le visage buriné, sillonné de rides profondes, était orné d'un bouc irrégulier. Il n'avait plus toutes ses dents. Elle dressa rapidement la carte de son profil ethnique.

Homme. Musulman. Uigur. Comme tous les autres, il n'y a pas de raison qu'il ne déteste pas les Hans comme moi. Délicat, mais ce n'est pas ton premier patient comme lui. Alors ma fille, du tact, du doigté...

Elle se prépara mentalement au registre comportemental approprié à la relation avec un homme musulman.

Respect et fermeté, pas de provocation. Surtout pas.

- On ne pensait pas que vous viendriez, docteur ! fit l'homme en baissant la tête sans la regarder. On ne sait plus à qui parler... Les policiers du village refusent de nous écouter. Ils disent qu'on est fous. Le shaman... Il pense qu'on est mous de la tête... Il l'a dit ! Sans venir nous voir ! Sans vérifier ! S'il était venu, il aurait vu, il nous aurait crus ! On sait bien qu'on n'est pas fous !

Des murmures approbateurs indiquèrent au docteur que l'homme était le porte-parole identifié et légitime du groupe. Elle n'aurait qu'à poser les questions, les autres n'interrompraient pas la conversation. Mais c'était insuffisant : le groupe était agité et il fallait absolument les canaliser pour éviter d'inquiéter l'assistance dont les visages et les discussions chuchotées reflétaient déjà la préoccupation.

- Vous autres, fit-elle à l'attention des membres du petit groupe, sortez de l'hôpital et attendez dehors. Ce ne sera pas long. Vous, monsieur, venez avec moi. Nous devons discuter. Nous serons mieux au calme.

Sans attendre, elle se dirigea vers une salle adjacente. Sans un mot, il lui emboîta le pas. Elle referma la porte et prit place dans un fauteuil déglingué derrière un bureau métallique tâché de rouille dont le plateau en formica marron avait vécu. Elle l'autorisa d'un geste à prendre place de l'autre côté, sortit un stylo à bille et un carnet de notes puis s'adressa à lui.

- Que se passe-t-il ? Où est le malade ? Quels sont les symptômes ?

L'homme fronça les sourcils et elle rectifia aussitôt. Avec son expérience rurale, elle savait que le niveau de langage devait être adapté aux patients modestes.

- Je veux dire... les signes de la maladie ?

Le visage de l'homme ruisselait de sueur mais il sourit lorsqu'il comprit enfin la question.

- Mon neveu, répondit le paysan, le fils de ma deuxième sœur. Elle cause en patois avec des mots à elle. Pas toujours facile à comprendre. C'est pour ça qu'elle m'a demandé de vous parler, vous comprenez ?

4

- Oui, répondit-elle en soupirant. Dites-moi ce qui se passe.

Elle se retint de consulter sa montre à quartz.

- Elle est venue me voir hier soir. Je ne l'avais jamais vue comme ça. Elle ne tenait plus en place. Agitée comme un diable ! Elle disait qu'elle avait des choses à me dire sur son fils, Xao-Tien, qu'il faisait des trucs bizarres... Je suis allé le voir avec elle, chez lui, au restaurant. Vous savez, il a un restaurant, le neveu ! Pas mauvais... Sauf qu'il était fermé quand on y est allé. Et le neveu, on l'a trouvé dans la baraque aux singes... Les singes qu'il prépare dans le restaurant, savez ? Enfin, c'est là qu'il avait été mis la veille. Il ne disait rien. Pas un mot ! Pourtant, il parle trop d'habitude.

Elle bailla, épuisée. Ce qu'elle entendait n'avait pas beaucoup de sens. L'infirmière l'avait prévenue. La journée promettait d'être encore longue.

- Et sa peau... elle était bizarre.

- Bizarre ? demanda-t-elle, vaguement intéressée, en prenant des notes sur le carnet. C'est-à-dire ?

- La même couleur qu'un cadavre. Avec des croûtes partout dessus, là, là et là... Vous voyez ? Je ne l'ai pas reconnu au début. Et pourtant, je le connais depuis qu'il est né, ce môme ! Vous savez, on aurait dit des croûtes de sang. Toutes dures et noires et qui sentaient mauvais, comme des œufs de poule pourris... Et puis, ses yeux... Ses yeux ! Si vous aviez vu ses yeux !

- Quoi ? Qu'est-ce qu'ils avaient, ses yeux ?

- Ils pissaient le sang ! Pareil pour les oreilles... 'voyez ce que je veux dire ?

Fièvre hémorragique ou jaunisse avec révulsion orbitale et hémorragie des muqueuses.

- Oui, je crois. Continuez.

- Il ne disait rien. Pas un mot... Mais sa bouche, elle était tout le temps ouverte. Je ne comprenais rien. Alors je me suis approché de lui. Et là, j'ai pigé ce qui se passait.

- Il vous a parlé ?

- Non, mais il est devenu méchant quand on l'a approché. Il ne reconnaissait plus personne. Même pas moi ! Ensuite, il a mordu ma sœur... Sa *propre mère* !

Aïe... Rage ? Plausible vu le contexte.

- C'est comme je vous dis, continua l'homme, à nouveau agité. On était là, ma sœur et moi. On essayait de comprendre ce qui se passait... C'est là qu'il lui a arraché la peau. Sur l'avant-bras, vous voyez ? On l'a laissée là-bas parce qu'elle avait trop mal. Ah, misère ! Je ne sais plus quoi faire, moi ! Docteur...

Elle rajusta son stéthoscope autour du cou, mal à l'aise. L'homme était visiblement très agité, tout juste maître de ses émotions.

- Et vous expliquez ça comment ? demanda-t-elle.
- La folie ! Il est devenu fou. Comme les chiens qui ont la rage. Allah est mon témoin !
- Pour le moment, hasarda-t-elle pour endiguer la panique sous-jacente qu'elle sentait naître en lui, je crois qu'on est en présence d'un cas de schizophrénie paroxystique, ou de rage, comme vous le dites, avec peut-être une combinaison de jaunisse et de fièvre. Pour les muqueuses qui saignent, cela pourrait être hémorragique ou dû à un éclatement des muqueuses suite à une commotion brutale, comme une explosion par exemple.
- Non, non ! interrompit l'homme en agitant les bras vers le plafond. Jamais entendu parler de *skizomie... paro... machin* ! C'est pas ça, et c'est pas non plus la jaunisse ! Ca, j'en suis sûr. Et mon neveu, il y connait rien aux armes, c'est pas un terroriste. Docteur, je ne suis qu'un paysan. Mon rayon, c'est la terre, les animaux et les hommes et je sais quand un truc n'est pas normal. Alors faut aller le voir. Il est toujours dans cet état... On n'a rien vu de pareil au village. Mordre sa mère... Vous vous rendez compte ?
- Oui, mais il n'y a pas lieu de s'inquiéter, vous savez... Je suis sûre que c'est une schizo...

Elle se mordit les lèvres, puis reprit.

- ... que c'est une maladie comme une autre, guérissable. Bien sûr, elle peut se traduire par de la violence chez certaines personnes mais vous savez, ça ne s'attrape pas comme ça et...
- Non, non, non ! C'est pas une maladie comme une autre. Au village, ils disent tous que c'est la faute aux mauvais esprits.
- Que voulez-vous dire ? demanda-t-elle en détectant la présence des traditions animistes derrière les mots de l'homme.
- Les esprits. Les mauvais. C'est de leur faute. Demandez à ma famille si vous ne me croyez pas.
- Je n'ai aucune raison de ne pas vous croire, fit-elle en se massant la nuque pour tenter d'en chasser la raideur grandissante.

Elle commençait à être fatiguée par le manque d'informations et de progrès sur le cas. La bouillie psycho-superstitieuse qui régnait dans le crâne de l'homme ne facilitait pas la tâche.

- Dans ma carrière, poursuivit-elle en soupirant, j'ai vu beaucoup de choses difficiles à croire. Des fous, des estropiés, des violents... parfois tout ensemble chez une même personne. D'après ce que vous dites, votre neveu est en crise de schizophrénie. C'est une MA-LA-DIE. Rien à voir avec les mauvais esprits et...

L'homme s'interrompit, sourcils froncés, songeur. Son brusque changement d'attitude stoppa net l'explication du docteur.

- Docteur, fit l'homme d'une voix à peine perceptible, la *skizomachin...* Ce truc qui rend fou et qui mange le visage, ça peut... Ça peut se transmettre à d'autres personnes ?

Elle n'en crut pas ses oreilles, stupéfaite par l'implication de la question.

- Non, bien sûr que non.

- Alors vous avez tort, parce que c'est comme ça que ça s'est passé. C'est la vérité ! Faut me croire ! Mon neveu était malade depuis la veille... Douze heures après, il avait le visage pourri ! Et sa mère... Il l'avait mordue devant moi, la veille. Quand je suis revenu la voir, elle était devenue comme lui... C'est pas un mensonge !

Le docteur sentit son cœur accélérer. C'était médicalement impossible. Une maladie ne se propageait ni aussi facilement ni aussi rapidement. Surtout pas la schizophrénie, non transmissible.

Elle sentit la tension monter en elle comme une vague de fond.

Au travers des propos à peine cohérents de ce paysan peu éduqué, elle commençait à discerner l'existence d'un vrai problème. Il se passait quelque chose et elle devait enquêter.

Elle se redressa, sortit un carnet et un stylo.

- Rappelez-moi combien de temps s'est écoulé entre la morsure de votre sœur et les sympt... Pardon, les signes que vous venez de décrire.

- Quatre heures, docteur. *Quatre heures !*

***

Korla, République Populaire de Chine, 28 mai

Le soleil approchait de l'horizon. Le vent qui soufflait dans les rues de la ville aux portes du désert chargeait l'air de sable. Il ne s'agissait pas vraiment d'une tempête, mais pour le Docteur Dawn Xiao Liu-Tcheng, originaire de Beijing, habituée jusqu'à la fin de l'université à côtoyer la mer, il n'y avait pas pire que l'omniprésence de cette substance minérale dans l'air, source de maux pulmonaires, d'irritations de la cornée et de la peau, un ennemi insipide et pernicieux.

Récemment, elle avait tenté une expérience. Un jour comme les autres, ni trop sec, ni trop venteux, ni trop chaud, elle avait mouillé un mouchoir qu'elle avait porté sur le visage pour protéger le nez et la bouche, en pédalant entre son domicile et son travail. Douze

7

minutes en tout. A l'arrivée, elle avait retiré son mouchoir. Trois tâches noires marquaient l'emplacement de la bouche et des narines. Les grains de sable, aspirés en même temps que l'air, s'étaient agglomérés sur le tissu. La même quantité dans les poumons et c'était une augmentation significative des prédispositions cancéreuses même chez un individu parfaitement sain physiquement.

Le soir même, elle avait montré le résultat de son expérience à son mari et à son fils. Depuis, Liu-Tcheng avait pris l'habitude de porter des lunettes de soleil et un masque léger en coton à l'extérieur, essayant aussi de fréquenter les endroits climatisés et exigeant la même chose de sa famille. Malheureusement, les lieux équipés d'air conditionné étaient encore rares à Korla, aux marches occidentales de la Chine. Et le sable ne faiblissait jamais.

Liu-Tcheng ouvrit la porte du taxi brinquebalant qui l'avait menée de l'hôpital au quartier sud de la ville, dans cette banlieue sinistre faite de bâtiments bas, clairs, uniformes, d'allées sableuses et de rigoles nauséabondes. L'air sec et chaud assaillit l'ensemble de ses sens lorsqu'elle posa le pied sur le sol terreux de la ruelle.

Elle rajusta son masque, paya le chauffeur et attendit d'être rejointe par le second taxi, occupé par la famille du malade. Elle repensa au cas. A priori, ce qui avait été expliqué n'avait aucun sens médical. Pourtant, c'était précisément pour cette raison qu'elle avait tenu à aller voir le patient elle-même. Hormis l'envie de comprendre, elle voyait une opportunité, rare dans la ville de Korla, de rompre la routine quotidienne et de faire fonctionner ses neurones.

Durant le trajet en taxi, Liu-Tcheng avait commencé à échafauder des hypothèses sur la base des informations fournies par la famille : apparence de cadavre, agitation agressive, parties visibles du corps couvertes de sang.

L'aspect cadavérique, c'était peut-être l'effet d'une substance neurobloquante quelconque agissant sur les nerfs responsables de la circulation, de la respiration et de l'activité musculaire, dont le cœur. La tetrodotoxin par exemple, une substance tirée d'une espèce particulière de poisson vivant dans les eaux des Caraïbes et qui avait pour effet de donner l'apparence de la mort à la personne empoisonnée.

L'agitation agressive pouvait quant à elle résulter d'une activité neurologique aberrante provoquée par une commotion cérébrale localisée.

Les saignements pouvaient être dus à une chute quelconque.

Un individu, enlevé et drogué à l'aide d'un neurobloquant et laissé pour mort dans une carrière pouvait rassembler et expliquer les symptômes décrits. Les règlements de compte n'étaient pas rares dans la région. Problèmes de troupeaux, affaire extraconjugale, déshonneur familial... Les raisons de se débarrasser de quelqu'un ne manquaient pas dans ce pays sans réelle structure juridique.

Quant à sa mère, elle avait peut-être tout simplement accompagné son fils dans ses activités et souffrait des mêmes maux. C'était une explication tirée par les cheveux mais c'était tout ce qui lui venait à l'esprit pour le moment. Elle hésitait à envisager une épidémie à ce stade et secoua la tête en souriant à cette médecine-fiction.

Restait l'histoire délirante de la morsure.

Sur les pas de la famille, elle gagna le lieu où l'individu était gardé. Autour d'elle, les membres de la famille marchaient en silence. Les graviers crissaient sous les semelles, le vent soufflait sans violence, le sable virevoltait dans la rue, accéléré dans l'air chaud par l'effet venturi de la ruelle bordée de mauvais murs. Plissant les yeux contre le vent sableux, elle tourna la tête vers le représentant de la famille.

- En dehors de votre sœur, qui d'autre a été mordu par votre neveu ?

- Personne jusqu'au départ pour l'hôpital, Docteur. On espère tous que le gosse est resté calme... Mais on ne sait pas. On n'a pas de téléphone pour appeler la famille sur place. De toute façon, on est presque arrivés. On va bientôt savoir.

Il pointa le doigt vers l'avant pour désigner un groupe d'une trentaine de personnes massées devant une entrée donnant sur une cours en terre battue de petite taille. Au centre se trouvait une bâtisse faite de briques de boue séchée, de parpaings et de morceaux de métal. Apparemment, c'était là que vivait la famille. Sur le côté gauche de la bâtisse, un restaurant avec terrasse couverte. Le patriarche jappa quelques insultes aux badauds d'une voix aigüe en patois local. La foule s'écarta et laissa passer la famille. En passant entre eux, elle entendit les murmures à son sujet, mêlant Islam et racisme. Les musulmans de l'ouest ne portaient pas dans leurs cœurs l'ethnie Han à laquelle elle appartenait. Elle décida de faire comme si elle ne les avait pas entendus et suivit le petit groupe qui contourna la maison. Derrière eux, une vieille femme ridée et voilée barra l'entrée en silence.

- C'est le restaurant de votre neveu ? demanda-t-elle au patriarche du groupe.

- Oui. C'est pas mauvais. Les gens du coin disent que c'est le meilleur restaurant de la ville. Surtout les sorbets de singes. Ils en sont dingues.

Elle eut un haut le cœur. Elle connaissait bien, sans l'avoir pratiqué auparavant, la délicatesse culinaire du sorbet de cervelle de singe. Un plat très populaire, dépassant de loin la soupe aux nids d'hirondelle, mais outrageusement cher. Il pouvait coûter ce que nombre d'ouvriers gagnaient en un mois.

La cervelle de singe était généralement offerte dans le cadre d'une surprise pour un collègue promu, un supérieur hiérarchique ou une personnalité éminente de la famille. Les invités s'installaient autour d'une table ronde, mangeaient leurs plats préférés et, au moment du dessert, un serveur apportait une boîte qu'on glissait sous la table. On enlevait le cache qui obstruait un rond d'une dizaine de centimètre de diamètre au milieu de la table d'où dépassait le sommet du crâne d'un primate. D'un coup de lame tranchante, un serveur décalottait l'animal sans le tuer et en exposait la cervelle, à la manière dont les occidentaux mangeaient les œufs à la coque. Le raffinement de ce plat venait du fait que le cerveau était consommé alors que l'animal était vivant.

- Où se trouve le malade ? demanda-t-elle pour changer de sujet.

- Juste là, docteur, derrière le mur de la maison et du restaurant. On arrive.

Le petit groupe franchit l'angle de la bâtisse et se retrouva dans un réduit à l'air libre. Au fond, parallèle aux murs du restaurant et de la maison, un muret en parpaings bruts non peints délimitait la propriété familiale. Adossé contre le muret, une véritable ménagerie était élevée sur une surface limitée pour servir à la consommation du restaurant. Dans des enclos séparés par des grillages miteux se trouvaient des canards, des poulets, des cochons, des chiots et des chats faméliques.

L'odeur prit le docteur à la gorge, malgré son habitude du milieu paysan. Il y avait, cru-t-elle percevoir, autre chose qu'une odeur d'excréments animaux mais c'était difficile à déterminer au milieu de la puanteur. L'hygiène ne semblait pas être la priorité de l'exploitation. Sans être vétérinaire, le docteur remarqua que certains animaux étaient couverts de pustules. Un grand nombre d'entre eux se grattaient.

Elle réprima un frisson de dégoût et prit mentalement note d'en informer discrètement les services sanitaires de la province. Il n'était pas normal que de telles exploitations puissent prospérer sur le dos des Chinois locaux. Au-delà de l'impact sur la santé, l'image déplorable donnée de la Chine dans ce genre d'établissement était injustifiable à ses yeux.

Devant elle, il y eut une brève discussion en patois entre le patriarche et une femme assise sur une vieille caisse de bière en plastique dans l'arrière-cour. La femme était pliée en deux et le voile qu'elle portait sur la tête cachait ses traits. L'homme se détacha du groupe, s'accroupit aux côtés de la femme et parla à voix basse.

Liu-Tcheng attendit patiemment, soucieuse de ne pas perturber l'interaction. De sa position, elle ne distinguait pas les traits de la femme.

- Docteur, lui lança l'homme, c'est ma sœur, la mère du gamin. Celui qui est devenu fou. Vous voulez voir ça ? Vous voulez voir un truc *vraiment* bizarre ?

Elle s'approcha et s'accroupit à hauteur du couple. L'homme releva la manche droite de la femme, dévoilant le bras. Un pansement suintant entourait le bras sous le coude.

- Regardez, fit-il. Vous avez déjà vu un truc comme ça ?

- C'est sous le pansement, répondit-elle en approchant prudemment les mains. Impossible de me prononcer. Mais ce qui est sûr d'après ce que je vois, c'est que la morsure est profonde. La coagulation n'est pas encore terminée. Regardez. Ça suppure. C'est passé à travers le tissu. Je dois examiner.

Sans opposer de résistance au docteur, l'homme s'écarta et observa la scène, accroupit sur ses jambes, les bras calés sur ses genoux saillants. Il fouilla dans sa poche, sortit un paquet de cigarettes locales, un vieux briquet à gaz, et fuma en silence, nerveux. De ses yeux plissés et entourés de rides, il regarda la scène sans rien perdre.

Le docteur déroula doucement le bandage. A mesure que la gaze s'amenuisait, le décollement du pansement devenait plus difficile. Liu-Tcheng était surprise par la combinaison inhabituelle de la perte continue de fluides depuis la veille et l'odeur. Malgré le masque qu'elle portait, les effluves putrides parvinrent à ses narines. La seule chose qui ressemblait à cette odeur, c'était la chair pourrie, la nécrose.

- Vous avez mal ? demanda-t-elle à la femme blessée dont seul le bout du nez dépassait du foulard qui entourait sa tête.

- Oui. Et chaud, et puis froid ! répondit la femme d'une voix si fluette et si faible que le docteur dût se pencher pour l'entendre. Je perds la tête… Difficile de rester debout seule… très mal à la tête.

Le docteur leva les yeux pour observer la femme. L'observation était essentielle pour déterminer et comprendre ce qui se passait ici. Tout signe apparemment insignifiant sur le moment pouvait prendre de l'importance ultérieurement. Ce qu'elle vit sur le visage de la femme la troubla.

- Quel âge avez-vous ?
- Quarante-deux ans.

Elle en fait soixante-dix !

La peau ridée était tirée sur les os. La sueur perlait sur le nez, le front et l'arcade sourcilière. Le teint était jaune. Des sillons profonds cernaient ses yeux encore brillants, mais le blanc tendait lui aussi vers le jaune.

- Votre poids ? Votre taille ? demanda le docteur en sortant, plus fébrilement qu'elle ne l'avait pensé, un calepin et un crayon inséré dans les spirales.
- Je ne sais pas. On n'a pas de balance ici. On a dû la vendre pour lancer le commerce du fils.
- Ça ne fait rien, répondit le docteur devant cette marque de dénuement. Voyons. Vous devez faire dans les... disons un 1,60 mètres pour 40 kg. Vous avez maigri dernièrement ? Vous avez été malade ?
- Non. Pas malade. Mais je ne mange plus rien depuis hier soir. Depuis que mon fils m'a... m'a mordue... Je n'ai plus d'appétit. Plus faim de rien. Docteur, pourquoi il m'a fait ça à moi ? Sa mère ? Mais qu'est-ce qui lui arrive ? Je... je ne le reconnais plus. Vous pensez qu'il pourra s'en sortir ? Je sais, c'est pas bien ce qu'il a fait. Mais vous... vous n'allez quand même pas le mettre chez les fous ? Il a toujours été un peu violent, surtout quand il boit. Mais ce n'est pas un mauvais garçon, vous savez.
- Je n'ai pas encore vu votre fils, madame, mais je suis sûre que ce n'est pas si grave que ça...

Elle griffonna quelques notes puis prit la tension et la température de la mère. Stupéfaite, elle diagnostiqua une surtension et une température de 41°C. Elle était bouillante ! Quant à son rythme cardiaque, il variait entre 90 et 120 pulsations par minute au lieu des 60 habituels chez les femmes de son âge en bonne santé. C'était d'autant plus extraordinaire que la femme n'avait visiblement fait aucun effort violent depuis longtemps.

Corps bouillant, cœur en surrégime, surtension sanguine... Quoi d'autre encore ?

- Maintenant, poursuivit Liu-Tcheng d'une voix qu'elle essaya de stabiliser pour ne pas laisser filtrer son inquiétude grandissante, je dois m'occuper de votre bras. Vous avez mal ?

- Oui. C'est comme si mon cœur battait dedans. Et ça me tire tout le temps. J'arrive plus à bouger la main droite.

- Faites-moi voir ça.

Quelques tours de bande plus tard, le docteur arriva à la peau. Lorsque la dernière section de gaze souillée dévoila l'épiderme, elle eut un mouvement instinctif de recul.

L'odeur était suffocante et, malgré les années d'expérience, elle lutta contre la nausée. Dans la chair du bras se devinait la trace d'une morsure humaine au milieu d'une masse boursouflée et suintante. Sur la blessure, la peau était noirâtre et dure. La nécrose se propageait radialement à partir de la morsure. Le réseau sanguin de proximité était visible sous la peau et dessinait une sorte de carte routière. La nécrose semblait la seule explication rationnelle des signes vitaux excessifs de la femme. Une infection massive était peut-être en cours dans son organisme, obligeant le cœur à battre plus vite pour acheminer sang, oxygène et anticorps nécessaires à la lutte contre l'agent pathogène.

Mais ce qui inquiéta le plus Liu Tchen, c'était le lien possible entre les deux patients. Le fils avait été infecté par une morsure, puis il avait infecté la mère, également par morsure. Les symptômes de la femme indiquaient qu'elle était infectée. *Par quoi ?* Elle n'en avait pas la moindre idée, mais s'il s'agissait bien d'une infection contractée à la suite de la morsure du fils, il y avait donc contagion. Et, potentiellement, épidémie.

Le docteur vit immédiatement qu'il n'y avait rien à faire sur place pour la femme. Elle devait recevoir les soins les plus urgents à l'hôpital dès que possible. S'il s'agissait bien d'une nécrose foudroyante, la rapidité du traitement était la priorité absolue. Elle garda pour elle que le seul traitement adapté était l'amputation du membre infecté.

Par téléphone, Liu-Tcheng appela le service d'urgence de son hôpital, demanda une ambulance avec traitement prioritaire à l'hôpital et chambre d'isolement, analyses sanguines et coprologiques, prélèvement de tissu, bilan de santé complet et EEV.

S'il y avait contagion, il pouvait y avoir présence de virus. Si c'était confirmé, c'était une très mauvaise nouvelle pour la ville, la région et la Chine.

Elle rassura la femme sur l'arrivée prochaine d'une ambulance et, escortée du patriarche, gagna un réduit de trois mètres carrés dans lequel l'homme expliqua que le neveu avait été enfermé la veille lorsque la famille avait commencé à se douter que quelque chose n'allait pas chez le jeune Xao-Tien.

A l'approche du réduit, elle entendit un bruit rythmique et interrogea le patriarche des yeux. Celui-ci se contenta de secouer la tête, les yeux vides. Ils approchèrent ensemble du réduit. La porte branlante était maintenue en place par un cadenas neuf, agité de soubresauts. L'homme, à l'intérieur, frappait de façon rythmique sur les parois du local.

Le patriarche sortit une clef d'une poche de sa veste bleu électrique et débloqua prudemment le cadenas.

- On l'a mis dedans, avec ses singes. Faudra être forte, il est dans un sale état. Vous êtes prête ?

Liu-Tcheng prit une profonde inspiration et acquiesça de la tête. Elle n'avait aucune idée de ce qu'elle allait trouver dans le réduit et se prépara inconsciemment au choc. Le patriarche enleva le cadenas de la penne et ouvrit doucement la porte sans pouvoir l'empêcher de grincer sinistrement. Les vibrations rythmiques ne s'arrêtèrent pas.

Le vieil homme sortit un briquet à gaz et l'alluma pour éclairer l'intérieur. La puanteur était indescriptible. Le docteur commença pourtant à apercevoir des détails. Des cages métalliques vides, défoncées. Du sang sur les treillis métalliques. Des fils de fer tordus. Un fouillis sans nom au sol, de la paille, de la boue, de… de…

- Le sol ! souffla-t-elle, le cœur palpitant. Eclairez-le. Vite !

L'homme baissa le briquet. L'obscurité se fit moins dense, libérant la vue. Cette fois, le docteur détourna la tête et ne put empêcher les spasmes qui libérèrent violemment le contenu de son estomac.

- *Misère de misère !* fit le vieil homme en reculant d'un pas à la vue des résidus de singes éparpillés dans le sable.

Le sol était jonché d'os, de membres, d'organes sanguinolents. Mais ce qui avait tétanisé le docteur en dépit de son expérience de l'horreur humaine, c'était les traces laissées sur les muscles, la viande et les os des singes. Les animaux avaient visiblement été dévorés vivants.

L'homme et Liu-Tcheng, barbouillée, entrèrent avec précaution dans le réduit à la recherche du jeune homme.

Dans la lueur vacillante du briquet, ils découvrirent le malade au même moment et reculèrent instinctivement. Vêtu d'un pantalon court en jean et d'un maillot de corps souillé de fluides, il se frappait rythmiquement la tête contre la paroi et ne les avait pas vus. Son état était déplorable, les yeux enfoncés dans les orbites, la peau tirée sur les os, des trainées de sang connectaient les plis des yeux au menton et les oreilles aux vêtements. Les vaisseaux sanguins étaient visibles sous la peau, comme sous pression et parcourus d'encre noire. Les cheveux étaient ternes, la peau d'une couleur cadavérique, entre cendre et cire. Ses membres étaient rigides et Liu-Tcheng nota les gestes saccadés, sans souplesse, signes d'une mauvaise coordination motrice générale.

Sur la paroi, une tâche sombre suintait vers le sol à partir de l'endroit où sa tête heurtait la paroi.

Elle vit la trace de morsure sur le mollet et reconnut les symptômes de pourrissement identifiés chez sa mère à l'exception de la propagation. Le mal, plus ancien chez l'homme, avait gagné la totalité de la jambe qui n'était plus qu'une masse de couleur indéfinissable, couverte de veines sombres et de craquelures sanguinolentes, et recouverte de fluides purulents qui coulaient sur le pied.

Sidérée, Liu-Tcheng resta sans voix. Elle n'avait jamais été confrontée à un tel cas dans sa carrière, et aucune lecture, aucun colloque spécialisé n'avait jamais mentionné une telle affection, ni en Chine ni ailleurs. Tout juste pouvait-elle tenter un parallèle avec la fièvre hémorragique foudroyante du filovirus Ébola ou la fièvre d'Augsbourg. Le patient arrêta de se cogner la tête et les fixa soudain du regard, semblant enfin détecter leur présence.

Elle y distingua une violence animale qui la fit reculer.

- Attention ! Reculez ! ordonna-t-elle en rajustant son masque sur la bouche. C'est contagieux ! Ne vous approchez pas de lui ! J'appelle de l'aide.

Le patriarche recula vers la porte et elle le suivit sans attendre. Sans quitter le patient des yeux, elle sortit son portable et donna des instructions aux équipes d'urgence de l'hôpital. Toujours immobile, les yeux tournés vers elle, du fluide coulant de sa bouche ouverte, l'homme émit un son inintelligible dans l'obscurité et s'approcha d'eux sans prévenir, avec détermination, les bras tendus vers eux.

Liu-Tcheng se sentit happée en arrière et réalisa que le vieillard la tirait sans ménagement. Ils parvinrent à sortir au moment où le malade atteignait la porte.

D'un geste brusque, le patriarche referma la porte et remit le cadenas en place. Malgré les coups de boutoir, il parvint à fermer le cadenas sous le regard abasourdi de la famille.

Assise sur une caisse de sodas, Liu-Tcheng mit un moment à récupérer son souffle et calmer les battements de son cœur. Elle avait eu *peur de lui*. Un frisson parcourut son échine. *Cette violence qu'elle avait perçue dans ses yeux...*

Sans analyse complète du sang, impossible de déterminer de quoi il souffrait. *Virus ? Probablement. Propagation de la viande de singe à l'homme, puis de l'homme à l'homme, via la salive... ou le sang ? Une zoonose ?* En tout cas, le début d'un scenario explicatif.

Alors que son rythme cardiaque revenait à la normale, elle songea avec un brin d'ironie que son souhait de rompre la routine venait d'être exaucé de manière magistrale et elle avait à présent hâte que le malade et sa mère soient rapatriés à l'hôpital pour commencer les analyses, déterminer les causes et l'origine de la maladie et les isoler du reste de la population. Il y avait du pain sur la planche.

S'il s'agissait d'un virus, elle ne pouvait pas travailler seule. Elle allait devoir en parler, s'entourer de spécialistes... Peut-être voir son travail confisqué. Elle allait devoir manœuvrer avec doigté.

Normal, si c'est une menace à la sécurité sanitaire du pays. Mais on n'en est pas encore là, et j'ai enfin la possibilité de lancer des recherches sur un sujet intéressant, sortir de l'anonymat.

Au loin, les sirènes d'ambulance retentirent.

***

Korla, République Populaire de Chine, 29 mai

Liu-Tcheng était adossée au mur de la salle médicale, bras croisés, incapable de détacher ses yeux du corps nu de l'homme malade, maintenu en position allongée sur un lit opératoire par des sangles de cuir. Malgré l'expérience, et le baume du tigre copieusement étalé sous le nez pour masquer les odeurs, la puanteur lui donnait des nausées.

Entravé par les sangles, le malade était agité, le regard dur accompagné de violents claquements de dents chaque fois qu'elle faisait un geste. Ses sons étaient incompréhensibles et tout, dans son attitude, évoquait l'agression et la violence, quelque chose de primal.

L'infirmière Wao se tenait à côté d'elle, une main sur la bouche, silencieuse, les yeux ronds. Liu-Tcheng apprécia sa présence face à ce patient dont l'état physique ne ressemblait à rien de connu. De vingt ans sa cadette, l'infirmière était fine et aurait pu devenir docteur si ses parents en avaient eu les moyens. Les deux femmes s'appréciaient mais gardaient la distance requise par les interactions hiérarchiques en vigueur.

Liu-Tcheng quitta l'appui contre le mur et se dirigea vers le malade, les bras sur la poitrine. L'infirmière lui emboîta le pas et resta à côté d'elle, en retrait, une main devant la bouche pour filtrer la puanteur qui émanait du corps.

Les deux femmes se tenaient prudemment à un mètre du lit. L'infirmière semblait incapable de détacher le regard du malade dont le réseau circulatoire dessinait un treillis de lignes sombres. Les vaisseaux sanguins donnaient l'impression de vouloir percer la surface de l'épiderme, jalonné de croûtes sanguinolentes aux bords noirâtres. Un liquide sombre et malodorant avait coulé des oreilles, de la bouche, des yeux, des narines, des aisselles, du sexe et de l'anus, faisant apparaître en séchant de longues coulées sombres et sales sur le corps enveloppé d'une pellicule de sueur uniforme.

- Stupéfiant ! fit l'infirmière en secouant la tête. Je n'ai jamais vu un patient dans un tel état… Qu'est-ce qui a pu lui arriver ? Vous avez une idée, docteur ?

Liu-Tcheng hésita.

- Physiquement, fit-elle, il devrait être mort. Ni plus, ni moins ! Et pourtant, il est toujours vivant. Les analyses des prélèvements, l'étude des signes vitaux, tout prouve qu'il est bel et bien en vie. Sa fièvre, rythme cardiaque élevé, EEG positif, présence d'activité cérébrale… Tout le contraire d'un mort. Par contre, regardez sa peau. Le système tégumentaire ne fonctionne plus.

L'infirmière fronça les sourcils et fit glisser ses yeux noirs sur la surface de son corps.

- La peau… fit-elle après un court silence. C'est elle qui protège les tissus sous-jacents des agressions externes. Si elle est endommagée, alors….

- Alors quoi ? Où voulez-vous en venir ?

L'infirmière toussota et rejoignit le malade. Elle reprit son examen visuel puis s'éclaircit la gorge avant de parler.

- Si la peau est atteinte, ce sera ensuite le tour des organes internes. Et sans barrière de défense contre l'extérieur, ils seront vulnérables à l'agression.

- C'est vrai, acquiesça le docteur en se rapprochant à son tour du malade pour se placer à côté de l'infirmière, cherchant à suivre le raisonnement de la jeune femme.

Arrivée près de l'homme, elle baissa la tête vers le torse luisant pour l'observer, évitant d'être trop proche du visage et des mains sales, griffues comme des serres. Pour l'heure, personne ne pouvait dire comment l'agent pathogène responsable de la maladie se propageait et il était plus prudent d'imaginer qu'il pouvait se loger sous les ongles par exemple. Dans ce cas, mieux valait ne pas être griffé.

- Le système tégumentaire n'est pas le seul en charge de la défense, corrigea Liu-Tcheng. Le système lymphatique est la seconde ligne de défense, tout aussi efficace. Mais d'après la température et les sécrétions sur les lèvres des plaies hémorragiques, on dirait qu'il est déjà attaqué, lui aussi.

- Docteur, demanda l'infirmière en pointant un doigt vers le ventre du malade, vous avez vu son abdomen ? On dirait que… qu'il se décompose de l'intérieur.

- En effet, fit-elle en regardant à son tour, les yeux plissés. Mais ce n'est pas de la décomposition, plutôt une hémorragie. On dirait que cette maladie n'épargne *aucune* muqueuse externe. Ça me fait penser à un pemphigus vulgaire, ou paranéoplasique. Rare, mais il faut vérifier. Et ça n'explique pas les autres symptômes. On doit absolument faire des examens complémentaires. Notez, je vous prie.

L'infirmière prit un carnet sur une étagère métallique basse et, à l'aide d'u stylo qui y était attaché par un fil en plastique, se prépara à prendre des notes.

- D'abord, faire une nouvelle série d'analyse par prélèvements de tissus muqueux internes pour déterminer si la maladie progresse dans le corps. C'est peut-être un élément important pour l'étude.

Elle se déplaça au-dessus du malade, le nez à moins de dix centimètres de la peau ravagée et puante.

- Pareil pour le système immunitaire. Je veux une nouvelle série exhaustive d'examens sanguins pour déterminer la manière dont le corps de ce malade se défend contre la maladie et en déduire les causes possibles. Trouver des traceurs, remonter à la source. Ah ! Et aussi une analyse endocrinienne complète. Il faut déterminer si les hormones sont atteintes, elles aussi. Au point où on en est, ce n'est pas impossible, alors autant ne pas oublier une piste dès le début…

- Bien, docteur, approuva l'infirmière en couvrant la page de son écriture fine.

- Incroyable, murmura Liu-Tcheng. Regardez la rigidité des membres, de la nuque, du torse. On dirait que chaque mouvement est une souffrance. La coordination musculaire et comportementale est perturbée, c'est visible. Si ça n'est pas musculaire, alors c'est peut-être neurologique, quelque chose en rapport avec le système nerveux central. Et là, c'est au-delà de mes compétences. Prévenez le Docteur Tchang, en Neurologie. Il saura quoi faire si c'est le cas. C'est son domaine.

L'infirmière, concentrée, se hâta de noter. Liu-Tcheng demeura silencieuse un long moment, les yeux posés sur le corps du patient, véritable incarnation de toute la souffrance humaine imaginable.

- C'est un cas complexe, admit-elle. Unique. Je n'ai jamais rien vu de pareil. Si ces observations préliminaires sont confirmées par les analyses, ce sera l'indication que la maladie s'attaque aux systèmes tégumentaire, immunitaire et nerveux central en même temps. C'est sérieux, d'autant qu'elle est visiblement contagieuse. Nous pouvons donc oublier la piste de la schizophrénie virulente, car elle n'explique pas les symptômes physiques, trop complexes pour se limiter à ce genre d'affection. Et ce n'est pas une maladie uniquement physique, comme le montrent les troubles de comportement du patient. Non, quelle que soit cette maladie, elle a un double effet, physique et psychiatrique.

Elle marqua une courte pause pour laisser à l'infirmière le temps d'écrire.

- Si cette maladie est d'origine virale, poursuivit le docteur d'une voix soudain plus basse, je crains que nous soyons bientôt devant un problème d'une toute autre ampleur. Imaginez l'effet qu'aurait cette maladie si elle contaminait toute la ville…

L'infirmière Wao releva la tête d'un coup, les yeux fixes et brillants, prenant visiblement toute la mesure du sérieux de la situation. Un instant, Liu-Tcheng eut l'impression qu'elle avait cessé de respirer, pupilles dilatées et traits tirés, mais l'impression cessa lorsque la jeune femme reprit ses notes.

Rassurée, le docteur passa en revue les événements de la dernière heure. Elle avait été exposée directement au malade, comme l'infirmière et la famille de l'homme. Pour l'heure, le mode de transmission exact de la maladie n'était pas connu en dehors de la salive. S'il s'agissait d'un virus, il pouvait y avoir d'autres modes de propagation. L'air, le sang, la sueur, la peau… et si la maladie se transmettait par l'air, cela faisait au bas mot une dizaine de personnes déjà potentiellement contaminées !

Liu-Tcheng se dirigea vers la porte, s'arrêta, jeta les gants en latex et le masque chirurgical dans une poubelle sanitaire puis gagna le lavabo spécialement équipé pour la désinfection.

Sans un mot, plongée dans ses pensées, elle se lava les mains, les avant-bras et le visage au savon médical, se sécha à l'aide de papier spécial qu'elle jeta également dans la poubelle sanitaire, puis sortit. Enfin à l'extérieur, comme revenue à la vie, elle soupira, sourcils froncés, en s'éloignant de la salle. D'un geste, elle sortit son téléphone portable de sa blouse et composa un numéro.

Dans son dos, l'infirmière sortit à son tour, referma la porte et s'éclipsa pour transmettre les instructions. Quelques minutes plus tard, elle revint s'asseoir sur une chaise en plastique souple à côté d'une pile de magazines, s'empara d'un vieux magazine de mode occidental et, résignée, commença sa surveillance du patient pendant que Liu-Tcheng achevait son appel aux services sanitaires du Xinjiang, recommandant l'inspection serrée du restaurant et de la maison du malade pour apporter de nouveaux éléments d'analyse et, si nécessaire, la mise en place des précautions nécessaires au maintien du contrôle sanitaire local.

Elle dut insister longuement pour convaincre les services concernés de l'urgence des mesures à prendre et, bien qu'habituée à l'inertie de l'appareil technocratique du pays, elle resta sceptique face à leur manière de répondre à la crise qui se profilait.

Pourtant, à force de persévérance, elle finit par obtenir l'envoi d'une équipe de cinq personnes sur site dès le lendemain matin.

De son côté, elle obtint l'autorisation de continuer ses recherches sur l'individu dénommé 'Patient Zéro' et sa mère, le 'Patient Un'.

***

Bichkek, Kirghizistan, 2 juin

La tête ballotée par les cahots interminables du camion qui roulait à faible allure sur la route défoncée, Moushtar essayait désespérément de trouver le sommeil, le crâne posé contre la vitre à moitié ouverte sur l'air brûlant de la campagne. Il était épuisé et se sentait mal. *Une sorte de nausée, de fébrilité générale. Mal au crâne, comme du feu dans les veines, la bouche sèche. Un arrière goût fétide dans la gorge.*

Les mouvements incessants du camion jouaient avec son cœur et il gardait la vitre de portière ouverte malgré la poussière. *Au cas où...*

Le chauffeur, Karduz, était concentré sur la conduite et jouait constamment du volant pour éviter les nids de poule, sans décoller de la première. Moushtar, comme Karduz, travaillait comme chauffeur-livreur pour la *Mahatar International Logistics*, une petite société de transport kirghize domiciliée à Bichkek, la capitale. Six camions, douze chauffeurs, une belle réussite pour son fondateur et une réelle fierté pour Moushtar d'en faire partie. Karduz et lui formaient un binôme solide et s'aidaient lors des déchargements de cargaison, alternant conduite et déchargement.

Malgré le côté répétitif et l'éloignement de la famille, il aimait ce métier qui lui permettait de voyager, de découvrir des pays, des paysages, de rencontrer des gens et d'avoir des choses à raconter de retour chez lui. *Pas comme le cadet, agriculteur comme le père !* De braves gars, élevés à la dure et dans la tradition, mais dont l'horizon se limitait aux parcelles de pastèques qu'ils cultivaient depuis des générations. Ils vivaient avec la météo, le vent, la pluie, les saisons, ils subissaient les événements. Comme sa mère, morte depuis peu, Moushtar ne tenait pas en place et le métier lui avait permis de renouer avec le nomadisme de ses ancêtres en mouvement perpétuel. Mais contrairement à sa mère, qui n'avait jamais dépassé les marchés locaux, il voyait du pays. Beaucoup de pays. Le Kazakhstan, la Chine, le Pakistan… Un jour peut-être, la Turquie, la Russie, l'Europe.

Pour y arriver, il devait être le meilleur. Avec 120 dollars par mois, il mettait de l'argent de côté pour acheter un camion d'occasion et fonder sa propre affaire, son rêve. *Un bon gros camion à 5000 dollars, rien que pour lui…*

Mais pour le moment, il devait finir la livraison et, surtout, se retaper physiquement. *Bizarre, cet état général…* Il ne se souvenait pas avoir attrapé froid. Il faisait chaud, le soleil était brûlant et les nuits restaient douces. En saison chaude, les gens n'étaient jamais malades dans le coin. La seule chose qui sortait de l'ordinaire, c'était ce type la veille, ce Chinois, dans un marché miteux du sud de Korla, à la sortie d'une gargote pas chère. Avec Karduz, il s'était rempli la panse de nourriture bon marché. Au moment de payer, le Chinois s'était approché pour régler l'addition. Ils avaient payé en premier. C'était lorsqu'ils s'étaient éloignés que le type avait vomi sur lui avant de se rouler par terre en gémissant. Jamais Moushtar n'avait vu une telle quantité de vomi. Le Chinois l'avait souillé sur le bras, le gauche, celui qu'il s'était abîmé dans la matinée en déchargeant des caisses de bois. Simple balafre, droite et propre, du genre à faire parler les filles… et le Chinois avait vomi directement dessus !

Moushtar bougea sur le siège à la recherche d'une meilleure position, sans succès. Il voulait se reposer, son ventre jouait au yoyo.

- On arrive quand ? demanda-t-il à Karduz… Quinze, vingt minutes ?

- Sais pas.

Il tourna la tête, regarda le paysage extérieur qui défilait, le trafic dans les rétroviseurs.

- Ça roule pas mal aujourd'hui. On sera rentrés plus tôt que prévu. Faudra fêter ça… Eh ! Au fait, Bichkek rencontre Osh en *bouzkachi* ce soir ! Ça va chauffer.

- Ah ouais ? Tu parles ! Bichkek va encore se une raclée. Encore une ! Toujours la même chose. Ça me gave.

L'habitacle du vieux camion Tata n'était pas climatisé et l'effort nécessaire à une simple conversation devenait vite épuisant. L'échange s'arrêta de lui-même. Le camion à plate-forme arrière sous bâche, de construction indienne, était aussi vieux que fiable. Sans air conditionné, les deux hommes avaient baissé les vitres mais l'air qui s'engouffrait dans l'habitacle était brûlant.

Le fanion de l'équipe nationale de football brinquebalait sans relâche au bout d'une ficelle accrochée au pare-brise central et les cahots de la route arrachaient au vieux camion grincements, couinements et chocs métalliques.

Moushtar saisit le paquet de cigarettes chinoises qui trainait à la base du pare-brise fissuré. Il en tira une, l'alluma et savoura l'odeur âcre du tabac brun mais la nausée ne passa pas.

- On arrive, on décharge et je me tire, fit-il en regardant la route d'un œil. Trop crevé. Ça fait deux jours qu'on a quitté la Chine. T'es comment, toi ?

- Ça va. Content d'arriver. Pour une fois qu'on est en avance ! On va pouvoir profiter de la famille. Et toi, tu fais quoi en rentrant ?

Moushtar regarda pensivement dehors, bras passé par la vitre. La cigarette se consumait entre ses doigts secs. Le paysage ondulant dévoilait des cours d'eau, des plantations, des chemins qui filaient sur des ponts en pierres. La route depuis la Chine était pénible mais belle. Il tira une nouvelle bouffée.

- Je vais peut-être aller voir mon père. Ouais.

- On mange un morceau ensemble avant ?

- J'ai pas faim. Pas soif non plus. J'ai la tête qui explose et j'ai envie de dégueuler. Y'a que la cigarette que j'arrive à avaler.

Il tira une nouvelle fois sur son mégot et retrouva un peu de prestance.

- Et toi ? T'as des plans ?

Karduz éclata de rire.

- Moi ? Karduz, le roi de la baise ? Tu parles que j'en ai ! Je pète le feu, j'ai envie de m'éclater et j'ai le feu dans le froc ! Et avec le fric qu'on va recevoir, je vais me biturer et draguer. Défoncer une Ruskoff dans un bar ! Abdul en a tringlé une la semaine dernière.

- Tu déconnes.

- Demande-lui ! Il était tout fou ! Il s'en est tapé une ! T'imagine ? Et tu crois que ce bon-à-rien aurait honte de ce qu'il a fait ? Que dalle ! Allah soit mon témoin, il s'en branle. C'était sa première. Faut le voir depuis, comme il se la joue !

Moushtar avait entendu parler de cette histoire mais il n'y croyait pas. Abdul avait toujours eu tendance à exagérer.

\- Sois pas jaloux, Karduz, fit-il, stoïque. Si t'étais à sa place tu… tu… Oh merde… Attend ! Arrête le camion ! Vite !

\- Quoi, qu'est-ce qu'il y a ? On est presque arrivés ! Déconne pas… C'est pas le moment !

\- Discute pas ! Fais ce que je te dis. *Vite* !

Moushtar mit la main devant la bouche et passa le buste par la fenêtre. Dans un chuintement pneumatique et un concert de protestations métalliques, le Tata se rangea sur le côté de la route au milieu d'un nuage de poussière. Des klaxons de voiture accompagnèrent aussitôt la manœuvre brusque.

La lourde machine gémissante s'immobilisa. Moushtar en sortit comme un diable de sa boîte, Karduz contournant le camion par l'avant, intrigué par l'attitude de son compagnon. Il le trouva à genoux, face contre terre, le corps agité de soubresauts, la voix rauque.

\- C'est pas le moment de prier, Moushtar, merde ! On est…

Il ne termina pas sa phrase.

\- Par le Prophète Mahomet ! jura-t-il en rejoignant son collège.

Devant lui, Moushtar avait relevé la tête, un liquide noirâtre et grumeleux maculant le pourtour de sa bouche. Quelque chose coulait de ses yeux, des narines et des oreilles. Il le rejoignit, le prit par les épaules et l'aida à se relever pour regagner le camion. Il sentit le corps de Moushtar trembler entre ses bras.

\- Qu'est ce que t'as ? C'est quoi ce truc qui sort de ta bouche ? C'est du sang ? Tu saignes ? Ca schlingue !

\- Je… sais pas… suis… pas bien

Un spasme venu du fond des tripes le fit vomir alors qu'il tournait le visage vers le chauffeur, aspergeant celui-ci de liquide fétide.

\- Moushtar, chien galeux ! hurla Karduz. Allah te coupe les couilles pour ça ! Qu'est-ce que tu fais ? C'est quoi ça ? Ça pue !

Ecœuré, il fouilla ses poches et sortit un bout de tissu de couleur douteuse avec lequel il commença à nettoyer son visage.

\- C'est dégueulasse ! continua-t-il, furieux. J'ai même avalé de cette merde ! Tu l'as pas fait exprès mais regarde ! C'est… C'est…

A côté de lui, Moushtar était plié en deux. Karduz acheva de se débarbouiller, jeta le tissu et, sans attendre, hissa son compagnon sur la place du passager avant de rejoindre la place du conducteur. Il relança le vieux moteur diesel et, dans un panache de fumée bleue, inséra la machine dans le flot de circulation en jouant des vitesses, continuant le nettoyage de son visage du plat de la main. Il avait du vomi de Moushtar dans les narines et la bouche.

De mauvaise humeur, il songea à déposer Moushtar dans sa famille car l'hôpital était hors de question. Les établissements publics étaient inefficaces, on en sortait souvent plus malade qu'en y entrant, les cliniques privées inabordables. Pas le choix.

- Moushtar, mon frère, fit Karduz en mettant une main sur le front de brûlant du passager. Me lâche pas maintenant. Je te dépose chez ton père. Tiens le coup.

Cigarette, fatigue… peut-être une grosse indigestion ?

Karduz conduisit en direction de la ville, alternant du regard entre la route et Moushtar effondré dans son siège. Il essaya l'humour.

- C'est ça, t'as raison d'être malade, Moushtar ! La bouffe des bridés, c'est vraiment dégueulasse ! Pire que d'habitude ! Ça peut pas laisser un homme intact, cette merde !

Moushtar ne répondit rien. Sa peau prenait rapidement un teint cireux, grisâtre, les traits tirés. Les veines apparaissaient distinctement sur la peau tendue. Un instant, Karduz se demanda si son compagnon n'était pas en train de mourir.

- Allah te vienne en aide mon frère ! murmura-t-il, les entrailles serrées. Tiens bon, on est presque arrivés chez toi…

La circulation était encore fluide et il traversa rapidement la ville vers le sud-ouest. Contrastant avec la triste situation de Moushtar et la sensation de crasse qui lui collait à la peau, il apprécia l'agitation urbaine, les touristes russes aux yeux clairs, les femmes orientales en tenue traditionnelle, les échoppes au bord de la route, l'odeur de mouton grillé après les heures passées au milieu des paysages désertiques sur les pistes hors d'âge. A côté de lui, Moushtar ne bougeait plus. Un liquide sombre suintait de sa bouche et coulait sur les sièges en skaï défoncés. L'odeur de pourriture était écœurante, le nettoyage promettait d'être pénible. Il soupira alors que le camion approchait d'une petite maison au toit rouge, ceinturée de parpaings. C'était la maison familiale de Moushtar.

Il parqua le camion à proximité, rameuta la famille à qui il expliqua la situation, puis les aida à sortir Moushtar. Sans attendre, il prit congé d'eux et ramena le camion à la société. Après avoir déchargé la cargaison, il retourna au centre-ville en taxi, oubliant temporairement Moushtar entre boissons et prostituées Russes.

Les troubles physiques ne commencèrent qu'au petit matin.

L'employeur des deux hommes ne tarda pas à licencier les deux collègues pour absentéisme. Il détestait être pris à l'improviste. De plus, ses cousins cherchaient du travail, ils feraient aussi bien l'affaire, tout le monde y trouverait sans compte, sauf ces deux abrutis, ces flemmards, ces bons à rien.

Peu intéressé par son personnel, il ne chercha jamais à connaître le sort de ses deux ex-employés et, lorsqu'il tomba malade à son tour, il n'eut aucun moyen de faire le lien avec leur disparition.

***

Korla, République Populaire de Chine, 2 juin

Les premiers résultats d'analyse de l'hôpital de Korla tombèrent deux jours plus tard. Restreintes au niveau local sur intervention directe du gouvernement central, ils furent traités avec discrétion pour limiter les risques de fuite vers le public et l'étranger.

La composition stupéfiante de l'agent pathogène fut identifiée ainsi que le mode de transmission du virus. Malgré les premiers résultats, la rapidité de propagation du virus, sa puissance de destruction, sa transmission du singe à l'homme et l'étendue des dommages causés restaient sans explication.

Quelques heures après l'investigation de l'équipe sanitaire du Xinjiang sur la propriété du malade, la famille et les voisins informés du cas furent rassemblés et emmenés par camion à l'extérieur de la ville sous contrôle de soldats en combinaison hermétique. On expliqua à la population qu'il s'agissait d'une mesure sanitaire destinée à les protéger du virus et de les soigner en cas de contamination, d'isoler les cas suspects de la population de Korla pour contenir le phénomène au niveau local. Révéler au monde entier qu'une crise sanitaire venait d'éclater en Chine était incompatible avec les objectifs politiques du pays.

Le docteur Liu-Tcheng, l'infirmière Wao et les employés du corps médical qui avaient travaillé sur le cas furent regroupés devant l'hôpital et conduits à leur tour vers un camp de haute sécurité médicale établi dans l'urgence par un régiment du Génie dans le désert environnant.

Mais les camions n'y arrivèrent jamais. Le camp n'existait que sur une poignée de documents administratifs et les camions s'arrêtèrent en plein désert du Xinjiang, loin des routes fréquentées. Les passagers furent sortis à coup de crosses par les gardes en combinaison hermétique. Enfants, vieillards, malades, femmes et hommes furent poussés vers des fosses parallèles. Au nom de la raison d'état, on leur expliqua que la Chine n'était pas à l'origine de la maladie et qu'aucun lien ne devait pouvoir être établi dans ce sens par les puissances étrangères.

Les reins emplis d'une douleur vive suite aux coups reçus à la sortie du camion, elle fut contrainte de s'agenouiller. Elle prit sa place dans une longue ligne d'individus inconnus. Elle aperçut le doyen de l'hôpital, l'infirmière Wao et la famille du Patient Zéro le long d'une fosse, mains liées dans le dos, tête baissée, un soldat derrière chaque personne. Des femmes et des enfants pleurèrent, un homme jura, un autre hurla son innocence mais tout s'arrêta net avec les détonations des armes braquées sur les nuques. Les premiers exécutés basculèrent dans la fosse avec un bruit mou.

Ce fut ensuite au tour du groupe de Liu-Tcheng. A coup de crosse, elle fut conduite vers les tranchées. Elle aperçut les corps ensanglantés des personnes exécutées l'instant d'avant au fond des fosses, enduits de chaux vive. Elle repéra le corps flasque et désarticulé de l'infirmière Wao, ses bas blancs maculés de sang. Son cœur et sa respiration accélérèrent et elle reconnut aussitôt les symptômes de l'hyperventilation.

Un soldat se posta derrière elle aux ordres du chef de détachement dont les hurlements étaient étouffés par la combinaison. Il ôta la sûreté de son fusil AK-47. La sueur coula soudain sur le front de Liu-Tcheng et elle eut froid, jusqu'aux os, jusqu'au tréfonds de son être. Elle connaissait le fonctionnement du gouvernement, du Parti qui veillait au bien de tous et à la grandeur de la Chine. Le sort de l'individu n'était pas important au regard des intérêts du pays. Malgré sa peur, elle ne trouvait rien à y redire. C'était l'intérêt du plus grand nombre, la grandeur de la Nation avant tout. Son sort à elle, celui de quelques dizaines de Chinois... *qu'était-ce en comparaison de ce que la Chine deviendrait un jour ?* Son sacrifice était justifié, malgré ce que cela représentait pour elle et sa famille.

Les larmes coulèrent sur ses joues. Derrière elle, dans un cliquetis métallique, le soldat leva l'arme et aligna la mire sur sa nuque blanche, sous la queue de cheval aux reflets bleu nuit. Les larmes coulèrent de plus belle, sans pouvoir entraver la marche inexorable de son destin.

Sa vie, entièrement vouée au bien d'autrui, s'acheva dans une explosion d'os et de cervelle.

***

CHAPITRE 2

Base Aérienne 113, Saint-Dizier, France, 4 juin
« On apprend aujourd'hui de source officielle que le Kirghizistan, petit état indépendant de cinq millions d'habitants sur la frontière chinoise et ancienne province Russe, a demandé hier soir à l'OMS l'envoi d'une mission d'aide et d'évaluation sanitaire pour endiguer l'épidémie foudroyante qui touche déjà plus de 30% de la population. La mission sera chargée de déterminer l'origine de l'épidémie, de recommander les actions à mettre en place et de coordonner le tout. Du côté du ministère de la Santé Kirghize, l'inquiétude est de mise. Le Ministre des Affaires Étrangères français s'est fait l'écho des inquiétudes Kirghizes, notamment en raison d'un débordement possible au-delà des frontières du pays. Les ONG internationales font état de milliers de cas de fièvre virulente entraînant une mutation rapide du comportement chez les malades dans les heures qui suivent la contamination. En dépit du contrôle de l'information, l'OMS dresse ouvertement un parallèle avec les milliers de cas similaires identifiés à Beijing et Shanghai. L'installation d'une mission au Kirghizistan pourrait être le début d'une opération régionale de grande envergure placée sous autorité russe. Un avion-cargo est en cours d'affrètement à Moscou. Il emportera cinquante tonnes de médicaments, un hôpital de campagne et une équipe d'experts sanitaires. L'avion est attendu à Bichkek demain en début de matinée et pourrait être suivi d'autres vols si la situation l'exigeait... Compte-tenu des impacts locaux sur l'exploitation pétrolière, la Bourse de New York a ouvert en baisse de 12,21 points ce matin, le CAC-40 et le FTSE100 perdant respectivement 9,12 points et 8,98 points à l'ouverture...

La radio continua son monologue et Adrien Lasalle nettoya son rasoir mécanique dans l'eau du lavabo, circonspect et cynique.

Toujours la même histoire : les requins de la finance se délectent et spéculent ! Le malheur des uns...

Il éteignit la radio, sécha son visage et regarda le résultat dans le miroir. Trente six ans, cheveux coupés en brosse, yeux gris métalliques perçants... Quelques rides, des cheveux gris sur les tempes. L'âge. La marche irrémédiable du temps. Mais un corps ferme, un torse saillant, des bras musclés. Une forme physique digne d'un cadet de dix ans plus jeune… Du moins, c'est ce qu'il aimait se dire.

Le drame quotidien de l'actualité allait crescendo et il était difficile de combattre le stress des mauvaises nouvelles récurrentes. Comme tout père et mari, il était maintenant préoccupé par l'avenir de sa famille. Quel monde attendait sa fille ? Un monde de guerre civile, de violences urbaines ? De maladies incurables, de guerres entre peuples ? Était-ce cela qu'il avait souhaité pour sa fille ? Comment devait-il réagir ? Prendre son avion et bombarder ces types qui s'en prenaient aux autres ? Non. Il n'en avait moralement et légalement pas le droit. *Fuir, trouver un coin perdu, retourner à l'âge de pierre sur une île perdue ? Peut-être, mais pas tout de suite…* Il n'avait jamais fui dans sa vie.

Non, vivre et rester vigilant. Ne pas se faire surprendre par les événements, toujours garder un temps d'avance. Agir plutôt que réagir. Rester informé en permanence pour pouvoir anticiper. C'était ça, l'approche gagnante !

Il enfila une combinaison de vol propre et passa à autre chose. Il volait aujourd'hui et il passa mentalement en revue le séquençage de mission, règles d'engagement, objectif, chargement de l'appareil, navigation, ravitaillement en vol, approche et destruction de la cible, règles d'engagement à respecter, menaces à éviter… Il aimait par-dessus tout son métier et avait étudié le profil de mission jusque tard dans la nuit la veille, luttant contre le sommeil aux côtés de son épouse endormie. Il avait admiré sa femme en silence, assoupie et les yeux fermés, les cheveux clairs étalés sur l'oreiller. Méritait-elle tout cela, elle aussi ? Le stress des informations, les longues nuits de travail, les déploiements à l'étranger pendant des semaines ou des mois ? Elle avait du mérite…

D'une pièce annexe, il entendit la voix de sa femme et celle, fluette et mélodieuse de sa fille, qui conversaient. Sa femme préparait le petit déjeuner et leur fille était déjà dans la cuisine. Il sourit. Les deux femmes de sa vie partageaient son cœur aux côtés de l'aviation. Il les rejoignit dans la cuisine, embrassa sa fille, avala sans parler son déjeuner et se prépara à partir. A huit ans, sa fille avait appris à respecter le besoin d'isolement qui précédait les missions. Tout comme sa femme.

Fine et articulée, elle avait appris avec le temps à contenir la peur panique qui la saisissait à l'approche d'une mission de combat et se rassurait en se rappelant la valeur de son mari et la fiabilité du Rafale qu'il pilotait. Elle avait visité la base plusieurs fois et elle avait été rassurée par ce qu'elle avait vu… Mais le doute était là.

Toujours. Insidieux. *Et si...* et si aujourd'hui était la dernière fois qu'elle voyait son mari vivant ? *Et si...* et s'il ne rentrait pas ce soir ? Et si son avion explosait, avait une panne en vol ? Une mauvaise position sur le siège lors d'une éjection lui ramènerait son mari dans un fauteuil roulant ? Avant une mission, elle entrait dans une bulle d'intimité qu'elle partageait avec sa fille et se concentrait sur l'instant présent et son lot de petits bonheurs. Elle comprenait et s'effaçait. L'aviation était la vie de son mari, sa passion. Il ne vivait pas pour l'argent mais pour sa passion, c'était son but et un vecteur d'équilibre, le second des trois trépieds de son existence avec sa cellule familiale proche et ses amis.

Alors que le pilote franchissait la porte du domicile, sa femme et sa fille lui adressèrent des signes de la main en souriant. Il sortit et traversa le jardinet qui menait au portail. Il s'installa dans la voiture familiale, démarra et arriva en dix minutes à la base aérienne 117 de Saint-Dizier, base d'attache et première affectation opérationnelle des Rafale de l'Armée de l'Air Française. Loin sur l'horizon, le soleil commença à répandre sa lueur.

***

Bichkek, Kirghizistan, 7 juin

Malgré la chaleur qui régnait sur le pays, un vent léger soufflait dans la plaine de Bichkek, emportant dans les airs un voile de poussière fine. Une bourrasque emporta le sable de couleur ocre vers Olev Kissin, médecin-chef en charge de la mission sanitaire Russe au Kirghizistan. Avec une taille supérieure à deux mètres, il prit la rafale de plein fouet et cligna des yeux pour évacuer la poussière avant de baisser les yeux sur la liasse de papier qui lui servait de pense-bête. *Onze heures du matin et déjà des tonnes de travail à abattre !* La mission était loin d'être aussi facile que prévue, notamment d'un point de vue logistique. Le premier Iljushin, à bord duquel il était arrivé, avait atterri au Kirghizistan la veille et, déjà, les difficultés étaient apparues. La cargaison était bloquée à l'aéroport pour d'obscurs problèmes de paperasserie. Pour limiter la perte de temps, Oleg et son équipe avaient improvisé en achetant des tentes aux commerçants kirghizes locaux. Du temporaire, mais il espérait une amélioration rapide. Restait le plus inquiétant, c'était la rapidité de propagation de la maladie. La veille, les foyers infectieux principaux étaient localisés en périphérie, aujourd'hui le centre-ville et les villages situés à plusieurs dizaines de kilomètres étaient touchés.

Oleg sortit un mouchoir et se vida le nez. Ce qui en sortit était opaque et de couleur ocre sombre. Tout était difficile ici. Même l'air. Il plissa les yeux et regarda les environs. L'hôpital de campagne qu'il allait devoir bâtir était situé dans l'enceinte d'un ancien circuit automobile. Un choix intelligent, l'endroit était situé à l'écart du centre-ville et offrant un périmètre clôt, facile à contrôler.

Un mouvement attira son attention. Une infirmière approchait, le visage couvert d'un foulard pour filtrer la poussière. Ses yeux, comme les siens, étaient rouges, agressés par le vent et le sable. Elle se mit face à lui et il se rappela qu'ils avaient prévu de se voir pour organiser le premier déjeuner de l'équipe médicale au Kirghizistan.

- Natacha ! s'exclama-t-il de sa voix de baryton. Mon infirmière préférée, je suis sûr que tout va bien.

Elle haussa les sourcils. A la forme qu'ils prirent, il devina qu'elle souriait sous le foulard.

- Evidemment, docteur ! répondit-elle d'une voix déformée par le tissu. Je me sens utile, j'adore le climat et je sens que je vais pouvoir décompresser. On a tout pour être zen ici.

Elle leva les bras en faisant mine de secouer le ciel et Oleg sourit. L'infirmière était de petite taille mais elle irradiait l'énergie et il sut qu'il pourrait compter sur elle. Il allait lui parler lorsqu'un nouveau mouvement derrière l'infirmière attira son attention.

- On attend des malades ? fit-il en tendant un bras au-dessus d'elle.

L'infirmière-anesthésiste fit glisser son foulard d'un geste et tourna la tête dans la direction indiquée par son supérieur. Elle les identifia à leur tenue.

- Pas à ma connaissance. C'est trop tôt. En tous cas, ce sont des Kirghizes. Regardez leurs vêtements.

Les Kirghizes, cavaliers des steppes dotés du caractère fier de leurs ancêtres nomades, ne s'étaient pas beaucoup montrés depuis l'arrivée de la mission. On les disait sales, parfois farouches, souvent généreux et toujours pauvres. L'hygiène générale était mauvaise, les rues sales, la population agglutinée comme un essaim au sein de cette ville sans âme au tracé rectiligne. L'annonce de l'établissement d'un hôpital de campagne Russe dans la population locale n'avait pas attiré grand monde jusqu'à présent.

Natacha cligna des yeux sous la lumière crue. Au-delà des tentes blanches à grandes croix rouges qui encadraient l'entrée unique du circuit de vitesse en anneau, elle les vit approcher avec lenteur. Elle ne vit rien d'exceptionnel dans la petite cinquantaine de personnes qui avançaient, juste un groupe d'âges divers, pour la plupart des paysans d'après leurs vêtements, leurs turbans et leurs visages burinés. Pourtant, il y avait quelque chose d'étrange dans ce groupe, mais elle fut incapable de mettre le doigt dessus.

Elle se tourna vers eux. Ils approchaient lentement, comme des robots, d'une démarche raide et saccadée.

- Regardez, fit le docteur, comme en écho à ses propres pensées, on dirait qu'ils trainent leurs jambes, ou qu'elles sont bloquées. Curieux. Ça me rappelle les traumatismes des membres inférieurs chez les jeunes Afghans, en 81. Les mines antichars qui détonnaient à proximité. Quelle saloperie !

- Oui, mais ils ne sont pas tous jeunes, docteur.

- En effet. Ça pourrait être l'arthrose pour les plus âgés. Mais ça n'a pas de sens. Regardez-les. Ils ne sont pas *si vieux*. Et ils ne peuvent pas tous avoir été blessés par des munitions. Pas ici, au Kirghizistan.

- Au fait, répondit la jeune femme en changeant de sujet, comment sont-ils entrés ? C'était aux gardes, Igor et Piotr, de nous prévenir ! Pourquoi ne l'ont-ils pas fait ?

Le docteur fronça les sourcils. Elle avait raison. C'était leur travail de filtrer l'accès et d'annoncer l'arrivée des patients et des visiteurs.

Pourquoi n'avaient-ils rien dit ?

Les paysans poursuivirent leur avance et le docteur discerna les détails. Sur certains, des traces rouges allaient de la bouche au torse et maculaient les vêtements. *Du sang ?* Une alarme retentit instantanément en lui. Quelque chose n'allait pas. Il saisit le talkie-walkie à deux voix et prit Natacha par le bras. L'infirmière passa derrière lui et il recula en portant la radio aux lèvres.

- Piotr, Igor ! C'est vous qui avez laissé entrer les Kirghizes ?

En lieu et place d'une voix humaine, la radio ne retransmit que des crachements statiques.

- Docteur Kissin aux gardes, reprit-il en articulant. Vous copiez ? A vous.

Nouveaux crachotements.

- Docteur, fit Natacha, regardez leur peau…

Kissin réalisa que le visage des paysans les plus proches était strié de lignes sombres dont certaines saignaient. C'était ce qu'il avait vu de loin.

- Doucement les amis, lança-t-il de sa voix de stentor en levant les mains vers eux. Arrêtez-vous, mettez-vous en ligne. Je vais m'occuper de vous. Mais un à la fois seulement.

Le groupe ne répondit pas et continua d'approcher. Natacha et le docteur reculèrent plus rapidement. Des membres de l'équipe médicale sortirent à leur tour des tentes, attirés par la voix du docteur. A dix mètres du groupe, un chirurgien en tenue opératoire verte leva sa toile de tente et sortit.

- Mikael, hurla Natacha, les mains en porte-voix. Attention ! Quelque chose ne va pas chez eux !

Le chirurgien se tourna vers elle, surpris de la voir. Le groupe bifurqua vers lui, mené par un paysan. De leur position, Natacha et le docteur virent qu'il levait les bras vers le chirurgien, suivi par le groupe. Ce qui suivit tétanisa Oleg Kissin et Natacha. Stupéfaits, ils assistèrent à une scène d'horreur. Le Kirghize saisit le chirurgien par le bras. Trop surpris pour réagir, le médecin ne put éviter la morsure. Avec une énergie animale, l'homme déchira les veines du cou dans un geyser de sang. Les autres paysans suivirent et Mikael disparut en hurlant dans la masse grouillante.

Oleg Kissin passa à l'action, laissant derrière lui l'infirmière trop stupéfaite pour agir. Sans hésiter, il rejoignit la foule et bondit en rugissant dans la mêlée, jouant de sa haute taille et de sa masse musculaire pour aider son confrère qui gisait au sol. Dans le camp, les membres de la mission apparurent les uns après les autres, intrigués par les hurlements et l'agitation. Malgré sa masse et sa taille, le docteur finit par basculer et disparaître dans la foule.

A ce stade de l'horreur, le brouillard mental qui enveloppait l'esprit de l'infirmière se dissipa tout à coup. Sans réfléchir, sans savoir ce qu'elle allait faire, elle courut vers la foule, le cœur battant. Alors qu'elle approchait, elle vit avec horreur les dégâts sur le docteur. Il avait perdu une oreille, ses joues portaient des traces de morsure, une partie de sa lèvre supérieure avait été arrachée et son œil droit était crevé.

- Non ! hurla-t-elle avec rage. *Docteur* !

Elle se jeta au sol, agrippa la tête du docteur et remonta frénétiquement vers ses épaules en s'aidant des bras, profitant de l'effet de surprise

- Attrapez ma main ! Vite ! C'est ça ! Je vous tiens ! Je tire ! Attention…

Natacha tira de toutes ses forces sur le bras mais le docteur était trop lourd. Plusieurs paysans se tournèrent vers elle mais plusieurs membres de l'équipe médicale arrivèrent en courant. Un traducteur et un jeune aide-soignant la rejoignirent d'une glissade sur le sable.

L'aide-soignant prit le bras du docteur et tira. Cette fois, le corps glissa alors que le traducteur Kirghize se plaçait en rempart au-dessus du corps inerte, cognant sans hésiter sur les paysans les plus agressifs. Les précieuses secondes qu'il gagna permirent à l'infirmière et à l'aide-soignant de faire glisser le corps sur plusieurs mètres. Oleg Kissin n'était plus qu'une plaie béante. Ses vêtements étaient déchirés, des parties de cuisses, de ventre et d'épaule avaient été arrachées.

Le traducteur hurla. Natacha se tourna vers lui et le vit reculer, submergé par la foule qui s'en prenait à lui.

- Partir ! fit-il dans un mauvais Russe en se tournant vers l'infirmière. Reculez ! Eux pas normaux ! Fous !

Pour l'infirmière, tout allait trop vite… Quelques minutes plus tôt, elle était en train de discuter avec le docteur pour organiser les opérations, la journée était belle, le ciel bleu et la température flirtait avec les trente degrés.

Le ciel restait bleu mais la situation avait tourné au cauchemar. Deux Russes gisaient par terre dans leur sang, une foule d'étrangers hostiles, muets et dangereux s'en prenaient à elle, à son collègue et au traducteur…

Que devait-elle faire ? L'intuition dicta sa réponse. Le docteur pouvait mourir de ses blessures, le Kirghize était valide mais menacé. Elle se leva d'un coup, ordonnant à l'aide-soignant de s'occuper du docteur avant de rejoindre le Kirghize pour l'aider à contenir la foule. Dans le désordre indescriptible qui régnait dans le camp, un infirmier accourut, se plaça aux côtés de l'infirmière et du Kirghize en sang, couvert de morsures et de griffures alors que l'aide-soignant déplaçait difficilement le quintal inerte du docteur Kissin.

À l'aide d'un extincteur, l'infirmier tint les étrangers à distance en les frappant violemment. Des os craquèrent mais les étrangers ne reculèrent pas. Le Kirghize s'empara d'un piquet métallique de tente et l'utilisa contre les étrangers à la manière d'un sabre. Il enfonça le piquet dans l'épaule d'une femme qui continua à avancer, la pointe fichée dans la chair. Il le récupéra et le planta dans la tempe. La femme s'effondra sans un mot. Haletant, le Kirghize se fit comprendre par gestes, indiquant qu'il fallait frapper les assaillants à la tête. L'infirmier fracassa le crâne d'un homme d'un coup d'extincteur.

- Ça marche ! hurla Natacha en voyant le résultat. Autour d'elle, le reste de l'équipe médicale afflua pour repousser les assaillants.

Les coups plurent, les corps tombèrent dans les rangs de chaque groupe mais les assaillants furent vaincus. Lorsque le dernier s'effondra sur le sol sableux, le silence se rétablit brutalement dans le camp souillé de sang et de cadavres. Les survivants se laissèrent tomber à terre, épuisés et abasourdis par ce qu'ils venaient de vivre. Tous travaillaient pour sauver des vies mais, durant les dernières vingt minutes, ils venaient de tuer une cinquantaine de personnes sans en comprendre les raisons.

Quelqu'un pensa à appeler le consulat Russe de Bichkek et, trente minutes plus tard, des policiers militaires Russes arrivèrent en trombe, accompagnés d'officiels et de militaires Kirghizes. En tout, neuf membres de la mission gisaient par terre, morts.

Le lendemain, alors que les douze survivants de l'équipe médicale étaient évacués d'urgence vers Moscou sur un Tu-154M *Careless* semi-médicalisé de l'Armée de l'Air Russe, les grands médias s'emparèrent de l'affaire et envoyèrent des correspondants au Kirghizistan pour documenter l'étrange fait divers qui venait de s'y dérouler.

Les télévisions abreuvèrent le monde entier d'images d'affrontements violents à Bichkek. Des images atroces d'attaques urbaines puis rurales circulèrent sur le Net, par téléphone et les réseaux hertziens. De Kyoto à San Diego, de Saint-Pétersbourg à Pretoria, l'humanité incrédule assista, sans comprendre, aux heurts entre forces gouvernementales et des hordes d'assaillants défigurés.

Les policiers et militaires Kirghizes, mal équipés et peu préparés, incapables d'endiguer le phénomène, furent écrasés. Des scènes insoutenables d'enfants dévorés vivants, de vieillards écartelés, de femmes perdant leurs entrailles furent visionnées par des milliards d'humains.

Des scènes invraisemblables de mitraillage de foules circulèrent sur la toile malgré la censure. Des vidéos d'exécutions sommaires de civils malades, aux yeux jaunâtres et à la peau horriblement abîmée saturèrent les sites internet.

Dans un but d'endiguement de la panique mondiale naissante, la plupart des gouvernements tentèrent de contrôler les flux d'images et d'informations mais échouèrent face à la propagation sur internet.

Malgré la censure, loin des caméras, le drame Kirghize se poursuivit. Ceux qui avaient été blessés par les attaquants de Bichkek décédèrent, d'autres virent leur état physique se dégrader et ressembler à celui des infectés.

Trois jours plus tard, les premiers bruits relatifs à des événements anormaux autour de l'hôpital central de Moscou commencèrent à circuler dans les médias. L'hôpital était celui qui avait accueilli les blessés de la mission médicale russe et les journalistes se précipitèrent sur place.

Quelqu'un songea à *Attila*, le légendaire guerrier Hun de sinistre réputation, le *Fléau de Dieu* originaire d'Asie Centrale connu pour sa férocité et ses razzias.

La maladie fut dénommée *'Fléau d'Attila'*. Le nom, accrocheur, fut adopté mondialement à la vitesse des échanges d'informations.

***

Key West, USA, 8 juin

Allongé sur une serviette maculée de sable, baignant dans une odeur d'huile solaire, Sergei Gonchakov, capitaine de premier rang de l'Aéronavale Russe -colonel dans les armées occidentales- rajusta ses lunettes de soleil pour bloquer les reflets du sable blanc et consulta sa montre. *Quinze heures.*

Malgré l'ombre du parasol, la chaleur était écrasante et il s'ennuyait. En Russe habitué aux rigueurs du climat nordique de Mourmansk, toute température supérieure à vingt degrés le faisait transpirer. Il essuya la sueur qui perlait de son front d'un revers du bras.

Pourquoi avait-il choisi de passer ses vacances d'été dans un endroit où il faisait si chaud ? Ca n'avait pas de sens...

Autour de lui, les familles américaines se détendaient, exposant leurs corps flasques et blancs aux rayons brûlants. Il songea à ses quatre-vingt-quinze kilos de muscles et sourit : il n'était clairement pas à sa place au milieu des pachydermes ambulants et mous, si différents de ceux de la Mer Noire. A quarante-deux ans, il était en forme, courait, pratiquait quotidiennement la musculation et nageait dès qu'il en avait l'occasion.

Un vendeur de glace arrêta son chariot métallique à côté de lui et proposa des confiseries. Alors que les clients convergeaient, Gonchakov contempla son reflet dans les flancs de l'engin. Tête carrée, torse et bras musclés, large d'épaule et trapu, les yeux bleu acier profondément enfoncés dans les orbites. Il sourit.

Gonchakov, mon gars, tu ne peux pas nier tes origines !

Passant une main dans ses cheveux blonds en brosse pour en ôter le sable, il commanda une glace, la prit et se redressa sur un coude pour observer les alentours.

Des enfants jouaient au ballon, d'autres au cerf-volant. Plus loin, des personnes âgées, chapeau sur la tête, se laissaient aller paresseusement sur les flots azuréens de la mer des Caraïbes, dérivant sur des matelas pneumatiques.

Silencieuse à côté de lui, dissimulée sous un parasol, une jeune femme changea de position et s'allongea sur le ventre. Il la regarda distraitement, admira le rebondi de son postérieur serti d'un string et songea qu'elle aurait *vraiment* pu être sa fille.

- Je vais me baigner, fit-il à son attention, sans attendre de réponse.

Elle grommela quelque chose qu'il ne put saisir. L'appel de l'eau était trop fort. Il la quitta et parcourut tranquillement la distance qui le séparait des flots couleur turquoise, regardant autour de lui le spectacle de l'Amérique au repos. Les gens lisaient des journaux et des magazines dont les pages alternaient entre le désastre sanitaire en cours de l'autre côté du monde et le destin tragique de la mission russe au Kirghizistan. Les titres accrocheurs, les photos-chocs, les clichés d'émeutes et de corps ensanglantés mutilés rivalisaient dans la provocation et le voyeurisme. Pourtant, on riait, on buvait et on jouait comme si les événements d'Asie Centrale se déroulaient sur une autre planète.

Malgré l'éloignement, Gonchakov ne pouvait se défaire de la sensation persistante que le feu rongeait déjà l'immeuble adjacent à celui de la Russie depuis la tragédie russe au Kirghizistan et, au fond de ses tripes, quelque chose brûlait, une chose en forme de souvenirs, d'attachement.

Sa famille. Coincée là-bas. En Russie. Juste à côté de l'incendie.

Il regarda la mer.

Du calme. Le Kirghizistan est un pays de sauvages, sans structure médicale. Pas étonnant que ça foire si vite. Les médecins Russes sont bons, et ils ont échoué à cause de ça. Maintenant, l'OMS et l'Occident vont prendre les choses en mains en échange de l'accès aux ressources du pays et ça sera réglé, comme d'habitude. On aura oublié tout ça dans deux mois.

Pourtant, il ne put se défaire d'un doute. Serait-ce si simple cette fois-ci ? D'une bouchée, il engloutit ce qui restait de la glace, jeta le bâtonnet dans le sable avant d'arriver à la mer où il plongea sans attendre. Il fit plusieurs brasses en apnée et ouvrit les yeux sous l'eau pour se gaver du spectacle sublime du sable blanc, des eaux translucides et des bancs de poissons colorés qui croisaient à distance. *Ses premières vacances à l'étranger !*

Il avait choisi de passer les deux semaines à Key West car l'endroit avait toujours été célèbre en Russie pour son climat et sa douceur de vivre... ainsi que pour son importance stratégique du temps de la Guerre Froide. Trente ans plus tôt, l'endroit avait été la terre américaine la plus proche du Bloc de l'Est.

Mais par Sainte Catherine, cette chaleur ! Déjà une semaine sur place et toujours impossible de gérer les températures élevées.

Après plusieurs brasses dans l'onde tiède, il refit surface et se tourna vers le rivage, cherchant à identifier la fille sous le parasol. Il avait une décision à prendre. La crise sanitaire se propageait à grande vitesse en Asie Centrale et la Russie risquait d'être touchée. Il suffisait de penser au rapatriement des survivants de la mission et à l'hermétisme douteux des frontières du pays, aussi étanches que du papier toilette, pour commencer à se poser des questions.

Si c'était le cas, que pouvait-il se passer ? Fermeture des frontières ? Sans doute. Mobilisation des forces gouvernementales, police, forces antiémeutes, services de renseignement extérieurs militaires du GRU, du FSB, de l'Armée de terre ? Certainement. Et l'aéronavale ? Il faudrait des événements d'une gravité exceptionnelle pour justifier l'appareillage en urgence du Kuznetsov, le porte-avions sur lequel il servait sur Su-33 *Sea Flanker* à la tête du 279ème OMSHAP, Régiment Naval Indépendant d'Aviation d'Attaque.

Il ôta l'eau salée qui piquait les yeux et secoua la tête. Il était supposé prendre ses congés ici... se reposer... et c'était tout le contraire ! Il était tendu comme jamais.

Il repéra la jeune femme blonde et songea avec cynisme que ce n'était pas elle, cette quasi-inconnue avec laquelle il tuait le temps depuis son arrivée, qui pouvait lui faire penser à autre chose. Il grimaça.

Rien qu'une paire de seins, un cul et un vagin directement connectés au cerveau sans passer par la case 'réflexion' mais avec l'option 'dépenses' activée !

Il avait déjà dépensé l'équivalent d'une demi-solde pour satisfaire ses caprices. Une misère pour elle, une hémorragie pour lui. Même la mention de sa profession de pilote de combat n'avait pas suffi à l'intéresser... encore moins à la faire rêver !

Ballotté par le mouvement régulier de la marée, il revint à la situation géostratégique et fit le point. C'était peut-être juste une question de jours, sinon d'heures, avant que la Russie ne ferme ses frontières au monde extérieur.

Floride-Moscou en dix heures de vol sur long-courrier. Rester ici pendant la deuxième et dernière semaine de congés ? Tentant... mais pour rien. Trop tendu pour en profiter. Et surtout, avec le risque de se retrouver coincé sur place.

Il vit la femme sans cerveau qui lui faisait signe de la main et l'invitait à le rejoindre. Il sortit lentement de l'eau et sentit le désir physique monter soudain en lui. Il avait pris sa décision.

Poupée, profites-en jusqu'à ce soir. Je te saute une dernière fois et demain, je me casse. Seul.

***

Key West, USA, 9 juin

Gonchakov contempla avec énervement la longue file de passagers qui se pressaient devant le point de contrôle de l'aéroport international de Miami. D'abord la police des frontières, puis les douanes… Manque de chance, il avait choisi de rentrer en Russie un dimanche, fin de weekend pour les Américains et congés pour les autres.

Habitué à la rapidité d'exécution de l'armée de l'air, il sentait sa patience s'éroder devant cette foule qui n'avançait pas. Il attendait son tour depuis vingt minutes, un pied posé sur la valise pour la faire avancer. Autour de lui, malgré l'air conditionné de l'aéroport, un mélange d'odeur de sueur, de détergent et de déodorants bon marché agressait ses narines. L'endroit brassait une masse considérable de nationalités. Chicanos, européens, asiatiques, américains… Le monde entier semblait s'être donné rendez-vous ici pour les vacances. Il vérifia l'heure.

OK. On reste calme, je ne suis pas encore en retard. J'ai le billet pour Paris, la correspondance pour Moscou et mes places sont réservées sur les deux vols.

Puis, pour tuer le temps, il regarda à nouveau l'écran qui diffusait des flashes d'information et son cortège d'écrans publicitaires. La distance et le brouhaha empêchaient d'entendre ce qui était dit mais l'image suffisait.

A nouveau, il sentit une main invisible serrer ses tripes. Les scènes d'évacuation de personnes ensanglantées et mutilées alternaient avec les vues de véhicules d'intervention lancés sur des foules qui ne reculaient pas. Plusieurs petits films, visiblement tournés par des amateurs sur leurs téléphones portables, censurés pour protéger les enfants, se succédèrent, montrant des individus dévorés vivants dans des ruelles terreuses. Une série de reportages sur le sort de la mission russe suivit et il sentit la main se resserrer sur ses tripes. Des Russes, ses compatriotes, étaient concernés.

Les images d'un camp dévasté alternèrent avec celles de personnes en sang, poussées sur des brancards vers un Iljushin Il-76M de l'armée de l'air russe. Malgré le désastre de la mission, il éprouva de la fierté en apercevant les cocardes de l'avion. Son pays n'avait pas perdu de temps pour secourir ses enfants. Mais le sentiment ne dura pas et il se rappela que le Kirghizistan avait fait partie de l'URSS quelques décennies plus tôt. Ce qui se passait là-bas le concernait plus directement qu'il ne voulait l'admettre. Les Kirghizes et maintenant les Russes étaient impliqués. Et la Chine, l'autre allié, était juste à côté... Plus le drame se déployait sur les écrans de télévision, plus il était convaincu qu'une tragédie mondiale d'une ampleur sans précédent était en train de se jouer.

Il regarda autour de lui. Les Américains vaquaient à leurs occupations habituelles, apparemment non concernés par l'horreur des images qui tournaient en boucle. Dans la foule cosmopolite de l'aéroport, il était facile de repérer les ressortissants étrangers. Eux avaient la mine sombre, les yeux rivés sur les images atroces.

Devant lui, les derniers touristes avancèrent et il peut enfin passer la police des frontières pour se rendre au hall d'embarquement. Il profita de l'attente pour appeler depuis son portable ses enfants à Astrakhan, au sud du pays. Eux aussi étaient inquiets, comme leur mère, son ex-femme qui s'était remariée à un éleveur d'esturgeons. D'après son fils, les gens commençaient à dévaliser les magasins en vue d'une dégradation de la situation intérieure. L'adolescent l'avait rassuré en soulignant que la famille était prête : ils avaient fait le plein de victuailles et d'essence, acheté les produits essentiels, chandelle, allumettes, réchaud à gaz et ressorti les armes à feu des sous-sols. Vaguement rassuré, il avait mis fin à la communication, trop chère pour sa solde de pilote.

Plus tard, assis en classe économique dans l'avion qui s'apprêtait à décoller pour Paris, serré comme un saucisson entre deux touristes au visage fermé, il se mit à anticiper ce qui pouvait dégénérer.

L'avion allait décoller pour un vol de huit heures. *Suffisant pour que la situation évolue entretemps, surtout avec la rapidité de propagation de la maladie...* Il secoua la tête et réfléchit aux points importants. *Ses enfants étaient adultes et sous la protection de son ex-femme et de son nouveau mari. Ils avaient de l'argent, des armes, ils étaient proches de la mer caspienne et des montagnes. Ils étaient préparés.*

Alors que l'avion décollait et prenait de l'altitude, il songea qu'il pouvait se soucier de son propre sort dorénavant.

D'abord, le plus important était de réussir à rentrer en Europe car, même en cas de suspension des liaisons aériennes domestiques sur le Vieux Continent, il pouvait toujours rejoindre en voiture, en train ou en bateau son porte-avions à Mourmansk. Ensuite, l'évolution de l'épidémie le dépassait et il ne pouvait rien faire d'autre qu'être vigilant, observer les événements, prévoir des scenarii alternatifs et s'adapter.

La seule chose dont il était sûr, c'était qu'il devait rejoindre en priorité le bâtiment de guerre, pas sa famille sous peine d'être considéré comme déserteur sinon.

Il coiffa sa tête d'un casque audio, écouta l'introduction de *Shine on You Crazy Diamond* sur le système audio de bord, puis mit en marche l'écran de télévision intégré au dossier devant lui et, n'y trouvant aucun apaisement, finit par abandonner au profit du sommeil alors que la nuit obscurcissait déjà les hublots.

***

Beijing, République Populaire de Chine, 12 juin

L'enfant trottait d'un pas vif sur le trottoir sale et gris, suivi comme son ombre par sa mère. Il portait un cartable dernier cri à l'effigie d'un personnage de dessin animé japonais célèbre. Équipé de pied en cape de vêtements griffés italiens, français et américains, il se jeta à terre dans une roulade pour imiter le mouvement de son héros de manga préféré.

Derrière lui, sa mère essayait de tenir la distance. Bien que son enfant connût parfaitement le chemin entre l'école et la maison, elle était inquiète. Elle n'aimait pas ce raccourci à travers les échoppes fermées du marché. A seize heures trente, l'endroit était déjà désert, sans passage, lugubre. Par principe, elle détestait laisser son fils seul de toute façon… Il pouvait lui arriver n'importe quoi ! La croissance économique chinoise avait jeté une quantité invraisemblable de voitures, de motos, de bicyclettes dans les rues de la République Populaire… Un moment d'inattention sur un passage piéton et c'était l'accident !

Un kilomètre séparait la maison de l'école et son fils devait traverser cinq grandes artères circulantes. Elle regrettait de ne pas avoir encore assez d'argent pour acheter une voiture mais elle avait calculé qu'elle pourrait acquérir en deux ans une petite Toyota Corolla d'occasion grâce aux économies qu'elle faisait sur le salaire de son mari. Ainsi, celui-ci pourrait déposer et rechercher leur fils à l'école et elle serait rassurée. Sans compter la fierté qu'elle ressentirait lorsque son mari ramènerait la voiture tant attendue ! Pour l'heure, ils ne possédaient qu'une petite moto et leur fils avait été clair sur le fait qu'il ne voulait pas que ses parents le cherchent à l'école en moto alors que ceux de ses camarades venaient en voiture.

Elle était convaincue que son fils Kuan-Ti, âgé d'à peine huit ans et demi, était encore trop jeune pour aller seul à l'école et elle avait

40

quitté temporairement son travail de comptable dans une petite société de commerce alimentaire pour s'occuper de lui et lui apporter le confort et l'aisance que la génération précédente n'avait jamais connue. En application directe des directives du gouvernement sur l'enfant unique, Kuan-Ti était le seul enfant du foyer et il n'était pas question de risquer son avenir en échange d'un complément de salaire.

- Kuan-Ti, cria-t-elle, essoufflée, ralentis. Je n'arrive pas à suivre.

Il la devançait de vingt mètres.

- Tu vas trop vite, chéri ! Ralentis ! Attends-moi.

- Tu devrais moins manger, maman ! Tu es trop grosse ! T'as plus la forme !

- Ne dis pas ça mon sucre... Tu sais, à ton âge c'était un rêve pour nous d'avoir le ventre plein !

- Je sais, *je sais* !

Il fit une courte pause et reprit, imitant avec dédain la voix de sa mère.

- « C'était bon d'avoir le ventre rond, ça montrait aux autres qu'on mangeait bien ». Je sais. Tu me l'as déjà dit au moins un milliard de fois !

- J'ai toujours l'impression que tu ne m'écoutes pas... Ralentis s'il te plait !

L'enfant continua à creuser l'écart, insensible à ses appels. La ruelle croisa de petites allées qui bordaient des blocs de maisons pauvres. De loin, elle le vit s'arrêter face à une allée sombre et y disparaître après une seconde d'hésitation. Aussitôt, son cœur accéléra et, à l'essoufflement, s'ajouta l'appréhension qu'il lui arrivât quelque chose.

- Qu'est-ce qu'il y a, mon prince ? demanda-t-elle en hâtant le pas. Réponds-moi !

Aucun son ne monta de la ruelle qui avait englouti son enfant. Elle força le rythme, les poumons en feu et arriva à la petite allée où il avait disparu. Elle l'aperçut au loin, accroupi devant une forme sombre allongée par terre. Elle se relaxa et remonta à son tour la ruelle d'un pas vif. Lorsqu'il l'entendit approcher, l'enfant se tourna vers elle, les yeux brillants.

- C'est trop génial ça, maman ! Regarde... Trop cool ! C'est comme dans les films ! Les copains me croiront jamais !

- Qu'est-ce que tu veux dire, Kuan-Ti ? De quoi est-ce que tu parles ? Je ne comprends pas.

Épuisée, elle le rejoignit. Le dos de son fils, allié à la pénombre de la ruelle, masquaient l'objet de sa curiosité mais, au moment où elle l'atteignit, il se mit de côté et dévoila le spectacle dans la pénombre lugubre de la petite allée. Instinctivement, elle hurla et fit un pas en arrière, les talons de ses chaussures claquant contre les pierres du sol.

- C'est... c'est horrible ! Recule ! Ne touche pas à cette horreur !

Les yeux rivés sur le corps de la femme aux jambes nues écartées, boursouflées et saignantes, la mère combattit une nausée violente. C'était la première fois qu'elle voyait un cadavre et, spontanément, dépassée par ses propres émotions, elle opta pour la fuite. Pourtant, malgré sa répulsion, elle étudia le corps. C'était une musulmane, d'après son fichu sur la tête. Une femme de l'ouest du pays, de cet endroit où l'Islam était plus important que le sentiment d'appartenance à la nation chinoise. *Sans doute une commerçante arrivée par le train à Beijing pour vendre ses produits, amulettes, statuettes de cavaliers en bois, laine ou tissu. C'était ça que ces gens vendaient. De la pacotille. A l'image de leur culture.*

Au contraire de sa mère, Kuan-Ti se gorgeait de la scène, penché sur le ventre de la femme dont la longue jupe bleu-marine était retroussée. Mais plus que les vêtements étranges qu'elle portait, c'était son sexe glabre qu'il regardait avec fascination et dégoût. *Si plat, si différent du sien...* Le reste du corps n'était qu'une immense plaie sans intérêt. La peau était couverte de blessures, de longues traces rouges surmontées d'une croûte noire et dure. Il y avait des traces de liquide séché partout. Les longs cheveux noirs qui sortaient du foulard tombaient sur ses seins ronds.

- Ça déchire, maman ! Tu sens ça ? Comme ça *pue* ?
- Je t'en prie, Kuan-Ti... s'il te plaît, arrête ! Allons-nous en...

La mère se détourna, incapable de contenir la nausée. Kuan-Ti éclata de rire en la voyant expulser physiquement l'horreur. C'était la première fois qu'il la voyait faire quelque chose de sale et, avec bonheur, il imagina la discussion avec les copains. Plus d'un le jalouserait, mais il serait le héro du jour. *Cool !*

Trop occupé à se moquer de sa mère, il ne détecta pas le lent mouvement de la femme dans son dos. Sans un bruit, elle se redressa, bouche ouverte. Ses mains se refermèrent silencieusement sur sa tête et, d'un mouvement irrésistible, elle tendit le cou et referma ses mâchoires sur le haut du crâne. Le bruit d'os brisé rompit le silence de la ruelle et attira l'attention de la mère, occupée à nettoyer les éclaboussures de vomi sur ses jambes claires.

Alors qu'elle essayait de comprendre pourquoi son fils était allongé à son tour par terre, elle sentit quelque chose sur son mollet. Stupéfaite, elle hurla de terreur en apercevant les doigts pointus de la femme qui serraient sa jambe avec force. Elle fit un pas de côté mais la traction était trop forte. Déséquilibrée, elle tomba en hurlant de terreur. Dans sa chute, elle aperçut l'auréole de sang sous la tête de son fils et comprit trop tard le drame qui venait de se jouer.

Elle cogna frénétiquement la créature immonde agrippée à sa jambe. Malgré les coups, l'étrangère remonta la main le long de ses jambes, les ongles griffant la peau comme des serres d'oiseaux de proie. Elle essaya de reculer mais la femme était plus forte qu'elle. L'instant d'après, la bouche de celle-ci se referma sur la chair de sa jambe. Alors que les larmes de rage, d'impuissance et de douleur obscurcissaient sa vue et que l'inconnue arrachait des dents un quartier de sa jambe, elle sombra dans l'inconscience.

***

Saint-Dizier, France, 13 juin

Le Commandant Lasalle ralentit, mit le clignotant et stoppa la voiture sur le bas-côté de la route pour écouter attentivement la journaliste qui enchaînait les flashes spéciaux sur la crise au Kirghizistan. Moteur tournant, stupéfait par les nouvelles, il laissa les mains sur le volant, tête baissée, sourcils froncés.

« ... *Le gouvernement du Kirghizistan admet dans un communiqué de presse émis depuis un lieu de résidence tenu secret que le pays n'est plus sous contrôle. D'après des sources proches du Quai d'Orsay, les survivants du gouvernement Kirghize auraient fui la capitale Bichkek et se seraient retranchés dans la mairie d'une ville des montagnes du Nord-est. De leur côté, les dirigeants de l'OMS sont réunis en session extraordinaire à Munich pour établir un plan d'actions spécifique sur le Kirghizistan. Avec nous aujourd'hui, le Professeur Dietrich, expert en virologie humaine, correspondant Français de l'OMS.*

- Professeur, quelle est la classification actuelle de la maladie kirghize ?
- Nous venons de la faire passer en Niveau 6.
- En Niveau 6 ? Le niveau d'Ébola ?
- C'est exact.
- C'est pour cette raison que les frontières du Kirghizistan ont été fermées avec les pays limitrophes ? Avec la Russie, l'Inde et la Chine par exemple ?

- Oui. Avec l'Union Européenne et les USA également. Les vols en provenance et à destination de ce pays sont interdits. On espère bloquer la propagation.

- Et l'OMS ? Que fait-elle ? Quelles mesures concrètes ont été prises pour aider le pays ? On entend parler d'un effondrement total des structures locales, au Kirghizistan. Vous confirmez ?

- Je vais y venir, mais d'abord un rappel sur le Fléau d'Attila, sur sa dangerosité. La situation sanitaire et sociale du pays ne permet plus d'envisager l'envoi d'une mission européenne sur place. La catastrophe russe a montré que c'était trop risqué. Vous avez parlé d'Ébola auparavant. Restons sur ce virus une minute. Ébola est un des virus les plus pathogènes connus à ce jour. Cinquante à quatre-vingt dix pourcents des malades présentant des manifestations cliniques en meurent. Cinq à dix particules d'Ébola dans le sang, et l'hôte est contaminé. L'incubation est très rapide, de l'ordre de deux à vingt-et-un jours. Pour vous donner une idée de ce qui se passe au Kirghizistan, le Fléau d'Attila incube en quatre heures !

- Lasalle secoua la tête, abasourdi, les mains crispées sur le volant.

- C'est ce qui rend cette maladie si spécifique, si dangereuse ?

- Je ne sais pas si vous avez saisi ce que je viens de dire, fit le médecin sans répondre à la question. Quatre heures d'incubation, c'est sans précédent dans l'histoire de la médecine. Imaginez un virus comme Ebola qui commencerait à agir en moins d'une demi-journée… La vitesse de propagation, les dégâts que ça ferait dans la population… C'est exactement ce qui est en train d'arriver, mais en pire !

- Nos auditeurs sont inquiets, professeur. Ils veulent en savoir plus sur cette maladie, les symptômes, le plan d'action de l'OMS… Vous pouvez nous en parler ?

- Ils ont raison de l'être. Les observations montrent que les fonctions motrices et cognitives sont atteintes chez certains contaminés dans les heures qui suivent le passage en mode actif de la maladie. Nous n'avons pas encore eu le temps d'élaborer un protocole de traitement ou de mettre les sujets atteints en isolement. Ça va trop vite.

- Et les symptômes de la maladie ? On parle de démence, de cannibalisme… Certains parlent même de zombies.

- Stop ! Il ne s'agit pas de zombies, bon sang ! Cette rumeur est ri-di-cule ! Les infectés ne sont rien d'autre que des personnes dont le métabolisme a été modifié par la maladie, des malades, si vous préférez. Rien à voir avec cette stupidité de morts ressuscités qu'on voit dans les films d'horreur… Ce genre d'ineptie est physiologiquement impossible. Les malades du Fléau ont été attaqués à plusieurs niveaux, épiderme, muscles, réseau sanguin, système nerveux central… On a observé des céphalées violentes et des phénomènes d'agressivité brutale. C'est ce qui peut expliquer leur dérive comportementale. Mais on manque de temps et de données pour aller plus loin dans l'analyse.

Il marqua une pause avant de reprendre d'un ton plus posé.

- Ce qui est sûr à ce stade, c'est qu'on ne sait malheureusement pas lutter contre cette maladie. Pour moi, le Kirghizistan est perdu d'un point de vue sanitaire. Croyez-moi, et c'est difficile à avouer pour un médecin, c'est la première fois dans l'histoire humaine qu'on est en face d'une maladie aussi rapide et aussi destructrice, et qu'on est en même temps aussi impuissants !

- Mais ça ne peut pas être une maladie complètement nouvelle, pourtant. On doit bien pouvoir remonter à son origine géographique, au Patient Zéro…

- C'est bien là le problème ! On ne sait pas à quoi on a affaire. D'où les préconisations de l'OMS d'organiser la résistance médicale mondiale en isolant d'abord le Kirghizistan. En établissant ensuite une mission médicale internationale d'investigation et de lutte dans les pays limitrophes, soutenue par des forces de l'ONU. En parallèle, il faudra créer une cellule médicale d'urgence au niveau mondial, un regroupement des meilleurs chercheurs en virologie et en bactériologie pour organiser la lutte médicale.

- Dans quel but ? Trouver un vaccin ?

- On peut résumer la situation comme ça, encore qu'on ne sache pas à ce stade s'il s'agit d'un virus, d'une bactérie, de germes ou d'autre chose, ce qui complique la situation. Si c'est un virus, on devra trouver un vaccin, si c'est une bactérie, un traitement.

- On peut craindre que les délais de la recherche médicale soient incompatibles avec la rapidité de propagation de la pandémie. Vous l'avez dit vous-même, il ne faut pas longtemps pour qu'elle se transmette, mais il faut des années pour trouver une parade…

- Je le répète, on doit d'abord savoir contre quoi on se bat. S'il s'agit d'un virus, vous avez sans doute raison… mais il peut s'agir aussi d'une bactérie ou d'un germe, ce qui simplifierait l'élaboration d'une parade. C'est seulement après qu'on pourra définir une stratégie de lutte thérapeutique ou comportementale.

- Comportementale ?

- Oui. En s'inspirant de ce que les tribus du bassin du Congo font spontanément face à Ébola par exemple. Elles isolent physiquement les foyers d'infection et laissent la maladie mourir d'elle-même faute de nouveaux vecteurs de croissance.

- Professeur, l'OMS ou vous-même avez-vous déjà estimé l'impact sanitaire d'une contamination à l'Inde ou à la Chine ? Ou pire, aux deux ?

- Il existe des projections mais les résultats ne peuvent être partagés sans vérification préalable de plusieurs paramètres. C'est le protocole habituel, il n'y a là rien d'anormal. Par ailleurs, l'OMS est un organisme de santé international qui répond à l'ONU et qui est contrôlé par des nations souveraines. Il relève de la responsabilité de ces nations de communiquer sur ces projections, pas de la mienne.

- Vu de l'extérieur, ça pourrait ressembler à une stratégie d'étouffement de l'information.

- C'est votre interprétation, que je refuse de commenter. Vous trouvez que c'est le moment de polémiquer sur un sujet pareil ? Et n'appelez pas ça un scoop, car je le dénigrerai de toutes mes forces !

- Pourtant, plusieurs témoignages d'infection à proximité de Moscou et en Chine ont déjà été rapportés ! Vous ne pouvez le nier !

- Ce sont des rumeurs, et la situation est suffisamment préoccupante comme ça. Ce n'est pas la peine d'en rajouter. La plus grande confusion règne dans ces deux pays. Ce que je dois par contre répéter, c'est que la France et l'Europe ont déjà pris des mesures d'endiguement, comme le contrôle sanitaire systématique aux frontières, la mise en place d'une cellule nationale de veille à Lyon dans le laboratoire P4 de la fondation Mérieux, et la coordination permanente de l'OMS par des serveurs informatiques partagés et sécurisés ! Rien à voir avec Tchernobyl en 1986 !

Lasalle consulta sa montre. Il était subjugué par le reportage mais, à ce rythme, il allait finir par arriver en retard à la base aérienne de Saint-Dizier. Il vérifia l'absence de trafic sur la route et s'engagea sur l'asphalte en accélérant.

Tout en continuant à conduire sur la petite route de campagne, il secoua longuement la tête en repensant aux explications du docteur.

Sans quasiment d'ambigüité, l'OMS venait d'annoncer que le Kirghizistan était condamné à mort et livré à lui-même, et maintenant, cerise sur le gâteau, la Chine et la Russie menaçaient d'être touchées à leur tour. Tant que la crise était limitée au Kirghizistan, personne n'était trop inquiet. Après tout, rares étaient ceux qui pouvaient situer ce petit état pauvre et sous-peuplé sur une mappemonde. On savait juste qu'il s'y trouvait du pétrole et, pour les plus érudits, que des cavaliers y jouaient au football avec une tête de bouc en guise de ballon. Mais maintenant, des poids lourds démographiques étaient concernés. L'épidémie qui, hier, était un épiphénomène local, menaçait soudain de devenir planétaire, de se transformer en pandémie.

Pas besoin d'être un génie pour faire le lien entre l'évolution du Fléau d'Attila et la mise en alerte de la BA-113 la veille...

L'état-major de l'Armée de l'Air avait du relayer le contenu des discussions conduites entre l'exécutif français et le Général en chef des forces françaises. L'information était ensuite redescendue vers l'ensemble des unités et bases opérationnelles. C'était le cours logique des choses à l'armée.

Lasalle se souvint du briefing. Deux Rafale-B/F3 devaient être en permanence en alerte 5mn à Saint-Dizier-Robinson avec un chargement standard de trois bombes Mk-82 de 250 kg sur MER et kit AASM à guidage thermique, deux bidons supplémentaires de carburant de 2000 litres, canon Nexter DEFA M791 de 30mm approvisionné et deux MICA IR air-air thermiques à moyenne-portée. Au total, une tonne et demie de munitions air-sol par avion. Les réservoirs additionnels permettaient d'augmenter l'autonomie opérationnelle des avions, le canon et les missiles air-air assurant l'auto-défense aérienne en dépit de l'invraisemblance d'une quelconque menace aérienne.

Deux Rafales supplémentaires étaient maintenus en alerte à 15mn. Tous les équipages étaient d'astreinte et ne pouvaient s'éloigner de plus de vingt kilomètres de la base de façon à pouvoir la rejoindre rapidement en cas de besoin.

Il arriva à cet instant devant la base et ralentit pour prendre sa place dans la file de véhicules bloqués devant le sas d'entrée.

Il songea avec un sourire qu'il savait comment la journée avait commencé.

Quant à prévoir comment elle allait finir, à la vitesse où les choses évoluaient...

***

Beijing, République Populaire de Chine, 13 juin

Les commerçants qui ouvrirent leurs échoppes tombèrent avec horreur sur deux corps, une femme et un jeune garçon, qui gisaient dans une petite ruelle à l'écart. Tout le monde les crut morts.

De larges flaques de sang avaient séché sous eux et les blessures étaient profondes, surtout sur l'enfant dont l'arrière de la tête était déchiqueté.

La rumeur transforma rapidement l'observation initiale et colporta que les corps avaient été dévorés par une bête sauvage. Pourtant, malgré l'état physique déplorable des victimes, les commerçants réalisèrent qu'ils n'étaient pas morts lorsqu'ils virent la respiration gonfler les torses des victimes.

La police fut appelée pour étudier ce cas incroyable d'agression animale en plein Beijing. C'était la seule explication plausible et on évoqua rapidement l'hypothèse d'une bête sauvage échappée d'un cirque ou d'un zoo, hyène, tigre ou ours. D'autres, plus superstitieux, jurèrent avoir vu une créature ailée fantastique qui se nourrissait d'êtres humains. Les plus ésotériques invoquèrent la colère des esprits de la nature, froissés par la conversion massive du peuple Chinois au matérialisme.

Plus réalistes, certains tentèrent d'expliquer les événements par la volonté du gouvernement de faire un exemple et créer la peur pour amener les habitants du quartier, notamment certains commerçants trop laxistes avec le paiement de leurs impôts, à accepter le renforcement de la présence locale de la police 'pour assurer leur sécurité'.

Mais la police tarda à arriver sur les lieux et, lorsque le premier agent débarqua, il ne trouva pas trace des deux corps et fut immédiatement confronté à l'horreur. Les rues étaient jonchées de corps et de blessés qui erraient en se vidant de leur sang. Rapidement, les policiers furent à leur tour l'objet d'agressions. A plusieurs blocs de là, des riverains rapportèrent des cas d'agressions de passants par une femme, d'autres par un fils et sa mère.

Plusieurs dizaines de personnes furent blessées avant que l'intervention d'une brigade spéciale de la police municipale ne mette fin à la folie ambiante en abattant sans sommation les forcenés qui erraient.

Plus tard dans la matinée, les blessés rapatriés dans les hôpitaux de Beijing s'attaquèrent au personnel médical avant de se disperser dans les rues adjacentes en semant la panique.

***

BA-113 de Saint-Dizier, 13 juin

Lasalle descendit les escaliers rapidement et rejoignit sa famille pour le petit déjeuner. Sa femme et sa fille mangeaient et écoutaient la radio en silence, visage grave. La pâleur inhabituelle de sa fille indiquait à elle seule la gravité de la situation et il appuya son baiser sur son front. Les protéger. Sa mère, elle, la nation. C'est ce qu'il allait devoir faire. C'était son métier.

Il prépara de quoi manger et sirota son café en écoutant les nouvelles. Il essaya brièvement d'engager la conversation avec sa femme sur un autre sujet et résista à l'envie d'éteindre le poste pour arrêter le flot de mauvaises nouvelles pour protéger sa fille, Aurélia. Mais il avait lui aussi besoin de savoir.

Les commentaires qui se succédaient dans des flashes spéciaux consacrés, jour après jour, aux troubles croissants, évoquaient l'envolée des prix, de l'alimentation, de l'eau, de l'énergie, le chômage technique dans les entreprises, les tensions sociales dans de nombreux pays. Seul le pétrole échappait encore à la spirale inflationniste. Le ralentissement de l'activité industrielle mondiale, allié à l'absence de troubles épidémiques dans les pays producteurs du fait de leur isolement dans le désert, se traduisait par une offre supérieure à la demande malgré la réduction de production de l'OPEP. Du jamais vu de mémoire de journaliste.

Pourtant, personne n'avait le cœur à s'en réjouir. Les rumeurs de guerre et d'effondrement économique des nations étaient autrement plus inquiétantes.

Entrailles nouées, il secoua la tête et finit son petit-déjeuner. Il se leva, embrassa sa femme et sa fille sur le front et prit le chemin de la base. Le ciel était encombré d'épais nuages gris. L'air était chargé de tension. L'orage approchait.

Il arriva à la base au moment où les premières gouttes s'écrasaient sur le pare-brise. Il passa le contrôle d'entrée et gagna la salle d'opérations de l'escadrille pour vérifier le programme de vol. Il vit son nom sur le planning. Mission de patrouille aérienne de combat (CAP), deux appareils. Il rejoignit ensuite les pilotes de l'escadron 1/7 Provence en salle de détente. Plusieurs pilotes de son escadrille le saluèrent en utilisant le surnom qui lui avait été attribué, *Lupus* – loup en latin. Quelqu'un avait décrété qu'il ressemblait physiquement à un Romain de l'Antiquité, un autre avait fait allusion à sa personnalité solitaire et tenace qui s'épanouissait dans un groupe, comme le loup en meute et le surnom était resté. Il l'avait tout de suite accepté. Sans l'avouer aux autres, il l'appréciait car il lui correspondait bien.

Entre les conversations, il gardait régulièrement un œil sur l'écran qui passait en boucle les images des événements en Russie. Les scènes ressemblaient à celles du Kirghizistan. Des foules d'êtres raidis, blafards, aux traits émaciés, recouverts pour la plupart de sang et de blessures marchaient vers des rangées d'hommes en armes, policiers ou soldats. Tirs, violences, émeutes, panique. *Toujours la même chose.*

Il sentit ses entrailles se tendre. Avec le temps et la surexposition médiatique, les pires horreurs finissaient par devenir banales. Et pourtant, comment s'habituer à ces masses humaines au regard vide, violentes et déterminées, in contrôlables, qui se dirigeaient sans hésitation vers les fusils d'assaut ? Des têtes explosaient en direct, des torses étaient réduits en bouillie, des membres arrachés, des enfants, des femmes, des vieillards, des malades étaient en pièces... Comment était-ce possible de ne plus réagir à *ça* ?

Écœuré, il chercha du réconfort dans le regard des autres pilotes. Même inquiétude, même nervosité. Dépité, il se servit un café et évita l'écran des yeux. Il regarda les photos d'avions qui illustraient l'histoire de l'Escadron sur les murs. Biplans Nieuport 17, chasseurs MS-406, Spitfire Mk-VB et IX, Mistral, Mystère IV, Jaguar, Rafale. De belles machines. Une histoire, des faits d'armes, la continuité. Un pan de mur regroupait les fanions des campagnes militaires auxquelles le Groupe de Chasse avait participé depuis la seconde guerre mondiale : Afrique du Nord, Corse, débarquement de Provence, Algérie, Mauritanie, Tchad, Guerre du Golfe, Bosnie, Afghanistan, Libye. Avec son navigateur opérateur système d'armes (NOSA), il avait participé aux derniers. Il soupira en repensant à ces conflits, atypiques à bien des égards. Ennemi insaisissable, paysages désolés, désertiques, disproportion des moyens entre adversaires. Une expérience formatrice et sidérante à la fois.

Il acheva son examen visuel par le blason de l'escadron, un grand écu bleu aux armes des trois escadrilles qui le constituaient : la SPA-77 *Croix de Jérusalem*, la 162 *Tigre* et la SPA-15 *Casque de Bayard*, celle qu'il dirigeait, la plus importante à ses yeux. Il s'interrogea avec un mélange de cynisme et d'inquiétude. La liste des campagnes serait-elle un jour complétée par la *Campagne de France* ?

Il reposa la tasse vide sur le zinc et réfléchit. Comme un noyé sur le point de sombrer, il cherchait une bouée. Les photos en noir et blanc, les visages souriants de ses camarades, la présence réconfortante du passé… L'Escadron de Chasse 1/7 était devenu ce qu'il était grâce à ses faits d'armes. Il s'était battu pour la liberté et les intérêts de la France. Lupus, ses hommes et les autres escadrilles avaient hérité de cette histoire. Mais l'Escadron pourrait-il surmonter cette crise-là si elle gagnait la France ? L'ennemi ne ressemblait ni aux Nazis, ni au FNL, ni aux Talibans, ni à Al Qaeda. Plus nombreux, comme fanatisés et complètement irraisonnables.

L'ennemi total. Comment pouvait-on se battre contre ça ?
Larguer des bombes sur les infectés s'ils arrivaient en France ? Possible. Avec la Défense Aérienne, l'attaque au sol constituait la mission principale de l'Escadron. Il se massa violemment les tempes pour chasser l'idée lorsqu'il réalisa l'horreur d'une telle mission. *Bombarder des foules non armées... Des malades.*

A cours de patience, il gagna la salle de préparation et enfila sa combinaison de vol avant de gagner la salle des opérations pour y prendre connaissance de l'ordre du jour et préparer le vol prévu à 10 heures. Il y rejoignit les trois pilotes qui allaient l'accompagner en mission, dont le capitaine Lucas '*Mack*' Kazinski, son NOSA depuis des années, son meilleur ami et le parrain de sa fille. Le surnom '*Mack*' venait de son physique solide aux épaules larges et de sa ténacité qui le faisaient ressembler au bulldog, emblème d'une célèbre marque de camions américains. Ensemble, les quatre hommes préparèrent la mission avant de manger au mess.

Le binôme qu'il formait avec Mack était réputé dans l'Escadron pour son efficacité. Jamais d'éclat de voix, complémentarité exemplaire dans toutes les situations, en l'air ou au sol. Et un palmarès enviable. Lors de l'exercice annuel interallié de combat aérien *Red Flag*, ils avaient brillé dans l'ensemble des phases de combat et surclassé tout le monde, F-15E Américains, Eurofighter britanniques et Su-27SK Russes, à l'exception des F-22 de l'US Air Force, maîtres incontestés des cieux.

Ils continuèrent à parler de *Red Flag* pour prendre de la distance avec l'horreur du quotidien mais, comme toujours, la conversation revint à l'actualité.

- Paraît que les réfugiés commencent à affluer aux frontières américaines par le sud, remarqua Mack en scrutant le fond de sa tasse. Arizona, Nevada, Nouveau-Mexique... Nos potes de l'US Air Force sont sur la brèche. La Garde Nationale et les flics sont mobilisés. Aucun cas d'infection avéré chez eux et pourtant ils paniquent déjà !

- Classique. Ils s'isolent de *l'extérieur*. Mais un seul infecté, passager ou touriste contaminé, et ils dévisseront *aussi* de l'intérieur. Deux fronts à combattre en même temps ? *Ingérable* !

- Je ne sais pas ce que tu en penses, mais ça sent le pourri. C'est chaud, partout dans le monde, en même temps. Je n'aime pas jouer l'oiseau de mauvais augure, mais si le problème n'est pas coordonné et traité *fissa* au niveau mondial, ça pourrait déconner grave. Sortir les humains de l'écosystème à grands coups de pompes dans le fion par exemple. Tu me suis ?

Il s'arrêta de parler, mal à l'aise. Dans les pièces adjacentes, le personnel de la base s'affairait avec une certaine frénésie qui, elle aussi, n'avait rien d'habituel.

- Elle en dit quoi ta femme ? demanda finalement Mack.

Lupus prit sa bouteille d'eau minérale. Ils la vida d'un trait et fit tourner l'eau dans sa bouche avant d'avaler. Il regarda un instant l'étiquette de la bouteille. Fugitivement, la réalisation que la marque serait peut-être bientôt difficile à trouver traversa son esprit. Sans prévenir, sa gorge se serra.

- Elle… euh. Elle est inquiète, comme tout le monde. Elle observe. Et pour toi ? Marie, elle en dit quoi ?

- Mack eut un sourire triste.

- Elle pense que ça va dégénérer, comme pas mal de gens, et elle est sur mon dos parce qu'on est séparés l'un de l'autre.

- Ca, je connais, fit Lupus en écrasant la bouteille vide dans son poing. Mais c'est un non-débat. On fait le boulot. Pas le choix.

Mack regarda le plafond en silence et soupira, sourcils froncés.

- Ca m'étonnerait que les huiles n'aient pas déjà prévu ce genre de situation. Ils ont sûrement fait des simulations, des études, des jeux de guerre au niveau des états-majors, ce genre de trucs. Je ne peux pas imaginer qu'ils aient été pris par surprise. Il *doit* y avoir un plan, un moyen de lutter, de s'organiser… Tu ne crois pas ?

Lasalle haussa les épaules, incertain, avant de répondre.

- Un type à la radio disait ce matin que l'OMS et les gouvernements avaient un plan d'action. Ça devrait me rassurer. Et ben non. C'est l'inverse en fait. Ce truc va trop vite. Il frappe trop fort. Il nous prend de vitesse.

Mack soupira profondément.

- T'as raison, ajouta-t-il à voix basse. Tu sais quoi ? Ça me fait penser à un barrage hydraulique qui se fissure. On voit les premières fuites, on connaît la quantité d'eau retenue. On s'attend au pire. Si ça casse, c'est la catastrophe pour tout le monde. Le problème, c'est que tout le monde sait que ça va craquer. Simple question de temps.

Ils se regardèrent avec gravité puis gagnèrent sans entrain leur avion.

***

Chapitre 3

Vallée au sud-est de Daikondi, Afghanistan, 13 juin

Assis sur une roche en contrebas de l'arrête rocheuse qui constituait le but de la mission, le sergent Smith regarda les soldats fourbus qui préparaient le bivouac, puis le guide afghan qui, en retrait, montait la garde devant le paysage grandiose de la vallée.

Trois jours que la chasse à l'homme durait dans ce paysage lunaire, avec ces dénivelés qui cassaient les jambes. Les hommes des Forces Spéciales commençaient à fatiguer. La *Base d'Opération Avancée* la plus proche était à deux jours de marche. En cas de pépin, il n'y aurait qu'un moyen d'être secouru. Par les airs. La cavalerie aérienne, les hélicos. Son supérieur, un lieutenant distant à peine sorti de l'école, avait peut-être réalisé lui aussi que les hommes s'épuisaient inutilement mais, si c'était le cas, il n'en avait rien laissé paraître.

Le sergent tira à nouveau sur la cigarette en se rappelant que des hommes fatigués pouvaient être dangereux au combat. Il devrait en parler tôt ou tard au lieutenant, l'alerter. Plus tôt que tard d'ailleurs.

Savourant le tabac blond, il étendit ses jambes pour en chasser les crampes et laissa traîner ses yeux sur le paysage. En contrebas, la vallée encaissée rétrécissait, prise en tenaille par des murailles rocheuses qui se refermaient en cul-de-sac, un kilomètre au nord. A l'endroit où la patrouille s'était arrêtée, les lignes de crête étaient à moins de cinq cents mètres l'une de l'autre. *Trois jours sans nouvelles de la Base et du monde extérieur. L'isolement complet au milieu d'un paysage lunaire et implacable à la recherche d'un ennemi insaisissable et dans son élément.* Il soupira. *Vivement la base. L'agitation, le bar, les filles en tee-shirt moulant...*

Le groupe de douze hommes du *Special Air Service* auquel il appartenait était en mission *Recherche et Destruction*. Sur renseignement des tribus que le guide connaissait, des *talibans* gradés avaient été repérés dans les montagnes et devaient être neutralisés. En langage moins aseptisé, cela signifiait 'éliminés'. Trop d'hommes avaient déjà été perdus dans cette guerre interminable. Rendre coup pour coup à l'adversaire faisait partie du jeu, de la rédemption politique et militaire.

Il leva les yeux et essaya de repérer le drone de surveillance *Watchkeeper* qui veillait sur la patrouille en faisant des ronds dans le ciel. Au sol, son ronronnement n'était pas discernable et il volait trop haut pour être aperçu à l'œil nu. Les *moudjahidines* et les *talibans*, les *T-Men* en jargon militaire, détestaient ces machines car elles symbolisaient pour eux la lâcheté de l'Occident, qui se battait sans regarder l'adversaire dans les yeux. Pourtant, malgré leur haine des drones, ils avaient vite compris l'intérêt qu'ils pouvaient en tirer. La présence d'un drone signifiait que des troupes terrestres étaient à proximité et les rebelles s'en servaient comme indicateur de présence ennemie. S'il y avait bien, comme l'affirmait le guide, des éléments talibans dans les parages, alors ce n'était qu'une question de temps avant d'arriver au contact.

D'un geste, il appela l'opérateur radio, un soldat d'origine népalaise à la peau cuivrée.

- Du neuf ? demanda le sergent.

- Rien, sergent. Pas de signe des T-Men. Rien, nada. Certainement planqués dans leurs grottes, comme d'habitude.

- Ouais, quand ça sent le roussi ! Ils vont se terrer dans leurs trous à rat, attendre qu'on les dépasse, et sortir dans notre dos pour nous enfiler sans vaseline, *taliban-style*. Typique des *Squirters* !

Le Népalais tapota la crosse de son fusil d'assaut pour accompagner son dernier commentaire avant de sortir un ordinateur de couleur kaki de son sac et de le mettre sous tension. L'écran du soldat afficha une image infrarouge en haute-résolution de la vallée. Malgré le traitement 'en fausse couleur' qui estompait la notion de distance, les petits points de clairs qui symbolisaient les membres du commando anglais étaient parfaitement visibles sur l'écran.

- Zoome sur la vallée, ordonna le sergent.

Alors que l'opérateur s'affairait, le sergent vit du coin de l'œil le lieutenant approcher. Prenant soin de ne pas montrer qu'il l'avait vu, il ôta ses lunettes de soleil pour mieux voir l'écran, localisant la rivière en fond de vallée et remontant vers l'entonnoir de la vallée en cul-de-sac sans détecter de menace.

- Vérifie les flancs de colline, ordonna-t-il en tapotant l'épaule de l'opérateur.

Celui-ci repartit de la position du détachement et remonta le sentier que la colonne avait emprunté auparavant, s'attardant sur les amoncellements rocheux susceptibles de dissimuler l'entrée d'une grotte ou de caches naturelles. L'officier, arrivé en silence, essaya d'apercevoir l'écran malgré le dos des deux hommes qui faisait barrage. Le sergent se retint de sourire. Si le lieutenant ne pouvait pas voir l'écran, il n'en disait rien. *Couille molle…*

- Nada ! soupira-t-il en revenant à la situation tactique. J'y vois que dalle. Et tes yeux de lynx ?

Le Népalais plissa les yeux avant de secouer la tête.

- Tant pis, mes cailles, poursuivit-il, on essaye de l'autre cô…

Un point lumineux, isolé, apparut soudain sur l'écran, de l'autre côté de la vallée, aussi clair qu'incongru.

- Zoome là-dessus. C'est peut-être une chèvre.

Le Népalais s'exécuta aussitôt et, loin au-dessus d'eux, la caméra du drone se mit en mouvement. La longueur focale de l'objectif se modifia et, en réponse, les détails du point lumineux apparurent.

- Pas une chèvre, constata le Népalais. Un type. Seul.

Le sergent hocha la tête en pensant que quelque chose n'allait pas. Fronçant les sourcils, il vérifia les graduations de l'échelle de température sur l'écran. Dix ans d'expérience du terrain lui avaient appris à saisir les nuances et à faire attention aux moindres détails.

- On est sûr de la caméra du *Watchkeeper* ? demanda-t-il.

- Affirmatif. Vérifiée sur plusieurs objectifs, y compris sur nous il y a quelques minutes. RAS. Pourquoi ?

Le lieutenant s'immisça dans la discussion après un raclement de gorge nerveux.

- Vous pouvez vous joindre à nous, mon lieutenant ! fit le sergent en essayant de contrôler le cynisme qui l'animait. Ça va vous intéresser.

- Vous avez vu quelque chose, sergent ? demanda le lieutenant d'une voix qui ne collait vraiment pas avec son statut d'officier.

Smith secoua la tête. Cet imbécile n'avait rien vu, rien dit. Tout ce temps, il avait observé la situation de loin, sans y prendre part.

Que les autres se démerdent, c'est ça mon pote ? Typique d'un gars qui n'était fait ni pour la guerre, ni pour le commandement, un de ces minables qui finirait dans un état-major quelconque à lécher le cul de ses supérieurs. Pitoyable.

Sans rien laisser paraître, il se contenta d'indiquer d'un geste la tâche colorée qui marchait lentement dans les rochers.

- De deux choses l'une, continua le sergent, soit la caméra du drone est HS, soit ce type est en chaleur ! Et Song-Tin m'assure que notre matériel est OK. Regardez la légende thermique. Ce type est trois à quatre degrés au-dessus de la température corporelle normale. Dans les 41 degrés.

Le lieutenant plissa les yeux pour mieux discerner les détails.

- Vous en déduisez quoi, sergent ? demanda-t-il après une minute d'observation.

- Moi ? Je dis que ce type est défoncé au khat. C'est l'heure de la prise du jour. Et on crève de chaud au milieu de ces pierres.

Le sergent se redressa sans un mot, saisit la paire de jumelles qu'il portait autour du cou et remit en place son fusil d'assaut Heckler & Koch G36K avant de presser les jumelles contre ses yeux pour observer de plus près la silhouette de l'homme qui descendait l'autre versant de la vallée, juste en face de leur position actuelle. L'homme donnait l'impression qu'il voulait couper la rivière à angle droit et remonter vers eux en ligne droite.

- J'en ai connu, des fièvres, fit-il à voix basse. Et je peux vous garantir que, khat ou pas khat, personne ne tient sur ses jambes au-dessus de 40.

L'officier, tourné vers la vallée, garda le silence, sourcils froncés.

- Taliban, d'après les vêtements, précisa Singh sans autre aide que ses yeux.

Smith regarda l'opérateur en souriant avant de se redresser.

- Vu son parcours, il sait où on est. Autant dire que ses potes ont repéré notre groupe. Préparez-vous à des tirs d'armes légères et de RPG dans les minutes à venir.

Comme ramené brutalement à la réalité du combat imminent, le lieutenant ouvrit les yeux et se précipita vers les hommes. A voix basse, il leur ordonna de s'éparpiller au milieu des rochers et du sable qui couvraient les pentes de la vallée. Les combattants obéirent après avoir jeté un coup d'œil de vérification au sergent, qui confirma d'un hochement de tête discret.

Smith vit les soldats se préparer en silence. Le guide, regard de braise braqué sur lui, se mit en marche lorsqu'il lui fit signe de venir et le rejoignit en même temps que deux caporaux. Le lieutenant resta avec le reste des hommes, au soulagement du sergent. Il aimait gérer les choses à sa manière, sans avoir à se soucier des ordres, surtout dans un contexte où le plus expérimenté n'était pas celui qui commandait. Les quatre hommes et l'opérateur s'allongèrent pour disparaître dans le terrain.

- Abdul ! fit-il en s'adressant au vieux guide Afghan dont les joues burinées indiquaient l'expérience du climat rude, du soleil de plomb et des montagnes sans pitié. Reste à proximité du sentier sur le flanc droit. J'ai besoin de ton aide. Toi, je te demande d'observer l'ennemi. Et s'il arrive de ce côté, empêche-le de continuer. Je te file des gars pour ça. A mon ordre, tu déploies les hommes en éventail vers le fond de la vallée. Progression par sauts de puce. Cherche l'appui du terrain. Pigé ?

Le vieil Afghan hocha la tête, puis fit un bruit sonore de la bouche avant de cracher un jus de salive et de tabac à mâcher entre ses rares dents.

- OK. McReid, Dougall ?
- Sergent ?
- McReid, tu t'occupes du flanc gauche, Dougall du centre.

Les deux caporaux acquiescèrent, sourire aux lèvres à la perspective de l'action.

- A mon signal, commencez la progression. Déploiement en tenailles sur l'objectif. Prudence et rapidité. Ni précipitation ni acte héroïque, vu les zigotos ?

Ils approuvèrent en silence.

- Song-Tin, continua Smith, tu restes avec moi. On va s'occuper ensemble du guignol en djellaba qui joue à colin-maillard dans les caillasses. On s'approche, on le cerne et on le neutralise pour le ramener ici et l'interroger. C'est seulement si ça se passe mal qu'on fera rappliquer les gusses. Pigé, tout le monde ?

- Cinq sur cinq, sergent, confirma l'opérateur en rangeant son PC dans le sac à dos.

Les autres confirmèrent et se replièrent sur leurs emplacements désignés. Le sergent vérifia à nouveau la position du guerrier Afghan aux jumelles.

- Y'a vraiment quelque chose de pas clair chez ce type, murmura-t-il.

- Seul dans la lumière, en plein soleil… fit le Népalais. C'est ça qui vous gêne, sergent ?

- Pas seulement. Regarde-le bien.

Il tendit la paire de jumelles à l'opérateur, qui fronça les sourcils lorsqu'il vit l'Afghan à travers le fort grossissement de l'instrument militaire.

L'homme solitaire continuait sa marche difficile dans les éboulis du terrain et trébuchait à chaque pas.

Aucun doute sur son origine. *Un guerrier taliban.*

Il portait l'habit typique du pays, pantalon bouffant et turban de la même couleur beige, gilet noir sur les épaules, les poches visiblement remplies de chargeurs. Song-Tin aperçut le bout d'un AK-47 et l'ogive pointue d'un AK-40 qui dépassaient de son dos. L'Afghan était équipé pour le combat et pour les déplacements rapides, comme l'indiquait le sac traditionnel qu'il portait, coincé entre les armes.

L'opérateur tiqua devant la saleté de l'accoutrement, souillé de tâches sombres. Les Afghans avaient beau être pauvres, ils prenaient toujours soin d'eux, même dans les montagnes, ce qui n'était pas le cas de celui-là.

Mais ce qui le surprit le plus, ce fut la marche téméraire et lente de l'Afghan vers les SAS, sans toucher à ses armes.

Un comportement très inhabituel chez un ennemi réputé pour sa discrétion et sa férocité.

***

Londres, 13 juin

Singh prit une tasse de thé chaud et s'assit devant son ordinateur en souriant. Il avait pris une journée de congés pour rester chez lui. Le ciel londonien était bas et gris, le vent soufflait, l'atmosphère était fraîche. *Autant de raisons pour rester tranquillement chez soi, au chaud, à surfer sur Internet pour suivre les événements incroyables du monde !*

Il bougea machinalement la souris et l'écran passa du noir à l'image de fond. Tout en sirotant son thé à la bergamote avec nuage de lait et larme de citron, il lança un logiciel de communication et sa liste de contacts apparut. Il mit un instant à réaliser ce qui se passait. Il reposa sa tasse brûlante, stupéfait. Tous ses contacts en Inde avaient essayé de l'appeler pendant qu'il était hors ligne et il sentit soudainement son cœur se contracter.

Il composa en premier le numéro de son cousin Ramah à Bombay. Il avait confiance en lui. Avant de migrer pour le Royaume-Uni, Ramah avait été son meilleur ami. Il pianota sur son clavier et lança la connexion. Son cousin répondit en moins d'une seconde.

- Qu'est-ce que tu fous Singh ? fit aussitôt Ramah, les traits tirés. T'es jamais connecté ou quoi ? Et ton portable, ça t'arrive de l'allumer ?

- Cool ! Vas-y doucement, je suis en congés ! Qu'est-ce qui se passe ?

- Quelqu'un de la famille t'a contacté ? Des potes ?

- Ils ont essayé pendant que je dormais. Plein de gens. Bon, qu'est ce qui…

- T'es pas au courant ? T'as vraiment rien vu ?

Singh hocha négativement la tête. Sur l'écran, Ramah soupira et s'éloigna de la caméra.

- L'épidémie, fit Ramah. C'est du jamais vu d'après les médecins du coin. Il y en a qui ont pu approcher les malades. Ils disent que cette saleté se transmet par morsure ou contact physique.

- C'est peut-être moi qui suis lent ou limité, coupa Singh en sirotant son thé, ou alors c'est toi qui t'y prends mal pour expliquer, mais tout ça, on le sait déjà ! Le Kirghizistan, la Russie... Hello, Internet ! C'est un truc qui existe, tu te rappelles ?

La vapeur aromatisée, douce et réconfortante, enveloppa son nez. Comme des milliards de personnes, il adorait le thé.

- Singh... Cette maladie est un truc de dingue ! Ce matin, j'achetais des mangues chez un marchand quand j'ai vu cette femme. Elle marchait bizarrement. Tu vois, comme un robot, dans la foule. Son visage... Son visage était couvert de sang et de plaies... Dommage, c'était un vrai canon. Jeune avec des gros seins.

- Et alors ? interrompit Singh avec une once d'irritation. D'autres contacts essayaient déjà de l'appeler alors qu'il était en ligne depuis moins d'une minute.

- D'abord, poursuivit Ramah, on a cru qu'elle avait été battue, ou qu'elle était défoncée à quelque chose. Elle bousculait les gens ! Et puis, elle a fini par tomber par terre. Une vieille femme l'a aidé à se relever. Et je te le donne en mille...

Singh écouta son cousin d'une oreille distraite. Il voulait tenter une vidéoconférence avec sa cousine Minah qui était en ligne et qui essayait de le joindre.

- Minute Ramah, plaida Singh en autorisant électroniquement sa cousine à se connecter. Minah est en ligne. Je passe en vidéoconférence à trois. Tu pourras lui expliquer en même temps.

- Grouille-toi...

- Singh ! fit la voix aigüe de Minah alors que son image n'était pas encore visible. C'est la folie dehors ! Les gens sont devenus fous !

Les deux cousins restèrent muets. Minah était une fille de vingt ans, posée, rayonnante et douce. Étudiante en informatique à l'université de Delhi, elle avait l'esprit carré.

- Quoi ? demanda Singh en se rapprochant machinalement de l'écran, attendant que l'image apparaisse.

Les traits de la jeune femme finirent par s'afficher. Des frissons parcourent l'échine de Singh lorsqu'il la vit de près. Elle était décoiffée et son sari était déchiré. Des traces de larmes étaient visibles sur ses joues sales. Elle ressemblait à une femme violée. Instinctivement, il recula sur sa chaise, consterné par cette apparence.

- Qu'est ce que tu as sur le visage ? demanda Ramah en se rapprochant doucement de l'écran.

- Du sang ! hurla Minah, les yeux dilatés, la bouche tordue en une grimace nerveuse. C'est du sang *humain* ! Les gens s'étripent dans les rues ! C'est le chaos à Delhi ! Il y a des policiers et des militaires partout. Ça tire dans tous les sens. Et les magasins sont fermés ! Pendant mes courses, des gens sont arrivés au marché... Ils... Ils saignaient de partout et ils s'en prenaient aux clients sans raison. J'ai... j'ai vu un enfant qui... J'ai, ah... J'ai essayé de l'aider mais ils m'ont attaquée ! Et l'enfant... Il... L'enfant a été tué devant moi ! C'est... C'est son sang que j'ai sur le visage...

- C'est... C'est ce qui s'est passé chez moi aussi, fit Ramah d'une voix blanche. Les gens s'entretuent !

- La télé, la radio, continua Minah sans donner l'impression qu'elle avait entendu son cousin. Il n'y a plus que des programmes d'urgence. Ils demandent aux gens de rester chez eux, d'attendre que ça se calme... Mais personne ne sait ce qui se passe exactement ! On parle d'un virus ! Et tous ces massacres dans les rues ! Je suis sûre que ça a un lien. Le virus, l'armée, les émeutes... C'est connecté, tout ça !

Sur l'écran, la jeune femme se retourna pour regarder derrière elle. Singh décida d'enregistrer la vidéo sur un disque dur. Son cousin Ramah enchaîna.

- Minah, c'est pareil ici, à Bombay... J'étais en train d'expliquer à Singh qu'un jeune a arraché la moitié du cou d'une vieille femme qui l'aidait à se relever. Tout vu en direct !

- Minah, interrompit Singh, incrédule, la gorge à présent sèche. Tu es à l'abri chez toi ?

La jeune femme fit de nouveau face à la caméra, les yeux cernés de noir, épuisée. Singh vit que les lèvres de sa cousine tremblaient toutes seules.

- Je... Je ne sais pas ! On tape à ma porte d'entrée depuis un moment, je ne sais pas si vous entendez les coups... Je... je ne sais pas qui c'est ! Et je suis seule ! Je dois aller voir. Restez en ligne, s'il vous plait !

Singh cogna le bureau du plat de la main, frustré de ne pouvoir aider sa cousine. Celle-ci se redressa, dévoilant des pans entiers de son sari déchiré. Soudain, l'image se figea sur une de ses hanches.

- J'espère que... fit la voix de Minah. Oh non ! *Quelqu'un est entré chez moi ! Au secours !*

Le sari coloré sortit soudain du cadre l'écran. Il y eut un hurlement en dehors du champ de la caméra. Sonné par le spectacle, Singh vit sa cousine traverser comme une flèche, en arrière-plan. Le grain de l'image ne permettait pas de voir clairement ce qui se passait, mais plusieurs formes sombres traversèrent l'écran à sa suite. Ensuite, il ne se passa plus rien. Suspendus à l'écran comme à une bouée de sauvetage, les deux cousins attendirent avec anxiété. Un mouvement attira leur attention. Des visages inconnus, ensanglantés et déformés passèrent devant l'écran de Minah, le visage couvert de sang frais.

Ramah, livide, regarda l'écran sans pouvoir parler. Il n'y avait plus rien à faire. Le souffle court, l'esprit pétrifié, il décida de témoigner sur le Net et de montrer ce qui se passait en Inde, en un dernier hommage à Minah. Il mit la vidéo en ligne et, moins d'une heure plus tard, les journaux télévisés s'en emparèrent et la diffusèrent en boucle.

Le monde apprit avec stupéfaction que l'Inde succombait à son tour à la catastrophe.

***

Vallée au sud-est de Daikondi, Afghanistan, 13 juin

A travers les jumelles, l'opérateur regarda fixement le Taliban au visage ravagé qui s'obstinait à gravir les éboulis pour rejoindre les SAS.

- Putain ! Il s'est vautré dans les rochers ou quoi ? fit-il. Son visage… Vous avez vu ? Il pisse le sang !

- Possible… répondit le sergent Smith en se redressant, dubitatif. En tous cas, il n'y a pas que le visage qu'il s'est bousillé dans la chute… Le crâne aussi. Il est fêlé ! Mais attention. Tout ça ne ressemble à rien. Ça pourrait être un piège !

- Sergent, fit le Népalais en poursuivant son observation, ce type là, tout seul, il va droit vers sa mort. Et ça, ça colle pas. Ça ne ressemble pas aux T-Men. C'est pas dans leur façon de faire. Sacrifier un de leurs hommes comme ça… Alors soit ils ont changé de tactique, soit c'est autre chose.

Smith enregistra la remarque. Nerveusement, il regarda sa montre, vérifia une dernière fois la position des hommes et s'empara de son fusil avant de s'engager dans les éboulis en direction du taliban isolé.

- Attendez, sergent ! interrompit l'opérateur.

D'un bloc, le sergent se retourna vers le Népalais.

- Sergent, répondit celui-ci en tendant les jumelles, ça bouge de nouveau ! Regardez !

Le sergent braqua aussitôt les jumelles sur le versant opposé de la vallée. D'autres talibans sortaient des rochers, sans explication. Il compta sept hommes.

- C'est quoi ces manœuvres à la con ? gronda-t-il, ahuri par le mouvement ennemi. Où est leur tir de couverture ?

- Ça n'a pas de sens ! marmonna le Népalais en secouant la tête. Sortir d'une grotte en plein jour. Aucun T-Man ne ferait ça.

- T'as raison, gronda le sergent en pressant ses yeux contre les jumelles pour mieux voir. On a peut-être affaire à des types qui se font passer pour des talibans. Méfions-nous.

- Ah, ça colle pas, sergent. Je vous dis, ça colle pas...

Le sous-officier n'ajouta rien. Il n'avait pas d'explication immédiate, mais il était sûr d'une chose. L'ennemi était en mouvement sur leur position. Il fallait se défendre. Il se tourna vers ses hommes dont plusieurs dodelinèrent doucement de la tête en réponse, aussi surpris que lui. Le lieutenant était avec eux, comme privé d'initiative. Il fallait vite reprendre le contrôle de la situation et agir. Avec des hommes fatigués, toute erreur pouvait avoir des conséquences dramatiques.

Il détailla à nouveau les combattants Afghans et réalisa qu'ils étaient tous maculés de sang et qu'ils marchaient de façon arythmique.

- *Sainte Merde !* jura-t-il entre ses dents en secouant la tête. Soit ces cons ont abusé du *khat*, soit leur rave-party dans les caillasses a mal tourné, soit ils viennent de se prendre une dérouillée et ils cherchent du secours chez nous...

Il observa un jeune combattant qui avançait bouche ouverte dans les rochers d'un pas hésitant en traînant son fusil par la sangle. L'arme rebondit sur les cailloux du terrain sans que l'Afghan s'en soucie. Plus loin, un berger couvert d'une peau de mouton avançait à la même vitesse, bouche ouverte.

- C'est clair, ils sont givrés ! gronda le sous-officier. Bon, assez perdu de temps, on passe à l'action ! On en capture un, on le remonte et on le cuisine.

Il était certain à présent que quelque chose n'allait pas chez les talibans. Par signe, il indiqua aux hommes de se mettre en position de tir et ordonna au tireur d'élite de prendre position. A côté de lui, Song-Tin était prêt à avancer. De l'autre côté de la vallée, les combattants Afghans continuaient leur progression rectiligne vers les soldats britanniques. A l'allure où ils progressaient, ils seraient sur eux dans moins de trente minutes.

Le sergent se tourna vers son tireur d'élite et ordonna un tir de semonce.

Le soldat passa à l'action. Allongé dans les cailloux, il pointa le canon du lourd fusil Barrett M-107 de calibre 12,7mm vers la première cible, régla le viseur en tenant compte des conditions climatiques, stabilisa la visée et déclencha le tir sur autorisation du *pointeur*. Malgré le traitement acoustique du fusil destiné à estomper le bruit, la puissante déflagration fit sursauter les membres du détachement. La détonation de l'arme roula dans la vallée pendant de longues secondes, semblable à l'orage, reprise et amplifiée par la caisse de résonnance de l'étroite vallée.

Le projectile passa au-dessus d'un homme et fit exploser le rocher derrière lui.

- Sergent, murmura l'opérateur, les mains crispées sur son arme. Ils n'ont même pas baissé la tête !

Le sergent vérifia l'attitude du guide Afghan, véritable baromètre des situations. Debout sur la crête, fusil dans les mains, le vieil homme fronçait les sourcils. Lorsque leurs regards se croisèrent, le sergent crut y lire de l'hésitation et peut-être autre chose, un sentiment inhabituel pour un combattant de son calibre…

Le souffle court, il ordonna un second tir, au but cette fois. Le tonnerre retentit à nouveau et la balle emporta le visage d'un combattant. Le corps sans tête fut violemment propulsé dans les rochers. Le sergent observa attentivement la réaction des talibans. Contrairement à leur habitude, aucun ne chercha à se mettre à l'abri et ils continuèrent leur progression rectiligne vers les SAS, comme insensibles aux tirs. Plus étrange encore, ils ne tirèrent pas une seule fois vers les Britanniques.

- Tu as repéré leur chef ? demanda Smith à l'opérateur.

Le soldat répondit négativement. Le sergent se tourna vers le tireur d'élite et ordonna d'abattre tous les combattants sauf un, qu'il désigna du doigt d'après son accoutrement plus riche que les autres. Il y avait des chances qu'il soit leur chef. Pendant que le tireur se préparait, le sergent se tourna vers l'opérateur et se lança dans les éboulis. Song-Tin à ses côtés, il prit de la vitesse et fut au fond de la vallée en moins de dix minutes. Il attaqua aussitôt le versant opposé sous les vrombissements des gros projectiles du tireur d'élite. Alors qu'il remontait les éboulis avec son opérateur, les talibans s'effondraient les uns après les autres sans opposer de résistance.

Enfin, le cœur battant, le sergent fut au contact avec le dernier Taliban survivant. Les autres gisaient dans leur sang, atrocement mutilés par les tirs, au milieu des rochers.

Le sergent ordonna au combattant de se rendre mais l'homme continua d'agir comme s'il n'avait rien entendu et se dirigea vers le Népalais, plus proche. Surpris, l'opérateur fit deux pas en arrière, trébucha contre un rocher et s'affala au milieu de la rocaille coupante. Il était en train de se relever lorsque l'Afghan le saisit avant de lui arracher le cou à l'aide de ses dents.

Sidéré, le sergent mit une fraction de seconde avant de réagir. Déjà, l'Afghan se tournait vers lui, le visage dégoulinant du sang de l'opérateur, mâchant le morceau qu'il venait d'arracher. Comme un robot, Smith visa le Taliban et l'abattit d'une balle dans la mâchoire. L'homme bascula en avant dans un geyser de sang qui aspergea le visage du sergent.

Smith sentit l'odeur métallique du liquide sur ses lèvres et dans les narines, il en avait jusque dans les yeux... Il se nettoya les yeux puis se précipita vers le Népalais qui gisait inconscient par terre, en pleine hémorragie. Le cœur battant, il prit le transmetteur radio fixé sur une bretelle de l'opérateur.

- Bravo-2 à Alpha-1 ! fit-il à l'attention du lieutenant resté sur la crête.

Il sentit la fureur s'emparer de lui. Il était crevé, son opérateur était en train d'y rester, les Afghans avaient pété une durite, l'officier en charge du détachement n'avait rien fait... Il en avait plein les bottes. A la prochaine erreur du lieutenant, il se sentait prêt à le cogner dans le seul but de se soulager...

- Bravo-2 d'Alpha-1, répondit l'officier. Vous avez des pertes ?

Le sergent fit un effort surhumain pour ne pas souligner l'amateurisme du lieutenant.

- Mon lieutenant, poursuivit-il en repérant l'entrée de la grotte dans un pli du terrain, Song-Tin est au tapis. Besoin de MEDEVAC ASAP. Ennemi neutralisé, aucun survivant. Sont sortis comme des rats de leur tanière ! Je vois d'ici l'entrée de la grotte. Fallait avoir le nez dessus pour la trouver ! Suggère regroupement de l'effectif à mon niveau pour nettoyage de la grotte. Terminé.

- Reçu, Bravo-2. On fait le nécessaire et on vous rejoint. Terminé.

Un HH-60G *Pave Hawk* de l'US Air Force arriva sur les lieux peu après la jonction du détachement avec le sergent qui en avait profité pour déloger les occupants présumés de la grotte à la grenade. Les explosions avaient fait jaillir des flammes jaunes et de la fumée âcre mais aucun taliban.

Plus tard, l'opérateur reprit connaissance en salle de soins intensifs, veillé par une infirmière allemande. Il la saisit au visage et lui arracha le nez avec les dents alors qu'elle le soignait. Lorsque l'hôpital militaire se rendit compte du drame, Song-Tin était déjà mort.

Le personnel retrouva l'infirmière évanouie dans une mare de sang, la mit sous perfusion en salle d'urgence et la surveilla aux instruments pendant la nuit. Au petit matin, elle se leva seule et erra dans les couloirs de l'hôpital, défigurée, les yeux hagards, la bouche en sang. Elle entra dans les chambres et s'attaqua aux patients, aux infirmiers de garde et aux civils qu'elle croisa.

Quarante huit heures plus tard, les débris des forces alliées quittèrent l'Afghanistan, écrasées par l'épidémie qui transformait les victimes en monstruosités létales, concrétisant ainsi le rêve des talibans de soustraire leur terre ancestrale aux étrangers.

A la nuance près que les combattants talibans avaient cessé d'exister comme force organisée.

***

Aéroport de Los Angeles, 14 juin

Le lourd A340-600 de la China Eastern se posa à Los Angeles dans le chuintement des douze pneus de son train principal après quatorze heures de vol depuis Beijing. Le nez de l'avion bascula à son tour vers le sol et la roulette de nez prit contact à son tour avec la piste. Les freins de roues et les inverseurs des moteurs entrèrent en action et ralentirent la lourde machine qui gagna les terminaux à faible vitesse.

A bord, parmi les deux cents passagers, épuisés, de la classe économique, un homme en sueur venait de passer les quatorze heures les plus pénibles de sa vie.

Les premiers passagers se levèrent par groupes alors que l'avion était encore au roulage et les allées se transformèrent rapidement en souk, typique de l'arrivée des vols long-courriers en provenance de Chine. Exaspérés, les passagers n'avaient plus qu'une idée en tête : quitter au plus vite le cylindre volant dans lequel ils avaient mal mangé, mal dormi, mal réfléchi et, en fin de compte, mal voyagé. Mais l'homme resta assis, tête contre le siège d'en face, les gouttes de sueur coulant sur son front avant de s'écraser sur la moquette.

Privé de forces, à bout, insensible aux bruits et à l'agitation, il ne ressentait plus que la souffrance, ce feu qui brûlait de l'intérieur, irradiant le long de ses veines et brouillant ses pensées, martelait sa tête et envoyait des pulsations dans les tempes. Il leva un bras avec difficulté pour essuyer la sueur du front. Il contrôlait à peine ses muscles. Ses jambes étaient trop faibles pour le porter et il appréhendait le moment où il devrait se lever à son tour. *En aurait-il la force ?* A en juger par le mal qu'il avait eu à gagner les toilettes, auparavant, au-dessus du Pacifique, rien n'était moins sûr.

De la main droite, il serra l'avant-bras gauche pour atténuer la douleur. Sous la manche de chemise, un bandage serré couvrait la morsure qui lui avait été infligée vingt heures plus tôt.

Des images se formèrent dans son esprit fiévreux. Il se rappela la cohue autour de l'appartement familial qu'il possédait avec sa femme près de la Gare de l'Ouest de Beijing. Il n'avait pas compris tout de suite la raison des hurlements en pleine nuit, perceptibles depuis les fenêtres de son logement au huitième étage. Il s'était penché à la fenêtre avec sa femme pour comprendre. En bas de l'immeuble, des gens attroupés se battaient violemment. Une personne était à terre devant l'entrée de l'immeuble, les vêtements couverts de sang. Il avait vu des lumières s'allumer, des gens se pencher aux fenêtres. En bas, la foule était si agitée, les hurlements et les cris si nombreux qu'il était impossible de comprendre ce qui se passait mais il avait fini par obéir à sa femme et était descendu, plus par soumission que par intérêt. Puis les images se mirent à défiler.

Le vieux qui approchait en hurlant, les mains autour du cou, hurlant comme une truie, une foule d'agités sur les talons. Les retraités du premier qui l'avaient aidé à ouvrir la porte grippée de l'immeuble. Le vieux, tombé juste devant la porte principale...

Il avait du sortir sous la contrainte des voisins pour le récupérer. Les jambes du blessé étaient encore coincées dans la porte et il tirait le vieux par les bras comme un fou quand des cinglés l'avaient agrippé par le cou. C'était comme ça qu'il avait été mordu à l'avant-bras. En essayant de *se protéger. Quelle poisse !*

Ensemble, ils avaient réussi à refermer la porte. Il avait ensuite passé le petit matin à se soigner seul dans la salle d'eau. Sa femme, ennuyée, avait écouté son histoire et s'était recouchée sans un mot.

La fièvre avait commencé après l'application du bandage sur la plaie. Au début, elle avait été tolérable et il avait fait sa valise, était passé au bureau et avait pris un taxi pour l'aéroport avant d'embarquer. Cinq heures après le décollage, la douleur et la fièvre étaient brusquement montées. Il avait enlevé et remplacé plusieurs fois son pansement dans les toilettes de l'avion, tétanisé par la couleur et la texture de la peau autour de la blessure. Il était clair qu'il était infecté. Au niveau de l'incision, la peau était dure et craquante sous les doigts, nécrosée, d'une puanteur insoutenable. Il ne se sentait pas la force d'ôter les ridelles de peau qui dépassaient. En plus de la douleur, il avait réalisé l'étendue du calvaire qui l'attendait : trois jours de douleur à supporter avant le vol de retour sur Beijing pour s'y faire soigner. Les soins étaient trop chers en Amérique, même pour sa société.

Pas le choix. Tenir. Trois jours...

Pour masquer l'odeur putride, il avait épuisé le savon liquide des toilettes et remplacé le bandage souillé par un pansement fait d'essuie-mains enduits de lotion. Le pansement était frais mais la blessure brûlait à l'endroit où elle entrait en contact avec le savon. Il s'était rassuré en songeant que la douleur prouvait que son corps réagissait.

Arrivé à destination, il ne sentait plus son bras et n'avait plus de force. Inutile de vérifier. L'infection s'était propagée. Pas besoin d'être docteur. Malgré la quantité de savon déversée sur la blessure, il sentait à nouveau l'odeur fétide de la chair pourrie. Il eut une nouvelle nausée et ses yeux se remplirent de larmes. Malgré le brouillard qui régnait dans son crâne, il savait qu'il n'aurait jamais la force de tenir jusqu'au retour en Chine, ni l'argent pour être soigné sur place.

Autour de lui, les derniers passagers se levèrent pour sortir de l'avion. Dans une sorte de brouillard, il distingua le mouvement continu des gens dans les allées et entendit le commentaire désapprobateur d'un enfant qui se plaignit de l'odeur en passant à sa hauteur. Lorsque le calme fut revenu à bord, une hôtesse l'approcha.

- Monsieur... C'est à votre tour. Il faut quitter l'appareil.

Incapable de répondre, il sentit la main frêle de l'hôtesse sur son épaule avant de basculer doucement sur le côté.

- Monsieur ? fit-elle en le rattrapant. Ca ne va pas ?

S'il avait été dans un état normal, il aurait éclaté de rire devant l'euphémisme. Il se sentait partir, crever en silence, *et elle lui demandait s'il allait bien...* Ce fut sa dernière pensée consciente avant qu'une sorte d'obscurité blafarde et confuse ne l'enveloppe.

L'hôtesse appela ses collègues. Un steward et une autre hôtesse la rejoignirent après quelques secondes et vérifièrent sa respiration en passant un poignet sous la bouche. Lorsque l'homme s'effondra sans bruit dans l'allée, le steward essaya de le réanimer en pratiquant le bouche-à-bouche. Sans le savoir, il contracta à son tour la maladie. L'hôtesse fila dans le cockpit et revint avec le commandant.

Devant son état, les services sanitaires furent appelés. Une équipe médicale d'urgence se rua dans les escaliers et prépara le malade au transport en l'installant sur un brancard. Personne ne se rendit compte de la contamination de l'infirmier. Sanglé sur le brancard, le malade expulsa du sang en toussant violemment alors que l'infirmier s'apprêtait à plaquer un masque respiratoire sur son visage. Les expulsions entrèrent en contact avec les microcoupures du rasage sur son visage. L'infirmier essuya les souillures sans y penser et, avec rapidité et professionnalisme, achemina le malade vers l'ambulance.

Les mesures sanitaires mises en place aux États Unis depuis l'apparition de l'épidémie en Asie Centrale conduisirent l'ambulance vers une zone de quarantaine à l'écart de l'aéroport, simple hangar reconditionné gardé par des policiers en uniforme et fusils à pompe. Le malade fut placé en salle d'attente au milieu d'autres patients étrangers pour une inspection détaillée.

Le docteur qui l'examina resta sans voix lorsqu'il ôta le bandage de l'avant-bras. D'une main tremblante, il diagnostiqua le premier cas d'infection par le Fléau d'Attila en Amérique du Nord et le fit aussitôt placer en cellule d'isolement, sous entrave, à l'écart des autres patients.

L'infirmier contaminé tomba malade six heures après et, dix heures plus tard, infecta à son tour soixante-cinq personnes dans la banlieue de Los Angeles où il vivait, avant d'être abattu par un riverain. En moins de deux jours, Los Angeles sombra dans le chaos. En cinq jours, le mal submergea toute la côte Ouest, de la frontière mexicaine à Seattle, avant de gagner les Rocheuses.

La National Guard, la Réserve et l'ensemble des forces de police furent appelées en renfort, mais la maladie prit tout le monde de vitesse et, à travers un flux vidéo ininterrompu, les Américains assistèrent à l'implosion du pays dans une succession d'images atroces : lynchage de représentants du CDC et de représentants parlementaires, policiers aux prises avec des gangs urbains, vagues d'assaut d'hélicoptères et de chars sur les foules, tirs de l'armée et des milices privées sur les rangs des infectés pour finir par la fuite du Président à bord d'Air Force One.

La première puissance mondiale tomba à genoux devant des milliards de spectateurs.

***

Au large de Mourmansk, 14 juin

L'unique remorqueur disponible s'éloigna du Kuznetsov sur les flots sombres après avoir tracté les quarante mille tonnes du mastodonte hors du port de Severomorsk-3.

Avec un mélange de tristesse et de soulagement, Gonchakov regarda les quais gris et sinistres de Mourmansk s'éloigner alors que le porte-avions prenait de la vitesse. Accoudé au rail de bastingage métallique, l'air marin frais et salé caressait son visage en prenant de la force. Sous ses pieds, la vibration des moteurs prouvait qu'il ne rêvait pas. Le bâtiment était en mouvement. Il se passait enfin quelque chose. En quittant le port, le porte-avions filait vers l'inconnu. Qui pouvait bien dire ce qui allait se passer dans les jours à venir ? La guerre ? La mort ? La victoire ? Contre qui ? Contre quoi ? Et pour le compte de qui ? De la Russie éternelle... ou d'une poignée de soldats ? Et face à ces infectés sans cesse plus nombreux, était-ce concevable de... *gagner* ? Gagner, être victorieux, cela ne pouvait signifier qu'une chose. Les anéantir tous, jusqu'au dernier, peut-être même en faisant des victimes parmi les civils, les innocents.

Malgré la présence des matelots autour de lui et un flot comme ininterrompu de pensées négatives, il n'avait aucune envie de parler, de confier sa détresse à un autre. Et de toute évidence, ce devait être réciproque car personne ne s'intéressait à lui.

Il laissa son regard glisser sur les flots tristes. Combien de temps durerait l'unité de ce groupe improbable de marins et de militaires embarqués en urgence sur le mastodonte des mers ? Face à la pression, l'isolement et, probablement le désœuvrement feraient leur œuvre, poussant les hommes à se révéler tels qu'ils étaient. Le défi était de taille sur un bâtiment équipé pour la guerre, la tentation grande de s'en emparer et de jouer au « Tout-Puissant ».

Il regarda la terre s'éloigner.

Même maintenant, alors que le Kuznetsov quittait son port d'attache, entouré de bâtiments de surface habituellement destinés à assurer sa protection mais qui, aujourd'hui, s'éparpillaient sans ordre aux quatre vents, il avait du mal à réaliser vraiment où il se trouvait.

Six jours plus tôt, il était en Floride, allongé sur le sable chaud.

Il repensa au retour, difficile de bout en bout.

Le changement à Paris pour le vol vers Moscou prévu le lendemain. Les premiers cas identifiés de contagion à Moscou découverts à la télévision dans sa chambre d'hôtel à Roissy.

La suspension des vols à destination de la capitale russe le même jour l'avait obligé à improviser. Il avait essayé de louer une voiture à l'aéroport mais les loueurs n'avaient déjà plus rien à offrir, littéralement dévalisés par les étrangers qui cherchaient, comme lui, à rentrer chez eux. Il avait opté pour le train jusqu'à Hambourg. C'était là que la galère avait commencé.

Il avait d'abord voyagé par train omnibus à travers la Scandinavie. Ses maigres réserves de cash avaient fait long feu et il avait tenté de retirer de l'argent dans les banques locale, mais les établissements, étaient fermés ou déjà à court de liquidités, conséquence de l'écroulement du système bancaire. Ce coup dur, renforcé par l'inquiétude palpable des Scandinaves autour de lui, agglutinés pour certains dans des voitures surchargées qui fuyaient les grandes villes, l'avait convaincu que l'avenir du monde, et pas seulement celui de la Russie, était désormais en jeu.

A court de ressources, il avait dû se résigner à faire du stop. Mais les flots de véhicules filaient vers l'ouest, le plus loin possible de la Russie. Pourtant, une voiture conduite par un couple de compatriotes avait fini par s'arrêter. Au fur et à mesure qu'il s'était rapproché de sa terre natale, il avait senti l'hostilité grandir à l'égard des Russes parmi les populations croisées, tenus pour responsables, surtout par les Finlandais, du désastre en cours.

C'était pendant la dernière partie du voyage entre la frontière russo-finlandaise et le port d'attache du Kuznetsov, lorsqu'il avait quitté la voiture pour une place derrière un vieillard qui rejoignait à moto sa famille à Mourmansk, qu'il avait appris que l'épidémie décimait désormais Moscou et les grandes villes du pays, dont Mourmansk, et que l'Inde était touchée à son tour.

Le vieux lui avait prêté une vieille radio à piles qu'il écoutait en permanence pour rompre la monotonie du voyage. Il avait ainsi suivi le déroulement tragique des événements.

En dépit du désastre, les champs pétrolifères du Caucase continuaient à fonctionner grâce à l'intervention de l'armée et assuraient l'approvisionnement en hydrocarbures des forces gouvernementales afin de protéger les centrales thermiques et les sites sensibles des villes du pays. Mais la maladie, invariablement, était plus rapide et en passe de renverser le cours des choses en frappant les employés des stations de raffinage, les conducteurs d'engins et de camions, les équipes d'entretien et de distribution d'énergie, les militaires, les policiers. Les centrales thermiques lâchaient les unes après les autres, faute d'approvisionnement en hydrocarbures et le gouvernement n'allait pas tarder à puiser dans les réserves stratégiques nationales pour enrayer la dégradation de la situation. Les centrales nucléaires, moins touchées par l'impact du Fléau, avaient été mises à contribution pour fournir l'électricité. Deux accidents sur des réacteurs vétustes, poussés à fond, s'étaient traduits par l'irradiation de centaines de milliers de personnes.

Les gens qu'il avait croisés lui avaient raconté ces événements tragiques avec le mélange de fatalisme et de détachement typiques aux Russes et il s'était senti fier d'être Slave malgré l'horreur de la situation. Ce n'était pas le premier désastre que connaissait la Russie

Eternelle, et ce ne serait pas le dernier.

- On s'en sortira, lui avait dit une vieille dame édentée, la main sur le cœur et des larmes aux yeux, devant une boulangerie fermée. Napoléon et Hitler n'ont pas réussi à nous mettre à genoux. Ce n'est pas cette maladie qui nous brisera !

Pourtant, il avait discerné une inquiétude sourde pour l'avenir du pays dans les conversations, notamment chez les jeunes, une sorte de crainte qui rompait avec la résilience traditionnelle des Russes.

Au milieu du chaos ambiant, des magasins qui fermaient dans les villes, l'exode des populations urbaines vers la campagne ou vers l'Ouest, des coupures de courant et du désordre généralisé, il avait essayé de contacter ses enfants, sans succès, et s'était sérieusement posé la question de ce qu'il devait faire.

Tenter de les retrouver ou rejoindre le porte-avions ?

Il avait passé une nuit entière à réfléchir, biberonnant une bouteille d'alcool fort et tirant cigarette sur cigarette pour finir par se décider au petit matin devant un argument de taille. Il n'avait *aucune garantie* que ses fils étaient encore chez lui. Bien sûr, ils pouvaient avoir laissé une note explicative dans l'appartement de Mourmansk -ils étaient adultes après tout- mais ils étaient imprévisibles et aussi fiers que leur mère. Mieux valait considérer qu'ils étaient partis en hâte, sans laisser d'explications. Peut-être étaient-ils eux-mêmes convaincus que leur père était mort ?

Donc, aucune garantie de savoir comment les rejoindre une fois sur place. Pour ce qu'il en savait, l'anarchie ambiante pouvait le mener à passer des mois à courir après eux sans succès.

Restait le porte-avions et ses chasseurs embarqués, à la fois la cause du désastre de sa vie privée et sa raison de vivre. Il n'avait pas été un bon père, la faute à la Marine et au métier, à sa passion du vol.

Il avait donc tranché le dilemme et regagné Severomorsk pour embarquer sur le Kuznetsov, alors en fin de révision programmée.

Devant l'urgence de la situation, l'amirauté avait décidé de mettre à l'abri l'unique porte-avions de la marine russe, malgré les réparations incomplètes, sans escorte de protection, pour disposer d'un bâtiment de projection opérationnel au cas où la situation internationale permettrait de l'opérer dans ce but. Cette décision sans précédent dans l'histoire de la marine montrait à elle seule l'état d'urgence dans lequel le pays était plongé. L'équipage et le matériel manquaient, sans escorte navale, le porte-avions était vulnérable et ne pourrait compter que sur lui-même en cas de coup dur ou de lancement de mission…

Il regarda l'écume des flots que brisait l'étrave acérée du Kuznetsov. Des mouettes piaillaient dans le ciel agité. Il avait le cœur lourd, les yeux fixés sur l'horizon terne, une cigarette se consumant entre les lèvres.

Quand reviendrait-il ? Quand reverrait-il sa famille ? Le pays ?

Autour de lui, le personnel commença à se disperser, visiblement en proie aux mêmes pensées, aux mêmes doutes que lui.

Il tira une dernière fois sur sa cigarette avant de regagner les entrailles du bâtiment de guerre.

***

CHAPITRE 4

BA-113, **Saint-Dizier, France, 19 juin**
La présentatrice blonde et insipide, les traits marqués malgré le make-up abondant, continua à débiter les informations d'une voix de robot. Le fond bleu du studio était sensé avoir un effet apaisant sur les spectateurs. Les nerfs tendus de Lasalle prouvaient le contraire.

« ... nos journalistes ont tenté plusieurs fois de contacter le ministère de la Santé sans pouvoir obtenir de confirmation officielle de ce que de nombreux blogs et sites internet locaux affirment. L'effondrement sanitaire et politique d'une trentaine de pays dont l'Inde, la Chine, la Russie et le Moyen-Orient serait en cours...

Elle s'interrompit, fronça les sourcils, un doigt sur l'oreillette, et il y eut un blanc de plusieurs secondes. Lasalle reposa la tasse de café noir, les sens en alerte. A l'écran, il distingua une lueur dans les yeux de la journaliste, quelque chose qui envoya des frissons le long de sa colonne.

« Nous apprenons à l'instant que les renseignements français confirment à leur tour le franchissement de la frontière suisse par des groupes de personnes contaminées, ce qui contredit la position actuelle du gouvernement sur la capacité de l'Union Européenne et de la France à contrôler les frontières.

Elle leva les yeux vers l'écran.

« Les franchissements se font apparemment dans des zones d'accès difficile, ce qui complique le travail des forces aux frontières. En réponse, le Ministère de l'Intérieur vient d'interdire l'atterrissage de tout véhicule et appareil civil en provenance des zones infectées sur recommandation expresse de l'Institut Français de Veille Sanitaire qui a classé la maladie en Niveau 6, niveau maximal de l'échelle officielle de l'OMS. Des mesures de surveillance et d'interdiction terrestres sont également en cours de mise en place, d'après le ministère de l'Intérieur. Nous rejoignons tout de suite notre envoyé spécial aux Aéroports de Paris.

Un homme blafard partagea l'écran avec la journaliste devant un ballet nerveux de passagers livides et d'uniformes en armes. Il parla sans attendre.

« Oui, comme vous pouvez le voir derrière moi, des cordons sanitaires d'urgence sont en cours d'installation dans les aéroports

pour filtrer l'arrivée des voyageurs et il faut déjà prévoir de longs délais d'attente. Comme vous le mentionniez, les vols viennent d'être suspendus par décision gouvernementale. Les voyageurs en provenance de ces pays et résidant en France sont invités à se faire connaître dans les plus brefs délais en contactant le numéro de téléphone qui défile sur l'écran.

« *Martin, enchaîna la journaliste, quelle est l'ambiance, la situation à l'Élysée ?*

L'homme fut remplacé par un autre.

« *Le Président de la République Française tient actuellement une réunion de crise extraordinaire à l'Élysée en compagnie du Premier Ministre et du Conseil élargi. Les instructions de ne pas parler à la presse sont...*

Lasalle cessa d'écouter et contempla le liquide noir du café au fond de sa tasse. Distraitement, il le fit tourner dans la porcelaine blanche. Ce n'était « *que* » ça...

Comme la plupart des militaires, il était déjà au courant que les infectés pénétraient en France par hordes entières. Les Rafales équipés de nacelles Reco NG et les F1CR de reconnaissance ramenaient chaque jour de nouvelles preuves d'invasion. Mais pour le grand public qui venait de l'apprendre, le choc était rude.

Il leva la tasse et but le fond de liquide noir, âcre et froid, puis regarda l'écran accroché au mur. Un double bandeau d'information défilait sous les journalistes blafards. Celui du haut rappelait que les États-Unis avaient fermé leurs frontières et que la loi martiale venait d'y être déclarée. Celui du dessous, habituellement dédié à la Bourse, parlait de la suspension des cours en raison de la dégradation rapide du climat géopolitique mondial.

Une odeur tenace et écœurante de hot-dogs, de café et de mayonnaise flottait dans la salle où se tenaient les pilotes, muets, isolés, sinistres, visages tendus tournés vers l'écran.

Les pilotes avaient beau être entraînés à se battre, ils restaient humains et rien ne les avait préparés à une telle situation. Le pays était en train de sombrer, comme d'autres avant lui. A en juger par ce qui s'était passé ailleurs, c'était l'affaire de quelques jours avant que le chaos ne submerge le territoire. On allait d'abord commencer à tirer sur les contaminés, on les brûlerait, mais il en viendrait d'autres et des cas isolés apparaîtraient un peu partout derrière les lignes de front. La population civile allait sombrer dans la panique. Et on tirerait sur les contaminés comme sur les civils, tant il serait difficile de distinguer l'ennemi de l'ami. Et les familles des pilotes ne seraient pas plus à l'abri que celles des non-combattants. C'était juste une question de temps.

Écœuré, il songea que la société française, à l'instar de l'Occident et de l'Orient, s'effondrait à son tour comme un château de cartes. Il n'avait fallu qu'un minuscule et insignifiant organisme, indiscernable à l'œil nu, pour mettre la civilisation humaine à genoux. Des trésors de connaissances, de cultures, de mœurs, de technologies étaient soudainement menacés de disparition sous l'effet d'un micro-organisme redoutable dénué de fonction cognitive. Une telle disproportion dans le rapport de forces touchait à l'absurde. Pire… Avec l'avènement de l'électronique et des contenus dématérialisés, les quinze dernières années allaient s'effacer… Si l'humanité disparaissait complètement et si des archéologues décidaient un jour d'enquêter sur les raisons de cette disparition, que trouveraient-ils ? Sauraient-ils faire fonctionner les CD et les DVD ou les serveurs informatiques connectés à Internet ? S'ils n'y arrivaient pas, comment connaîtraient-ils les causes de cette disparition ? Plus que l'extinction, c'était *la disparition* de l'espèce humaine qui se déroulait actuellement. Le néant comme épilogue à des millions d'années d'évolution.

La maladie agissait comme un cancer. Elle attaquait les hommes et leur modèle d'organisation, se développait et prenait de la force à mesure qu'elle se propageait.

Partout, la société humaine craquait. Emboîtant le pas aux grandes puissances comme la Chine et l'Amérique, la Russie, l'Inde et le Moyen-Orient décrochaient à leur tour, produisant des paradoxes stupéfiants : la production de pétrole brut dépassait de loin la demande mais les raffineries ne fonctionnaient quasiment plus, l'or noir coulait à flots mais n'arrivait plus aux pompes. Les flux logistiques internationaux perturbés ne permettaient plus aux matières premières industrielles et agricoles de circuler librement. Partout, les prix s'envolaient, le chômage technique s'étendait, les sociétés cessaient de produire, faute de personnel disponible, et de payer leurs salariés, faute d'activités et de moyens. Les gens se rebellaient. Les cas d'assauts de grandes surfaces, d'abord sporadiques, se multipliaient et s'organisaient. Des gérants de stations-services étaient passés à tabac ou tués pour des litres d'essence. Des émeutes de la faim et de la misère éclataient dans les capitales, les grandes villes et les villages.

L'autosuffisance alimentaire, la situation géographique adossée aux océans et les relations commerciales privilégiées de la France avec le reste de l'Europe permettaient au pays de tenir mais, déjà, les pénuries se propageaient et ce n'était qu'une question de temps avant que le gouvernement ne décide d'instaurer un régime de restrictions draconien à la population. Les faits divers liés aux manques et à la panique croissante, trop nombreux, n'étaient plus cités par les médias. Lasalle frissonna en pensant que ce n'était peut-être qu'un début.

Pour l'Armée de l'Air, tout était à faire dans la pagaille ambiante. Protéger les civils. Défendre le territoire, mais faute de carburant, il allait devenir de plus en plus difficile de faire voler les avions. L'État parvenait encore à s'approvisionner auprès de ses alliés économiques mais dès que les réserves stratégiques commenceraient à être utilisées, et si les approvisionnements externes tarissaient, la France ne disposerait que de trois semaines d'autonomie avant de cesser d'être opérationnelle économiquement et militairement. La course contre la montre commençait.

Dans ce chaos sans fin, comment protéger sa famille ? Le métier imposait d'être présent en permanence sur la base. Finies, les permissions. Le problème était qu'avant la France, aucun pays n'avait pu rétablir la situation. *Pourquoi devrait-il y avoir une exception ?* Ce qui signifiait que ses chances de rejoindre sa famille étaient faibles. Le tiraillement permanent entre devoir et obligations d'époux et de père agissait en lui comme un acide.

Avec l'assignation des pilotes sur base, une routine de communication avait été mise en place. Chaque pilote avait l'autorisation d'entrer en contact par téléphone avec ses proches en limitant les conversations aux sujets non confidentiels. C'était toujours un moment difficile, mélange de joie et de tristesse.

Il pensa à sa famille avec amertume. Les Vosges allaient ralentir la progression des infectés, mais c'était une question de jours avant que les premiers cas n'apparaissent à Saint-Dizier en provenance de l'est. Qu'allaient-elles devenir dans ce chaos ? Devrait-il à un moment choisir entre esprit et cœur ? Devrait-il trahir l'un pour sauver l'autre ?

Homme d'action, entraîné pour faire face à une menace qu'il connaissait et qu'il comprenait, des chasseurs ennemis, des objectifs terrestres, des SAM, il savait comment réagir. Mais une *épidémie* ? Un effondrement social *complet* ? Bombarder des foules ? C'était au-delà de sa formation, de son entrainement et de ses capacités.

A contrecœur, il se tourna vers la télévision et se replongea avec dégoût et angoisse dans le flot ininterrompu des mauvaises nouvelles.

***

Toscane, 20 juin

L'homme s'étira dans l'air tiède du soir. Assis sur une chaise longue, un roman historique sur les genoux, il remonta d'un geste ses lunettes de vue et les coinça dans l'épaisseur de ses cheveux grisonnants impeccablement coiffés en arrière.

Autour de lui, les haies bien taillées du jardin, la pelouse rase et riche, les reflets lumineux et ondulants de la piscine sur les massifs de fleur, les arbres fruitiers aux branches chargées et la musique de Vivaldi qui filtrait de la cuisine où son épouse préparait le dîner du soir constituaient un spectacle d'une incroyable beauté, une ode à l'esthétisme et à la douceur. Il était bien. Délicieusement bien. La Toscane était son paradis. La vie lui souriait. Maison secondaire loin de l'agitation de Milan. Retraite dorée depuis trois ans. Des filles attachées à leur père, une épouse en or. Aux dernières nouvelles, bientôt des petits enfants. Des projets de voyage…

Avec sa femme, il vivait depuis deux semaines hors du monde, téléphones, postes de télévision et radios éteints. Le plus proche voisin se trouvait à cinq kilomètres. Ainsi coupés du monde, chaque seconde de vie prenait la couleur du bonheur. Seule ombre au tableau, les jappements de Michelangelo, leur jeune Griffon Belge, du côté de l'entrée de la villa. Il aboyait depuis plusieurs minutes.

L'homme écouta sa femme, sa compagne de quarante ans, chantonner l'air du Printemps de Vivaldi. Il attendit qu'elle ait fini puis demanda :

- Quand est-ce qu'on mange, ma chérie ?
- A huit heures ! répondit-elle. Ça fait plaisir de voir que tu as faim !

Il prit un air faussement courroucé.

- C'est ta faute, aussi ! Avec toutes ces bonnes odeurs, j'ai l'estomac dans les talons…
- Il faudra que tu patientes. Dis-voir, tu ne peux pas aller voir ce qui se passe avec Michelangelo ? Il a l'air agité aujourd'hui…

L'homme rajusta les lunettes sur son nez et reprit son roman.

- C'est sûrement des lapins, commenta-t-il sans réfléchir. Comme d'habitude !

Il jeta un dernier coup d'œil en direction du chien invisible. Les aboiements avaient cessé. Il se relaxa et se replongea dans la lecture mais les aboiements reprirent.

- Tais-toi, Miki ! ordonna-t-il sans quitter sa lecture.

Le chien obéit et cessa d'aboyer mais gronda.

- Il a peut-être besoin d'un câlin ! hasarda sa femme depuis la cuisine.
- *Mama Mia !* fit l'homme en levant les yeux au ciel. Ce chien me fera mourir !

Sans conviction, il posa ses lunettes sur l'accoudoir et étendit longuement ses bras dans la lumière du soir. D'un pas lent, il se dirigea vers le chien à travers le jardin en contemplant les massifs de fleur au parfum sucré, les oiseaux qui pépiaient et les insectes qui bourdonnaient autour des fleurs. L'arrosage automatique envoyait ses jets fins qui retombaient en gouttelettes minuscules sur la pelouse.

Il contourna l'allée de cyprès qui bordait le chemin d'entrée et repéra le petit chien roux qui regardait vers l'extérieur à travers le portail, debout sur ses pattes antérieures.

- Alors mon grand, lança-t-il en approchant, tu as encore repéré un vieux lapin tout malade ? C'est ça ?

Il gratta son compagnon entre les oreilles mais le chien reprit ses jappements excités. A son tour, il regarda à l'extérieur. La villa n'était accessible que par un chemin d'une centaine de mètres bordé d'arbres qui la reliait à la route départementale.

Une forme humaine bougea à mi-chemin. Un homme approchait.

- C'est ça qui t'inquiète ? demanda-t-il au chien. Le monsieur qui vient vers nous ?

Il prit l'aboiement du chien comme une confirmation et se redressa.

- Tu sais, fit-il à l'attention de l'animal en détaillant l'homme qui approchait, ça m'a tout l'air d'être notre bon voisin, Monsieur Rizotti. Je parie qu'il a encore pensé à toi, tu vas voir.

Il se baissa, prit le petit chien tortillant sous le bras et ouvrit le portail pour accueillir l'homme. Sans prévenir, Michelangelo bondit de ses bras et fila comme une fusée vers le voisin.

- Miki ! gronda-t-il, furieux, en voyant la position agressive du chien devant l'homme qui s'était arrêté. Imbécile ! Tu me fais honte. Laisse-le tranquille ! Reviens-ici tout de suite !

Le chien continua son harcèlement inexpliqué fait de brusques accélérations, de postures d'attaque et de retraites rapides.

- Monsieur Rizotti, je suis désol…

La surprise l'empêcha de finir la phrase. L'homme attrapa le chien par le cou et alors que l'animal se débattait en hurlant, le porta à sa bouche. Un liquide rouge jaillit soudain de la gorge déchiquetée de l'animal dont les hurlements finirent en gargouillis atroces.

- Que… fit-il d'une voix totalement inaudible, comme étranglée dans sa gorge. Vous…

A cet instant, un autre hurlement retentit en provenance de la villa derrière lui. *Sa femme !*

- Laissez-moi ! hurla-t-elle. Fichez-le camp d'ici ! Qu'est-ce que vous…

Le hurlement finit en un son indéfinissable. Tourné vers la maison, il sentit quelque chose qui agrippait son dos. Lorsqu'il pivota, il se trouva face à l'homme qui l'avait rejoint. Derrière lui, la masse sanguinolente de Michelangelo gisait sur le chemin, agitée de tremblements.

C'est… c'est monsieur Rizotti ! Mais son visage… Son visage !

Tiraillé et troublé, il réagit avec retard et fut déséquilibré par le mouvement soudain de l'homme. En essayant de l'éviter, il butta contre une pierre et tomba en arrière, agrippé à Rizotti alors que des bruits de vaisselle brisée et des sons de lutte provenaient de la cuisine. Piégé par le poids de l'homme malodorant au visage déformé, il se débattit pour se libérer mais une douleur aiguë le prit à la gorge. Paniqué, il poussa des deux mains sur le torse de l'agresseur pour l'éloigner mais l'homme était fort. Cœur battant, il banda les muscles des bras, agrippa les épaules et poussa comme un diable. Rizotti bascula violemment de côté et un bruit d'os brisé accompagna le roulement de sa tête sur les pierres du chemin. Rizotti, la tête en sang, se redressa en gémissant. Malgré le sang qu'il perdait, Rizotti parvint à agripper de la main une jambe de pantalon et tira dessus comme un forcené, cherchant à le faire tomber.

- Rizotti ! Lâchez-moi ! Vous êtes dingue !

Il recula à nouveau mais la poigne d'acier de l'agresseur déchira le tissu du pantalon dans le mouvement. Les hurlements de sa femme avaient cessé.

Maria ! Vite ! L'aider…

Il regagna la villa et referma le portail alors que Rizotti approchait en chancelant. Ce fut au moment où il refermait la serrure qu'il réalisa que sa main était couverte de sang, qu'il avait chaud au cou et que des papillons dansaient devant ses yeux. Par réflexe, il porta une main à la gorge et sentit aussitôt un liquide chaud couler sur sa paume.

Ma gorge ! Qu'est-ce qu'il a fait à ma gorge !

Paniqué, il garda la main sur la plaie pour empêcher le sang de couler.

Pas le temps ! Aider… Maria !

Il se remit en marche vers la maison silencieuse, une main sur le cou. Il contourna difficilement l'allée de cyprès malgré le vertige qui menaçait et aperçut sa chaise longue et le livre posé dessus, l'éclat des eaux de la piscine. La cuisine sentait toujours aussi bon et Vivaldi jouait l'Été.

Maria !

Il atteignit la petite marche qui menait à la cuisine et vit les jambes de sa femme, allongées dans une flaque sombre qui s'étalait sur le carrelage en damier. Un vertige plus fort que les autres l'obligea à s'arrêter au seuil de la cuisine. Il prit appui contre la porte et attendit que le vertige passe.

- Qu'est ce…

Il fit un pas en direction de sa femme et aperçut deux hommes accroupis près de sa tête. Les yeux bleus de sa femme fixaient le plafond. Son cou était déchiré, les os des vertèbres visibles au fond de la blessure. *Ces deux types – qui sont-ils ? … Ils mâchent quelque chose… A côté d'elle… Visages ravagés…*

- Mar…

Il bascula à son tour vers le sol, tête la première. Lorsqu'il reprit connaissance, il lui fallut un moment pour comprendre que le mouvement confus devant ses yeux était celui de la tête d'un homme qui s'agitait. Sa bouche tirait avec avidité sur quelque chose de rouge. Il baissa les yeux et vit que la masse rouge sortait de son propre ventre. Horrifié, il tenta de hurler mais le seul son qui sortit fut un gargouillement inintelligible.

Lorsque l'obscurité finit par noyer ses pensées, il fila rapidement vers la lumière alors que l'Italie succombait à son tour à l'épidémie.

***

Paris, 6ème arrondissement, 22 juin

Le docteur Kiyo Hikashi, épuisée, les nerfs en pelote, sursauta lorsqu'elle entendit le hululement des sirènes dans la rue. *Police ou ambulance ?* Elle était incapable de les distinguer, mais elle était inquiète. Dans un bruit de moteurs rageurs, des véhicules remontèrent rapidement l'avenue qui longeait le bâtiment où elle se trouvait. Les hurlements disparurent dans le lointain aussi vite qu'ils étaient apparus.

Le représentant des Pays-Bas marqua une pause dans son exposé, le temps que les bruits s'atténuent, avant de reprendre sa présentation sur l'inefficacité des mesures sanitaires mises en place en Italie pour contenir la progression du Fléau d'Attila. Le pays était officiellement tombé la veille et personne ne savait plus comment contacter le gouvernement. Dans un coin de la salle, le représentant italien pleurait en silence.

Malgré l'importance de ce qui était discuté, Kiyo fronça les sourcils et cessa d'écouter. *Police ou ambulance ?* Au Japon, elle aurait pu faire la distinction mais ici, en France, elle n'était pas chez elle. Compte-tenu du contexte sanitaire global, les deux solutions étaient envisageables. Émeute ou épidémie... Les ambulances, c'était des blessés ou des infectés, la police, c'était de la violence quelque part avec ou sans lien avec l'épidémie.

A nouveau, elle frémit d'inquiétude et s'évada mentalement de la salle de conférences pour rejoindre le Japon où se trouvaient son mari et son fils de huit ans. Elle leur téléphonait tous les jours. Les liaisons aériennes au départ de la France étaient suspendues et elle était bloquée sur place depuis trois jours. Elle avait essayé de trouver une place sur un vol mais les liaisons étaient si rares que les places étaient attribuées aux personnalités jugées prioritaires, militaires et représentants gouvernementaux. Les nouvelles internationales évoquaient des cas d'infection au Japon et les soldats étaient rapatriés en urgence pour lutter contre l'épidémie.

Dans les rues françaises, la violence gagnait en intensité et les observations de cas d'infections sporadiques se multipliaient. D'après les participants et les organisateurs, les premiers cas avaient été observés dans l'arrondissement du séminaire, le sixième. Par manque de moyens disponibles, aucun dispositif de sécurité particulier n'avait été mis en place par les autorités pour protéger les chercheurs. Plusieurs représentants avaient cessé d'assister aux réunions sans explication et d'autres avaient disparu à l'occasion d'une pause. Piégée sur place comme les autres, elle était restée par obligation, privée de moyen de retour. Pourtant, malgré la frustration et la souffrance d'être séparée des siens, elle avait trouvé le courage de rester en songeant qu'elle avait l'occasion de participer à la lutte contre le Fléau d'Attila aux côtés d'experts internationaux. C'était sa façon de donner du sens à son drame personnel.

Elle repensa à la veille. Elle était rentrée à l'hôtel en soirée, avec des collègues, en empruntant les rues qui se vidaient et avait trouvé sa chambre non préparée. Le gérant de l'hôtel avait expliqué que, chaque jour, le nombre d'employés diminuait en raison de la panique grandissante et de l'impossibilité logistique de venir travailler. Il avait haussé les bras sans proposer de compensation, visiblement impuissant.

Pourquoi avait-il fallu qu'elle accepte de participer à cette conférence ? Avant de quitter le Japon, la situation sanitaire mondiale était inquiétante mais la France et une partie de l'Europe de l'Ouest étaient encore relativement épargnées par le Fléau d'Attila. Elle avait tenu tête à son directeur pour justifier cette mission, malgré les hésitations de celui-ci, et c'était sa détermination à participer à la lutte qui l'avait emporté sur le désir de rester auprès des siens. Elle s'en voulait à présent.

Entêtement et détermination... Enfant, ses parents l'avaient mise en garde contre cet aspect de sa personnalité. A l'époque, ils n'avaient voulu que son bien mais elle ne les avait pas écoutés. Ils avaient eu raison et, aujourd'hui, elle en payait le prix.

Mais son entêtement pouvait aussi produire des résultats positifs. En raison de son statut de chercheuse en Médecine Humaine, Chef du Service de Neurobiologie au *Nihon Human Health Research* de l'Université de Tokyo, le N2HR, et de son insistance auprès des services de l'ambassade à Paris, elle avait finalement réussi à se faire inscrire sur la liste d'attente des vols de rapatriement au Japon. Le kérosène étant strictement rationné et les vols militaires destinés en priorité à la protection des civils dans l'archipel nippon, le gouvernement japonais n'était plus en mesure d'envoyer des transports spéciaux réguliers à l'étranger pour rapatrier ses ressortissants. C'était ce que lui avait expliqué l'employé de l'ambassade qui avait conclu sur l'impossibilité de prédire la date du prochain vol. C'était une vraie torture pour elle mais, dans son malheur, elle gardait espoir : elle était inscrite sur la liste, ce qui n'était pas le cas de ses compatriotes, simples touristes ou personnels moins qualifiés. Ceux-là étaient sûrs de ne pas trouver de place avant des semaines, voire des mois. A cette pensée, elle sentit la nausée monter. Elle était mentalement et émotionnellement épuisée par le travail, la tension incessante et l'incertitude sur le sort de ses proches.

Elle dirigeait depuis deux ans le service de recherche médicale sur l'homme cofinancé par l'Université de Tokyo et le Ministère de la Santé sous contrôle indirect du Ministère de l'Intérieur. Au même niveau qu'elle sur l'organigramme, quatre autres collègues et chefs de service menaient des travaux avancés en recherche médicale sur des êtres vivants sous la direction du même responsable de Département. Le premier travaillait sur le rat, le chat et le chien, le second sur plusieurs espèces d'oiseaux connus pour leurs capacités cognitives comme le corbeau, la corneille et le choucas. Le troisième traitait des primates supérieurs comme le bonobo, le chimpanzé, l'orang-outan et le gorille. Enfin, le dernier était en charge des études sur les animaux marins comme le poulpe et le dauphin et l'orque-épaulard. Mais c'était à elle que revenait la plus haute distinction, celle du travail sur l'homme, ce qu'aucune Japonaise avant elle n'avait obtenu. Cette brillante réussite lui valait la jalousie de ses collègues et, pour survivre professionnellement, elle était soumise à la discipline intraitable de l'intolérance. Rien ne lui était pardonné.

L'idée de la cellule de recherches nouvellement créée au N2HR était d'améliorer la connaissance des interactions entre l'esprit et le corps des espèces étudiées de manière à définir une nouvelle génération de médicaments destinés, selon le postulat de base du Département, à traiter les causes-racines psychosomatiques des maladies humaines connues. Il fallait pour cela définir la notion d'esprit chez chacune des espèces concernées puis démontrer l'existence d'une intelligence chez elles, établir des parallèles entres les espèces, mettre au point et tester les traitements ou molécules capables de traiter l'origine psychologique des maladies et appliquer les résultats au cas spécifique de l'homme. Dans le cercle restreint de la recherche médicale au Japon, le N2HR gérait des programmes novateurs, compliqués et souvent polémiques.

C'était la raison qui avait poussé Kiyo à rejoindre le N2HR. Ce qui l'avait le plus motivé en dehors de la personnalité ouverte et progressiste du responsable hiérarchique et de la qualité des équipes, c'était la certitude qu'elle pouvait ainsi participer à l'avancée de la science sur le mystère de la vie humaine et d'en adresser les déviations, maladies, malformations et maux graves, la réalisation d'un rêve de jeune fille. Elle voulait avant tout aider ses semblables et l'un de ses souhaits était de vaincre un jour le cancer, cette dégénérescence des cellules qui avait emporté ses deux grands pères dans d'atroces souffrances. Sa motivation sans faille, sa finesse intellectuelle et sa puissance de travail lui avaient permis de vaincre les obstacles.

Dix jours auparavant, alors que la situation sanitaire se dégradait dans le monde, elle avait demandé à son directeur de l'autoriser à assister à la conférence mondiale d'urgence à Paris et d'y représenter le Japon en tant que scientifique japonaise francophile.

Contraint, le Directeur avait accepté. Mais la mission avait rapidement tourné à l'aigre alors que l'expansion de l'épidémie prenait partout de l'ampleur et de la vitesse. Avec une remarquable maturité et un pragmatisme qu'elle ne leur connaissait pas, les organisateurs Français de la conférence avaient adapté le programme pour coller le plus possible à la réalité. D'un séminaire destiné à faire le point sur ce qui était connu, rassemblant spécialistes en virologie, bactériologie, génie génétique, épidémiologie et recherche en médecine comme elle, l'événement avait été réorienté vers un think-tank ad-hoc destiné à comprendre ce qui se passait et identifier les moyens de lutte contre le Fléau d'Attila. Rapidement, les présentations magistrales avaient été remplacées par des micro-ateliers de réflexion pratique.

La nausée ne passa pas aussi facilement qu'elle l'avait espéré et elle décida de quitter l'atelier pour se passer le visage à l'eau dans les toilettes. Elle s'excusa auprès du groupe de chercheurs et sortit. Dans le silence de la salle couverte de céramique, elle fit une coupe de ses mains et y laissa couler l'eau. Elle s'humecta le visage et la nuque et demeura immobile, les mains posées sur la porcelaine fraiche du lavabo. Après une longue minute, elle releva la tête et se regarda dans le miroir qui lui faisait face.

Elle y vit une femme japonaise d'un mètre-soixante-cinq, fine et proportionnée, la poitrine ferme et ronde. Un visage ovale à la peau blanche encadré de cheveux de jais, des pommettes hautes. De grands yeux noirs et ronds dans des amandes fines. Une bouche étroite aux lèvres pleines et roses. Un nez fin à l'arrête droite qu'elle trouvait trop petit et trop plat. Un cou mis en valeur par des cheveux relevés sur la nuque.

Elle connaissait son influence sur les dix chercheurs masculins qui travaillaient sous ses ordres. Elle était considérée comme une belle femme au caractère trempé. Intérieurement, elle était persuadée que la seule beauté et la force de caractère n'étaient pas des qualités suffisantes pour obtenir le respect des hommes dans le monde du travail nippon, misogyne, et elle les complétait en permanence par la réflexion, l'intuition et un mélange de fermeté et de douceur. Avec les hommes japonais, il fallait être un mélange de chef, de conseillère, de "mère-fouettard"…

Raisonnablement soucieuse de son apparence sans en être esclave, elle persévérait à entretenir sa forme et, malgré une maternité et les responsabilités au sein du N2HR, les gens lui donnaient dix ans de moins. Pourtant, les nuits sans sommeil, le manque d'appétit, les sessions de travail qui se succédaient, la réflexion intellectuelle incessante, l'inquiétude constante au sujet de ses proches, l'éloignement du pays et l'incapacité de se projeter dans le futur l'usaient. Les petites rides en pattes d'oies qui se dessinaient au coin de ses yeux lui rappelaient que tout excès finissait par se payer et ce n'était pas la teneur des discussions en cours qui l'aidait à rester sereine : les projections épidémiologiques faites par le groupe montraient que le Fléau d'Attila infecterait les quatre cinquième de la population mondiale en moins de quatre semaines si les paramètres de propagation observés ne changeaient pas. Et ce n'était pas ce qui l'angoissait le plus : malgré les cerveaux présents autour d'elle, personne n'était capable de donner un avis éclairé sur l'origine et la classification de la maladie ! Sa virulence et sa vitesse de propagation étaient telles que les structures de recherche médicale avaient été débordées. Aucune étude clinique sérieuse n'avait pu être menée. Certains experts avançaient l'hypothèse d'une variante virulente de la fièvre hémorragique de Marburg, sans toutefois pouvoir expliquer les cas de cannibalisme. D'autres parlaient d'une dégénérescence du système central nerveux mais cela n'expliquait pas les hémorragies. D'autres encore évoquaient une nouvelle sorte d'agent pathogène qui combinait les deux, provoquant lésions hémorragiques et altération du système nerveux central. Kiyo étaient de ceux-là.

Malgré sa certitude intérieure, elle souhaitait avoir tort car, si c'était bien l'identité du mal, alors la situation du monde était désespérée. Le Fléau était un agent pathogène inconnu dont la propagation rapide suivait un mode de progression exponentielle. Un infecté attaquait dix personnes dans la rue. Ces dix personnes en attaquaient chacune dix à leur tour… Imparable !

Sa tête tourna violemment et elle chassa les pensées négatives en écoutant le bruit des gouttes d'eau qui tombaient avec régularité dans le lavabo. Malgré l'importance de la lutte, elle était obsédée par l'idée de rentrer au Japon et avait du mal à rester dans le cadre des discussions techniques relatives à l'épidémie actuelle. C'était sa faiblesse, sa part émotive, ce qui faisait d'elle un être humain.

Elle prit une profonde inspiration, redressa la tête, tira sur son chemisier à motifs orientaux et vérifia que sa jupe était droite puis sortit des toilettes pour rejoindre la salle de conférences. Elle croisa dans le couloir des participants au séminaire et les salua de la tête. Leurs visages étaient blafards. Comme elle, ils étaient inquiets et bloqués sur place.

De l'extérieur parvenait une cacophonie de bruits. Des sirènes, des voix rageuses, des klaxons. La tension était palpable, à l'intérieur comme à l'extérieur du bâtiment.

Alors qu'elle s'apprêtait à ouvrir la porte qui donnait sur la salle de conférence, son téléphone quadri-bande vibra au fond d'une poche de chemisier. Elle vérifia les messages et vu qu'elle avait reçu une série de SMS rédigés en français, anglais, espagnol et mandarin.

« *Alerte prioritaire de sécurité nationale. En raison de l'évolution de la pandémie en cours, des mesures sanitaires de quarantaine vont être appliquées en France. Elles concernent les personnes résidant actuellement sur le territoire national et DOM-TOM. Les résidents et ressortissants étrangers sont invités à coopérer avec les autorités gouvernementales françaises pour faciliter la mise en place du plan de contingence. Rechargez votre appareil et laissez-le en veille. Des SMS similaires suivront. Nous veillons à votre sécurité. Les appels téléphoniques et messages électroniques seront désormais bloqués pour donner la priorité aux communications d'urgence et éviter la saturation des réseaux. Merci de votre coopération.* »

Kiyo eut l'impression qu'une trappe invisible s'ouvrait soudain sous elle. Tout s'effondrait autour d'elle à une vitesse qu'aucun film de science-fiction n'avait jamais envisagé.

Jusqu'où irait la désintégration de la civilisation humaine ?

Autour d'elle, d'autres personnes prirent connaissance du même message et les visages se décomposèrent.

Elle était en train d'ouvrir la porte de la salle lorsque, soudain, la nausée la submergea à nouveau. Le monde autour d'elle se mit à tourbillonner avec violence. Elle vit des milliers de petits points blancs virevolter en tous sens. Sa vision se rétrécit et le plafond s'enroula sur lui-même. Elle bascula dans l'inconscience.

***

Nord de la Sardaigne, Italie, 22 juin

La grande femme noire et athlétique, cheveux en brosse et tempes rasées, s'arrêta devant l'écoutille qui menait vers le pont extérieur du grand bâtiment de guerre gris.

Avant de sortir, elle rajusta son fusil d'assaut Colt M4A1 équipé d'un lance-grenades M203 LMT de 40mm. Elle vérifia la lunette de visée C-MORE A2, le lance-leurres RPB de 37mm et la lampe-torche intégrée. *Complet, RAS.*

En prévision de la sortie, elle déposa ses deux sacs sur le sol. Dans le premier, elle avait entassé munitions, nourriture lyophilisée, eau et médicaments dans des poches étanches et avait arrimé le sac à une bouée de sauvetage. Dans le second, plus volumineux, elle avait préparé son matériel de plongée et deux bouteilles d'air comprimé. Son dos était trempé de sueur et le vent marin la fit frissonner. Elle se sentait sale et était persuadée qu'elle puait. Sa dernière douche remontait à plusieurs jours.

En raison de la chaleur matinale élevée et de ce qu'elle projetait de faire, elle délaissa le casque standard des SEAL en opérations. La menace était constituée d'infectés qui infestaient le bâtiment de guerre, pas de sniper ni de tir ennemi, rien que d'anciens compagnons d'armes qui utilisaient leurs dents et leurs ongles pour attaquer et dévorer leurs semblables.

Le cœur battant, elle poussa doucement la lourde écoutille métallique du bout du canon. L'écoutille mal fermée était un signe de plus que l'anarchie régnait à bord. En temps normal, elle aurait été fermée. Le panneau métallique pivota sans bruit. En même temps que le soleil et la chaleur, l'air humide et salé de la mer se précipita dans la pénombre où elle se trouvait. Instinctivement, elle huma l'air frais. Il y avait trop longtemps qu'elle n'était plus sortie de la puanteur qui régnait à l'intérieur de l'USS CG-65 *Chosin*, croiseur lance-missiles *Aegis* de la classe *Ticonderoga*.

Comme tous les navires de guerre du monde, le *Chosin* avait sa propre odeur faite d'un mélange d'huile, de carburant, de renfermé, de cuisine, d'odeurs corporelles et de produits d'entretien. Mais aujourd'hui, la puanteur du *Chosin* contenait quelque chose d'autre. *Une autre odeur immonde et anormale, celle de corps en décomposition.*

D'un regard acéré et expert, elle vérifia le pont sur toute sa longueur vers l'arrière.

Alison Cornell, lieutenant de vaisseau au sein des troupes d'élite SEAL de l'US Navy, l'équivalent de capitaine dans les autres armes, se battait depuis six jours pour rester en vie à bord du croiseur lance-missiles en perdition. Vingt-quatre heures s'étaient écoulées depuis la mort du dernier survivant non infecté. Le contingent initial de 375 marins avait été balayé par la maladie et les rangs s'étaient éclaircis à mesure que le Fléau d'Attila se répandait sur le *Chosin*. Elle se rappela du premier cas d'infection à bord, le seize juin.

Le bâtiment avait quitté son port d'attache temporaire à Messine en Sicile pour remplir les deux objectifs imposés par l'amirauté américaine : il devait se mettre à l'abri de l'infection terrestre et se pré-positionner en haute mer pour que ses missiles guidés puissent frapper sur ordre gouvernemental toute cible terrestre d'Europe Continentale et jusqu'en Ukraine si nécessaire. C'était pour cette raison que le *Chosin* avait fait route au Nord à partir de la Sicile, longeant la Sardaigne pour gagner la Riviera italienne.

Au départ de Messine, l'équipage savait déjà que la situation au pays était dramatique. Les premiers cas d'infection en Amérique remontaient au 15 juin et la situation s'était considérablement dégradée depuis. En dehors des troubles urbains et sociaux, les luttes entre infectés et personnes saines étaient incessantes. Sur décret présidentiel, les forces de police, les pompiers et l'Armée étaient épaulés par la National Guard pour ramener l'ordre. Plus le pays se dégradait, plus les conditions étaient réunies pour accélérer sa dégradation. C'était un cercle vicieux. Le seize juin, les communications radio entre le *Chosin* et les USA étaient devenues sporadiques et le commandant du *Chosin* avait décidé de quitter Messine.

Une heure à peine après l'appareillage, le contrôle de la situation avait échappé au commandement. Un marin contaminé avait été repéré à bord et mis en quarantaine surveillée. Malgré l'inquiétude générale, on crut que la situation était maîtrisée mais ce cas identifié et canalisé était l'arbre qui cachait la forêt et deux autres marins, qui avaient embarqué en cachant leur état, s'étaient dissimulés dans le compartiment des machines et étaient passés à l'acte le lendemain. Ils avaient contaminé ceux qu'ils avaient croisés dans les coursives et la situation était devenue incontrôlable. Le bâtiment avait sombré dans l'enfer.

Le commandement du bâtiment avait réagi en regroupant les survivants indemnes dans la partie avant du croiseur, considérant que la poupe était perdue. Il avait chargé les SEAL de mener des missions S&D et Cornell avait obéi à contrecœur aux ordres, parcourant les coursives et abattant froidement les infectés rencontrés mais elle y avait perdu la quasi-totalité de ses hommes. Les infectés étaient trop nombreux et la progression physique dans les entrailles exigües du *Chosin* avait tourné au cauchemar.

Devant l'étendue des pertes, le pacha avait fini par annuler les missions et opter pour la création d'un îlot de résistance en demandant à ce qui restait du groupe d'intervention dirigé par Cornell de barrer l'entrée de la passerelle de commandement.

En dehors de quelques relais tactiques en Méditerranée, Europe Occidentale et au Canada, les relations avec la patrie cessèrent complètement le 20. Ces centres, eux aussi, cessèrent d'émettre la veille. Le dernier opérateur radio capta des messages de détresse d'Italie et de France sur grandes ondes avant de se replier vers la proue. Aucun ordre de tir de missiles sur cible ne parvint jamais au *Chosin*.

Le commandant périt à son tour lors du regroupement en proue et Cornell elle-même ne survécut que grâce à l'intervention d'un de ses soldats. Devant les pertes et l'absence de perspectives, la cohésion des survivants vola en éclats malgré les années d'entrainement. La peur et la pression étaient trop grandes. Une poignée de survivants non contaminés se retrouva sur la passerelle de commandement. Cornell, la plus gradée, prit le commandement.

Elle avait fait immédiatement construire un rempart contre les infectés en bloquant les escaliers qui menaient à la passerelle de commandement et, en vue de tenir le siège, avait monté des expéditions pour le ravitaillement en eau, nourriture, armes, munitions et médicaments. Peu d'expéditions étaient revenues indemnes. Au soir du 21, trois cent cinquante marins avaient péri ou étaient infectés. Au petit matin du 22, affamés, apeurés et à bout de nerfs, les survivants s'étaient divisés en deux groupes après une violente dispute lors de l'absence de Cornell, partie en mission de ravitaillement avec des marins.

Le premier groupe tenta d'abandonner le bâtiment pour rallier la terre ferme à la nage. L'autre, fidèle aux directives et à la mission, s'était opposé au premier. Il y avait eu affrontement et l'intervention immédiate de Cornell à son retour de mission n'avait rien changé. Une dizaine d'hommes et de femmes gisaient sans vie dans le poste de commandement. Ceux qui voulaient partir avaient gagné.

Pour éviter de nouvelles pertes, Cornell avait négocié avec eux et obtenu de pouvoir rester à bord et de conserver ses armes. Deux autres matelots, fidèles, décidèrent de rester à bord avec elle. Les fuyards utilisèrent un canot de sauvetage et quittèrent le *Chosin* vers les côtes de Sardaigne, distantes d'à peine huit kilomètres. Ils s'étaient éloignés, méfiants, mais pas assez vite pour Cornell. Elle avait attendu que le canot soit en limite de portée pour utiliser le viseur de précision du M4A1. Elle avait visé avec calme, appuyée au bastingage. Elle avait d'abord tiré sur le moteur du canot de sauvetage. L'engin s'était arrêté en pleine mer dans un nuage de fumée bleue. Paniqués, ses occupants avaient répliqué sans succès. Elle avait ensuite abattu les mutins du canot, l'un après l'autre, d'une seule balle à chaque fois, malgré la distance et les hurlements de terreur.

Comme tout officier de marine, elle était sans concession avec la mutinerie.

Avec les deux autres survivants, elle avait regagné le poste de commandement. Un des marins avait été rattrapé par les infectés en regagnant l'abri. Le dernier survivant avait été contaminé lors de l'ultime expédition de ravitaillement dans la matinée. Désormais seule sur le croiseur incontrôlable, la mission ne pouvait plus être menée à terme.

Elle avait décidé de quitter le bâtiment à son tour. Pour y

parvenir, elle devait gagner la poupe en utilisant la coursive extérieure avec son chargement, gagner l'endroit de la coque où l'eau était la plus proche, s'équiper pour la plongée, passer par-dessus bord le sac arrimé à la bouée puis se jeter elle-même à l'eau.

Elle avait une chance sur mille de mener son plan à bien. Pas assez de nourriture, de sommeil, trop de tension, les réflexes émoussés.

Mais elle n'avait pas le choix. C'était la dernière survivante à bord et elle voulait vivre, revoir son pays et Sophie, sa partenaire depuis dix ans.

Et pour y parvenir, elle devait se jeter à l'eau sans être attaquée par les infectés puis nager jusqu'aux côtes de Corse du Sud, visibles à l'œil nu depuis le bâtiment, éviter les infectés, reprendre des forces et contacter les autorités américaines pour prendre ses ordres.

Elle prit une profonde inspiration, vérifia à nouveau le chargeur du M4A1 et s'assura qu'elle disposait de munitions de rechange, fit de même avec le pistolet 9mm SIG Sauer P226-9 Navy et acheva l'inspection en tâtant la grosse lame froide du couteau de plongée Aqualung Master Dive. Il était en place dans son fourreau le long de sa jambe.

Elle était prête.

***

Cracovie, Pologne, 22 juin

Solidement attaché à son siège, l'avion sur pilote automatique, le capitaine Stanvalskovitz contrôla à nouveau ses instruments de vol et vérifia la position des ailiers. Rassuré, il revint à la mission du jour mais ne put éviter de repenser aux images télévisées de la veille qui peignaient l'image chaque jour plus dramatique d'un monde à la dérive avec son lot croissant de drames liés à la pandémie aux quatre coins du monde.

Un avion de ligne écrasé en plein Séoul, en banlieue de Nairobi, dans un quartier huppé d'Auckland. Un train de voyageurs qui avait continué son trajet à travers les murs de la gare de Rio de Janeiro et avait fini au milieu de la foule et des voitures. Un porte-container géant échoué sur les berges de Hong Kong, au milieu des navires, quais, restaurants et magasins. Une plate-forme pétrolière off-shore en feu au large de la Norvège, submergée par des gens déchaînés. Des immeubles en feu à Dubaï, les occupants qui sautaient dans le vide pour leur échapper.

Il secoua la tête pour en chasser les images. Il avait beau être militaire de formation, certaines images étaient indélébiles, glaçantes dans leur horreur.

Une voix retentit dans les écouteurs. Il enregistra mentalement l'ordre mais n'en saisit la nature qu'avec une seconde de retard.

- Viper Lead à Black Bear. Répétez !

Il détestait les changements d'objectif en cours de mission car ils augmentaient nettement la probabilité d'un accident en vol du fait de la précipitation inévitable qui en découlait. Sa mission principale était de faire une reconnaissance armée, avec sa patrouille, de la région de Cracovie, la grande ville du sud du pays. Il venait de compléter la mission avec ses ailiers. Les ciné-caméras embarquées ramenaient des heures de films et de clichés à haute définition de la situation tactique des lieux.

Mais ce qui le sidérait le plus, c'était la demande qui venait d'être faite. Il craignait d'avoir mal entendu.

- Black Bear à Viper Lead, je répète, répondit la voix neutre du contrôleur de mission. Autorisation de tir sur la foule, désignée 'objectif principal'.

Stanvalskovitz défit les crochets qui maintenaient le masque au casque pour respirer plus librement et fit basculer son Lockheed-Martin F-16C *Jastrząb* Block 52, fierté de la *Siły Powietrzne Rzeczypospolitej Polskiej*, l'armée de l'air Polonaise dans un large virage à droite. Dans les rétroviseurs, il vit le reste de la formation qui le suivait comme un seul homme.

- Quatre, fit une voix dans les écouteurs. Ce n'est pas possible. On ne peut quand même pas faire ça…

- Stanvalskovitz tourna la tête en direction du quatrième chasseur de la formation. La tête du pilote était tournée vers lui.

- Lead à quatre, ferme-là. C'est à moi de prendre les décisions.

En tant que soldat, il devait obéir aux ordres sans broncher. Par sa structure, l'armée ne permettait jamais à un individu seul d'avoir une vue globale et détaillée. Chaque mission était le résultat d'une série d'actions conduites et menées par un élément de la chaîne de commandement militaire. Stanvalskovitz était conscient qu'il était loin d'avoir une vision complète et éclairée de la situation et que le commandement polonais avait de bonnes raisons d'ordonner ce changement de mission.

Pourtant, en tant qu'homme, il ne put s'empêcher de penser à la signification de ce qu'on lui demandait de faire. C'était une décision qui relevait clairement de la panique. Le pays de ses ancêtres, la Pologne, était perdu. *Quel merdier !*

- Viper Lead à Black Bear, fit-il après avoir réfléchi. Demande confirmation de tir sur 'objectif principal'.

Le Contrôleur réagit avec une pointe d'irritation qui indiquait à elle seule que les nouvelles instructions étaient définitives.

- Affirmatif Viper Lead. Autorisation de tir accordée sur objectif principal. Sur la foule.

Stanvalskovitz étouffa un juron. On lui demandait de larguer les bombes Mk-82 *Paveway* III de 250 kg de sa formation sur les infectés, douze bombes par avion sur les infectés, des malades dont rien ne prouvait qu'ils ne pouvaient être sauvés par un remède. *Des compatriotes !* C'était monstrueux…

- Reçu, Black Bear.

De sa position dans le ciel, il observa les énormes foules qui convergeaient vers Cracovie. L'officier de renseignement l'avait briefé sur le fait que ces foules étaient composées d'infectés et la mission avait d'abord eu pour but de le confirmer visuellement. Ses ailiers et lui avaient fait plusieurs passages bas et lents pour vérifier.

Aucun doute possible. Ce sont bien des individus infectés.

Il tourna la tête pour observer le côté sud de la ville. La chaîne montagneuse des Tatras dressait ses sommets sauvages couverts de sapins. C'était dans cette direction que le flux unique et compact des réfugiés non contaminés fuyaient la ville et les infectés qui approchaient en suivant la route nationale 7. De sa position, il vit l'embouteillage gigantesque qui empêchait tout mouvement mécanique sur l'étroite route sinueuse qui filait vers la Slovaquie voisine. Les gens quittaient leurs voitures et les abandonnaient sur place. Ils fuyaient en courant, les bras chargés d'enfants et de ce qui leur était précieux.

Entre le flux des réfugiés qui fuyaient Cracovie par le sud et les infectés qui arrivaient de toute part, la ville était devenue un lieu d'accrochage violent et les deux groupes fusionnaient en plusieurs endroits. De sa position, Stanvalskovitz vit les tirs de mortier, les militaires submergés qui barraient les rues pour ralentir la progression des contaminés, les explosions des obus tirés par les chars encore opérationnels. Cracovie était plongée dans le chaos et irrémédiablement perdue.

Quelle différence ses bombes feraient-elles face à ce désastre ?

Sa mission venait d'être modifiée et on lui demandait de larguer les bombes sur les infectés au nord et au centre de la ville pour protéger la fuite des réfugiés vers le sud. Dans les conditions actuelles, il était clair que les bombes tueraient des centaines, voire des milliers de réfugiés. Les photos de ses grands-parents fuyant pendant l'exode devant les troupes allemandes soutenues par les *Stukas* passèrent comme un flash devant ses yeux. Jamais il n'aurait imaginé vivre un jour des événements semblables.

Une pensée atroce traversa soudain son esprit. Il n'avait plus de nouvelles de sa femme et de ses quatre enfants depuis que les liaisons routières et téléphoniques avaient été rompues avec Poznań au début de la semaine, cinq cent kilomètres au Nord. Pour ce qu'il en savait, sa famille pouvait très bien être actuellement en train de fuir l'approche d'infectés ! Quelqu'un d'autre, un pilote de Su-22 ou de F-16 basé à Lask était peut-être en ce moment dans la même situation que lui, hésitant à appliquer l'ordre de destruction des foules qu'il venait de recevoir !

Sa gorge se serra. Dans un suprême effort de raisonnement, il se rassura en se disant qu'infectés et réfugiés restaient encore séparés les uns des autres et qu'il protégeait des innocents en détruisant des infectés.

- Viper 2-2 à Lead, fit à cet instant la voix de l'ailier le plus proche. Bingo fuel.

Par réflexe, il vérifia son propre niveau de carburant. Viper 2 avait raison : sa propre jauge approchait du point à partir duquel il n'aurait plus suffisamment de carburant pour rejoindre la base. Il demanda à ses ailiers un statut complet. Les réponses indiquèrent qu'en dehors du carburant, les quatre F-16 étaient opérationnels. Il fallait passer à l'action.

- Lead à Viper Flight, fit-il en prenant une profonde inspiration, conscient de la lourdeur de l'ordre qu'il s'apprêtait à donner. Vous avez entendu comme moi. On change d'objectif et on largue sur les infectés au nord de la ville en venant du sud. On passe en formation flèche, espacement latéral trois cent pieds. Viper 2-2 sur ma gauche, 2-3 et 2-4 à droite. Largage des bombes en ripple 2 par 2 à une seconde d'intervalle.

Les ailiers exécutèrent l'instruction et la formation forma une flèche dont la pointe était l'avion de Stanvalskovitz. Le largage des douze bombes de chaque avion par grappes de deux à une seconde d'intervalle permettait de couvrir une grande surface.

- OK les enfants. Un seul passage. Largage au TOP. Attention à la fragmentation. Regroupement au 0-1-0 et RTB. Confirmez.

Les ailiers confirmèrent les instructions. Leurs voix étaient professionnelles et glaciales. Comme lui, ils étaient stressés par l'enjeu. Il passa en poussée militaire nominale et la formation accéléra.

- Viper 2-4 à Lead, fit à cet instant une voix dans ses écouteurs, breaking-off !

Stanvalskovitz tourna aussitôt la tête à droite. En bout de formation, l'ailier rompit l'alignement et prit de l'altitude, les munitions toujours accrochées sous ses ailes. 2-4 quittait le vol sans autorisation. Il désertait !

- Nom de Dieu ! jura-t-il à voix haute. Viper 2-4, rejoins la formation !

- Négatif Lead ! Je refuse de tirer sur ces gens... Ce sont des malades, pas des ennemis. Et ils ne sont pas armés.

Stanvalskovitz hésita. Il regarda ses ailiers, guettant leur réaction, mais ils restèrent impassibles. Chacun d'eux passait sans doute par le même dilemme, horrible : servir le pays ou refuser moralement. Quant à lui, chef de formation, devait-il rompre l'attaque et abattre le déserteur ou poursuivre la mission ? Il n'avait que quelques secondes pour décider. Viper 2-4 serait bientôt trop loin, le rattraper consommerait du carburant et pénaliserait la mission.

- Lead à 2-4. RTB. Pour toi, c'est l'aller simple en cours martiale. On réglera ça au sol !

- 2-4 à Lead, compris. Je prends mes responsabilités... RTB. Terminé.

- Lead à Viper Flight, fit-il à l'attention des ailiers restants, la voix peinant à contenir sa colère, j'abattrai personnellement le prochain appareil qui quittera la formation sans autorisation. Ça me fera plaisir, et vous savez que je le ferai. C'est clair ?

Les ailiers répondirent sans émotion. A moitié rassuré, Stanvalskovitz revint à la mission. L'objectif approchait rapidement.

- Lead à Viper Flight, serrez sur moi.

Il vérifia visuellement l'alignement de la formation. Les deux ailiers le suivirent comme des robots et les oiseaux d'acier prirent de l'altitude à travers plusieurs bancs de nuages effilochés, laissant des traînées de condensation atmosphérique dans leur sillage.

Il mena la formation sur le cap d'attaque après avoir couvert une section de vol horizontal plein nord et effectué un dernier virage à gauche. A présent engagé sur le vecteur d'attaque final, il passa le dernier point de navigation et pointa le nez du chasseur vers le sol.

Devant lui, les foules d'infectés approchaient de la ville. L'objectif était impossible à manquer. Sur les routes, dans les champs, autour des immeubles et des ouvrages d'art, des centaines de milliers de personnes marchaient avec lenteur vers la ville et il songea brièvement qu'il n'avait jamais rien vu de pareil dans sa carrière.

- Lead de 2-3, fit la voix stupéfaite de son ailier, vous avez vu le nombre ?
- On se concentre ! ordonna-t-il en refusant de commenter. Silence radio jusqu'à nouvel ordre.

Le cœur battant, il mobilisa toutes ses forces en pensant à l'ordre qu'il allait donner, le plus critique de sa longue carrière dans la chasse polonaise. Les trois chasseurs filèrent rapidement vers l'objectif grouillant. Il contrôla une dernière fois les instruments.

C'était potentiellement un crime de guerre qu'il s'apprêtait à commettre avec ses hommes. Pourrait-il vivre le restant de ses jours avec cette tâche sur la conscience ? Le lui reprocherait-on un jour, devant un tribunal civil ?

La sueur perlant aux arcades sourcilières, il raisonna que si l'ordre venait d'en haut, c'est qu'il avait été réfléchi. Il n'en avait bien sûr pas la preuve et c'était ce qui lui broyait les entrailles. Alors que la formation approchait de la masse considérable des infectés, il chassa l'air de ses poumons, fit le vide dans sa tête et se concentra sur la mission. ; Il repéra le point à bombarder. Un bloc d'immeubles gris, petits, bas et laids, construits à l'époque par des architectes du Parti, sans âme et sans inspiration. Tels des rochers pris dans une colonne de fourmis, ils émergeaient au milieu de la foule considérable qui se dirigeait vers le centre-ville. Il pointa le nez de son chasseur vers la foule et approcha du sol en piqué, suivi par ses ailiers. Dans les cockpits, les doigts glissèrent sur les commandes du manche latéral et sélectionnèrent les bombes.

- Lead à Viper Flight, largage au top. TOP !

Au même moment, chaque avion largua trois tonnes de bombes, libérées deux par deux à une seconde d'intervalle. Soudainement allégé, l'avion de Stanvalskovitz gagna en nervosité. Il reprit de l'altitude pour éviter les éclats de bombes en restant trop près du sol.

Les explosions se succédèrent en pointe de flèche sur une longue distance. D'énormes éclairs fleurirent brièvement avant de laisser la place au cercle laiteux des ondes de choc en expansion. D'épais nuages noirs boursouflés montèrent vers le ciel. Une sorte de barrage de feu roulant, magnifique et sinistre, détruisit des immeubles, disloqua des véhicules et fit disparaître tout mouvement au sol.

Mais la foule continua d'avancer, entamant sa reconquête pénible du territoire dévasté par les bombes.

Alors que la formation se rassemblait sur le cap de la base, Stanvalskovitz évalua mentalement les dommages. *Dix mille infectés au bas mot. Une goutte d'eau dans l'océan.* Et un crève-cœur. Il repensa au sort calamiteux de son pays. Coincée depuis toujours entre Russes et Allemands, foulée aux pieds par des vagues successives d'oppresseurs, nation oblitérée pendant des siècles, la Pologne avait toujours su résister grâce à ses habitants et à ce qui faisait son âme, ce mélange très polonais de sensibilité, de révolte et de détermination.

En application des ordres, il venait d'anéantir plusieurs dizaines de milliers de ses compatriotes dans un dernier baroud d'honneur qui n'avait rien changé au désastre.

***

Nord de la Sardaigne, Italie, 22 juin

Arcboutée sur l'écoutille pour la maintenir ouverte, Alison Cornell mit son fusil d'assaut sur tir unique pour préserver les munitions puis prit d'une main son sac à dos accouplé à la bouée, tira son matériel de plongée et ses bouteilles de l'autre et sortit sur le pont. En dehors du clapot de la mer contre la coque du bâtiment, il n'y avait pas un son sur le bâtiment de guerre, comme transformé en vaisseau-fantôme, en dehors des gémissements assourdis des infectés.

Cornell balaya du regard le chemin étroit qui menait à la poupe du *Chosin*. Personne. Elle tira des deux mains sur le lourd paquetage. Si un infecté surgissait, elle devait saisir le fusil, viser et neutraliser la menace sans temps mort ni hésitation. Elle en était capable en temps normal mais aujourd'hui, affaiblie, elle avait des doutes.

Lentement mais avec ténacité, elle avança vers la poupe. *Cent mètres à couvrir...* Elle en parcourut vingt en suant sang et eau. Le paquetage complet pesait plus de cinquante kilos. Le cœur battant, les nerfs en alerte, elle s'arrêta à hauteur d'une batterie lance-missiles pour essuyer son front d'un revers de main avant de reprendre sa progression lorsqu'une silhouette humaine déboucha d'un angle de structure à dix mètres d'elle. En pleine lumière, impossible de se tromper. Un matelot couvert de sang, de sillons noirs sur la peau. Sa tête, un amalgame de cheveux séchés et de plaies béantes. Il marchait vers elle la bouche ouverte, les jambes raides, les yeux braqués sur elle.

Elle lâcha le paquetage et se mit en position de tir, genou à terre. Elle visa calmement le cœur à travers la lunette de tir. Lorsqu'elle appuya sur la queue de détente, la balle de 5,56 mm pulvérisa le plexus solaire de l'infecté. L'homme s'effondra et bascula en avant dans un dernier râle.

Elle souffla profondément et se remit debout, vérifia autour d'elle puis reprit la progression. La détonation allait les attirer. Elle n'avait plus beaucoup de temps. *Soixante-dix mètres…*

Elle enjamba le cadavre sanguinolent et continua le long du pont. Elle se déplaçait lentement et, lorsqu'une main agrippa son épaule droite, elle ne fut qu'à moitié surprise. Elle lâcha le paquetage et se débattit violemment pour se défaire de la prise qui bloquait son épaule mais une deuxième main l'immobilisa. Elle sentit qu'elle était tirée vers l'arrière. Son agresseur l'avait surprise par derrière. Elle sut que c'était un infecté à l'odeur répugnante qui émanait de lui. *Éviter la bouche et les plaies !*

Elle passa sans attendre en mode de combat. Elle se baissa brusquement pour entrainer l'agresseur dans la chute mais il était lourd et ne bougea pas. La sueur inonda rapidement le corps musclé de Cornell. Ni ses mouvements ni les coups violents ne délogèrent les mains solidement agrippées aux épaules. Le fusil était inutile car l'homme était derrière elle et elle n'avait pas d'angle pour tirer une rafale, à supposer même qu'elle soit capable d'utiliser son arme en sens inverse...

Les coups de close-combat arrachaient à l'homme de vagues plaintes mais ils étaient globalement inefficaces. En dernier recours, elle décida d'utiliser son pistolet. Bougeant sans arrêt la nuque pour éviter que l'homme n'y plante ses dents, elle saisit l'arme mais, avant de parvenir à s'en emparer fermement, elle se sentit basculer en arrière alors que son attaquant tombait en l'entraînant. Malgré la fermeté de sa prise sur la crosse du pistolet, son bras heurta le sol avec une telle violence qu'elle lâcha l'arme. Le P226 glissa sur le pont vers le bastingage, cogna la paroi et s'immobilisa, hors de portée.

Cornell se retrouva allongée par terre, le torse coincé entre des bras dégoulinants de fluides corporels souillés. Malgré la maladie, l'infecté était encore très fort. Sur sa nuque aux cheveux coupés courts, elle sentit l'haleine chaude de l'homme qui essayait de la mordre. Le pistolet était inaccessible, le M4A1 inutilisable et tout ce bruit et cette agitation allaient attirer l'attention des autres infectés… Sans surprise, Cornell aperçut un second infecté qui approchait. Elle devait agir maintenant avant qu'il ne soit trop tard…

Elle se débattit violemment et parvint à approcher la main de l'étui du couteau contre sa cuisse. Après un long moment de lutte, elle sentit enfin la surface crénelée du manche sous ses doigts. Elle le sortit de l'étui, le cala dans la main puis donna un coup violent en arrière, au jugé. La lame s'enfonça jusqu'à la garde dans la chair.

Elle entendit une sorte de grognement sous elle et l'étau des bras se desserra. Comme une panthère, elle se propulsa en avant et se retrouva face au second infecté, accompagné d'un troisième.

Elle rangea son couteau dans l'étui, saisit le fusil, se tourna vers l'infecté qui gisait à terre et visa calmement sa tête. Une mare de sang se répandait sous lui et, malgré sa blessure à l'abdomen, il essayait de se mettre debout. Si elle avait eu du temps, elle l'aurait laissé mourir en se vidant de son sang mais elle avait deux autres adversaires à affronter et ne pouvait prendre le moindre risque. Elle appuya sur la détente. La tête de l'infecté explosa sur le pont comme un fruit mûr.

D'un mouvement fluide, elle se retourna et fit face aux nouveaux assaillants. Ils n'étaient plus qu'à cinq mètres. Une troisième silhouette se dessina derrière eux et elle jura.

Le cauchemar ne s'arrêtera donc jamais...

L'entrainement strict lui permit de ne pas céder à la panique. Elle mit en joue le premier et pressa la détente. La balle pénétra dans la carotide de l'homme et ressortit par la nuque avant d'aller entailler la joue du second. L'élan du premier stoppa net mais il ne tomba pas. Lorsqu'il reprit le cycle de sa respiration, un gargouillis s'éleva du trou sanguinolent dans sa gorge en expulsant des bulles de sang. Les yeux grands ouverts, il fit un pas vers elle et Cornell comprit que la blessure n'était pas assez grave. L'approvisionnement en oxygène continuait d'être assuré en dépit du trou dans son cou, grand comme une pièce de monnaie.

Elle épaula à nouveau son arme et visa plus haut. La seconde balle arracha le haut du crâne et il tomba en arrière. Derrière lui, un mécanicien infecté approcha, les bras tendus vers elle pour la saisir. Il trébucha sans tomber en franchissant le cadavre du premier infecté. Cornell visa et tira. La balle traversa le crâne par l'orbite droite et l'homme s'effondra. Vingt mètres derrière lui, le quatrième homme approcha, un ex-pilote de SH-60B Seahawk.

Elle leva à nouveau son fusil et résista à l'envie de mettre le mécanisme de tir sur rafale.

Préserver les munitions !

Elle retint sa respiration, ajusta le tir à travers le viseur de précision et appuya. L'homme fut projeté en arrière, le cœur explosé sous forme de rosace contre le métal d'une cloison.

Haletante, la fumée sortant du canon, Cornell fit volte-face pour contrôler ses arrières. Personne. Le pont était propre… Elle venait d'abattre quatre hommes en moins d'une minute et ne pouvait plus perdre de temps. Surtout, elle n'avait ni l'envie ni les moyens d'affronter tout l'équipage. Elle remit le fusil en bandoulière, ramassa son pistolet et nettoya la lame du couteau sur les vêtements des cadavres. Alors qu'elle se baissait pour reprendre ses deux gros sacs à dos, elle aperçut un groupe d'infectés qui venait vers elle depuis la proue.

Mentalement, elle calcula que les infectés ne franchiraient pas les cent mètres qui les séparaient d'elle en moins de trois minutes. C'était le temps dont elle disposait pour gagner le lieu où elle enfilerait sa combinaison, jetterait son sac par-dessus bord avant de se mettre à l'eau. C'était court et risqué, surtout si d'autres infectés, plus proches, surgissaient à leur tour, mais elle n'avait pas le choix. Elle devait faire avec ce qu'elle avait à disposition.

Rassemblant son courage et ses forces, elle tira les lourds sacs vers l'arrière du croiseur et, en moins d'une minute, atteignit le bon endroit d'immersion. Les infectés approchaient. *Pas le temps de passer la tenue de plongée en néoprène...* Elle prépara rapidement son gilet de plongée, plaça les lests dans les poches, vérifia les détendeurs et les deux bouteilles. Elle s'arrêta un instant, prit le sac avec la bouée et le lança par-dessus le bastingage. Elle le suivit du regard pendant une seconde pour déterminer le sens du courant. La dérive était minimale et elle acheva sa préparation en surveillant régulièrement les infectés. Ils se trouvaient à une trentaine de mètres.

Le cœur battant, luttant contre la montre, elle mit les bouteilles sous pression, enfila son gilet de plongée alourdi par les bouteilles d'air comprimé, envoya de l'air dans le gilet pour le gonfler et serra sa ceinture ventrale puis elle prit le masque de plongée qui recouvrait entièrement le visage, cracha dedans, enfila ses palmes profilées. Elle était prête. Elle jeta un dernier coup d'œil aux trois infectés. Dix mètres...

Elle gagna pesamment le bastingage, alourdit par les bouteilles, encombrée par les palmes. Les infectés était à dix mètres. Elle respira par le détendeur. Assise sur le bastingage, dos à la mer elle poussa des pieds pour basculer en arrière dans un dernier effort et tomba aussitôt vers les flots bleus. La sensation de fraîcheur produisit un choc électrique en elle lorsqu'elle se retrouva dans l'eau.

Comme un bouchon, elle s'enfonça sous la surface plate de la mer, entraînée vers le fond par le poids de son équipement. Elle augmenta la pression d'air dans le gilet et remonta à la surface. Elle rajusta son masque et leva les yeux vers le bastingage en battant des pieds pour se stabiliser. Trois infectés la regardaient fixement. L'un d'eux entreprit de franchir le bastingage. Par précaution, elle battit des palmes et s'éloigna de la coque du *Chosin*.

Elle avait fait à peine vingt mètres lorsque l'infecté passa par-dessus bord, trop loin d'elle pour représenter une menace. Elle passa la tête sous l'eau pour observer la scène.

Dans l'éther bleu des hauts fonds, l'homme coula à pic, un chapelet de bulles s'échappant de sa bouche ouverte. Malgré ses mouvements désordonnés pour remonter à la surface, il continua de s'enfoncer et disparut dans l'ouate bleue.

Elle se mit sur le dos et se laissa dériver dans le courant.

Comme des moutons, les infectés franchirent à leur tour le bastingage du *Chosin* et disparurent dans l'abîme bleuté. D'autres silhouettes apparurent sur le pont et Cornell s'éloigna du *Chosin*. Elle rejoignit les sacs qui flottaient en surface et les attacha à une boucle de ceinture puis se tourna vers le ciel et se propulsa vers la rive en trainant les sacs.

Je vais vivre, mon Dieu, réalisa-t-elle avec bonheur.

Je vais vivre !

***

BA-113 de Saint-Dizier, 22 juin

Au milieu de son footing quotidien sur la base aérienne, Lasalle s'arrêta de courir lorsqu'il sentit son téléphone vibrer. Un message.

D'une main tremblante, il prit son téléphone et lut le message d'alerte prioritaire. Secrètement, il avait espéré ne jamais le recevoir.

Lentement, il se remit à courir en se remémorant les derniers événements opérationnels. La veille, des Mirage F-1CR du GC-1/33 *Belfort* de la BA-112 de Reims-Champagne avaient ramené des films qui prouvaient que les infectés étaient en nombre sur le sol français. D'importants groupes avaient été repérés dans la campagne, du côté français des frontières allemandes, suisses et belges. En dehors de leur démarche raide et mal coordonnée, les caméras thermiques avaient permis de démontrer que la chaleur corporelle était anormalement élevée chez les infectés.

Il termina l'exercice par une douche et enfila sa dernière combinaison propre. Il gagna ensuite la salle d'opérations où se trouvaient déjà plusieurs pilotes, dont Mack. Il vérifia le tableau d'opérations et ne vit pas son nom. Les deux hommes se mirent à l'écart.

- Tu as reçu le SMS ? demanda Mack.

Lasalle tapota de la main le téléphone sur sa poitrine pour confirmer.

- Tu sais, reprit Mack, si ça se trouve, le gouvernement sait depuis longtemps que le pays est contaminé.

Il reposa son verre et regarda prudemment autour de lui.

- Je suis peut-être parano, mais ils peuvent avoir décidé de ne rien dire sur les foyers initiaux, de braquer les projecteurs ailleurs pour détourner l'attention. Par exemple sur la Suisse ou l'Alsace. Une fois des cas de contamination découverts là-bas, plus personne ne se soucie des foyers initiaux, à Paris par exemple.

- Peut-être. Et alors, dans quel but ?

- Gagner des jours contre la panique. Ça permet de déployer un meilleur dispositif antiémeute.

- Cynique.

- D'accord, mais ça permet aussi de ne pas se retrouver dans le siège de l'accusé. Tu te souviens de Tchernobyl ? Les discours lénifiants, les nuages radioactifs qui ne passaient pas les frontières ? Sauf qu'aujourd'hui, on parle de *zombies* hyper-contagieux. Le gouvernement ne nie rien, il adapte simplement le timing des annonces.

- T'as raison, fit Lasalle avec un sourire, tu as vraiment un côté parano ! Moi, je suis moins sceptique. Les types du gouvernement savent ce qu'ils font. Ils ont un plan. C'est ce qu'ils disent. Regarde. Ils veulent rassembler les civils dans des zones délimitées, les placer sous contrôle gouvernemental. Lancer un programme de recherches sur l'épidémie. Organiser le transfert des gens vers des zones de quarantaine sécurisées. Ce genre de trucs, ça sent quand même la réflexion, l'organisation, pas le bordel.

- Lupus, on parle d'une maladie qui fait tomber des *pays entiers en moins d'une semaine* ! Tu crois que notre petit pays, tout seul, pourra arrêter ce qui a fait tomber des mastodontes comme l'Inde ou la Chine ? Tu crois que c'est possible d'être longtemps organisé dans ces conditions ?

- Un petit pays, ça se contrôle plus facilement qu'un grand. Des plans de continuation d'activité existent au niveau national, j'en suis certain.

- Pas sûr, Lupus ! Pas contre une saloperie qui fout tout en l'air si vite ! Faudrait que t'arrête de lire Picsou Magazine ou de regarder les Bisounours, mon vieux ! Redescend sur terre...

Lupus sourit. Mack avait une formidable capacité de résilience dans l'épreuve. L'humour était un outil qu'il utilisait souvent et qui démontrait à la fois son intelligence et sa maturité. De nombreux compagnons d'armes enviaient cette qualité, Lupus le premier.

- Au fait, continua Mack en se passant la main dans les cheveux, le pacha veut voir tout le monde à quatorze-zéro-zéro… Le 'dron', les 'drilles' et tout le Saint-frusquin… Le planning de l'après-midi n'est pas encore affiché. Une première dans l'escadron ! Ça part en couille, cette histoire…

Lasalle se détourna du tableau d'opérations et regarda sa montre.

- Ça laisse 20 minutes. OK, je téléphone chez moi. On se retrouve là-bas, OK ?

- Moi, je reste ici en attendant. Histoire de sonder le moral des troupes.

Lupus quitta la salle alors que plusieurs membres de son escadron arrivaient. Les pilotes et navigateurs de son escadrille le saluèrent et il les informa de ce que Mack venait de dire. Il lut l'inquiétude sur les visages et se garda de trahir ses propres doutes. Il les quitta et sortit du bâtiment. L'air était chaud et clair. Au loin, les collines boisées et verdoyantes déroulaient leurs courbes paresseuses qui invitaient à la promenade et la détente. Tout était si normal aujourd'hui. Pourtant le monde se disloquait à toute vitesse. L'Histoire était en marche, un événement plus grand que la naissance du Christ, la prise de Jérusalem par les Musulmans, la chute de l'Empire Romain d'Orient, la découverte de l'Amérique ou les guerres mondiales était en cours. Le monde ne serait plus jamais le même après cette épidémie.

Il gagna un endroit ombragé pour se protéger des rayons du soleil et passa son appel. L'appareil sonna dans le vide. *Décroche…* Le gouvernement avait peut-être déjà activé le filtrage des communications pour favoriser les messages prioritaires ? Dans ce cas, il avait peu de chances de contacter sa femme. Il était sur le point de raccrocher lorsqu'une voix tendue répondit.

- Enfin ! J'ai reçu le SMS… Je suis folle d'inquiétude ! Qu'est-ce qui va se passer maintenant ?

- Je ne sais pas. Personne n'est au courant. Mais ça va aller.

- Arrête de dire ça ! Personne ne sait ce qui va se passer ! Arrête ! Je déteste quand tu fais ça !

Il soupira, l'estomac noué par la peur qu'il sentait percer chez sa femme.

- Calme-toi. Pour le moment, on ne risque rien ici. Pense à notre fille. Garde ton calme. Ne lui fais pas peur. Elle a besoin d'être rassurée, elle aussi…

- Arrête ton charabia de supermarché !

Lasalle déglutit avec difficulté. Sa femme le connaissait

parfaitement. Il décida de minimiser pour ne pas l'affoler.

- Pour le moment, poursuivit-il, ce sont des cas isolés. Des groupes aux frontières. Ça reste gérable. Rien à voir avec une invasion massive.

- Et alors ? Quelle différence ça fait ? C'est toujours la même chose : d'abord des cas isolés, ensuite l'effondrement total. Comme en Amérique !

- On n'en est pas encore là. Ce n'est pas sûr que ce qui est arrivé aux USA se reproduise en France. Regarde : on est encore debout. On a même eu le temps d'apprendre des choses sur la maladie.

- Quoi ? Qu'est ce qu'on a appris ?

- Ces types, les infectés. Ils restent humains. Une balle dans le cœur ou dans la tête et ils ne se relèvent plus.

- C'est ça, ta leçon ? Comment les tuer pour de bon ? Tu crois que c'est rassurant ? Il n'y a rien sur un remède ?

- Non, désolé.

Il y eut un court silence, pesant, puis elle reprit d'une voix aigüe.

- Tu sais que ça panique en ville ? Chez nous ? Pas au bout du monde, mais ici. *A Saint-Dizier* ! La radio dit que les gens fuient Strasbourg en masse, qu'ils viennent par ici. La télé a montré des gens qui se battaient contre des infectés sur la place Kléber ! Tu te souviens de la librairie ?

Il se rappela avoir acheté un livre en relief à sa fille lors d'une visite précédente au marché de Noël. En images, il revit les rails du tramway devant un beau bâtiment aux arcades illuminées de bleu. Des lieux peuplés d'étudiants, des linéaires garnis.

- Les gens se battaient contre les infectés avec des panneaux de signalisation et des pavés. C'était horrible ! J'ai fini par éteindre.

Il attendit qu'elle se calme mais elle reprit de plus belle.

- Ils sont passés à travers la vitrine ! Il y avait du sang partout sur les livres !

Malgré l'horreur des propos, il savait qu'elle allait continuer. Il ferma les yeux.

- Et les réfugiés… Toute l'Europe débarque chez nous ! Même les Indiens ! Comment va-t-on faire pour s'occuper d'eux en même temps ? Et il y aurait des cas d'infection à Paris maintenant !

La rapidité des événements le laissa sans voix.

- Je ne savais pas pour Strasbourg, concéda-t-il en regardant sa montre. Ni pour Paris. Le pacha doit nous parler dans quelques minutes. Il nous en dira plus. Je t'appellerai après, d'accord ? Où est Aurélia ?

Il entendit sa femme bouger le combiné.

- Elle joue à la dînette dans le salon. C'est horrible pour elle… C'est le pire héritage que notre génération puisse laisser à la sienne !
- Je t'en prie ! gronda le pilote. Ça n'est vraiment pas le moment de penser à ça ! Ce qu'elle doit savoir, c'est que ses parents sont avec elle ! Qu'ils sont forts. Elle craquera sinon ! Tu dois rester forte et garder ta tête ! En cas de pépin, contacte les voisins ou la police, dis-leur ce qui se passe. Ils feront ce qu'ils peuvent mais ne panique pas. Perdre la tête, c'est condamner notre enfant. Tu saisis ?

Elle soupira bruyamment dans le téléphone avant de répondre à voix basse.

- La police ? Je n'ai pas attendu. Ça sonne dans le vide. Adrien, *je crève de trouille…*

Lasalle sentit l'étau autour de son cœur se resserrer. Il parla plus doucement.

- Elle a besoin de toi. J'aimerais être avec vous, mais tu sais que c'est impossible. Je dois pouvoir compter sur toi, pour elle. Tu peux le faire ? Je peux te faire confiance ?
- Je… je ne sais pas.

Elle pleura au téléphone.

- Je vais… je vais essayer. Tu as raison. Désolée Adrien. J'avais besoin de craquer avec quelqu'un. Pas avec elle, tu comprends ?

Il expira doucement, rassuré. Sa femme redevenait la personne rationnelle sur laquelle il pouvait compter.

- OK, ma chérie, c'est ça ! l'encouragea-t-il. Fais-le pour elle.
- Je vais essayer. Tu rentres quand ?
- Aucune idée. Et tes parents ? Ils sont où ?
- Chez eux, en Bretagne. Les tiens sont en Franche-Comté. Ta mère est terrorisée. Ils ont peur pour nous. Je leur ai dit de se barricader chez eux. Mais ils n'ont pas encore vu de contaminés.
- Je rentrerai dès que possible, c'est promis. En attendant, reste enfermée avec Aurélia. Ferme tout à clef. Portes, garage, cave, volets… Garde une radio à piles sur toi, des bougies et de quoi te défendre. Une hache, une barre de fer, n'importe quoi.
- J'ai rechargé mon téléphone portable, comme ils l'ont demandé dans le SMS.
- C'est bien. Bon, je dois y aller. Mais n'oublie pas…

Sa femme soupira à nouveau dans le téléphone.

- Quoi ?
- Protège-la, c'est tout. Juste le temps que je vous rejoigne. Tout ça finira bien un jour.

Sa femme raccrocha et il contempla le téléphone sans le voir. Ses pensées étaient auprès de sa famille cloîtrée dans la peur à quelques kilomètres de la base. Si proches... Le cœur lourd, il se mit en marche pour gagner la salle où le patron allait s'adresser à eux.

***

Corse du Sud, 22 juin

Alison couvrit les derniers mètres de mer en marchant lentement, courbée de fatigue après sa traversée à la nage depuis le *Chosin*.

Malgré son entraînement militaire, elle mit un moment à récupérer. Comme les autres survivants du bâtiment, elle avait été confrontée à la malnutrition pendant le siège à bord et en ressentait cruellement les effets en approchant de la plage, traînant derrière elle ses sacs de survie et son matériel de combat comme un boulet.

Sous ses pieds, elle sentit une surface dure. Pas de doute, le fond remontait. Sur la pointe des pieds, elle se mit à avancer vers la plage, les sens aux aguets. Lorsque le niveau de la mer passa sous la taille, elle s'empara du M4A1, le vérifia puis l'arma avant de reprendre la progression vers le rivage, canon tendu vers l'avant.

Devant elle, la plage de sable blanc était bordée de part et d'autre d'amas d'énormes cailloux dont la surface lisse reflétait la lumière solaire avec intensité. Leur surface devait être brûlante et elle exclut aussitôt la possibilité d'y voir apparaître une menace.

Rassurée, elle se concentra sur la zone de plage qui lui faisait face. Le sable blanc montait vers un bosquet de pins maritimes qui barrait l'entrée de la plage sur une trentaine de mètres de profondeur. *Trop fin pour que des infectés s'y cachent.*

L'eau arriva à mi-mollet et elle accéléra vers la lisière en contrôlant le paysage. De sa position, les roches masquaient les plages adjacentes. Enfin au sec, elle tira le matériel hors de l'eau et défit la boucle qui la liait à eux.

Satisfaite, elle fit une reconnaissance jusqu'en lisière de forêt. Pliée en deux, les sens aux aguets, elle resta un long moment immobile sous les arbres à l'affût des menaces. Le sous-bois où elle se trouvait filait vers l'ouest. Il était encombré d'arbres odorants et de buissons épineux. Le sol était couvert d'aiguilles de pins maritimes. Elle mit prudemment un pied dessus et exerça une pression. Les aiguilles craquèrent aussitôt et, dans les arbres environnants, des cris d'oiseaux inquiets fusèrent tout à coup.

Sourire aux lèvres, elle réalisa qu'elle avait trouvé un excellent système d'alarme. Si quelqu'un approchait, les aiguilles

105

craqueraient, les oiseaux prendraient le relais et elle serait avertie.

Elle se redressa, passa le fusil en bandoulière et regagna l'endroit où elle avait déposé les sacs puis remonta avec en lisière de forêt où elle se laissa tomber dans un endroit abrité du soleil et de la vue. Elle se débarrassa de sa tenue trempée et, en simples sous-vêtements, étala ses vêtements et le matériel au soleil pour le faire sécher. Bien sûr, le sel ne partirait pas tout seul et, lorsqu'elle se rhabillerait, la tenue gratterait mais, pour l'heure, le confort vestimentaire était le cadet de ses soucis. Elle finirait bien par trouver une source d'eau douce. Elle regarda le sac qui contenait les bouteilles d'air et l'équipement de plongée. Trop lourd. Et elle n'était plus sûre d'en avoir besoin. Sans hésiter, elle décida de le laisser sur place.

Elle récupéra ensuite de quoi manger et fouilla la mer du regard. Les yeux fixés sur l'horizon bleu de la mer, elle repéra la silhouette grise et massive du *Chosin*. Le bâtiment, livré à lui-même, s'éloignait vers le nord en fendant la mer d'huile. Il ne s'arrêterait que faute de carburant, contre un autre navire ou échoué sur une côte. A l'aide des jumelles, elle chercha un signe d'activité à bord. Des silhouettes sombres et raides bougeaient sur le bastingage bâbord, à peine distinguables à distance.

Lorsqu'elle reposa les jumelles après quinze minutes d'observation, ses sous-vêtements étaient secs. S'il en était de même pour le reste, elle serait prête à repartir dans la demi-heure.

Les choses n'allaient finalement pas si mal pour elle. Elle était saine et sauve, son équipement était au complet, elle avait des armes, de la nourriture et de l'eau et un début de plan. Elle devait gagner la ville la plus proche au sud, Bonifacio, et y trouver un bateau pour quitter l'île.

Elle prit une bouteille d'eau et s'humecta les lèvres, goûtant la douceur de l'eau sur ses lèvres salées et sèches. Elle se mit ensuite debout et se tourna machinalement vers la forêt. Un mouvement attira aussitôt son attention et elle s'accroupit immédiatement, la main cherchant le couteau de plongée. Une silhouette sombre marchait dans le sous-bois, parallèlement à la côte. Sa trajectoire le ferait passer derrière elle mais il ne semblait pas l'avoir aperçue. Allongée sur le sable, protégée par l'ombre des arbres, elle l'observa à travers les jumelles. C'était un infecté récent. Son visage était parcouru de sillons sombres, les saignements limités aux oreilles, narines et yeux. Il passa à trente mètres d'elle et s'arrêta sans raison, les yeux tournés vers le nord. Elle retint son souffle, main serrée sur le couteau.

106

Mais il ne bougea pas, comme pétrifié et privé d'initiative. Elle songea à l'éliminer rapidement mais hésita. Il n'était peut-être pas seul et la protection du tapis d'aiguilles qui le séparait de lui se retournait maintenant contre elle...

Alors qu'elle réfléchissait aux actions à mener, un bruit puissant la fit sursauter. A distance, des hululements sinistres de sirènes montèrent soudain dans l'air calme.

Dans les pins odorants, les oiseaux s'agitèrent et l'infecté tourna la tête dans la direction de la sirène la plus proche avant de se remettre en marche. Il disparut dans les sous-bois, suivi par d'autres silhouettes solitaires sorties comme par miracle de la forêt.

Les sous-bois grouillaient d'infectés ! Même ici, sur cette île magnifique, la maladie était déjà à l'œuvre... Elle haussa les sourcils, incrédule, et se concentra sur les hurlements distants des sirènes dont le nombre, la puissance et la tonalité indiquaient qu'elles étaient situées dans les villes et villages environnants.

« Sans doute un système intégré à déclenchement automatique pour coordonner la mise en marche à distance sans intervention humaine... Mais pourquoi ? Dans quel but ?

Elle se mit à réfléchir. Si les sirènes étaient déclenchées pour les mêmes raisons qu'aux USA, c'était pour prévenir d'un danger à court terme, soudain et imminent : agression étrangère, menace terroriste, utilisation d'armes sales, ce genre de choses. Le fait que les sirènes soient coordonnées indiquait que le problème était national. Après un instant de réflexion, elle arriva à la seule conclusion possible.

La France succombait à son tour à la maladie.

***

BA-113 de Saint-Dizier, 22 juin

Une foule de navigants et de mécanos, visages graves, convergeait vers la salle de débriefing. Des hommes et des femmes parlaient au téléphone. Pour la plupart, les discussions tournaient autour du SMS d'alerte qu'ils venaient de recevoir.

Lasalle approcha du rassemblement et repéra Mack parmi d'autres pilotes. Il échangea quelques phrases avec eux pendant quelques minutes dans une chaleur d'étuve. Soudain, le tumulte des voix s'arrêta et le colonel, un lieutenant-colonel et un aide de camp entrèrent ensemble dans la salle. Les hommes se levèrent et saluèrent.

- Repos ! fit aussitôt le colonel Francillard.

L'assistance se rassit dans un silence total.

- Regarde, fit Mack à voix basse en se penchant vers Lupus. Aucun document ! Ça sent l'improvisation…

Le colonel gagna le pupitre au fond de la salle, s'éclaircit la voix et baissa la tête.

- Hé, Lupus, fit Mack en chuchotant. T'as vu, on dirait qu'il prie ! Jamais cru les bruits de chiotte qui disaient qu'il était catho. Mais c'est peut-être vrai, en fin de compte.

- A tous, fit le colonel en relevant la tête. Ce que je vais vous dire pourra être partagé avec vos familles. Compte-tenu de la nature de l'ennemi, nous n'avons pas à craindre d'espions dans la salle...

Il n'y eut aucune réaction à la tentative d'humour du colonel. Il poursuivit.

- Pour ceux qui auraient des questions, gardez-les pour vos supérieurs hiérarchiques directs, ils feront la liaison avec moi. Mais avant, précision : nous risquons de passer d'un moment à l'autre en alerte RNBC. Lorsque ce sera le cas, le personnel militaire de la base sera placé en état d'urgence et sous astreinte 24/7 avec logement sur base jusqu'à nouvel ordre.

Les hommes s'y attendaient mais les grognements désapprobateurs fusèrent. Lasalle secoua la tête malgré lui en pensant à ce que cela signifiait pour sa famille. A côté de lui, il vit Mack serrer les poings en silence.

- Comme vous le savez, à treize-trois-zéro, continua le colonel, nous avons reçu le message d'alerte gouvernemental d'urgence. Les civils l'ont reçu eux aussi. Ce message confirme la présence des premiers cas d'infection en France et explique les mesures mises en œuvre pour contenir l'épidémie.

Il marqua une courte pause dans le silence glacial de la salle surchauffée.

- Le plan qui est proposé par l'État-major interarmées, en accord avec la Présidence, est simple. Quatre étapes, chacune avec des messages pour informer la population civile de ce qui est attendu d'elle.

L'audience retint son souffle.

- Étape Un. Évacuation vers le littoral Atlantique des ressortissants français et étrangers présents sur le territoire. Chaque civil devra quitter son domicile avec les membres de sa famille ou les personnes de son entourage, une personne par siège disponible. Les personnes sans véhicule personnel seront prises en charge par des camions de l'armée en plusieurs lieux pré-désignés et amenées aux points de regroupement par les services de gendarmerie et de police où elles seront prises en charge par l'Armée de Terre. Un autre SMS, des flashes radio et TV et des véhicules de mairie avec haut-parleurs serviront à prévenir la population.

Des murmures et des débuts de conversation, émaillés de questions, commencèrent dans la salle.

Imperturbable, le colonel poursuivit son monologue.

- Étape Deux. Déjà plus intéressant pour nous d'un point de vue militaire : création d'une ligne de défense de Biarritz à Lille, englobant Paris.

Lasalle releva la tête et desserra l'étau de ses mâchoires serrées. De l'action armée était à prévoir mais l'effort militaire s'annonçait colossal.

Le colonel continua le briefing.

- Y participeront les forces armées disponibles nationales. Police, réserve militaire et troupes régulières, en bref tout ce qui porte un uniforme. Elles seront appuyées par ce qui reste des forces étrangères encore opérationnelles sur le territoire. Ca n'échappera à aucun de vous, mais c'est vraiment une mesure d'urgence exceptionnelle. On parle d'unités mécanisées allemandes, slovaques et autrichiennes en route pour la France. Leurs pays sont officiellement perdus, alors ils tentent de participer au barrage…

Les murmures de l'assemblée prirent de l'ampleur. Malgré la clarté des mots et des explications, Lasalle avait du mal à intégrer mentalement l'étendue du désastre en cours.

Toute l'Europe s'effondrait alors que la maladie semblait être apparue la veille. L'étendue et la rapidité du phénomène était difficile à appréhender intellectuellement, et il était certain de ne pas être le seul dans ce cas. A côté de lui, Mack ouvrait des yeux ronds, suspendu aux explications de l'officier supérieur. Il était évident qu'il avait, lui aussi, du mal avec les implications d'une telle description.

- Étape Trois. Implémentation d'une série d'actions de défense et de consolidation à l'est de la ligne. Des missions systématiques de Recherche-Destruction seront menées par les forces actives disponibles. Pour l'aviation, c'est une action de d'appui-sol rapproché des troupes terrestres. On largue tout l'armement disponible en dehors du nucléaire tactique et stratégique sur les contaminés identifiés.

Une sorte de juron géant s'échappa de l'assemblée, mélange de rage et de satisfaction. Dubitatif, Lasalle ne se joignit pas aux autres. Ce qu'il avait craint se concrétisait. Il allait devoir bombarder des foules. Des malades. Mélangés, peut-être, aux survivants sains. Les films ramenés par les appareils de reconnaissance, les drones de renseignement tactique et les satellites militaires montraient la porosité de la ligne de front. Les forces alliées et les infectés étaient mélangées, tout comme les civils et les combattants. L'appui au sol et les missions CAS allaient être coton dans ces conditions...

- Messieurs ! fit le colonel en élevant la voix. Votre réaction confirme que vous voulez vous battre et c'est ce que nous allons faire, mais ce n'est pas pour tout de suite. Et le plan formulé par l'État-major n'est pas terminé.

L'assemblée se calma, attendant la suite des explications.

- Pour finir avec cette étape du Plan, sécurisation des sites sensibles, centrales nucléaires, forages et raffinage pétrolier, centres de télécommunication, logistiques civils et militaires, dépôts alimentaires etc. La liste est longue comme le bras. Ca, ce sera l'objectif des opérations conjointes aéroterrestres. En parallèle, mise en place, sous contrôle de l'armée, d'une structure mobile de recherches scientifiques et médicales sur l'origine de l'épidémie. Le but, c'est de trouver un remède le plus vite possible. On y affecte les personnels civils en virologie, bactériologie, génétique, recherche médicale. Un embryon de structure est déjà en place quelque part et devrait constituer le noyau de la riposte médicale. Si vous connaissez quelqu'un...

Il s'interrompit pour observer l'assemblée. Malgré l'importance considérable de la recherche médicale dans la stratégie de lutte contre l'épidémie, ce n'était pas ce qui faisait frémir les soldats. Non, ce qui les faisait vibrer, c'était l'action armée, la défense du pays, la mise en pratique ce qu'ils avaient passé toute leur vie à apprendre. Le combat. *Enfin.*

- Étape Quatre, la dernière. Reconquête du territoire, en métropole et à l'extérieur. D'abord jusqu'aux frontières souveraines pour sécuriser l'intégrité territoriale du pays. Après, si possible, on participera à la reconquête des territoires européens avec l'aide des représentants étrangers présents chez nous. On fera appel à nous et aux forces armées disponibles à ce stade dans un rôle de destruction de tout individu infecté. Un document d'information est en cours de préparation par le SIRPA-Air pour vous aider à reconnaître physiquement les infectés.

Il y eut une nouvelle exclamation rageuse. Le colonel enchaina sur la conclusion.

- Ce plan a été établi par les têtes pensantes du pays bien avant la crise actuelle.

Lasalle se tourna vers Mack.

- Tu vois ? fit-il à voix basse. Je t'avais dit qu'on avait déjà prévu ce genre de situation. Tous les pays font la même chose.

Mack se contenta de hausser les sourcils, visiblement peu convaincu.

- L'avantage de ce plan, continua le colonel, c'est qu'il a été conçu avant la crise actuelle, donc sans distorsion due à la panique. Et je suis convaincu que ça peut fonctionner, surtout quand je vous vois. Vous êtes des professionnels, des citoyens et des soldats aimant leur pays, des hommes et des femmes servant la France, des maris, pères, épouses et mères s'inquiétant pour l'avenir de leurs proches. Je sais que je peux compter sur vous. Vous ferez votre devoir, même s'il faudra prendre des décisions difficiles et utiliser la force. Il y aura des morts, des souffrances, des doutes. Il y aura des trahisons, de la violence, des choix difficiles. Mais au bout du compte, je sais que nous en sortirons vainqueurs. Je compte sur vous tous pour réussir cette mission. Le sort de notre pays, de notre civilisation et de notre espèce en dépend. Alors, vive la France et « *A LA CHASSE...*

L'audience se leva comme un seul homme et rugit :

- ... BORDEL ! »

Il y eut des applaudissements spontanés. Au milieu du tumulte des acclamations, Lupus se tourna vers Mack.

- Il a beau être coincé du cul, c'est bien parlé. Rien à redire. Mais ce ne sera pas aussi simple qu'il le dit.

Alors que l'assemblée se dispersait, il poursuivit :

- Les plans marchent rarement comme prévu. La logistique, le suivi sanitaire, la présence de troupes étrangères, le repli des civils vers l'Atlantique... Ça va être coton de déplacer ces millions de personnes vers l'ouest. A un moment ou un autre, ça va partir en couille. Les plans, c'est fait pour ça. Ça fonctionne jusqu'au moment où ils ne servent plus à rien...

Les deux hommes quittèrent la salle avec les autres et gagnèrent le bureau de Lupus. Il prit une feuille et se lança dans des calculs.

- Disons quatre-vingt millions de réfugiés à évacuer, fit-il. Quatre par voiture. Vingt millions de véhicules. Cinq à six mille kilomètres de routes jusqu'à l'océan. Autour de quatre mille voitures à déplacer par kilomètre de route disponible. Tout ça sans compter la panique et les accidents ! C'est impossible.

Du couloir adjacent, quelqu'un signala qu'il avait perdu la liaison cellulaire, bientôt suivi par un autre. Lupus consulta son téléphone. Les barres de réception avaient disparu.

A l'extérieur, un mugissement puissant et lugubre s'éleva

plaintivement dans l'air chaud, mettant fin aux conversations dans les couloirs. Les hommes s'arrêtèrent en pleine action, les yeux levés vers le ciel, les traits tendus, dans un silence rempli par le son sinistre des sirènes de Saint-Dizier.

- On y est, mon vieux Mack ! constata Lupus avec émotion en songeant que sa famille entendait la même chose, au même moment. C'est ce que disait le SMS : les communications non prioritaires sont terminées. On passe à l'Étape Un du Plan.

- Oui. Et c'est la guerre qui commence.

**

CHAPITRE 5

Hôpital Cochin, Paris 5ème arrondissement, 24 juin

Le docteur Kiyo Hikashi revint progressivement à elle. Épuisée, l'esprit brumeux, elle avait la sensation diffuse d'avoir retrouvé de l'énergie. Elle ouvrit les yeux et accommoda lentement, cherchant à comprendre où elle se trouvait. Elle réalisa qu'elle était allongée sur un lit. Le plafond était peint en jaune pâle, les murs en gris clairs. Elle se rappela de Paris, du séminaire. Un placard et une porte. Une autre porte qui ouvrait sur un couloir. Une table sous la fenêtre. Des tableaux, une télévision au mur… Elle reconnut le décor typique d'une chambre d'hôpital.

A droite de son lit, près de la fenêtre, un deuxième lit était occupé par un homme dont la tête disparaissait sous des bandes de gaze. Il était impossible de dire s'il était endormi ou éveillé car il était immobile. Seule sa respiration régulière indiquait qu'il était vivant. Entre les lits, une petite table de nuit en métal blanc. Face aux deux lits parallèles, une simple fenêtre en PVC blanc donnait sur des toits et des immeubles. A en juger par ce qu'elle voyait depuis le lit, elle était en hauteur dans l'hôpital.

Les souvenirs revinrent progressivement à sa mémoire. Elle se revit s'écrouler en entrant dans la salle de conférence. Puis le trou noir complet. Quelque chose l'avait tirée brutalement du sommeil et elle mit un instant avant d'en identifier l'origine. Un son lancinant, puissant et sinistre, déchirait l'air estival.

Les sirènes… J'ai été réveillée par les sirènes !

Dehors, une multitude de hululements se mélangeaient dans l'air brûlant. Malgré l'inquiétude qu'elle sentait monter, elle se redressa sur le lit et s'aperçut qu'un cathéter la reliait à une patère métallique et une solution liquide transparente. Elle avança le bras vers le récipient translucide et vérifia la composition. *Solution de glucose.* Elle avait certainement perdu connaissance sous l'effet combiné de l'hypoglycémie, de l'épuisement et de la déshydratation.

Rien de grave. Mais combien de temps était-elle restée allongée, sans conscience ? *Et que s'était-il passé dehors ?*

Incapable de trouver des réponses, elle retira la seringue sous-cutanée et la reposa sur la table de nuit puis ramena le mince drap blanc de son lit sur ses genoux ramenés contre sa poitrine. La fenêtre était entrouverte et les voilages ondulaient doucement dans la brise de juin. Les pépiements joyeux des oiseaux lui parvenaient comme une douce mélodie. Le soleil resplendissait et le ciel était bleu sans nuages. Il avait l'air de faire chaud dehors. Les rayons solaires dessinaient des formes géométriques de couleur vive sur le revêtement lisse et glissant du sol. Quelques poussières dansaient dans les rayons de lumière. Pourtant, malgré la quiétude de l'endroit, elle sentait que quelque chose n'allait pas.

Assoiffée, elle décida de se lever. Elle prit un verre transparent sur la table de nuit et gagna la salle de bains où elle le remplit plusieurs fois d'eau fraîche. Elle passa les mains sous l'eau, rafraîchit son visage et ses avant-bras et se regarda dans le miroir. Elle avait meilleure mine et se sentait mieux malgré le reste de fatigue. Elle avait dû dormir d'un sommeil réparateur. Une bonne nuit de repos était tout ce qu'il lui avait fallu pour récupérer et elle se sentait prête à reprendre sa place dans les ateliers et se lancer dans les démarches de retour anticipé au pays.

Dans le silence de la minuscule salle de bains, elle réalisa soudain que les sirènes s'étaient tues, remplacées par un silence peu commun dans une ville comme Paris en plein été. Elle se redressa, l'esprit en marche. Quelque chose de grave s'était passé pendant qu'elle était inconsciente. Les sirènes ne retentissaient pas par hasard ! Au Japon, elles avertissaient de l'imminence d'un danger, tremblement de terre, tsunami, alerte à la pollution… Ce ne devait pas être très différent en France.

Sourcils froncés, elle quitta la salle de bains. Dans la chambre, l'homme inanimé, un occidental d'après sa morphologie, n'avait pas bougé. *Pourquoi avait-il la tête bandée ? Traumatisme ? Coupures ? Chute ?* Kiyo musela ses réflexes de médecin et son besoin d'apporter de l'aide en accord avec l'autre trait de caractère qui définissait sa personnalité, l'empathie. Elle n'était pas là pour s'occuper d'un patient, elle devait d'abord comprendre ce qu'elle faisait ici et sortir de l'hôpital.

Elle se tourna vers le placard en mélaminé blanc, l'ouvrit et reconnut avec soulagement ses vêtements. Elle vérifia le contenu de son sac. Passeport, porte-monnaie, cartes de crédit, téléphone portable… rien ne manquait. Elle prit ses vêtements et regagna la salle de bains qu'elle ferma à clef. *Quelle idée de mettre un homme et une femme dans la même salle…* Dans la salle de bains, elle fit glisser la blouse bleue claire dont elle avait été vêtue et eut la surprise de découvrir qu'elle ne portait plus de sous-vêtements. Gênée, elle s'habilla rapidement et finit en glissant dans sa jupe courte. Elle récupéra sa montre-bracelet et coinça la sangle de son sac Vuitton sur l'épaule droite avant de quitter la salle. Enfin prête, parée à sortir, elle jeta un dernier regard sur l'homme allongé, ce voisin issu de la collision purement accidentelle de leurs existences puis elle ouvrit la porte et se retrouva dans le couloir.

Ses talons hauts claquèrent un instant sur le sol avant qu'elle ne s'arrête, surprise par ce qu'elle voyait devant elle. Un plateau chargé de compresses était renversé par terre, son contenu éparpillé. Plus loin, un déambulateur et une poterne renversés... *Inhabituel dans un hôpital occidental... Oui, il s'était passé quelque chose. Mais où était donc passé le personnel ?*

Elle écouta. Pas un bruit. Inquiète, elle hésita sur ce qu'elle devait faire. Dans l'ordre, savoir ce qui lui était arrivé, ce qui se passait dehors, obtenir des nouvelles de sa famille au Japon puis retourner au séminaire. Ou au Japon...

Résolue, elle se remit en marche et passa devant plusieurs locaux assignés au personnel. Du matériel médical jonchait le sol. L'hôpital s'était vidé dans l'urgence.

La gorge sèche, l'esprit aux aguets, elle continua à arpenter le couloir et finit par décider de passer un appel en marchant. Elle sortit le téléphone. La jauge de batterie était basse et elle avait laissé son chargeur à l'hôtel. Avec ce qui lui restait d'énergie, il était clair qu'elle ne pourrait passer qu'un seul appel.

Elle hésita une fraction de seconde. Elle mourait d'envie de téléphoner chez elle, mais la mise en connexion des réseaux téléphoniques risquait d'être longue et de pomper l'énergie de la batterie déjà faible. Et si elle téléphonait et que personne ne décrochait, elle aurait grillé sa dernière cartouche. Elle devait donc bien réfléchir à la manière d'utiliser son téléphone mourant. Famille ? Hôtel ? Ambassade ? *L'ambassade !* Pourquoi pas ? Là-bas, au moins, ils pourraient lui dire ce qu'il fallait faire. Ils lui donneraient des nouvelles du Japon ou, s'ils avaient fait preuve d'anticipation, de sa famille !

Décidée, elle accéda à son répertoire, identifia le numéro de l'ambassade puis passa l'appel. Il y eut une tonalité de connexion et l'appareil composa le numéro. Il y eut un blanc puis une tonalité d'appel. Le cœur battant, Kiyo laissa sonner l'appareil dans le vide, s'attendant à tout instant à ce que la batterie du téléphone rende l'âme. Le bip d'alerte de batterie faible retentit une première fois. L'appel continua sans succès. Elle allait raccrocher lorsqu'elle entendit une voix d'homme dans le combiné.

- Moshi-mosh...

La voix s'arrêta aussitôt. Kiyo regarda la jauge de batterie. Plus d'affichage. Son téléphone, à moins d'être rechargé rapidement, était mort… Pourtant, elle se souvenait qu'il était chargé lorsqu'elle avait reçu le SMS d'alerte. Elle se mit à douter. La question du temps passé dans l'inconscience revint avec force.

Combien de temps suis-je restée ici ? Et cette voix à l'ambassade… Message préenregistré ou homme en chair et en os ?

La réponse avait son importance. Dans le premier cas, cela signifiait que l'ambassade était vide. Dans le second, il y avait encore de l'espoir. Elle rangea le téléphone dans son sac en bandoulière et reprit sa marche dans le couloir désert. La lumière solaire jaillissait des fenêtres par les portes ouvertes. Des chaises vides bordaient les murs à intervalles réguliers. Au milieu du couloir, elle vit des lits mobiles vides aux draps en désordre et souillés de sang. *Où étaient les patients ? Qui étaient-ils ? Accidentés ? Infectés ?*

Fronçant les sourcils, elle reprit sa marche dans le claquement des talons. Machinalement, elle resserra sa prise sur la lanière du sac. Un hôpital si calme était inhabituel et angoissant. Au Japon, malgré leur propreté méticuleuse, les hôpitaux étaient des lieux de grande activité en raison de la densité des villes du pays et du nombre croissant de personnes âgées dont les services sanitaires devaient s'occuper. Il y avait toujours de l'activité et du mouvement.

Elle repéra l'écriteau de la salle de garde des infirmières et toqua délicatement contre la porte entrouverte. Pas de réponse. Elle passa la tête discrètement. *Personne…*

Elle quitta la salle de garde et aperçut un signe qui surplombait l'extrémité du couloir. Il indiquait la direction des départements d'urologie et de gériatrie. Elle décida de rebrousser chemin vers l'autre extrémité du couloir. Alors qu'elle repassait devant la chambre qu'elle avait occupée, elle entendit le râle faible d'un homme. Son voisin de lit.

Elle hésita un instant, cherchant à nouveau sans succès une présence dans le couloir, quelqu'un qui puisse s'occuper du patient. Tiraillée entre ses réflexes de médecin et le désir de sortir de ce lieu stérile et inconnu, elle évalua la situation. Il était cinq heures vingt huit. Elle ne savait pas dans quel hôpital elle se trouvait ni comment regagner le lieu de la conférence, elle avait besoin de comprendre ce qui s'était passé pendant qu'elle était évanouie mais il n'y avait personne pour lui répondre.

Un nouveau râle retentit. Elle hésita encore mais l'empathie et le besoin de réponse l'emporta sur le désir de donner du sens à ce qu'elle vivait. Elle poussa doucement la porte entrebâillée de la chambre et tendit le cou. L'homme était toujours dans son lit mais ses yeux bleus étaient tournés vers la porte, vers elle. Sa bouche était ouverte et il tendait le bras vers elle.

Elle entra dans la chambre avec un soupir, doutant soudain de son choix. Elle posa son sac sur le lit qu'elle avait occupé et approcha de l'homme. Elle pouvait l'aider physiquement et il pouvait l'aider à comprendre.

- Ne... sortez... pas ! souffla l'homme avec difficulté, la bouche emprisonnée par les bandages. Surtout... pas !

Kiyo fronça les sourcils.

- Doucement, monsieur, fit-elle. Ne vous agitez pas.

- Vous... parlez... français ?

- Oui. J'étais dans la même chambre que vous. Mais ne me demandez pas comment, ni combien de temps.

- Ne... sortez... pas, madame ! S'il... vous... plait !

L'homme, apparemment épuisé par l'effort qu'il avait fait pour se mettre sur le côté et s'adresser à Kiyo, s'allongea à nouveau sur le dos et soupira avant de s'adresser à elle sans la regarder, les yeux fixés au plafond. Elle le laissa récupérer.

- Je suis... adjudant... Lesthormes, 45ème Régiment d'Infanterie, basé à Lille.

Elle l'écouta en se demandant si elle avait bien fait d'obéir à son instinct.

- Blessé à Paris... Sixième arrondissement. Moi et le sergent Gonçalves, on était... en mission. A Paris. En liaison. On est passé devant la fontaine Saint-Michel en P4.

Elle observa le visage couvert de bandes. Impossible d'y distinguer une émotion en dehors de ce que les yeux traduisaient. L'inquiétude.

- Il y a eu ce boucan... ces hurlements. Des gens ont commencé à courir. D'abord... par petits groupes. Vers la Seine. Ensuite tout le monde a détalé. Comme... des oiseaux. Gonçalves et moi, on a servi ensemble, au combat. On a décidé de rester... histoire de voir si on pouvait faire quelque chose. Un truc qu'on a dans le sang. On n'a pas compris tout de suite, sinon on serait partis avec les autres... On a vu ces types, pas nombreux, qui arrivaient bizarrement, raides comme des pics. Vous savez, jambe cassée ou problème de colonne vertébrale, ce genre de trucs...

L'homme déglutit, les yeux écarquillés. Malgré sa réticence initiale vis-à-vis de l'inconnu, Kiyo tendit l'oreille pour ne rien perdre.

- On aurait mieux fait de se méfier. Ces types disaient que dalle…. Ils avançaient vers nous et les civils, ceux qui n'avaient pas paniqué. Des jeunes excités qui se la jouaient… Ils ont insulté les types. Ensuite…

Le regard de l'adjudant s'assombrit. Il soupira profondément, les yeux fermés au milieu du sarcophage blanc qui enserrait son visage.

- J'en ai déjà vu des choses mais ça… jamais ! Quand le premier gamin s'est fait mordre à la gorge, il… il est tombé par terre avec l'agresseur accroché au cou. Comme ça, comme une tique. Gonçalves et moi, on s'est regardé et on a pensé la même chose. On a pensé à ces… ces cannibales dont la radio commençait à parler. Merde, on a eu du mal à le croire mais ça se passait ici… *à Paris* !

Les yeux de l'adjudant s'embuèrent et il secoua la tête plusieurs fois, incapable de parler. Kiyo se rapprocha prudemment et s'assit à côté de lui. Il ne bougea pas. Ses yeux bleus quittèrent un instant le plafond et s'accrochèrent aux siens. Elle y distingua une force et une peine d'égale mesure. Se fiant à la fois à son intuition et à sa connaissance de l'être humain, elle décida de lui faire confiance.

- Monsieur, fit-elle en lui prenant le bras pour l'encourager, que s'est-il passé pour vous ? Cette blessure à la tête ? C'est lié ?

- Ça ? Non, c'est rien. Ce n'est pas une morsure, si c'est ça qui vous inquiète. Gonçalves et moi, on a essayé d'aider le jeune. On a cogné sur le cannibale. Mais ça ne faisait rien. Ces gars, ces… zombies… ils pigent rien d'autre que la force ! Et ils sont forts physiquement. Ça nous a surpris. Gonçalves et moi, on fait nos vingt kilomètres de course tous les jours, plus montée à la corde et deux cent pompes. On a la forme. Ben je peux vous dire que les zombies, ils encaissaient sans réagir. Comme s'ils ne sentaient rien !

- Mais… votre blessure ?

L'adjudant Lesthormes soupira à nouveau.

- Ils étaient peut-être douze. Douze zombies et nous, quatre valides, en comptant les deux jeunes qui essayaient d'aider leur copain. A force de cogner sur le cannibale, on a récupéré le type par terre. Il pissait le sang et il était dans les vapes… Pendant que je le trainais par terre pour l'éloigner, Gonçalves a rejoint les gamins. Ils ont essayé de ralentir les zombies pour me laisser du champ. Ça a marché au début, juste le temps que je mette le blessé à l'abri. J'ai eu du mal à prendre son pouls mais j'ai essayé de le ranimer… j'ai même essayé d'appeler le SAMU… Mais ça passait pas, alors je l'ai laissé à l'abri pour aller aider les autres… *Et là*…

Kiyo posa sa main fine sur l'avant-bras de l'adjudant. Les yeux bleus étaient emplis de larmes. Ils la regardaient avec une infinie tristesse, une douleur qui n'avait pas besoin des mots pour s'exprimer.

- Les infectés les avaient... ils... ah ! merde... Ils les bouffaient vivants ! Même Gonçalves ! Ils hurlaient et j'ai rien pu faire pour eux ! Rien.

L'adjudant s'agita et repoussa nerveusement les draps en secouant violemment la tête. Il se redressa et se prit la tête dans les mains pour pleurer en silence. Kiyo sentit son cœur se nouer. Étrangère à lui une demi-heure plus tôt, elle se sentait concernée. Un militaire professionnel qui pleurait à chaudes larmes, c'était inhabituel et touchant. Il y avait dans cette manifestation de sensibilité et d'empathie tout ce qui, pour Kiyo, rendait l'espèce humaine digne d'affection.

- Comment avez-vous été blessé ? demanda-t-elle.

- J'ai... je crois que j'ai pété un câble à ce moment là. Je me souviens d'un truc bizarre... comme un flash de lumière rouge dans les yeux... J'ai foncé dans le tas et j'ai cogné. J'en ai pris un par le cou et je l'ai étranglé... On est tombés ensemble contre un mur. J'ai réussi à tenir mais mon crâne pissait le sang et je me suis remis debout. L'autre avait la tête explosée et ne bougeait plus...

Il indiqua du doigt sa tempe gauche et ses yeux bleu saphir quittèrent ceux de Kiyo.

- Vous savez, continua-t-il à voix basse, j'ai fait l'Irak en 1991 et l'Afghanistan en 2006 et 2007. J'ai vu les copains tomber sous les balles des snipers, les populations civiles matraquées. Les viols d'enfants, les vieux découpés en morceaux, les femmes enceintes éventrées... toute cette merde ! Mais chaque fois, il y a une raison. Pourrie, mais une raison. Je veux dire, quelque chose qui permet de comprendre, des trucs comme la vengeance, les représailles, la guerre psychologique, le stress... Mais là, c'est différent. Ces types qui... qui bouffent d'autres types... Des gusses avec qui on ne peut pas discuter. C'est ça le plus dur je crois. Ça fait trois jours que je suis dans cet hôpital. Je n'arrête pas d'y penser. Ces zombies... ils ne sont plus humains. Ils n'ont aucune pitié, aucun sentiment... On ne peut rien faire contre eux sauf... sauf les tuer !

L'adjudant s'adossa au dossier métallique du lit. Le matelas compressé chuinta.

- Vous devez me prendre pour un barjot, fit-il en tournant les yeux vers elle.

- Je ne crois pas que vous soyez fou, fit-elle en souriant. Choqué oui, pas fou.

Il la regarda dans les yeux.

- Et vous, madame, qui êtes-vous ? Je ne vous l'ai même pas demandé. Désolé.

- Docteur Kiyo Hikashi, de l'Université de Tokyo. J'assistais à une conférence sur le Fléau d'Attila à Paris quand la situation s'est dégradée. Je suis bloquée ici.

- Ça fait loin du Japon… Ils ont arrêté le trafic aérien ?

Elle acquiesça de la tête et il soupira avant de parler à voix basse.

- On dirait que la situation s'est dégradée depuis qu'ils m'ont admis ici ! Les infirmières étaient inquiètes. Quand vous avez été amenée ici, ça commençait à dégénérer à Paris mais à la fin, c'était carrément la panique à l'hôpital ! La dernière fois que je me suis réveillé, elles avaient fichu le camp. Plus un chat. Pareil pour les malades. Ils avaient disparu.

Il se frotta les yeux en grimaçant de douleur. Kiyo sentit son cœur se nouer. Elle se sentait piégée, loin de chez elle. Vers qui pouvait-elle se tourner pour chercher de l'aide ?

- Doucement ! conseilla-t-elle en le soutenant par le bras alors qu'il quittait le lit. D'après ce que vous me dites, vous avec certainement subi une commotion cérébrale légère. L'hôpital a du vous faire passer des scanners et des examens pendant que vous étiez inconscient. Vous n'avez pas de vertige ?

Il se mit debout en grimaçant, fit quelques pas dans la chambre, pieds nus et se dirigea vers le placard sans répondre. Il y retrouva ses vêtements et s'habilla.

- Non, madame.

- Vous partez ?

- Oui. Ça ne sert à rien que je reste ici. Je vais mieux. Je dois retourner auprès de mes hommes. Vous avez eu de la chance de tomber sur moi, madame. Ça vous a certainement sauvé la vie.

- Pourquoi ?

- Quand je vous ai vue, j'ai cru que vous étiez une infirmière. Quand j'ai pigé que ce n'était pas le cas, j'ai voulu vous prévenir.

- Me prévenir ? De quoi ?

- Je suis ici depuis trois jours, vous êtes arrivée un jour après moi et…

- Quoi ? Vous voulez-dire que je suis restée inconsciente pendant *deux jours* ?

- Oui, madame. Et comme je vous le disais, ça fait plus d'un jour que je n'ai pas vu un pékin ici. Ni patient, ni personnel ! On dirait que les rats ont quitté le navire…

Kiyo crut qu'une trappe s'ouvrait soudain sous elle.

- Pardon ? demanda-t-elle d'une voix faible.

- Désolé, madame, mais je crois que les choses ont sérieusement dégénéré à Paris. Pour ce qu'on en sait vous et moi, on est peut-être complètement isolés dans cet hôpital entouré de zombies ! Et quelle que soit la situation dehors, va falloir être prudents. C'est pour ça que je vous déconseille de sortir seule dans la rue... Question de survie !

***

BA-113, Saint-Dizier, 24 juin

Lupus était en combinaison de vol, assis à l'extérieur du hangar qui abritait son Rafale. Pour combattre la chaleur, il portait sa combinaison à mi-hauteur, dévoilant son torse musclé sous un maillot en coton.

Sous le hangar, deux mécaniciens s'affairaient sur la machine racée, vérifiant le circuit hydraulique, l'électronique embarquée, le système d'armes. Le chef mécanicien avait déjà inséré sa cassette dans le ventre de l'avion pour la gestion de configuration de l'avion. Au moment de partir en mission, le pilote insérerait la sienne dans le cockpit et l'avion serait prêt. Pour l'heure, un armurier installait l'armement air-sol pour la mission d'attaque au sol assignée aux Rafale de l'EC-1/7.

Lupus se tenait à l'ombre d'un petit arbre pour éviter l'exposition directe au soleil. Il serrait son téléphone portable dans la main à hauteur de l'oreille. Deux jours sans nouvelles de sa famille... Pas de SMS, rien sur la messagerie, aucun appel manqué... Internet ne fonctionnait plus. Quelqu'un, sans doute les services de communication de l'armée, en avait bloqué l'accès... Comme les autres pilotes assignés en permanence à la base depuis le passage du pays en urgence nationale, il pensait constamment à sa famille et n'avait qu'une envie : sauter dans la première voiture pour aller les voir... L'angoisse venait des renseignements disponibles. Les Mirage F-1 et les drones de reconnaissance, les relevés satellitaires, les rapports des forces terrestres centralisés par le service de télécommunication militaire de la région lyonnaise convergeaient tous vers la même chose : les mouvements de contaminés en France s'accéléraient en fréquence et en effectifs. La situation était critique, le pays au bord de l'implosion.

Les contaminés, que beaucoup de gens surnommaient 'zombies' en référence aux films de genre, étaient en passe de submerger le grand-Est de la France. Strasbourg était perdu, comme sa femme l'avait dit. Des cas positifs d'infection avaient été signalés à Lille,

Charleville-Mézières, Nancy, Mulhouse, Metz, Lyon, Évian... On parlait également de quartiers de Troyes qui étaient passés hors limites pour les forces de police déployées localement. Trop dangereuses...

Si c'était le cas, la BA-113 était d'ores et déjà entourée par l'épidémie... Les flashes spéciaux à la radio parlaient de cas détectés dans Paris intra-muros. Des quartiers du 9-3 se livraient à des lynchages en règle d'infectés. On parlait aussi d'actes opportunistes mal intentionnés, de braquages, de règlements de compte, de fuites massives de Parisiens, de Français et d'étrangers vers l'Ouest de la France. Le plan élaboré par le gouvernement n'était pas respecté. Les gens pris de panique étaient incontrôlables : dans leur majorité, ils avaient anticipé le plan du gouvernement et les véhicules bloquaient à présent les axes de circulation, grippant le plan d'évacuation. Plusieurs grandes stations radio avaient cessé d'émettre en bande FM, évacuant leurs journalistes et animateurs vers l'ouest pour les mettre à l'abri et coller aux événements en cours. Quelques grandes stations généralistes continuaient à émettre sur grandes ondes avec l'appui logistique des fonctionnaires encore en poste et des forces militaires et de police encore présentes sur place.

En Europe, la situation était pire. Aux côtés de la France et du Royaume-Uni, l'Allemagne tenait encore par la résistance acharnée de la population. Quelques ilots de résistance organisée subsistaient à Augsbourg, Bonn, Hambourg mais le reste du pays était perdu. Les Renseignements militaires évoquaient un effondrement dans les jours à venir

Ailleurs en Europe, les signes d'effondrement se multipliaient. Les rues des capitales se vidaient, les programmes radios et télévisés cessaient les uns après les autres, remplacés par des messages d'alerte nationale diffusés en boucle par les relais d'urgence. Ils portaient principalement sur les précautions à prendre en présence de contaminés et les instructions de regroupement, lieux et heures de ramassage des réfugiés, état de la progression de la lutte militaire contre les masses de contaminés qui submergeaient l'Europe, comme un tsunami, à partir de l'Est.

L'Angleterre avait connu son premier cas de contamination après le rapatriement sanitaire militaire d'un soldat de retour d'Afghanistan, infecté sans le savoir. Son cas avait vraisemblablement dégénéré à partir de l'hôpital militaire où il avait été admis et traité au nord de Londres. En quelques jours, l'épidémie avait franchi la Tamise au Sud et gagnait les Midlands au centre du pays. Le Pays de Galles, l'Écosse et l'Irlande étaient encore épargnés.

La Grèce, l'Italie, la Scandinavie, la Pologne et les pays de l'Est n'étaient plus gouvernés et le manque d'informations laissait présager le pire sur le nombre de survivants et sur l'état de la résistance locale. On faisait état de lieux de regroupement de populations dans le Péloponnèse, en Calabre, à Dantzig, dans les Tatras au sud de Cracovie, mais rien n'était confirmé.

Lupus consulta le niveau d'énergie des piles de son téléphone. Quatre graduations sur cinq. Acceptable. Il avait pris le réflexe de recharger son appareil dès qu'il y avait du courant. Les coupures d'alimentation devenaient de plus en plus fréquentes et gagnaient en durée. Au départ, les pertes d'alimentation avaient été sporadiques. Aujourd'hui, il n'était pas rare de rester trois heures sans énergie.

Depuis que le commandement de la Base avait déclaré l'état d'alerte NRBC, Nucléaire, Radioactive, Biologique et Chimique relative à la Phase 1 du plan de défense nationale, la BA-113 utilisait ses générateurs électriques de secours aux hydrocarbures pour compenser les pertes d'alimentation principale. L'électricité était réservée aux secteurs prioritaires : communications, ordinateurs de préparation de mission et de suivi de maintenance, radar et installations de contrôle de vol. Outre les problèmes d'énergie, l'autre effet de l'alerte NRBC était la fermeture de la base à l'extérieur pour cantonner les hommes sur site. C'était l'aspect le plus difficile pour le personnel concerné. L'isolement des familles. Le doute.

Lupus tourna pensivement un brin d'herbe entre ses doigts. La situation stratégique du pays virait au fiasco. Stratégiquement, le gouvernement français avait perdu l'initiative lorsque les gens s'étaient mis d'eux-mêmes à migrer vers l'Ouest en avance du plan proposé. Tactiquement, la situation n'était pas meilleure. L'électricité, non stockable, commençait à devenir un problème. Pour l'essence, bien que l'approvisionnement fût encore assuré par l'utilisation des réserves stratégiques dimensionnées pour trois semaines de consommation sans recours à l'importation, des restrictions strictes étaient en place : les déplacements en véhicules privés étaient limités à vingt kilomètres par jour, mais le kilométrage tendait à diminuer chaque jour.

Les communications étaient difficiles. Les relais de téléphonie cellulaire, saturés, étaient indisponibles pour les civils, les seules communications autorisées concernaient la police, la gendarmerie et les militaires. Mais les relais commençaient à flancher ça et là, faute de maintenance. Les pilotes s'accordaient sur le fait que la mesure restrictive sur le réseau cellulaire était nécessaire pour éviter la paralysie complète des communications dans le pays mais certains avaient émis l'idée un peu paranoïaque que le gouvernement en profitait pour couper l'herbe sous les pieds des groupuscules divers qui essayaient de profiter du chaos général pour mener à bien leurs vues politiques ou matérielles.

Des troubles sociaux éclataient dans les territoires occupés par les contaminés et derrière la *'ligne de front'* matérialisée par l'avance des zombies. Des groupes profitaient de l'anarchie ambiante pour cambrioler, voler, violer et piller les structures du pays qui sombrait.

Ce qui poussait Lupus à contacter sa famille, en dehors de l'inquiétude légitime sur leur sort, c'était la conversation qu'il avait surprise entre rampants de la base. Ils avaient mentionné un rapatriement de la base, de ses effectifs et de ses moyens aériens aux alentours de Paris en raison de la situation tactique de plus en plus difficile de la BA-113, au bord de l'encerclement.

Il mit le téléphone sur messagerie et reconfigura le message d'accueil pour laisser des instructions de base au cas où sa femme trouverait le moyen de l'appeler. Il lui conseilla d'écouter ce qu'il avait à dire puis de laisser un message indiquant l'état moral et physique dans lequel elle se trouvait ainsi que sa localisation géographique et la situation de ses vivres, de l'eau courante, de l'énergie. A peine rassuré par l'efficacité de ce message, il mit son téléphone hors tension, puis le rangea dans une poche.

Il était capable de gérer le stress de la situation d'un point de vue militaire. C'était son métier. Il devait se battre pour protéger ses compatriotes. C'était ce qu'on attendait de lui et de la Chasse. Il était même capable d'envisager que les événements en cours puissent mettre un terme quasi-définitif à l'espèce humaine.

Mais ce qu'il avait du mal à gérer, c'était l'impuissance à protéger ce qu'il avait de plus cher... sa femme et sa fille. Tel un acide puissant, la frustration submergeait par moment sa force et sa discipline intérieures et il se mettait à douter. Devait-il être fidèle à l'armée et obéir aux ordres de ne pas rejoindre son foyer ? Devait-il au contraire faire preuve d'indiscipline pour mettre ses proches à l'abri ? Plus d'une fois, il avait mis des heures à s'endormir avant de se réveiller en sursaut, le corps trempé de sueur froide, le cœur battant et la tête pleine de cauchemars.

Il savait que le doute tuait sa force intérieure et qu'il n'y avait aucune formation, aucun manuel, aucun témoignage auquel se raccrocher pour lutter. Il était seul, comme ses collègues, face à ses démons intérieurs.

Il écarta du doigt une goutte qui coulait le long de son nez, puis rajusta ses lunettes de soleil sur ses yeux. Il perçut le bruit sporadique et lointain des rafales d'armes automatiques, des mitrailleuses lourdes et des coups d'armes embarquées sur les chars et véhicules blindés qui tentaient de contenir la progression des infectés autour de la base. Des unités d'infanterie se battaient un peu partout autour de la base, dont les Commandos de l'Air affectés à la défense de la base. Les unités terrestres engagées dans les affrontements tentaient par un mouvement de retraite vers l'ouest difficilement coordonné de ralentir la progression des infectés par attrition pure. *Destruction du plus grand nombre...*

Il salua mentalement le courage des biffins engagés contre cet ennemi implacable et sans concession pour les défendre.

Il n'avait encore jamais vu de *zombie* de près. Ses seuls contacts avaient été limités aux documents vidéo du SIRPA-Air. Rien d'autre que l'incompréhension ne le liait à eux. Il se sentait étranger, à peine concerné par la menace qu'ils représentaient. Il avait entendu dire ce qu'ils faisaient aux vivants mais cela ne l'affectait pas personnellement. C'était une curieuse sensation. Il savait qu'il finirait par changer lorsqu'il en aurait vu quelques-uns de près, qu'il aurait été confronté à leur odeur, à leurs cris, à leur férocité. La menace prendrait alors forme, se matérialiserait concrètement et il serait capable de lui donner un véritable visage.

Mais pour l'heure, ces... *zombies* relevaient plutôt du domaine de l'abstrait. Son esprit cartésien refusait de croire, malgré les témoignages et preuves maintes fois mentionnées par les médias ou ses collègues, que des êtres pouvaient se décomposer physiquement et voir leur comportement altéré à ce point.

Que penser des rapports qui indiquaient que les infectés se nourrissaient d'autres humains ? D'un cannibalisme généralisé à très grande échelle ? *Difficile à croire...*

Comme Saint Thomas, il avait beau écouter la radio, la télévision, les témoignages, ceux-ci avaient beau se compter en dizaines de milliers, il n'arrivait pas à croire. Il fallait qu'il soit témoin direct pour ça ...

Et pourtant, il sentit ses entrailles se nouer en pensant à la vulnérabilité de sa famille.

Avec tristesse et colère, il regarda au-delà des barbelés qui entouraient la base, en direction des canonnades. On s'y battait sans doute déjà au corps à corps...

Et au milieu de tout ce bordel, il y avait sa femme et sa fille...

…et il ne pouvait rien faire pour elles !

Le cœur gros, il se prit la tête entre les mains et, pendant de longues minutes, lutta pour ne pas pleurer.

***

Hôpital Cochin, Paris, 24 juin

Précédant Kiyo de quelques pas, l'adjudant Lesthormes marchait dans le couloir de l'hôpital. Il avait enfilé son treillis militaire camouflé et son béret militaire bleu marine. Avec l'aide de Kiyo, il s'était débarrassé du bandage sur la tête. La Japonaise avait nettoyé les plaies qui cicatrisaient et avait remplacé le bandage.

L'adjudant jeta un coup d'œil dans sa direction pour s'assurer qu'elle allait bien. Elle serrait son sac à main dans lequel elle avait mis tout ce qui lui permettrait de faire valoir son droit au rapatriement d'urgence au Japon et avait avoué que son objectif était de rejoindre l'ambassade pour suivre la procédure de prise en charge des ressortissant nippons bloqués à l'étranger.

De son côté, l'adjudant avait décidé de regagner le 45ème Régiment d'Infanterie. Ils avaient discuté ensemble de la situation. L'adjudant avait expliqué que les chances d'être secourus en restant sur place n'étaient pas garanties, sans compter le risque d'invasion de l'hôpital par les infectés, qu'il fallait bouger, de préférence ensemble pour s'entraider…Kiyo avait écouté l'adjudant avec attention et s'était rangée à l'avis du professionnel du combat, quelqu'un formé au danger, un homme visiblement mieux préparé à la survie qu'elle… Malgré la précarité de la situation, elle se dit qu'elle avait eu de la chance de le rencontrer.

Ils avaient donc conjointement convenu que, seule, la Japonaise n'avait aucune chance d'arriver vivante à l'ambassade. De façon très chevaleresque, l'adjudant avait proposé de l'accompagner avant de continuer seul vers son régiment. Guère habituée à la sollicitude masculine, elle avait mis un moment avant d'accepter la proposition qui lui était faite. Au Japon, en l'absence de son mari, elle aurait dû se débrouiller seule ou se méfier de la proposition…

L'adjudant avait estimé qu'il y avait cinq kilomètres à vol d'oiseau entre l'hôpital Cochin où ils se trouvaient et l'ambassade du Japon, avenue Hoche. Six à sept par le tracé urbain. Compte tenu de l'agitation qui régnait dehors, c'était largement suffisant pour qu'ils soient tués tous les deux avant d'y arriver…

L'adjudant avança et Kiyo lui emboîta aussitôt le pas. Elle regretta sa tenue inappropriée. Talons hauts, instables, jupe droite, courte, limitant les mouvements. Sans compter le décolleté de son chemisier qui dévoilait le haut de son buste blanc et généreux. L'adjudant restait un homme, et le seul aux alentours. Tous deux accélérèrent le pas dans le couloir dans les claquements sonores des talons de Kiyo.

Au bout du couloir, l'adjudant se retourna vers elle, sourcils froncés.

- Si on veut survivre, Madame, va falloir qu'on fasse moins de bruit.

Kiyo baissa les yeux vers le sol, honteuse.

- Vous avez raison. Je suis désolée. Je n'ai pas d'autres chaussures.

L'adjudant balaya l'air d'un geste.

- On va improviser. C'est un truc très français.

L'adjudant ouvrit la porte d'une chambre au hasard, vérifia qu'elle était vide, puis la fouilla. Dans une armoire, il tomba sur une paire de chaussures de sport pour femme. Sourire aux lèvres, il se tourna vers elle d'un air triomphant, chaussures à la main.

- Et voilà, Madame ! Suffisait de demander. Pas très élégantes, mais ça devrait faire l'affaire. Vous pouvez les essayer ?

Devant son air de petit garçon qui jouait un tour à sa maîtresse, Kiyo sentit son cœur se détendre. Elle se mit à sourire puis à rire lorsqu'elle prit les chaussures.

L'adjudant fronça les sourcils, sceptique.

- C'est à cause de moi que vous riez, Madame ?

Incapable de contrôler son fou-rire, des larmes se formèrent aux coins de ses yeux en amande. Elle essaya d'atténuer le rire en plaçant une main devant sa bouche, mais l'effet fut l'inverse de ce qu'elle avait prévu. Elle les essuya d'un revers de paume avant de retrouver son sérieux.

- Toutes mes excuses, monsieur. C'est vrai, c'est ce qu'il me faut, mais regardez… C'est au moins du quarante.

Il regarda la paire d'un œil nouveau, visiblement décontenancé.

- Du trente-neuf. Et alors ? C'est une taille moyenne.

Elle se baissa et enleva une de ses chaussures pour montrer son pied, petit et fin.

- Je chausse du trente six. Mais ça ne fait rien. Donnez-moi ces chaussures s'il vous plait. Je mettrai du papier au bout pour combler.

Elle vit avec amusement que l'adjudant rougissait. Il grommela quelque chose d'inintelligible en guise de réponse et quitta la chambre, la paire à la main. Lorsqu'il retourna dans la chambre, il tendit fièrement une nouvelle paire de chaussures de sport.

- C'est vrai que vous autres, les orientales, vous n'avez pas les mêmes pieds que nos femmes. La mienne a de vraies péniches. Pensez, du quarante et un !

Poliment, Kiyo enfila les chaussures. Elle était bien dedans mais ne put s'empêcher de sourire lorsqu'elle vit les dessins de coccinelles sur les côtés...

L'adjudant quitta la chambre et revint quelques minutes plus tard avec un uniforme d'infirmière bleu clair. Elle passa la tenue dès que l'adjudant eut quitté la porte. Elle était ample et un peu grande mais elle retroussa les manches et se sentit à l'aise. Apercevant un sac à dos sportif posé sur une table, elle le retourna, vida son contenu et enfourna son sac à mains dedans, complétant le tout par une bouteille d'eau remplie au robinet, des bandes de gaze, de l'alcool à 90 degrés et de quoi faire des pansements de première urgence.

Elle mit la bouteille d'eau sur le dessus du sac pour pouvoir la sortir rapidement. Il faisait chaud dehors, la journée était encore longue et ils auraient certainement besoin de boire. Autant éviter les pertes de temps lorsqu'il faudrait s'arrêter pour boire...

Satisfaite, Kiyo sortit du local et rejoignit le soldat qui l'attendait dans le couloir, adossé à un mur.

- Eh bien, docteur, je ne sais pas pour le treillis, mais en tous cas vous êtes faite pour porter l'uniforme d'infirmière...

- Allons-y, se contenta-t-elle de répondre. Je suis prête.

L'adjudant la regarda droit dans les yeux pendant plusieurs secondes puis se remit en marche d'un pas rapide.

- J'ai essayé de contacter mon régiment par téléphone depuis une chambre. Je n'y croyais pas mais il fallait que j'essaye.

Il secoua la tête piteusement, comme un chien sans maître.

- Rien. *Nada*. Pas de tonalité. Le réseau fixe est naze.

Kiyo fit un bref signe de tête à l'adjudant pour indiquer qu'elle était prête à partir. L'adjudant retourna le salut et se mit en marche dans le couloir.

Cette fois était la bonne. Le départ était donné.

***

BA-113, Saint-Dizier, 24 juin

Le soleil approchait les collines qui bordaient la base aérienne de Saint-Dizier.

Bras croisés sous la tête, Lupus était allongé sur son lit de camp dans la chambrée qu'il partageait avec d'autres pilotes dans un bâtiment kaki foncé. Certains lisaient, d'autres écoutaient de la musique au casque. La plupart étaient sortis pour profiter de la douceur de la soirée.

Lupus fixa des yeux le plafond. Les conditions d'hébergement étaient sommaires et le confort minimal. La base n'avait pas assez de bâtiments pour tout le monde. Les rampants s'entassaient sous des tentes vert foncé installées dans les espaces découverts de la base.

Des latrines sommaires pour 1500 personnes avaient été creusées près des barbelés en prévision du moment où l'eau courante cesserait de fonctionner.

Les repas étaient servis à des endroits différents pour les officiers, sous-officiers et soldats. Malgré la tension, la base avait pris des airs de colonie de vacances. Il y flottait des odeurs de détergent, de produits chimiques, de nourriture et de kérosène brûlé.

Les patrouilles cynophiles de l'Escadron de Protection longeaient les barbelés de la base. Au-delà, c'était la guerre. On entendait le combat des forces terrestres, les tirs de mortier, de roquettes, d'armes à feu, la valse des hélicoptères de combat et le mouvement des blindés.

Par précaution, les sites anti-aériens avaient été activés autour de la base. Le commandement prévoyait, dans le pire des cas, d'utiliser ces armes contre les infectés… Les équipes de sécurité anti-incendie étaient également en alerte.

Lupus fixa du regard une toile d'araignée qui couvrait un coin du plafond. Le matin même, juste après la dernière mission de reconnaissance avec Mack, il avait demandé au chef d'escadron la permission d'aller voir sa famille. Le Dron avait d'abord refusé. D'autres avaient fait la même demande. Mais il avait fini par transmettre la demande au commandant de base, seul autorisé à délivrer une autorisation de sortie de la base. Lupus attendait depuis la réponse.

La porte du bâtiment s'ouvrit à cet instant. Un sergent de l'Escadron de Protection en treillis camouflé hésita sur le perron avant de le repérer. Il salua et tendit un papier à Lupus.

- Mon commandant, fit-il. Sergent Lamielle. Votre autorisation de sortie.

- Merci, sergent, répondit Lupus en glissant ses papiers d'identité dans une poche de combinaison. Combien de temps ?

- Une heure, mon commandant. Après, c'est la sanction assurée. Désolé.

- Je peux y aller seul ? Avec ma voiture ?

- Non, mon commandant. Je dois vous accompagner. Un 4x4 nous attend dehors.

La réponse le fit tiquer. *Le Dron n'a pas tout à fait confiance. Il pense que je risque de ne pas revenir...*

- Je vois. Bon, assez perdu de temps. On y va.
- Suivez-moi, mon commandant.

Les deux hommes sortirent en trombe. Lupus salua Mack d'un geste de la main. D'autres pilotes auraient été jaloux, mais pas Mack. Pas le parrain de sa fille... Lupus n'appréciait pas d'être traité différemment des autres, il haïssait l'injustice, mais il préférait être jalousé et haï plutôt que de savoir sa famille meurtrie du fait de son inaction.

Les deux hommes sautèrent dans le 4x4 militaire qui les attendait dehors. Le sergent passa derrière le volant et indiqua d'un geste les places arrière du véhicule.

- Le Beretta pour vous, mon commandant. A moi le FAMAS.

Lupus se tourna et sortit le pistolet Beretta de son holster. Il vérifia que le chargeur était approvisionné et accrocha l'arme à sa combinaison. Il indiqua la destination au sergent. Celui-ci embraya, passa les contrôles de sécurité et quitta la base.

Quelques kilomètres plus loin, ils croisèrent des blindés en mouvement et se rangèrent sur le côté pour laisser passer trois AMX Leclerc du 2°Escadron du 503° Régiment de Chars de Combat de Mourmelon. Plus loin, deux VAB de l'infanterie légère blindée les obligèrent à se déporter. Ils étaient équipés d'une mitrailleuse de 12,7 mm sur affût circulaire. Les traces de sang et de terre qui maculaient leurs flancs indiquaient la violence des opérations auxquelles ils avaient participé et Lasalle eut du mal à en décrocher le regard. Les infectés devenaient soudain plus réels.

Des groupes de fantassins lourdement équipés s'écartèrent de la route pour les laisser passer. Au-delà des arbres, des coups de feu retentirent à droite.

- Nom de dieu ! jura le sergent en pilant sur les freins.

Malgré la ceinture de sécurité, le freinage fut si violent que Lasalle n'évita l'écrasement qu'en tendant les bras vers le tableau de bord. Sous ses mains, il le sentit vibrer bizarrement.

Surgissant à vive allure d'un virage, un monstrueux char allemand *Léopard-2* avalait la route dans leur direction, laissant les traces de ses chenilles dans le bitume de la route. Le sergent braqua le volant vers le bas-côté et évita de justesse le calage du moteur.

Le Léviathan d'acier passa à leur hauteur dans un rugissement de puissance qui tétanisa Lassalle sur son siège. Trois autres chars suivirent dans un nuage de diesel brûlé. Alors que les monstres militaires passaient à côté d'eux, les deux hommes virent des morceaux de matière noirâtre, comme putréfiée sur les flancs cabossés. Le sergent tourna les yeux vers Lasalle. Des yeux emplis d'admiration et de lassitude.

- Si un jour on se sort de ce merdier, murmura-t-il, et s'il reste quelqu'un pour le faire, l'histoire de ces gars fera un sacré bon roman.

Le dernier char allemand disparut dans les rétroviseurs et le sergent Lamielle embraya.

- Mon commandant, soupira-t-il en bougeant le volant, je ne sais pas ce que vous en pensez, mais si les Allemands se battent ici, avec nous, c'est que ça va *vraiment mal* là-bas, chez eux... Misère ! Et dire que mon grand-père s'est battu contre eux pendant la dernière guerre...

Lasalle approuva de la tête.

- Le mien aussi. Mais aujourd'hui, ça me fait plaisir de les voir se battre à nos côtés.

- 'Zombies contre Allemagne', continua le sous-officier en secouant la tête, un-zéro.

- Espérons qu'on aura une meilleure équipe.

Une Gazelle de l'ALAT les survola dans un vrombissement rythmique. Lupus vit qu'elle était équipée de lance-roquettes. Les combats faisaient rage autour de la base et il se demanda où la ligne de front se situait, si même il y en avait une.

- On doit faire gaffe, indiqua-t-il au sergent en montrant l'hélicoptère du doigt. Les troupes terrestres sont en mouvement. On peut se retrouver coupés de nos lignes sans le savoir.

Le sergent acquiesça et relança le véhicule dans un craquement métallique. Des lapins traversèrent la route en courant, oreilles aplaties. Le sergent ralentit à l'approche de Laneuville-au-Pont. Des groupes de soldats d'infanterie, traits tirés, paquetage sur le dos, traversaient la route en venant de l'est.

- Ils montent au front, remarqua le sergent. A l'Est de Saint-Dizier.

- Ça colle avec ce que disent les Renseignements. Concentrez-vous, sergent. Prenez à droite dans le village et restez sur la D-196. On va au nord.

Ils sortirent rapidement de Laneuville et se dirigèrent vers Hallignicourt en suivant la route qui filait sur une bande de terre plate. La visibilité était excellente. Le sergent accéléra. Des hélicoptères Tigre les survolèrent au ras du sol. Ils allaient vers l'Est.

Sur la route, les traces des blindés de soixante tonnes coupaient le bitume surchauffé à angle droit et filaient vers l'Est.

Le ciel d'orient était strié de colonnes de fumée. Des odeurs suffocantes alourdissaient l'habitacle et piquaient les yeux. Il faisait lourd.

Ils restèrent sur la D196 et arrivèrent à Hallignicourt, un village situé sur l'axe Paris-Allemagne, la Nationale 4, dont le franchissement était toujours dangereux. Les véhicules arrivaient à vive allure. Mais aujourd'hui, les véhicules étaient abandonnés et les propriétaires évacués depuis un moment.

Lasalle se rappela les propos de Mack : d'un point de vue logistique et tactique, l'Armée de Terre devait garder l'axe ouvert pour permettre aux unités combattantes et au matériel de gagner le front de l'est. Ils ralentirent en approchant du croisement.

- Regardez-moi ça, mon commandant ! souffla le sergent en regardant à gauche. Ça, c'est quelque chose !

Trois énormes bulldozers du génie, sombres, approchèrent en trombe dans un bruit de tonnerre. A l'instar des chasse-neiges, les titans métalliques avançaient en échelon pour couvrir la largeur de la route. Les monstres s'éloignèrent, dégageant les véhicules abandonnés sur la N4 de leurs énormes pelles. Le fracas de métal tordu et de verre brisé était assourdissant. Peu après, une colonne de chars Leclerc apparut, rattrapant les bulldozers à près de cent kilomètre-heure.

- Déblayage de la voie pour les chars, murmura le sergent, impressionné par le spectacle colossal, menton appuyé sur le volant. Visez-moi ça, mon commandant… La route est nickel ! Un vrai billard…

Un gendarme siffla vers eux pour les faire avancer. La voiture traversa la N4 d'un trait et se retrouva sur la D196, filant vers le nord.

Ils traversèrent une petite forêt. Une jeep P4 parquée en lisière. Des officiers en treillis et casques lourds penchés sur des cartes dépliées sur le capot. Et toujours des groupes de soldats en route pour le front.

La voiture arriva à Villiers-en-Lieu, village transformé en centre d'opérations militaires. Au ralenti, le sergent resta sur la D196 et prit à gauche.

L'activité de ruche qui régnait dans le village renforça Lasalle dans sa conviction qu'il ne pouvait pas laisser sa famille derrière la ligne de front. Villers, le village où elles vivaient, était trop petit…

moyenne d'âge élevée… pas d'armes.

Il avait fait une sacrée erreur en leur demandant de rester calfeutrées chez elles… La ligne de front avait bougé et elles étaient maintenant dans la zone dangereuse… Ne rien faire, c'était les condamner à mort… Il devait les mettre à l'abri par tous les moyens et les ramener à la base, quelles que soient les sanctions disciplinaires.

Les civils regardaient l'agitation ambiante depuis l'abri de leurs domiciles. Des gendarmes mêlés aux combattants, débusquaient les derniers récalcitrants pour les évacuer vers l'ouest. Une vieille dame résistait à l'appel d'un gendarme. Lasalle l'entendit évoquer d'une voix frêle la mémoire de son époux décédé et les souvenirs qui la liaient à la maison. Elle refusait de partir. Plus loin, un vieillard voûté était emmené par des gendarmes vers un camion bleu, moteur en marche. A l'arrière du gros véhicule, il vit d'autres civils qui attendaient, assis. Le spectacle qui se déroulait sous ses yeux fit remonter les images d'exodes de la deuxième guerre mondiale et il frissonna d'effroi. Il douta soudain.

Et si sa femme était à bord d'un de ces camions ? Non. Impossible. Il avait été clair. Il lui avait dit qu'elle serait en sécurité en restant calfeutrée chez elle. *Elle avait obéi. Sûr !*

Autour d'eux, dans le village, des mortiers LLR de 81mm et des mitrailleuses *Minimi* étaient installés à la hâte dans les espaces abrités et dans les lieux stratégiques.

- Les zombies ne sont pas loin, remarqua le sergent.

A la sortie du village, ils tombèrent sur un barrage routier hâtivement construit. Des soldats étaient en position et scrutaient les environs.

Une longue rafale de mitrailleuse retentit à droite mais Lasalle ne put voir la cible, gêné par les bâtiments. Un soldat aboya.

- On les a eus ! Cinq au tapis.

Un officier s'approcha d'eux, prit leurs papiers et leur demanda la destination.

- Saint-Eulien, répondit Lasalle en consultant sa montre.

Déjà trente minutes depuis le départ. Dix minutes pour embarquer la famille. Donc retour à la base en moins de vingt minutes. Serré.

- C'est sur la ligne de front, remarqua le lieutenant. Et le front bouge avec les mouvements de troupes. Vous pourriez vous retrouver derrière la ligne sans le savoir, coupés des forces alliées. C'est le coup dur assuré, équipés comme vous l'êtes. C'est arrivé hier à un escadron d'infanterie motorisée slovaque. On n'a rien pu faire pour eux. Vous êtes sûrs de ce que vous voulez faire ? Ca vaut le coup ?

- Pas le choix, lieutenant, gronda Lasalle. Je dois passer. Toute ma famille est là-bas.

Le lieutenant leva les yeux et fit un tour rapide des lieux.

- Des unités mobiles d'éclaireurs ont signalé des concentrations importantes d'infectés à moins de cinq kilomètres d'ici. On s'attend au contact d'un moment à l'autre. Saint-Eulien est en plein dedans.

- Je dois prendre le risque. Vous feriez la même chose.

L'officier regarda Lasalle. Un moment, celui-ci pensa qu'il allait l'arrêter, ou l'obliger à rentrer à la base. Son cœur accéléra. Il ne pouvait pas être arrêté.

Pas ici, pas maintenant. Au retour peut-être, mais pas l...

- Comme vous voudrez, interrompit le lieutenant. Mais je voudrais quand même vous montrer quelque chose avant de vous laisser partir.

L'officier recula d'un pas et fit signe à Lasalle de le suivre dans une ruelle adjacente où des formes humaines étaient alignées par terre. Le lieutenant s'accroupit près de la première et ouvrit la fermeture éclair d'un geste.

Lupus recula instinctivement. La tête d'un cadavre de soldat le regardait, les yeux révulsés et grands ouverts. La peau et les muscles de son visage avaient été arrachés, dévoilant la blancheur des os. Le sang avait coagulé, laissant de longs sillons foncés sur la peau livide. Au milieu du front, le trou laissé par un projectile.

Le lieutenant rompit le silence pesant.

- Je connaissais ce soldat, fit-il à voix basse. Il était avec moi quand on a été attaqués par les infectés du côté de Baudonville. On a balancé sur eux tout ce qu'on avait. Et quand il y a eu contact, on a fini à la baïonnette. Dix-sept gars de ma compagnie y sont restés. On décrochait quand Lange s'est cassé la cheville. On a essayé de le dégager. Trop lourd, et les infectés trop près.

Il fit une pause, le regard ailleurs, revivant visiblement des souvenirs douloureux.

- On savait qu'on risquait d'y rester tous si on le laissait nous retarder. Il le savait aussi. Alors on l'a mis sur une butte avec nos dernières grenades.

Il souleva son casque lourd et essuya la sueur d'une main.

- On a continué et on s'est arrêté pour voir ce qui se passait. Ils l'ont bouffé vivant. Salim n'a pas supporté. Il lui a mis une balle dans le front. BAM ! Comme ça, au Famas, à trois cents mètres.

Le lieutenant regarda le cadavre une dernière fois et referma la sinistre bâche.

- Alors allez-y, mon commandant. Mais rappelez-vous du soldat Lange si ça tourne mal. Ne vous faites pas avoir. Et si vous n'avez pas de chance, tirez pour tuer. Y compris vous-même.

Il se redressa et les quitta sans se retourner. Lasalle et le sergent se regardèrent en silence. Ils avaient saisi le message. Si l'un d'eux était blessé, l'autre serait peut-être amené à l'achever pour survivre.

Ils regagnèrent leur véhicule et passèrent rapidement le barrage pour entamer la dernière partie du trajet.

***

Bonifacio, 24 juin 2010

Bloqués dans leur voiture à l'entrée de Bonifacio dans une courbe de la route qui sinuait vers la ville à travers la falaise, les cinq occupants se débattaient avec frénésie, essayant de repousser les mains et les têtes des infectés qui entraient par les vitres brisées.

Malgré la distance, les hurlements de terreur parvinrent à Alison, amplifiés par l'absence de bruits. Elle décolla l'œil de la lunette de tir et ferma les yeux, expirant longuement pour évacuer le stress.

Rien à faire pour eux. Les infectés étaient plus d'une centaine. Ses munitions étaient comptées. Elle était trop loin.

Elle essaya de chasser l'image des trois enfants terrorisés à l'arrière de la voiture. Les parents rendus fous de panique qui se battaient avec désespoir pour les protéger. Sans la moindre chance d'en sortir vivants…

Allongée sous les fourrés pour se dissimuler, elle sentit des gouttes de sueur couler sur son front et les vit s'écraser dans le sable. Pendant une brève seconde, elle voulut disparaître avec les gouttes dans le sable.

Lentement, rassemblant ses forces, elle se redressa, attrapa ses affaires et reprit sa marche rapide, les sens aux aguets.

Depuis le débarquement en Corse, deux jours plus tôt, les scènes du même genre se succédaient. Pourquoi n'arrivait-elle pas à s'y habituer ? Elle connaissait la guerre et ses horreurs.

Les enfants… c'était sans doute ça… la guerre pour les adultes. Mais les petits… sans défense… des innocents !

La gorge sèche, elle reprit le chemin parallèle à la route qui menait à Bonifacio en coupant dans la végétation luxuriante. Le GPS indiquait que c'était le port le plus proche. Le but immédiat d'Alison était de trouver un bateau dans le port de plaisance pour quitter l'île, gagner le continent et reprendre des forces, à l'abri au

135

milieu des flots.

Autour d'elle, le vent tourbillonnait dans les arbres, précipitant le sable sur les arbres et les véhicules vides coincés sur la route comme des carcasses d'animaux métalliques.

Pourquoi la petite famille était-elle restée dans la voiture tout à l'heure ? Avec ces infectés partout, c'était un véritable tombeau pour ceux qui y étaient pris au piège. Ce n'était pourtant pas si compliqué à comprendre...

Lorsqu'elle passa plus tard près du véhicule, il ne restait quasiment plus rien du drame qui s'y était joué. Du sang sur les portières. Des vitres brisées. Elle refusa de regarder à l'intérieur.

Courbée contre l'aile avant de la voiture, le souffle court, elle regarda en direction de la ville encore invisible derrière les replis du terrain et la route couverte de véhicules abandonnés. Impossible d'évoluer ailleurs que sur la route, au milieu des voitures. Le relief adjacent, rocheux, abrupt, était trop escarpé.

OK... mais pas question d'être prise entre deux groupes d'infectés ! Prudence...

Courbée sous le poids du sac à dos, elle reprit son avance vers Bonifacio, fusil en position.

***

Hôpital Cochin, Paris, 24 juin

Tout en s'efforçant de coller au militaire, Kiyo fit le point sur la journée.

Elle venait de se réveiller dans une salle d'hôpital à Paris, partagée avec un autre blessé, un inconnu, un militaire français, qui avait offert de l'aider à regagner son ambassade pour se mettre à l'abri. Elle pensa d'abord à sa condition de femme. Physiquement en forme, entraîné à la survie, il pouvait abuser d'elle à la première occasion s'il le souhaitait. Tout reposait sur le degré de confiance qui pouvait exister entre eux. Elle sentit son ventre se nouer. Pouvait-elle lui faire confiance ? Quelles garanties avait-elle quant à sa sincérité ?

Elle n'avait pas de réponse rationnelle et s'en remit à son instinct. Elle regarda les mouvements de l'homme, son aisance féline dans l'espace. Il s'arrêtait fréquemment et vérifiait sa position. Son regard n'était jamais ambigu, c'était celui d'une personne habituée au danger, aux responsabilités. Il était direct avec elle, comme tout militaire, et se tenait à distance. Il avait su s'éclipser pour la laisser seule lorsque c'était nécessaire... Une dernière fois, elle regarda l'homme marcher dans les escaliers de service qui menaient au rez-de-chaussée et décida qu'elle pouvait lui faire confiance.

Oui, ils pouvaient peut-être s'en sortir ensemble et aller jusqu'à l'ambassade. Après, s'il continuait jusqu'au régiment comme il l'avait indiqué, ce serait son choix, son sort se dissocierait du sien. Mais dans l'immédiat, elle avait besoin de lui et le fait qu'elle soit médecin pouvait l'aider. Ils se complétaient. *Ça pouvait marcher !*

Elle cessa de l'observer et revint à l'environnement. Ils étaient au rez-de-chaussée de l'hôpital. Devant elle, l'adjudant était accroupi à l'angle d'un mur et observait quelque chose. Il se tourna vers elle, un doigt sur les lèvres. A son tour, elle se baissa et se mit derrière lui. Il indiqua du doigt ce qui l'intéressait.

Devant eux un grand vestibule désert connectait l'escalier à la sortie de l'hôpital. Les parois verticales qui longeaient la route étaient en verre. Personne dehors. A l'intérieur du vestibule, la silhouette d'une femme occidentale d'une trentaine d'années, en jeans, tee-shirt à manches courtes, se cachait derrière une plante grasse. Accroupie, elle serrait un sac en bandoulière en regardant l'extérieur, le dos tourné vers eux.

L'adjudant croisa longuement son regard, essayant de déterminer si elle était contaminée. Elle bloquait l'accès à la sortie. Il devait traiter son cas. Se tournant vers Kiyo, il chuchota :

- Elle a l'air *clean...* mais on ne sait jamais. Restez ici. Surtout pas de bruit.

Kiyo hocha la tête en guise de réponse. Il se redressa, revint sur ses pas et disparut derrière Kiyo. Restée seule, elle se blottit contre le mur et l'environnement prit soudain une allure nettement plus menaçante. Rapidement, l'adjudant la rejoignit, une grosse hache d'incendie rouge dans les mains.

- C'est un... euh, un emprunt ! fit-il en souriant.

Sans bruit, il fila vers le vestibule par l'angle mort de l'inconnue, la hache levée, prête à frapper. Il arriva derrière elle sans être détecté, avança prudemment un bras et lui toucha l'épaule gauche.

La jeune femme fit un bond, hurla et bouscula la plante grasse qui vacilla sans tomber. Elle tourna la tête vers l'adjudant et il suspendit de justesse le mouvement de la hache. Le visage de la femme était propre. Aucune trace de maladie. Son comportement était celui d'une femme terrorisée, pas d'une infectée... mais il n'était pas médecin !

A distance, Kiyo vit l'hésitation du soldat et se hâta de le rejoindre. Elle observa l'inconnue et plissa les yeux, méfiante. Par réflexe, elle retint l'adjudant par le bras alors qu'il s'approchait de l'inconnue. Surpris, il tourna les yeux vers Kiyo.

- Quoi ? demanda-t-il. Qu'est-ce qu'il y a ?

Kiyo indiqua la femme d'un mouvement infime de la tête.

- Elle planque peut-être ses blessures. Faut savoir si elle peut parler. Si c'est pas le cas...

Le militaire s'arrêta net, les yeux braqués sur l'inconnue.

- J'ai entendu ça ! aboya la femme en soulevant d'un geste son tee-shirt. Vérifiez vous-mêmes puisque vous avez la trouille !

Kiyo vit qu'elle ne portait pas de soutien-gorge. Gênée, elle se replaça immédiatement dans un contexte professionnel et examina visuellement la peau blanche de la jeune femme alors que celle-ci tournait lentement sur elle-même. Après une rotation, elle laissa retomber l'étoffe du vêtement et braqua ses yeux de braise sur eux.

- Alors, lança-t-elle, ça vous suffit ? Vous avez mâté ? Vous me croyez maint...

- Minute ! interrompit le militaire, sourcils froncés. Vous portez un sous-vêtement sous votre pantalon ?

Kiyo saisit instantanément le but de la question mais l'inconnue mit plus de temps, stupéfaite par la demande.

- Quoi ? demanda-t-elle, effarée. Ça vous suffit pas de mâter mes nichons ? Vous voulez voir ma chatte aussi ?

- Cessez de dire des conneries et dépêchez-vous ! coupa l'adjudant en vérifiant dehors d'un œil inquiet. Descendez votre pantalon. On doit tout vérifier. Désolé.

La jeune femme hésita. Elle interrogea Kiyo du regard. Celle-ci approuva silencieusement de la tête. Elle comprenait la gêne de l'inconnue. Sa parole de femme était importante dans ce contexte. Kiyo ne connaissait guère l'adjudant mais le peu qu'elle savait sur lui montrait qu'il n'était pas un pervers.

Après une dernière hésitation, elle descendit cependant son pantalon et tourna sur elle-même.

- Vous en pensez quoi, docteur ? fit le militaire en se tournant nerveusement vers Kiyo.

- Elle est propre, répondit Kiyo. Elle peut se rhabiller.

- Trop aimable ! gronda celle-ci alors qu'elle se penchait pour enfiler ses vêtements. Vous auriez fait quoi si j'avais été infectée ?

Kiyo n'eut même pas le temps d'ouvrir la bouche pour parler.

- Vous voulez vraiment le savoir ? questionna l'adjudant en refermant ses doigts sur la hache rouge.

La femme fit une pause dans son rhabillage, les yeux fixés sur les mains du militaire.

- Et vous, rétorqua-t-elle rageusement en se hâtant d'enfiler ses vêtements, qu'est-ce qui me dit que vous n'êtes pas infectés ?

- Vous croyez qu'on serait ensemble si c'était le cas ? fit le soldat en scrutant l'extérieur.

Elle fronça les sourcils, sceptique, et fit un pas dans leur direction.

- Bien, fit-elle, maintenant qu'on a fait connaissance, vous êtes qui au juste ?

- Adjudant Lesthormes, Armée de Terre française, et madame…

- … *Docteur* Kiyo Hikashi, Université de Tokyo.

- Mélanie Desotto, concéda la femme sans prendre la main du militaire. Infirmière anesthésiste, chirurgie endoscopique.

- Qu'est-ce que vous faisiez accroupie devant les vitres ?

- Attendez, contra Mélanie, les yeux tournés vers la porte d'entrée, ne me dites pas que vous ne l'avez pas vu !

- Vu qui ? demanda l'adjudant en fronçant les sourcils.

- Le type dans la rue, devant les portes !

L'adjudant interrogea Kiyo du regard. Elle répondit par un hochement de tête négatif.

- Je ne sais pas de qui vous parlez, répondit le soldat. Pas vu un chat ici. A part vous. Désolé.

Mélanie s'adossa au mur et passa la tête par l'angle pour regarder l'entrée.

- Là ! fit-elle, la bouche tordue de dégoût en désignant du doigt la monstruosité qui approchait. C'est lui dont je parle !

***

Autour de la BA-113, 24 juin

Lasalle connaissait par cœur le paysage qui défilait. Une petite route au milieu des champs, la forêt à plusieurs centaines de mètres de chaque coté de la route. Il était à moins de trois kilomètres de chez lui…

Dix neuf heures. Le soleil poursuivait son mouvement de bascule vers l'horizon.

Encore vingt-cinq minutes avant d'être de retour à la base, songea Lasalle et trois heures de lumière... Ok. Ça devrait encore passer.

Lupus remonta la vitre. Dehors, les oiseaux et les insectes bourdonnants faisaient entendre leurs bruits habituels dans l'air chaud de l'été. Il sentit son cœur accélérer alors que la voiture approchait de la maison. Dans quelques minutes, il allait revoir sa femme et sa fille après de longs jours de séparation… La paume de ses mains était moite.

Devant lui, le petit hameau qui abritait sa maison apparut. A droite de la route, un petit chemin, barré par une maison blanche construite de plain-pied, menait vers une forêt.

- C'est là, sergent, fit-il malgré les battements de cœur.
- La voiture, demanda celui-ci, sourcils froncés en voyant une Passat qui démarrait en trombe et filait vers le village, c'est à vous ?

La voiture n'évoqua aucun souvenir. Lupus secoua la tête.

- Qu'est-ce qu'ils foutaient ici, devant chez vous ? demanda le sergent d'une voix tendue en engageant la voiture sur le chemin poussiéreux qui menait à la maison.

Le sergent freina et la voiture s'arrêta dans un crissement de freins. Avant même que le sergent ait actionné le frein à main, Lasalle sortit du véhicule et courut vers la maison, arme au poing. Il franchit le portail d'entrée et coupa à travers la pelouse vers la porte d'entrée. Derrière lui, le sergent sortait à peine de la voiture, FAMAS à la main, et s'engagea avec prudence sur le même chemin, scannant des yeux les environs.

Lasalle pénétra dans le hall d'entrée de la maison silencieuse.

- Christine ! Aurélia ! hurla-t-il dans toute la maison.

Il attendit la réponse pour pouvoir se guider au son. Derrière lui, le sergent entra à son tour et se plaça à côté de lui, fusil en position.

- Faites attention, mon commandant. Il pourrait y avoir des infectés dans le coin. Et rappelez-vous de la voiture…

Lupus appela de nouveau, une boule d'anxiété dans le ventre.

- Je fouille le sous-sol, fit le sergent à voix basse. Occupez-vous du rez-de-chaussée.

Le sergent repéra la porte qui menait à la cave, l'ouvrit, alluma la lumière et écouta les bruits qui en montaient puis s'engagea dans les escaliers, FAMAS pointé vers l'avant.

Au rez-de-chaussée, Lasalle fouilla les pièces de manière méthodique en commençant par la chambre d'Aurélia, sa fille. Rien. Il entra ensuite dans la chambre des parents et s'arrêta sur le seuil.

Les tiroirs des commodes étaient ouverts. Un miroir brisé et des objets gisaient à terre. Les draps du lit étaient maculés de tâches, certaines sombres, d'autres claires. Il gagna le lit et mit un doigt dans le liquide sombre. Du sang… Les draps étaient froids. Une tenaille comprima ses entrailles. Il leva le pistolet et gagna le salon adjacent, le cœur au bord des lèvres.

Le canapé était renversé et éventré. La télévision et les rares bibelots de valeur avaient disparu. Une des grandes baies vitrées du salon était ouverte. Les grands stores vénitiens gisaient par terre, déformés. A travers le verre de la baie, il vit une forme blanche allongée dans le jardin. Il contourna le canapé en cuir éventré et se figea net. Par terre, caché par la masse de cuir noir du canapé, se trouvait le corps de sa femme. Elle gisait dénudée sur le ventre, jambes écartées, visage tourné. Son dos était couvert de bleus. Hébété, il vit les tâches blanches qui maculaient le haut des cuisses et comprit.

Il sentit une sorte de vide en lui, un néant qui l'aspirait avec force. Sa tête tourna violemment et il se tint au mur pour ne pas tomber avant de s'agenouiller aux côtés de sa femme. Il mit deux doigts sur le cou pour vérifier le pouls. Le corps était froid. Malgré l'indice, il persista à vouloir détecter des signes de vie.

Ni pouls, ni battement, ni souffle tiède.

Des larmes montèrent brusquement. Il posa le pistolet et se prit la tête dans les mains. *Cauchemar... sortir de ce cauchemar... se réveiller...* Il vivait une sorte de fin du monde, une expérience de douleur totale, quelque chose d'indescriptible, mélange de chute sans fin dans un précipice, de brûlure d'acide à l'intérieur du corps.

Il revit sa femme, debout dans l'embrasure de la porte d'entrée. Elle le saluait doucement de la main pour lui donner du courage et lui souhaiter une bonne journée. Dans ce même salon où elle gisait morte, ils avaient construit des rêves, s'étaient projetés vers l'avenir, avaient discuté pendant des heures, s'étaient évadés en regardant des films et avaient fait l'amour...

Tout cela ne pouvait pas cesser si brutalement ! Les souvenirs... les souvenirs ne pouvaient prendre fin ! Ce n'était pas comme ça que ça devait se passer !

Déboussolé, désorienté, il s'essuya les yeux d'un revers de main et pensa soudain à sa fille. Il reprit le pistolet.

Il y avait ce truc blanc, allongé dehors... Dans le jardin...

Avec appréhension, il franchit les baies vitrées, l'arme secouée de tremblements, et posa un pied sur le gazon. Devant lui, la tâche blanche prit des contours et il distingua une forme humaine sous un drap clair. A cet instant, un mouvement à droite attira son attention. Instinctivement, il se tourna vers la menace et leva son arme.

- Attention avec le pistolet ! fit le sergent en arrivant du jardin. Mon commandant, les sous-sols et le jardin sont OK.

Le sous-officier vit à son tour la forme allongée dans l'herbe.

- Je m'en occupe, ajouta-t-il doucement. Couvrez-nous, mon commandant.

Comme un automate, Lupus partit à gauche, arme au poing.

Arrivé à l'angle de la maison, il se tourna vers le sergent qui faisait glisser le drap clair par le canon du fusil.

- Vous connaissez ce type ? demanda-t-il de loin.

Lupus fut à ses côtés en une poignée de secondes. A son tour, il se pencha vers le visage mal rasé qui émergeait du drap. Inconnu. Mais ce qui était plus familier, c'était le manche du couteau de cuisine enfoncé dans la gorge de l'homme jusqu'à la garde.

- Non, mais c'est un de nos couteaux…

Il déglutit avec peine.

- Ma femme…

- … a dû se défendre ! compléta doucement le sergent en se dirigeant vers le fond du jardin. Ce n'était pas un infecté ! Elle a fait du bon boulot, mon commandant.

En imaginant la scène, Lupus sentit la rage monter. Il ôta la sûreté de l'arme et tira trois balles dans la tête du cadavre. Le film des événements commença à défiler dans sa tête.

- La voiture… souffla Lupus en y repensant. Ma fille… Ils l'ont enlevée !

- Non, mon commandant, fit le sergent depuis la clôture qui marquait la fin du jardin et le début des champs.

Le sergent surgit comme un diable de l'espace qui séparait la cabane de jardin du grillage extérieur et revint à vive allure vers Lupus, bras en croix, fusil d'assaut en bandoulière.

- Mon commandant… fit-il en vrillant ses yeux dans ceux de Lupus.

Lupus distingua une lueur étrange dans les yeux du sergent. Des larmes ? Pourquoi des…

- Elle est là-bas ? fit-il, le cœur battant. Vous l'avez trouvée ? Sergent ?

L'homme finit de couvrir la distance qui le séparait de Lasalle et, sans attendre, l'entraîna vers la maison par le bras. Il était livide.

- Mon commandant… commença-t-il en déglutissant avec difficulté. Restez où vous êtes. Il n'y a plus rien à faire. Je… je suis désolé.

En réalisant l'implication des mots, quelque chose se brisa en Lasalle. La civilisation s'effondra, vaincue par l'animal. Sans répondre, il repoussa brutalement le sergent pour libérer le chemin. Déséquilibré, celui-ci tomba en arrière dans le gazon. Lasalle remonta au trot vers la cabane, talonné par le sergent qui hurlait.

- Non, mon commandant, n'y allez pas ! Souvenez-vous d'elle comme elle était !

Mais Lasalle n'entendit rien. Il contourna l'angle de la cabane et s'engagea dans la bande qui la séparait du grillage. Lorsqu'il aperçut ce qui restait de sa fille, ses sens et ses forces l'abandonnèrent d'un coup et il tomba à genoux, l'esprit tout à coup piégé dans une brume épaisse et glacée. Il la reconnut à ses vêtements. Le sergent le rejoignit à cet instant mais il demeura silencieux.

- Sergent... dites-moi que c'est un cauchemar... que je vais me réveiller !

Pour toute réponse, le sergent se contenta de mettre une main sur son épaule et de la serrer avec douceur.

***

Hôpital Cochin, Paris, 24 juin

L'adjudant et Kiyo passèrent à leur tour la tête à l'angle du mur pour voir ce que l'infirmière désignait avec tant de dégoût.

Un homme en costume-cravate marchait silencieusement dans la rue. Ses vêtements étaient déchirés et sa chemise sortait du pantalon. Il avança comme un robot, les bras le long du corps, inerte, les yeux braqués devant lui, la bouche grande ouverte. Des plaies rouges purulentes couvraient toutes les parties visibles de son corps. Ses mains, son visage et les parcelles de peau visibles à travers les déchirures des vêtements étaient couvertes de sillons purulents. Autour des sillons, la chair putréfiait, virant au noir, formant des croûtes épaisses et dures le long des plaies. Les yeux, les oreilles et l'espace entre les doigts de ses mains laissaient couler le même liquide épais.

L'infecté se tourna vers les fenêtres et continua à marcher sans s'apercevoir de la présence des vitres. Le choc que fit sa tête contre les baies vitrées retentit comme un gong et les trois survivants se jetèrent à terre par réflexe.

- C'est quoi cette horreur ? jura l'adjudant à voix basse. Il nous a vus ?

- Non, répondit immédiatement Mélanie. Ça fait un moment que je l'observe. J'ai l'impression qu'il ne sait plus ce qu'il fait. Il obéit à une sorte de... d'automatisme, de réflexe. On dirait qu'il veut entrer dans l'immeuble, mais sans savoir comment faire.

- Et les portes, demanda Kiyo, il peut les ouvrir ?

- Non, répondit Mélanie. Il est déjà passé plusieurs fois devant mais il n'a jamais pensé à les ouvrir. C'est comme s'il était devenu idiot ! C'est peut-être une conséquence de l'infection... Ça le prive de raison. Par contre, je l'ai déjà vu se diriger vers des bruits dehors, une moto qui passait par exemple.

Kiyo réfléchit en observant l'homme qui errait sans but dehors.

- Si c'est exact, fit-elle à voix basse, alors cela veut dire que le Fléau d'Attila s'attaque au système nerveux central, qu'il se fixe sur les sièges cérébraux de la réflexion cognitive. En même temps, il ne touche pas les centres sensoriels nécessaires au repérage dans l'espace, comme l'audition par exemple. Pour les autres sens, ça reste à vérifier, mais il vaut mieux l'envisager. Ça expliquerait l'absence de raisonnement et l'aptitude à s'orienter vers les sources de bruit.

Lorsqu'elle releva les yeux vers ses compagnons, elle vit qu'ils la regardaient étrangement.

- D'accord, docteur, fit le soldat. Vous avez certainement raison, mais on doit faire quelque chose *dans l'immédiat*. On réfléchira sur les causes de ce merdier plus tard, si ça vous dit.

- Ce que je voulais dire, enchaîna Kiyo, consciente du temps qui filait, c'est qu'il se repère certainement aux sens. Le bruit, le mouvement, les odeurs.

Mélanie leva les yeux vers le soldat.

- Vous avez un plan ? demanda-t-elle.

- J'accompagne le docteur à son ambassade. Après, je file rejoindre le 45ème RI à Lille.

- Vous êtes sûrs qu'il y a des survivants à l'ambassade ?

- J'ai réussi à les appeler, fit Kiyo. Quelqu'un a répondu au téléphone.

Mélanie resta songeuse, perdue dans ses pensées.

- Et vous, encouragea l'adjudant, c'est quoi votre plan ?

- Je… je ne sais pas encore. Rentrer chez moi d'abord.

- Vous habitez où ? demanda l'adjudant.

- Drancy.

- Bon, soupira le soldat en pensant à ce qu'il allait dire, voilà ce que je vous propose. On peut passer ensemble par l'ambassade du Japon et continuer vers Drancy. C'est pas direct, mais c'est faisable. Venez avec nous jusqu'à l'ambassade. Ensuite, on continuera vers Drancy, c'est à peu près sur ma route.

- Vous voulez aller à Lille à pieds ? demanda Mélanie, incrédule.

- S'il le faut, oui. Avec le bordel dehors, je ne pense pas que les RER ou les trains circulent. Et le taxi, c'est trop cher pour un militaire.

Mélanie ne releva pas l'humour.

- Bon, fit l'adjudant en redevenant sérieux, on doit d'abord s'occuper de ce type avant de sortir. Je vais m'en charger, mais j'y arriverai pas sans vous. J'ai besoin d'une diversion.

L'adjudant expliqua son plan : ouvrir la porte d'entrée, l'attirer à l'intérieur et le finir à la hache.

- Prêtes ? demanda-t-il en se préparant à gagner le vestibule.

Les deux femmes confirmèrent d'un mouvement de tête.

Satisfait, il se propulsa en avant, courbé en deux pour cacher sa silhouette et gagna la porte d'entrée. Il l'ouvrit en silence et sortit à son tour.

Dehors, l'homme avait disparu à droite de l'entrée. L'adjudant observa la rue dans les deux sens. A distance, des formes humaines rigides erraient et il aperçut l'infecté qui s'éloignait de l'hôpital. Au-delà, des voitures bloquaient la rue dans les deux sens. Il régnait dehors un calme irréel.

Il fit signe aux deux femmes de se mettre en position au centre du vestibule puis claqua plusieurs fois des doigts pour attirer l'infecté. L'infecté mit plusieurs secondes à réagir au stimulus mais, lorsqu'il se tourna vers le soldat et l'aperçut, il se mit en mouvement vers lui en gémissant.

Le militaire vérifia l'attitude des autres zombies et vit qu'ils n'avaient pas bougé. Rassuré, il regagna le vestibule, la hache dans les mains. A l'intérieur, les deux femmes sursautèrent en le voyant entrer puis attendirent l'infecté avec anxiété. Lorsqu'il apparut enfin, elles s'agitèrent comme des hystériques pour attirer son attention.

L'homme entra dans le vestibule, passa sans le voir à cinquante centimètres du soldat près de la porte et se dirigea droit vers les deux femmes. L'adjudant passa à l'action lorsqu'il lui tourna le dos. Il leva la hache et l'abattit. La lame sépara la tête en deux. Il y eut un craquement d'os accompagné d'un geyser de sang qui éclaboussa les vitres de l'entrée. L'infecté fit encore un pas avant de s'effondrer. L'adjudant délogea la hache du crâne en tirant violemment dessus.

- C'est bon pour lui ! commenta l'adjudant alors que les deux femmes vomissaient au même moment.

Kiyo récupéra plus vite que Mélanie. Elle se tourna vers ses deux compagnons.

- Avez-vous été en contact avec le sang ? demanda-t-elle entre deux spasmes.

L'adjudant palpa son corps et vérifia son reflet dans une vitre. Pas d'éclaboussures sur le visage, quelques gouttes sur le treillis mais ses mains étaient propres.

- Non, constata-t-il avec soulagement. Vous pensez que ça passe par le sang ? C'est ça ?

- C'est possible, fit Kiyo avec résolution. Mais permettez-moi de vérifier moi-même.

Bien décidée à ne prendre aucun risque inutile, elle se rapprocha du soldat et examina les parties exposées de son corps.

- L'épidémie se transmet certainement par le sang et les fluides corporels, expliqua-t-elle. C'est mon hypothèse en tous cas. Ce qui signifie que nous devons éviter d'être en contact avec la salive, l'urine, le sperme et, bien sûr, le sang des infectés.

Les deux autres acquiescèrent et elle termina sa remarque.

- … Et je crois que nous pouvons confirmer que les infectés utilisent la vue en plus de l'ouïe pour s'orienter !

- Et pourquoi pas leur odorat, comme les chiens ? lança froidement Mélanie en nettoyant les dernières traces de vomi sur ses vêtements. Et le goût ?

- Mesdames, interrompit l'adjudant, je suggère qu'on se barre d'ici sans tarder !

Il coinça la hache sur son épaule et les deux femmes, après un regard appuyé l'une vers l'autre, lui emboîtèrent le pas vers la porte d'entrée. Il vérifia une dernière fois que la voie était libre puis sorti.

Le cœur battant, Kiyo sortit à son tour et entama le périlleux voyage à travers la ville devenue hostile.

***

Autour de la BA-113, 24 juin

Lasalle fut tiré du vide intérieur dans lequel il dérivait par la voix du sergent.

- Mon commandant… nous devons partir. Venez !

Comme un automate, Lasalle se laissa faire, obéissant aux gestes du sergent. Comme privé de volonté, son esprit revenait sans cesse sur le spectacle monstrueux de sa fille. Qu'avait-elle bien pu faire pour être traitée de la sorte ? Comment une enfant pouvait-elle représenter une menace pour des hommes adultes ?

- On a de la visite… poursuivit le sergent en scrutant les alentours.

Mécaniquement, Lasalle releva la tête et aperçut à son tour le danger. Le sergent indiqua du doigt des formes humaines dans les champs à une centaine de mètres. Elles venaient de l'est et progressaient lentement, attirées par l'agitation. L'herbe haute ralentissait leur progression et le vent portait les gémissements et la pestilence de leurs corps ravagés.

- Il est temps de dégager, fit le sergent en saisissant le fusil d'assaut.

- Non... fit Lupus d'une voix faible. On doit d'abord... on doit tout brûler !

Tête baissée, il désigna la maison et le jardin d'un geste vague.

- Sergent, lança Lasalle. Allez dans la cuisine. Ramenez des allumettes... ou un briquet. Je m'occupe de l'essence.

Sans un mot, le sergent fila vers la cuisine et Lasalle retourna en tremblant à la cabane pour y prendre de l'essence.

Les deux hommes se retrouvèrent moins d'une minute plus tard près de la cabane. Le sergent avait trouvé des allumettes, Lasalle une bouteille d'alcool et un jerrican d'essence. Alors qu'il aspergeait le corps de sa fille et que le sergent craquait une allumette, ils surveillèrent l'approche du premier groupe d'infectés dans les champs. *Trente mètres.* Lasalle songea que les clôtures ne tiendraient pas longtemps face à la pression.

Un autre groupe sortit de la forêt en venant du nord. Cinquante mètres. Terrain en pente... Ils allaient plus vite que les autres...

Il fit signe au sergent de mettre le feu et regagna la maison sans se retourner, comme lobotomisé par la souffrance. Un souffle d'air brûlant caressa son dos lorsque le sergent mit le feu. Il réprima de justesse les spasmes qui agitèrent ses entrailles. Comme dans un rêve, il vivait les événements à la fois comme acteur et spectateur. L'instinct de survie dictait ses réflexes auxquels s'opposaient les émotions, le vidant de ses forces. Il entra dans le salon par la baie vitrée et répandit le contenu du jerrican d'essence sur le corps de sa femme. Le sergent le rejoignit peu après.

- Allez-y, fit-il à l'adresse du sergent en désignant le cadavre.

Celui-ci gratta une allumette, entoura la flamme de ses mains et la lança vers le corps. Une grande flamme bleue s'éleva avec voracité.

- On doit y aller, mon commandant, fit le sergent en le prenant par le bras.

Ils retournèrent dans le jardin, visage tourné vers les premiers infectés qui se pressaient aux clôtures, bras tendus. Le sergent hâta le pas pour éviter à l'officier d'avoir à affronter les dommages du feu sur ce qui avait été sa vie.

Lasalle, l'esprit paralysé, se laissa faire sans résister. Lorsqu'il revint à la réalité, il réalisa qu'il était dans la voiture et se retourna pour regarder par la vitre arrière.

Alors que le véhicule militaire prenait de la vitesse sur l'asphalte, laissant derrière lui les groupes d'infectés, il vit la fumée épaisse et

147

noire qui s'élevait de la maison. Il repensa à sa femme et à sa fille dont l'existence s'achevait dans les cendres. *Il vivait un cauchemar. Une horreur sans nom. L'enfer.*

Trop effondré pour parler, il se recroquevilla sur lui-même, tête baissée, et le trajet de retour s'effectua dans le silence complet.

***

CHAPITRE 6

C entre de Paris, 24 juin

  Le soleil était au-dessus de l'horizon. Les bâtiments majestueux du centre de Paris faisaient écran à la lumière du soleil et plongeaient progressivement les rues dans l'obscurité.

Hache à la main, l'adjudant Lesthormes rasait les murs à la tête du groupe de fuyards depuis plus d'une demi-heure. Ils avaient décidé de rejoindre l'ambassade du Japon en restant en surface plutôt que de passer par le métro. Le consensus avait été total lorsqu'ils avaient réalisé que le métro ne fonctionnait plus et que l'électricité était coupée. Personne n'avait apprécié l'idée de passer par le réseau obscur, infesté de rats et probablement d'infectés.

Derrière l'adjudant, les deux femmes collaient à ses pas. Les fuyards avaient soif et se déplaçaient dans l'appréhension. Immédiatement après avoir quitté l'hôpital, leur allure avait été ralentie car les deux femmes n'étaient pas habituées à évoluer dans un environnement hostile et, après l'épisode de l'infecté, elles étaient tétanisées de peur. L'adjudant les avait rassurées en rappelant que leur atout sur les infectés était la vitesse.

En chemin, ils avaient croisé de nombreux infectés, isolés ou en groupes. Ils étaient parvenus à les éviter en se dissimulant derrière les véhicules garés, sous les porches, derrière les coins de mur et les palissades et, pour l'heure, la chance était avec eux mais tous savaient qu'à un moment ils n'auraient plus d'autre choix que de se battre.

Malgré la tension et la peur, en chercheuse professionnelle, Kiyo profita du trajet pour observer le comportement des infectés. Elle commençait à se dire que, si elle était encore en vie et en bonne santé, c'est qu'elle le devait à plusieurs choses. D'abord, elle était certaine que l'infection, virus, champignon ou bactérie du Fléau d'Attila était transmise par les fluides du corps selon un mécanisme plus complexe et théoriquement plus lent qu'en mode aérobie.

De plus, il était clair que le virus ou la bactérie avait une influence sur le système nerveux central, à en juger par la transformation du comportement de l'infecté devant l'hôpital : d'un état passif, il était entré en mode actif en moins d'une seconde dès qu'il avait capté le stimulus sensoriel indicateur de la présence d'une proie. Les stimuli qui fonctionnaient avec certitude étaient le son et le mouvement. Il était facile d'en déduire que l'infection, outre les dommages physiques qu'elle infligeait au corps, attaquait le cerveau en détruisant ou en réduisant les fonctions cognitives, notamment le langage. Encore cela méritait-il des observations et des analyses de validation complémentaires qu'elle n'avait ni le temps ni les moyens de réaliser... Si l'adjudant avait dit vrai et si les cadavres à moitié dévorés qu'ils avaient vus dans les rues avaient bien été tués par les infectés, alors ceux-ci avaient développé un comportement de prédation sous l'effet de la maladie.

Pour résumer, le Fléau d'Attila attaquait le corps en surface ainsi que le cerveau et, probablement, les organes. La maladie transformait des individus sains en êtres primitifs et amorphes qui ne réagissaient plus qu'aux stimuli sensoriels, pour obtenir de la nourriture sur le mode de Pavlov. Un stimulus mécanique élémentaire entraînait une réaction simple et prévisible de leur part mais les questions sur leur comportement restaient nombreuses : attaquaient-ils toute forme de vie, y compris les animaux, ou se limitaient-ils aux humains ? Comment faisaient-ils pour rester aussi longtemps en vie malgré l'étendue de l'infection ? Comment était-ce possible pour leur système digestif de continuer à fonctionner malgré la maladie ? Kiyo n'avait pas encore trouvé d'éléments de réponse à ses questions mais le fait de suivre un objectif scientifique dans le chaos où elle se trouvait plongée lui permettait de ne pas sombrer dans le désespoir et la panique.

Enfin, Kiyo était parvenue à éviter tout contact avec les infectés. C'était une indication sur un début de parade comportementale contre le Fléau d'Attila, faute de remède médical disponible. D'un point de vue sanitaire, la survie était conditionnée par la capacité des survivants à se tenir éloignés des infectés. Il était trop tôt pour savoir en combien de temps le Fléau d'Attila tuait son hôte mais la patience et le temps jouaient en faveur des survivants.

Compte-tenu des quantités élevées de conservateurs ingérées par un individu standard vivant dans un pays développé, le cadavre humain laissé à l'air libre mettait entre deux et trois ans à se décomposer complètement. A la vitesse où les dégâts du Fléau se propageaient sur les organismes contaminés, Kiyo estima comme acceptable qu'un corps infecté puisse survivre pendant plusieurs semaines. Mais elle n'avait aucun élément de preuve, c'était une spéculation purement intuitive et, si c'était le cas, c'était une nouvelle désastreuse pour les survivants. A défaut de thérapie médicamenteuse ou de remède contre le Fléau d'Attila, l'option comportementale était l'approche de base mais elle était longue et difficile à mettre en œuvre. *Tenir le plus longtemps sans croiser d'infecté...*

Peut-être était-il possible de survivre en s'isolant dans un endroit protégé en attendant que le Fléau tue ses hôtes ? Mais à la vitesse où la situation se dégradait était-ce encore envisageable ? La conférence avait montré que la population d'infectés croissait de manière exponentielle, à l'inverse de celle des survivants non infectés dont les rangs diminuaient chaque jour. Ses pensées revinrent sur son mari et son fils. Elle combattit les larmes qu'elle sentait venir et évita de penser à son téléphone portable, au fond du sac. Il n'y aurait de toute façon pas de signal.

L'absence de nouvelles de sa famille agissait comme un acide et seul le mouvement dans l'action permettait d'évacuer les sombres pensées. Elle appréhendait le moment où, épuisés, ils devraient s'arrêter pour dormir et où elle se retrouverait face à ses démons intérieurs. Devant elle, l'adjudant s'arrêta et elle revint à la situation. Il expliqua qu'ils se trouvaient à l'angle de la rue Oudinot et de la rue Rousselet, à mi-chemin de l'ambassade. Un silence lugubre avait pris possession des rues désertes, sans lumière et pleines de véhicules abandonnés.

- Ça va jusqu'ici ? leur demanda-t-il. Vous tenez le coup ?

Mélanie reprit son souffle et Kiyo répondit à sa place.

- A part la chaleur, oui.

- Je crève de soif... interrompit Mélanie.

Kiyo fouilla dans son sac et lui tendit une bouteille d'eau. Mélanie la prit sans un mot, but quelques gorgées et la lui rendit. L'adjudant jeta un coup d'œil à sa montre.

- Dix heures douze. Il va bientôt faire nuit et on n'arrivera pas à l'ambassade ce soir. On doit trouver un endroit pour dormir et reprendre des forces en sécurité.

Kiyo, piquée par la proposition de l'adjudant, réagit aussitôt.

- Pourquoi ne pas continuer jusqu'à l'ambassade pendant la nuit ?

- On n'y verra rien, répondit le soldat en s'épongeant le front.

- ... et on est crevés ! râla Mélanie, les bras sur les genoux pour récupérer. Vous êtes peut-être en forme mais moi je n'en peux plus ! Avec cette chaleur, j'ai l'impression d'étouffer.

Kiyo réfléchit un instant avant d'ajouter.

- Moi aussi je suis fatiguée. Mais notre meilleure chance de survie, c'est de marcher la nuit.

- Qu'est-ce que vous en savez ? coupa la jeune infirmière en tournant soudain son visage dégoulinant vers elle. Qu'est-ce que vous savez de ces zombies ? Vous pensez qu'ils ne voient rien dans le noir ? Vu le peu qu'on sait sur eux, leur vue est peut-être meilleure grâce à la maladie. On n'en sait rien du tout !

- Mélanie, ce ne sont pas des *zombies*, contra Kiyo. Des malades, des personnes infectées, oui. Pas ces... ces monstres de films d'horreur ! Ils peuvent peut-être encore être guéris. En tant qu'infirmière, vous devriez le savoir.

- Quoi ? coupa Mélanie en se redressant, le tee-shirt, maculé de sueur, plaqué sur ses seins. Qu'est-ce que ça peut foutre ? Vous croyez sérieusement qu'on a une chance de sauver ces dégénérés ? Ces types qui se nourrissent de... *de nous* ?

- Mélanie, pondéra Kiyo, ce sont des monstres aujourd'hui parce qu'ils sont malades, mais demain ils seront peut-être de nouveau comme nous. Ils ont juste besoin de soins. Et ils restent humains, malgré les apparences. Vous savez, nous serons peut-être bientôt à leur place. Et si c'est le cas, peut-être souhaiterez-vous que quelqu'un trouve un jour un remède.

- C'est ça ! gronda l'infirmière en s'épongeant le front. Eh bien allez donc vous occuper de vos cher zombies ! Pendant que vous y êtes, proposez-leur une partie de tarots ! Ou chantez-leur une berceuse pour qu'ils s'endorment tranquillement !

- Mesdames, interrompit sèchement le soldat en levant les mains. Ce n'est pas le moment de se disputer. On est en pleine rue, sans nourriture, avec un peu d'eau et pas de toit pour passer la nuit. On a *d'autres choses à faire* que de savoir qui a raison, alors on se calme et on trouve un abri pour la nuit. Compris ?

Kiyo hocha la tête en guise d'acquiescement.

- Ça va, gronda l'infirmière en renouant ses cheveux. Lâchez-moi. J'en ai ras le bol de marcher. Je suis vannée. J'ai faim. Et ce qu'elle dit n'a aucun sens ! Ces *zombies* sont irrécupérables. Ce ne sont plus des humains. Avec ce genre de trucs dans la tête, elle va nous faire crever !

Kiyo sentit la colère nouer ses entrailles mais elle jugea le moment malvenu pour contrer l'infirmière dont le jugement et l'objectivité étaient visiblement faussés par la faim, la soif, la fatigue et la peur.

- Que proposez-vous pour la nuit ? préféra-t-elle demander à l'adjudant.

- On ne sait pas comment les contaminés réagissent la nuit et on est trop fatigués pour continuer. Ce qu'il nous faut, c'est une piaule ou un appartement pas trop haut, histoire d'être hors d'atteinte mais pas trop loin du sol non plus. Un premier étage, par exemple. Ça dégage l'angle de vue et on peut s'enfuir plus facilement qu'en hauteur.

Le soldat contempla les alentours en réfléchissant à haute voix.

- L'endroit doit aussi avoir plusieurs sorties. Des fenêtres ou des portes, au cas où l'entrée principale serait bloquée.

L'adjudant fit le tour visuel de leur position précaire à l'angle des rues. Personne ne venait vers eux. Les sons du trafic et de la vie urbaine estivale avaient disparu en dehors des pépiements des oiseaux, du bruit des papiers gras et des gémissements lointains et lugubres. Les infectés étaient partout, invisibles et permanents. L'adjudant passa rapidement la tête à l'angle du mur et vit des infectés qui s'éloignaient. D'autres, plus lointains, remontaient la rue sans l'avoir repéré. Plusieurs cadavres, atrocement dévorés, jonchaient le sol.

Il regarda la façade d'immeubles qui barrait la rue où ils se trouvaient. Un porche désert leur faisait face, baigné dans l'obscurité, et il distingua une porte semblable à celle d'un concierge. Il leva les yeux et étudia l'immeuble. Plusieurs étages, les fenêtres du premier étaient intactes, il n'y avait ni lumière ni mouvement. *Parfait !*

- OK, fit-il à l'attention des deux femmes. Écoutez-moi. Restez ici, dos à dos, pour couvrir vos arrières. Je vais essayer de rentrer par la porte de la loge du concierge, en face. Si j'y arrive, je monterai au premier. Je vous ferai signe depuis cette fenêtre.

Il tendit le bras en direction de l'immeuble et indiqua la fenêtre. Mélanie, trop fatiguée pour s'opposer aux décisions, fit un geste las de la main en guise d'accord et Kiyo approuva sa proposition d'un sourire timide.

L'adjudant vérifia une dernière fois la rue Oudinot dans les deux directions. Des infectés approchaient mais étaient trop éloignés pour représenter une menace. Le premier d'entre eux était à cinquante mètres. Derrière eux, la rue Rousselet était miraculeusement vide. En allant vite, il pouvait passer inaperçu.

Il resserra sa prise sur le manche de la hache, prit une profonde inspiration puis s'élança à travers la rue Oudinot en direction du petit porche sombre. Les deux femmes le virent partir et se mirent dos à dos comme il le leur avait demandé, le cœur battant.

Le soldat parvint sous le porche sans avoir été repéré par les groupes d'infectés. Il se retourna vers les deux femmes et leva le pouce vers elles en guise d'encouragement.

Contre toute attente, Mélanie s'élança vers lui sans prévenir. Éberluée, Kiyo la regarda courir à travers la rue Oudinot, d'où un gémissement lugubre et lointain monta soudain. Les yeux écarquillés, une boule d'appréhension dans les trippes, elle vérifia le trajet dans la rue. Un groupe d'infectés se dirigeait vers Mélanie et l'adjudant, blottis dans l'ombre du porche. Le soldat, inquiet, jeta un regard inquiet dans la rue Oudinot avant de se tourner vers Kiyo pour l'inciter à le rejoindre. Elle prit une profonde inspiration, vérifia une dernière fois la position des infectés puis traversa sans encombre la rue en courant.

- C'est malin ! gronda l'adjudant en se tournant vers Mélanie, blottie dans l'ombre. Ils nous ont repérés ! Faites le guet. Je m'occupe de la porte.

Il vérifia la poignée. Fermée par une serrure simple. Sans hésiter, il utilisa la pointe de la hache comme un pied de biche qu'il enfonça doucement entre le chambranle de la porte et la porte elle-même. Lorsque la pointe fut en place, il utilisa le manche comme levier. Il y eut un craquement de bois brisé et la porte s'ouvrit dans des éclats de bois arraché.

- Vite ! ordonna-t-il. A l'intérieur !

Mélanie se précipita la première, suivie de près par Kiyo.

- Les plus proches sont à vingt mètres ! indiqua-t-elle en passant la porte.

- OK, répondit-il en refermant la porte derrière eux. Bloquez l'entrée avec ce que vous pouvez. Ils arrivent ! Vite !

***

Centre de Paris, 24 juin

L'adjudant et les deux femmes se retrouvèrent dans une petite entrée qui donnait sur un salon minuscule. La tapisserie à grosses fleurs était vieille et jaunie, les rideaux épais et le mobilier démodé. Un bouquet sec trônait sur une table. C'était le logement d'une personne âgée. Les deux femmes s'adossèrent à la porte pour la renforcer pendant qu'il cherchait autre chose. Les infectés n'étaient pas encore là, mais les premiers coups contre la porte ne tarderaient pas.

L'adjudant parcourut méthodiquement le salon, la cuisine microscopique et l'unique chambre attenante pour s'assurer qu'ils étaient bien seuls dans le petit local. De l'autre côté de la cuisine, il aperçut une porte qui donnait sur une petite cours intérieure. Alors qu'il observait le local, des coups violents le firent sursauter. Il se tourna vers les femmes mais celles-ci secouèrent négativement la tête. Les coups venaient d'ailleurs, de l'intérieur du local ! Il écouta et les localisa. Les toilettes. Il y avait quelqu'un dedans !

Il prit la hache et fit face au petit réduit fermé au moment où les infectés arrivaient à la porte principale. Avec un hurlement, les deux femmes s'arc-boutèrent pour résister.

- Hé ! hurla l'infirmière, proche de la panique totale. Aidez-nous ! Ils sont là ! On ne tiendra pas s'il y en a d'autres !

- Une minute, répondit le soldat. Il y a quelqu'un dans les chiottes !

- Quoi ? gémit Mélanie en tournant la tête vers l'arrière.

Sans attendre, l'adjudant décida de vérifier. D'un geste, il ouvrit brusquement la porte. L'odeur de pourriture heurta l'adjudant de plein fouet. A l'intérieur, une vieille femme frappait la porte des toilettes et le son qu'elle émit lui fit penser à un cri d'animal, quelque chose de primitif et de terrifiant, l'avertissement d'un prédateur affamé.

Elle se dirigea vers l'adjudant, bouche ouverte. A peine remis de sa surprise, il prit la hache et frappa du manche la cage thoracique de la femme. Celle-ci émit un râle de protestation et se plia en deux mais continua à avancer pour sortir des toilettes. Il recula d'un pas et reproduisit le geste en y mettant plus de force. Cette fois, la femme tomba à genoux et perdit au passage une charentaise à carreaux. A terre, la vieillarde continua à gronder et à avancer à quatre pattes vers lui. A nouveau, il dut reculer.

- Qu'est ce que vous faites ? hurla Mélanie à cet instant. Magnez-vous ! Ils sont nombreux dehors ! J'en peux plus !

- Ne lâchez pas, Mélanie, encouragea Kiyo d'une voix tendue.

La tête tournée vers l'entrée, le soldat sentit quelque chose agripper son pantalon. Les doigts décharnés de la vieille femme serraient son mollet. Sans hésiter cette fois, il leva la hache et l'abattit brutalement contre la tempe de la vieille femme. La violence du choc la propulsa à l'intérieur des toilettes. Sa tête heurta violemment la cuvette et elle resta immobile, le sang coulant sur le mélaminé du sol.

Sans attendre, l'adjudant retourna à la porte d'entrée pour aider les deux femmes qui essayaient de refermer l'entrebâillement de la porte. Plusieurs bras sanguinolents s'étaient déjà infiltrés entre la porte et le chambranle et cherchaient à les attraper. Avec fureur, il abattit plusieurs fois le lourd outil sur les bras qui se tendaient et bougeaient comme des serpents. Des bras tombèrent comme des branches mortes puis les assaillants refluèrent.

- Refermez la porte ! Vite !

Les femmes s'exécutèrent. La porte se referma dans un

claquement sonore mais les coups de hache de l'adjudant avaient détruit une partie du chambranle et la porte ne fermait plus. Il fallait la bloquer avec quelque chose.

- Ça recommence ! cria Mélanie en résistant à une nouvelle volée de coups contre la porte. On ne tiendra pas longtemps comme ça !

L'adjudant posa la hache contre un mur et retourna dans la cuisine. Il fouilla le local des yeux à la recherche d'un objet utile. *Le réfrigérateur !* Utilisant toute sa force physique, il fit sortir le gros appareil de son logement, le débrancha puis le fit glisser vers la porte.

- A trois, ordonna-t-il, vous vous écartez et je bascule le frigo contre la porte.

- Compris, fit Mélanie. A trois.

- Un… deux… *TROIS !*

Les deux femmes s'écartèrent en même temps et, sous l'impulsion du soldat, le frigidaire bascula lourdement contre la porte. Le gros objet se retrouva coincé en formant un angle, deux pieds sur quatre en l'air.

- On doit bloquer les pieds pour l'empêcher de bouger ! ordonna l'adjudant.

Des yeux, il repéra un vieux coffre dans le salon. Il demanda aux femmes de prendre sa place contre le frigidaire le temps d'aller chercher le coffre. Il le traîna jusque sous les pieds du réfrigérateur et bloqua le tout contre la porte. Satisfait, il se redressa et fit signe aux femmes de quitter l'entrée et de le rejoindre. Avec prudence, elles lâchèrent la pression et reculèrent. La porte résonna des coups des infectés, le réfrigérateur bougea et tressauta mais il resta en place.

- Ça tient ! constata l'adjudant avec un soupir de soulagement.

Alors qu'il faisait un pas en arrière, il sentit quelque chose agripper son pantalon. Mélanie poussa un cri et Kiyo eut un haut le cœur. Surpris, il se retourna et reconnut la vieille femme. Au sol, une traînée sombre la reliait au petit réduit. Elle était sortie des toilettes en rampant !

- Putain de… jura le soldat sans pouvoir finir sa phrase.

- Tuez-là ! lança Mélanie d'une voix paniquée. Elle est infectée ! On ne peut plus rien faire pour elle !

A contrecœur, le soldat leva la hache dans les airs. Il hésita une fraction de seconde, bras levés, l'instrument de mort prêt à retomber. Il l'imagina avant l'infection.

Une grand-mère appréciée de l'immeuble, une mamie qui

attendait le week-end avec l'espoir d'accueillir ses petits-enfants. Une vieille dame avec une existence bien remplie, des souvenirs et quelques bribes d'espoir...

Mais aujourd'hui, plus sale qu'un rat d'égouts, plus pestilente qu'un bousier, plus agressive qu'un pitbull, elle était celle par qui la mort arriverait si elle restait en vie.

Il la décapita d'un puissant coup de hache puis regarda le cadavre qui tressaillait nerveusement, un pied encore calfeutré dans une charentaise élimée. La vieille dame ne souffrait plus. La mort lui avait rendu sa dignité.

Malgré les coups contre la porte, l'odeur pestilentielle de l'appartement et les gémissements incessants, l'adjudant se laissa tomber par terre. Il était écœuré par ce qu'il venait de faire même si son esprit affirmait que c'était la seule chose rationnelle à faire. Il se cala contre un mur et se prit la tête dans les mains. Un tambour cognait dans son crâne. Du bout des doigts, il se tâta prudemment la tête et découvrit qu'une plaie s'était rouverte. Il attendit que le tambour ralentisse avant de se relever. Les infectés continuaient à tambouriner contre la porte d'entrée et les deux femmes, ruisselantes de sueur tendaient leurs visages inquiets vers lui dans une interrogation silencieuse. Les soins attendraient.

- On n'a pas le temps de s'arrêter ! fit froidement Mélanie. Les zombies sont de l'autre côté ! Si on reste ici sans rien faire, ils finiront par entrer et nous tuer !

- Mélanie, interrompit Kiyo d'une voix posée, nous survivons ensemble depuis l'hôpital. Il a été blessé à la tête... Laissez-le récupérer deux minutes. Ce n'est pas grand chose mais ça peut faire la différence plus tard.

Mélanie était visiblement épuisée et proche de la rupture nerveuse.

- Pourquoi est-ce que vous ne m'écoutez jamais ? râla-t-elle avec humeur.

- Mélanie, baissez d'un ton ! glapit l'adjudant.

- OK, ça va, j'ai pigé ! s'écria la jeune femme en laissant Kiyo seule à veiller sur le frigidaire.

Elle traversa le salon d'une traite et se dirigea vers la porte qui donnait sur la cour intérieure.

- Vous faites ce que vous voulez mais moi je me barre ! Je veux rentrer chez moi, pas rester une minute de plus dans une chambre de merde avec un cadavre de vieille femme et des zombies qui essayent de défoncer cette saleté de porte ! On va tous y rester !

Kiyo quitta sa position et se plaça entre la porte et Mélanie.

- Mélanie, fit-elle. Vous êtes fatiguée, vous avez peur et vous ne pensez plus rationnellement. Tout à l'heure dans la rue, vous ne vouliez pas vous déplacer pendant la nuit. Maintenant vous voulez continuer ! Tout ce que nous pensons en ce moment est pollué par nos émotions. Surtout, nous devons réfléchir froidement, éviter de prendre des décisions quand nous avons peur ou faim… Je vous en prie ! Nous devons rester ensemble, c'est la seule façon de survivre.
- C'est ça. Eh bien pour moi, c'est tout vu. Je saurai m'occuper de moi-même ! Ciao !

Elle gagna la porte et écarta Kiyo sans ménagement avant de sortir dans la cours en claquant la porte derrière elle.

***

BA-113, Saint-Dizier, 24 juin

Les yeux de Mack se posèrent sur les infectés qui erraient au-delà de la ceinture de barbelés de la base. Le vent doux et chaud apportait les effluves putrides de la chair ravagée des infectés et leurs cris plaintifs. Comme tout le personnel de la base, il commençait à s'habituer à leur présence mais la puanteur restait difficile à supporter. Il posa brièvement la main sur son kit de protection NRBC, un étui accroché à sa ceinture qui contenait le nécessaire à utiliser en cas d'attaque ennemie : masque à gaz, pastilles de traitement des pollutions chimiques, une seringue et plusieurs produits à injecter contre des infections bactériologiques spécifiques.

La nuit précédente, lorsque les premiers infectés étaient apparus autour de la base, le commandement avait déclenché l'état d'alerte NRBC et le personnel avait été contraint de porter les masques à gaz et les combinaisons spécialement étudiées pour les protéger des bactéries présentes dans l'air.

Sceptique comme beaucoup, Mack avait été réticent à les revêtir car l'expérience montrait que le Fléau d'Attila ne se transmettait pas par l'air, comme le prouvait le fait que Lupus n'ait pas été contaminé lors de son escapade chez lui. Physiquement, Lupus était en forme, mais son état psychologique n'incitait pas à l'optimisme. Depuis son retour, il était cloîtré dans le bâtiment sommaire qui servait d'abri collectif. Lorsqu'il en sortait, c'était pour s'éloigner des autres et passer du temps seul sous un arbre, assis dans l'herbe. Par pudeur, les pilotes de l'escadrille le laissaient tranquille mais Mack était inquiet. S'il continuait à s'isoler et à refuser la nourriture, il finirait par avoir des ennuis avec le médecin militaire et les autorités. Il était Drille, après tout ! Malgré son état, ses responsabilités vis à vis de ses hommes restaient les mêmes. A ce rythme, il pouvait être suspendu de vol malgré la menace et le besoin en pilotes de chasse.

Le personnel de la base s'attendait à passer à tout instant à l'étape 3 du Plan Stratégique, l'offensive aéroterrestre contre les infectés à l'aide d'armes conventionnelles.

Dès le passage à l'étape 3, la base se transformerait en véritable ruche. Il fallait que Lupus soit rétabli à ce stade. Inutile d'ajouter au traumatisme de la perte de sa famille la honte d'une mise à l'écart militaire.

Inévitablement, ce qui était arrivé à la famille du pilote avait renvoyé ceux qui l'avaient appris à leur propre sort. Le commandement de la base avait rejeté en bloc toutes les demandes de permission. Il y avait eu beaucoup de mauvaise humeur, la tension et l'inquiétude étaient montées en flèche, mais l'arrivée progressive des infectés autour de la BA-113 avait ramené les esprits au calme en leur offrant un nouveau sujet de réflexion. *La base allait-elle tenir ? Et si elle tombait, comment allait-on survivre ? Quelles étaient les meilleures stratégies à adopter en groupe et individuellement au cas où les infectés parviendraient à franchir les clôtures barbelées ?*

Mack arrêta le cours de ses pensées. Trop pessimistes... et il avait soif. Il décida d'aller faire un tour au bar de l'escadron. L'eau était déjà rationnée. Restaient les alcools forts et la bière. Peut-être y avait-il encore moyen de s'en procurer. Une bière fraîche était ce dont il avait le plus besoin en cet instant.

Il se dirigea lentement vers le bâtiment moderne affecté à l'EC-1/7, entra par une porte et gagna rapidement le premier étage. Dans les couloirs, il croisa des pilotes en tenue de combat, du personnel non navigant et des civils affectés au Ministère de la Défense.

- Comment va Lupus ? lui demanda une secrétaire caporal-chef à chignon, l'inquiétude perçant dans la voix.

Il se contenta de hausser les épaules avec fatalité. Elle comprit et reprit son chemin.

D'autres personnes lui posèrent la même question. L'Armée de l'Air cultivait l'excellence et la compétition entre ses propres pilotes mais elle constituait aussi une formidable famille où le respect, la collaboration et l'entraide régnaient. L'Escadron de Chasse 1/7 Provence ne dérogeait pas à la règle et le sentiment d'appartenance à une unité soudée et cohérente était réel. L'Esprit de Corps imprégnait les relations entre les hommes.

Un message radio, diffusé par les haut-parleurs, stoppa Mack.

- A l'attention des chefs d'escadrille. Réunion d'information prioritaire en salle d'opérations à 11:30. Je répète…

En tant que patron de la SPA-15, Lupus était concerné. Il devait se rendre au briefing annoncé. Mack rebroussa chemin pour aller le chercher. Il ne le trouva pas dans le bâtiment où il logeait d'habitude et Mack repensa à l'arbre solitaire sous lequel il l'avait vu. Il ressortit du bâtiment et avança en direction de l'arbre.

Au loin, des coups de canons et des rafales d'armes automatiques retentirent.

Pourtant, le vent d'été courbait doucement l'herbe haute, il faisait bon, pas plus de vingt-cinq degrés. La terre exhalait ses senteurs chaudes. Ça et là, des fleurs parsemaient le sol. La nature poursuivait son cycle immuable, inconsciente du drame humain qui se jouait. C'était le temps idéal pour nettoyer la voiture, couper le gazon ou faire des travaux domestiques.

L'horreur de la situation le frappa de plein fouet : il n'aurait peut-être plus jamais l'occasion de s'adonner à ces activités… Pire, où était sa compagne ? Que devenait-elle ? Était-elle en sécurité, ou avait-elle subi le même sort que la femme de Lupus ? Ce qui était arrivé avait ébranlé la conscience collective du personnel de la base. Cette crainte s'était ajoutée à la tension que les infectés apportaient en parvenant à proximité de la base. Ne pas savoir était un poison puissant et corrosif.

Il trouva Lupus à l'ombre de l'arbre, vêtu de sa combinaison dont le haut était retourné sur les jambes. Il était adossé au tronc, immobile, les yeux fermés.

- Hé Lupus ! fit-il en l'apercevant de loin.

Lupus tourna la tête et esquissa un sourire en le reconnaissant.

- Dis-donc mon grand, continua Mack en arrivant à sa hauteur, on dirait que tu es à fond ! Désolé de t'interrompre, mais les chefs d'escadrille sont conviés à un briefing chez le colon à 11:30 pétantes. *Tous* les Drilles, tu saisis ?

Mack se laissa tomber à côté du pilote et appuya son dos contre l'arbre pour observer les alentours. Lupus avait bien choisi le lieu, au calme et à l'écart de l'agitation ambiante.

- Jamais eu l'intention de me défiler, Mack. Tu as fait le déplacement pour me dire ça ou il y a autre chose ?

Le navigateur s'éclaircit la voix.

- Je voulais aussi être sûr que tu vas bien. Sincèrement.

Lupus ouvrit les yeux et tourna la tête vers son coéquipier.

- Mack, j'ai tout perdu. Tout ! Tout ce qui faisait ma vie est parti en fumée. Ma femme, ma fille, et tout le reste. J'ai tout perdu parce que des enfoirés ont tiré le peu d'objets de valeur qu'on avait. Ils les ont tuées pour du… du *matériel*.

Mack détourna le regard. Les paroles du pilote résonnaient en lui. La même chose pouvait arriver à sa compagne et, pour ce qu'il en savait, c'était peut-être déjà arrivé.

- J'aimais Aurélia comme ma propre fille, murmura-t-il en posant une main sur l'épaule de son ami. Tu le sais. Mais la peine et la colère ne la feront pas revenir. N'abandonne pas. Il reste tant de choses à faire, ici et maintenant. C'est là, tout autour de toi.

- Ah oui ? Désolé, je ne vois pas.

- Ouvre les yeux et regarde. L'aviation. L'amitié. Ton boulot.

Lupus fronça les sourcils. Mack avait raison. Mack et l'aviation ne l'avaient jamais trompé.

- OK, avoua-t-il. Mais j'ai mieux que ça.

- Je t'écoute.

- Les infectés. Ce sont eux qui ont tué les miens. Sans cette saloperie d'épidémie, il n'y aurait pas eu ce chaos. Les deux types n'auraient jamais mis les pieds chez moi et ma famille serait encore en vie. A défaut d'avoir quelque chose à construire, j'ai au moins quelque chose à *détruire*… Tu piges ?

Mack baissa la tête. C'était ce qu'il craignait. La haine, la soif de vengeance étaient à l'œuvre chez son coéquipier. Il suivait la logique mais ne la partageait pas. Le Fléau d'Attila était un mal contre lequel personne ne pouvait gagner. C'était une donnée de la vie qu'il fallait intégrer même si c'était insupportable. Lier l'apparition de cette épidémie à la mort d'êtres chers était certainement une manière pour le pilote de rendre leur mort moins douloureuse en désignant un coupable mais ce n'était pas la bonne démarche. Il fallait faire leur deuil.

Tant que Lupus se situerait dans la recherche d'une responsabilité à défaut d'accepter, il ne s'en sortirait pas. Un jour ou l'autre, il devrait accepter la mort des siens sans chercher de responsabilité parce qu'il n'y en avait pas. Sans deuil, il continuerait à faire fausse route et à souffrir intérieurement.

Mais il était loin d'être prêt pour le moment.

- OK, Lupus. D'accord. Ces infectés sont le problème de tout le monde maintenant. Il faudra d'abord les détruire ou trouver un remède contre la maladie. Mais ça ne durera pas. On pourra ensuite reconstruire le monde. Meilleur, si possible.

- Tu crois *vraiment* qu'on peut devenir meilleurs ?

Mack songea à ce qu'avait vécu son pilote. Une rupture humaine irréparable qui teinterait encore longtemps sa vision des choses. Il avait vu l'être humain dans sa barbarie la plus abjecte et il aurait besoin de temps pour accepter de réviser son jugement. Mais ce n'était pas une raison pour abonder dans son sens. Ce n'était pas lui rendre service.

- J'en suis sûr, Lupus, répondit-il en se redressant. Il existe de belles choses sur cette vieille planète. Comme je l'ai déjà dit, l'amitié, l'aviation… l'espoir ! L'espoir en une vie meilleure, en une nouvelle civilisation, plus solide, plus sereine. C'est vrai, notre monde s'effondre, mais tu sais, tout n'est qu'une question de point de vue. On peut voir dans cette merde une opportunité sans précédent pour reconstruire l'humanité en évitant les erreurs du passé… ou on peut y voir la fin du monde… plus exactement, celle *d'un* monde.

Lupus le regarda longuement sans parler.

- Faut y aller, fit simplement Mack devant le silence du pilote.

Malgré leur amitié, Mack vit qu'il avait en face une personne fermée. Pour la première fois depuis qu'ils se connaissaient, il ne parvint pas à franchir la barrière que Lupus avait construite autour de lui depuis le drame

Mais Lupus se redressa, enleva d'un geste les brindilles sur sa combinaison et fila vers la salle d'opérations.

A moitié rassuré, Mack le regarda s'éloigner avant de mettre à son tour le cap sur le bar de l'escadron.

***

Centre de Paris, 24 juin

Mélanie disparut en un éclair, sans se retourner.

Stupéfaits, Kiyo et l'adjudant se regardèrent en silence alors que les coups sourds et les gémissements redoublaient contre la porte de l'appartement.

Le départ imprévu de Mélanie avait le mérite d'avoir fait tomber la tension ambiante, l'inconvénient principal étant qu'elle avait contribué à exciter les infectés entassés sous le porche devant l'entrée principale.

Avec un soupir, Kiyo se rapprocha du soldat et se laissa tomber à côté de lui, face au frigidaire qui oscillait sous les chocs. Assise en tailleur, elle leva les yeux vers le plafond, ferma les paupières, et se livra à des exercices respiratoires.

- Qu'est-ce que vous faites ? demanda le soldat en la regardant.

162

- Contrôle du stress. La respiration. Elle calme l'esprit et le corps. Scientifiquement, cela m'aide à débarrasser mon sang du CO_2 qui s'y trouve et de l'oxygéner. D'où un meilleur apport d'oxygène au cerveau et aux muscles principaux, baisse de tension sanguine et sensation de relaxation dans tout l'organisme. Sans compter que cela permet d'éclaircir les idées.

- Vous m'en direz tant ! remarqua l'adjudant avec un sourire.

- Ce n'est rien d'autre que de la science ! fit Kiyo. Expliquer ce qui est compliqué avec des mots simples...

Pendant de longues minutes, les deux compagnons reprirent des forces malgré le raffut des infectés contre la porte.

- Vous entendez ? chuchota calmement Kiyo, paupières fermées.

- Quoi ? fit l'adjudant, soudain inquiet, en tournant la tête vers elle.

- Moins fort ! Parlez-moins fort et écoutez-les. Écoutez bien.

L'adjudant ferma les yeux à son tour et écouta.

- J'entends des abrutis qui râlent et qui tapent comme des sourds contre une porte.

- C'est vrai. Mais ils font moins de bruit.

- Quoi ? Vous êtes sûre ?

- Tout à fait sûre.

Incrédule, le soldat se tut et écouta attentivement. Les cris lugubres et les coups baissèrent progressivement d'intensité.

- On dirait... On dirait qu'il y en a qui se tirent ! constata-t-il avec stupéfaction. Vous entendez ça ? Ils traînent les pieds en partant !

- Oui ! confirma Kiyo à voix basse après avoir vérifié les sons par elle-même. Vous avez raison. S'il y en a moins, alors ça pourrait expliquer pourquoi les bruits diminuent.

- Exact ! enchaîna l'adjudant en chuchotant. Et ça pourrait prouver votre théorie. Ils utilisent l'ouïe et la vue pour chasser. Regardez. La porte n'a ni fenêtre ni vitre. Dès qu'ils cessent de voir ou d'entendre, ils abandonnent la chasse.

- C'est peut être une indication sur l'absence de mémoire à long terme chez les infectés. Le Fléau d'Attila pourrait très bien attaquer le siège de la mémoire dans le cerveau tout en laissant intacts les lobes utilisés pour la perception sensorielle. Dans ce cas, ce serait un agent pathogène à action très ciblée. C'est une piste qu'il faudra explorer... et c'est à retenir pour notre défense.

- Dites-donc, docteur... Ça a l'air important, votre truc !

- A long terme peut-être. Par exemple dans la mise au point d'un traitement.

Kiyo rouvrit les yeux.

- Si les infectés ne nous voient plus, continua-t-elle à voix basse, et s'ils ne nous entendent plus, le stimulus cesse d'agir. Ils utilisent donc au moins ces deux sens-là. Reste l'odorat, comme Mélanie le suggérait, ainsi que le toucher.

- Eh bien, si ça vous tente docteur, je vous laisse vérifier votre théorie toute seule. C'est pas compliqué. C'est juste de l'autre côté de la porte. Vous aurez l'embarras du choix.

Kiyo sourit à la boutade. D'un naturel optimiste, elle réalisa à nouveau la vérité d'une de ses convictions les plus intimes, un axiome fondamental de son existence : toute situation, même pénible, recelait des enseignements. Il suffisait de savoir observer et de réfléchir. Il n'y avait pas d'expérience négative, mais uniquement une façon de les vivre.

L'optimisme, elle en était convaincue, était comme le bonheur : un état d'esprit.

***

BA-113, Saint-Dizier, 24 juin

Lupus arriva rapidement au bâtiment où le briefing allait commencer. Il croisa plusieurs pilotes de son escadrille mais ne s'attarda pas. Grimpant au premier étage à petite foulée, il se rendit en salle d'opérations avec une minute d'avance.

Le lieutenant-colonel Coletti, qui dirigeait l'escadron, était déjà présent, accompagné des deux autres chefs d'escadrille et du capitaine responsable des Renseignements.

Lorsqu'il entra, les quatre hommes le regardèrent sans dévoiler d'émotion. Il salua militairement le lieutenant-colonel et ses confrères. Personne ne posa de question.

- Messieurs, fit le colonel en les regardant dans les yeux, nous resterons debout. Ce sera court.

Il gagna un gros bloc qui servait de bureau au milieu de la salle et y prit un document.

- J'ai ici, continua le lieutenant-colonel en secouant une feuille, l'ordre de notre hiérarchie de mettre en œuvre la Phase 3 du Plan Stratégique national. C'est arrivé ce matin par email sécurisé. Ne me demandez pas comment...

Les chefs d'escadrille ne cillèrent pas. Ils s'y attendaient, comme tout le monde sur la base. C'était même ce que les équipages attendaient. Le passage à l'étape 3 allait les mettre à contribution. Ils allaient passer à l'action. Fini, les exercices…

- Notre mission est double. Bombarder entre ici et la capitale, détruire au sol le plus d'infectés possible. Second objectif : relocaliser la base, les moyens et les hommes sur la BA-107 de Vélizy-Villacoublay. C'est de là que nous organiserons la contre-offensive dès que la situation le permettra. Simple supposition de ma part, mais cet ordre me faire dire qu'aucun progrès médical n'a été fait sur un traitement à ce stade…

Il marqua une pause et tendit trois documents.

- Vos ordres de mission. Lupus, votre escadrille traitera la voie directe vers Paris. La 77, la voie Nord. La 162, la voie Sud. Tout est expliqué là-dedans. A vous de vous organiser pour que tout le périmètre qui nous sépare de Paris soit nettoyé le plus efficacement et le plus vite possible. De mon côté, je vais faire le point avec le *colon* sur ce que nous devons faire pour réussir le rapatriement à Vélizy.

- C'est une zone gigantesque à couvrir, remarqua le chef de la *Croix de Jérusalem*. Les munitions, on en aura assez ?

- A disposition, sans restriction. On essaye de contacter les unités logistiques de l'Armée de l'Air pour sécuriser de nouveaux approvisionnements en matériel. En attendant, on fera avec ce qu'on a. J'attends vos plans d'action en fin d'après-midi. Attention à nos forces terrestres. Elles sont disséminées un peu partout sur le terrain. Vérifiez vos cibles avant de tirer. Vous trouverez le détail dans le dossier, avec votre ordre de mission.

Le colonel prit un paquet de feuilles couvertes de notes et de graphiques en couleurs.

- Voici le statut le plus récent sur la disposition de *l'ennemi*.

- Vous voulez dire les *zombies* ? demanda le commandant de la 77. C'est ça ?

- Vous voyez quelqu'un d'autre peut-être ? Moi non. Bon, les zones rouges représentent les endroits à forte présence d'infectés, les vertes celles où aucun cas n'a été répertorié.

Les hommes prirent leur paquet de feuilles et les parcoururent. Avec effarement, Lasalle réalisa que les quatre-cinquième du territoire étaient perdus.

- Mon colonel, demanda-t-il en épluchant le rapport, comment se fait-il qu'on ait des secteurs à forte occupation ennemie autour de Paris, de Lyon, de Toulouse alors que toutes ces villes sont loin des frontières ?

- On m'a dit que c'était le résultat d'infections qui se sont propagées en étoile depuis l'intérieur des villes. Un passager malade, infection locale, perte de contrôle et propagation au centre puis aux banlieues, qui sait... En attendant, le front de l'Est est maintenant menacé par l'arrière.

- A côté de ça, murmura Lupus, dubitatif, l'Afghanistan et la Libye, c'était du gâteau...

- Ah, j'oubliais, reprit le colonel. C'est pour cette raison que le service médical pratiquera un contrôle quotidien sur les hommes.

Le commandant de la SPA-162 'Tigre' prit la parole.

- Mon colonel, je vois sur le rapport que le sud du pays est en situation difficile. Quelles sont les unités aériennes en charge de la Phase 3 dans ce secteur ?

Le colonel se racla la gorge.

- Les Rafales et 2000 du 5/330 de Mont-de-Marsan. Les 2000B et RDI du 2/5 Île-de-France à Orange s'occupent du Sud-est entre Nice et Montpellier. Les RDI feront du *straffing* au canon de 30 et les B sont en cours de reconfiguration pour l'attaque au sol mais rien n'est garanti d'un point de vue logistique. Idem pour les 2000N d'Istres, qui vont devoir balancer des bombes de 250 kg et des GBU-12 à la place des bombes nucléaires.

Il fit une courte pause avant de reprendre.

- Je vous laisse imaginer la difficulté de ce qu'on nous demande. Tout est bon pour arrêter la menace.

- Mon colonel, fit Lupus, on ne nous a quand même pas encore demandé de refaire voler le Mirage IV et le F-84 qui servent de pots de fleurs à l'entrée de la base ?

Le colonel sourit à l'humour.

- Non. Ni d'équiper les Alphajet sous cocon pour l'attaque au sol. En tous cas, pas encore...

Les trois hommes sourirent à la plaisanterie.

- Messieurs, continua-t-il avec sérieux, je vous rappelle que l'objet de notre combat n'est rien moins que la survie de l'espèce. La notre, pas celle des éléphants de mer ou des renards argentés... La notre. L'humanité dans son ensemble, pas seulement la France ou le monde occidental. Au même titre que le gouvernement et les citoyens de ce pays encore en vie, je compte sur votre soutien total pour mener à bien votre mission.

Les commandants acquiescèrent ensemble.

- Et rappelez-vous, j'attends que vous soyez en l'air à partir de demain avec tous vos hommes. Ce sera tout. Rompez.

Les chefs d'escadrille saluèrent puis sortirent de la salle

d'opérations où ils tombèrent sur une foule de pilotes et de personnel, avides d'informations. Le commandant de la SPA-77 prit la parole en premier.

- Caporal-chef, fit-il à l'attention de la jeune femme en charge des transmissions internes à l'attention des pilotes, prévenez le personnel navigant que leurs Drilles les attendent pour un briefing à 1400.

Lupus regagna son bureau et se mit à réfléchir au plan d'action de son escadrille. Il avait de nouveau *quelque chose* à faire. Sa détermination à détruire le plus d'infectés possible s'en trouvait renforcée et il fut surpris par la facilité avec laquelle il mit en place son plan.

Restait à le faire valider par le colonel qui ne manquerait pas d'y apporter des modifications pour assurer la compatibilité finale entre les plans proposés par les escadrilles.

Avec surprise, il sentit la force revenir dans son cœur et, pendant plusieurs minutes, précieuses, il cessa de penser au drame qu'il venait de vivre.

***

Porte-avions Kuznetsov, 24 juin

Allongé sur sa couchette, bras croisés sous la nuque, Gonchakov regardait fixement un point imaginaire sur le plafond. Minuit passé, impossible de trouver le sommeil. Son esprit était saturé de pensées électrisantes. Même la vibration apaisante des turbines à vapeur retransmise par la coque et le roulis doux du bâtiment n'arrivaient pas à le calmer.

Ce déploiement en mer n'avait rien d'habituel. Appareillage approximatif, fait dans l'urgence. Équipage réduit, coursives vides, sinistres. Aucun mouvement d'avion sur le pont. Le vide sur les ondes, la neige sur les écrans. Et quand ce n'était pas la neige, c'était pire. Émissions d'urgence, reportages en direct montrant des scènes d'émeutes et de meurtres, d'incendies urbains, de forces gouvernementales casquées et armées qui matraquaient ou tiraient sur des hordes grouillantes. Toujours le même spectacle d'apocalypse, de sauvagerie, de monde qui s'effondrait. Avec les jours qui s'empilaient depuis l'appareillage, il préférait la neige aux flashes aléatoires et répétitifs qui détruisaient le peu de motivation qui restait.

La famille. Où se trouvent-ils, tous ? Sont-ils encore en vie ? Ou... sont-ils toujours humains ?

Énervé, il changea de position sur la couchette et essaya de penser à autre chose pour protéger l'énergie qui lui restait. Mais l'idée revint à l'attaque, le harcelant sans cesse.

Aucun répit à attendre de ce côté-là. Et pour couronner le tout, cette rumeur de mission mystérieuse dont on tout le monde parle à bord ! C'est quoi, ce cirque ?

Il devait y avoir un fond de vérité derrière la rumeur pour que même les marins les plus éloignés du commandement soient au courant. On parlait d'un raid aérien sur un objectif en Europe.

Si c'était le cas, quel objectif ? Et avec quels moyens ? Peu de zincs et deux pilotes étaient opérationnels, les armes disponibles en quantité limitée. Pareil pour le kérosène ! Et ces caisses mystérieuses embarquées avant l'appareillage ? On dit que c'est le FSB qui les a amenées. Qu'est-ce que ça veut dire ? Des caisses fournies par le successeur du KGB ? Si c'est en rapport avec la mission, alors ça ne présage rien de bon.

Excédé par la danse folle des pensées, il cogna du poing contre la paroi. Comme une guêpe énervée, la vision de sa famille revint à lui en force. Il avait besoin de voir clair et de trouver un but. D'un mouvement rageur, il s'assit sur la couchette, bras calés sur le bord, mâchoires serrées, les yeux fouillant désespérément la cabine. Il se rappela soudain la bouteille de vodka rangée dans le coffre sous son lit. Une seconde plus tard, il avala la première gorgée et replaça dans le coffre avant de se lever et de quitter la cabine.

Un jour viendra où même la vodka sera un luxe. Quelle misère.

Il regretta aussitôt d'avoir bu.

Idiot et irresponsable. Boire pour oublier ? Quelle connerie. Le monde ne changera pas pour autant.

Mais que pouvait-il faire d'autre ? Il s'arrêta au seuil de sa cabine et contempla la coursive déserte. D'habitude, quelqu'un traînait toujours, même au milieu de la nuit car la vie d'un bâtiment de guerre était rythmée par les quarts : travail, exercice et repos. Pendant qu'une partie de l'équipage dormait, l'autre travaillait et la dernière s'exerçait. Il fouilla ses poches de combinaison, trouva un paquet de cigarettes et se dirigea d'un pas lent vers l'extérieur en jouant avec son briquet.

Il passa un angle de coursive et fut projeté au sol par un matelot qui déboulait. Ralenti par l'alcool, il mit un instant à se relever. Furieux, il reconnut le matelot Previlich. *Transmissions. Un gars utile. Ne pas le casser...* L'homme se mit au garde-à-vous.

- Désolé, mon colonel ! fit-il d'une voix gênée. Je retournai à mon poste, je ne vous avais pas vu.

Malgré l'interdiction, Gonchakov alluma une cigarette.

- Ça va, Previlich. Repos. Ça donne quoi aux transmissions ? Du neuf ?

- Pas grand chose, mon colonel. Severomorsk émet sporadiquement. Ils essayent de rétablir la liaison avec le commandement. On a encore du *feeding* satellitaire. Des oiseaux militaires et civils pour le GPS, la reconnaissance, la *comm* et la météo. Faut en profiter avant qu'on perde le signal descendant. Les stations terrestres de suivi et de calibrage déconneront tôt ou tard, faute d'entretien. C'est juste une question de temps.

- Et les satellites de communication ? La liaison UHF/VHF ?

- Les satellites continuent de fonctionner mon colonel. Négatif pour la radio. Aucune réponse des stations terrestres. Sauf Severomorsk.

- OK. Donc si on perd le contact par satellite et radio, ce n'est pas par défaillance technique mais parce qu'il n'y a plus personne pour répondre. Correct ?

- Exact, mon colonel. Les seules émissions radio qu'on capte encore viennent des radioamateurs.

Gonchakov leva un sourcil, surpris. L'alcool faisait effet.

- Ils continuent d'émettre ? Incroyable. Et ils disent quoi ?

Previlich s'adossa à la paroi métallique de la coursive et soupira.

- Toujours la même chose, mon colonel. Ils veulent des nouvelles de leurs proches, savoir ce qui se passe ailleurs, recevoir de l'aide. Mais on ne peut rien faire pour eux. Alors on leur dit ce qu'on sait, c'est à dire pas grand chose. L'autre jour, on a même reçu un appel de Papeete. Une petite vieille, seule dans son bungalow avec vue sur la plage. Le pied. Sauf qu'elle était entourée de zombies et qu'elle parlait doucement pour ne pas être repérée. C'est sûr qu'elle a crevé depuis. On n'a plus rien entendu de sa part.

Gonchakov se frotta les tempes, tira sur sa cigarette et expira la fumée vers le matelot.

- Donc, pour résumer, on est toujours dans la merde : isolés en mer, sans nouvelle sur cette mission dont tout le monde parle, aucun contact avec l'état-major. Pour ce qu'on en sait, les extra-terrestres pourraient avoir atterri à Moscou, on serait infoutu de le savoir ! C'est l'amiral qui doit être dans tous ses états.

- Affirmatif. Ah, si. Paris est tombé il y a deux jours. Un radioamateur appelait de là-bas.

Une vision de zombies sous l'Arc de Triomphe traversa l'esprit de Gonchakov. Face à lui, l'opérateur des Transmissions enchaîna en secouant la tête, dépité.

-   … ce qui veut dire, d'après nos renseignements, qu'il ne reste plus une seule capitale sous contrôle aujourd'hui dans le monde.

Gonchakov avala l'information avec difficulté.

Washington, Paris, Londres, Beijing, Moscou, Tokyo… vaincues par la maladie. Plus personne ne résistait dans les grandes villes. Mais dans les campagnes ? En Russie, ses enfants étaient-ils encore vivants, quelque part dans la cambrousse ?

Exhalant la fumée par les narines, il songea que le monde devenait un immense terrain vague, une coquille vide, un lieu où la loi du plus fort remplaçait les structures de la civilisation.

Pas de pitié pour les faibles. Terrain idéal pour les opportunistes, les sans-scrupules. Aux petites frappes locales, le pillage des supermarchés, entrepôts, riches demeures abandonnées. Aux grands groupes, gouvernements les champs de pétrole, les réserves d'eau douce, les mines de diamant, d'or, de platine, d'uranium ou de fer laissés sans surveillance. Pour des gens déterminés, organisés et déterminés, c'était l'occasion d'en profiter. Va falloir trouver autre chose pour éviter de devenir dingue…

Il quitta le matelot et, faute de pensées constructives, se contenta de fumer sa cigarette en regardant les flots noirs de la mer depuis le bastingage glacial.

***

CHAPITRE 7

Centre de Paris, 25 juin

Kiyo Hikashi se leva avec le soleil à six heures. Avec délicatesse, elle gagna sans faire de bruit la salle de bains microscopique et s'y habilla. L'adjudant avait tenu à dormir dans la salle adjacente et elle le retrouva sur le canapé du salon, endormi. Il avait transpiré pendant la nuit et la salle sentait le renfermé.

Après avoir longtemps cherché le sommeil la veille, cloîtrés dans l'appartement du gardien d'immeuble au rez-de-chaussée de l'immeuble, ils avaient fini par s'endormir après avoir renoncé, en raison de l'épuisement, à gagner le premier étage comme l'avait proposé l'adjudant. Elle avait enchaîné les cauchemars et les rêves délirants mélangeant infectés et famille, Japon et France et s'était réveillée épuisée, la tête et l'estomac vides.

Elle se dirigea vers la cuisine. Après une brève fouille, elle mit la main sur un paquet de biscottes et des pots de confiture. Elle sortit le tout sur la table bancale de la cuisine et commença à préparer des tartines pour elle et l'adjudant. Alors qu'elle était en plein travail, elle hésita sur la boisson chaude. Elle rêvait d'une grande tasse de thé vert brûlant mais la prudence était de mise. Elle ne connaissait pas encore assez bien le mode de fonctionnement des infectés qui erraient dehors, notamment s'ils se guidaient à l'odorat. Si c'était le cas, la moindre odeur de cuisine les attirerait. Elle décida avec regret de ne rien faire chauffer.

Au bout de quelques minutes et malgré les précautions prises, le bruit du couteau sur les biscottes réveilla l'adjudant. Celui-ci se leva péniblement et la rejoignit pieds nus en se frottant les yeux. Il s'installa sans un mot sur un tabouret.

- Bien dormi ? demanda-t-il.
- Non. Et vous ?
- Connu mieux.
- Vous n'avez pas bonne mine.
- Merci, madame. J'espérais naïvement un peu de compassion de la part d'une femme aussi raffinée que vous...

Kiyo sourit à la pointe d'humour. Elle avait beau connaître les Occidentaux par ses relations de travail avec les centres de recherche du monde entier, la quasi-absence de barrière comportementale entre hommes et femmes en Occident ne cessait de la fasciner. *Cette liberté dans les relations !* Contrairement aux mœurs de la société Japonaise, la plupart des hommes qu'elle avait rencontrés en Europe affichaient ouvertement leur sensibilité et traitaient les femmes à égalité. Elle avait même noté que, dans certains cas, les femmes occidentales avaient tendance à en abuser, ce qui menait invariablement à un renversement des excès, l'homme passant au service exclusif de la femme sans forcément s'en rendre compte. Malgré tous ses efforts de volonté, elle ne parvenait pas à comprendre comment ces couples fonctionnaient tant le modèle était éloigné de son référentiel.

La boutade du soldat symbolisait l'étendue de la différence culturelle entre les deux pays. Jamais, chez elle, son mari ne lui aurait parlé de cette manière. Il l'aurait traité avec déférence mais sans rien montrer et l'humour entre hommes et femmes n'était pas une pratique en vigueur au Japon.

Kiyo ne sut comment répondre. Elle se contenta de sourire et prépara les tartines.

- Dites-donc, madame, continua l'adjudant, les yeux rivés sur les biscottes, vous en faites pour un régiment, c'est le cas de le dire. C'est pour vous, ou pour moi aussi ?

- Je n'en mangerai pas plus de deux. Le reste est pour vous.

- Sympa. Vous voulez quelque chose de chaud ?

Kiyo, à nouveau, ne sut comment répondre. Son mari, ou la plupart des hommes japonais mariés, ne participaient jamais à la cuisine, même pour faire le thé. Pour ne pas froisser l'adjudant, elle amena sa réponse sur le terrain pragmatique de la survie.

- Non, merci. C'est gentil, mais je ne crois pas que ce soit une bonne idée.

- Pourquoi ? demanda l'adjudant en se levant mollement pour aller prendre une casserole. Je vais me faire quelque chose, moi.

- Nous ne savons toujours pas comment les infectés se guident. La vue et l'ouïe, c'est sûr. Mais l'odorat ?

L'adjudant s'arrêta net, reposa la casserole et se rassit sur le tabouret. Dépité, il avala les tartines à la chaîne.

- Ah, je tuerais pour un bol de café noir !

Ils finirent le petit-déjeuner en silence. Contraints au face-à-face, l'intimité forcée leur parut plus pesante que la veille et Kiyo eut l'étrange sensation de regarder l'adjudant pour la première fois. La veille avait été une journée marathon, entièrement focalisée sur la survie, et ils n'avaient pas eu le temps d'apprendre à se connaître.

Gêné, l'adjudant se leva à la fin du repas et déposa son assiette dans l'évier vide. Sans vouloir se l'avouer à haute voix, la femme l'impressionnait. Il émanait d'elle une grâce féline, exceptionnelle, faite d'un mélange de force de caractère et de douceur féminine comme il n'en avait jamais vue. Sa propre compagne avait la même force mentale mais elle était plus masculine. Son expérience des Orientales, limitée à celles qu'il avait côtoyées lors d'opérations extérieures en Irak et en Afghanistan ou au quelques Françaises d'origine Vietnamienne ou Cambodgienne qu'il avait croisées, ne lui était d'aucun secours face à cette Japonaise qui exhalait l'intelligence et la solidité intérieure en même temps qu'une culture très différente. Il était clair qu'elle n'avait jamais vu le combat. Pourtant, elle n'avait jamais manifesté sa peur. Elle avait gardé le contrôle de ses nerfs et n'avait jamais élevé la voix, ni crié, ni pleuré.

Peu sensible à la beauté asiatique, il dut s'avouer qu'elle l'intriguait. Elle semblait faite de force et de douceur en même temps qu'elle irradiait une sorte de lumière intérieure. *Comme un phare. Une combinaison singulière chez une même femme.*

- OK, madame, fit-il à voix haute en revenant sur un terrain pragmatique. On va devoir s'y remettre. On a de la route. J'ai réfléchi cette nuit. On s'en tient au plan. Je vous dépose à l'ambassade et je continue tout seul vers Lille. Je m'arrangerai pour trouver une caisse quelque part. Au pire, je longerai les rails.

Kiyo acquiesça d'un hochement de tête et évita de regarder le soldat dans les yeux. Bien qu'inévitable, elle redoutait la séparation mais ne voulait pas l'avouer. Alors que l'adjudant gagnait la salle de bains pour se préparer, elle se dépêcha de finir son repas, mit consciencieusement la vaisselle salle dans l'évier et résista au réflexe de la laver. *Le bruit...* En femme japonaise, elle était soucieuse de propreté et d'ordre mais elle réalisa avec effroi que, dans un monde où la moindre erreur se payait durement, une chose aussi triviale que nettoyer la vaisselle pouvait conduire à la mort.

Elle vérifia une dernière fois le contenu de son sac, s'assit par terre sur ses jambes repliées en arrière et regarda le petit salon sans le voir. Ses yeux se posèrent par hasard sur un vieux téléphone à touches qui trônait sur une tablette intégrée au mat d'une lampe. Elle fronça les sourcils. Elle ne l'avait pas vu la veille. *La fatigue, sans doute.* Elle se dirigea vers le vieil appareil, hésita une seconde avant de prendre le combiné, retint son souffle puis décrocha. Lorsqu'elle entendit la tonalité par défaut du téléphone, ses yeux s'écarquillèrent.

- Le téléphone ! fit-elle à voix basse en contrôlant de justesse son excitation.

L'adjudant sortit de la salle de bains avec une serviette, torse nu, l'eau ruisselant le long de son cou. Il s'arrêta net en apercevant le téléphone dans la main de Kiyo.

- Quoi, ça marche ? Vous plaisantez !
- Non. Il y a une tonalité.

Il couvrit les quelques mètres qui le séparait d'elle et prit le combiné qu'elle lui tendait.

- Nom de... Qu'est-ce que vous attendez ? Appelez quelqu'un !

***

Bonifacio, 25 juin

Dépitée, Alison contempla à nouveau le port niché en contrebas, au fond de la crique rocheuse aux falaises verticales. Malgré la lumière qui baissait, le grossissement des jumelles multiplia la taille des détails et elle se concentra sur les restes des bateaux. Des mâts, des voiles, des éléments de structure noircis dépassaient de l'eau huileuse. Pas un seul bateau disponible... Les habitants avaient fui par la mer, laissant derrière eux un port vide. Il y avait eu des incendies. En l'absence de preuves, elle ne pouvait qu'imaginer la scène. Des fuyards terrorisés qui quittaient les voitures, remontaient la file bloquée, arrivaient au port. Vide ! La panique. La violence pour embarquer sur les bateaux qui restaient. Un tir d'arme à feu... un réservoir d'essence touché. Le feu à bord. Le bateau qui sombrait.

Plus de quarante heures d'observation depuis une maison du haut Bonifacio pour rien... Retranchée dans la bâtisse aux murs épais, silencieuse, puisant dans les réserves de nourriture et d'eau qu'elle avait trouvées sur place, elle scrutait chaque jour la rade pour vérifier l'état du port. Un bateau pouvait avoir accosté dans la nuit...

Malheureusement, rien n'avait changé depuis son arrivée. A distance, elle avait observé les réfugiés qui arrivaient par la route et leur volte-face dans l'urgence pour fuir les infectés... Certains s'en sortaient, d'autres moins chanceux ou plus faibles étaient taillés en pièces. Jour et nuit, les infectés erraient dans les ruelles tortueuses de la ville, rompant de leurs gémissements lugubres le silence sinistre des lieux.

Elle quitta son poste d'observation à la fenêtre et rejoignit le couple. L'homme et sa compagne la regardèrent en écarquillant les yeux. Elle secoua négativement la tête et détourna le regard pour éviter d'y lire la déception et l'angoisse.

Les propriétaires de la maison... à la fois ses sauveurs... et un facteur de risque considérable. Elle leur devait la vie. A son arrivée à Bonifacio, elle avait été repérée et pourchassée par des infectés jusqu'en haut de la ville. Encore aujourd'hui, elle ignorait comment elle avait pu leur échapper sans blessure. Sa seule certitude, c'était qu'une porte s'était ouverte dans une ruelle au moment où les infectés convergeaient vers elle. Elle s'était ruée à l'intérieur et s'était retrouvée parmi eux. Deux vieillards. Trop faibles pour fuir la maison.

Depuis, elle veillait sur le couple en reprenant des forces, face à un vrai dilemme. L'homme, un octogénaire, était cloué dans une chaise roulante. Sa femme, du même âge, n'accepterait jamais de se séparer de lui.

Résultat : elle ne pouvait plus fuir sans eux. C'était moralement impensable. Et pourtant, c'était objectivement la seule façon pour elle de rester en vie. Chaque jour qui passait la rapprochait du moment où elle devrait prendre une décision. C'était la raison de la veille permanente sur le port. Repérer un bateau. Attendre qu'il accoste. Organiser la fuite vers le port, l'homme sur le dos, la femme à la main. Elle avait une chance sur un million d'y arriver. Mais au moment de foncer, aurait-elle encore le courage d'y aller avec eux ?

Elle ne leur en avait jamais parlé mais elle se doutait qu'ils avaient compris son dilemme, sans pour autant l'évoquer avec elle.

Un frottement soudain contre la porte. Les gestes qui se figent le temps que les zombies passent leur chemin dans la ruelle.

Dans le silence de la maison, Alison posa le fusil sur la table principale et commença à le démonter pour penser à autre chose.

***

Centre de Paris, 25 juin

L'adjudant tendit le combiné à Kiyo et la regarda fixement, à la fois interrogateur et directif. C'était enfin une bonne nouvelle et il fallait aller jusqu'au bout : s'assurer qu'il était possible de téléphoner !

D'une main tremblante, Kiyo composa le numéro de son domicile au Japon. Son cœur cognait dans sa poitrine avec une telle force qu'elle en avait mal. Les sonneries dans le vide se succédèrent. A la sixième, elle commença à douter. Il n'y avait peut-être personne chez elle… A la dixième, elle s'apprêta à raccrocher lorsqu'une voix de femme se fit entendre.

- Appartement des Hikashi. Qui est à l'appareil ? fit la voix.

175

Kiyo fut incapable d'articuler les mots lorsqu'elle reconnut la voix de sa belle-mère, Hachijōjima.

- Grand-mère-San... fit-elle faiblement. Grand-mère-San, c'est moi, Kiyo !

La voix resta silencieuse un instant avant de parler. L'adjudant regarda la scène sans comprendre et il vit les yeux de la Japonaise se remplir de larmes. Il passa dans une autre pièce pour ne pas la gêner.

- Kiyo ? fit la vieille dame d'une voix tremblante. C'est bien toi ma fille ?

- Oui, grand-mère-San ! Je vais bien ! Je suis juste bloquée en France ! Pardonnez-moi, grand-mère-San, mais je dois savoir où est Fujitaka... et Etsukazu ?

La voix d'Hachijōjima se brisa soudain, envoyant des frissons d'appréhension dans l'échine de Kiyo. Entre les sanglots, la vieille femme parvint à articuler quelques mots.

- Mon enfant... Le monde est mort et... et eux avec ! Ah, c'est terrible... eux et mon mari ! C'est... on m'a dit qu'ils n'avaient pas souffert ! Mon fils est mort ! Et mon petit-fils ! Et mon mari aussi ! Il ne me reste plus que vous, ma fille... C'est affreux ! Je me suis réfugiée chez vous depuis le début de ces horreurs ! Mais ils sont venus plusieurs fois jusqu'à la porte et ils...

Kiyo sentit sa tête tourner violemment. Elle eut brièvement l'impression de tomber dans un gouffre noir et abyssal aux parois tournoyantes. Lorsqu'elle reprit le combiné, les phalanges de la main crispées sur le combiné, il n'y avait plus de son. Le signal était coupé. Elle fut incapable de se souvenir quand la conversation avait été interrompue, mais lorsqu'elle vit le regard soucieux du soldat posé sur elle, elle réalisa qu'elle avait du rester longtemps sans parler.

Elle distinguait mal les détails de ce qui l'entourait dans l'appartement. L'adjudant lui-même n'était plus qu'une forme déformée par les larmes. Elle ne revint à elle que lorsqu'elle eut fini de boire le verre d'eau qu'il lui mit dans la main.

Lorsqu'elle réalisa pleinement la magnitude du drame qu'elle venait d'apprendre, elle se recroquevilla sur elle-même, ramena ses jambes contre le torse et pleura en silence, la tête coincée entre ses genoux. Elle venait de perdre en même temps son fils et son mari.

L'adjudant comprit de lui-même la situation. Il prit le combiné, vérifia que le signal était coupé puis regarda de loin les épaules étroites de la femme brisée. Il ne la connaissait presque pas et ne savait quasiment rien d'elle mais la souffrance qui émanait d'elle lui ravagea le cœur comme jamais auparavant. La souffrance était

176

universelle, elle frappait de la même manière et sans distinction de nationalité. Il n'y avait pas de différence entre les gens, entre les peuples et cette réalisation soudaine acheva de renforcer sa propre conviction : il devait aider cette femme par tous les moyens. C'était une étrangère dans un pays étranger, elle était seule à présent et sans foyer, fragilisée et loin de chez elle. La seule personne qui pouvait l'aider pour le moment, c'était lui. *Oui, pour le moment, sa priorité à lui, c'était elle...*

Avec patience, malgré l'horloge murale qui poursuivait sa progression à travers la matinée, il la laissa seule et prépara des affaires. Il prit plusieurs couteaux de cuisine à lame longue dans un tiroir et les mit dans un vieux sac puis gagna la porte qui donnait sur la petite cour intérieure. C'était par là que l'infirmière s'était enfuie la veille. Il se demanda où elle était à présent et s'il la reverrait un jour. C'était peu probable et, de toute façon, c'était sans importance. Mélanie, était une femme fragile et compliquée et il avait vu, dans la façon dont elle s'était comportée avec eux, qu'elle n'était pas fiable. Personnelle et incapable de gérer son tempérament, elle était dangereuse pour le groupe et il se dit que sa fuite était finalement une bonne chose.

Il observa discrètement la Japonaise accroupie. Ses longs cheveux noirs de jais tombaient devant ses yeux, ses jambes étaient repliées contre sa poitrine et elle portait toujours ses chaussures de tennis enfantines aux pieds, celles qu'il lui avait trouvées à l'hôpital. Elle était l'image de la souffrance et de la fragilité et il détourna à nouveau le regard, le cœur gros. Il n'était pas croyant mais, pendant une fraction de seconde, il se surprit à maudire Dieu pour ce qu'il infligeait à sa création et, en particulier, à cette femme si droite et digne en même temps que fragile.

Il quitta la cuisine et vérifia la cour en passant la tête par l'entrebâillement de la porte intérieure, un couteau dans chaque main. Le sol était maculé de traces de sang séché. Il n'y avait pas d'autre porte qui donnait sur cette cour et il décida que l'accès aux étages se faisait par une autre porte sous le porche extérieur. Il se rappela de la porte principale qui fermait l'accès du porche. Comme il n'y avait aucune trace de l'infirmière, il raisonna qu'elle avait réussi à l'ouvrir depuis l'intérieur.

Mais l'avait-elle refermée ?

Pris de doute, il décida de vérifier. Il ouvrit prudemment la porte intérieure pour éviter les grincements et se glissa par l'ouverture en prenant soin d'accrocher la poignée pour éviter qu'elle ne se referme derrière lui. Un couteau dans chaque main, il gagna l'angle qui donnait sur le porche et passa la tête pour vérifier la rue.

De l'intérieur, une femme infectée se dirigeait vers la rue par le porche et approchait de la porte principale restée ouverte. *Mélanie. Elle n'avait pas refermé derrière elle...*

L'adjudant se plaqua contre le mur, les sens en alerte. L'infectée hésita devant la porte entrouverte puis s'y engagea avec maladresse. Tapi contre le mur, l'adjudant attendit en silence. La femme passa à sa hauteur sans le voir et continua vers le centre de la cour intérieure. L'adjudant la laissa avancer et se rua sur la porte qu'il referma aussitôt.

Le bruit de la porte attira l'attention de l'infectée mais l'adjudant fut plus rapide. Il se plaça derrière elle et combattit de justesse un haut le cœur face aux émanations putrides avant d'hésiter. C'était contraire au code du soldat de tuer par derrière.

- Hé, Miss France ! gronda-t-il en serrant le manche des couteaux.

L'infectée se tourna vers lui avec lenteur. Elle avait environ cinquante ans et avait du être coquette avant d'être contaminée. Elle portait les restes d'un tailleur sombre et un magnifique collier double de perles blanches autour du cou nécrosé. Ses mains et ses jambes perdaient leur peau et ce qui suintait des orifices attirait une nuée de mouches agressives. L'adjudant réalisa avec dégoût que les insectes avaient peut-être déjà pondu leurs œufs dans la chair de la femme.

L'infectée au regard vitreux fit un pas vers lui. L'adjudant l'accueillit en coupant la carotide à l'aide des deux lames. Elle s'effondra sans un mot. Il se baissa et récupéra les armes. D'un geste, il essuya les lames sur les vêtements de la femme avant de vérifier une nouvelle fois la cour intérieure, le porche et la grande porte d'entrée. Personne. Il regagna ensuite l'appartement. Il tomba sur Kiyo en entrant.

- Vous allez mieux, madame ? demanda-t-il, ne trouvant rien d'autre à dire.

Elle hocha la tête une fois en guise de réponse. Ses yeux avaient séché. Elle avait noué ses cheveux en chignon et ne souriait pas mais quelque chose dans son attitude indiquait qu'elle avait repris des forces. Il regarda sa montre.

- Il est huit heures et nous avons du chemin à parcourir. Plus vite nous partirons, plus vite nous arriverons. J'aimerais y être avant la nuit prochaine. Prête ?

Kiyo rajusta la lanière de son sac d'un mouvement d'épaule pour confirmer.

- Je me demande où sont les autres rescapés, soupira Kiyo en se préparant, ceux qui n'ont pas été contaminés. Il n'y a presque personne dans les rues...

Il était clair qu'elle n'attendait pas de réponse mais il réalisa à son tour la justesse de l'observation. Où étaient-ils ? Avaient-ils fui ou s'étaient-ils terrés comme eux dans des abris sûrs, des entrepôts, des supermarchés ? Combien en restait-il sur terre ?

- Je ne sais pas. Un conseil, madame. Vous réfléchissez trop. C'est pas le moment. Pour l'heure, on doit mettre le turbo. Je sais que vous n'avez pas l'habitude de la violence, mais prenez ça. Si vous ne le faites pas pour vous, faites-le au moins pour moi. S'il vous plait.

Il tendit un couteau par la lame. Elle le prit sans parler, le regarda avec distance puis le coinça sous une cordelette nouée autour de la taille. L'adjudant prit son sac et se dirigea vers la grande porte du porche. Kiyo le suivit sans un mot.

***

Huitième arrondissement, Paris, 25 juin

La nouvelle de ce qui était arrivé au Japon avait assommé Kiyo et l'avait plongée dans une sorte de torpeur intérieure ouatée qui la faisait vivre ses propres actes en spectatrice. Ses gestes lui semblaient lents, mal coordonnés... une sensation détestable.

Comme privée de volonté propre, elle suivit docilement le soldat, vaguement soulagée d'être prise en charge. Elle réalisa avec surprise qu'elle tenait le couteau. Il pesait des tonnes. Autour d'elle, le paysage urbain était distant, inconnu, les rues vides jonchées de détritus qui voletaient dans le vent ne signifiaient rien. *Que faisait-elle ici ?* Des ombres raidies, inconnues, étranges, convergeaient vers elle. *Pourquoi lui voulait-on du mal ?*

Au-dessus d'elle, le soleil dardait déjà ses rayons estivaux dans le ciel matinal. Malgré la fraîcheur, la main du soldat était en sueur dans la sienne. Il la tirait avec énergie.

- Vite ! gronda-t-t-il en la tirant entre des voitures pour changer de trottoir. Ils approchent... Ne me lâchez pas !

Kiyo courba la tête et, malgré sa réticence, se força à revenir à la réalité. Elle vit le premier infecté, à vingt mètres. *Un air idiot et déterminé... la puanteur... la mort.*

L'appartement était déjà plusieurs blocs derrière et ils couraient depuis vingt minutes dans les rues au milieu des vestiges d'une civilisation mourante. Leur progression était lente, les obstacles et

179

infectés nombreux. L'adjudant empruntait les ruelles pour rejoindre l'ambassade nippone, privilégiant la sécurité au temps. Elle était en nage, le souffle court et ses jambes tremblaient. Réfugiée dans la réflexion pour fuir l'horreur, elle s'efforça de suivre et de ne pas trébucher.

Les infectés constituaient l'obstacle principal. Ils avaient des gestes lents, mal coordonnés, et la maladie qui ravageait leur corps altérait la flexibilité de leurs muscles. Kiyo n'aurait pu en jurer, mais elle avait l'impression qu'ils étaient les premiers à souffrir de leur mal, incapables de bouger avec fluidité. Ce qui la frappait en particulier, c'était la vitesse de dégradation. La maladie ravageait les parties visibles du corps, visages, jambes, bras et mains en quelques jours, parfois quelques heures. Une question revenait, lancinante : si l'extérieur était attaqué si violemment, qu'en était-il des organes internes ? Et si ceux-ci se détérioraient de la même manière, le moment arriverait où un organe vital cesserait de fonctionner. Qu'arriverait-il alors ? Allaient-ils s'effondrer, conscients mais incapables de se relever ? Mourraient-ils ? Quand la phase évolutive suivante de la maladie se déclencherait-elle ? Le Fléau d'Attila sévirait-il assez longtemps pour détruire définitivement la société humaine ?

Au détour d'une ruelle, essoufflée, l'adjudant changea de trottoir. Elle leva les yeux et vit une paire d'infectés qui approchait, les yeux vitreux fixés sur eux. Kiyo stoppa net.

- Quoi, qu'est ce qu'il y a ? souffla l'adjudant, irrité par le ralentissement.

- L'infectée… Regardez-la.

L'adjudant se retourna et resta sans voix.

***

Porte-avions Kuznetsov, 25 juin

Gonchakov plia rapidement la feuille de papier en quatre et la glissa dans une enveloppe manille avec les feuillets qu'il avait écrits à l'attention de ses enfants.

Il regarda l'enveloppe et hésita à la fermer.

Ces lettres… c'était si peu de choses. Des idées, des pensées, des encouragements, quelques souvenirs.

Ses fils, un jour, auraient peut-être l'occasion de les lire et de découvrir deux ou trois choses sur leur père, cet homme sans doute devenu un étranger à leurs yeux. Il soupira. Au fond de lui, il ne croyait pas dans la probabilité que cela se réalise. Il était passé à côté de son rôle de père. *Abruti. Crétin. Égoïste.*

Il ferma l'enveloppe, la mit dans son coffre et sortit du quartier. Le cœur gros, l'esprit noyé dans la misère affective, il éprouva soudain un immense besoin de réconfort. En dehors de l'alcool et des camarades de combat, souvent pires que le mal, il n'y avait qu'un moyen d'y répondre.

Il mit le cap sur le hangar du porte-avions. En parcourant les coursives venteuses, il fut une nouvelle fois surpris par le calme lugubre du Kuznetsov. D'habitude, avec un équipage de deux mille marins, le bâtiment était une ruche. *Ce vide, ce silence...* Il n'arrivait toujours pas à s'y habituer.

S'aidant des mains et des bras pour ne pas tomber en raison des mouvements du navire, il rejoignit le hangar de stockage des chasseurs embarqués en franchissant une dernière fois l'écoutille et se retrouva dans la lumière crue des néons de la grande salle. L'odeur de kérosène, d'huile, de pneumatique, de sueur humaine et d'embruns marins lui aurait indiqué, les yeux fermés, qu'il était arrivé à destination.

Les accords agressifs d'un morceau du groupe *Metallica*, diffusés par le poste d'un mécanicien, résonnaient dans le hangar, étrangement lointains, comme inaccessibles. Des techniciens slalomaient entre les avions de combat, cherchant visiblement à noyer leur esprit dans la routine des quarts.

Il glissa sous l'aile d'un chasseur Sukhoi Su-33 *Sea Flanker* et fila vers le sien, à côté de l'ascenseur de pont. Il passa sous le ventre entre les nacelles des moteurs et caressa le fuselage. Les ailes étaient marquées d'une croix rouge à cinq pointes soulignées de blanc. Semblable à un rapace, il semblait attendre l'heure de déployer ses ailes repliées au-dessus du fuselage.

Le cockpit était fermé pour le protéger des embruns qui s'engouffraient par le côté ouvert sur la mer lorsque l'ascenseur fonctionnait.

Gonchakov avait juste besoin de voir son oiseau de proie. C'était lui qui le faisait *encore* tenir. Toute sa vie, sa vocation, se résumait au contrôle de cette machine de métal, puissante et racée. Sa passion du vol avait englouti son mariage, sa vie de famille, l'avait poussé dans les bras de l'alcool. Combien de camarades de promo y étaient restés, comme aux pires heures qui avaient suivi la chute de l'URSS...

Il lécha du regard les courbes serrées du Su-33, machine de guerre exceptionnelle malgré trois décennies de service. L'Ouest avait depuis produit des chasseurs terrestres supérieurs mais, dans l'esprit de nombreux pilotes, le Su-27 dont était issu le Su-33, version développée pour la Marine, restait une famille redoutée.

Avec plus de trente tonnes au décollage, le Su-33 était un avion imposant dont la taille se rapprochait du bombardier plus que du chasseur. Pour le propulser efficacement, deux moteurs Saturn AL-31 délivraient chacun 12,5 tonnes de poussée.

Beaucoup sur le papier, mais à peine suffisant pour faire décoller l'engin sur les quelques dizaines de mètres du pont d'envol d'un porte-avions. Une fois en l'air, cependant, le Su-33 était capable d'atteindre une vitesse de pointe qui le mettait à l'abri de la chasse occidentale.

Si le radar de bord était classique et n'offrait pas d'avantage technique sur ses opposants occidentaux, l'optronique infrarouge était un atout de taille. Grâce à elle, le Su-33 pouvait détecter des émissions thermiques jusqu'à 50 kilomètres en approche frontale et 90 kilomètres en poursuite, surclassant tous les chasseurs de l'Ouest en dehors du Raptor.

Un autre critère distinctif de l'avion était son armement mixte considérable distribué sur douze points d'emport. En configuration d'attaque au sol, il emportait autant d'armement air-air pour l'auto-défense que la charge complète de la plupart des chasseurs de supériorité aérienne occidentaux. Sans être révolutionnaire, l'armement air-air et air-sol était fiable et efficace. Les missiles air-air R-73 et R-27ER, ET, EM compensaient par leur nombre leurs limites en portée, acquisition et sensibilité au brouillage.

Maniable malgré sa taille, résistant et endurant malgré la puissance des moteurs, le Su-33 était une machine formidable, à la fois chasseur de supériorité aérienne et avion d'attaque polyvalent, capable de tout affronter. Il prit du recul et admira son avion. Les mécaniciens prirent soin de le laisser tranquille.

Rassasié, il quitta le hangar, approcha de l'ouverture qui donnait sur les flots agités et alluma une cigarette malgré les embruns. Des matelots le regardèrent d'un air désapprobateur mais aucun ne fit de remarque en voyant l'insigne de rang sur ses épaulettes.

Il finit sa cigarette et, ragaillardi par la nicotine et la présence du chasseur derrière lui, quitta le hangar par une coursive pour le mess des officiers.

***

Huitième arrondissement, Paris, 25 juin
Tournés vers l'infectée qui approchait en geignant, Kiyo et

l'adjudant restèrent sans voix.

- Mélanie ! lâcha le soldat en la reconnaissant.

Il vit la blessure profonde à l'épaule gauche. Les pourtours de l'étoffe, durcis par le sang séché, montraient les lèvres noirâtres et durcies d'une morsure comme une croûte de pain trop cuite. Il se sentit vaguement coupable. *Non ! Personne ne l'avait obligée à fuir ! Elle avait choisi seule. C'était sa décision, son destin...*

- Regardez à quoi elle ressemble maintenant ! fit l'adjudant Lesthormes en retrouvant sa voix. Une seule morsure... et voilà le résultat ! Jamais vu une maladie comme ça, aussi rapide. Et vous ?

Kiyo lâcha la main du soldat. Elle se força à étudier l'ex-fuyarde.

- Sa blessure se nécrose au niveau des lèvres. Certainement une nécrose coagulatrice à changement cytoplasmique. C'est un processus biologique normal mais ce qui ne l'est pas, c'est sa vitesse. Regardez ! Les tissus muqueux sont couverts de granulation fibreuse ! C'est déjà la phase de réparation... D'habitude, il faut une semaine pour arriver à ce stade.

- Docteur... Vous le savez aussi bien que moi... Mélanie était en bonne santé quand elle est partie ! C'était hier soir. Pas la semaine dernière !

Mélanie continua d'avancer. Il était clair à son attitude qu'elle ne les reconnaissait plus.

- Regardez-là ! enchaîna Kiyo. Vous voyez la même chose que moi ! Sa démarche rigide, ses problèmes de coordination... Les yeux vides ! Cette absence de reconnaissance et d'association... Son système nerveux central est déjà perturbé !

- Vous en déduisez quoi ?

Kiyo haussa les sourcils, perturbée par ce qu'elle voyait.

- On dirait que... que les symptômes de plusieurs maladies se retrouvent réunis ici en une seule. Et cette vitesse d'évolution des symptômes... C'est incroyable. A vue d'œil *vingt fois* la vitesse normale !

- Pas étonnant qu'ils s'abrutissent.

L'infectée avança encore. Sa démarche était moins raide que celle des autres infectés. Le souffle de Kiyo accéléra à mesure que Mélanie approchait. Au-delà du cas clinique, elle vit la mort en elle. La sienne et celle de tous les infectés. Elle combattit la pulsion qui l'incitait à fuir sur le champ. Tremblante, elle força l'analyse.

- Ses muscles sont encore souples. Cela confirme mes observations précédentes. La peau et les muqueuses du corps sont attaquées en premier. Le cerveau et les nerfs viennent ensuite.

Malheureusement, impossible de savoir pour les organes internes. Il faudrait faire des examens pour cela.

- Attention ! coupa l'adjudant en la poussant prudemment de côté. Reculez !

L'infectée n'était plus qu'à cinq mètres, le second suivait dix mètres derrière. Kiyo mordit la paume de sa main pour ne pas hurler. Contrairement aux autres infectés, il s'agissait d'une personne qu'ils avaient côtoyée. Aujourd'hui, elle n'était rien d'autre qu'une ennemie, imperméable à toute discussion, négociation, menace ou promesse. Quant à savoir si elle était guérissable, c'était une question scientifique autant qu'éthique et sociale qui, à ce stade, n'avait aucun élément de réponse.

L'adjudant approcha Mélanie. Kiyo sut qu'il allait la tuer. Malgré le danger de la situation, elle sentit les larmes monter. Mélanie n'était peut-être rien d'autre qu'une malade… dangereuse mais peut-être guérissable… plus tard, quelqu'un trouverait un remède, un vaccin… quelque chose pour lutter contre le Fléau d'Attila. Quel regard les survivants auraient-ils alors sur leurs actes ? Sur ces meurtres de… *de malades* ? Elle se sentit soudain écrasée par la responsabilité morale et lutta pour ne pas empêcher l'adjudant de mettre fin aux souffrances de Mélanie…

Devant elle, Mélanie et le soldat se faisaient face. L'infectée se jeta soudain sur lui, bras tendus, mâchoires prêtes à se refermer sur la chair. L'adjudant l'esquiva d'un pas de côté et donna un coup de hache dans son ventre. Elle tituba et regarda son nombril. Un mélange de sang et de pus s'écoula de la blessure profonde, souillant les vêtements.

Kiyo détourna le regard. Du coin de l'œil, elle vit Mélanie hésiter. *Hésiter ?*

- Regardez ! fit Kiyo d'une voix sans timbre. On dirait qu'elle comprend ce qui se passe !

- Foutaises ! répondit aussitôt l'adjudant. Elle a juste mal au bide… Elle regarde d'où ça vient…

- Non, on dirait qu'elle… qu'elle réfléchit !

- V'là autre chose ! fit l'adjudant d'une voix sourde en dévisageant Kiyo.

Sans attendre, il fit rejoignit Mélanie, courbé en deux sur le trottoir. Elle levait les yeux vers lui. Un instant, il crut discerner une forme d'interrogation dans le regard, mais l'impression fut vite balayée par le retour de la violence.

- Ne touchez pas le sang ! conseilla Kiyo en reculant de plusieurs pas.

Sans hésitation, l'adjudant approcha Mélanie et, d'un geste rapide et précis, la décapita. Il recula pour ne pas souiller ses rangers dans le sang contaminé.

- Elle a son compte, conclut-il d'une voix blanche en reprenant son couteau.

Il se redressa et enjamba aussitôt le corps pour s'occuper à la hache de l'homme qui arrivait. Tétanisée par la violence, Kiyo réalisa qu'elle l'avait occulté. Le cœur au bord des lèvres, la tête en vrac, elle s'éloigna de la scène. Elle détourna la tête. Un craquement sinistre indiqua que le drame était fini.

Le soldat essuya la lame sur les vêtements du cadavre et vérifia les alentours en parlant.

- C'était elle ou moi. Pas le choix. Il fallait que je vous protège. Lui aussi était dangereux. Ils le sont *tous*. Si vous voulez rester en vie, pas de pitié. Ce genre de faiblesse, ça finit par faire crever. Croyez-moi.

Kiyo réalisa immédiatement qu'il cherchait à justifier la monstruosité de ses actes. Elle le rejoignit et, à son tour, prit sa main pour le remettre en mouvement.

- Oui, ajouta-t-elle en puisant dans ses forces, les mains tremblantes. Ils sont tous dangereux. Chez moi, au Japon, l'impulsivité et la perte des nerfs sont vues comme des faiblesses. Vous… vous n'avez rien fait de semblable. C'était raisonné.

L'adjudant posa les yeux sur elle. Il la fixa un bref instant, troublé, avant de détourner la tête. Au loin, d'autres infectés débouchaient dans la rue. Il tendit un bras dans leur direction.

- Faut qu'on dégage. On aura des problèmes sinon.

Elle lui emboîta le pas et décida de poser la question qui la tenaillait.

- Vous avez remarqué ? On ne voit aucun survivant ici. Et pourtant, on est à Paris et il y avait des millions d'habitants avant l'épidémie. Tous n'ont pas fui à la campagne. On devrait voir d'autres survivants comme nous…

L'adjudant accéléra le pas, réfléchissant à la question.

- Non. La plupart sont *déjà* partis. L'exode commençait quand je me suis retrouvé à l'hôpital. Ceux qui restent font comme nous. Ils se planquent dans les immeubles. Ils attendent que les choses s'améliorent. Ils rationnent la nourriture. Pour les autres, qui sait ? Ils sont morts ou ils sont devenus comme eux. Des sacs de pus.

C'était ce qu'elle pensait aussi mais elle avait besoin de l'entendre. Avec l'allure, elle perdit l'envie de réfléchir et se concentra sur la course. Pendant trente minutes, ils avancèrent en silence vers l'ambassade. Les infectés les suivaient avec obstination mais cessaient de s'intéresser à eux dès qu'ils les perdaient de vue.

Lorsqu'ils décidèrent de s'arrêter, épuisés, au coin d'une rue pour reprendre leur souffle, l'adjudant la débarrassa du sac à dos et s'assit à côté d'elle sur le trottoir sale et poussiéreux. Il sortit une bouteille d'eau, remplie plus tôt. Ils la partagèrent sans un mot avant de la ranger, vide, dans le sac au moment où, au bout de la rue de Lisbonne, plusieurs silhouettes se dessinèrent à cent mètres. La distance laissait du temps pour réagir. L'adjudant vérifia le plan de circulation urbaine sur un abribus.

- Ils n'arrêteront jamais de nous suivre… gémit Kiyo, les forces comme drainées de son corps à la vue du sinistre cortège qui approchait en gémissant.

- Courage ! On approche. La rue de Lisbonne, de Courcelles et ce sera l'Avenue Hoche. Moins de cinq minutes. Je ne vous quitterai pas avant que vous ne soyez avec un membre de votre gouvernement. Après, ce sera chacun pour soi. On ne change rien au plan initial. Toujours d'accord ?

- Oui. Merci pour tout ce que vous avez fait pour moi. Vous n'étiez pas obligé…

- C'est mon défaut, répondit l'adjudant avec un large sourire, je m'occupe souvent de ce qui ne me concerne pas ! Ce serait sympa que vous répétiez ça à ma moitié un jour, juste pour lui ouvrir les yeux ! Mais pour le moment, gardez vos remerciements. On verra ça quand vous serez en sécurité. OK ?

- Elle hocha la tête pour le rassurer.

- Génial ! Vous savez quoi ? Vous êtes un sacré bout de femme. Toute frêle, menue comme un oiseau. En plus, étrangère et intello dans un monde de brutes… vous voyez le topo ? Alors tenez-bon. Ne me décevez pas. Ce serait idiot d'échouer si près du but.

Kiyo s'épongea le front d'un revers de la main. Elle sentait les cernes sous ses yeux.

- Physiquement, ça va. Mais moralement…

L'adjudant ne releva pas l'allusion indirecte au drame qu'elle venait de vivre. Tant que les fugitifs étaient dans l'action, ils trouveraient l'énergie nécessaire pour survivre mais le moindre relâchement se traduirait par le retour de la conscience et un découragement qui mettrait du temps à s'atténuer. A défaut de pouvoir l'aider, il opta pour l'action.

- En route ! ordonna-t-il. Pas question de servir de déjeuner à ces tas de merde.

Ils se redressèrent, ajustèrent leurs sacs à dos et reprirent la course à petites foulées, remontant les rues vides au milieu des véhicules abandonnés. Ils arrivèrent au croisement de la rue Courcelle. Avec prudence, l'adjudant se posta à un angle et vérifia l'ambassade du Japon, cent mètres plus loin, à droite. Une centaine d'infectés erraient sur l'avenue, bras ballants, bouche ouverte, des fluides s'écoulant des orifices. Ils se déplaçaient sur l'asphalte et les trottoirs, passant avec lenteur de l'ombre des arbres à la lumière crue de juin. La rue toute entière disparaissait derrière des vagues humaines. Une odeur de viande pourrie plombait l'atmosphère. Un bref instant, il sentit ses forces quitter son corps. *Si nombreux...*

- Quelle que soit l'option, fit-il, on n'a pas le choix. On va devoir passer au milieu. Le chemin de droite va direct à l'ambassade. Et c'est le moins peuplé. On doit faire fonctionner nos atouts. Cerveau et vitesse. Vous êtes prête ?

Il sentit Kiyo contre lui, tremblante des pieds à la tête. Derrière elle, une vingtaine d'infectés approchaient. Cela faisait un moment qu'ils les avaient sur les talons et, depuis leur arrêt, ils gagnaient de la distance. Il fallait bouger...

- Cent mètres... murmura-t-il. A peu près autant d'infectés sur le chemin. N'arrêtez pas de courir si vous voulez vivre !

Kiyo approuva de la tête.

- Autre chose, continua l'adjudant, déjà prêt pour la bataille. On s'en sortira mieux si on y va l'un derrière l'autre. J'ai besoin de mes deux mains pour la hache.

- Ça ira pour moi. Ne vous en faites pas.

L'adjudant scruta le visage impassible de la Japonaise. En dehors de quelques gouttes de sueur, rien n'indiquait l'étendue de sa panique intérieure et il ne put s'empêcher d'éprouver de l'admiration. Il serra une dernière fois sa main, prêt à bondir. Derrière eux, les infectés de la rue de Lisbonne gémissaient de plus en plus fort.

- Ces cons-là vont attirer ceux de l'avenue Hoche ! jura l'adjudant.

Kiyo regarda dans la direction indiquée. L'adjudant avait vu juste. Les infectés les avaient aperçus. Ils étaient pris entre deux groupes. La situation s'aggravait rapidement.

- On y va ! ordonna le soldat en bondissant droit devant lui.

Le cœur battant, Kiyo suivit immédiatement, obligeant ses jambes cotonneuses à obéir. Devant eux, tel un barrage humain, des dizaines d'infectés convergèrent vers eux de manière non-coordonnée, laissant des poches vides entre eux. Sans capacité de structuration des actes, ils ne construisaient rien, il n'y avait aucune stratégie, juste le besoin de les attraper. L'adjudant avait compris l'avantage à en tirer et progressait d'un vide à l'autre, frôlant les bras et les corps tendus. Il donna des coups d'épaule et de hache pour se frayer un passage, Kiyo sur les talons, incapable de penser rationnellement.

Ils parvinrent à l'angle des rues Courcelle et Murillo, à cinquante mètres de l'ambassade sans pouvoir l'apercevoir. Elle était cachée par la façade des immeubles de la rue Courcelle. Elle était juste derrière, à portée de main.

Les infectés débouchaient de la rue Murillo et se déversaient dans la rue de Lisbonne qu'ils avaient quittée quelques instants auparavant.

- Ne ralentissez pas ! hurla l'adjudant en évitant un nouveau groupe d'infectés. Restez avec moi !

Kiyo, le souffle court, s'efforça de coller le militaire mais, moins rapide, elle perdit du terrain. Les infectés convergeaient et comblaient les zones clairsemées. *L'ambassade... derrière l'angle... Vingt mètres...*

L'adjudant s'engouffra dans une nouvelle zone clairsemée en forme de corridor et s'apprêta à contourner l'angle des murs lorsque soudain, Kiyo vit avec horreur le couloir se refermer devant lui, prenant au piège le soldat à la hache.

***

Huitième arrondissement, Paris, 25 juin

Les muscles tremblants, incapable de penser, Kiyo agrippa le pantalon du soldat pour ne pas le perdre. Elle avait toujours le couteau de cuisine en main mais pas la volonté de s'en servir.

Elle n'avait jamais fait de mal à quiconque, pas même à un animal. Ce qui arrivait était tellement horrible qu'elle n'arrivait pas à reprendre le contrôle de ses nerfs.

Le soldat fit un bond de côté pour tenter de passer entre le mur de l'immeuble et les infectés les plus proche. D'un violent coup d'épaule, il projeta un infecté contre le trottoir mais quatre autres lui barrèrent le chemin.

Il finit par ralentir en voyant que ses tentatives de libération échouaient. En sueur, le souffle court, il ouvrit le chemin dans la foule à coup de hache, taillant et sectionnant les membres. L'effort finit par payer et une ouverture se dessina brièvement dans la foule des infectés qui convergeaient, toujours plus nombreux.

- Allez-y ! hurla-t-il. *Vite !*

Sans réfléchir, obéissant uniquement à l'instinct de survie, elle le lâcha à contrecœur et courut droit devant elle, bousculant un vieux couple ravagé derrière lequel s'ouvrait une étendue dégagée.

Elle prit de la vitesse et courut vers l'angle de la rue Courcelle et de l'avenue Hoche. L'ambassade se trouvait derrière et la perspective lui redonna du courage. Elle n'était pas immédiatement menacée par les infectés et elle décida de risquer un coup d'œil en arrière vers l'adjudant.

Ce qu'elle vit la glaça jusqu'aux os.

Entouré d'infectés, semblable à un arbre immergé, le soldat combattait de toutes ses forces. La lame rouge de la hache décrivait des mouvements rapides dans l'air et fauchait les infectés comme des épis de blé. Mais une véritable marée approchait de lui avec résolution, remontant la rue.

- Sauvez-vous ! hurla-t-il au milieu d'un tonnerre de gémissements sinistres. C'est râpé pour moi !

Un instant tétanisée par la scène, elle fut pourtant remise en action par un cri rauque du soldat.

Sans réfléchir, elle se précipita vers lui, utilisant pour la première fois son couteau pour frapper les infectés les plus proches. Avec stupeur, elle réalisa à quel point l'acte était facile. La lame s'enfonça facilement dans les chairs jusqu'aux os. Sous ses coups, plusieurs corps s'écroulèrent mais le flot des infectés était tellement dense qu'elle eut la sensation que ses efforts ne lui permettraient jamais d'atteindre le soldat.

Les infectés semblaient avoir compris que l'adjudant était à leur portée car ils ne s'intéressèrent pas à elle.

- Non ! Je suis là. J'arrive… Tenez bon !

- Barrez-vous ! Vous devez… ah… *survivre* ! Cherchez ! Sauvez ceux qui restent ! Vengez ceux qui sont m…

Tremblante de tout son corps, elle assista impuissante à sa mort.

A travers la masse grouillante de bras, de jambes, de torses et de têtes, il s'effondra, vaincu par le nombre, comme un rocher submergé par les vagues.

Une infectée referma ses mâchoires sur la jugulaire. La hache tomba des mains du soldat avec un son métallique.

Il repoussa la tête de la femme, la fit reculer mais elle roula en arrière en emportant un morceau de cou entre ses mâchoires. Il frappa des poings malgré le geyser rouge qui jaillissait par saccades de sa gorge déchirée mais ses coups perdirent de leur puissance.

L'homme qui l'avait protégée dans Paris disparut pour de bon dans le fouillis des corps.

Des doigts et des ongles agrippèrent son corps et déchirèrent sa chair, ses vêtements, exposèrent les os, arrachèrent la peau.

Le souffle court, les pupilles dilatées, elles perçut les bruits, la frénésie et la détermination de la horde d'infectés comme si elle avait été une journaliste animalière assistant au banquet d'une horde de hyènes acharnées sur un gnou dans la savane. Elle sentit son estomac remonter. Un spasme violent ne lui permet d'expulser qu'une faible quantité de résidus.

Alors qu'une poignée d'infectés se détournaient du cadavre et braquaient leurs yeux sur elle, l'instinct de conservation finit par prendre le pas sur l'intellect et la remit en mouvement.

Elle recula pour s'éloigner de la scène et éviter que les infectés ne l'approchent. L'estomac noué, elle se retourna et courut en direction de l'ambassade, passa enfin l'angle de l'avenue Hoche et vit immédiatement le drapeau nippon sur le bâtiment. Elle bifurqua le long du trottoir et, en quelques secondes, se retrouva devant l'ambassade.

La porte double de l'entrée était ouverte. Autour, attirés par le bruit et le mouvement, les infectés se mirent à converger vers elle. Elle n'avait qu'une poignée de secondes pour se mettre à l'abri. *La porte ouverte. Mauvaise nouvelle. Il y a certainement des infectés à l'intérieur.* Alors que les gémissements lugubres se multipliaient autour d'elle, elle passa en revue ses options. Continuer à fuir seule ou tenter sa chance dans le bâtiment.

Elle jeta un rapide coup d'œil circulaire à la masse des infectés qui remontaient les rues vers elle et décida qu'elle n'avait aucune chance seule. *Trop fatiguée, terrorisée, sans arme, sans protection.* Elle se propulsa d'instinct vers la porte qu'elle referma immédiatement derrière elle et laissa échapper un juron lorsqu'elle ne trouva pas les clefs pour actionner la serrure. Pressée par les infectés qui approchaient, elle n'insista pas et estima que leur absence quasi-totale de pensée structurée était peut-être son meilleur atout : un enfant était capable d'utiliser une poignée, ce serait plus dur pour eux.

Malgré la panique qui la submergeait, elle décida de rester dans le hall pour vérifier son intuition. Les infectés se massèrent rapidement devant les portes, les yeux braqués sur elle, et martelèrent les vitres pour entrer dans le bâtiment. La poignée resta en position. A moitié rassurée, Kiyo traversa le vestibule et gagna l'escalier d'incendie par une porte coupe-feu qui ouvrait sur des escaliers. Dès qu'elle se referma, l'obscurité quasi-totale qui régnait dans les escaliers l'obligea à ralentir, les sens en éveil.

Malgré les battements de son cœur, elle dressa l'oreille et huma l'air à la recherche d'indices d'une présence autre que la sienne mais ses oreilles ne distinguèrent aucun son, son nez ne renifla aucune puanteur suspecte et elle décida de gravir les escaliers dans le noir, marche après marche, couteau pointé vers l'avant. Elle ruisselait de sueur et les gouttes brûlaient ses globes oculaires comme de l'acide. Son sac à dos, bien que léger, pesait des tonnes sur ses épaules.

Lorsqu'elle estima être arrivée à mi-hauteur de l'escalier, elle fit une pause pour écouter.

Toujours le martèlement des poings contre les vitres et les gémissements des infectés. Ils n'étaient apparemment pas parvenus à entrer.

Les bruits s'espacèrent puis cessèrent. Comme elle l'avait pressenti, l'absence de stimulus physique, son ou mouvement, ôtait tout intérêt chez les infectés.

Restait à savoir maintenant si elle était seule dans le bâtiment.

Épuisée physiquement et psychologiquement, affamée, assoiffée et complètement seule dans un environnement cauchemardesque, elle ne se sentit pas la force de continuer et se mit à pleurer silencieusement dans les escaliers.

Malgré la tension et la menace omniprésente, elle finit par succomber à la fatigue dans l'obscurité.

***

Ambassade du Japon à Paris, 8ème arrondissement, 26 juin

Kiyo se réveilla à six heures. Les premiers rayons de soleil filtraient par les fenêtres de l'ambassade. Elle se redressa, les sens en alerte, et écouta, cherchant à s'assurer que les locaux étaient déserts. Sa main se referma d'elle-même sur le manche du couteau de cuisine. Elle tremblait. *Déjà...*

Elle se redressa doucement, les muscles endoloris par la nuit passée dans les escaliers. Elle avait le ventre vide et mourait de soif. Elle arpenta les couloirs vides en direction de la cuisine et fouilla le petit frigidaire. Elle y trouva des pommes et des tomates qui commençaient à se gâter. Avec dégoût, elle les sortit, les éplucha et en fit son petit-déjeuner. Malgré l'odeur rance qui s'en dégageait, elle avait besoin de vitamines. Elle songea que le temps viendrait où les fruits et légumes frais seraient un luxe pour lequel les gens s'entre-tueraient.

Avec la nourriture, elle sentit qu'elle reprenait des forces et elle se mit à penser à ce qu'elle devait faire en priorité. La première urgence était de bloquer les portes du rez-de-chaussée pour empêcher les infectés d'entrer. Elle avait besoin des clefs de l'ambassade pour y arriver. Ensuite, éliminer les infectés qui s'y trouvaient. C'était l'étape la plus dure. *Tuer des infectés... des malades !* Enfin, fouiller les locaux pour rassembler ce qui pouvait être utile.

Rassasiée, elle se mit à l'œuvre et passa sans succès une partie de la matinée à chercher les clefs. Dans le désordre ambiant, elles pouvaient être n'importe où... A sa grande surprise, elle ne croisa que quatre infectés, ex-employés de l'ambassade. Une femme dans un bureau au deuxième, incapable de sortir d'elle-même de son bureau fermé, trois autres dans les étages supérieurs. Malgré le couteau, Kiyo refusa de les affronter. Elle ne s'en sentait pas la force et ils ne la menaçaient pas directement. Elle se contenta de les enfermer où ils se trouvaient et décida d'abandonner l'idée de retrouver les clefs. Elle descendit prudemment au rez-de-chaussée et réévalua la situation.

Le niveau était vide mais les portes étaient ouvertes. Dehors, des infectés passèrent sans la voir. Elle attendit une accalmie dans le flux et, rassemblant son courage, se mit à l'œuvre. Faute de clefs, elle bloqua les portes à l'aide de pots de fleur et de meubles divers. Inévitablement, le bruit attira les infectés. Séparée d'eux par des baies vitrées, elle les vit tambouriner de leurs poings gras contre le verre. Le cœur battant, elle se hâta de finir le barrage improvisé. Malgré la violence des coups, le verre tint bon.

Épuisée par les efforts, elle remonta au premier étage pour les observer.

Petit-à-petit cependant, ils perdirent leur intérêt pour le bâtiment et retournèrent dans la rue où ils s'éparpillèrent.

***

192

CHAPITRE 8

Nord de Porto-Vecchio, 29 juin

Allongée derrière un amoncellement de rochers poncés par le reflux de la mer, Alison attendit que le trio d'infectés ait quitté la plage et gagné les arbres pour se relever et reprendre sa marche vers le nord de l'île en longeant le rivage.

Ce n'était pas seulement le poids du paquetage qui pesait sur son dos. Les souvenirs récents. *Atroces. La mort des deux petits vieux trois jours plus tôt. Rien pu faire.*

Elle s'était absentée pour chercher de la nourriture dans les maisons adjacentes. Un de ses hôtes -elle ne saurait jamais lequel- avait mal refermé la fenêtre par laquelle elle était sortie. Les infectés étaient entrés par là, sans doute attirés par un bruit.

Lorsqu'elle était revenue à la maison, elle avait vu du mouvement et le sang sur les fenêtres. Elle s'était cachée et avait observé, privée de forces. Trop tard. Même si, par miracle, ils n'étaient pas morts, ils étaient maintenant infectés. Une heure après son retour, les infectés étaient sortis de la maison par la fenêtre, avec lenteur, le bas du visage couvert de sang. Elle avait attendu et était entrée à son tour. Elle était allée directement chercher ses affaires et était repartie sans un regard en arrière.

Bonifacio avait été un fiasco, une énorme perte de temps et un crève-cœur mais au moins, elle était de nouveau libre de ses actes.

Elle secoua la tête pour chasser les souvenirs douloureux et leva les yeux pour contrôler les bois et la plage. La voie était libre. Elle se remit en marche, laissant des traces dans le sable, vite recouvertes par la marée.

Porto-Vecchio était dans son dos depuis la veille. Par prudence et pour éviter de tomber dans un nouveau piège, elle avait d'abord inspecté le port de la ville à la jumelle depuis une hauteur. Même topo qu'à Bonifacio. Les seuls bateaux encore dans le port étaient ceux qui avaient coulé. Elle avait repéré des barques de pêche côtière, insuffisantes pour traverser la Méditerranée. Le niveau de risque était trop élevé par rapport au gain escompté. Elle avait renoncé et formulé un plan.

L'ouest de l'île était difficile à atteindre, trop escarpé et couvert de maquis impénétrable. Progression difficile pour un résultat aléatoire : les ports y étaient moins nombreux qu'à l'est. Elle avait

193

donc décidé de rester sur le littoral oriental et d'écumer les ports jusqu'à la pointe nord de l'île...

Et trouver une saleté de coque pour la traversée !

Au bas mot, deux cent kilomètres à pied. L'autre option, c'était la moto dès que possible mais elle n'avait pas encore trouvé d'engin en état ou avec le plein.

Elle devait tout faire pour quitter l'île et rejoindre le continent. De là, elle rejoindrait les forces américaines stationnées en Allemagne ou en Belgique. *Quelque part.*

Tenir. Tenir...

***

Paris, bunker souterrain de la Présidence Française, 30 juin

Le dernier conseiller quitta la salle de réunion de crise du bunker souterrain. Resté seul, le Président de la République Française fit rouler sa chaise vers la large table où s'étalaient les derniers rapports sur la situation du pays, classés par thème : état tactique et militaire, sanitaire et social, économique et industriel, situation de l'énergie, relations internationales.

Il posa les coudes sur la table en verre poli et se prit la tête entre les mains. *Pourquoi avait-il fallu que cette crise survienne pendant qu'il était au pouvoir ? Sacré poisse quand même. Du genre dont on ne se remet pas.*

Il était à la fois effondré par les conclusions des rapports qu'on lui avait présentés, épuisé par le stress, l'enchaînement des mauvaises nouvelles et l'effort permanent pour ne pas craquer devant les autres. Le chef devait montrer l'exemple. Toujours.

Il vivait enfermé dans cet abri artificiel depuis des jours, sans contact avec sa famille. Sommeil régulé par anxiolytiques, appétit inexistant, attention soutenue par la caféine et les vitamines, manque de nourriture fraîche...

Il déboutonna son col de chemise pour soulager la peau irritée de son cou avant de la masser machinalement. Ses doigts étaient glacés sur l'épiderme moite et brûlant. Il avait chaud malgré l'air conditionné en circuit fermé.

Le briefing auquel il venait d'assister avait dressé un tableau désespéré de la situation du pays. Comme toujours, il avait besoin de temps pour se faire une opinion à partir des données brutes. Il aimait les chiffres, les tableaux de synthèse, les graphiques représentatifs, héritage de sa formation de financier avant le virage vers la politique.

Il prit la synthèse sur la situation sanitaire et sociale. La quasi-totalité du territoire était aux mains des contaminés. Les zones d'émeute entre non-contaminés et forces gouvernementales grandissaient, les grandes villes du pays étaient toutes concernées. *4% des forces de police encore opérationnelles ! Pas étonnant que les voyous en profitent !* En dehors de Nantes et de Bordeaux, seules les Alpes et les Pyrénées étaient épargnées par la violence. *Pas de données sur les DOM-TOM.*

Écœuré, il passa à la synthèse tactique et militaire. Malgré le briefing, il avait encore du mal à réaliser l'horreur de la situation. Les lignes terrestres de résistance militaire organisée avaient été enfoncées, brisant l'objectif de l'Étape Deux du plan de défense. Sur une ligne Biarritz-Lille, plusieurs points indiquaient les brèches dans le front. Des flèches matérialisaient l'avancée des infectés contre la ligne de résistance militaire. Les chiffres indiquaient les pertes en hommes et en matériel par dizaines de milliers. Un attaché militaire avait expliqué que les troupes engagées au sol étaient prises entre deux feux : les infectés qui enfonçaient le front revenaient vers les combattants par derrière. La situation tactique était désespérée, l'usage des forces nucléaires désormais inutile. Les forces infectés se comptaient en dizaines de millions, et il restait des poches de survivants au milieu. Compte-tenu de leur importance pour l'avenir de l'espèce, l'option nucléaire était écartée. Non, il aurait fallu l'utiliser au début, lorsque l'épidémie avait pris les premières villes. Une poignée d'armes atomiques, et on n'en serait pas là aujourd'hui. Mais à l'époque, l'option était politiquement inenvisageable. Personne, pas même lui, n'aurait pu en justifier l'emploi.

Il soupira, les yeux fixés au plafond. Les unités terrestres combattantes avaient été obligées de se regrouper en plusieurs points d'appui pour éviter l'écrasement, laissant des vides de plusieurs dizaines de kilomètres entre les points. Les infectés s'y engouffraient et lançaient l'assaut sur les populations encore indemnes. Des poches de résistance tenaient bon dans le Nord de la France, à Saint-Dizier, près du Puy, dans l'arrière-pays du Rouergue et à Montpellier. Seul espoir : des troupes d'infanterie mécanisée se repliaient en ordre vers Bordeaux et Nantes, créant une sorte d'enclave sur place relativement sûre adossée à l'Océan.

Il passa la main pour ôter la sueur de son front et décrocha le téléphone filaire pour commander de l'eau avant de continuer l'analyse. Une idée germait.

Il prit la note de synthèse économique et industrielle. Tous les indicateurs étaient au rouge. A peine neuf pour cent de l'activité industrielle du pays étaient encore assurés. Les trois quarts des sociétés encore en activité étaient liées, directement ou non, aux activités de défense, et prioritaires en cas de crise. Par décret présidentiel, la plupart d'entre elles avaient été obligées de reconvertir leur outil de fabrication à la production militaire. Des sociétés étaient passées des feux d'artifice à la poudre, des ustensiles ménagers aux munitions, de l'automobile aux armes... Mais c'était trop peu et trop lent face au Fléau.

Sur le plan de l'énergie, les centrales thermiques, nucléaires à eau lourde et à neutron rapide, marémotrice et les gisements éoliens et solaires ne fonctionnaient plus. Une poignée de centrales hydroélectriques et trois centrales nucléaires ERP restaient opérationnelles : Cattenom près de la Belgique, Bugey près des Alpes, Cruas en Rhône-Alpes. Cette dernière faisait l'objet de rapports contradictoires et son statut opérationnel était discuté. En excluant Cruas, Cattenom disposait de quatre réacteurs moyens de type ERP en circuit ouvert avec tours réfrigérantes. Chaque réacteur produisait 1300 MW d'électricité. Bugey comptait quatre réacteurs ERP plus petits, deux refroidis par circuit ouvert, deux par circuit fermé. Sans compter les quatre réacteurs de Cruas à eau ordinaire sous pression refroidis en circuit fermé, le pays disposait de huit réacteurs. 8800 MW au total, soit moins de 10% de la puissance nucléaire fournie avant la crise.

Quelqu'un toqua à la porte et apporta la bouteille d'eau au Président. Il s'enfonça dans son siège en cuir et mit un pied sur le rebord de la table. De l'avant-bras, il s'essuya le front pour enlever la sueur puis attrapa la bouteille d'une main et frissonna. Il engloutit le verre d'eau pétillante puis se remit au travail, remontant le fil de l'idée qui germait.

En s'aidant du rapport énergétique, il analysa la production pétrolière. Les arrivées de brut dans les raffineries côtières avaient cessé. En dehors des réserves stratégiques déjà entamées, quelques puits situés sur le territoire national fonctionnaient toujours. Si, en temps normal, cette capacité de production marginale n'excédait pas 2%, elle était devenue aujourd'hui aussi stratégique que les réserves. Épluchant à nouveau les rapports, le Président fit ses comptes sur une feuille blanche.

L'outil industriel pétrolier d'Île-de-France était à l'arrêt mais celui d'Aquitaine tournait encore à 30%. Au total, la France produisait encore 80 000 tonnes de pétrole, soit 8% de sa capacité initiale. Les gisements Aquitains à eux seuls permettaient de répondre en partie à la demande actuelle s'ils étaient préservés.

Pourquoi, dans ces conditions, s'évertuer à préserver l'Île-de-France ? C'était un luxe que la situation tactique actuelle ne justifiait plus. L'idée du Président se transforma progressivement en plan d'action.

Il étudia la situation internationale. Bien qu'au bord de la désintégration, des communications avaient été établies avec des officiels anglais, suisses et bavarois. La crise y était identique à celle de la France mais elle était aggravée par l'absence d'énergie. L'Angleterre résistait encore du fait de son statut d'île mais les survivants du gouvernement étaient réfugiés dans les montagnes d'Ecosse. Londres était devenue une ville morte, comme tous les grands centres urbains du pays.

En Suisse, malgré la pénurie totale de carburant, la situation était différente. La forte militarisation de la population, résultat de l'organisation du service militaire qui rythmait l'existence du pays avait permis au quart de ses habitants de survivre en trouvant refuge dans les montagnes. Mais le pays était perdu, sans capacité énergétique autonome ni accès à la mer.

Pour les mêmes raisons, le sud de l'Allemagne et la Bavière, avaient évité l'annihilation totale en se mettant à l'abri dans les montagnes.

Les contacts avec les États-Unis se limitaient pour l'heure à des communications sporadiques avec des radioamateurs qui indiquaient que les USA n'étaient plus qu'un amas de ruines et une société explosées.

Aucun contact direct n'avait été obtenu avec la Russie, mais des observations satellitaires non-confirmées avaient fait état d'une agitation sur les bases navales de Mourmansk. Plusieurs navires de surface avaient quitté dans l'urgence et séparément les ports d'attache de la région, dont le porte-avions Kuznetsov, un croiseur nucléaire de classe Kirov et plusieurs destroyers. Aucun signe des sous-marins. Visiblement, les Russes fuyaient eux-aussi la menace terrestre des centres côtiers.

Le Président reposa le rapport, avala un nouveau verre et s'éloigna de la table en faisant rouler son siège. Malgré son état fébrile, il était sûr de ce qu'il devait faire. Ses conseillers lui avaient présenté des faits bruts mais c'était sa responsabilité d'en tirer un plan d'action pour sauver ce qui pouvait l'être encore. Il se leva et arpenta longuement la salle de réunion en construisant mentalement son plan. Trente minutes plus tard, il convoqua le Ministre de l'Intérieur. Une femme d'une soixantaine d'années entra, vêtue d'un tailleur gris sombre.

- Isabelle ! fit-il en regagnant son siège.
- Monsieur ? répliqua-t-elle en le regardant de ses yeux bleu-lagon.

Le Président hocha la tête en regardant la femme. Comme d'habitude, Isabelle Delahaye dissimulait habilement ses formes généreuses sous des vêtements de marque bien coupés. Elle était trapue, courte sur jambes et solidement bâtie. Cheveux gris, coupe courte, masculine. Pas vraiment attirante, mais il se dégageait d'elle un mélange d'assurance, de force, d'autorité et d'intelligence qui fascinait et que les faits avaient prouvé. C'était une femme de caractère, avec une tendance naturelle à l'autoritarisme mais il pouvait compter sur elle, même si, dans un contexte normal, elle aurait été sa rivale politique directe.

- Je suis en train de prendre une décision importante et j'ai besoin d'un avis extérieur, Isabelle. Du vôtre en l'occurrence.
- A votre service, Monsieur.
- Vous êtes la responsable gouvernementale la plus haut placée après moi dans ce qui reste du gouvernement. Vous devez connaître mes actions, mes décisions.

Elle fronça les sourcils et interrompit le Président.

- Monsieur, vous parlez comme un homme en sursis. Or, je vois un Président en chair et en os qui se porte bien. Y a-t-il quelque chose que je devrais savoir ?

Le Président comprit immédiatement l'allusion à son état physique.

- En effet. Je peux disparaître à n'importe quel moment. Et si c'était le cas, ce serait à vous de reconstruire le pays.
- Monsieur le Président, j'étais justement en train de formuler des plans pour me débarrasser de vous au plus vite.

Le Président sourit. Il avait oublié un instant qu'au-delà de son sérieux habituel, sa ministre de l'Intérieur était aussi un esprit libre, pragmatique et constructif, doté d'un sens de l'humour à froid qui dénotait une grande confiance en elle. Par expérience, il savait qu'elle utilisait l'humour à dessein pour décontracter l'atmosphère. Il reprit ses esprits, se pencha vers la table, prit une feuille vierge et un crayon et commença à y griffonner une carte de France.

- Voici le pays. La situation sanitaire, sociale, militaire et énergétique est désespérée. Et pourtant, je commence à entrevoir un plan dans ce maelström. Il y a convergence entre les données.

Le Président continua son dessin. A l'aide de symboles, il représenta les villes importantes, les centres énergétiques et pétroliers encore en activité, les lieux d'émeute et d'enfoncement du front et les forces militaires actives en s'expliquant. Elle hocha la tête en guise d'acquiescement et il vit un sourire se dessiner sur ses lèvres, preuve qu'elle commençait à discerner son plan.

- Comme vous le voyez, il y a bien convergence entre les indicateurs. A l'intérieur d'une zone Nantes-Bordeaux se trouvent encore des moyens qui pourraient aider à la reconstruction du pays, à une exception près, sur laquelle je reviendrai plus tard. Dans la même zone, on trouve concentré l'essentiel de la production et du raffinage pétrolier en France, des capacités de production de munitions et d'armes, sans oublier les réfugiés non-contaminés, réserve potentielle de personnel. Mais en l'état, la zone est trop grande à défendre. Cependant, si on la restreint au périmètre de Bordeaux, elle devient plus facilement défendable car elle est adossée à l'Océan à l'ouest, la Garonne à l'est. L'approvisionnement par bateau est possible et peu risqué. Dans le pire des cas, les réfugiés encore sains peuvent être évacués au large pour y attendre la fin de l'épidémie. Et cette ouverture maritime, c'est aussi une ouverture sur le monde.

Isabelle Delahaye hocha la tête, absorbée par l'étude de la carte.

- Créons une zone sûre, une '*Zone Propre*' autour de Bordeaux, défendue par le Fleuve à l'est, l'Océan à l'ouest et une ligne de front terrestre fortifiée au sud ! Une zone inviolable par les infectés. Avec les éléments militaires encore organisés qui s'y trouvent, sécurisons les installations industrielles et créons un lieu de rassemblement pour les survivants, retranchons-nous dedans et trouvons le moyen de lutter contre le Fléau ! Pendant ce temps, relançons l'agriculture dans la zone pour assurer l'autosuffisance et reconstruisons l'activité industrielle. Ensuite, simple question de temps, nous projetterons nos forces sur le reste du pays pour en reprendre le contrôle.

- Monsieur le Président, je suppose que, par projeter, vous entendez reprendre les centrales énergétiques encore actives ?

La sueur perla sur le front du Président alors que le feu courait dans ses veines. Son corps était parcouru de frissons. *L'eau gazeuse… trop froide ?*

- Exact. Mais ça, c'est pour plus tard. D'abord, pour revenir à la Zone Propre, nous avons tout pour remplir l'objectif sur place, à l'exception de l'énergie. C'est l'exception dont je parlais tout à l'heure.

A l'aide de son crayon, il tapota sur la zone qui correspondait aux Alpes.

- Cattenom et Bugey sont loin de l'Aquitaine… Mille kilomètres au bas mot. Voilà ce que je propose.

Il retourna la feuille et lista les idées importantes sous forme de puces.

- Un, rapatrier nos moyens militaires et les survivants non-contaminés dans la zone propre. Deux, évacuer le bunker et relocaliser le pouvoir exécutif et parlementaire à Bordeaux.

- Comme l'ont fait nos ancêtres pendant la dernière guerre, compléta la femme... Le symbole est fort. C'est habile, monsieur le Président.

- Trois, poursuivit-il sans relever le compliment, lancement de la Phase 3 du plan stratégique initial : l'aviation, l'artillerie, les blindés et nos troupes terrestres détruisent les infectés pour aménager des couloirs d'accès vers la Zone Propre.

Le Président prit une seconde feuille de papier.

- Quatre, nos forces militaires se positionnent en limite de Zone Propre pour en défendre l'intégrité physique avec obligation de détruire systématiquement tout infecté qui s'en approche. Cinq : création et maintien d'une base de projection avancée pour assurer notre présence à Paris et l'utiliser comme fer de lance lorsque nous entamerons la reconquête du territoire. Devront y être localisés ce qui reste de nos forces aériennes tactiques, soutenues par des troupes terrestres d'élite.

- Et où souhaitez-vous implanter cette force aérienne tactique ?

- Au Sud de Paris, dans un endroit défendable et suffisamment éloigné de la capitale pour ne pas être directement la cible des infectés, sans en être trop éloigné non plus. Vélizy. C'est ça ! Nous y avons une base aérienne avec piste en dur je crois.

- Oui. La BA-107 de Vélizy-Villacoublay pour les vols gouvernementaux et spéciaux.

Il s'arrêta un instant, relut les phrases qu'il venait d'écrire, puis entama un nouveau paragraphe sur la feuille. Des gouttes de sueur s'écrasèrent sur le papier.

- Six, regroupement et lancement de recherches génétiques et médicales au sein de la Zone Propre. Ce n'est pas l'idéal d'un point de vue médical, mais il faut bien commencer quelque part... Il faudra que ce soit hautement centralisé et confié à un chercheur unique, à trouver parmi les réfugiés de la Zone Propre. Ce devrait être possible, avec cette masse de gens. Si possible de nationalité française.

- Vous pensez à l'étape d'après, n'est-ce pas ? Assurer la place du pays dans le monde de demain ?

Le président leva brièvement les yeux de ses feuilles.

- Oui. Ce que nous vivons est une vraie catastrophe. Mais comme tout désastre, il vient avec son lot d'opportunités. Pour la France, c'est l'occasion de reprendre une place de choix. J'aimerais que le nom du pays soit associé à la parade que nous finirons bien par trouver.

Elle demeura immobile, pensive.

- Et si nous ne trouvons pas de Français ? C'est une vraie possibilité.

- Dans ce cas, n'importe qui fera l'affaire, du moment que l'encadrement, lui, reste Français. Et je veux que tous les moyens disponibles lui soient apportés. C'est une priorité absolue, non seulement pour la France mais aussi pour l'humanité. Notre pays doit un jour être reconnu pour ses efforts contre le Fléau d'Attila. Allez savoir : la France sera peut-être un jour célébrée comme 'le pays sauveur de l'Humanité' ?

Elle tiqua intérieurement devant les considérations politiques déplacées et répétitives du Président. Elle le connaissait bien, c'était un homme compétent mais hyper-ambitieux politiquement. Elle s'était souvent offusquée de sa folie des grandeurs. Pragmatique jusqu'à la simplicité, elle était souvent en désaccord avec ce qui ne relevait pas d'une nécessité primaire ou immédiate. Le Président continua avec son plan.

- Sept, mise sous contrôle militaire de nos centrales nucléaires encore actives. Dans ce but, j'ordonne que des moyens militaires dédiés soient prélevés sur nos forces en activité pour occuper les sites de manière permanente. Je vous laisse le soin d'organiser les détails avec nos généraux.

- Monsieur, fit la Ministre en cachant sa surprise, vous ne souhaitez pas superviser vous-même les opérations ?

Il détecta immédiatement la méfiance de sa collaboratrice. En cas d'échec du plan, il ne voulait pas que son nom y soit associé directement. Par contre, en cas de réussite, il s'arrangerait pour en récolter la gloire.

- Non, répondit-il en massant son cou brûlant et fiévreux.

Le contact des doigts glacés sur la peau le fit trembler.

- Je ne suis pas au sommet de ma forme et j'ai besoin de repos. Les enjeux sont trop importants pour laisser la vanité politique l'emporter sur la réalité humaine. Mais revenons-en au plan.

Bien que consciente du piège qui lui était tendu, de la quasi-impossibilité physique, militaire, logistique, de mener à bien le plan du Président, Isabelle Delahaye n'avait aucun moyen de le faire revenir sur sa décision. C'était son supérieur hiérarchique direct. Il s'éloigna de la table, visiblement épuisé, le teint pâle. Il semblait moins en forme qu'au début de l'entretien.

Il tira à nouveau sur sa cravate pour combattre l'impression d'étouffement et se frotta à nouveau le cou.

- Nom de dieu ! jura-t-il en se levant d'un bond, les yeux fixés sur ses doigts.

Instinctivement, la Ministre recula.

***

Ambassade du Japon à Paris, 8ème arrondissement, 30 juin

Assise près d'une fenêtre du premier étage Kiyo contempla la rue en contrebas. Le corps de l'adjudant n'était pas visible de sa position mais elle était certaine qu'il se trouvait toujours au même endroit. *Du moins, ce qu'il en restait.*

Elle revint au flot des infectés qui ne tarissait pas. Elle avait naïvement pensé, en arrivant à l'ambassade que les infectés allaient partir et quitter la ville à la recherche d'une nourriture plus abondante. Mais ils étaient restés.

Elle reposa le livre de Kitano Takeshi qu'elle avait trouvé dans la sélection d'œuvres littéraires de l'ambassade. D'habitude, elle en aimait le style influencé par la littérature française. Mais aujourd'hui, elle n'arrivait pas à lire plus de quelques paragraphes à la fois. Son esprit tournait sans arrêt, elle bondissait à chaque bruit insolite ou au mouvement d'un rideau dans l'air chaud, le sort de sa famille et la mort de l'adjudant revenaient en boucle.

Six jours s'étaient écoulés et aucun secours n'était venu, pas une voiture de police ou de pompiers n'était passée à proximité. Seuls de lointains coups de feu avaient indiqué que des gens survivaient quelque part dans la capitale dévastée. Des avions à réaction étaient passés plusieurs fois dans le ciel mais ils étaient repartis. Une nuit, réveillée par le raffut des infectés survivants dans les étages, elle avait entendu un hélicoptère passer au-dessus des toits et disparaître au sud. Elle avait même vu des colonnes de fumée dans l'air chaud de la capitale abandonnée. Il y avait des survivants, c'était une certitude, mais elle n'avait aucun moyen de les contacter.

Elle avait rationné les maigres provisions trouvées sur place, rechargé son portable, essayé les lignes téléphoniques, tenté d'appeler le Japon. Elle avait appelé les urgences en France, la police pendant trois jours. Fouillé les ondes hertziennes, vérifié les canaux des téléviseurs à la recherche de messages automatiques ou d'émissions en provenance des relais gouvernementaux. Sans succès.

Le quatrième jour, affamée, elle était montée à l'étage en quête de nourriture et avait été obligée d'affronter l'infectée. Elle l'avait tuée d'un coup de lame dans la gorge en fermant les yeux et était restée prostrée un long moment, assommée par l'horreur de ce qu'elle venait de faire. Tuer une malade pour pouvoir rester en vie… *Ma vie vaut-elle plus que la sienne ?* Elle s'était rassurée en se rappelant les paroles de l'adjudant. *Ceux qui n'étaient pas infectés méritaient qu'on se batte pour eux.*

Pour éviter de sombrer dans la dépression et le renoncement, elle s'était remise à l'œuvre et avait passé l'étage au crible. La fouille avait été fructueuse. Elle était tombée sur des boîtes de conserve, des fruits au sirop, du pâté, des légumes et des olives qu'elle avait soigneusement regroupés dans un sac. Malgré la trouvaille, elle savait que ce n'était qu'une question de temps avant qu'elle ne soit obligée de ressortir pour se procurer de la nourriture. Elle était ensuite redescendue au premier et avait pris des notes, mettant de l'ordre dans ses idées sur la maladie.

Faire quelque chose… Ne pas sombrer…

C'était pour elle un moyen de retrouver une forme d'espoir.

Une bouée au milieu de la mer démontée.

***

Corse du Sud, France, 30 juin

Alison Cornell marchait le long de la RN-198 dans le bruit incessant des grillons. L'air du soir était chargé de senteurs de figuiers sauvages, de romarin et de sève de pin. La route alternait entre vestiges de campings aux buvettes désertes, sanitaires délabrés, rangées de tentes dont les pans en plastique claquaient dans la brise et haies de bambous, de pins maritimes et de figuiers qui ondulaient doucement dans le vent. *Aucune présence humaine. Un paysage magnifique comme vidé de toute vie…*

Dès que la végétation et le tracé de la route le permettait, elle s'éloignait du serpent de bitume brûlant pour progresser à l'ombre des arbres. La chaleur était écrasante et le thermomètre intégré à sa montre étanche indiquait 36 degrés. Malgré l'expérience des marches harassantes sous un soleil de plomb, elle transpirait abondamment, pliée sous le poids des armes et du sac qui contenait le nécessaire de survie. Bien que bonne marcheuse, sa moyenne ne dépassait pas six kilomètre-heure.

Les yeux fixés sur la route qui disparaissait dans des

tremblements de chaleur, elle guettait les signes d'alerte. Des drames s'étaient joués ici comme ailleurs dans le monde. Depuis Bonifacio, elle avait croisé des dizaines de corps sur la route, certains dévorés, d'autres carbonisés. Des voitures gisaient sur les bas côtés. Certaines portaient les traces visibles de ce qui s'était passé. Du sang sur les pare-chocs, les portières. Des vitres brisées, maculées de rouge. Plus rarement, des impacts de balles. D'après ses souvenirs, la France n'autorisait pas le port des armes à feu.

D'où venaient-elles alors ?

A plusieurs reprises, elle utilisa son fusil pour abattre des infectés qui entravaient sa progression. *Jamais plus d'une balle par cible, même en limite de portée. Les munitions étaient précieuses.*

Malgré sa vigilance, elle n'avait pas trouvé de moto en état de marche. Les clefs de contact manquaient, la mécanique était hors d'usage ou il manquait des pièces.

De l'avant-bras, elle essuya la sueur qui coulait de son front et consulta sa montre-bracelet équipée d'un GPS miniature. Le système satellitaire était opérationnel et le signal stable lui permettait de suivre sa progression sur le minuscule écran.

D'après les relevés, elle était à deux kilomètres de la base aérienne de Solenzara, mais encore trop loin pour en voir l'entrée. Elle connaissait la base de renom car elle était ouverte aux appareils Américains depuis le retour de la France dans l'OTAN. Elle n'avait aucune idée de l'état de la base mais elle était déterminée à la fouiller pour trouver des survivants ou des moyens de communication opérationnels pour joindre sa hiérarchie.

Elle poursuivit encore sa marche sous le couvert des arbres pour profiter de la fraîcheur et rester discrète avant de s'arrêter en lisière. Elle posa son lourd paquetage sur les aiguilles de pins maritimes, vérifia les alentours et se laissa tomber à l'ombre, adossée à un arbre.

Elle laissa les battements de son cœur ralentir, s'essuya le front et se reposa en buvant de l'eau. *Chaude, mais un délice sur sa langue sèche...* Elle sortit une ration de combat et mangea en surveillant les horizons. De son emplacement, elle contrôlait visuellement la route. De chaque côté, le maquis épais empêchait les mauvaises surprises.

Rassurée, elle pensa à Sophie, son amie de New York. Elles avaient eu des projets avant les événements. Quitter la mégalopole... s'installer dans la campagne de Virginie à proximité de *Little Creek*, la base d'attache du SEAL Team Two dont elle dépendait. Sophie pensait à la fécondation in-vitro et même à l'adoption. Juste avant son dernier départ pour la Méditerranée dans le cadre de la mission de surveillance d'une base navale Russe en Syrie, Sophie et elle avaient discuté sérieusement de l'avenir. Elles étaient ensemble depuis huit ans et, contrairement à d'autres couples, les difficultés rencontrées du fait de leur sexualité et de leurs différences ethniques avaient solidifié leur relation au lieu de la détruire et elles se sentaient prêtes à passer à une nouvelle étape de leur vie. Malgré les éloignements répétés et les risques pris par Alison, Sophie avait toujours été fidèle, prête à sacrifier sa carrière dans l'édition à New York pour se rapprocher d'elle et vivre ensemble, même en l'absence quasi-totale de débouché dans l'édition pour une femme de trente deux ans, intelligente et féminine, titulaire d'un Master de Lettres à l'Université de New York. Elle était prête à se consacrer entièrement à la tenue du foyer dans l'attente des enfants.

Elle essuya consciencieusement les restes du plat en s'aidant de pain de mie rassie. L'image de sa compagne flotta devant elle sans qu'elle parvienne à distinguer les traits. Elle soupira profondément.

Elle avait des soucis urgents et concrets dans l'immédiat : *survivre, trouver de la nourriture, de l'eau, un endroit où dormir en sécurité, des munitions, un véhicule en état de marche, un moyen de contacter l'armée américaine. Remonter vers le nord de l'île, trouver un bateau encore capable de naviguer et rejoindre le continent. Rejoindre les forces américaines.*

Soudain, le staccato typique d'une arme automatique retentit au nord de sa position. Les sens en alerte, la fourchette figée en l'air, elle tendit l'oreille. Une nouvelle rafale déchira le silence, suivie de plusieurs coups uniques, puis le silence revint. *Des survivants...*

Elle se redressa et écouta les sons qui lui parvenaient. *Les oiseaux et le vent dans la végétation, rien d'autre.* La distance était importante et elle ne risquait pas d'être surprise mais elle décida de reculer de plusieurs mètres dans le maquis pour finir le repas. Camouflée dans les buissons épineux et luxuriants, invisible, elle se prépara à reprendre la route lorsqu'un bruit s'éleva en provenance du sud, sur la route de Bonifacio. Par prudence, elle se jeta à terre. Malgré la familiarité du son, elle mit un moment à réaliser qu'il s'agissait d'un moteur de voiture.

Les yeux grands ouverts, dissimulée dans son abri végétal, elle empoigna le pistolet et attendit, le souffle court. Un véhicule passa en trombe. C'était un engin militaire tout-terrain, camouflé, de conception ancienne avec un insigne rond bleu et rouge sur le côté, les deux couleurs étant séparées par une épée blanche. Deux civils se trouvaient à bord, vitres baissées. Des bandoulières ceinturaient leur poitrine, à l'instar des bandits mexicains. Crâne rasé, ils fumaient et portaient des lunettes de soleil et riaient à gorge déployée, comme étrangers à l'horreur qui les entourait.

Le 4x4 continua sur la route et disparut dans un tourbillon de poussière. Elle attendit qu'il n'y ait plus de bruit avant de sortir de sa tanière. Malgré la distance, le silence ambiant lui permit d'entendre le moteur s'arrêter au loin, du côté des tirs précédents. Elle rangea son paquetage et se remit en marche à allure forcée vers l'origine des tirs.

Au bout d'une demi-heure, elle passa une courbe de la route et aperçut le 4x4 militaire, garé devant l'entrée d'une base militaire. Elle s'allongea sous la frondaison des arbres et vérifia le terrain à travers la lunette du fusil. La route rectiligne disparaissait au nord. Loin à gauche, des montagnes bleues montaient vers le ciel. A droite, coincée entre la mer et la route, la base aérienne de Solenzara était cachée par la végétation. A proximité, elle repéra un panneau routier qui indiquait le nom du village où se pressait une poignée de maisons au milieu des arbres. *Travo*.

Il y eut soudain du mouvement dans son champ de vision. A une centaine de mètres, une silhouette raide traversa la route vers le village d'un pas mal assuré. Une femme d'une vingtaine d'années, blonde, grande, maigre. Infectée. La loque humaine disparut dans une ruelle. Cornell attendit quelques minutes puis se redressa, mit le fusil en bandoulière et couvrit rapidement la distance jusqu'à la ruelle où l'infectée avait disparu. Elle se posta à l'angle d'un mur pour observer la base, de l'autre côté de la RN-198.

Elle vit immédiatement un infecté en treillis militaire qui marchait le long du grillage à l'extérieur de la base, bras ballants. Il fit plusieurs pas hésitants, gêné par la végétation et les racines d'arbres qui affleuraient le long du grillage.

Une détonation retentit et il s'effondra comme une marionnette privée de cordelettes.

Cornell analysa aussitôt la situation. La balle était venue du nord sur une trajectoire parallèle au grillage. A travers la lunette, elle remonta le long du grillage vers le nord, cherchant un éclat de métal ou un mouvement qui trahirait la position du tireur caché mais ne vit rien d'autre que la végétation. Pour réussir l'exploit à travers arbres et buissons, il utilisait un fusil militaire. Aucune arme civile n'était capable d'une telle précision. Elle repensa aux hommes du 4x4.

Alors qu'elle remontait une nouvelle fois la ligne de tir supposée, elle aperçut une forme noire sous les buissons. Retenant son souffle pour stabiliser l'image, elle distingua un homme à plat-ventre dont la tête était tournée vers le sud. Il se mit à quatre pattes, s'assit sur son postérieur et plia un fusil à lunette sur bipied. Malgré la distance, elle était quasiment certaine qu'il s'agissait d'un des hommes du véhicule. Lorsqu'un rayon de soleil accrocha le buste de l'homme qui se relevait, elle reconnut la ceinture de munitions autour du torse.

Avec la base aérienne, elle tenait *peut-être* l'occasion de contacter les forces américaines. Mais y pénétrer, avec le genre de faune qui y rôdait, c'était s'exposer au danger. Pourtant, Solenzara était peut-être le seul camp de l'île. Elle n'en savait rien. Et le temps jouait contre elle. Chaque jour qui passait réduisait la probabilité de survie des corps militaires organisés. Plus elle attendait, plus elle risquait de perdre définitivement le contact. Après de longues minutes de réflexions, elle décida de tenter l'aventure.

Elle fit le tour visuel des lieux et échafauda un plan puis changea de position pour le mettre à exécution. En passant par le maquis, elle rampa jusqu'à un point d'observation face à l'entrée de la base. Elle devait connaître le nombre d'hommes en armes à l'intérieur. Et leurs intentions. *Hostiles ? Amis ?*

A l'aide de la lunette, elle observa le site qui abritait apparemment l'escadron 6/67 d'hélicoptères de transport.

Au-delà du poste de garde, des bâtiments vides. *Piste en dur derrière les arbres, parallèle à la plage, axe nord-sud. Plusieurs rotors immobiles derrière les bâtiments. OK. Il y a des ventilos, mais sans doute plus de pilotes...*

Un mouvement attira son attention. Elle y découvrit un homme seul, puis un second. *Pas d'autre à l'intérieur.* Elle délaissa le poste et chercha le tireur à l'extérieur. Presque aussitôt, elle le repéra alors qu'il rejoignait nonchalamment ses   compères en sifflotant. De l'autre côté du grillage, des infectés le suivaient le long de la route, leurs yeux fiévreux braqués sur lui.

Trois cibles. Deux dans le poste, une dehors.

Le tireur ouvrit la porte et interpella ses complices mais il était trop loin pour comprendre ce qu'il disait.

Née en Louisiane de parents bilingues, elle n'avait plus pratiqué le Français depuis des années mais elle crut comprendre que les trois hommes parlaient du tir sur l'infecté avant que la porte ne se referme. Les trois hommes discutèrent au centre de la pièce puis le tireur gagna une fenêtre au sud, l'ouvrit et alluma une cigarette. *Sentinelle.* Les autres restèrent au centre de la pièce. L'un d'eux bougeait de façon rythmique. *Que se passait-il là-dedans ?*

Soudain, le bruit assourdi d'une détonation et un flash de lumière blanche éclairèrent brièvement l'intérieur. La porte s'ouvrit. Un homme bardé de munitions sortit en trainant le corps dénudé et inerte d'une femme aux longs cheveux blonds.

A travers la lunette, elle vit le sang qui s'écoulait d'un trou dans sa tête et les tâches sombres sur les cuisses. Elle fit le rapprochement. *Le mouvement rythmique, le tir… Viol. Et exécution.*

Le souffle court, elle se força à réfléchir pour retrouver son calme.

Elle était fixée sur les motivations des hommes armés. Mais ce n'était pas son rôle de rendre justice. Son objectif était de continuer vers le nord pour rejoindre les forces américaines. Pour y parvenir, elle devait passer l'obstacle de la base. *Simple… si simple ! En passant par le maquis, les barbares d'en face ne se rendraient même pas compte qu'ils avaient été observés…*

Ce qui se passait ici n'était pas son problème. Mais une telle monstruosité était intolérable. Dieu seul savait quel autre innocent était prisonnier ici, attendant le viol ou la mort. *Des enfants. Des enfants ?*

Elle se frotta les tempes. Si elle passait son chemin, elle vivrait avec ce doute pour le restant de ses jours. Alors pourquoi ne pas en profiter pour fouiller la base ? Les deux objectifs se complétaient. Nettoyage d'une nuisance et réalisation de l'objectif. Elle se décida en une fraction de seconde.

Les neutraliser. Improviser pour les amener à se manifester.

Elle se concentra, contrôla sa respiration avec précision et se mit dans la position du tireur couché, une main contre la crosse pour stabiliser l'arme, l'autre autour de la poignée, un doigt sur la détente.

De l'autre côté de la route, l'assassin tirait toujours le cadavre. Ses mouvements étaient ceux d'un boucher dans un abattoir et elle y distingua l'habitude. L'homme disparut derrière des arbres. Le tireur fumait sur son rebord de fenêtre. Le troisième homme était toujours dans le bâtiment, invisible.

Avec l'implacable volonté du chasseur professionnel, elle passa à l'action.

Elle ajusta le tir pour tenir compte de la distance et de la déviation du vent et visa l'homme sur la fenêtre. C'était lui le plus dangereux. *Attendre qu'ils soient réunis avant de tirer.* Elle pointa les lignes de mire du viseur sur le haut du visage et accentua la pression du doigt sur la détente.

- Si tu veux vivre, lâche ton flingue tout de suite ma grande ! Tout de suite.

Stupéfaite, elle se retourna d'un mouvement vif pour neutraliser l'agresseur mais se retrouva face à la gueule menaçante d'un fusil à pompe. De l'autre côté de l'arme, l'homme visait tranquillement sa tête en souriant.

- Pas mal, fit-il dans un français chantant et difficile à comprendre, mais tu ne connais pas assez le coin. Allez, lève-toi doucement et mets gentiment tes mains sur la tête. Je t'explose la tête au moindre geste… *understand* ?

Elle résista de justesse au réflexe d'acquiescer pour éviter d'indiquer qu'elle comprenait le français et se contenta de baisser les yeux en guise de soumission. Deux hommes armés approchèrent à cet instant et l'encadrèrent. Elle reconnut immédiatement celui qui avait sorti le cadavre. Il la délesta de son couteau de plongée. Le dernier, enrobé et mal rasé, s'appropria le pistolet et le M4A1.

- On a fini par l'avoir ! fit ce dernier d'une voix à l'accent italien prononcé. Et nègre ou pas, c'est une salope à baiser comme les autres. Même avec sa coupe de mec !

Fusil braqué sur le torse d'Alison, l'homme qui l'avait surprise tira brutalement celui qui avait parlé par le tee-shirt et parla d'une voix calme et menaçante.

- T'as raison Luigi. C'est une gonzesse pas comme les autres. Peut-être une éclaireuse. Et si les Ricains ont débarqué quelque part, on doit le savoir. Faut l'interroger pour ça. Tu piges, la morue ?

Celui qui venait de parler était de toute évidence le chef.

L'homme à l'accent italien se dégagea de la poigne de fer et remit de l'ordre dans ses vêtements.

- Ok, Ange. Fais-en ce que tu veux. Mais quand t'auras fini, laisse-la-moi ! Et arrête de m'appeler *la morue* !

Le chef regarda le buste exposé d'Alison, l'étoffe du tee-shirt tendue par les seins.

- J'ai encore rien décidé. Et c'est *moi* qui décide. Personne d'autre.

Malgré l'humiliation de la situation, elle se força à réfléchir pour garder son calme. Elle savait maintenant qu'ils étaient au moins cinq sur la base. Les trois qui l'entouraient, plus les deux qui étaient restés au poste de garde.

Rester calme… Attendre le bon moment pour agir.

D'un violent coup de crosse dans le ventre, le chef coupa ses réflexions et l'obligea à se redresser.

Lorsqu'elle fut debout, il la cogna durement sur la nuque pour la faire avancer.

Le troisième homme prit le sac et le petit groupe traversa la route vers la base.

***

Paris, bunker souterrain de la Présidence Française, 30 juin

Les yeux rougis, globuleux et douloureux, le Président contempla ses doigts. Du sang coulait goutte à goutte et maculait la moquette de la pièce. Il défit brusquement sa cravate et ouvrit son col de chemise maculé de sang et d'excrétion translucide.

- Qu'est-ce que c'est que *ça* ?

La ministre hésita avant de parler.

- Votre cou, Monsieur ! Vous… vous saignez et ce… ce n'est pas beau.

Les deux personnages les plus importants de l'État Français se regardèrent sans un mot. Comment le Président avait-il pu être infecté, enfermé en sous-sol depuis des jours sans contact avec les infectés ? Le Fléau ne se répandait que par contact direct. Et la durée d'incubation variait de quelques heures à trois jours. *La seule explication possible, c'était…*

- Isabelle, fit-il au même moment à voix haute, quelqu'un d'autre est infecté dans le bunker !

Elle déglutit sans un mot. Elle était arrivée à la même conclusion que lui.

- Quelqu'un qui n'a rien dit ! continua le Président en se frottant à nouveau le cou pour enlever le sang. Il suffit que je me sois coupé en me rasant ou que l'infecté ait éternué dans ma direction ou… ou je ne sais quoi…

Il s'effondra dans le siège. Elle resta prudemment à distance.

- J'appelle le médecin, Monsieur, fit-elle en se tournant vers la porte.

Le Président, abattu, ne répondit pas et elle quitta la salle pour rejoindre la dépendance où veillaient les deux gardes personnels du Président.

- Surveillez cette salle, ordonna-t-elle, et ne laissez personne entrer ou sortir sans mon autorisation.

Les deux hommes se regardèrent brièvement, stupéfaits par l'ordre. L'un d'eux tendit discrètement la main vers son arme de service, sous l'aisselle.

- Madame, fit-il, sourcils froncés, le Président est encore dedans.

- Exact, mais le Président n'est plus en état de gouverner ! coupa la Ministre. J'ajoute que c'est un ordre. Allez me chercher le médecin du Président.

L'homme hésita, le regard allant de la femme à son collègue indécis. Quelque chose dans l'attitude de la Ministre, la nature de sa demande, indiquait qu'il s'était passé quelque chose dans la salle. Il éloigna lentement la main de l'arme.

- Bien, Madame, fit-il. J'y vais mais mon collègue reste avec vous.

- Entendu, répondit la Ministre d'une voix glaciale. Et maintenant, faites ce que je vous dis et allez me chercher ce foutu médecin !

Il fut rapidement de retour avec le médecin, inquiet. Ensemble, ils mirent un masque chirurgical et enfilèrent des gants en latex puis entrèrent. Les gardes restèrent derrière en barrage.

Le Président était assis, le cou en sang. De longues traînées sombres ruinaient sa chemise. Il fixait des yeux le plafond. Le docteur vérifia l'intégrité de ses gants et du masque et approcha du Président.

- Éloignez-vous, Madame, fit-il. Tant que je ne sais pas ce que c'est.

La Ministre resta en arrière et contempla la scène.

- Monsieur, fit-il en montrant du doigt son stéthoscope, je dois vous ausculter.

Le Président baissa la main en signe d'accord. Il respirait par petites saccades, comme s'il manquait d'air. Ses yeux étaient vitreux et il transpirait abondamment. Une odeur écœurante flottait dans l'air et le médecin la rapprocha de celle qu'il avait sentie en présence d'infectés. Le cœur du Président battait de façon irrégulière et rapide et un râle pulmonaire se faisait entendre lorsqu'il respirait. Les muqueuses des yeux commençaient à saigner. La pupille se dilata à peine. Il plaça un thermomètre électronique dans l'oreille du Président.

- Monsieur, fit-il en écarquillant les yeux lorsqu'il vit l'indication de température. 41 degrés Celsius de fièvre ! De… de toute évidence vous êtes…

- Allez-y, enchaîna faiblement le Président. Dites-le, s'il vous plait…

Le médecin rassembla ses forces.

- Vous êtes infecté, Monsieur le Président. Aucun doute possible. Je suis… je suis désolé !

- Vous n'y êtes pour rien. Le plus important maintenant, c'est de m'isoler pour que je ne fasse de mal à personne. Vous savez ce qui se passe lorsque la maladie affecte l'esprit, n'est-ce-pas ?

- Oui, Monsieur le Président.

- Alors obéissez-moi. Enfermez-moi. Mettez des gardes devant la pièce. Trouvez un remède. Et, s'il n'est pas trop tard pour moi, je serai votre cobaye. Si ça ne marche pas…

Après avoir soupiré profondément, il termina sa phrase.

- … assurez-vous que je sois bien irrécupérable. Ensuite… Vous savez quoi faire ?

- Oui, Monsieur le Président, fit la Ministre en vrillant son regard sur l'homme en sursit devant elle, le souffle court.

- Je sais que je peux vous faire confiance, Isabelle. Vous saurez prendre les bonnes décisions. Et je veux, docteur, que ce soit absolument clair : c'est Isabelle Delahaye, Ministre de l'Intérieur, qui prend à compter de cette minute la direction des opérations et du pays.

- Mais, objecta la ministre, ce n'est pas conforme aux dispositions légales qui s'appliquent dans une situation pareille ! La procédure normale, dans ce cas, est de…

- Stop, Isabelle. Arrêtez. Vous avez regardé dehors ? Vous croyez que ce qui se passe est *normal* ?

Elle ne répondit pas. Elle savait où il voulait en venir. Inutile d'argumenter lorsque les deux parties étaient d'accord.

- A situation exceptionnelle, mesures exceptionnelles. Nous n'avons plus le temps de respecter le protocole. Bientôt, il ne restera plus rien. Et le pays doit être gouverné. Isabelle, vous devenez donc chef d'état jusqu'à constitution d'un nouveau parlement et d'élections présidentielles normales. J'ai… consigné mes directives sur cette feuille…

Le Président prit deux feuilles à entête de la Présidence de la République et les tendit au docteur. Un texte court y consignait ce qu'il venait de dire.

- La seconde feuille, indiqua celui-ci, le souffle court, est la copie de proposition de plan dont je vous ai parlé Isabelle. Menez-le à bien. Défendez notre pays. Luttez pour lui, pour son avenir et ses enfants. Je compte sur vous.

- Je le servirai comme je vous ai toujours servi, Monsieur, confirma l'ex-Ministre de l'Intérieur, à présent Présidente.

- Bien. Amenez-moi en isolement maintenant, ordonna le Président.

Un filet de sang gluant et épais sortit de sa bouche et descendit le long de son menton alors qu'il se levait pour sortir. Le docteur, qui se tenait à sa droite, le regarda. Le Président tourna les yeux vers lui alors qu'une violente quinte de toux le pliait en deux, projetant son sang contaminé sur le visage du docteur.

Le masque chirurgical stoppa une partie des fluides malodorants mais le reste aspergea la cornée. Le docteur déchira son masque en papier et s'essuya les yeux d'un revers de manche, furieux et angoissé. Les fluides n'étaient pas restés en contact avec ses yeux plus d'une demi-seconde. *Avec un peu de chance...*

Alors que le médecin se débarrassait du masque, le Président perdit connaissance. La Ministre se précipita vers la porte et appela les gardes. Ils accoururent et s'arrêtèrent devant le Président qui gisait par terre, sans connaissance, la bouche, le cou et les vêtements maculés de sang. L'odeur putride qui émanait de lui provoqua un haut le cœur chez un garde.

- Amenez-le en salle d'isolement, ordonna la nouvelle présidente. Cherchez des couvertures, des draps, du carton... de quoi traîner le Président par terre sans entrer en contact avec son corps.

- Sauf votre respect, Madame, c'est au Président de nous dire ce que nous devons faire ! répliqua le garde qui avait mis la main sous la veste plus tôt.

- Le Président n'est plus en état de gouverner, rétorqua Isabelle Delahaye. C'est moi qui dirige le pays à présent, par ordre écrit et personnel du Président. Le docteur était témoin. Tenez !

Elle ramassa le papier signé du Président et le tendit avec autorité vers les deux hommes. Ils se résignèrent en secouant la tête. Leur nouveau patron était une femme.

Ils quittèrent le bureau et revinrent avec de grands draps qu'ils déplièrent. Ils soulevèrent le Président avec précaution, évitant tout contact avec son épiderme et les souillures de sang contaminé, puis l'allongèrent sur les draps pour le faire glisser au sol

Alors qu'ils exerçaient les premières tractions, le Président revint à lui, ouvrit les yeux et se mit à tousser violemment. La nouvelle Présidente vit avec horreur un des gardes sortir son arme de service et le mettre en joue.

- Baissez cette arme ! lança-t-elle d'une voix coupante. Tout de suite !

Le bras tremblant de l'homme braquait le Président inanimé.

- Je... je ne peux pas ! fit le garde. Président ou pas, c'est un infecté. Comme les autres, dehors ! C'est de la folie de le garder ici, au milieu de nous !

- Pose ton arme ! fit doucement son collègue en amenant lentement la main à la sienne. Tu débloques... Regarde ce que tu es en train de faire ! Tu vises le Président en personne ! Donne-moi ça...

Le premier garde ne bougea pas mais sa main commença à trembler. Du coin de l'œil, il aperçut un mouvement sur le drap. Le Président tenta de se remettre debout malgré une quinte de toux. Les nerfs à vif, le garde prit le mouvement pour un geste d'hostilité, le doigt se crispa et le coup partit.

Au milieu de la fumée, quatre paires d'yeux se tournèrent vers le Président immobile, la bouche auréolée de sang visqueux, les yeux grands ouverts, un trou énorme à la place du nez.

Des gens accoururent et les séparèrent sans ménagement.

Il n'y avait plus rien à faire pour le Président.

La sécurité du bunker était compromise. Dans l'urgence, les rescapés organisèrent le départ pour Bordeaux. Les couloirs et les salles se vidèrent en quelques heures. Seuls restèrent ceux qui paraissaient suspects.

Vingt heures plus tard, des gémissements lugubres s'élevèrent dans les couloirs désormais déserts du bunker parisien.

***

Saint-Dizier, 30 juin

Seize heures. Les deux chasseurs biplaces Rafale-B étaient alignés sur la piste, moteurs au ralenti. L'avion de Lupus et de Mack, Rasoir 7-21, était en tête. Deux autres chasseurs, Rasoir 25 et 26, attendaient leur tour pour décoller.

Assis l'un derrière l'autre, Mack et Lupus vérifièrent leurs instruments. Tout était en ordre. La mission du jour consistait à dégager les bribes de régiments qui se repliaient vers l'ouest sur la RN4 entre Saint-Dizier et Paris, étrillés par les pertes subies après un accrochage violent avec des concentrations fortes d'infectés. D'après les rapports, les infectés venaient de la capitale. L'engagement, intense, durait depuis plusieurs heures et les munitions des fantassins commençaient à manquer.

Le chargement des avions était composé de bombes de 250 kg à guidage laser. Lupus avait opté pour des frappes successives sur les concentrations principales d'infectés. En l'absence de contrôleur aérien avancé, il devait sélectionner lui-même les objectifs au fur et à mesure de la mission.

Il vérifia la position du second Rafale et amena la manette des gaz en butée de postcombustion. Les compte-tours montèrent en régime et l'avion frémit comme un fauve affamé.

- Roulage, indiqua Lupus à l'attention de Rasoir 24 en lâchant les freins.

L'avion prit de la vitesse. A deux cents nœuds, il tira sur le manche et l'avion grimpa.

- Décollage.

Suivi comme son ombre par Rasoir 24, il prit de l'altitude dans le grondement déchirant de ses réacteurs. Quelques secondes plus tard, les trains MBD regagnèrent leurs trappes au moment où Rasoir 25 et 26 indiquaient qu'ils décollaient à leur tour. Il vérifia la vitesse, rentra les volets et prit de l'altitude en ligne droite. A l'issue de la manœuvre, il bascula à droite et attendit que ses ailiers le rejoignent.

- Bon équipage, ce Rasoir 24, fit-il à l'attention de Mack en pensant à l'ailier qui collait son chasseur au sien.

- Ouais. C'est *'Slip'* et *'Marteau'*. J'adore ces surnoms !

Lupus sourit. *Mack et son humour décalé. Toujours plein d'énergie.*

Par radio, il ordonna à la formation de se resserrer et de voler en diagonale dont Lupus formait le point avancé. Ils passèrent à travers des nuages bas en cours de formation, comme prévu par l'officier météo. La pluie était attendue en fin d'après-midi mais les données de base n'étaient pas fiables. Le nombre de satellites météo encore exploitables diminuait à mesure que les contrôles et relais au sol cessaient de fonctionner.

Alors que la formation poursuivait son vol, il vérifia le niveau de carburant auprès de ses ailiers. *Correct. Il était temps de passer à l'action.*

- Lupus, fit Mack dans un souffle. Regarde. Au sol, à onze heures.

Il n'en crut pas ses yeux. L'avion évoluait à mille cinq cents mètres d'altitude, il n'y avait pas de brume au sol et, en dehors de nuages plus élevés, la visibilité dépassait trente kilomètres.

- Nom de Dieu !

Des milliers de points noirs parsemaient le paysage. Les champs, les routes, les villages et les forêts à l'est de Saint-Dizier étaient couverts de fourmis qui convergeaient vers la ville. Quelques chars et des unités d'infanterie étaient visibles mais l'altitude ne permettait pas de dire si les moyens militaires étaient encore opérationnels.

- Si seulement on pouvait balancer des bombes plus lourdes sur ces tas de merde ! gronda Lupus sur le circuit interne, dents serrées. Genre *Daisy-Cutter* ou *MOAB*... Ah, misère...

Les avions filèrent vers l'ouest d'où les infectés arrivaient, seuls ou en groupes moins denses que ceux qui venaient de l'est. Lupus réalisa que le danger principal venait pour le moment de l'est. Mais lorsque le gros des infectés de l'ouest rencontrerait ceux de l'est, la base serait encerclée. Malgré les défenses mises en place, les infectés finiraient par faire tomber les clôtures et pénétrer dans le périmètre.

Sans prévenir, la haine monta du tréfonds de son être et menaça de le submerger. Les mains serrées sur les manches, il combattit vigoureusement la rage qui le poussait à détruire les hordes grouillantes à coups de bombes et d'obus. Avec difficulté, il écarta les images horribles et observa le terrain dans l'axe de l'avion.

Il contrôla à nouveau la formation et réalisa le miracle d'être en vol. Les mécanos avaient confirmé la veille qu'ils pouvaient encore assurer l'entretien des avions grâce aux stocks de pièces détachées critiques mais, après les missions de guerre prévues, ils n'avaient pu s'engager sur le maintien en conditions opérationnelles dans le temps.

- Sainte Merde ! fit Mack. Même pour un concert d'AC/DC, il n'y a pas autant de monde !
- Tant mieux. Une bombe au milieu de cette pourriture, ça fera plus de dégâts.

Mack ne releva pas la pointe virulente. Lupus revint à la mission.

Un silence lourd se fit sur les ondes.

En regardant défiler le terrain parsemés de points noirs, Lupus songea que, même pour le pilote le plus endurci, le spectacle avait de quoi laisser sceptique sur les probabilités de survie de l'espèce humaine.

***

Base aérienne de Solenzara, Corse du Sud, 30 juin

Les deux hommes restés au poste de garde se tournèrent ensemble vers le groupe qui traversait la RN198 avec une captive en uniforme américain.

- La chasse a été bonne à ce que je vois, fit le garde qui fumait sur le bord de la fenêtre.

Il se leva pour venir à la rencontre de ses compagnons. Son regard s'attarda sur la femme, les mains liées dans le dos.

- Ouais, répondit Luigi. On est tombés sur l'oiseau rare. Une black, ricaine et militaire... Vise-moi l'arsenal ! On fait amateurs à côté.

D'un mouvement d'épaule, il décrocha le M4A1 qu'il transportait et le tendit au garde qui venait vers lui. Celui-ci prit l'arme avec un sifflement d'admiration. Intéressé, l'autre garde les rejoignit à son tour.

Alison emmagasina les informations visuelles et auditives en vue de son évasion. Elle n'avait aucune illusion sur ce qui l'attendait. Elle allait d'abord être torturée jusqu'à ce qu'elle crache ce qu'elle savait. *En fait, rien.* Et lorsqu'ils s'en apercevraient, ils abuseraient d'elle sans retenue avant de la tuer ou de la réduire à l'esclavage sexuel. Compte tenu de ce qu'ils avaient fait à la femme dans le poste de garde, ils n'auraient aucun scrupule à l'abattre, avec ou sans provocation de sa part.

Mais c'était compter sans ses ressources. D'abord, elle comprenait ce qu'ils disaient et ils ne le savaient pas. Ensuite, sa formation de SEAL l'avait soumise à des simulations de torture où elle avait appris à endurer les coups sans céder. Elle en avait gardé un cuisant souvenir car son amour-propre avait, pour la première fois de sa vie, été bafoué par ceux qui avaient joué les tortionnaires. Elle avait été humiliée sur le plan personnel, intellectuel et même sexuel mais la formation avait produit son effet et elle avait intégré les leçons. Enfin, tout SEAL était expert en close-combat et capable de tuer à mains nues.

Comme une machine programmée, elle entra en mode de fonctionnement spécifique. Elle bloqua les pensées autres que celles qui relevaient de l'objectif principal : l'évasion. S'il fallait qu'elle tue, elle tuerait et quoi qu'elle subisse dans les heures à venir, elle devait être patiente et attendre son heure.

Les trois hommes qui l'avaient capturé la poussèrent jusqu'à un baraquement aveugle en tôles ondulées, visiblement une cabane faite à la va-vite. Les deux hommes du poste restèrent sur place malgré les protestations. D'un coup de crosse dans l'omoplate, Ange la fit tomber à genoux, face contre terre, à l'entrée du réduit misérable.

Les mains liées dans le dos, elle se remit debout avec peine, le souffle court et l'épaule douloureuse. Elle fit le tour de la pièce de cinq mètres sur quatre. Par terre, sur le sol en sable, elle vit trois chaises dont une, isolée, faisait face aux autres. Dans un coin, une batterie de voiture et des câbles électriques terminés par des pinces crocodiles. A côté, une tablette couverte d'objets métalliques tranchants. Au sol, un bac en plastique avec un fond d'eau. Une couverture souillée gisait par terre au fond de la pièce le long du mur de droite. Une seule sortie : la porte par laquelle elle était entrée.

Dans son dos, elle sentit le regard brûlant des trois hommes. Elle tendit ses muscles comme la corde d'un arc, prête à s'en servir à la première occasion. Son corps allait souffrir mais, pour survivre, son esprit *devait* tenir.

L'homme à l'accent italien la saisit par les aisselles et la mit de force sur la chaise isolée face à l'entrée. Il attacha ses pieds à ceux de la chaise et lia ses mains au dossier. Pendant qu'il travaillait, il s'arrangea pour toucher ses seins ronds et fermes à travers les plis de l'uniforme. Malgré sa répugnance, elle serra les dents et n'émit aucun son. Satisfait, il s'écarta pour contempler son œuvre. Ses yeux luisaient dans l'obscurité.

- Alors ma belle, fit Ange en la dévisageant, quelque chose me dit que tu t'es perdue dans le coin.

Les autres ricanèrent mais il resta sérieux, le visage dur.

- Qu'est-ce que tu peux bien foutre ici toute seule ? Les Ricains n'ont jamais été fanas de la Corse. Sauf pendant la dernière guerre, quand elle leur servait de porte-avions. Et ça remonte à loin.

Il se laissa tomber sur une des chaises, allongea les jambes et fouilla dans ses poches à la recherche de cigarettes. Il en trouva une et l'alluma sans hâte, les yeux noirs et vifs braqués sur elle. Fixant du regard le plancher, Alison savait qu'elle était face à un adversaire affûté et fier, son principal opposant. Le langage corporel des autres indiquait qu'ils le suivraient. C'était clairement lui le chef.

- Bizarre… murmura Ange en tirant sur sa cigarette. J'ai l'impression que tu comprends ce qu'on dit.

Elle ne bougea pas un muscle du visage. Il était sournois et dangereux.

- Soif ? Faim ?

Elle ne répondit pas, évitant le piège. Oui, elle avait soif. Mais cet abruti pouvait toujours insister… L'odeur âcre de sa cigarette saturait la salle et la fumée grise virevoltait dans l'air chaud, le temps comme suspendu.

Une détonation fit sursauter tout le monde. Les trois hommes se tournèrent vers la sortie.

- Ça vient du poste de garde ! fit l'homme qui était resté dehors.

- Ils ont dû descendre un de ces cons, aboya Ange. Tony, vas voir ce qui se passe et reviens ici ensuite.

L'homme sortit de la pièce et Ange se dirigea vers Alison en expirant la fumée. Il fit le tour de sa chaise et passa derrière. Sans prévenir, une violente douleur irradia la nuque d'Alison. Un voile blanc passa devant ses yeux et elle bascula en avant mais la corde qui la fixait à la chaise l'empêcha de tomber. Malgré la douleur qui vrillait sa tête et les points lumineux qui dansaient devant ses yeux, elle comprit que le chef l'avait frappée du poing sur la nuque. Des micro-décharges électriques coururent le long de sa colonne. Elle serra les dents pour ne pas gémir.

Ange réapparut devant elle et lui fit face en malaxant son poing. Lentement, il s'accroupit devant elle, les yeux vrillés dans les siens.

- Alors tu viens d'où ? Explique-moi pourquoi l'armée américaine vient nous faire chier ici, en Corse… Qu'est-ce qu'elle nous veut ?

Il arracha d'un geste brusque le badge d'épaule aux couleurs américaines.

- Ça tu vois, fit-il en montrant le badge, c'est tout sauf français. Encore moins Corse. A mon avis, tu pourrais bien être une Française déguisée en ricaine. Ou alors, si tu es vraiment ricaine, tu piges que dalle à ce que je te dis. Dans les deux cas, tu m'intéresses. Tu m'intéresses parce que t'es pas comme les autres.

Il regarda le bout de sa cigarette, joua un instant avec avant de l'envoyer par terre et de l'écraser du talon.

- De toute façon, fit-il en sortant son paquet d'une poche, que tu causes ou pas, ça n'a aucune importance pour mes gars.

Elle se contenta de contrôler les muscles de son corps et mit un moment avant d'accepter de ciller. Ange recommença à tourner lentement autour d'elle, comme un chat autour de sa proie. Chaque fois qu'il disparaissait derrière elle, elle s'attendait à un nouveau coup. Mais le coup ne vint pas et cette alternance d'attente et de relâchement prit rapidement la forme d'une torture psychologique.

Il alluma une nouvelle cigarette.

- Tu fumes ? demanda-t-il en tendant vers elle la cigarette. Comment on dit en anglais… Ah oui. *Smoking* ?

Devant son mutisme, Ange se remit lentement en marche en soupirant. Il tourna deux fois autour d'elle et, lorsque le coup vint, plus violent que le premier, elle bascula en avant avec la chaise.

Avec peine, elle reprit son souffle, la nuque électrisée par le coup. Devant ses yeux emplis de points noirs, le sol crasseux semblait bouger, onduler dans la chaleur. Elle réalisa qu'en tombant vers l'avant, son front avait heurté le sol de plein fouet. Lorsque les points lumineux cessèrent de tournoyer devant ses yeux, elle entreprit de se relever toute seule. En tirant sur les cordes, elle écarta les pieds de ceux de la chaise et banda ses muscles abdominaux. Elle fit jouer ses jambes pour exercer une rotation au niveau des genoux et parvint à décoller le visage du sol. Le buste vint ensuite, malgré l'encombrement de la chaise. Elle reprit son souffle et, à l'aide des genoux, des pieds et des jambes, se redressa.

Ange était face à elle et l'observait attentivement. Il tira sur sa cigarette sans le moindre signe d'émotion.

- Putain, fit Luigi, admiratif. Pas mal ! Même moi j'aurais du mal à faire ça ! Alors t'imagine ce qu'elle peut faire avec un gars au pieu ? Ça me fout le feu au slibard !

Luigi partit d'un rire gras. Ange sourit, faussement compatissant.

- Je suis sûr que c'est une vraie ricaine. Entraînée, ça se voit. Et c'est possible qu'elle pige rien à ce qu'on dit. On va essayer autre chose. Quelque chose de plus intime. Luigi ?

- Eh ? répondit l'homme comme un chien répondant à son maître.

- Je te la laisse pour trois heures. Tu fais d'elle *ce que tu veux*. Mais elle doit être capable de parler dans deux heures. Pigé ?

- Tu crois quand même pas que je vais l'amocher ! Tu m'insultes. Non. J'ai des plans pour elle. Des trucs plus… *intimes*.

Ange se dirigea vers la porte, reprit le fusil à pompe et jeta un dernier coup d'œil à la femme impassible, attachée à sa chaise. De dehors, il s'adressa à Luigi :

- Quand tu auras fini avec elle, viens me rejoindre au poste.

- Entendu, Ange ! répondit distraitement Luigi en défaisant la boucle de sa ceinture, les yeux fiévreux posés sur le corps d'Alison.

Les bruits de pas s'éloignèrent. Resté seul, Luigi enleva ses chaussures de sport et une odeur répugnante s'éleva dans la pièce, malgré la distance. Il fit tomber son pantalon, déposa le fusil près de l'entrée et enleva son tee-shirt sale. Lorsqu'il fut déshabillé, Alison vit avec révulsion son membre turgescent pointé dans sa direction. Par orientation sexuelle, elle n'avait jamais eu de relations physiques intimes avec un homme et, devant les perspectives qui se dessinaient, elle songea que la laideur de ce qu'elle voyait expliquait à elle seule son absence d'intérêt pour le sexe masculin. Luigi approcha et plaqua l'objet de sa virilité sur sa joue. La puanteur était digne de celle des infectés. Malgré l'écœurement, Alison resta stoïque face à l'excitation animale de l'homme.

Pendant de longues minutes, il se masturba contre son visage puis recula d'un pas et commença à défaire l'attirail qu'elle portait au-dessus de sa veste de treillis. Lorsque la veste fut ouverte, il la fit glisser vers l'arrière jusqu'aux poignets. Les bras immobilisés derrière la chaise, Alison exposait ainsi sa poitrine sous le tee-shirt militaire.

- T'as l'air d'être une sacrée salope… J'ai encore jamais sauté une black avant. Y'en a pas trop dans le coin, tu vois. Mais je vais me rattraper maintenant. Fais-moi confiance. Tu vas voir ce qu'un mec peut faire quand il est bien gaulé. Tu vas adorer !

D'un geste brusque, il releva le tee-shirt et le sous-vêtement pour saisir les seins dans ses mains. Il les malaxa avec délectation, pressa sa partie inférieure contre la peau moite et s'excita contre elle. Elle était à l'agonie et ressentait la torture comme nulle autre auparavant. Elle avait beau être entraînée à résister, ce qu'elle vivait à présent allait au-delà. Ce n'était plus une simulation ou un entraînement. Elle n'était plus traitée en soldat mais comme un objet sexuel.

Elle se mordit la lèvre inférieure avec une telle force qu'elle finit par saigner. Sur sa peau, elle sentit la brûlure de l'homme en rut entre ses seins. Elle lutta contre les larmes lorsque l'odeur âcre de son fluide se répandit soudain dans l'air chaud. Soulagé, l'homme se rhabilla sans la regarder.

Elle n'avait visiblement plus de valeur à ses yeux maintenant qu'il avait eu ce qu'il voulait. Il allait la laisser là et partir comme si elle était invisible, raconter son exploit à Ange... Un objet qu'on utilise et qu'on jette. Mais Luigi revint vers elle en remontant sa braguette. Il mit le soutien-gorge dans une poche et replaça la veste de treillis sur Alison pour cacher les traces du forfait. Satisfait, il recula et la contempla en silence avant de se diriger vers la porte en sifflant. Il ramassa le fusil d'assaut et s'arrêta sur le seuil.

- Tu vois, fit-il en tapotant le soutien-gorge dans la poche. Je me rappellerai de toi en m'astiquant ! Tu penses... ma première black ! Allez, je dois filer. Ciao.

Il referma la porte sans la fermer à clef. Une obscurité pesante s'abattit sur la pièce. Le pas lourd de Luigi s'éloigna dans l'air brûlant de l'après-midi.

Lorsqu'elle fut certaine d'être seule, elle se mit à pleurer en silence. Elle était parvenue à donner l'illusion de l'indifférence mais son humiliation était totale. Elle se sentait souillée. Quelqu'un avait profité d'elle sans sa permission. Son vécu, ses émotions, ses projets, ses doutes et ses certitudes, tout ce qui faisait d'elle un être vivant et un individu venait d'être bafoué par un inconnu croisé par hasard. Dans le désordre de son esprit, elle repensa à Sophie et à sa mère, à sa famille et aux SEAL. Elle éprouva la sensation de les avoir trahis. Elle avait été faible, prise au piège comme un vulgaire lapin, incapable de défendre l'intégrité de son propre corps, un sentiment épouvantable et avilissant. Elle pouvait encaisser la violence physique pure, l'agressivité, le stress, le doute ou la pression extrême... *Mais le viol physique ?* C'était au-dessus de ses forces. Le sentiment de honte était semblable à une lame de fond, dévastant tout sur son passage. Comme tout le monde, elle avait bel et bien une limite intérieure. Et elle l'avait atteinte....

Elle n'était pas la femme d'acier qu'elle avait cru être, celle que rien au monde ne pouvait briser. Non. Au milieu de ce trou à rats, aux mains d'une bande de petites frappes sans envergure, elle avait craqué. Avec des techniques de base, Ange était parvenu à identifier ce qui pouvait l'atteindre réellement. C'était pour elle une certitude : c'était lui le plus dangereux. Il avait compris que la force ne pourrait rien contre elle et était passé à une approche plus pernicieuse.

Dehors, des coups de feu retentirent. La bande de péquenots qui tire sur des infectés pour célébrer leur victoire...

Les sanglots silencieux finirent par s'espacer et la laissèrent vidée de l'intérieur. Elle sentait toujours la brûlure sèche de son agresseur entre ses seins, comme une marque de propriété. Son corps n'était plus qu'un nerf géant tendu à l'extrême. Elle dégoulinait de sueur et aspirait à se laver. Elle reprit lentement l'observation et revint en mode rationnel.

Deux heures avant qu'ils reviennent. Et ils savent ce qui me détruit. Si je veux m'en sortir, c'est maintenant. Plus ils me casseront, plus je perdrai pied. Pour le moment, ils sont regroupés au poste de garde et personne ne fait attention à moi et il n'y a pas de garde devant la porte. La serrure n'est pas fermée. Il faut profiter de l'occasion.

Elle tira sur ses poignets pour tester ses liens mais les cordes étaient solidement nouées. Elle essaya autre chose. A l'aide d'un mouvement vertical répétitif, elle frotta la corde contre les montants verticaux du dossier de la chaise mais le bois était trop lisse pour entamer la corde de nylon.

Plongée dans la pénombre, elle essaya de se rappeler la disposition et le contenu de la pièce. Elle s'aida de la lueur solaire qui filtrait autour de la porte et devina le contour des objets. Elle se rappela les ustensiles tranchants sur la petite table.

Comme un canard, elle se dandina avec sa chaise en direction de la tablette en alternant les mouvements de pieds et de hanches. A chaque mouvement, elle progressait d'à peine un centimètre dans un vacarme impossible et risquait de tomber à tout instant.

Suant à grosses gouttes, elle approcha de la petite table. Il lui restait un mètre à parcourir lorsque, soudain, une ombre furtive bloqua les raies de lumière de la porte.

Elle s'immobilisa aussitôt, les sens en éveil. Quelqu'un était devant la porte. Si c'était un infecté ou un des truands, elle était en mauvaise posture. Machinalement, elle retint sa respiration et fit face à l'entrée.

La porte s'ouvrit lentement. La lumière jaillit soudain, aveuglante, et il lui fallut plusieurs secondes pour distinguer les détails. Dans l'embrasure, à contre-jour, elle aperçut une silhouette de petite taille, immobile aux mouvements coordonnés et rapides. Ce n'était pas un infecté.

- Vous êtes qui ? fit une voix d'enfant. Une militaire ?

Stupéfaite, Alison hésita. *Un piège ?* Elle feignit de ne pas comprendre.

La petite silhouette entra dans la pièce et se mit devant elle et, avec la lumière, se transforma en petite fille aux cheveux blonds, longs, raides et sales. *Huit ou neuf ans. Robe blanche à motifs bleus. Des hématomes sur le visage, les bras et les jambes. Peau couverte de cicatrices récentes...* Les yeux de la petite fille étaient semblables à des saphirs brillants mais l'éclat qu'y lut Alison n'avait rien à voir avec la joie de vivre. C'était le regard d'une bête traquée, aux abois.

Avec un unique neveu et aucune mère dans ses fréquentations, elle n'avait qu'une faible expérience des enfants mais elle sut instantanément que la fillette ne pouvait pas mimer la peur avec un tel réalisme. Elle décida de lui faire confiance.

- Qui... qui es-tu ? demanda-t-elle à voix basse.
- Tu parles français ? Ils disent que tu ne comprends pas notre langue !
- Ce sont eux qui t'envoient ?

Les sourcils de la petite fille froncèrent au-dessus de ses yeux cernés. Elle eut un mouvement de recul violent.

- Non ! Et mon nom, c'est Solène. Pas *petite !*

La fillette tourna les yeux vers l'extérieur et, sans répondre, referma la porte. Elle l'entrebâilla juste assez pour faire entrer la lumière sans attirer l'attention de l'extérieur. Alison prit conscience que la petite fille, bien que jeune, était prudente.

- Excuse-moi Solène... Tu as des parents ?
- Ma maman... commença-t-elle.

Un sanglot noya le reste.

- Ils... ils l'ont emmenée tout à l'heure. A l'entrée. Elle criait. C'est toujours comme ça qu'ils font avec les mamans... Mais elle va bientôt rentrer.

Alison repensa à la femme qui avait été violée et abattue dans le poste.

C'était sa mère ! La mère d'une fillette qui se retrouvait seule sans le savoir. Pas le temps pour les sentiments, Alison ! Passe à l'action ! Profites-en !

- Solène, je peux nous sortir d'ici… C'est bien ce que tu veux toi aussi, pas vrai ?

La petite fille approuva de la tête. L'acquiescement silencieux et candide de l'enfant ne fit que souligner sa fragilité.

- Bien. Moi aussi. Mais pour ça, il faut que tu m'aides. Que tu fasses exactement ce que je demande, quand je demande. Est-ce que tu comprends ?

- Oui madame.

- Appelle-moi Alison. C'est comme ça que je m'appelle. Pas madame. D'accord ?

- D'accord. C'est un drôle de nom ça, *Alison*…

Malgré l'urgence de la situation, Alison sourit devant sa spontanéité.

- Tu vois la tablette là-bas ? Les objets en métal dessus ? Prends le plus coupant et coupe mes cordes.

La fillette hésita.

- Si je vous délivre, fit-elle d'une petite voix, vous ne me ferez pas de mal ?

Alison décida d'adopter un langage enfantin pour mettre la fillette en confiance.

- Tu as la parole d'une SEAL, ma grande ! Croix de bois, croix de fer, si je mens, je vais… *je vais* ?

- … En enfer ! D'accord, Alison !

La fillette vérifia à nouveau l'entrebâillement de la porte puis se dirigea vers la tablette. Ses mains hésitèrent au-dessus des instruments puis elle prit un scalpel. Le cœur battant, Alison vit ses chances de libération augmenter exponentiellement.

- Coupe les cordes ! D'abord les poignets, ensuite les pieds…

Si la fillette n'avait pas menti, la liberté n'était plus qu'une question de secondes. Mais si elle était au service des hommes, alors elle pouvait mourir dans les secondes à venir.

Solène passa derrière Alison. Un chapelet de pensées sinistres traversa son esprit. Elle crut même sentir le froid de la lame sur son cou. Pourtant, aucune lame ne vint tailler sa chair et elle sentit les liens des poignets se détendre. Incrédule, elle passa les bras devant elle et ouvrit les mains plusieurs fois pour rétablir la circulation sanguine. La sensation de liberté était fantastique. Elle la devait à une petite fille qui avait croisé son chemin par hasard, de la même manière qu'elle avait rencontré la bande de truands. Elle ne savait rien d'autre de Solène. Sauf qu'elle lui devait la vie. Elle venait de risquer sa vie pour elle alors qu'elle n'était qu'une étrangère, noire, inconnue et parlant une autre langue. Elle lui avait fait confiance.

C'était maintenant à elle de la protéger.

A leur tour, les liens des chevilles se détendirent. Elle allongea les jambes pour rétablir la circulation avant de se mettre debout. La fillette se plaça devant elle, désarmée et innocente. Dans la pénombre, Alison vit le halo blond de ses cheveux éclairés par derrière et y discerna une forme d'espoir. Elles se regardèrent sans ciller, se jaugeant, heureuses d'avoir établi la confiance entre elles.

Alison passa une main rapide dans les cheveux de la fillette puis fit le point sur la situation. Les hommes avaient tout pris : couteau de plongée, pistolet, fusil et sac à dos mais pas ses papiers d'identité qui se trouvaient dans un étui discret glissé sous la ceinture de son pantalon. *Tout sauf des professionnels ! Des amateurs de crime, pas des experts. Des pros auraient tout de suite trouvé les papiers...*

Elle s'agenouilla devant la fillette.

- Merci pour ce que tu as fait. Tu as tenu parole. Maintenant, c'est à mon tour. Dis-moi combien d'hommes il y a ici.

Solène réfléchit un instant, compta sur ses doigts puis ouvrit la main.

- Cinq, traduisit Alison. Et les infectés ? Où sont-ils ?

- Partout autour du camp, mais pas à l'intérieur. Ils sont tous morts.

Alison acquiesça et gagna la porte pour vérifier que la voie était libre. Elle devait fuir, mais pas n'importe comment. Sans armes, seule et en territoire inconnu, elle n'irait pas loin. Elle avait besoin de son matériel. Pour le récupérer, elle devait compter sur l'effet de surprise. Mais elle devait agir seule et mettre la fillette à l'abri. Elle scruta le paysage par la fente de la porte entrouverte.

- Tu connais un endroit où te cacher ? Un endroit sûr ?

- Sur la plage, de l'autre côté des pistes pour les avions. Il y a des buissons avec des épines. Il y a un endroit où je jouais à cache-cache. C'est tout près.

- Excellent. Tu vas y aller et m'attendre.

Les yeux de la fillette s'agrandirent.

- Quoi ? Tu ne viens pas avec moi ? Tu vas me laisser toute seule ?

Alison tourna le visage vers l'enfant et sourit.

- Ne t'inquiète pas. Je reviendrai te chercher quand j'aurai récupéré mes affaires. Nous partirons ensuite. Très loin d'ici.

- Qu'est-ce que tu vas faire ? Tuer les méchants ?

Le sourire d'Alison s'agrandit.

- Je ne sais pas si je vais les tuer. Ce que je veux surtout, c'est récupérer ce qu'ils m'ont pris et fuir.

- Et si c'est eux qui te tuent ? Qu'est-ce que je deviendrai ?

Alison prit la fillette par les épaules et la fixa d'un air grave.

- Je ne me ferai pas tuer, je te le promets ! Tu m'as déjà fait confiance en me libérant. Je te demande d'en faire autant maintenant...

Alison referma la main de l'enfant sur le manche du scalpel avant de se redresser.

- Garde ce scalpel pour te défendre. Va te cacher dans les buissons et allonge-toi. Attention aux infectés... Pas de bruit, et ils ne te verront pas.

Alison prit la main de Solène dans la sienne et ouvrit délicatement la porte. Dehors, le paysage était calme. Le poste de garde était à cent mètres à gauche, séparés d'elles par des arbres. Les cinq hommes étaient certainement ensemble. *Sortir. Mettre Solène à l'abri. Passer à l'action.*

Elle referma la porte et se glissa le long du mur, le cœur battant. Si un seul homme armé veillait de loin sur la prison, elles étaient perdues sans arme. Elle longea le mur avec précaution, les nerfs tendus, s'attendant à l'impact brutal d'une balle. Mais rien ne vint et elles passèrent l'angle sans encombre. De leur position, elles étaient maintenant invisibles depuis le poste de garde.

- Bien, fit Alison en sentant la main de la fillette qui se crispait dans la sienne. Va te cacher. Je ne serai pas longue.

Sans avertissement, Solène gagna en courant un endroit affaissé dans les clôtures. Elle franchit le grillage et se retourna brièvement, fit un geste de la main et disparut dans la végétation. Alison essaya sans succès de la repérer. Elle était très bien cachée et, si elle restait immobile et silencieuse, elle n'aurait rien à craindre des infectés.

Satisfaite, Alison se redressa de toute sa hauteur.

Elle était de nouveau libre et allait pouvoir libérer sa rage intérieure, celle qui lui permettrait de faire face aux hommes qui l'avaient humiliée.

***

Saint-Dizier, 30 juin

Les quatre Rafale, stabilisés à mille cinq cents mètres d'altitude, volaient vers Paris et formaient une ligne perpendiculaire au plan de vol pour augmenter le champ de détection visuelle. Pour la mission du jour, la formation emportait au total six tonnes de bombes à guidage laser, armes efficaces pour détruire les grandes concentrations d'infectés, ainsi qu'un réservoir supplémentaire pour augmenter l'autonomie mais aucun missile air-air en raison de l'absence de menace aérienne. L'objectif était de libérer les troupes terrestres prises au piège dans les villes de la Nationale 44.

Depuis le départ de Saint-Dizier, un des ailiers, Rasoir 26, s'était déjà délesté de plusieurs bombes et avait éradiqué un groupe d'un millier d'infectés sur la RN-44 à hauteur de Vitry-le-François après avoir vérifié qu'il ne s'agissait pas de réfugiés civils ou militaires. Il avait effectué sa mission en silence, rendu compte du succès de ses frappes et rejoint la formation. Toujours en silence.

- Quel gâchis, fit Lupus à l'attention de Mack. Des bombes à guidage laser pour ces gros cons... Autant donner de la confiture aux cochons !

- Lupus, répliqua aussitôt Mack, on nous demande de bombarder un objectif. Alors on obéit aux règles d'engagement et on bombarde. Rien de plus. Cool ?

Lupus ne releva pas le rappel à l'ordre masqué de Mack. Inutile d'essayer de lui faire comprendre la haine qui lui tordait les boyaux, le besoin de trouver un coupable à la mort de celles qu'il avait aimées, l'envie impérieuse de purger sa soif de violence, la perspective des jours à venir à vivre sans elles, en pensant chaque jour à leur absence, jusqu'à son dernier souffle.

- Doucement ! gronda Mack dans les écouteurs. Stabilise !

Lupus compensa la légère dérive de l'avion.

- Reviens sur terre ! avertit Mack d'une voix plus dure.

Malgré leur relation hiérarchique, Lupus acceptait les remarques de Mack, son subordonné, en raison de leur amitié profondément ancrée dans leurs souvenirs. Mais il ne l'aurait accepté de personne d'autre. Connaissant son navigateur, il attendit la suite.

- On est en guerre ! On a besoin de toi comme patron et équipier ! Laisse tes fantômes de côté et visse ton cul sur ton siège de pilote !

Lupus tiqua. Mack le connaissait bien. Il avait raison.

Rester concentré malgré le chagrin et la douleur. Ne serait-ce que pour Mack. Et ses hommes. Cela faisait partie du métier de pilote de chasse et de chef. C'était dans l'épreuve qu'il devait se montrer fort.

Il diminua la poussée pour économiser le kérosène. La mission ne nécessitait pas d'être rapide mais précis. Loin au sud, il repéra une épaisse colonne de fumée noire.

- Mack, demanda-t-il. Une idée de ce qui brûle à neuf heures ?

- Une seconde. Je vérifie. Ah oui : d'après la carte, ça pourrait être la raffinerie de Grandpuits.

Lupus regarda l'épaisse colonne noire en songeant que, cette fois, aucun sapeur-pompier n'irait éteindre les millions de litres de carburant qui partaient en fumée. Il vérifia l'horloge de bord. *12 minutes de vol. RN4 quasiment déserte. Pourvu que ce soit pareil quand le convoi quittera Saint-Dizier...*

- Lead de 24, nouvelles concentrations d'infectés droit devant, à douze heures.

- C'est dans la ville de Sézanne, commenta Mack.

Les chasseurs perdirent de l'altitude et décrivirent un cercle autour de la ville pour observer les infectés. Des groupes convergeaient vers la ville depuis les quatre points cardinaux, prenant au piège les embryons de forces terrestres qui s'étaient réfugiées dans la ville. Le spectacle était terrible et irréel à la fois, l'altitude agissant comme un tampon de sécurité avec ce qui se passait sous les ailes. Lupus songea à l'espoir que devait représenter la vue des quatre chasseurs armés pour les soldats qui se battaient pour rester en vie dans la ville.

La formation reprit de l'altitude. Rapidement, Lupus formula un plan d'attaque pour dégager les hommes encerclés au sol. Il décida d'envoyer un chasseur sur chaque point cardinal, de larguer ses munitions et, si nécessaire, de finir l'attaque au canon de 30mm.

Il donna ses ordres. Les ailiers confirmèrent et il leur indiqua les consignes de regroupement pour éviter les collisions en vol. Obéissant aux ordres, chaque ailier fonça vers sa cible au top donné par Lupus. Lorsque ce fut son tour, il entendit la voix de Mack dans les écouteurs.

- J'arme le laser.

Lupus acquiesça, visualisant mentalement Mack dans le cockpit arrière, penché sur son écran vert, cherchant l'objectif à frapper à l'aide du curseur qui contrôlait la nacelle Damoclès.

- Objectif acquis. Cinq mille gusses au minimum. La RN4. C'est par là qu'ils vont vers Sézanne. Tu les vois ?

- Affirmatif, confirma Lupus. OK, on vire, j'arme et on largue en finale.

- Faudrait être manchot, cul de jatte et aveugle pour manquer l'objectif ! souffla Mack. OK, bombes armées.

Lupus sortit du virage et stabilisa l'avion.

- Vise-moi ces enfoirés ! gronda Mack en transférant l'image de l'objectif sur un des écrans de Lupus, en place avant.

Lupus fixa l'image verdâtre et sinistre, si précise qu'il pouvait distinguer les ravages physiques sur les visages des infectés. Malgré les soubresauts de l'avion dans l'air chaud et instable, le laser resta figé sur sa cible et l'indication de tir flasha plusieurs fois devant ses yeux. Lupus appuya sur la détente sans hésiter avant de dégager à droite. Mack garda les yeux rivés sur l'écran de visualisation de l'objectif.

- Coups au but, fit-il à voix haute en voyant l'écran blanchir soudainement, saturé par la lumière des explosions.

Lorsque l'écran reprit sa teinte verdâtre habituelle, Mack discerna des centaines de corps, immobiles ou incapables de se relever au milieu de la fumée. Alors que Lupus se concentrait sur le vol, Mack estima les pertes à la moitié des effectifs. D'un commun accord, ils décidèrent de retourner sur l'objectif pour neutraliser ce qui en restait. L'avion acheva son cercle avant de larguer une nouvelle paire de bombes.

- Objectif neutralisé, fit Mack. Il ne reste rien d'autre que des macchabés carbonisés.

Lupus fit basculer l'avion à gauche, vers le nord et ordonna à la formation de se rassembler.

Les ailiers 24 et 25 le rejoignirent rapidement par l'arrière et firent leur rapport. Ils avaient, eux aussi, anéantis les objectifs assignés. La mission était un succès. Les troupes au sol allaient pouvoir reprendre leur avance vers l'ouest.

Restait Rasoir 26, le dernier ailier, qui tardait à répondre.

- Lead à 26, demanda Lupus. Statut !
- 26 en approche sur objectif. Dernière passe. Je vous rejoins.

La formation prit de l'altitude et fila vers le nord à vitesse réduite. Lupus chercha du regard Rasoir 26.

- Là, fit Lupus en repérant l'ombre d'un avion qui se déplaçait à vive allure.

- Il est trop bas ! observa Mack.
- *Beaucoup* trop bas ! ajouta Lupus entre ses dents serrées.

***

Base aérienne de Solenzara, Corse du Sud, 30 juin

Ange désigna du doigt une silhouette longiligne et sombre qui avançait maladroitement sur l'asphalte surchauffé, fantôme déformé par les brumes de chaleur de la route.

- Eh, le Marseillais... T'arriverais à descendre le zombie ? Je veux dire, d'ici ?

- Tu me vexes, Ange ! Même au lance-pierre, s'il le faut ! Le soleil te tape dessus, ma parole...

Sourire aux lèvres, le tireur se mit en position et posa le fusil

229

américain sur la fenêtre pour stabiliser la visée. Les autres ricanèrent pendant qu'il se concentrait sur l'objectif qui grossissait lentement dans le viseur. Il centra le repère sur le torse. *Quarante ans, front dégarni, tête rectangulaire, épaules larges. Un vestige de lunettes sur le nez. Bouche ouverte, visage et bras couverts de pus, la peau une horrible mosaïque noire et rouge. D'après les repères environnants, de grande taille. Peut-être un ancien ingénieur, commercial ou médecin.* Aujourd'hui, rien de plus qu'une cible vivante pour le tir. La maladie rendait les gens égaux.

Lorsque les conditions furent réunies, le tireur appuya sur la queue de détente. Le fusil bondit entre ses bras et la balle frappa l'infecté comme prévu, en plein cœur. L'homme fit encore un pas puis s'affaissa sur la route.

- Putain ! souffla le tireur en contemplant le fusil, émerveillé par la précision.

- C'est le zombie qui n'était pas en forme aujourd'hui ! contra Ange.

La bande s'esclaffa. Du poste de garde, ils contrôlaient l'entrée de la base et l'approche des infectés ou des véhicules sur la RN198. En priorité, ils s'appropriaient l'eau, la nourriture, les armes et munitions mais le prix suprême, c'était les femmes.

Pour l'heure, accablés par la chaleur du jour, Tony, Florent et Emmanuel restaient à l'ombre dans le bâtiment, tuant le temps en tirs sur les infectés, jeux de cartes et palabres sans fin. Luigi jouait avec le M4A1 et Ange fumait dehors sans bouger pour mieux gérer la chaleur, assis sur le perron plat du bâtiment.

Dans la quiétude du jour, il pensa au passé, à défaut d'avoir un avenir défini. Comme d'autres, c'était pour lui une façon de reprendre des forces dans cet univers dont la plupart des repères avaient disparu. Pourtant, malgré l'incertitude du futur et la précarité du présent, il se sentait bien. Il vivait au jour le jour avec ses hommes, sa seule responsabilité étant d'assurer son autorité sur le groupe et de trouver les moyens de survivre un jour de plus. Et de s'enrichir au passage.

Ancien mécanicien au parcours scolaire agité, il avait pris l'ascendant sur le groupe du fait de ses séjours précoces en prison. Lorsque l'épidémie avait commencé dans l'Ile de Beauté, il avait vu l'occasion de rompre avec la société et était passé à l'action, trouvant refuge avec ses hommes dans le maquis, pillant et violant à sa guise. Ce qu'il avait considéré comme une punition en prison l'avait finalement servi. Il avait saccagé magasins et dépôts de matériels et plusieurs centres de police et avait amassé un trésor de guerre en matériel électronique, bijoux, montres, argent liquide, essence, batteries de voiture, armes et munitions et conserves alimentaires. Le butin était stocké dans l'ancienne base aérienne de Solenzara. Sans illusion, il savait cependant qu'un jour une autre bande arriverait. Il y aurait peut-être des négociations, probablement de la bagarre, mais pas grand-chose à faire pour l'éviter. C'était juste une question de temps.

Un bruit stoppa le cours de ses pensées. *La droite, derrière le poste de garde ?* La route était devant lui, la base derrière. Il dressa l'oreille. Un déplacement sur la couche de sable, d'aiguilles de pins et de graviers.

- Silence ! ordonna-t-il en faisant un geste tranchant vers ses hommes.

Les conversations s'arrêtèrent et les hommes se précipitèrent sur leurs armes.

- On aurait dit un animal qui marche sur le gravier. Lapin ou chien, à coup sûr. Luigi, tu restes ici. Batiste, tu vas voir. Et profites-en pour vérifier la Ricaine. Vérifier, pas mâter…

Tony jeta sa cigarette, prit un fusil de chasse à canon double et se dirigea vers la porte en ronchonnant.

- Et essaye de nous ramener de la viande fraîche pour le dîner, lança Ange sans humour. Lapin ou clébard. Ça t'évitera de faire la cuisine ce soir !

Tony sortit et disparut. Ange retourna à son poste d'observation et alluma une nouvelle cigarette. Derrière lui, dans le bâtiment, Florent et Emmanuel reprirent leurs conversations stériles. Luigi se remit à explorer le fusil d'assaut américain.

Lorsqu'il eut passé le coin du bâtiment, Tony raffermit sa prise sur le fusil de chasse et ôta la sûreté. Devant lui, la base s'ouvrait en direction des deux pistes d'atterrissage parallèles à la mer. Au-delà, il devinait les flots bleu-marine de la Méditerranée à travers les pins rectilignes. Prudemment, il fit plusieurs pas vers les pins résineux et s'arrêta à l'angle du bâtiment, cherchant ce qui pouvait être à l'origine du bruit.

Il détestait les chiens errants. Le dernier l'avait mordu au mollet et il l'avait abattu en retour. Avec cette saleté d'épidémie qui transformait les gens en zombies, il avait été longtemps hanté par l'idée que les chiens pouvaient transmettre la maladie mais l'angoisse n'avait duré que quelques jours. Les animaux étaient épargnés.

Il soupira et contrôla visuellement la base déserte en s'attardant sur les cent mètres qui séparaient le coin du bâtiment et la prison de l'Américaine. Plusieurs chemins y menaient. Un petit sentier passait par un massif de pins, les autres le contournaient par des routes de service bitumées.

La chaleur était écrasante et il transpirait abondamment. Machinalement, il redressa ses lunettes de soleil et concentra son attention sur les arbres. Pas un mouvement, pas un bruit. Toute la base était assoupie, squelette sec aux os blanchis.

Il avait à nouveau envie d'une cigarette. D'après ce qu'Ange avait dit, le bruit ressemblait au pas d'un homme ou d'un animal. Il raffermit sa prise sur le fusil de chasse et remonta à droite le long du bâtiment pour vérifier l'autre angle.

Prudemment, il passa la tête pour vérifier. Une douleur violente l'aveugla soudain et il tituba en arrière, sonné. Il lâcha son arme pour sortir ses lunettes qui s'étaient enfoncées profondément dans la chair du nez. Alors que sa vision revenait, il distingua vaguement la femme noire à travers les larmes de douleur.

Le fusil était entre eux, par terre. La femme écarta l'arme d'un coup de pied et, avec la souplesse d'une panthère, s'approcha de lui. D'un puissant coup de pied, elle le frappa en plein plexus solaire et il tomba à genoux à la recherche de son souffle. La panique gela son esprit. La femme tourna sur elle-même pour prendre de l'élan et propulsa sa jambe vers lui. Il y eut un craquement sec lorsque l'os du crâne céda. Un voile noir et définitif obscurcit sa vue.

Alison reprit son souffle en regardant le corps allongé dans le sable. Elle ramassa le fusil et contrôla le chargement. *Deux cartouches. Will have to do...* Elle fouilla le corps et empocha cinq munitions et un briquet puis elle se redressa et glissa l'arme sous son bras. Les quatre complices ne s'inquiéteraient pas avant plusieurs minutes mais tout bruit suspect les ferait sortir de leur abri.

Plaquée contre le mur, elle débattit mentalement de la stratégie à utiliser. L'assaut frontal était exclu. Ils étaient solidement retranchés, nombreux, plus frais qu'elle et leur équipement défensif était conséquent. En dehors du M4A1, elle avait vu un fusil à pompe, un autre fusil de chasse et un revolver.

Une diversion. Utiliser les infectés ? Trop dangereux, trop incontrôlables. Alors quoi ? Les liquider un par un ? Les piéger ?

Elle regarda le bosquet d'arbres et une idée se forma. Elle s'y rendit au trot, leva le fusil de chasse et tira deux coups simultanés en l'air. Dans le silence ambiant, les déflagrations ressemblèrent à l'orage et des oiseaux s'envolèrent en piaillant.

Sans attendre, elle revint en courant vers le poste de garde. Elle entendit l'éclat de leurs voix rauques, les rires gras. Celle du chef lui parvint distinctement.

- Je vous l'avais dit : on aura de la viande fraîche. Tony préfère ça plutôt que de faire la cuisine !

En tirant, elle avait souhaité faire peur aux hommes et les attirer dans un piège au niveau du bosquet mais ils n'étaient pas sortis du poste ! Elle réprima un juron. *Que faire maintenant ? Impossible de débouler en force dans le poste de garde avec cinq cartouches et une arme à recharger au milieu de l'action !*

Elle cassa le fusil, inséra deux nouvelles cartouches et tira vers le ciel bleu marine en hurlant. Alors que le tonnerre des déflagrations s'évanouissait dans l'air chaud, elle courut vers l'abri et réapprovisionna les canons fumants. *Trois cartouches...*

Cette fois, elle entendit le brouhaha des chaises renversées violemment, les pas lourds et soudain agités, les aboiements des voix tendues et excitées.

- Allez, allez, allez ! rugit la voix tendue d'Ange. A vos flingues et en chasse !

Elle rejoignit l'endroit où elle avait tué le premier homme. Son plan était de contourner le poste de garde par l'avant pendant que les hommes se dirigeaient vers le bosquet. Elle les prendrait ainsi à revers. S'ils se séparaient, elle détruirait les groupes séparément.

La manœuvre fonctionna exactement comme prévu.

- On se sépare ! hurla Ange au niveau du bosquet. Flo avec moi. Luigi avec Manu. Luigi et Manu, vous allez à la prison par la droite. Flo et moi, on passe à travers. Faites gaffe, les gars, elle est dangereuse. Vous la voyez, vous la plombez. Vous hésitez, et c'est elle qui vous plombe. Allez !

Tapie dans leur dos, elle les vit se séparer et les suivit à distance. Elle décida de concentrer d'abord l'attaque sur le groupe mené par Luigi, qui avait récupéré le M4A1. L'Américaine se rapprocha et le reconnut. C'était lui qui l'avait souillée de son fluide. Un autre homme plus jeune et moins charpenté le suivait, armé d'un fusil de chasse à canons parallèles. Luigi tenait le M4A1 des deux mains et menait le binôme. Il marchait plié pour réduire sa taille mais ses gestes étaient lents. *Pas assez affûté physiquement.*

L'attitude des deux hommes transpirait l'amateurisme. Des pros auraient progressé en se couvrant mutuellement, le premier tourné vers l'avant, l'autre vers l'arrière pour couvrir ensemble les 360 degrés autour d'eux... Elle vérifia la position de l'autre binôme. Disparu dans le bosquet. Incapable de garder le contact visuel avec l'autre groupe. Trop de végétation. Exploiter le terrain... Dix mètres...

Elle bondit derrière des cycas voluptueux, si proches de la cible qu'elle pouvait sentir la transpiration des hommes. Elle vérifia une dernière fois le terrain. *Cinq mètres... c'est le moment.* Sans attendre, elle se redressa et déchargea les canons sur l'acolyte à travers le feuillage. La violence du coup tiré à bout portant propulsa l'homme dans les airs. *Une cartouche...* Elle cassa de nouveau les canons jumelés et inséra sa dernière cartouche dans l'étui fumant. Comme au ralenti, elle vit le mouvement circulaire du M4A1 dans les mains de Luigi, l'arme venant vers elle. Elle referma les canons d'un claquement sec et tira. Lorsque la fumée s'éclaircit, elle vit le trou béant dans l'abdomen de Luigi. Ses yeux se révulsèrent, l'arme tomba dans le sable et il bascula d'un bloc en avant, mort.

A peine remise de la surprise d'être indemne, les hurlements de l'autre binôme lui rappelèrent qu'elle n'était pas encore sauvée. Elle jeta le fusil de chasse et retrouva avec plaisir son arme avant de se mettre à l'abri dans un massif de bougainvilliers. D'un geste rapide, elle vérifia le chargeur. *Presque plein...* Elle écarta le feuillage pour créer une ouverture discrète. Devant elle, à moins de dix mètres, Ange et son complice débouchèrent en trombe sur le lieu du carnage.

- Salope de Ricaine ! jura Ange. La pute !

De sa cachette, Alison aperçut le visage rouge et les veines saillantes du chef.

- Faut se barrer ! gémit son compagnon en vérifiant anxieusement les environs. Déconne pas ! On fait pas le poids...

- Alors barre-toi. Me dis pas ce que je dois faire !

Ange tourna plusieurs fois sur lui-même et tira des coups de feu en l'air. Son visage était celui d'un enragé. Bien cachée dans son abri végétal, elle mit en joue son compagnon. *Inspiration. Expiration. Blocage du souffle. Tir. Expiration...*

Une balle suffit pour abattre le blessé. A vitesse supersonique, la munition perfora le crâne et ne dévia de sa course que d'une fraction de millimètre. Elle replaça aussitôt les repères sur la hanche d'Ange qui cherchait à repérer l'origine du tir. Elle appuya sur la détente au moment où il se jetait dans le sable. Le coup passa à moins d'un centimètre de sa hanche et, lorsque la poussière se dissipa, il avait disparu. Fébrilement, elle fouilla l'endroit à l'aide de sa lunette de fusil. *Il pouvait être n'importe où... Changer de position pour rester en vie.*

Elle s'éloigna du bosquet dans lequel Ange avait disparu puis s'arrêta derrière un figuier. D'un geste, elle s'allongea et parcourut l'épaisseur végétale du bosquet avec la lunette. L'homme était là-dedans. *Le retrouver et l'abattre. Retrouver le matériel. Finir le boulot, rendre service aux réfugiés de la RN198.* Elle se releva, le ventre couvert de brindilles, et s'élança vers un nouvel abri en contournant le bosquet par l'est. Elle fit dix mètres, courbée et attentive, lorsque deux détonations retentirent. Par réflexe, elle se jeta à terre et répliqua en ouvrant le feu au jugé. Lorsqu'elle s'immobilisa dans un creux de terrain, elle sentit une brûlure à la cuisse. *Éraflure. Comme en 2007, en Afghanistan. Allez ma fille. Debout et bats-toi.* Elle mit la douleur de côté et se concentra sur l'adversaire. *Un contre un. Le chat et la souris. Ou plutôt, le chat et le chat. Armes égales, même détermination.*

Non. Elle n'aimait pas la guerre. Elle aimait *la chasse.* C'était dans sa personnalité, ses gènes, son éducation. Elle avait grandi dans une famille disloquée, composée de garçons, avec un père violent qui la rossait à coups de ceinture, qui s'ouvrait les poings et les pieds sur elle pour lui apprendre à vivre. *Non. Elle n'était pas une anomalie, une ratée, une moins que rien. Elle n'était pas nulle, elle valait mieux que cette niaise de mère qui s'était faite engrosser sans comprendre qu'elle n'était pour son mari qu'une génitrice destinée à produire de nouveaux étalons... elle valait mieux que ce père dégénéré qui aimait l'alcool cent fois plus que ses propres enfants !*

Petite, elle s'était juré de dépasser son père par l'intelligence et les aptitudes. Elle s'était enrôlé dans l'US Army, y avait fait ses études supérieures et était devenue officier de carrière en échange d'une bourse. La combinaison d'excellence et de persévérance qu'elle avait déployée lui avait permis de changer d'arme et de rejoindre le corps d'élite des SEAL de l'US Navy, fait rarissime pour le personnel de l'Army et prouesse exceptionnelle pour une femme. Lancée à toute vitesse dans le dépassement personnel, il ne lui avait fallu que quelques mois pour intégrer le SEAL Team Four et, si le monde ne s'était pas écroulé entretemps, sa trajectoire l'aurait mené directement au pinacle des forces spéciales d'élite américaines, le SEAL Team Six, celui-là même qui avait traqué et abattu Oussama Ben Laden.

Tout ce qu'elle avait réussi à faire, tout ce qu'elle était devenue, elle le devait à sa personnalité, à sa rage de vaincre. Plus froide et déterminée dans l'action que la plus féroce des tigresses, elle savait pourtant être maternelle et compatissante avec ceux qu'elle aimait, une rareté. Elle puisa dans sa force de caractère pour combattre la douleur. Arme pointée vers l'avant, elle fouilla du regard les alentours à la recherche de son adversaire, dissimulé par la végétation.

- Surprise ? hurla Ange, invisible dans le bosquet. Ça fait quoi d'être blessée ?

Une nouvelle série de coups de feu retentit. Allongée sur le sol sec, elle entendit les balles passer au-dessus d'elle, dangereusement proches de sa tête. *Bouger !*

Malgré la douleur à la cuisse, elle trouva la force de bondir vers le bosquet au milieu des sifflements de balles. D'après les tirs, Ange se trouvait à gauche, caché dans la végétation. Il n'avait rien d'un professionnel du combat, même s'il semblait avoir une meilleure expérience et qu'il était le moins idiot de la bande. Elle devait se rapprocher de lui sans se faire voir.

Les sens en éveil, elle se redressa dans les broussailles. A l'aide de mouvements latéraux rapides, elle balaya l'espace en direction de l'origine des tirs et évita les brindilles en marchant pour ne pas faire de bruit. D'abord touffu, le bosquet se clairsema vers le centre. Elle s'agenouilla contre un tronc de pin pour se protéger et poursuivit sa fouille visuelle. Elle s'apprêtait à changer de position lorsque soudain quelque chose s'abattit sur sa tempe.

***

Saint-Dizier, 30 juin

Un silence total s'empara du cockpit. Médusé, Lupus vit le drame se dérouler comme au ralenti, incapable d'agir pour venir en aide à l'avion qui volait trop bas.

- Lead à 26, fit Lupus, redresse, *redresse* !
- Des oiseaux ! jura Rasoir 26. En plein dedans… Nom de… Ça cogne de partout. Ah ! Avarie moteur 1 ! Avarie moteur 2… Perte de puissance sur les deux ! C'est… Impact sur verrière. Perte de vitesse et d'altitude…

Lupus analysa la situation, l'esprit en feu. Rasoir 26 essayait désespérément de garder l'altitude mais il volait à moins de trente mètres au-dessus des champs de blé. L'ingestion d'oiseaux avait endommagé structurellement les moteurs et provoqué leur arrêt simultané. Trop bas, sans puissance, Rasoir 26 ne pouvait plus grimper. Il était perdu.

- 26, éjection ! ordonna Lupus. EJECTION !

Il attendit, le cœur battant. La verrière se détacha violemment et les secondes défilèrent avec lenteur. Il attendit avec anxiété les flammes des fusées de propulsion des sièges éjectables. Mais rien ne vint et l'avion s'écrasa au sol en une énorme boule de feu qui continua sur sa lancée.

Comme anesthésié, Lupus se força à réfléchir, le casque pressé contre la verrière, une main gantée contre la surface transparente, la respiration courte et rapide. C'était la première fois qu'il perdait un ailier. Quelque chose n'avait pas fonctionné. *Comment savoir ?* Il n'en croyait pas ses yeux. C'était allé si vite. *Les oiseaux ? Les pilotes avaient peut-être été assommés, ou tués, par le choc des volatiles lorsque la verrière avait été larguée.* Il fut incapable de parler pendant plusieurs secondes. *Un drame. Un nouveau drame. Toujours des drames !*

- Lupus ! gronda Mack. Rasoir 25 te demande ce qu'il faut faire ! Reviens sur terre !

Il était groggy, nauséeux, sa tête tournait et il voyait trouble. Il n'avait même pas entendu l'appel de son ailier. Conscient d'être en plein phénomène psychosomatique, il se sentit piégé comme un nageur en apnée en bout de réserve d'air sous vingt mètres d'eau.

- Bouge-toi, Lupus !

- Lead à formation, finit-il par dire d'une voix faible, desserrez la formation. On revient sur le cap de mission, on pousse jusqu'à Paris et on rentre au bercail.

- C'est ça, fit Mack pour l'encourager. Cool. C'est bien.

L'esprit encore accablé, Lupus ramena la formation sur le cap de Paris en suivant la RN4. Ils bombardèrent deux concentrations significatives puis, à court de munitions et d'objectifs, repartirent vers Saint-Dizier. Une heure après avoir décollé, les trois chasseurs reprirent contact avec le ciment de la piste.

Lupus quitta l'avion en dernier. En posant le pied sur le tarmac brûlant, il aperçut les hordes d'infectés qui convergeaient vers les barbelés, exerçant une pression physique croissante sur la base qui confirmait les observations aériennes. Le périmètre défensif terrestre était en train de lâcher.

- Il est temps de se barrer ! constata Mack, casque à la main en attendant Lupus.

- Ces enfoirés sont attirés par le bruit. 180 décibels au décollage ? Un vrai aimant pour eux, même si ces cons ne comprennent pas d'où ça vient…

Les deux hommes s'éloignèrent en silence du hangar. Mack attendit d'être à distance des mécanos qui s'affairaient sur l'avion et prit Lupus par le bras. Doucement, il l'obligea à s'arrêter.

- Lupus, fit-il en rangeant ses lunettes de soleil dans une poche de combinaison. Je sais que ce qui s'est passé en mission t'a secoué. J'ai vu ta réaction. Tu as *disjoncté*.

Lupus attendit la suite le cœur battant, les lèvres serrées.

- C'est grave pour un chef de formation.

Il garda la tête baissée, les yeux fixés sur la jointure entre deux dalles de ciment.

- En temps normal et avec un pilote différent, continua Mack, je demanderais à ce que tu sois relevé de ton commandement et interdit de vol, malgré ton grade supérieur au mien.

- Le règlement le permet. J'ai mis la formation en danger par mon comportement. J'ai… je n'ai pas assuré. Je le sais.

- … mais je n'en ferai rien. Non, tu ne peux pas dire que tu n'as pas assuré. Tu as surmonté le stress d'un crash en direct et repris le contrôle de la formation. C'est peut-être une banalité mais ça montre que tu as encore des ressources intérieures. Ce qui est arrivé à Rasoir 26 n'est pas de ta faute. C'était un bon pilote, avec de l'expérience, qui savait ce qu'il faisait. Mais il a déconné ! A cent pieds en sortie de boucle, sans moteurs au milieu d'un vol d'oiseaux, il n'y a pas de miracle. Tu ne pouvais rien faire pour lui. C'était au-delà de ta responsabilité.

Mack fit un pas de côté, prit Lupus par les épaules et l'obligea à lui faire face.

- Plus le monde va s'effondrer, plus ça va être dur. Si on se laisse aller, il n'y aura personne pour prendre la relève derrière. Ce sera la fin.

Il fit une courte pause, songeur, et reprit à voix basse.

- Tes ailiers, tes potes et moi… on ne te laissera jamais tomber. On est là les uns pour les autres. On se soutient dans les coups durs. Ça ne changera pas avec le temps. Et l'amitié n'est pas qu'un mot. Ça se vit et ça s'entretient tous les jours. Penses-y. C'est de l'espoir.

Lupus leva les yeux vers Mack, un pâle sourire aux lèvres.

- C'est de la très mauvaise psychologie, Mack. Mais ça fait du bien.

Il leva les yeux vers le ciel et regarda le bleu immaculé, les yeux humides.

- En fait, je ne sais plus très bien où j'en suis.

Mack donna une tape amicale dans le dos de Lupus en souriant.

- Lupus, les infectés te rappelleront vite qui tu es et ce que tu dois faire. Je te préfère comme ça, avec ton sale caractère, qu'en escogriffe qui baisse la tête. Même Droopy avait l'air plus dynamique que toi quand tu es descendu de l'avion.

Lupus se remit en marche. Le soleil brillait chaudement dans le ciel. Il avait faim, l'odeur du pain préparé par le mess flottait dans l'air et, cet après-midi, il devait voler. Le kérosène brûlé flottait encore dans l'air chaud.

Ensemble, ils firent le rapport aux mécaniciens, rejoignirent leurs ailiers pour un débriefing complet puis se déséquipèrent avant de se séparer. Lupus prit le chemin du bureau du chef d'escadron la tête basse. Il allait devoir expliquer la perte d'un avion et d'un équipage. Comme l'avait dit Mack, il n'avait commis aucune faute. C'était la guerre, avec ses aléas. Sans contrôleur avancé au sol, impossible de repérer des formations d'oiseaux si près du sol. Les moteurs n'avaient pas tenu. Et il y avait eu faute de pilotage. Sortir d'un looping aussi bas, c'était la violation incontestable des règles d'engagement énoncées avant la mission. S'il y avait eu le moindre doute sur sa responsabilité, Mack le lui aurait dit sans détour.

Il accéléra le pas en direction de la salle d'opérations.

Une heure plus tard, il retrouva Mack. D'autres pilotes passèrent devant le Dron pour témoigner. Deux heures s'écoulèrent encore avant que le Dron ne convoque Lupus pour confirmer l'absence de responsabilité dans l'accident et lui renouveler sa confiance. Il en profita également pour annoncer l'imminence de l'évacuation de la base. Les avions et équipages survivants des trois escadrilles de l'EC-1/7 allaient assurer l'appui au sol du convoi terrestre vers Vélizy-Villacoublay.

***

Base aérienne de Solenzara, Corse du Sud, 30 juin

Sonnée par le coup qu'elle n'avait pas vu arriver, elle vacilla mais parvint à ne pas lâcher son arme. La vue obscurcie par l'afflux sanguin, elle essaya d'esquiver sans succès le second coup mais le reçut en pleine tête. Elle tituba et tomba à genoux. La voix essoufflée d'Ange lui parvint comme à travers une boîte métallique.

- Je croyais que tu aimais te battre !

Le corps plié en deux, elle essayait de récupérer son souffle lorsqu'un nouveau choc la fit tomber par terre. Elle sentit l'air quitter ses poumons, privés d'oxygène, comme lors des remontées d'urgence en plongée de combat.

Malgré la douleur, elle vit le bras d'Ange se lever pour frapper. Il avait le visage rouge et les traits déformés par la haine. Par réflexe, elle réussit à bloquer le bras par une clef défensive mais fut obligée de lâcher son fusil. En voyant qu'elle parvenait à bloquer le coup, elle reprit confiance et enchaîna une combinaison de mouvements. Les deux mains fermement agrippées au bras de son agresseur, elle mit son corps en action pour combiner traction et poids de l'homme dans la chute et mit son pied sur le ventre d'Ange qu'elle utilisa comme levier pour pousser verticalement. Ils partirent ensemble en roulade arrière, Ange au-dessus.

Lorsqu'ils retombèrent dans le sable, Alison fut la première en position. Elle le mit sur le ventre et conserva sa prise sur les bras, un genou sur ses omoplates, les bras bloquants ceux de l'homme. Elle avait gagné. D'un simple mouvement, elle pouvait au choix casser son bras, déboîter l'épaule ou briser sa colonne vertébrale. Furieux, il vociféra et se débattit, cherchant à rompre l'étau.

Elle regarda l'homme vaincu. Il n'était pas prêt à abandonner. Fier et arrogant, il continuerait d'être une menace pour l'espèce humaine tant qu'il respirerait. Il était certainement perdu pour la société mais elle décida qu'elle n'avait aucune légitimité à décider de le tuer ou de le laisser vivre. Même dans ce monde effondré, elle tenait à rester fidèle à ses principes. Elle arbitra la situation en moins d'une seconde.

Elle saisit son bras et, d'un geste coordonné, le brisa d'une simple torsion latérale. Un craquement de bois sec retentit lorsque l'humérus céda. Ange hurla de douleur.

Dans cet univers apocalyptique, livré à lui-même au milieu des infectés, sans la protection du groupe, elle ne donnait pas cher de sa survie. Tranquillement, elle ramassa le M4A1 et s'éloigna alors qu'il se remettait péniblement debout.

- Pourquoi tu fais ça ! hurla Ange. T'as pas le droit de me laisser comme ça !

Elle stoppa et se retourna vers lui en soupirant. Elle se passa une main sur le visage pour en ôter le mélange de sueur et de sable.

- Un type qui est capable de tuer ou de faire tuer la mère d'une enfant terrorisée après les avoir violées toutes les deux, c'est pire qu'un infecté. Lui, il a l'excuse d'être malade et irresponsable. Il ne calcule pas. Tandis que toi, tu n'es intéressé que par ton propre avenir, au détriment de celui d'innocents. Aucun animal ne fait volontairement souffrir ses semblables. Tu es pire que le mal.

- Tiens ! Tu parles français ! Je le savais ! Mais tu t'es trompée de carrière. T'aurais du être religieuse. Arrête ton sermon.

Alison soupira. Même vaincu et défait, il ne se rendait pas.

- Économise tes forces, fit-elle en partant sans se retourner. Tu vas en avoir besoin.

- C'est ça ! Tire-toi ! Va au diable !

D'un mouvement d'épaule, elle rajusta le M4A1. Il y avait longtemps qu'elle faisait ce métier. Elle s'était toujours battue, c'était la seule existence qu'elle connaissait. Certains de ses compagnons d'armes, des officiers comme elle, l'avait aidée à en prendre conscience au travers des discussions. Contrairement à eux, attirés par le métier des armes pour toutes sortes de raisons, souvent légères, elle était chasseur dans l'âme.

Elle partit vers le poste et rassembla ses affaires. Après une fouille rapide des lieux, elle compléta son paquetage avec les objets utiles qu'elle trouva : boîtes de conserve, bouteilles d'eau, munitions de neuf millimètres pour son pistolet, boîtes d'allumettes. Satisfaite, elle rejoignit la fillette et réfléchit sur le chemin. Peut-être le regard qu'elle portait sur ses actes changerait-il avec l'âge. Elle serait peut-être déçue, elle aurait peut-être honte d'avoir condamné un homme à mort. Mais ce serait pour plus tard. Aujourd'hui, elle ne doutait pas. Elle vivait au jour le jour, l'horizon fixé au lendemain. Elle devait survivre et s'occuper d'une orpheline. Trouver de la nourriture, de l'eau, un abri, des munitions. Ses priorités. Le reste était accessoire.

Les battements dans ses tempes l'obligèrent à s'arrêter. Du bout des doigts, elle tâta la partie gauche de son visage, gonflée et tuméfiée mais sèche. Rassurée, elle but un peu d'eau et se remit en marche. Au loin, les obscénités d'Ange diminuèrent avant de mourir. Elle sourit. Il devait enfin avoir réalisé qu'en agissant ainsi, il attirait *d'autres* ennemis…

Elle se retourna et vit les infectés agglutinés contre les barbelés à l'entrée. D'autres arrivaient, attirés par l'agitation. Elle accéléra.

Lorsqu'elle passa à côté du cadavre de Luigi, elle récupéra son pistolet *SIG Sauer* puis traversa les pistes en béton, franchit les broussailles et longea avec précaution les barbelés pour retrouver l'endroit exact où la fillette était passée. Courbée sous le poids du sac à dos, fusil en position, elle se dirigea entre les arbres, les plantes et les massifs de fleurs du bord de mer et slaloma entre les infectés. Solène facilita sa tâche en signalant sa présence lorsqu'elle passa à côté du massif où elle s'était cachée.

Sans perdre de temps, les deux compagnes quittèrent la proximité de la base et filèrent vers le nord.

***

Porte-avions Kuznetsov, 30 juin

Gonchakov fit un pas de côté pour éviter de tomber. La houle secouait le porte-avions avec violence et rendait la progression difficile.

Une main en appui sur le mur, il sentit les vibrations des machines dans la paroi métallique et sa tête qui tournait violemment. Il n'y avait pas que l'état de la mer qui provoquait cette sensation de mal-être.

Non, il y avait autre chose. Il se sentait *mal. Vraiment mal. Cette envie de vomir... ce chaud et froid permanent... Les battements de cœur dans la tête, comme un gong géant dénué de remords...*

D'un bras, il ôta la sueur qui perlait sur son front et, hébété, attendit une accalmie pour reprendre sa marche dans les coursives désertes.

Toujours ce tournis. La couchette. Si loin. Pizdets ! Qu'est-ce qui m'arrive ?

Il s'arrêta à nouveau, incapable de tenir sur ses jambes, et regarda sa montre. Devant lui, attachée à son bras comme à un poteau situé à deux mille marins de lui, il eut du mal à lire l'heure. Les cadrans intégrés dansaient devant ses yeux, les chiffres grossissaient et diminuaient sans véritable logique, comme placés sous la loupe invisible d'une main géante qui allait et venait devant lui.

Après un moment qui sembla interminable, il parvint à fixer son regard sur les aiguilles. Deux heures et demie du matin. En temps normal, il aurait été au lit, histoire d'être au top en cas de lancement de mission.

La mission. Quelle foutaise ! Du délire d'huile. Le monde crève debout, la bouche ouverte et immobile, complètement dépassé. Une mission, même importante, ne changera rien à ce foutu merdier. Comment le pourrait-elle d'ailleurs ? Un porte-avions aux trois-quarts vide. Des avions en nombre insuffisants, comme les munitions. Des types démoralisés à bord. Aucune escorte de surface, et encore moins sous-marine. Pas plus que de couverture aérienne depuis la terre ferme. Cette mission... Elle n'existe peut-être que dans l'imagination de marins en mal d'action, stressés depuis le départ...

Il avait essayé d'en parler avec l'amiral mais le vieux l'avait rembarré en évoquant le manque de données disponibles et d'instructions fiables des autorités. Comme toujours depuis l'appareillage, il était resté sur sa faim, amère. Mais il était certain que le vieux préparait quelque chose.

Si au moins il savait de quoi il s'agissait...

Ce serait un but, un sens à donner aux jours à venir et un vrai changement par rapport à la routine misérable par laquelle il passait chaque jour, comme les autres marins.

Tout était préférable, même une mission-suicide, à cette existence sans but ni défi, triste à mourir et finalement si semblable à celle des zombies.

Malgré le tournis et la nausée, il fit mentalement l'inventaire de la situation à bord. La télé ne diffusait plus d'émissions, les radios étaient muettes, il connaissait déjà tous les films disponibles à bord et n'aimait pas lire., pas même les magazines pour hommes. Le bar se vidait lentement de ses bouteilles et de ses cigarettes. Restait le crack qui circulait, mais il n'y touchait pas. Autant de pénuries en perspective, difficiles à accepter. Comme tant d'autres, il errait, désœuvré, une fois le service terminé.

Et maintenant ces symptômes physiques…

Il frissonna à nouveau, l'esprit en déroute. Son corps l'abandonnait et se vidait de ses forces. Il était mal. S'il était malade, que devait-il faire ? Trouver le toubib ? Se jeter par-dessus bord ? Se cacher pour ne pas être abattu comme un chien galeux ?

Du plat de la main, il parcourut la peau de son visage, du cou, de la nuque et des avant-bras, à la recherche d'une coupure ou d'un saignement, sans rien trouver.

Comment en était-il arrivé là ? Comment pouvait-il en être réduit à cette déchéance ? Purgeait-il finalement ses fautes ? L'abandon de sa famille, la négligence des enfants ? Était-ce l'origine de son état ?

Avec difficulté, il se remit en route vers sa cabine. Le bâtiment roula et tangua sans relâche et l'envoya contre les cloisons comme une boule de flipper, mais il finit par arriver à destination.

Un soubresaut le jeta contre la porte, tête la première. Malgré les vertiges, il vit qu'un flot de sang coulait de son nez sur la porte métallique. Il fouilla ses poches à la recherche d'un mouchoir qu'il ne trouva pas et, sans prévenir, vomit contre la porte avant de s'écrouler à genoux, physiquement vaincu.

Assis dans le sang et l'odeur fétide, il se mit à pleurer en silence. Il était seul comme jamais. Perdu.

Où étaient passés ses repères ? Sa femme, ses enfants, sa patrie, son métier ? Son avenir ? Qu'est-ce qui lui restait pour tenir le coup ?

Longtemps, il resta devant sa cabine sans bouger. Personne ne passa derrière lui. *La solitude totale.* D'une main tremblante, il fouilla dans une poche et trouva une flasque à moitié vide. Fébrilement, il ouvrit la bouteille, huma l'arôme qui en sortait, et regarda le flacon. C'était ça, son problème. La cause de son malheur. L'alcool. *Deux litres de vodka, tout seul, en moins de cinq heures. Pas étonnant d'être mal en point.* Écœuré, il vida le contenu d'un trait.

Alors que la chaleur du liquide se diffusait dans ses tripes, il agrippa la poignée de cabine et la pressa. Elle s'ouvrit en claquant et il bascula en avant.

Trop épuisé pour se redresser, il resta sur place, plié à califourchon sur le seuil et s'endormit.

***

CHAPITRE 9

A **mbassade du Japon à Paris, 8ème arrondissement, 1er juillet**
Kiyo se sentait sale. Elle essayait pourtant de se laver en utilisant les lavabos de l'ambassade mais l'eau prenait chaque jour une couleur plus suspecte et le débit faiblissait.

Un bruit sourd retentit au-dessus de sa tête. *Les infectés des étages supérieurs. Toujours eux. Et ces crissements permanents.* Elle regarda par terre. Elle avait cru voir un mouvement bref. Des rats. Elle savait qu'ils arrivaient. Elle avait vu leurs fientes. Sans perdre de temps, ils prenaient déjà possession de l'ambassade abandonnée.

Elle épongea la sueur de son front et se remit à écrire dans son carnet de notes. Elle y consignait ses observations, en anglais, sur les infectés. Un jour, peut-être, ce carnet servirait à quelqu'un.

Elle s'arrêta après plusieurs phrases, prit la petite vasque qui contenait un onguent parfumé au camphre et se badigeonna le bout du nez. Les cadavres des infectés tués dans l'ambassade se décomposaient dans la chaleur ambiante, répandant une odeur fétide qui s'ajoutait à celle des morts innombrables dans les rues. Elle reprit ses notes.

Sujets en décomposition mais vivants. Enveloppe externe attaquée en premier, suivie du cerveau. Les organes internes continuent de fonctionner. Les sujets infectés sont capables de se déplacer et de manger plusieurs jours après l'infection. Ils ne mangent pas beaucoup. Métabolisme digestif ralenti ou besoin en protéines animales diminué ?

Elle garda les yeux fermés et, du talon de la chaussure, frotta la mince pellicule de poussière qui maculait le sol, laissant une traînée nette dans son sillage. Le temps salissait tout.

Régime alimentaire limité à l'apport (elle hésita) de viande humaine... A vérifier : intérêt pour viande non humaine et/ou pour nourriture non carnée. Hypothèse : la maladie agit sur des zones précises et limitées du cerveau, notamment le siège du goût dans le lobe temporal, qui gère aussi l'audition. Or, sens non-perturbé par l'infection. Soit la maladie agit de façon localisée, soit elle a des effets sur d'autres parties du cerveau qui expliquent l'intérêt acquis pour la chair humaine... A instruire et démontrer.

Elle marqua une courte pause pour réfléchir et prit un autre angle.

Coordination motrice : difficile sans être nulle. Déterminer s'il s'agit d'une conséquence directe -ou non-, locale ou centralisée de l'infection... Hypothèse : la dégradation rapide des organes externes pourrait diminuer la coordination musculaire. La nécrose qui suit l'hémorragie externe de l'épiderme et des muqueuses pourrait être la cause de leur difficulté à se mouvoir de façon fluide et coordonnée. Hypothèse : les douleurs de la nécrose font souffrir les sujets lorsqu'ils bougent les membres, d'où lenteur et manque de coordination. Autre explication : l'infection agit sur le siège de la coordination motrice et musculaire volontaire dans le lobe pariétal.

Les pensées objectives lui donnèrent de la force. Elle changea à nouveau d'angle.

A instruire : quand, comment et où les sujets ont-ils été contaminés ? Est-ce une maladie endogène de l'homme ? A-t-elle été transmise par une espèce animale ? Est-elle transmissible à d'autres espèces animales ? Autre symptôme observé : mélange d'odeur de nécrose et de diarrhée caractéristique des organismes infectés. Certitude : présence de nécrose, visible sur les parties exposées du corps (peau, muqueuses). Hypothèse : présence de diarrhée.

L'odeur soutenue des infectés était un mélange de nécrose et de diarrhées provoquées par les rota-virus, ce qui indiquait que leur système digestif fonctionnait toujours. C'était un symptôme propre à la maladie dont ils souffraient et pas un phénomène localisé à un individu, une classe d'âge ou un sexe.

A instruire : déterminer si la diarrhée est une conséquence directe de la maladie (action de la maladie) ou indirecte (attaque d'un pathogène opportuniste extérieur sur organisme affaibli). Si c'est le premier cas, c'est une indication supplémentaire du mode de fonctionnement de la maladie. Mais pas sur son origine.

Elle visualisa les visages des infectés qu'elle avait croisés. Les tâches sur la peau, le long des vaisseaux sanguins, les blessures cutanées, les nécroses radiales foudroyantes, les hémorragies épidermiques, les saignements de muqueuses, le sang chargé de pus, les diarrhées, le raidissement des membres, la désocialisation des infectés, l'agressivité, l'absence de jugement, de sentiments, de capacités cognitives complexes... La maladie attaquait aussi bien l'épiderme que les muqueuses, le système circulatoire, digestif, cérébral en de multiples zones, immunitaire...

Un seul agent (virus, bactérie, spore/champignon) ne peut être responsable de tous les symptômes physiques observés simultanément chez les sujets.

Elle souligna plusieurs fois la phrase dans le carnet puis passa à la ligne.

Autre observation clef : la rapidité d'apparition des symptômes. Dans le cas du virus HIV de l'homme, les symptômes (rougeurs, dépigmentation de l'épiderme, affaiblissement des défenses immunitaires) apparaissent plusieurs mois/années après l'infection. Dans le cas présent, c'est une question de jours ou d'heures...

Depuis le début de la pandémie, elle soupçonnait un agent de type virus de Marburg ou Ébola d'être en partie à l'origine des hémorragies de la peau et des muqueuses. Un virus de ce type pouvait aussi expliquer la diminution des fonctions cognitives. Les infections documentées du bassin du Congo avaient démontré une diminution des capacités cérébrales de certains sujets infectés, certains étant décrits comme lents mais pas agressifs

La fièvre du Nil pouvait se traduire par des fièvres violentes et des attaques dégénérescentes de certains centres nerveux cérébraux menant à des agressions involontaires et mal coordonnées mais ces cas étaient rares et les symptômes différents de ceux observés dans la maladie.

Autre différence avec le Fléau d'Attila : aucun cas de cannibalisme n'avait été documenté. Quelque chose d'infiniment plus complexe était à l'œuvre ici, quelque chose qu'elle n'arrivait pas à identifier malgré ses efforts et elle avait l'impression d'être face à un iceberg. Ses premières déductions, basées sur des hypothèses et des intuitions, pouvaient correspondre à la partie immergée. Elle pouvait tirer des conclusions cohérentes mais fausses si elle ne vérifiait pas la partie submergée. C'était là que résidait la clef de la maladie et peut-être la solution à la survie de l'espèce. S'il y en avait une.

Emportée par ses observations rationnelles, elle reprit des forces à mesure qu'elle étudiait objectivement le phénomène et elle réalisa soudain qu'elle tenait là un début d'espoir. *Un laboratoire médical ! Rechercher la maladie ! Participer à la lutte !*

Sans prévenir, ses pensées s'arrêtèrent sur l'adjudant, sur cet inconnu qui s'était sacrifié pour elle. Avant de mourir, il l'avait priée de mettre ses connaissances au service de ce qui restait de l'humanité. Elle reposa le carnet et regarda le plafond sans le voir, pensive.

L'humanité ! Se mettre au service de l'humanité... Cela en valait-il la peine ? Le monde de demain pouvait-il être meilleur que celui qui s'effondrait aujourd'hui ? Quel espoir y avait-il ? Où étaient les

survivants ? Et s'il y en avait, pouvait-elle leur faire confiance ? Pourrait-elle revoir un jour le Japon ? Pourquoi se battre ? Pour vivre dans cette horreur, au milieu de cette violence ? Sans enfant, ni mari, ni ami, ni famille, ni pays, ni travail, ni collègue. Si ça se trouve, ce sont des scientifiques qui ont créé l'épidémie...

Le constat était amer. Elle se prit le visage dans les mains et pleura en silence. Jamais auparavant elle n'avait ressenti une telle solitude. La vie ressemblait tout à coup à un banc de brouillard dont elle ne connaissait ni la profondeur ni ce qu'il recélait. Peut-être le monde de demain serait-il pire que celui qu'ils avaient détruit.

Elle resta un long moment recroquevillée à pleurer en silence, incapable de maîtriser les idées sombres. A travers un voile de larmes brûlantes, elle aperçut l'éclat du couteau dans la lumière solaire. Un instant, elle se vit le plonger entre ses seins à la manière du seppuku de ses ancêtres. La tentation était forte. Elle avança une main tremblante vers l'ustensile. La lame était longue, large et solide. Le cœur battant, les larmes coulant le long des joues, elle resserra la prise sur la poignée et pointa la lame vers elle, froide et nette. Elle joignit les mains. Il était si facile de mettre fin à la vie. Un ordre du cerveau, un mouvement musculaire et une vie pleine d'efforts, d'espoirs et d'illusions prenait fin.

Elle resta plusieurs minutes dans la même position à essayer de commander son corps mais l'ordre ne vint pas. Doucement, elle finit par reposer le couteau.

S'il était facile de mettre fin à ses jours, s'il fallait faire preuve momentanément de courage, c'était une autre affaire, bien plus courageuse, de rester en vie.

Elle se rappela ses ancêtres. Eux aussi avaient souffert. Durant l'ère Meiji, certains avaient été ruinés et les derniers samouraïs de sa famille étaient morts pauvres dans l'indifférence générale du début du vingtième siècle après avoir connu des vies riches et brillantes. Comme elle, ils avaient eu un jour trente ans, rayonnants de possibilités.

Elle se souvint d'une histoire de sa grand-mère qui, adolescente dans les années vingt, avait connu un de ces samouraïs, un oncle. Très âgé, ruiné et seul, il avait eu soixante ans en 1900 et avait vécu plus de vingt ans dans la rue. Sa grand-mère avait appris un jour qu'il avait été retrouvé mort de froid. Par honneur, il avait toujours poliment refusé les offres d'hébergement de sa famille et en était mort. Vingt ans passés seuls dans la rue après avoir connu la puissance et le pouvoir, l'éducation et les honneurs ! Pour un homme de cette trempe, l'épreuve avait dû être terrible. Pourtant, il avait su rester digne jusqu'au bout.

Ces souvenirs lui procurèrent un réconfort inattendu. Elle sentit une chaleur se diffuser dans le corps à partir du ventre. Des souvenirs rejaillirent. Elle revit ses parents, sa grand-mère, les photos en noir et blanc de ses ancêtres, son mariage, la naissance de son fils, les étapes de sa carrière.

Si je dois trouver une seule raison de vivre, c'est en l'honneur de ceux qui m'ont précédé sur cette terre, de leur courage et de leur sens du devoir. Avant moi et malgré les épreuves terribles, ils ont su se battre. Je dois être digne d'eux.

Elle interrompit ses pensées et regarda la peau de son bras, devinant les vaisseaux sanguins qui couraient dessous.

Le sang de mes ancêtres coule en moi. Ils n'auraient pas aimé me voir renoncer au don de la vie que j'ai hérité d'eux. Il n'y a peut-être plus d'avenir mais il existera toujours un passé et des souvenirs qu'on ne m'enlèvera jamais

Cette réalisation prit soudain la forme d'un récif et elle s'y accrocha mentalement. Une colère sourde monta en elle, quelque chose de neuf, une haine implacable pour la maladie, ennemi infect, sournois et invisible qui transformait ce qu'il touchait en monstruosité. Depuis l'aube des temps, la maladie avait été l'ennemie de l'humanité et s'était adaptée. Il n'y avait aucune raison de penser que cette nouvelle offensive de la maladie sur l'homme durerait éternellement. La maladie s'adaptait et évoluait. *L'humanité aussi.*

Elle rassembla ses affaires et se leva, couteau en main. Que pouvait-elle attendre de l'avenir en restant seule ici ? C'était au sein d'un groupe qu'elle avait le plus de chances d'être utile et de survivre. Elle devait contacter des survivants. Elle savait qu'il y en avait. *Les coups de feu, les avions, les hélicoptères.*

Elle prépara son sac à dos et y mit de la nourriture, de l'eau, son carnet de notes, ses papiers d'identité, une boîte d'allumettes et des blocs d'alcool solide trouvés dans la cuisine. Elle emmena également une couverture légère pour la nuit, des couverts en plastique, des boîtes de conserve et un ouvre-boîte, des produits secs et un sachet en plastique qu'elle configura en trousse de premiers secours. Elle hésita un instant puis ajouta deux livres d'auteurs japonais. Satisfaite, elle mit le tout sur le plan de travail de la cuisine, à portée immédiate en cas de fuite dans l'urgence.

Elle nettoya consciencieusement la lame du couteau en la badigeonnant d'alcool et le posa à côté du sac en songeant brièvement que ce qu'elle avait été obligée de faire avec ce morceau d'acier froid était à l'opposé du serment d'Hippocrate auquel elle avait souscrit.

Enfin, elle prit la petite radio, l'alluma, et parcourut les différentes bandes d'ondes pendant vingt minutes, s'arrêtant au moindre son à la recherche d'une voix humaine. Rien. Elle regarda sa montre. Deux heures onze. De grosses mouches bleues passèrent en vrombissant, gavées de nourriture. Pour éviter de les entendre, elle se replongea dans la veille radio jusqu'à dix-neuf heures, à peine entrecoupée d'une pause pour boire un verre d'eau et grignoter. Quelque chose, une sorte de certitude intérieure la poussait à s'accrocher au mince espoir de tomber sur une voix humaine sur les ondes.

Vingt-deux heures trente. Ses yeux commencèrent à fatiguer et ses paupières devinrent lourdes. Elle décida de dormir. Dehors, les lueurs du soleil jetèrent leurs dernières forces avant de céder la place à la nuit. Elle posa le transistor, l'aiguille figée sur 162 kHz. Elle entassa des draps sur le sol en guise de matelas et enleva ses chaussures.

Elle sursauta d'un bloc lorsque les premiers mots retentirent dans la pièce sombre et lugubre. Le cœur battant, elle baissa les yeux vers la radio, écoutant la voix masculine déformée par les ondes. Sèche, directe, sans émotion, c'était pourtant la plus belle voix du monde. De peur de perturber la réception du message en faisant obstacle avec son corps, elle resta immobile.

« Ceci est un signal automatique d'alerte. Escadron de Protection de la Base Aérienne 113 de Saint-Dizier en détachement à Paris sous commandement du colonel Francillard agissant sous mandat direct de Madame Isabelle Delahaye, Présidente de la République Française. Ce message est émis sur 1852 mètres, 162 kHz depuis l'émetteur principal de Radio-France. Il s'adresse aux survivants de la Région Parisienne. Par ordre présidentiel, la base aérienne 107 de Vélizy-Villacoublay a été désignée comme base de projection pour la sécurisation du pays. A 12:00, le quatre juillet, une colonne de véhicules ralliera Vélizy pour y établir un camp retranché. Il est demandé aux rescapés civils et militaires de rejoindre Vélizy et de participer à l'effort de reconquête du territoire. Les personnes possédant des compétences dans les domaines suivants sont recherchées en priorité : soldats, ingénieurs, techniciens, experts en communications ; médecins, chirurgiens, infirmiers, chercheurs en génétique, bactériologie, virologie ; manœuvres et conducteurs d'engins ; boulangers et agriculteurs. Protection, abri et nourriture seront fournis sur place, des consignes

de sécurité strictes mises en place. Il est recommandé aux rescapés de s'identifier avec un drapeau blanc porté au-dessus de la tête pour éviter d'être abattus. Un dispositif de prise en charge individuelle sera mis en œuvre pour acheminer et protéger les rescapés à l'intérieur du camp. Venez rejoindre la France et combattre le Fléau d'Attila à partir du quatre juillet. Ce message sera répété sur cette fréquence toutes les trente minutes. Vive la République ! Vive la France !

Il y eut un court silence sur les ondes et la voix reprit.

« This is an automatic emergency broadcast from the Protection Squadron of the...

Les yeux de Kiyo s'emplirent de larmes et elle cessa d'écouter. Quelque part, des gens avaient survécu et essayaient de reconstruire quelque chose ! Elle pouvait y participer. L'espoir était là, à portée de main. C'était trop beau pour être vrai. Elle devait s'assurer que le message était authentique et qu'il ne s'agissait pas d'un traquenard.

Elle réécouta le message diffusé en boucle avec attention. Rationnellement, elle estima que la remise en état d'un émetteur radio endommagé ne pouvait pas être l'œuvre d'amateurs en raison de la coordination et de la maîtrise technologique nécessaires. Elle avait peut-être tort, mais elle préférait mourir en tentant de découvrir la vérité que jouer la prudence et mourir seule dans l'ambassade aux allures de tombeau.

Plus tard dans la nuit, elle essaya de s'endormir malgré l'excitation et l'impatience de se mettre en marche mais les idées la harcelèrent. Elle n'avait aucune idée de la localisation et de la distance qui la séparait de Vélizy mais elle décida de s'orienter en étudiant les abris de bus qui, à Paris comme au Japon, étaient équipés de grands plans de circulation. Au pire, elle dénicherait bien une carte de Paris dans une librairie.

Lorsque le sommeil vint enfin, elle s'endormit avec la certitude qu'elle se rendrait à Vélizy dès le lever du soleil pour servir ce qui restait de la civilisation humaine. Et si elle devait mourir, elle mourait dans la certitude de s'être battue jusqu'au bout.

Comme ses ancêtres avant elle.

***

Bordeaux, France, 1ᵉʳ juillet

Le bureau de la Présidente était en plein aménagement dans un bureau de l'hôtel de ville au premier étage. En accord avec son caractère, elle n'avait pas attendu que les choses soient rangées pour convoquer la réunion stratégique du jour. La situation l'exigeait.

Elle était consciente que son style managérial agaçait plus d'un membre de son équipe, de même que la façon dont elle avait été nommée à ce poste. Il y avait trop longtemps qu'elle faisait de la politique pour être naïve : tant qu'il y aurait des hommes et des femmes, il y aurait une course au pouvoir. Le pouvoir amenait les hommes et les femmes à se livrer à toutes sortes d'excès pour y accéder, y compris la calomnie ou la jalousie. Mais tant que les frustrations ne venaient pas entraver son travail, elle était disposée à les laisser courir car elle n'avait pas le temps de s'en occuper. Lorsque la Crise serait surmontée, elle agirait différemment. Pas maintenant.

Elle était debout devant sa fenêtre et regardait la fine pluie de juin. Les battants de la fenêtre étaient ouverts et laissaient entrer l'odeur d'ozone et de pluie qu'elle aimait tant. Elle tenait dans ses mains une tasse de thé noir brûlant dont la surface exhalait une colonne de condensation dans l'air humide.

Les rescapés du gouvernement avaient quitté Paris pour Bordeaux deux jours plus tôt. Ils avaient utilisé des transports fluviaux sous protection militaire. Les hauts gradés, comme elle, avaient été acheminés par vols spéciaux à partir de Vincennes. Malgré l'escorte militaire, les pertes avaient été nombreuses.

Elle cligna des yeux pour chasser les images d'horreur de la fuite et revint au présent.

Le personnel municipal local qui avait survécu lui avait appris que le maire et plusieurs adjoints étaient morts au début des événements. Malgré l'absence de chaîne hiérarchique, les effectifs de police et les forces armées stationnées en Aquitaine restaient organisées et étaient régulièrement renforcées par les éléments disparates qui se repliaient vers l'ouest.

Le préfet, un ancien colonel de l'Armée de Terre, avait pris les choses en mains du début de la Crise jusqu'à sa mort brutale quelques heures avant le transfert du gouvernement. Avec l'aide des forces armées disponibles, il avait conçu un plan d'isolement géographique progressif mais rapide de Bordeaux et avait mis en œuvre, à sa manière et sans concertation avec la présidence de la République, un concept de *Zone Propre* délimitée par le relief et les ouvrages artificiels. A l'intérieur de cette zone, l'infection avait été contenue. Les infectés avaient d'abord été expulsés en dehors de la zone, puis abattus lorsque leur nombre avait explosé. La Présidente resta songeuse. Le préfet avait clairement adopté une attitude extrémiste en éliminant ainsi les infectés. Une attitude détestable, anti-démocratique. Et pourtant, c'était grâce à lui que la zone était devenue synonyme d'espoir. Dubitative, elle préféra ne pas poursuivre la réflexion sur ce terrain glissant.

Contrairement à la zone de Nantes, définitivement perdue la veille, la Zone Propre de Bordeaux avait tenu bon. La nouvelle avait abattu la Présidente. Des dizaines de millions de réfugiés s'étaient entassés autour de Nantes. Visiblement, quelque chose n'avait pas fonctionné. Elle n'en connaîtrait sans doute jamais la cause, mais la nouvelle avait mis à bas tous les plans d'utilisation de cette zone pour reconquérir la France.

Malgré la chaleur du thé, elle sentit son ventre se nouer en pensant que sans plus de détails sur ce qui avait mal tourné à Nantes, Bordeaux était peut-être également condamné sans le savoir. Avec la chute de Nantes, la Bretagne et la Vendée étaient devenues des lieux de mort en raison de la densité d'infectés qui y évoluaient.

Restait Bordeaux...

La situation du pays lui rappela celle de la France pendant les invasions anglaises du haut Moyen-âge. A l'époque déjà, une femme avait participé à la libération du pays. Jeanne d'Arc. La situation présentait bien des analogies : une nation effondrée, des villes isolées, une poignée de forces armées, quelques centres de résistance et pas d'alliés... Serait-elle l'héritière de la Pucelle d'Orléans ?

Elle revint à la situation de Bordeaux et se rappela sa surprise lorsqu'elle avait pris conscience de la vitesse d'exécution et l'énergie du Préfet. Dès la notification officielle des premiers cas d'infection en France, il avait placé Bordeaux en quarantaine. L'aéroport avait été fermé au trafic domestique et international, des barrages routiers avaient été érigés aux entrées sud de la ville et sur les axes de circulation et des patrouilles fluviales avaient interdit le franchissement du fleuve. De nombreux bateaux avaient été refoulés lorsque des cas d'infection avaient été identifiés à bord et certains avaient été coulés sans sommation lorsqu'il y avait eu résistance.

Cette politique sanitaire et sécuritaire drastique avait permis de positionner les troupes sur le périmètre de la Zone Propre en limitant la propagation de l'épidémie sur le territoire contrôlé. Il y avait eu des cas d'infection sporadiques, mais la situation était revenue sous contrôle grâce à l'intervention des moyens militaires de la Zone.

Alors que la situation sanitaire mondiale, européenne et nationale continuait à se détériorer, le Préfet était passé à la deuxième étape de son plan : la sécurisation et l'aménagement de la Zone Propre.

La Présidente soupira et se tourna vers l'immense carte régionale punaisée au mur. A l'aide d'aiguilles à bout bleu et de corde de laine

253

de la même couleur, le Préfet avait matérialisé les contours de la Zone. Les traits bleus formaient un triangle dont la pointe haute correspondait à l'embouchure de la Garonne. Les deux pointes basses se situaient respectivement sur la Baie d'Arcachon et Bordeaux. La base du triangle allait d'Arcachon à Bordeaux. Elle suivait le tracé de l'autoroute A63 venant de Bordeaux, prenait l'embranchement de l'A63 et l'A660 et rejoignait Arcachon.

De manière avisée, il avait fait détruire les ponts sur la Garonne par des éléments du Génie encore opérationnels. C'était une des raisons qui avaient empêché les réfugiés de Paris d'utiliser le réseau ferré et la route pour gagner Bordeaux. La Garonne, de son côté, agissait comme frontière naturelle à l'Est et l'Océan à l'Ouest.

Tout en sirotant son thé, la Présidente admira la simplicité du dispositif. Le seul côté du triangle qui ne bénéficiait pas d'une protection naturelle était la ligne entre Arcachon et Bordeaux. C'était là que les principaux dispositifs de renforcement militaire et sanitaire étaient mis en place. Un employé municipal avait indiqué que les régiments du Génie avaient utilisé le terrain et renforcé la base du triangle à l'aide de barbelés lorsque la topographie n'avait pu être mise à contribution. Cette barrière artificielle longeait l'autoroute A63 jusqu'à sa jonction avec l'A660 qui partait plein Sud. De là, les sapeurs avaient poursuivi le déploiement des barbelés en ligne droite vers l'ouest, jusqu'au Bassin d'Arcachon. Trois points d'accès avaient été aménagés dans la ligne de défense : le check-point *Alpha* situé entre Arcachon et la jonction des deux autoroutes ; *Bravo* au niveau de l'intersection ; *Charlie* au sud de Bordeaux.

Le travail réalisé par les sapeurs avait été colossal. Ils avaient travaillé dans les pires conditions, protégés par des éléments de combat de l'Infanterie au milieu des flots de réfugiés qui essayaient d'entrer dans le périmètre protégé. En application des ordres donnés par le haut commandement militaire local sous contrôle du Préfet, aucun réfugié ne pouvait y entrer sans être identifié comme non infecté. Les pelotons de protection des sapeurs des check-points *Alpha* et *Bravo* avaient tiré sur les foules à la mitrailleuse lourde, au mortier et au canon de char pour protéger la Zone.

A l'extérieur, les colonnes de réfugiés agglutinées aux postes d'entrée avaient été progressivement décimées par l'infection en raison de la lenteur des contrôles sanitaires. Malgré la protection militaire, les réfugiés avaient fini par être rattrapés par la maladie. La route de Bordeaux, d'abord pleine d'espoir, était devenue cauchemardesque pour les occupants des véhicules qui, pour certains, avaient attendu l'autorisation d'entrer dans la Zone pendant des jours.

Elle regarda un instant les arabesques de condensation du thé. Le temps n'était plus aux compromis. Même si elle le désapprouvait par principe, elle se sentait redevable au préfet d'avoir fait preuve d'une volonté de fer. Pour sauver le plus grand nombre, il avait consenti à des sacrifices et avait bafoué la plupart de ses principes.

S'il existe un lendemain à la crise, comment les historiens expliqueront-ils cette période sombre de l'Humanité ? Comment jugeront-ils les événements ? Mes actes ? Comment écriront-ils l'Histoire et ceux qui l'ont faite ?

Elle revint au présent et repensa à ce que l'employé de la Mairie lui avait dit la veille. Le carnage des check-points *Alpha* et *Bravo* avait laissé des centaines de milliers de cadavres -des millions ?- le long du périmètre. Ils y pourrissaient depuis malgré l'utilisation du feu par les militaires pour brûler les corps. Les réfugiés continuaient pourtant à arriver chaque jour au compte-goutte, talonnés par une masse croissante d'infectés. Les soldats avaient reçu l'ordre d'économiser les munitions en attendant que les usines de la Zone soient en mesure d'approvisionner les troupes. Mais la production restait faible, les approvisionnements inexistants, les stocks de matières premières et de produits bruts quasiment épuisés, le personnel mal formé, les défauts de qualité nombreux et la logistique, du fait du manque chronique de pétrole, était chaotique.

Elle fit plusieurs pas dans le bureau et contourna les cartons non déballés en repensant à la situation en limite de Zone. Des estimations préliminaires faisaient état de plusieurs centaines de milliers d'infectés rassemblés le long du périmètre. Des masses se pressaient sur la rive orientale de la Garonne, incapables de franchir le fleuve. Elle sentit son cœur se nouer brièvement. Ces infectés avaient été de simples réfugiés cherchant un abri, la sécurité, l'espoir. Leurs rêves avaient été foulés aux pieds lorsque l'infection les avait pris dans les voitures bloquées en plein bouchon sur l'autoroute, lors du changement d'un pneu crevé ou pendant une nuit en forêt. Elle avait le devoir moral de veiller sur ces gens et n'avait pas pu, comme son prédécesseur, offrir la sécurité que son mandat de Présidente exigeait d'elle au niveau national.

Elle se savait sujette à de brefs moments d'émotion qu'elle cachait généralement derrière l'humour ou une dureté comportementale accrue mais elle réservait cette attitude aux autres, à son entourage. Aujourd'hui, elle était complètement seule dans cette ébauche de bureau. Elle n'avait plus de nouvelle de ceux qui avaient été proches. La douleur fut si forte en pensant à ses petits enfants qu'elle dut s'asseoir. *Où étaient-ils ? Étaient-ils encore en vie ? Avaient-ils besoin d'aide ?*

D'un geste maladroit, elle reposa la tasse sur le bureau recouvert de cartons, soudain vidée de son énergie. Elle imagina ses petits-enfants seuls dans les rues, affamés, épuisés, terrifiés, cherchant leurs parents au milieu des infectés.

Le bouclier intérieur de la femme forte vola en éclats dans la solitude du lieu. Malgré le rôle qui était le sien et sa réputation de solidité, elle ne put refouler ce qui faisait d'elle une femme, une épouse, une mère et une grand-mère. Elle pleura en silence pendant de longues minutes, craignant de voir la porte de son bureau s'ouvrir. Il n'y avait plus rien à faire pour ses proches. Elle devait se donner à son pays et à sa fonction. Les problèmes personnels seraient traités uniquement en fonction des possibilités.

Furieuse de s'être laissé aller, elle sécha ses larmes d'un revers de main et posa les yeux sur le triangle bleu qui symbolisait la Zone Propre. Avant de succomber au fléau d'Attila lors d'une visite du dispositif sud, le Préfet d'Aquitaine avait, parmi de nombreuses mesures, fait construire plusieurs camps pour les réfugiés à l'intérieur de la Zone. Ces camps étaient représentés sur la carte sous forme d'épingles rouges. La Présidente en compta dix.

Elle n'avait pas encore eu le temps de les visiter mais elle avait entendu dire par son entourage que les campements de fortune étaient faits d'une combinaison de tentes de l'armée et d'abris hâtivement construits par le Génie avec les moyens disponibles. Elle prit note d'aller sur place pour vérifier les conditions d'accueil et les problèmes rencontrés mais également montrer par sa présence qu'elle partageait leur sort. Prenant une feuille de papier qui traînait sur un carton non déballé, elle griffonna des notes sur la nécessité d'inventorier les ressources de base disponibles comme l'alimentation, eau potable, équipements sanitaires et conditions d'hygiène, densité des camps, problèmes rencontrés et recensement de la population.

Elle se remémora ce que lui avait dit l'employé des services municipaux. Au total, la Zone couvrait l'équivalent de sept mille kilomètres carrés. En termes de surface au sol, le territoire pouvait héberger 2 millions de réfugiés à raison de 400 au kilomètre carré. Or, il restait moins de cent mille habitants au sein de la Zone pour une population initiale de trois millions avant la Crise. Les estimations des ravages du Fléau d'Attila sur la population locale allaient de 3 à 10 millions pour la région Aquitaine. Mais le pire était ailleurs, dans la zone la plus recherchée par les réfugiés, le grand Ouest de la Bretagne à la Vendée. Avec la chute de Nantes, quatre millions de locaux avaient été perdus, tués ou contaminés. A ce chiffre s'ajoutait celui des réfugiés non locaux, français ou étrangers. Les estimations allaient de trente à quarante millions de migrants bloqués sur les routes au début de l'épidémie.

Au total, plus de cinquante millions d'hommes, de femmes et d'enfants avaient succombé au Fléau d'Attila dans cette partie du pays.

Le même nombre de morts que celui de la dernière guerre au niveau mondial ! Et quasiment l'équivalent de la population française d'avant la Crise...

Elle quitta son siège et finit son thé en approchant de la fenêtre. La réunion qui était programmée dans cinq minutes était importante. Les officiers supérieurs survivants devaient passer en revue la situation tactique avec elle, accompagnés d'experts sanitaires, de logisticiens et de conseillers civils.

Ensemble et sous sa supervision, ils allaient devoir dresser un tableau objectif de la situation, définir un plan de résistance logistique et sécuritaire avant d'être en mesure de penser à une stratégie de reconquête de ce qui avait été un jour la France.

Malgré les problèmes rencontrés et les nombreuses incertitudes de l'avenir, elle stoppa le flot de pensées négatives et apprécia le maintien de la Zone sous contrôle.

C'était peu, mais c'était une première victoire, et tant que la situation restait stable, il y avait encore de l'espoir.

***

Ambassade du Japon à Paris, 8ème Arrondissement, 2 juillet

Kiyo se réveilla à quatre heures. Excitée par la certitude de ne plus être l'unique survivante de Paris, elle expédia son petit déjeuner et se prépara au départ pour Vélizy.

Elle élabora le trajet à l'aide des lignes de bus d'une carte des transports en commun, trouvée dans un présentoir touristique de l'ambassade. La carte était sommaire mais elle mémorisa le tracé du RER et du métro en se référant aux noms des stations et des gares. Elle y mit tout son cœur, comme à l'époque où, étudiante en médecine, elle passait ses nuits à potasser. Elle en avait hérité une excellente mémoire.

D'après ses estimations, Vélizy était à une douzaine de kilomètres au sud-ouest de Paris. Trois heures de marche en temps normal, dix aujourd'hui. En s'aidant des informations glanées dans les prospectus, elle se fit une idée plus précise de Vélizy, ville moyenne de banlieue regroupant des sociétés et des habitations et traversée par l'A86.

Elle songea à emprunter une voiture mais y renonça rapidement. Elle n'avait pas l'habitude de conduire à gauche et les véhicules étaient bloqués dans les rues. Peut-être le vélo ou un cyclomoteur. Paris fourmillait de Vespa, de scooters comme ceux de Tokyo et de vélos publics gris dont on parlait jusqu'au Japon.

Elle vérifia une dernière fois son sac de survie, ses chaussures et ses vêtements pour être certaine qu'ils n'étaient ni troués, ni déchirés. L'intégrité physique des vêtements pouvait faire la différence en cas de contact avec un infecté en ralentissant la propagation des fluides souillés sur la peau.

Elle noua ses cheveux en chignon pour limiter le risque d'être attrapée par un infecté et couvrit sa bouche et son nez d'un foulard. Enfin, elle glissa le couteau dans sa ceinture de pantalon et gagna le rez-de-chaussée. En silence, elle observa les infectés devant l'ambassade et, après une profonde inspiration, s'élança vers la barrière de meubles qui bloquait les portes et décida de ne pas perdre de temps à tout bouger. Elle opta pour quelque chose de plus radical. Elle fouilla le vestibule du regard et trouva un lourd pot de fleur renversé en céramique. Un reste de terre noire compacte s'étalait sur le sol. Elle se baissa, remit la terre dispersée dans le pot et soupesa le tout. Avec la terre, le pot dépassait dix kilos.

Face aux vitres, mains sur le pot, elle prit de l'élan et lança le pot de toutes ses forces. Dans un bruit de fin du monde, la paroi transparente s'écroula. Elle se faufila aussitôt dans la brèche ouverte et vérifia l'avenue Hoche dans les deux sens depuis le trottoir.

De partout, le long des murs, sur la route, sous la frondaison des arbres, entre les voitures, les infectés se tournèrent vers elle et se mirent en marche. Les râles gagnèrent en intensité. Elle était repérée. Mais prête.

Pas de panique, Kiyo ! Tu es plus rapide et tu réfléchis mieux qu'eux. Sers-toi de tes jambes, de ta tête, respecte l'itinéraire ! Ne reste pas sur l'avenue Hoche. Tourne à gauche rue du Faubourg Saint-honoré. Puis à droite, rue Balzac, et tout droit.

Le plus proche des infectés, un vieillard au visage déformé par la nécrose, était à vingt mètres. Elle le contourna par la droite et s'élança au pas de course. Déjà, un grand nombre d'infectés se mettaient en marche dans l'avenue. Malgré la panique montante, elle repensa à l'adjudant et secoua la tête pour chasser les images horribles.

Ne pas se laisser acculer dans un cul de sac, ne pas rester sur les grands axes !

Une main sur les sangles du sac pour le maintenir en place, l'autre tenant le couteau, elle progressa par les espaces libres qui s'ouvraient et se refermaient entre les infectés à mesure qu'ils bougeaient, comme un puzzle géant mobile.

Un mur d'infectés barra la route à droite, elle bifurqua à gauche et fonça dans la trouée qui longeait le mur en face de l'ambassade et couvrit plusieurs centaines de mètres en courant. En dehors des infectés, elle réalisa que le plus difficile était de ne pas rater les embranchements. Les infectés, quasiment dépourvus d'intelligence, étaient faciles à berner mais retrouver l'itinéraire était plus difficile. La panique aidant, elle pouvait se perdre dans l'immensité de la ville. Et se condamner à mort.

Elle enchaina les changements de trajectoire en direction du sud-ouest et se retrouva rue Balzac. Derrière elle, sans surprise, une foule d'infectés la suivait à pas lents et résolus, grossie par les groupes croisés sur l'itinéraire. Leurs gémissements prenaient de l'ampleur et devaient s'entendre de loin.

A chaque bifurcation, elle passait par deux phases : déplacement rapide tant que les infectés ne l'avaient pas vue puis ralentissement pour slalomer entre eux. C'était la phase la plus dangereuse. Elle devait jouer des coudes et des épaules pour passer à travers eux en évitant les fluides corporels purulents et nauséabonds de leurs corps ravagés.

Hors d'haleine, elle atteignit la rue Balzac. Malgré son excellente mémoire, le stress de la situation l'obligea à déplier la petite carte, cœur battant, pour faire le point. Vingt minutes plus tard, elle parvint à l'avenue des Nations Unies, au pied de la place du Trocadéro.

Fourbue, elle reprit son souffle. Des étoiles virevoltaient dans l'air devant elle. Malgré la beauté des lieux qui donnaient sur la Tour Eiffel, de l'autre côté de la Seine, elle se concentra uniquement sur l'avenue ombragée qui descendait vers la Seine sous la canopée des arbres. La fraîcheur était remarquable. De chaque côté, des barrières délimitaient les espaces verts mais les massifs de fleurs étaient sales, parsemés de détritus, l'herbe était haute et les portails ouverts battaient dans le vent.

Au milieu des cadavres en putréfaction qui gisaient sur le Champ de Mars, la Tour Eiffel était sinistre. Pas de mouvement d'ascenseur, ni de foule bigarrée et radieuse. Les échoppes des marchands fermées ou détruites. Des papiers gras dans l'air chaud. Les oiseaux noirs sur les corps sans vie. *Et le silence...*

Malgré les gémissements des infectés, elle entendit le vent qui soufflait dans la structure métallique, l'écoulement de la Seine et le clapotis des péniches le long des quais déserts. La puanteur de la mort et des cadavres en décomposition, de la nourriture avariée et des fluides chimiques qui suintaient des véhicules abandonnés se mélangeaient dans l'air.

En contrebas, deux infectés remontaient séparément l'avenue dans sa direction. Les infectés qui l'avaient poursuivie précédemment se trouvaient dans l'avenue d'Iéna et n'avaient pas encore franchi le croisement avec l'avenue Albert de Mun. S'ils ne la repéraient pas prochainement, ils abandonneraient la poursuite.

Malgré la fatigue, elle se remit en marche. Les deux infectés l'aperçurent et tendirent les bras vers elle en gémissant. Ils étaient loin et l'avenue était en pente défavorable pour eux. Un homme d'une trentaine d'années, une femme plus âgée. L'homme était maigre, de taille moyenne, long nez, cheveux sombres, des yeux bleus limpides, une tête de fouine. Ses vêtements, bien qu'en lambeaux, étaient chics. La femme, plus lointaine, était massive. Ensemble, ils barraient l'avenue. Elle décida d'affronter l'homme en premier. Elle serra les sangles du sac pour limiter les prises et saisit le couteau.

Cinquante mètres. Au moindre changement de trajectoire, les deux êtres pathétiques modifieraient leur trajectoire comme des robots, leurs mouvements calqués sur les siens. Malgré le danger de la situation, elle prit mentalement des notes.

Conscience de la distance toujours fonctionnelle. Idem pour la coordination des mouvements, le positionnement dans l'espace, la rapidité des perceptions sensorielles, le traitement cérébral des influx sensoriels et les aires sensorielles associatives... Tout cela fonctionne chez eux. La maladie n'a pas encore atteint ces régions du cerveau. Hypothèse précédente confirmée : à priori pas de dommages des lobes pariétal, occipital ou temporal, lésions sans doute limitées au lobe frontal... A vérifier.

Vingt mètres. Les effluves des infectés lui parvinrent. Elle essuya le manche du couteau, glissant de sueur, sur son pantalon et jeta un coup d'œil derrière elle. Les premiers infectés qui la poursuivaient venaient d'apparaître. Les gémissements gagnèrent en intensité. Elle se retourna vers la paire d'infectés.

Dix mètres. Elle leva le couteau, prête à frapper, et se mit à courir. Les deux infectés convergèrent vers elle, bloquant le passage comme elle l'avait prévu.

De l'épaule droite, elle heurta violemment l'homme. Alors qu'elle s'attendait à le voir tomber, il parvint à agripper le sac. Avec horreur, elle stoppa, prise au piège et les pensées se bousculèrent. Elle donna un cou de genou et le frappa au visage.

L'effet fut immédiat et l'homme la lâcha. Libérée, elle se tourna vers la femme qui finissait de contourner une voiture rouge, bras tendus vers elle. Kiyo l'accueillit en utilisant ses poignets comme des masses d'arme. Elle frappa verticalement les bras putréfiés et, sans attendre, poignarda l'infectée dans la tempe jusqu'à la garde, perforant la partie avant du cerveau. Sans un bruit, l'infectée devint flasque et s'écroula d'un bloc.

Elle se tourna ensuite vers l'homme qui se relevait et le frappa plusieurs fois de sa lame au visage. Avec un gémissement de douleur, il porta les mains au visage. Kiyo eut un haut le cœur devant l'horreur du spectacle. Le nez et une oreille étaient coupés et l'humeur vitreuse d'un œil coulait sur la joue. Pourtant, malgré ses blessures, il se redressa, couvert de sang et elle hésita. Bien que malade, il était toujours humain mais, lorsque leurs yeux se rencontrèrent, l'hésitation disparut. La bestialité qu'elle lut dans son regard ne laissait aucun doute sur ses motivations. D'un geste, elle planta la lame dans le cou. Il tomba à genoux, les mains sur le manche, sans comprendre.

Stupéfaite et drainée de ses forces, elle vérifia la position du groupe principal d'infectés sur l'avenue d'Iéna. Ils étaient loin. Les bras calés sur les genoux, le couteau dégoulinant de sang dans la main, elle s'efforça de récupérer. Elle douta d'avoir la force de gagner Vélizy et regretta brièvement d'avoir quitté la sécurité relative de l'ambassade.

Proche des larmes, elle ferma les yeux, l'esprit ralenti par le battement sourd de son pouls dans les tempes et se força à réfléchir. Elle avait parcouru trois kilomètres depuis l'ambassade. Encore quinze jusqu'à Vélizy, dont plusieurs de forêt d'après le plan. La forêt ! Elle devait y arriver. Les infectés y seraient moins nombreux, faute de nourriture disponible…

Mais où trouver la force nécessaire ?

Un hurlement soudain fit bondir Kiyo. Par réflexe, elle bondit derrière un gros 4x4 gris métallique aux pneus dégonflés et se tourna d'un bloc vers le croisement des avenues d'Iéna et Albert de Mun. Un garçonnet, visiblement épuisé, courait dans sa direction en trainant une jambe raide. Elle était certaine qu'il ne l'avait pas vue. Pas plus de douze ans, visiblement blessé et repéré. Sa blessure ne lui permettait pas de distancer ses poursuivants et c'était juste une question de temps avant qu'il soit rattrapé.

En tant que mère, elle sentit ses entrailles se nouer, son cœur la poussant à porter secours à l'enfant. Son souffle accéléra et elle fit un effort pour éviter l'hyperventilation.

Les hurlements de l'enfant l'obligèrent à se décider. Elle ne pouvait pas rester sans rien faire. Malgré le danger, elle prit sa décision. Elle se leva, tremblante, et glissa le long de la voiture. Elle compta mentalement jusqu'à trois et banda ses muscles en vue de l'élan. Elle allait se mettre à courir lorsqu'une main saisit son bras.

- Non ! chuchota une voix d'homme. Ne bougez pas. C'est trop tard pour lui.

Trop stupéfaite pour hurler, les yeux dilatés, elle vit un homme de taille moyenne au crâne clairsemé. Des cheveux blonds hirsutes encadraient un visage rectangulaire couvert de barbe aux yeux verts, intelligents. Il portait des lunettes à monture épaisse, un jeans bleu foncé, des chaussures de tennis, une chemise bariolée. Pour toute affaire, il n'avait qu'un sac à dos en toile. Un fugitif, comme elle... L'homme relâcha sa prise et porta un doigt devant ses lèvres pour mimer le silence. Surprise, Kiyo hocha la tête pour indiquer qu'elle avait compris. Il tendit le bras en direction de l'enfant.

- Il est condamné.

Elle nota l'accent allemand.

- Comment le savez-vous ?

- Baissez-vous, madame, conseilla-t-il en se recroquevillant derrière le 4x4.

Elle obéit à contrecœur.

- Pourquoi ? Pourquoi m'avez-vous retenue ? Je voulais l'aider ! C'est un enfant ! Il n'a aucune chance tout seul.

L'homme observa la scène au loin et répondit à Kiyo sans la regarder.

- Je sais ce qui lui est arrivé. Pas vous.

Surprise, Kiyo fut interrompue par les hurlements. Traumatisée, elle se redressa, horrifiée. L'enfant n'avançait plus. Adossé au capot d'une voiture noire, il faisait face à la foule qui approchait entre les véhicules immobilisés comme la marée entre les rochers. Il pleurait à chaudes larmes et il se recroquevilla, visiblement à bout de forces et résigné. Elle sentit sa gorge se nouer. L'enfant aurait pu être le sien.

- Non ! gronda-t-elle en se redressant. Restez ici si vous voulez, mais moi j'y vais !

Alors qu'elle se levait, la main de l'homme se referma à nouveau sur son bras avec plus de force.

- Lâchez-moi !

Elle brandit le couteau et l'homme eut un mouvement de recul, mais il ne la lâcha pas.

- Je vous ai dit *que je savais ce qui lui était arrivé*. Ce garçon s'appelle Théo. Croyez-moi, vous ne pouvez plus rien faire pour lui. J'étais encore avec lui et deux autres gars ce matin. Les autres sont morts. Lui, mordu. Vous comprenez ce que ça signifie maintenant, n'est-ce pas ?

Kiyo tenta de déterminer si l'homme disait la vérité. Elle braqua ses yeux de braise sur les siens et soutint son regard. L'homme ne baissa les yeux qu'après un long moment.

- Je vous dis la vérité, ajouta-t-il en lâchant son bras. Qu'est ce que ça m'apporterait de mentir ? Je ne vous connais pas. Vous êtes armée, pas moi.

Gorge nouée, elle regarda le drame qui se jouait à quelques dizaines de mètres. Devant la progression des infectés, l'enfant terrorisé se hissa à reculons sur le toit d'une voiture mais les infectés le suivirent avec difficulté et lenteur, glissant sur la carrosserie. Kiyo aperçut brièvement les bras dénudés de l'enfant, couverts de morsures. L'inconnu avait dit vrai.

Un infecté parvint à se hisser sur le toit. Il attrapa l'enfant par le bras et le jeta dans la foule. Kiyo se détourna, les mains sur les oreilles pour ne plus entendre les hurlements. Il était dévoré vivant. Sans prévenir, elle vomit. A côté d'elle, l'homme resta silencieux

Elle tourna la tête vers lui. Il la regardait sans méchanceté et lui tendit la main.

- Mauer, Jürgen Mauer. De Munich. Ça se trouve en Allemagne. Ingénieur en matériaux chez BMW. Et vous ?

Kiyo prit la main tendue.

- Docteur Kiyo Hikashi. Université de Tokyo.

Il se tourna dans la direction opposée à celle du drame.

- La voix est libre maintenant, chuchota-t-il en aidant Kiyo à se relever. Ils sont occupés à manger. On peut y aller si vous êtes prête.

Kiyo regarda la lame souillée du couteau. Elle l'essuya en l'enfonçant dans un des pneus dégonflés du 4x4. Elle prit le bras de Mauer et se remit debout.

- C'est incroyable… Comment faites-vous pour supporter cette horreur ?

Il la regarda en coin.

- L'habitude. Des morts comme ça, j'en ai déjà vu des centaines. Avant, une seringue me faisait tourner de l'œil.

Maintenant, c'est tout juste si je fais encore attention au type qui se fait éventrer.

Sans attendre, il fit face à la Tour Eiffel et se faufila entre les voitures immobiles sur la chaussée pour creuser l'écart avec les infectés. Il courut rapidement en direction du pont d'Iéna pour traverser la Seine. Les jambes molles, Kiyo lui emboîta le pas.

***

BA-113, Saint-Dizier, 2 juillet

Lasalle était allongé sur l'aile gauche de son Rafale, à l'ombre du hangar. A droite, la verrière du cockpit biplace était ouverte pour ventiler l'habitacle. Chaque appareil avait son abri tactique, petit bâtiment arrondi ouvert à l'avant et à l'arrière.

Autour de l'avion, tout le nécessaire d'entretien était soigneusement entreposé pour en assurer la maintenance au retour de mission. Allongés sur un empilage de cartons qui leur servait de matelas, les deux mécaniciens en charge de l'avion de Lupus faisaient la sieste dans le hangar, écrasés par la chaleur. L'un d'eux écoutait de la musique au casque et, malgré la distance et l'atténuation de ses propres écouteurs, le pilote reconnut *Communication Breakdown* de Led Zeppelin. Sans le vouloir, il se surprit à sourire en constatant que le mécanicien, d'une génération plus jeune, partageait ses goûts musicaux et, surtout, que le titre du morceau était ironiquement adapté à la situation, les communications de la base devenant chaque jour plus erratiques.

Le programme ne prévoyait pas de vol aujourd'hui et, pour se protéger du stress qui régnait dans les conversations au bar de l'escadron, il avait préféré l'isolement et il évitait même Mack depuis leur dernière discussion après la mission de bombardement sur Guigne.

Autour du hangar, la base se préparait au départ vers Vélizy. Les rampants chargeaient, les véhicules étaient vérifiés. Pas une minute ne s'écoulait sans activité.

Les mains repliées sous la nuque, Lupus repensa à la situation logistique de la base qui ne cessait de se détériorer. Le briefing quotidien du chef mécano avait indiqué qu'à peine neuf appareils étaient encore opérationnels suite aux pertes en opérations et à l'attrition logistique. Plusieurs pilotes avaient été perdus en mission. Fautes de pilotage et incidents mécaniques. Malgré la pression et le soutien du colonel Francillard, le moral des pilotes était en chute libre. Le personnel était sans nouvelles des familles. Ce qui restait du gouvernement communiquait de manière sporadique et, souvent, incohérente.

Depuis l'effondrement de la résistance militaire organisée autour de la base, deux jours plus tôt, l'encerclement était réel et les infectés qui se pressaient contre le périmètre extérieur menaçaient la structure des barbelés.

Aucun endroit de la base n'était à l'abri de l'air vicié par l'odeur putride et les gémissements incessants. Les troupes d'infanterie mécanisée, d'artillerie et de chars de combat s'étaient repliées dans le désordre vers l'ouest après avoir perdu la bataille de Saint-Dizier. Le contact radio était perdu. La base se divisait entre ceux qui y voyaient la preuve de l'anéantissement des troupes et ceux qui l'expliquaient par des problèmes techniques.

Depuis l'effondrement du front, l'Escadron de Protection de la base assurait la garde des lieux et avait confirmé qu'aucun infecté n'était encore parvenu à franchir le périmètre barbelé. Mais que les barbelés tomberaient. Simple question de temps.

Les yeux fixés au plafond de l'abri, les harmonies de Led Zeppelin fluctuant avec insistance dans l'air vibrant, le pilote dégoulinait de sueur. La chaleur écrasante le collait littéralement à l'aile tiède du Rafale. Le tissu de son maillot de corps, dégoulinant de transpiration, adhérait à la surface lisse du métal, dessinant une auréole humide. Il se sentait sale. Quatre jours depuis la dernière douche. L'eau, comme tout le reste, était rationnée.

Pour l'heure, comme tous les pilotes, il était dans l'attente.

Les huiles de la base pédalaient dans la semoule et ne savaient plus où chercher les directives, sans compter leurs doutes sur la légitimité de ce qui restait du gouvernement à Bordeaux. Lupus était soulagé de ne pas avoir à traiter ces questions car il avait suffisamment à faire avec les sollicitations croissantes du personnel de son escadrille. Plusieurs fois déjà, il s'était isolé avec ses pilotes pour écouter leurs doutes et leurs réflexions et les motiver. L'exercice était difficile en raison de ses propres doutes et il n'avait que peu d'arguments à leur proposer. Il en revenait souvent à la notion d'esprit de corps et de sacrifice pour sauver les civils, ultime refuge du soldat désespéré.

Le matin même, en briefing, le colonel Francillard, patron de la base, secondé par les principaux patrons dont le lieutenant-colonel Coletti, chef d'escadron, avait parlé du plan d'action prévu.

Une unité de sécurisation, composée d'éléments de l'Escadron de Protection et de volontaires recrutés parmi les réfugiés militaires poursuivait son approche de la Ba-107 après avoir sécurisé l'émetteur de Radio France à Paris pour y diffuser le message d'alerte national malgré des pertes supérieures à trente pour cent. Mais le moral des éclaireurs restait bon et ils étaient confiants dans leur capacité à remplir leurs derniers objectifs : sécuriser et aménager la base de Vélizy pour permettre l'arrivée des Rafale et des réfugiés en quarante-huit heures.

Un plan d'évacuation de la BA-113 avait été élaboré. 250 km entre les bases, des centaines de milliers d'infectés, 1800 personnes à évacuer. La base était passée d'un effectif de 1700 personnes à 2100 avec l'afflux de réfugiés, mais les effectifs avaient encore diminué en raison des pertes et des suicides.

La relocalisation avait tout du cauchemar logistique. Lupus, comme les autres, n'avait aucune illusion sur le fait qu'il y aurait des morts dans ce mouvement difficile. Les civils paieraient le prix fort.

Un résultat pitoyable, conséquence directe du choix stratégique pris à distance par la présidence de la République Française. Comme toujours dans les guerres, des innocents allaient payer de leur vie des choix politiques irresponsables et mal informés.

Le plan d'évacuation proposé reposait sur deux grands mouvements successifs.

En premier, évacuation aérienne des personnels identifiés comme prioritaires, 258 militaires et civils. Le pont aérien était prévu à l'aide des appareils hétéroclites qui avaient atterri à Saint-Dizier, Chinook allemand, Transall, Super Puma et CN-235 français, PC-6 belge et C-130H anglais. Malheureusement, les engins les plus adaptés au transport, les gros Chinook, Transall et C-130, avaient été interdits de vol en raison de problèmes techniques graves, irréparables sur place.

Restaient deux hélicoptères Super-Puma, le petit PC-6 et le CN-235 pour assurer le pont aérien à raison de quatre rotations sur vingt-quatre heures. Ensuite, les avions seraient affectés au transport logistique pour les munitions et le matériel et pièces critiques, rations alimentaires et eau potable.

Le deuxième mouvement, en parallèle au premier, consistait en l'évacuation des mille cinq cents personnes jugées non-prioritaires par convoi terrestre sous protection militaire. Le commandement avait réquisitionné une collection de véhicules civils et militaires capables de transporter au moins cinq personnes en sécurité, 4x4, mini-vans, berlines hautes, minibus, motos, camions militaires et six autocars civils. Une douzaine de chars et blindés légers, épaulés par une poignée de véhicules spéciaux, tracteurs et bulldozers, assuraient la protection et le soutien des transports. Au total, le convoi comptait cent dix neuf engins qui, pare-choc contre pare-choc, s'étalait sur plus d'un kilomètre. Les véhicules non blindés emporteraient au moins un soldat ou, par défaut, un tireur civil pour la protection de proximité.

Un vrai cauchemar logistique…

Le commando 'Cyrano', envoyé en éclairage, avait confirmé que la voie était dégagée. Mais il y aurait des pannes, des blocages, des attaques. Les quatre chars Léopard allemands, les cinq Leclerc et les trois VAB équipés de mitrailleuses lourdes pourraient-ils assurer la protection d'une colonne aussi étirée ? Certes, ils seraient utilisés en tête de convoi pour ouvrir la voie à travers les obstacles et les infectés. Mais la panne mécanique pouvait arriver. Et sans moyens lourds, *comment bouger un char en panne ?*

Pour les pilotes, le plan était plus simple.

Décollage de Saint-Dizier et atterrissage à Vélizy avant le départ du convoi puis opérations de soutien aérien en support de la colonne terrestre depuis Vélizy. La survie des rescapés passait par là. Sans eux, ils étaient réduits à de la viande froide. *Mais combien de personnes mourraient dans cette entreprise ? Combien d'infectés se régaleraient de la chair d'innocents qui n'avaient eu que le tort de croiser leur chemin et de subir les conséquences désastreuses d'une décision prise hâtivement ?*

Malgré sa position détendue sur l'aile du Rafale, Lupus se surprit à serrer les poings. Il en avait assez de *subir* les événements, d'aller de désastre en défaite. Comme lui, les hommes n'avaient qu'une envie : noyer leurs doutes à bord de leur avion et anéantir la menace des infectés jusqu'à tomber à cours de munitions ou de kérosène.

Il changea de position pour chasser un début de crampe dans le bras. Mack avait raison. Il devait être un exemple pour ses hommes.

Surtout, et plus que jamais, dans ce monde en pleine décomposition.

***

Paris, quartier de la Tour Eiffel, 2 juillet

Jürgen Mauer et Kiyo Hikashi étaient cachés, tremblants, dans un buisson sur une aire de jeu du Champ de Mars à proximité d'un toboggan multicolore et de jeux désertés.

Des infectés s'étaient arrêtés devant l'aire de jeu. Cent malades au bas mot, la peau boursouflée de sillons rouges et noirs, les yeux vitreux, les cheveux défaits et clairsemés, les vêtements recouverts de souillure et de crasse. Ils étaient immobiles, indécis, les yeux vaguement tournés dans leur direction. En dehors de l'absence d'initiative, rien n'indiquait qu'ils avaient repéré les fuyards. Pourtant, Kiyo sentait les poils de son corps se dresser. Elle était tendue comme une corde de piano.

- Ils savent qu'on est là, chuchota l'Allemand. Ne bougez pas, ne faites pas de bruit. Ils vont finir par oublier pourquoi ils sont là. Ça prend entre soixante et quatre-vingt dix secondes. Mais ça ne veut rien dire…

Kiyo hocha la tête et reprit l'attente interminable. Le vent léger qui soufflait vers eux charriait les effluves nauséabondes des corps décrépis. Elle mit une main devant la bouche pour atténuer la virulence des odeurs. Ses yeux brûlaient. Depuis le début des événements, tous ses sens étaient assaillis sans relâche.

Malgré sa détermination à survivre, elle se sentait faiblir. Elle n'était pas faite pour ce monde de violence où la loi du plus fort prévalait. Elle aimait la douceur, le progrès et les compromis. Le rôle d'animal traqué par des prédateurs sans âme, ou celui de machine à tuer étaient à l'opposée de sa personnalité.

Les minutes s'écoulèrent lentement. Un vieil homme complètement déformé par la maladie fit un pas de côté, hésitant, et s'éloigna doucement du groupe. Un autre infecté s'écarta à son tour, puis un autre et le groupe finit par se dissiper lentement mais les deux fugitifs attendirent encore avant de bouger. Lentement, l'après-midi se transforma en soirée.

Assise sur les herbes folles, Kiyo redoutait le moment où elle devrait se lever et fuir. La cachette était certes précaire mais l'idée de courir dans un espace dégagé au milieu des infectés lui plaisait encore moins. Sur le gazon anormalement haut du Champ de Mars, des infectés isolés déambulaient en laissant un sillon d'herbe foulée derrière eux. Certains se prirent les pieds dans les cadavres.

- On va pouvoir bouger, chuchota l'Allemand en observant les alentours.

Il ajusta son sac à dos sur les épaules.

- Quand je fuyais avec mon groupe ce matin, on était en route pour la banlieue sud de Paris. On voulait se réfugier dans une forêt et rejoindre la mer à l'ouest. Du côté de la Normandie, ou de la Bretagne, vous voyez. Mais maintenant, je ne sais plus.

Il se tut. Inquiète, Kiyo surveilla les environs en attendant la suite.

- Là-bas, on se disait qu'on pourrait vivre de la pêche. Ou se réfugier sur un bateau. Avoir une vie un peu plus confortable. Remarquez…

Il se frotta le bout du nez avant de continuer.

- … n'importe quelle autre situation serait meilleure que la nôtre en ce moment. Vous ne croyez pas ?

- Ce n'est pas une mauvaise idée, répondit Kiyo. Mais c'est loin. Et les routes, les villes, les villages… Les infectés sont partout.

Il tourna le regard vers elle, interrogateur et dur à la fois.

- Peut-être. Mais c'était le plan. Vous avez autre chose à proposer ?

Elle eut un léger mouvement de recul, surprise par l'accès de susceptibilité à peine maîtrisé. De toute évidence, son intention avait été mal interprétée.

- Je ne voulais pas critiquer. Je me suis sans doute mal exprimée.

- Et votre plan, vous en avez un au moins ?

- Je sais où je veux aller. A Vélizy, rejoindre les forces françaises.

L'homme écarquilla les yeux.

- C'est quoi, cette histoire ? L'armée est ici ? A Paris ?

- Vous n'avez pas entendu le message d'alerte à la radio ?

- Quel message ?

- Les forces françaises diffusent des messages, disant qu'elles sont en train de se regrouper sur une base, à Vélizy-Villacoublay.

L'homme resta silencieux un moment, absorbant l'information.

- Ils ont dit d'où ils émettaient ? Ils l'ont dit dans le message ?

- Oui. Depuis une radio nationale. Radio-France, je crois.

L'homme réfléchit en surveillant les alentours.

- La Maison de la Radio. C'est tout près d'ici. On pourrait être avec eux dans la soirée aujourd'hui.

- Non. D'après ce qui était dit, le message était automatique. J'imagine qu'il a du être enregistré. Je ne pense pas que des gens soient restés sur place.

Il soupira.

- OK, vous marquez un point. Ça tombe bien pour Vélizy. Je connais le coin. J'y venais pour affaires avant. La base militaire qui s'y trouve servait aux déplacements des officiels français. Au fait, vous croyez que le message est authentique ?

- Oui. Je ne crois pas que ce soit un piège.

- Pourquoi ?

- Je ne suis pas spécialiste, mais il faut des moyens logistiques importants et de bonnes connaissances techniques pour remettre en état une station-radio.

- Faux. N'importe quel électronicien ou électricien peut y arriver. La radiocommunication, ça n'est pas mon domaine, mais même moi, je suis sûr de pouvoir y arriver sans aide.

L'homme était sceptique mais il posait des questions pertinentes. Elle décida de tester sa logique.

- Il n'y a plus beaucoup de survivants non infectés dans les rues d'après ce que j'ai vu. Et je ne vois pas quel intérêt des gens mal intentionnés pourraient avoir à attirer des réfugiés. Les voler ? L'argent n'a plus d'importance…

- Erreur. Nourriture, armes, munitions, eau… briquets, allumettes, essence… ou pire, dans le cas des femmes. Ce ne sont pas les tentations qui manquent ! Non, j'ai un scénario. Un groupe se divise en deux. Un détachement part vers l'émetteur pour demander aux survivants d'aller à Vélizy, l'autre tend un piège aux survivants à Vélizy. Les réfugiés tombent dedans. Ils sont détroussés. Ou pire… et le tour est joué.

- C'est une possibilité. Mais cela suppose une bonne coordination entre les groupes. Et pour cela, il faut des moyens de communication fiables.

En guise de preuve, elle sortit son téléphone portable du sac. Aucune barre de signal.

- Le réseau cellulaire est faible… et pourtant, c'est la seule manière de se coordonner. Comment pourraient-ils faire autrement ?

- Talkie-walkie ou radios hertziennes militaires par exemple.

Elle n'y avait pas pensé.

- Exact, concéda-t-elle en réfléchissant à un contre-argument. Attendez, la portée de ces équipements est limitée à quelques kilomètres. Insuffisant pour couvrir la distance jusqu'à Vélizy, non ?

L'Allemand haussa les sourcils, signifiant qu'elle avait marqué un point à son tour.

- La seule solution, enchaîna Kiyo, c'est une radio portable à longue portée. Un poste crypté de communication militaire. Au Japon, la force d'autodéfense en utilise. Mon mari…

Elle s'interrompit en repensant à lui et lutta contre une brusque émotion avant de reprendre.

- Ce doit être la même chose en France.

- Bien vu, ajouta l'homme. Ça se tient. Vous proposez quoi ?

Elle sortit sa carte des transports urbains et expliqua le trajet.

- Pas mal mais pas optimal, contra l'ingénieur.

Il tendit le bras pour saisir le plan. Kiyo lui remit le papier. Il secoua la tête.

- Trop dangereux par la route.

- Le fleuve, alors ? hasarda-t-elle.
- Pas mal, mais trop long. Comme je vous l'ai dit, je connais le coin et j'ai mieux. Plus direct, moins risqué. La voix ferrée.

Il plaça le plan sous son nez et suivit du doigt la voie ferrée de la Seine à Versailles.

- La ligne C du RER passe par la Tour Eiffel et va jusqu'à Rambouillet ou Chartres en passant par Versailles. A Chaville et Viroflay, les rails passent au pied de vallons boisés. De l'autre côté, c'est Vélizy. On suit le tracé jusqu'à Viroflay, on sort à la gare et on passe par les bois. On prend un chemin de traverse jusqu'à Vélizy. Pas plus d'une demi-heure pour traverser la ville, l'A86 et le complexe industriel pour rejoindre la base. Et on évite le gros des infectés sur les routes.
- C'est intéressant, en effet. Mais d'ici, comment rejoint-on la ligne C du RER ?

Il se tourna vers la Tour Eiffel, à cent mètres de leur position. La Seine coulait derrière et, de l'autre côté du pont d'Iéna, le Trocadéro surplombait la vieille dame de fer et semblait veiller sur elle. L'homme pointa le doigt vers la Seine.

- On retourne sur nos pas. Station Champ de Mars-Tour Eiffel en sous-sol.
- En sous-sol ? fit Kiyo, soudainement inquiète.

Elle avait tendance à être claustrophobe et le phénomène s'amplifiait avec l'âge. A la seule pensée de marcher dans un souterrain obscur au milieu des rats, des immondices et des infectés, son cœur se mit à battre plus vite.

- Ce ne sera pas long sous terre. Quelques kilomètres au plus. Peu probable qu'on y trouve des zombies. Quelques clochards, peut-être…

Il fit une courte pause avant de conclure avec le sourire :
- Pas de nourriture humaine, pas de zombies !

Inquiète et mal à l'aise, Kiyo ébaucha approuva d'un timide hochement de tête. Sa façon de parler de leur situation, directe et sans détour, lui déplaisait, mais elle n'avait pas le choix. Si elle voulait survivre, elle devait s'adapter.

- Allons-y. En espérant que ce soit une bonne idée…
- *C'est* une bonne idée ! coupa l'homme, le sourire envolé.

Sans un mot, il se leva après avoir vérifié que la voie était libre et se mit en marche vers le fleuve.

Plusieurs infectés se tournèrent vers eux et se mirent à marcher dans leur direction mais ils étaient trop éloignés pour représenter une menace immédiate.

Sans attendre, Kiyo se leva à son tour et marcha sur les traces de l'Allemand. Rapidement, ils se mirent à courir.

***

Mer Méditerranée au Nord de la Corse, 2 juillet

Épousant le mouvement de la houle, l'étrave du *Néréide II* plongeait dans l'eau avec régularité en projetant des gerbes d'écume blanche sur le velours bleu marine des flots. Les voiles gonflées, couplées au pilote automatique, propulsaient le bateau vers le Nord à six nœuds de vitesse.

Jumelles devant les yeux, Alison décrivit un cercle complet autour du navire.

Rien… Pas un bâtiment civil ou militaire ! Comme si tous les navires avaient été aspirés.

Déçue, elle reposa les jumelles à côté de la barre et chaussa ses lunettes de soleil pour protéger ses yeux de la réverbération sur l'eau avant de se lever pour gagner la proue par le bastingage. Il s'agissait d'un neuf mètres d'une vingtaine d'années, équipé d'un GPS et d'un sonar de bon niveau couplés au pilote automatique. Pour la communication, le voilier disposait d'une suite radio hertzienne complète. Il y avait une petite douche à bord avec le plein d'eau douce et des boîtes de conserve. L'avitaillement indiquait que le propriétaire s'était préparé pour une croisière avant que les événements ne l'en empêchent.

Paupières closes derrière les lunettes de soleil, elle eut un mouvement nerveux en repensant à la scène et rouvrit les yeux.

Avec Solène, elles étaient remontées de Solenzara à Bastia en douze heures sur une vieille moto trouvée dans un fossé avec un reste de plein, slalomant entre les carcasses ou à travers les buissons épineux et le sable des bas-côtés lorsqu'il n'y avait pas d'autre solution pour éviter les barrages. Elles avaient frôlé la mort plusieurs fois lorsque les mains tendues des infectés avaient réussi à agripper leurs vêtements lors des ralentissements.

Dans la banlieue de Bastia, Alison avait quitté la route nationale et gagné le bord de mer pour éviter le gros des infectés en ville. Elle avait remonté à vive allure la plage et était arrivée devant le tunnel routier qui rejoignait le port à travers une vaste colline sur laquelle une citadelle avait été érigée. A l'intérieur du tunnel, l'éclairage public fonctionnait par endroits. C'était le chemin le plus rapide et le plus court pour gagner le port mais aussi le plus risqué et elle avait longuement hésité à l'idée de rouler au pas en slalomant entre les véhicules abandonnés au milieu d'infectés. D'autant qu'elle était maintenant en charge de la fillette.

Avec regret, elle avait laissé la moto sur le bord de la route pour contourner la colline par les rochers, le long de la mer, et gagner le port de l'autre côté. Chacune avait porté son sac à dos mais le surpoids des armes d'Alison avait ralenti l'allure et elles avaient mis une heure à atteindre le port. Elle avait du faire usage du fusil à plusieurs reprises pour abattre les infectés trop menaçants. La dernière rencontre, en arrivant sur le Nouveau Port, avait mal tourné. Elle serra les poings de rage en revivant la scène.

Comme à Bonifacio et Porto Vecchio, le Vieux Port de plaisance de Bastia était dévasté et elles avaient continué jusqu'au Nouveau Port à travers la vieille ville et les infectés. Malgré la menace, c'était la meilleure option car le bord de mer était infesté et n'offrait aucun abri en cas d'urgence, contrairement aux ruelles étroites et tortueuses de la ville. C'était pendant une courte pause dans des escaliers abrités sous un porche, rue Spinola, qu'elles avaient été attaquées.

Malgré la garde vigilante d'Alison, un infecté avait débouché d'un vieil immeuble environnant et était passé devant le porche sans les voir. Bloquées dans les escaliers sans issue, elles avaient remballé le matériel et s'étaient préparées à fuir mais plusieurs infectés étaient passés, dont une femme maigre à la peau tannée et aux cheveux noirs comme ses vêtements.

C'était d'elle que tout était parti. Concours de circonstances. Elle avait trébuché et les avait repérées en se redressant. Les autres l'avaient rejointe rapidement, prenant les fugitives au piège sous le porche.

Bercée par le roulis léger du bateau, Alison soupira pour calmer les battements de son cœur. Le seul souvenir de ce moment suffisait à faire monter sa tension.

Elle avait d'abord eu un mouvement de recul sous le porche pour protéger Solène, terrorisée, mais elle s'était vite aperçue de l'inefficacité de sa décision et elle était passée en mode de combat.

Elle avait abattu les infectés au pistolet les uns après les autres. Les cadavres s'étaient entassés à l'entrée du porche et les derniers avaient été achevés au couteau pour préserver les munitions.

Comme pétrifiée, Solène avait eu du mal à repartir. L'écho des détonations, amplifié par la caisse de résonance des ruelles étroites, avait attiré un grand nombre d'infectés et elles avaient fui de justesse par une ruelle adjacente puis le long de la jetée jusqu'au Nouveau Port où un cargo mixte et un ferry abandonné, rampe ouverte sur le quai, les avaient poussées à gagner Toga, le dernier port de la ville, dédié à la marine de plaisance. Une poignée de bateaux étaient encore à flot au milieu des épaves calcinées et coulées.

Elle avait opté pour un petit voilier blanc qui n'était accessible que par une digue flottante qui ondulait dans la houle. Le *Néréide II* arborait un pavillon britannique. Elles avaient préparé l'appareillage dans l'urgence. Attiré par l'agitation, des foules d'infectés avaient convergé vers le bateau.

Le petit moteur de manœuvre avait démarré sans hésitation et la jauge avait réservé une bonne surprise avec le plein fait. Elles avaient quitté le ponton au moment où les premiers infectés parvenaient à la position d'amarrage. Ils étaient tellement nombreux et pressés les uns contre les autres que plusieurs étaient tombés à l'eau sans remonter.

Elle avait piloté le bateau pendant une demi-heure, certaine qu'elle n'était pas suivie, puis avait programmé le GPS et le pilote automatique jusqu'à Gênes, en Italie du Nord. A la tombée de la nuit, elles avaient passé les villages d'Erbalunga et de Sisco. C'était en passant à la hauteur de la vieille tour génoise d'Erbalunga qu'Alison avait eu sa première frayeur en descendant dans la cale. *Vingt centimètres d'eau.* Le bateau prenait l'eau. C'était évidemment la raison pour laquelle il était resté au port. La coque était percée quelque part. Elle avait juré, furieuse d'avoir laissé son matériel de plongée dans le sud. Mais la mauvaise humeur s'était estompée lorsqu'elle avait vu que la pompe permettait au niveau d'eau de ne plus monter.

Alison sourit, assise sur l'étrave du bateau, en repensant à sa première nuit sur le Néréide. Elle se souvint de la soirée passée sur le pont. Solène voulait voir la côte, repérer les lumières allumées sur l'île. Elle avait même réussi à apercevoir un groupe de dauphin qui avait accompagné le voilier pendant vingt minutes. Émerveillée, elle s'était allongée sur le pont pour essayer d'effleurer les plus proches.

Lorsque les mammifères s'étaient éloignés du bateau, le sommeil l'avait emportée et elle s'était endormie sur place, dans l'air frais du large. Alison l'avait prise dans ses bras et déposée sur une couchette intérieure avant de reprendre la barre jusqu'au point le plus septentrional de l'île.

La navigation de nuit, feux éteints et sans trafic maritime ne présentait plus de danger particulier. Elle avait programmé la navigation, actionné le pilote automatique et mis cap au large pour la traversée de la Méditerranée avant de se rouler épuisée, tard dans la nuit, dans les couvertures trouvées à bord. Elle avait dormi dix heures d'affilée.

Au petit matin, elle fut réveillée par le bruit d'une écoutille qui s'ouvrait derrière elle. Sourire aux lèvres, Solène émergea sur le pont comme une souris de sa tanière et réclama le petit-déjeuner. Alison se leva, l'esprit engourdi, fit un rapide tour visuel de la mer avant de gagner l'écoutille qui menait sous le pont, la fillette sur les talons.

Dans la minuscule cuisine, elle prit un sachet de biscottes et en sortit une qu'elle mit sur la table. Aussitôt, Solène s'en empara et la grignota comme un petit rongeur affamé.

Elle en sortit une seconde, étala du miel dessus et réfléchit à la situation. Elle n'avait aucune idée de ce qui allait se passer dans les jours à venir. A vitesse constante, le bateau arriverait à Gênes en soirée. Elle jetterait l'ancre au large du port pour observer la ville de loin sans trahir la présence du voilier. Elle était déterminée à tout faire pour éviter d'attirer l'attention de truands comme ceux qu'elle avait croisés en Corse.

Après... après, bien sûr, il faudra choisir. Où débarquer, où aller, quelle route prendre, quel moyen de transport utiliser, quel itinéraire suivre... Autant de questions dont les réponses conditionneront notre survie.

Elle cherchait les couverts dans les armoires lorsque l'image de Sophie, son amie, traversa soudain son esprit. *Où était-elle aujourd'hui ? Était-elle encore vivante ?*

Elle secoua la tête pour chasser la tristesse. Dans l'immédiat, elle devait se décharger d'un poids important au sujet de Solène. Malgré son jeune âge, la fillette avait besoin de savoir ce qui s'était passé pour sa mère afin de commencer le deuil nécessaire. Elle se racla la gorge, regarda la fillette manger avec appétit puis, avec douceur, mit sa main sur son bras. Solène leva les yeux.

- Solène, je dois te parler de quelque chose.

Bouche pleine, Solène répondit d'un hochement vigoureux de la tête.

- Ta mère... commença Alison.

Les épaules de la fillette bougèrent nerveusement mais elle continua à manger.

- Je sais, fit-elle en postillonnant. Elle est morte.

- Tu... tu as vu ce qui s'était passé ?

- Non, mais je sais. Les hommes de là-bas faisaient toujours la même chose. D'abord, ils faisaient des... des choses bizarres avec elles. Ensuite ils les tuaient. Toujours. Quand maman n'est pas rentrée, j'ai compris.

Gorge nouée, Alison dégagea d'un geste les cheveux de la fillette.

- Et... et toi ? Ils t'ont fait du mal aussi ?
- Moi ? Ils ne m'ont pas tuée.

Alison encaissa la réponse comme si quelqu'un l'avait frappée en pleine poitrine. Solène avait été violée mais son intervention l'avait sauvée de la mort. De rage, elle serra les poings et ferma les yeux, combattant la haine qui montait en elle.

Comme si la discussion avait ouvert une porte, Solène expliqua ce qu'elle avait vécu avant l'arrivée d'Alison. Les premiers flashs d'information au camping sur le Kirghizistan, la Chine, l'Inde et les autres pays. Les premiers cas d'infectés avérés en Europe puis le blocage de l'île, faute de bateaux et d'avions pour les ramener sur le continent. Les embouteillages monstres, l'essence qui manquait, le retour catastrophique au camping avec sa mère.

Elles y avaient retrouvé les vieux Andrieux qui occupaient la tente voisine. Les Laurent, eux aussi, étaient revenus au camping, très inquiets. Ils avaient parlé de choses horribles qui s'étaient produites dans les files de voitures. Des disputes, des coups... et des gens qui devenaient fous. La police qui tirait sur eux.

Quelques jours plus tard, les Laurent avaient disparu du camping et, un matin, elles s'étaient levées et avaient vu monsieur Andrieux devant la tente. Du sang coulait de sa bouche dans le sable et sa peau était devenue bizarre. Elles n'avaient pas fait de bruit et il avait fini par partir.

Elles avaient quitté le camping juste après, avec toutes leurs affaires. La voiture n'avait plus d'essence et elles avaient du marcher le long de la route vers Porto-Vecchio.

Elles avaient croisé le 4x4 d'Ange et de sa bande. L'enfer avait commencé pour elles et pour toutes les autres femmes ramassées le long de la route. Ange et ses acolytes tuaient les hommes et les garçons, et gardaient les femmes et les fillettes.

Puis Solenzara.

Les choses qu'elle avait subies, comme les autres femmes... Les hommes qui gémissaient au-dessus d'elle en bavant. L'odeur sale, la douleur entre les jambes et ce sang qui sortait d'elle.

Sa mère avait tout fait pour la protéger. Elle s'était interposée chaque fois que les hommes étaient venus la prendre. Ils l'avaient battue. *Surtout Ange. Il aimait frapper. Ça se lisait sur son visage quand il cognait*

Quand ils avaient fini de frapper sa mère, ils l'emmenaient dans la baraque d'entrée de la base. Elle revenait chaque fois avec des coups sur le visage et sur le ventre et restait longtemps sans rien dire, la serrant dans ses bras pour la consoler et la protéger.

Comme hypnotisée par le récit apocalyptique de Solène, Alison sentit soudain la main de la fillette sur la sienne. Sa rage s'atténua et fut remplacée par une vague de chaleur, une forme de ravissement.

Il restait de l'espoir. Une vraie raison de survivre et de se battre. *Une enfant. Vivante. Un miracle.*

Elle chassa dans la foulée la sombre perspective des choix qu'elle allait bientôt devoir faire et se concentra entièrement sur le présent, préparant avec une réelle joie le déjeuner du jour avec un petit être dont elle était maintenant responsable.

***

Paris, quartier de la Tour Eiffel, 2 juillet

Mauer était accroupi en haut des marches face à la gueule béante de l'escalier obscur qui descendait vers la voie ferrée souterraine de la station Champ de Mars-Tour Eiffel. Des râles montaient des entrailles de la terre.

De sa position, assise le long du parapet du pont qui surplombait la Seine, Kiyo faisait le guet. Autour d'elle, dressés vers le ciel comme des géants assoupis, les immeubles de verre et de pierre surmontés d'immenses logos se reflétaient dans les eaux du fleuve.

Le pont d'Iéna, encombré de véhicules à l'abandon, était derrière elle, la Tour Eiffel en face.

Les nerfs à vif, elle se sentait repérable et vulnérable malgré la présence de l'Allemand. Au loin, les premiers infectés approchaient déjà en grognant par le quai Branly, vraisemblablement attirés par les bruits de leurs congénères.

- Dépêchez-vous ! supplia-t-elle, le souffle court en les voyant arriver.

L'homme se retourna vers elle d'un bloc, les yeux noirs.

- Vous voulez y aller à ma place ? rétorqua-t-il en indiquant du doigt les escaliers qui s'enfonçaient sous terre.

Kiyo préféra ne rien répondre. Elle était suffisamment lucide pour savoir qu'elle ne s'associait avec lui que par intérêt. Elle n'était pas armée pour se défendre seule. Elle avait appris à tuer dans l'ambassade, mais ce n'était pas chose facile pour elle, même en cas de légitime défense. Elle préférait être accompagnée et laisser cette activité à quelqu'un qui n'avait pas de scrupules sur le sujet. De plus, il connaissait la région, contrairement à elle.

Pourtant, elle était étonnée qu'il ait accepté si vite sa présence.

Que pouvait-il bien attendre d'elle ?

Car c'était bien comme cela que les humains fonctionnaient : l'intérêt personnel. *Donner pour mieux recevoir...* Les événements n'avaient fait qu'accélérer cette réalité des relations humaines.

Avait-il quelque chose derrière la tête ? Si oui, quoi ? Maintenant qu'il savait que des militaires étaient à Vélizy, il n'avait plus besoin d'elle. S'ils restaient ensemble, c'est qu'il devait attendre autre chose et elle décida de rester sur ses gardes.

Les infectés approchaient de tous côtés avec lenteur et détermination. Les premiers étaient à moins de soixante mètres et la foule grossissait.

- Ils arrivent de partout !

Lorsqu'elle tourna la tête vers l'Allemand, il avait disparu dans les escaliers.

- Venez ! fit sa voix amplifiée par la cage d'escaliers. Il y en a quelques uns, mais ils sont loin. Aucun danger pour le moment... Descendez ! Vite !

Elle se redressa d'un bloc et s'engouffra dans la gueule obscure du souterrain, dévalant les marches deux par deux avant d'arriver au portillon d'accès au quai, ouvert et hors d'usage.

Elle passa sous l'obstacle et se retrouva sur le quai où l'Allemand l'attendait. Une rame de RER était immobile à proximité et bloquait la lumière du jour qui entrait par quelques rares ouvertures. Des cadavres à moitié dévorés jonchaient les quais.

Mauer indiqua du doigt des formes humaines qui approchaient en trébuchant sur la voie.

- Ils sont encore loin ! fit-il en se mettant en marche en direction de Versailles.

Kiyo le suivit et regarda le sac à dos avec attention, buttant sur le ballast des rails. Une barre métallique sortait d'une poche du sac. *Son arme ?*

Plusieurs rats s'enfuirent en couinant lorsqu'ils passèrent à côté d'eux.

Sur l'autre voie, à plusieurs dizaines de mètres de la station, la rame de RER était immobilisée, les flancs maculés de graffitis. Les portes qui donnaient sur le quai étaient entrouvertes, vitres brisées, et du sang maculait le verre. Des formes humaines étaient immobiles sur les sièges. *Des cadavres. Pas un seul survivant !*

Elle détourna le regard et nota qu'il y avait peu de cadavres sur les voies, à peine une poignée de clochards et de passagers mais un groupe de cinq contaminés approchait d'eux et barrait le chemin sur la voie ferrée.

Mauer fouilla dans son sac sans s'arrêter de marcher et prit la barre de métal. Instinctivement, elle serra le manche de son couteau et se prépara à l'affrontement, le cœur battant. Elle détestait déjà ce qui l'attendait.

Les bras tendus vers Mauer, deux hommes tentèrent de le saisir. Il évita le premier et accueillit le second d'un puissant coup de barre, emportant au passage le côté gauche de son visage. Malgré la blessure, l'homme continua d'avancer et Mauer l'acheva d'un second coup au même endroit. Cette fois, la mâchoire inférieure accompagna la barre métallique.

Alors que l'homme s'écroulait d'un bloc, le second se fit menaçant. Mauer le frappa au visage d'un violent coup de barre qui le fit tomber. La menace neutralisée, il se tourna vers Kiyo et lui fit signe d'approcher. Trois infectés approchaient sur les rails.

- Prenez celui de droite, je m'occupe des autres ! fit Mauer, haletant.

L'esprit comme paralysé, Kiyo s'exécuta. L'infecté était un homme de grande taille au torse bedonnant alors que Mauer s'occupait d'un vieillard et d'une adolescente. Elle héritait de l'adversaire le plus vigoureux ! Le gros homme approcha d'elle, ses mains énormes ouvertes comme des pinces prêtes à la saisir. Les tatouages de ses avant-bras étaient à peine discernables sous les ravages de la peau. Il la regardait d'un œil, l'autre masqué par les hémorragies cutanées. La moitié du cuir chevelu avait disparu et des excroissances suintaient sur la peau. A l'idée de devoir se battre contre lui, Kiyo sentit son estomac se nouer mais elle fit face avec courage.

Pour un homme de sa taille, elle fut surprise par sa rapidité. Il fit plusieurs grands pas vers elle et tendit les bras vers sa gorge. Elle l'évita d'un pas en arrière et donna un violent coup de couteau en arc de cercle. La lame traça un long sillon dans le torse à travers les vêtements mais il ne s'arrêta pas. Elle recula d'un nouveau pas et leva le couteau. Elle frappa de haut en bas. La lame traversa le cou.

L'homme ralentit et mit une main sur la blessure puis reprit sa marche vers elle. Proche de la panique, Kiyo recula. Son agresseur semblait insensible à la douleur… A plusieurs reprises, la lame taillada la chair de l'homme mais rien ne l'arrêta.

Elle essuya la sueur d'un revers de main et rassembla son courage pour frapper à nouveau, les muscles endoloris par les coups répétés. Elle visa le cœur et frappa mais la lame entra dans l'avant-bras de l'homme qui avait paré le coup… Elle essaya de ressortir la lame mais l'homme grimaçant fut plus rapide. Le couteau planté dans l'avant-bras, il utilisa le gauche et attrapa Kiyo au poignet. Paniquée, elle hurla de terreur.

D'un bras, l'infecté tordit son poignet et lui broya l'épaule de l'autre. Comme prise dans un étau, incapable de se dégager, elle sentit avec horreur qu'il l'amenait à elle. Bouche ruinée ouverte sur des dents jaunes qui contrastaient avec le teint sombre du visage, l'homme se préparait à déchirer sa chair.

Terrorisée, elle donna des coups de pieds en tous sens et parvint à frapper l'entrejambe du colosse mais l'homme réagit à peine et ne la lâcha pas.

Retrouvant de la force, elle donna un nouveau coup de pied au même endroit. Cette fois, le géant tomba à genoux et l'entraîna dans sa chute sans desserrer son emprise. Il resta un instant immobile, gémissant de douleur, puis releva la tête vers elle. Son expression n'avait pas changé, ses intentions indéchiffrables… Il n'y avait aucune haine dans son œil valide, juste une détermination sans faille.

Soudain, la prise de l'agresseur mollit. L'éclat brillant de l'œil ternit et il bascula vers elle. Elle se dégagea et recula de plusieurs pas. Buste en premier, il s'effondra sur la voie ferrée. Derrière lui, Mauer était debout et la regardait dans les yeux. Le crâne défoncé de l'infecté portait la trace allongée de la barre métallique. Au bout de celle-ci, un mélange de cheveux et de tissus organiques suintait de grosses gouttes sombres.

- 'Faut y aller ! fit Mauer en se retournant vers la voie. On n'est pas encore arrivés…

Les jambes cotonneuses, Kiyo se mit en marche sans réfléchir.

Elle venait d'échapper à la mort, un événement qui, dans une vie normale, aurait été suffisant pour chambouler complètement son existence… Mais dans les circonstances actuelles, ce n'était qu'une péripétie de plus, une nécessité dictée par l'instinct de survie.

Elle s'efforça de récupérer son souffle en marchant. Le rythme cardiaque revint rapidement à la normale et, lorsqu'elle reprit complètement le contrôle de son corps et de son esprit, elle réalisa qu'ils avaient parcouru près d'un kilomètre sans croiser d'infectés. Sur le chemin, les rames de train abandonnées ressemblaient à des tombeaux.

Kiyo observa l'environnement. En dehors des cadavres et de quelques animaux, les rails étaient déserts. Des papiers dansaient dans la lumière blafarde des rares ampoules fonctionnelles. Une odeur de décomposition organique empestait l'air.

Le tracé du train en sous-sol finit par déboucher à l'air libre et elle aperçut au loin la fin du tunnel. La lumière transformait les rails en rayons lumineux parallèles. Pourtant, la chercheuse se surprit à appréhender la sortie du tunnel tout comme elle avait eu peur d'y entrer. Qu'est-ce qui pouvait bien les attendait là-bas, dehors, dans la lumière ?

Sans un mot, ils parcoururent les derniers mètres sous terre et émergèrent dans la lumière, plissant les yeux et les protégeant d'une main en visière.

Loin derrière eux, les lamentations des poursuivants leur parvinrent mais ils n'y prêtèrent pas attention. La menace qu'ils représentaient n'était pas immédiate.

Quelques mètres après être sortis, Mauer s'arrêta brusquement.

Aussitôt sous tension, Kiyo le rejoignit, le couteau à la main.

- Qu'est-ce qu'il y a ? demanda-t-elle en essayant de contrôler sa voix. Vous avez vu quelque chose ?

Comme à son habitude, il ne répondit pas.

Elle allait répéter la question lorsqu'il tendit le bras et l'obligea à s'accroupir. Elle regarda dans la direction indiquée. Devant eux, à deux cents mètres environ, elle vit un spectacle atroce.

Les rails entamaient un virage à gauche qui les éloignaient de la Seine. De chaque côté, des immeubles d'habitation, dont plusieurs en construction, s'élevaient vers le ciel. Les grues immobiles et les échafaudages déserts témoignaient de la brutalité de l'arrêt des travaux.

Un silence épais régnait sur l'endroit, encaissé au fond d'un vallon peuplé d'habitations et de forêts. Sur la voie face à eux, une meute de chiens se querellait violemment pour la nourriture qui gisait en travers des rails.

Kiyo plissa les yeux et découvrit le corps sans vie d'un garçonnet, éventré, dont les organes internes avaient été tirés sur une longue distance par les animaux.

La chercheuse tomba à genoux. Malgré les spasmes de dégoût, elle essaya de raisonner objectivement, de trouver du sens à l'horreur qui se déroulait sous ses yeux. Elle ne pouvait pas flancher. Question de survie.

Ces animaux ne sont ni méchants, ni mangeurs d'homme. Juste des charognards par opportunisme. Les proies vivantes sont rares. L'instinct grégaire les pousse vers la nourriture facile. Les cadavres.

Pour un humain, c'était un spectacle horrible, interdit, inconcevable en temps normal. Mais la situation avait changé et, aujourd'hui, elle pouvait se comprendre. Les animaux ne connaissaient ni remord, ni regret, ni calcul et n'agissaient que par nécessité. A moitié rassurée, Kiyo décida de ne pas accabler les chiens malgré l'horreur que lui inspirait leur comportement.

- Que fait-on ? chuchota-t-elle à l'adresse de son compagnon silencieux.

- Je ne sais pas… Ils sont nombreux. S'ils attaquent, on ne fera pas le poids… et j'ai pas envie de finir comme le gamin !

- L'enfant était déjà mort, corrigea Kiyo. Ce ne sont pas les chiens qui l'ont tué. Dans quelques mois, peut-être. Quand ils auront acquis des réflexes d'animaux sauvages… Mais pas maintenant. C'est trop tôt.

- Vous proposez quoi alors ?

- Laissons-les finir de… de *manger*. Quand ils auront fini, ils seront moins agressifs. Ils nous laisseront tranquilles. Vous verrez.

Elle se retourna et réfléchit. Les lamentations des poursuivants continuaient, plus fortes. Si les infectés étaient toujours à leur poursuite, c'était sans doute parce qu'ils les voyaient, ou les entendaient, ou les deux. Or, ils s'efforçaient de parler à voix basse. C'était donc la vue que les infectés utilisaient pour se guider.

Elle observa le tunnel. Ils devaient se guider sur leurs silhouettes à contre-jour. C'était un signal suffisant pour entretenir leur mémoire à court terme et les inciter à continuer la poursuite.

- Tôt ou tard, continua-t-elle en les désignant de la main, ils nous rejoindront. Notre choix est simple : soit nous restons ici et ils nous rattrapent, soit nous passons par les chiens. Je n'ai aucune idée de leur nombre dans le tunnel. D'après les voix, plusieurs dizaines… Je croix que… que je préfère les chiens !

Mauer approuva de la tête.

- OK. On attend la fin du repas. On tentera le coup après.

Au même moment, plusieurs chiens tournèrent les yeux vers eux en grondant.

***

Bordeaux, France, 2 juillet

La Présidente frotta des doigts ses yeux fatigués. Les fenêtres du bureau, grandes ouvertes, laissaient entrer une symphonie d'ordres militaires, de moteurs diesel, d'hélicoptères qui passaient en trombe au-dessus du bâtiment, noyant les bruits de la nature. *Pas un seul rire d'enfant…* Le téléphone sonna.

- Oui ? fit-elle en décrochant.

- Madame la Présidente, fit le secrétaire, le Président des États-Unis est en ligne, pour vous.

Elle s'adossa au siège. Il y avait des jours qu'elle n'avait plus eu de nouvelles directes des USA et que les conférences téléphoniques quotidiennes entre membres du G-10 avaient été suspendues en raison du tumulte international.

Qu'est-ce qui le poussait à appeler maintenant ? Une catastrophe ? Ou au contraire, une bonne nouvelle ?

- Vous l'avez identifié formellement ?
- Oui, madame. Aucun doute possible.
- Passez-le-moi.
- Isabelle ! fit aussitôt une voix d'homme, tendue, en anglais. J'ai appris que c'était vous qui remplaciez Philippe. Regrettable, ce qui lui est arrivé…
- James ! répondit-elle dans la même langue, sans relever l'allusion au sort de son prédécesseur. C'est un miracle que nous puissions nous parler ! Comment ça se passe chez vous ?
- Pas bien. Le vice-président et les membres du gouvernement sont introuvables. Un foutu merdier ! A croire que je suis le dernier décideur encore vivant…
- C'est une possibilité qu'il faut envisager, James… conseilla-t-elle. J'ai le même problème. Mais je doute que ce soit pour cela vous m'ayez contactée.
- Exact, fit l'homme en soupirant dans le combiné. J'ai besoin de vous, Isabelle. Et je n'ai pas beaucoup de temps.
- Je vous écoute.
- Deux choses. D'abord, j'ai encore des moyens aériens en Europe, des avions militaires sur des bases isolées. Pas possible de les faire revenir. Il n'y a plus rien ici pour les accueillir. Alors inutile de tourner autour du pot. Vous êtes le dernier pays encore à peu près debout en Europe. On peut vous les envoyer ? Vous pourrez vous en occuper ?
- Pas de problème. D'autres pays m'ont demandé la même chose. On les gardera à Mérignac jusqu'à ce que ça aille mieux.

Le Président de la plus grande puissance militaire mondiale souffla bruyamment dans le combiné, obligeant la Présidente à éloigner le combiné des oreilles. Ce n'était pas pour lui demander d'héberger des avions qu'il avait téléphoné. Il y avait autre chose.

- Isabelle… reprit-il à voix basse. Le pays est foutu. C'est la fin.

Elle sentit des frissons courir le long de sa colonne vertébrale.

- Plus personne ne répond... continua-t-il d'une voix tremblante. La flotte de surface dérive en mer. Quatorze porte-avions... des centaines de bâtiments... On a même un croiseur en perdition en Méditerranée, près de chez vous ! Et les seuls sous-marins d'attaque disponibles sont en cale sèche, sans équipage ! Ces saletés de navires sont des pièges à rats. Une fois qu'un type est contaminé à bord, tout le monde y passe.

- Et l'aviation ? L'armée ?

- Pire. Une poignée de zincs en Arizona et des blindés dans le Wyoming. La garde nationale, la police, le CDC, le corps médical, les scientifiques... plus personne à l'autre bout de la ligne ! C'est comme si... comme si tout le monde s'était volatilisé autour de moi !

- C'est pareil ici, James, conseilla la Présidente, sidérée malgré elle par les révélations de son alter-ego. Tout, dans ses paroles, transpirait le désespoir, inhabituel pour un Américain. Vous devez être patients. Il faut tenir jusqu'au pic de l'épidémie. Vous pourrez reconquérir le pays ensuite et...

- Non, Isabelle. Le pays est K-O. Cette fois, c'est fini pour nous. D'après les rapports, tous les centres urbains sont contaminés. Les survivants sont disséminés dans les zones désertiques... on dit qu'ils se tapent dessus pour l'eau, la nourriture et les abris...

La Présidente, pourtant habituée aux situations diplomatiques sensibles, se trouva à court de formule pour réconforter le Président dont les propos sonnaient comme un testament. Elle essaya de réorienter la discussion.

- D'après nos propres observations, concéda-t-elle, ce n'est pas mieux ailleurs.

- C'est même pire ! Nos satellites montrent que les derniers Chinois fuient vers Taiwan... La Russie et l'Inde sont perdues et les milliards de types qui traînent encore là-bas sont infectés !

- Comment peut-on en être sûr, James ? Il y a sans doute des réfugiés parmi eux.

- Mes experts ont mis au point un logiciel qui fait le tri entre survivants et infectés en fonction de la température corporelle, un truc qui traite les images en thermique. Et vous savez ce qu'on voit ? L'é-cra-se-ment ! Les infectés nous dépassent en nombre depuis un sacré bout de temps. D'après les projections, ils sont déjà plus de quatre milliards !

La Présidente compara mentalement le chiffre aux prévisions de ses propres services. Il y avait convergence.

- … et en ce qui vous concerne, continua le Président, un paquet de réfugiés d'Europe se dirigent vers la France. Des millions, malgré les pertes.

- Je sais. Nous essayons de créer une place-forte autour de Bordeaux.

- Un château-fort ? Pas bête. J'aimerais que ce soit aussi simple chez nous.

Le Président fit une courte pause avant de reprendre.

- Isabelle… c'est probablement la dernière fois que nous nous parlons. C'est pour ça que je voulais vous joindre. Aucun autre chef d'état dans le monde n'a répondu aux appels. Vous êtes la première. Et la seule, à ce stade.

- Et vous, d'où appelez-vous ?

- Une zone sécurisée quelque part sous terre. Air Force One est cloué au sol depuis hier. On a encore les pièces et du carburant nécessaires, mais plus aucun pilote.

- Vous êtes en sécurité ?

- Sur le papier, oui. En réalité…

Il soupira à nouveau. Elle entendit qu'il changeait le téléphone de main. Sa voix se fit plus basse lorsqu'il reprit la parole.

- … en réalité, fit-il, on a déjà des cas d'infection ici. C'est juste une question de temps avant que tout le personnel soit touché. Le moral est en chute libre. Suicides, insubordination, désertions… c'est ça, mon lot quotidien. Et on ne peut plus bouger d'ici. Plus assez de monde.

- Peut-on faire quelque chose pour vous ?

- Non. On a tout essayé. On s'est planté. On est hors-jeu. Alors faites-mieux. Promettez-moi d'accueillir mes gars… de reconstruire quelque chose… quelque chose de mieux après. Pour nos gosses.

- C'est ça, James ? La deuxième chose que vous vouliez me demander ? Défendre la mémoire des USA après leur disparition ? Je…

Il y eut un bruit lointain dans le combiné, suivi d'un silence.

- C'est ça. Plus le temps Isabelle. Dieu vous garde, fit-il avant d'ajouter en français : '*Adieu*' !

La communication s'arrêta net. Sidérée, la Présidente contempla le combiné inerte dans sa main tremblante. Elle avait l'impression d'avoir assisté à une pièce de théâtre de mauvaise qualité jouée par un acteur inconnu tant il était difficile d'associer la voix de l'homme au personnage qui, jusque récemment, avait été le plus puissant du monde. Toute la scène était surréaliste. Les USA s'effondraient pour de bon. Même dans les pires films, cela ne s'était jamais vu.

Pourtant, c'était maintenant une certitude. Le grand frère américain, le protecteur du monde, ne répondrait pas à l'appel. Il n'y aurait pas de nouveau débarquement de GIs sur les côtes européennes. Le continent était désormais livré à lui-même.

D'après les renseignements qu'elle possédait, la France devenait *de facto* la tête de pont mondiale dans la lutte contre le Fléau. Un pays si fragile comparé aux mastodontes Américains, Russes, Chinois, à présent tous à genoux.

La France… Une nation menacée elle-même de débordement par les hordes de réfugiés venus d'Europe, talonnées à leur tour par les rangs encore plus nombreux des infectés. Une poignée d'éléments militaires, quelques scientifiques. Une ville en cours de fortification. Des ressources infimes. Et aucune aide à attendre de l'extérieur.

Le pays, dos au mur, le pistolet de l'agresseur pointé sur la tempe. Si c'était ça, l'avenir de l'espèce humaine, alors les nuages masquaient plus que jamais le bleu du ciel…

La gorge serrée, elle se sentit soudain plus seule que jamais.

***

BA-113, Saint-Dizier, France, 2 juillet

Contrairement à ce qu'ils avaient cru jusqu'en début d'après-midi, Mack et Lupus avaient pu voler. Simple reconnaissance aérienne armée avec attaque sur obstacles pour transmettre les informations sensibles aux troupes terrestres engagées dans les combats contre les infectés aux abords de Saint-Dizier et dégager la route future du convoi.

Lupus fit le bilan de mission. Toujours la même chose. Les bombes avaient dégagé les hommes et le chemin, mais pour combien de temps ? Les restes des unités se repliaient vers l'ouest. Saint-Dizier ressemblait à une île minuscule dans un océan déchaîné.

Il vit la piste grossir dans le prolongement du nez pointu de l'avion, petit sillon gris tracé dans les prés. Les bâtiments de la base longeaient le côté droit et, coincées entre une autre série de bâtiments, les tentes qui hébergeaient le personnel de la base dressaient leurs formes sombres.

La voix du contrôleur aérien confirma que l'avion était bien positionné et indiqua que le radar de la tour ne fonctionnait plus.

Alors que l'appareil approchait de la piste en ralentissant, Lupus vit avec stupéfaction le nombre considérable d'infectés autour de la base dont l'intérieur, par comparaison, semblait désert malgré les bâtiments, véhicules, engins en hommes qui s'y entassaient.

Il combattit un léger vent de travers pour maintenir l'avion dans l'axe de la piste et observa l'alignement d'appareils hétéroclites, français et étrangers, qui avaient réussi à rallier la base pendant la crise.

Un gros quadrimoteur à hélices C-130 *Hercules* et un C-160 *Transall* plus petit étaient parqués à l'écart, inopérables. Le train avant de l'Hercules anglais était plié et le Transall français, hors d'âge, était cloué au sol en raison d'une crique dans un longeron d'aile. Les deux avions étaient une grosse perte pour les rescapés en raison de leur capacité d'emport. A côté, deux avions, plus petits et rustiques, un Pilatus et un Cn-235 à hélices, étaient en état de marche. C'était sur eux que le pont aérien vers Vélizy allait reposer.

A l'écart, quelques hélicoptères étaient parqués dont un lourd CH-47 *Chinook* allemand aux énormes rotors qui penchaient vers le sol. Un problème de turbine l'avait condamné à ne jamais revoler. C'était une perte importante en raison de sa versatilité et de sa capacité de transport importante. Restaient deux Super-Puma de l'Armée de l'Air.

Le commandant de la base avait indiqué que les appareils non opérationnels seraient laissés sur place lorsque l'évacuation commencerait.

Le contrôleur confirma l'autorisation d'atterrir et Lupus leva le nez du Rafale pour arrondir la trajectoire et franchir les grilles de la base. Trains sortis, les plans canard en mouvement, le Rafale avala en grondant les derniers mètres qui le séparaient de la surface bétonnée.

Alors qu'il franchissait le périmètre barbelé de la base, les roues de l'avion passèrent quelques mètres au-dessus des infectés qui se pressaient contre les barbelés. Les bras décharnés se dressèrent futilement vers le ciel pour attraper l'oiseau métallique.

Les roues principales prirent contact avec la piste et Lupus freina l'avion avant de s'immobiliser dans un dernier soubresaut au milieu de la piste. Sans attendre, il regagna le petit hangar, verrière ouverte pour aérer l'habitacle. Le vent relatif créé par le mouvement de l'avion apporta une sensation de fraîcheur dans le cockpit malgré la puanteur des infectés. Derrière, Mack désactiva ses instruments. Il avait été silencieux durant une bonne partie de la mission.

Lupus roula jusqu'au hangar où, obéissant aux ordres du chef de piste coiffé d'un casque antibruit, il entra délicatement dans le hangar avant de stopper l'alimentation des moteurs, livrant l'avion aux mécanos pendant qu'il descendait l'échelle et gagnait à pied, avec Mack, le bâtiment opérationnel de l'escadrille où ils confirmèrent l'absence de problème technique dans le cahier de prise en compte.

Ils laissèrent leur tenue de vol en salle d'équipement, se lavèrent et gardèrent leur arme de service en application du règlement en vigueur, avant de terminer par le rapport au commandant de l'EC-1/7 sur la débandade des forces terrestres, la destruction des obstacles terrestres, amas de voitures et camions abandonnés, sur l'itinéraire du convoi. A l'aide des bombes à guidage laser, ils avaient nettoyé le chemin. Le blindé modifié qui ouvrirait le convoi terrestre serait en mesure d'aplatir les débris devant le convoi.

Lupus et Mack gagnèrent ensuite la salle d'opérations pour y prendre connaissance du planning. En ces jours sombres, il était rare que les activités listées en début de matinée correspondent à celles de la journée car les événements évoluaient vite.

- Regarde ! fit Lupus en pointant le doigt vers un tableau blanc couvert de silhouettes de Rafale dont trois étaient barrées de rouge.

- Plus que neuf avions opérationnels sur douze ! commenta Mack en secouant la tête. Et dix navigants seulement…

Quelqu'un passa devant lui et accrocha un document près du tableau d'activité. Les pertes humaines de chaque escadrille.

Il évalua la situation des deux autres escadrilles. La 77 avait perdu deux appareils, un monoplace et un biplace. Deux morts et un disparu. La 162 déployait toujours quatre Rafale mais trois pilotes étaient indisponibles.

Il fit le compte de son escadrille, la 15. Crash de Rasoir 26. Deux morts. Plus Luc 'Flake' Gentile, call-sign Rasoir 25, infecté. Mis en quarantaine avec d'autres infectés dans un périmètre gardé. A ce jour, il y était toujours et pourrissait avec d'autres malades dans un enclos d'une trentaine de mètres carrés, personne ne sachant quoi faire de lui.

Malgré l'envie d'avoir de ses nouvelles, il n'était pas allé le voir. Il préférait garder de lui l'image du sportif, marathonien endiablé, du camarade irréprochable plutôt que la monstruosité qu'il était devenu depuis.

Il échangea un regard avec Mack et y lut la même désolation. La migration vers Vélizy devenait chaque jour plus compliquée. Écœurés, ils se séparèrent. Mack gagna le bar et Lupus fila glaner des informations sur la situation terrestre auprès de ses relations, le genre d'informations que le commandement ne communiquait pas facilement aux troupes. Il avait besoin d'un bilan sur le dégagement de l'itinéraire pour adapter, si nécessaire, le rôle de son unité.

Il sortit du bâtiment et gagna les logements de l'escadron de protection. C'était là qu'il trouverait des informations utiles. Lorsqu'il passa à hauteur du convoi en cours de préparation, il ralentit le pas et observa l'activité.

Les véhicules sélectionnés étaient parqués en double file sur la chaussée qui menait à l'extérieur de la base. Des uniformes et des paires de jeans s'affairaient sur les véhicules, ajoutaient des barbelés et des plaques métalliques sur les vitres et les transformaient en engins sortis du film *Mad Max*.

Dubitatif, il reprit sa marche vers les quartiers de l'Escadron de Protection mais fut abordé par l'équipage britannique du C-130 en combinaison de vol.

Le plus âgé, un capitaine moustachu aux yeux verts, le visage rond et constellé de tâches de rousseur, était accompagné d'un lieutenant d'origine Pakistanaise ou Indienne. Il les avait déjà croisés auparavant. Il serra la main des deux hommes, heureux d'avoir affaire à des pilotes et se présenta.

- Capitaine Jenkins, lieutenant Patel, répondit le capitaine en anglais. Major, vous pouvez nous dire où en sont les préparatifs ?

Lasalle se tourna vers la double rangée de véhicules.

- Ça se prépare. Reste à savoir où tout ça va nous mener. Mais les types en charge du convoi travaillent dur pour minimiser les risques. Le départ est prévu pour demain. Et vous, vous allez faire quoi ? Vous avez des plans ?

Lupus reprit sa marche. Les britanniques lui emboîtèrent le pas. Le capitaine sortit une pipe d'une poche de combinaison, l'alluma et tira dessus. Une odeur de tabac parfumé monta dans l'air chaud. Lasalle n'était pas fumeur, mais la sensation était agréable. Elle apportait presque une touche de normalité dans le camp.

- J'ai bien peut que notre Hercules soit mort. Ca limite nécessairement nos possibilités.

Il soupira en tapotant sa pipe avant de continuer.

- Il aurait pu être sacrément utile dans la mission de cinglés que vous préparez.

- Vous ne nous suivez pas à Vélizy ? répondit Lupus avec prudence.

- On y pense, intervint Patel, jusque là silencieux.

Lupus resta silencieux. Le lieutenant continua d'une voix posée alors que le capitaine laissait filer un nuage de tabac entre ses lèvres.

- Il y a de quoi douter sur ce qu'il faut faire. Vous savez, on faisait partie du 24ème Escadron de Transport Tactique de la RAF, basé à Lyneham. Mission de ravitaillement aérien sur Lakenheath.

Et ce qu'on a vu du ciel ressemblait diablement à ce qui se passe ici. La base était assiégée. On a reçu un message radio du contrôleur au sol, paniqué et sur le point de se tirer. Il nous a dit que les infectés étaient arrivés à entrer et que c'était un carnage. On a largué pour soutenir les types et on est partis. Plus rien entendu de leur part depuis.

Lupus ralentit le pas.

- Et votre base, Lyneham ? demanda-t-il. Si vous êtes ici, c'est que quelque chose s'est passé là-bas. Vous n'avez pas pu la rejoindre ?

L'Indien répondit d'une voix douce.

- C'était partout pareil. Lakenheath, Lyneham… Invasion généralisée. On a perdu le contact avec Lyneham après le décollage. Pas un son sur les ondes, aucun guidage ! Quand on est arrivés au-dessus de la base…

L'Indien s'arrêta, tête penchée. Le capitaine prit le relais.

- On a d'abord cerclé au-dessus, histoire de comprendre ce qui se passait. On a eu le nez creux. La base était couverte de cadavres et grouillait d'infectés. Je n'avais encore jamais vu un tel spectacle. Des morts à perte de vue… Alors on a cherché une base de délestage d'urgence. En vain. Juste quelques appels de chasseurs paniqués qui tournaient comme nous. On est restés deux heures en l'air pour essayer d'accrocher un émetteur. Zéro accroche sur les centres de contrôle régionaux ou les émetteurs locaux.

Il baissa les yeux, soudain abattu.

- Le pays était à genoux. Plus aucune coordination militaire. C'était comme si la RAF avait complètement disparu ! Même les civils étaient injoignables. Ca nous a retourné l'estomac.

- Je comprends. Qu'est-ce que vous avez fait ensuite ?

- On a essayé ailleurs. La Belgique, la Hollande. Même topo. Silence radio partout. Mais on approchait du bingo fuel, alors on a essayé la France. Saint-Dizier a répondu.

- Et maintenant, demanda Lupus, vous voulez vous y prendre comment ? Il n'y a pas un seul zinc en état de vol pour vous ramener chez vous. Et pour ce qui est de la route…

- Vous nous conseillez quoi, Major ? demanda l'Indien, les yeux ternes.

Lupus réfléchit. Sa réponse aurait une influence directe sur le sort des deux britanniques.

- Le plan de regroupement à Vélizy est foireux, c'est sûr, mais il l'est moins que votre idée de retourner en Angleterre. D'abord, la situation s'est certainement dégradée là-bas depuis votre départ. Ça se saurait sinon. Ensuite, imaginez le trajet par la route, les blocages routiers, les types qui voudront récupérer votre bagnole, l'essence, les flingues et les infectés, la panique générale. Par avion ? C'est faisable, à condition que l'Hercules puisse redécoller d'ici sans maintenance…

Les Britanniques échangèrent un regard complice avant que le Capitaine ne reprenne la parole, interrompant brièvement Lupus.

- On a des soucis sur un FADEC… Vous pourriez réparer ?

- On va essayer, mais c'est peu probable. Et en supposant que vous puissiez décoller, où iriez-vous atterrir ? Pire, pourriez-vous atterrir quelque part ? Les infectés ne vous ont certainement pas attendu pour prendre le contrôle des pistes…

- Certaines bases sont mieux contrôlées que d'autres, commenta le lieutenant. Comme ici, à Saint-Dizier. Pas de raison que ce soit différent chez nous.

- Accordé. Alors un dernier point. Ca me pèse de le dire, mais on a besoin de pilotes ici. On peut faire de la place pour vous dans le convoi. Vous me demandez mon avis ? Voilà ce que j'en dis : restez avec nous. Vous aurez plus de chances de vous en tirer vivants.

Lupus les vit hésiter mais ils ne se prononcèrent pas. Ils le remercièrent puis se séparèrent et il se hâta vers l'Escadron de Protection.

La chaleur était lourde, presque visqueuse sur la peau, gorgeant les vêtements de sueur. Les nuages épais et sombres annonçaient l'approche de l'orage. Sur le chemin, il croisa le sergent Lamielle en uniforme camouflé, complètement équipé pour le combat.

Ils entamèrent la conversation lorsque le son d'un moteur d'avion en approche les stoppa net. Lupus fouilla le ciel des yeux et repéra un point dans le ciel, venant de l'est. D'après le son, c'était un petit avion biturbine.

Il se souvint que le radar de la base n'était plus fonctionnel et imagina l'affolement dans la tour de contrôle, les contrôleurs avec leurs jumelles, essayant de déchiffrer les intentions de l'équipage par radio, et qui se demandaient sans doute ce qu'il allait se passer, ce qu'ils devaient faire. Laisser approcher l'inconnu en risquant de découvrir qu'il était hostile ? *L'abattre sans savoir ?*

Rompant l'atmosphère d'indécision pesante qui planait sur les lieux, une série de coups de sifflets sembla remettre le personnel en action. Des servants d'artillerie antiaérienne se précipitèrent vers les stations de tir air-sol Mistral qui protégeaient la base. Les missiles pivotèrent vers l'avion qui approchait attendant l'autorisation de tir de la tour.

Comme pour la tour, le radar *Samantha* des stations n'était plus opérationnel et, en cas de tir, les missiles Mistral seraient tirés en mode de fonctionnement autonome « *shoot-and-forget* », attirés comme des aimants par les parties chaudes de l'avion inconnu.

Lamielle et Lupus se séparèrent et il courut vers la piste pour observer la scène. A droite de la piste, le point blanc grossit dans le ciel sombre et chargé.

Un pilote de Super Puma s'arrêta à côté de lui, essoufflé.

- Ça fait longtemps que personne n'a atterri ici, remarqua le pilote. C'est comme ci tous les zincs d'Europe avaient disparu. Sauf celui-là.

En approchant, les contours du point blanc se dessinèrent et les détails apparurent.

- MU-2B, commenta Lupus en reconnaissant le type d'avion. Un civil. Suisse d'après l'immatriculation.

Alors que l'avion approchait, il devint clair qu'il avait des problèmes. Le moteur gauche fonctionnait toujours mais des flammes sortaient du droit. La rotation de l'hélice était irrégulière. L'aile droite s'enfonçait par à-coups.

Plusieurs véhicules de l'escadron de sécurité incendie et sauvetage filèrent en trombe vers la piste, sirènes arrêtées, et prirent position en bord de piste. Les artilleurs quittèrent leurs postes.

L'avion survola péniblement la base à moins de cent mètres d'altitude. Lupus aperçut la tête du pilote à travers le hublot du cockpit.

- Nom de dieu ! jura-t-il en observant le fuselage blanc de l'avion.

Les flancs de l'avion étaient bosselés et couverts de sang, le capotage des moteurs constellé de tâches sombres. Le lien entre les dommages et l'état du moteur était évident : des coups violents et répétés sur le disque d'hélice en rotation avaient faussé l'arbre de transmission de la turbine, sans doute la conséquence d'un décollage au milieu d'infectés. L'avion passa en grondant au-dessus d'eux.

- Sous-régime sur moteur droit, murmura-t-il. Trim, palonnier et moteur gauche à fond pour contrer l'effet de couple et éviter le décrochage... Feu à bord, ça va être difficile.

L'avion s'éloigna et survola les infectés qui tentèrent de le suivre le long des grillages.

A faible vitesse, le MU-2 remonta la piste sans en dévier, puis fit demi-tour. L'absence de fusée rouge tirée depuis le sol confirmait que la tour l'autorisait à atterrir. Une liaison radio avait du être établie et l'équipage avait pu expliquer sa situation. Alors que l'avion poursuivait sa manœuvre avec lenteur, Lasalle serra les poings en pensant au stress du pilote. L'avion volait sur un seul moteur et perdait de la puissance et de la vitesse dans le virage qui le ramenait vers la piste dans un nuage de fumée noire. Il risquait le décrochage à tout instant. Pourtant, il acheva son demi-tour et s'aligna sur l'axe de piste par l'ouest, phares allumés et trains sortis.

- Le train ! jura le pilote d'hélicoptère. Regardez le train !

La jambe principale droite était bloquée à mi-hauteur.

- Plus assez de vitesse ni de puissance pour prendre de l'altitude ! fit Lupus, le cœur serré. Il doit remonter les trains et poser le zinc sur le ventre.

Mais quelque chose d'autre inquiétait Lupus au-delà de la perspective du crash imminent. *Quoi ?* Mal à l'aise, il regarda l'avion battre des ailes, incapable de rester stable. L'altitude baissa et il se rapprocha de la base pour atterrir. Les yeux de Lupus firent plusieurs allers-retours entre l'avion et le sol.

Du calme, Lupus ! Le pilote est bon. Il est capable de se poser sur le ventre.

Une boule dans le ventre, il estima l'altitude. *Cinquante mètres. Trente.* L'avion n'était pas encore à l'intérieur de la base et il était trop bas.

Il sentit une pression monter du fond de ses entrailles. Dans un flash, il comprit soudain la raison de son inquiétude irraisonnée et ce fut comme si la terre s'ouvrait sous ses pieds.

- Les barbelés ! murmura-t-il, incrédule, incapable de forcer plus d'air hors de ses poumons.

- Quoi ? fit le pilote d'hélicoptère en tournant brusquement la tête vers lui.

- Les barbelés ! Il perd trop d'altitude. Il arrive trop court. Il va s'écraser dedans.

- Et alors ? *Qu'est-ce...*

Le visage du pilote d'hélicoptère sembla se vider instantanément de ses couleurs. Il ouvrit la bouche pour parler, sans parvenir à articuler le moindre mot. Lorsqu'il posa à nouveau le regard sur Lupus, il était clair qu'il avait compris à son tour.

Comme dans un cauchemar, spectateur impuissant d'un drame qu'il venait d'anticiper, Lupus vit l'avion percuter le sol devant les barbelés et poursuivre sa course vers la piste sous forme de boule de feu orange et noire, carbonisant les pilotes, les infectés et le sol, traçant un sillon de feu et de corps mutilés au milieu de la foule d'infectés.

Mais, surtout, il passa à travers les barbelés, ouvrant une brèche fumante dans l'enceinte de la base.

Lorsque les débris en feu cessèrent d'avancer, Lupus et le pilote du Super Puma virent avec horreur la masse informe et gémissante resserrer les rangs et s'engouffrer sans attendre dans la trouée béante.

***

CHAPITRE 10

Paris, quartier de la Tour Eiffel, 2 juillet
Jürgen et Kiyo étaient accroupis, les nerfs à vif, sur la voie ferrée et observaient les chiens occupés à dévorer le cadavre du garçonnet. Kiyo songea à ce qu'avait pu être sa vie. Des parents attentionnés, des frères ou des sœurs, des copains. Peut-être une copine. Des rêves, des aspirations, des peurs. Et aujourd'hui, il servait de nourriture à une bande d'animaux domestiques redevenus sauvages. C'était insoutenable pour la mère qu'était Kiyo, mais la scientifique reconnut le retour aux lois de la nature dicté par les événements. Elle ne put s'empêcher de s'interroger.

Un jour, les animaux ne se contenteront plus de cadavres. Ils s'attaqueront aux vivants. Sûr. Mais quand ?

Les animaux regardaient fréquemment dans leur direction, les obligeant à attendre. Comme l'avait expliqué Mauer, il valait mieux attendre qu'ils soient nourris pour bouger car ils n'avaient pas le choix : les côtés de la voie ferrée étaient entourés d'un grillage haut de trois mètres. Derrière, les infectés. Devant, les chiens.

Lorsqu'un animal entama le cou, elle détourna le regard, incapable de supporter le spectacle. Surveillant l'entrée du tunnel pendant que Mauer regardait les chiens, elle attendit. Pour ne pas entendre les sons atroces du festin, elle se força à réfléchir et à mettre de l'ordre dans ses idées. Elle réalisa ainsi que les animaux mangeaient sans doute de la chair humaine depuis plusieurs jours. Or, ils ne montraient aucun signe d'infection. C'était une information importante. Le Fléau n'était donc pas une zoonose. Elle fronça les sourcils. Ou plutôt, ce n'était pas une maladie transmissible de l'homme à l'animal. Mais la réciproque était-elle vraie ? Le Fléau ne pouvait-il pas être transmis de l'animal à l'homme ? Elle prit note de l'information et revint à la réalité en consultant à nouveau sa montre. Douze minutes venaient d'être perdues. Les bruits des infectés gagnaient en intensité, amplifiés par la bouche obscure du tunnel.

- Ils ont fini, fit sèchement l'Allemand dans son dos.

Kiyo se retourna. Les chiens délaissaient la dépouille. Rassasiés, certains se léchaient, d'autres se roulaient sur le dos mais aucun ne manifestait l'intention de quitter les lieux.

- Les infectés se rapprochent… indiqua Kiyo en se tournant vers le tunnel. On ne peut pas rester ici.

Sans attendre, elle se leva et se mit en marche vers les chiens, montrant l'exemple. Elle l'entendit jurer dans sa langue mais, une seconde plus tard, le bruit des pierres du ballast indiqua qu'il la suivait.

Alors que la distance se réduisait, les chiens tournèrent la tête vers eux en grondant. Kiyo garda l'œil braqué sur les chiens les plus gros car c'était eux qu'elle redoutait le plus. Les petits pouvaient être dissuadés d'un coup de pied mais les gros, c'était autre chose. Un grand Danois mâle la regarda fixement de ses yeux marron et intelligents, oreilles dressées et babines maculées de sang.

La gorge sèche, elle l'approcha lentement. Elle savait que les chiens réagissaient mal aux personnes qui avaient peur. Elle dénombra treize chiens, répartis sur la largeur de la voie. En dehors du grand Danois, elle avait repéré un Berger Allemand et une paire de Boxers qui montraient les dents. Pour faire face au péril, elle puisa dans ses souvenirs.

Petite-fille, elle avait souvent joué avec les chiens dans la ferme de ses grands-parents et savait que ces animaux avaient gardé du loup l'instinct de meute et qu'il suffisait qu'un chien réagisse mal à leur présence pour que ce soit la curée. Suivie comme son ombre par Mauer dont elle entendait le souffle court, elle arriva à leur hauteur, tremblant intérieurement, et jeta un regard au Danois. Le chien à l'énorme tête se mit doucement en marche vers elle, oreilles pointées. Elle s'arrêta et força un sourire. D'une voix aussi douce que possible, elle s'adressa gentiment à lui en Japonais, l'incitant par la mélodie de ses paroles à être gentil et à les laisser passer.

L'animal s'arrêta à un mètre, humant l'air de sa truffe humide, les pattes arrière plantées dans les restes mutilés du cadavre. Après un long moment d'observation, le Danois rompit le contact visuel et se plaça à côté d'elle, les oreilles pointées vers le tunnel. Il ne prêta aucune attention à Mauer.

Elle approcha doucement la main du dos de l'animal avant de le toucher. Le chien se contenta d'ouvrir son énorme gueule aux crocs saillants et de laisser pendre sa longue langue rose. Rassurée, elle caressa son échine. L'animal tourna la tête vers elle et la regarda avec sérénité et douceur. Elle repéra dans ses yeux un reste indubitable de domestication.

- On ne risque rien, conclut-elle. On peut continuer.
- Si vous le dites… Mais il vaut mieux que vous ayez raison.

Mauer la rejoignit prudemment en longeant le grillage qui bordait la voie, puis ils s'éloignèrent le long des rails en direction de Versailles. Kiyo se retourna une fois. Le Grand Danois se leva et sauta d'un bond majestueux au-dessus du grillage qui longeait la voie ferrée, suivi par les autres chiens qui disparurent dans la jungle urbaine.

Tout en marchant, Kiyo songea à la multitude des dangers, insoupçonnés, qui la menaçaient. Les infectés, les chiens, les animaux... les hommes. Elle leva les yeux et regarda l'Allemand qui était repassé en tête. Et lui, pouvait-elle lui faire confiance ?

Après plusieurs heures de marche le long des rails, ils atteignirent la gare de Viroflay-Rive Gauche sans incident. Le calcul de Mauer avait été bon. Les infectés n'étaient pas nombreux sur les rails et ils s'en étaient débarrassés rapidement lorsqu'ils n'avaient pu les éviter. La base militaire se trouvait de l'autre côté de la grande bute boisée qui surplombait la ville.

- On quitte les rails, indiqua l'Allemand sans se retourner. C'est ici.

Ils grimpèrent sur le quai de station désert et quittèrent prudemment la gare en passant par le chemin de service. Dehors, des infectés descendaient la rue vers le fond de la vallée.

Mauer et Kiyo remontèrent sans tarder l'avenue du Général Leclerc. Ils évitèrent plusieurs infectés et se retrouvèrent à l'orée d'un bois touffu. Un chemin de terre et de cailloux montait vers la colline.

- Une fois là-dedans, fit l'Allemand essoufflé, on pourra trouver un coin où se reposer. C'est plein de buissons et de talus.

- On pourrait aussi essayer d'aller directement à la base. Ce serait plus sûr qu'ici, sans abri. Qu'en pensez-vous ?

- On pourrait, hésita l'Allemand. Mais on est crevés. Et on ne sait pas comment on sera accueillis sur place. Ni même si c'est vrai, ce qu'ils ont raconté à la radio. Le camp est peut-être déjà tombé. Où les types là-bas sont des barjos... Et si c'est le cas, crevés comme on l'est, on ne tiendra pas.

Il marqua une courte pause, ponctuée de respirations.

- Dites, vous y croyez vraiment, vous, à cette histoire de base militaire au milieu de ce foutoir ?

Malgré sa tempérance culturelle, elle sentit monter une bouffée de colère et souffla par le nez pour se calmer avant de répondre.

- On en a déjà parlé et vous étiez d'accord pour y aller. Vous vous rappelez ?

- Oui. Sauf que maintenant, j'ai un doute. On va peut-être droit vers la mort, vous savez. Ce camp, c'est peut-être juste une légende urbaine...

- Écoutez, je n'en sais pas plus que vous sur la réalité de ce camp, je n'ai pas de preuve, mais je suis sûre que c'est vrai parce que j'y ai réfléchi et que cela n'aurait pas de sens si c'était un piège. C'est trop compliqué à organiser et je ne vois pas ce qui pourrait le justifier. Et si vous doutez encore, pourquoi m'avoir suivie ? Pourquoi ne pas avoir continué de votre côté ? Je ne vous obligeais pas à m'accompagner.

L'Allemand sourit et s'arrêta d'un bloc, comme piqué par un insecte invisible.

- Peut-être parce que j'avais envie de croire à quelque chose ! fit-il d'une voix où perçait la colère. Peut-être que j'avais besoin de me raccrocher à un espoir, même faible. Peut-être parce que vous êtes une femme, que vous m'inspirez confiance ! J'en sais rien ! Quand j'ai pris ma décision, je n'avais pas plus confiance dans votre plan que maintenant. La seule différence, c'est que j'avais besoin de me raccrocher à quelque chose, alors que maintenant, c'est différent. On y est presque et je crois que...

Il s'interrompit brusquement. Les yeux de Kiyo s'écarquillèrent.

- Vous avez entendu ? demanda-t-il à voix basse, le souffle court.

Sans prévenir, il se remit en marche.

- Rafales de trois coups ! expliqua-t-il sans s'arrêter. Des tirs d'armes militaires !

Il mima un fusil avec ses bras. Kiyo vit en lui un gamin à qui on venait d'annoncer qu'un cadeau l'attendait.

- Mon père était dans l'armée, ajouta-t-il. Il nous parlait souvent des armes. C'est lui qui m'a appris à tirer.

Elle se contenta de le suivre. Il franchit une route et se retrouva sur le chemin qui s'enfonçait dans la forêt en pente raide le long des cours de tennis déserts. Une nouvelle rafale retentit. Mauer accéléra le pas.

- Je croyais que vous vouliez dormir dans les bois... interrogea Kiyo.

- Encore un effort et vous pourriez bien vous trouver un lit propre avec des draps ce soir... Ça ne vous fait pas envie, ça ?

Malgré la fatigue, ce fut au tour de Kiyo de sourire en accélérant le pas. Dans les senteurs des bois, ils traversèrent la forêt en trente minutes en évitant quelques rares infectés. En orée de forêt, ils s'arrêtèrent pour contempler la ville grise et triste de Vélizy et reprendre leur souffle.

- Je vous l'avais dit ! fit Mauer. Pas génial d'habiter ici.
- Ce n'est pas pire qu'à Tokyo.
- Alors vous devriez voir ma maison en Bavière ! Les cerfs venaient brouter mes haies ! J'avais de l'argent, une vie de rêve…

Mauer s'engagea sur la route bitumée qui longeait la lisière de la forêt. Au loin, quelques infectés. Sur la chaussée, des cadavres partiellement consommés.

En observant l'âge et le sexe des victimes, Kiyo réalisa que la maladie avait frappé brutalement et sans discrimination. Le pouvoir de contagion de l'agent responsable de la maladie était sans équivalent dans l'histoire humaine. Même la grippe espagnole de 1918, causée par une variation mortelle du virus H1N1, avait été moins virulente malgré ses cinquante millions de morts. D'après les rares extrapolations communiquées par les experts avant l'effondrement, quatre vingt quinze pour cent de la population mondiale avait été touché par la maladie. Près de six milliards de victimes. *Cent fois plus que la grippe espagnole.*

Elle évita un nouveau cadavre et réfléchit.

D'après le peu d'éléments dont elle disposait, et à l'aide de calculs de base, elle estimait que les survivants ne dépassaient 300 millions dans le monde. A peine plus que la population américaine ou, si ses souvenirs étaient exacts, l'équivalent de la population mondiale du 13ème siècle.

Huit siècles d'évolution démographique balayés par la maladie en quelques jours. Que dire de ça ?

A distance, des coups de feu retentirent à nouveau, porteurs d'espoir, un espoir comme Kiyo n'en avait encore jamais connu. Elle était épuisée et se sentait sale. Elle détestait tuer, même pour se défendre et n'était pas à l'aise avec Mauer. Elle n'aspirait pour le moment qu'à être prise en charge, au moins le temps de surmonter cette épreuve difficile et reprendre des forces. La sécurité était là-bas, de l'autre côté de la ville.

Alors que Mauer franchissait la lisière de la forêt et pénétrait dans la ville par une ruelle vide, elle se rappela les instructions des militaires à la radio. *Le drapeau blanc !* Elle avait failli oublier ! Elle le rappela à Jürgen. Ils fouillèrent dans leurs affaires et, se regardèrent, bredouilles. Sans attendre, Mauer sauta par-dessus un muret et disparut dans une maison pendant que Kiyo montait la garde dans la rue. Quelques minutes plus tard, il ressortit avec un drap blanc. Elle pouffa de rire.

- Qu'est-ce qu'il y a de drôle ?

- Une simple serviette aurait suffi !
- Si ça ne vous convient pas, vous chercherez vous-même la prochaine fois ! répliqua l'Allemand sans le moindre humour.

Kiyo ne releva pas la pique. Elle était trop heureuse de toucher au but. Ils déchirèrent le tissu pour en faire un drapeau et quittèrent la maison. Les immeubles de la ville masquaient toujours la base mais Kiyo eut la sensation de voler dans les airs en marchant.

***

Baie de Gênes, Mer Méditerranée, 2 juillet 2009

Dans la lumière douce du petit matin, les rayons solaires peignaient un tableau mouvant sur les flots ondulants de la mer Ligurienne. Les crêtes des vagues projetaient l'écume blanche dans les airs et les millions de gouttelettes retombaient en une multitude de couleurs. Parfois, un bref arc-en-ciel se formait et ajoutait sa palette de couleurs dans la lumière rasante du soleil naissant.

Le voilier était ancré au même endroit que la veille, les voiles carguées et l'ancre arrimée au fond rocailleux de la baie. Alison avait mis en panne à trois miles de la côte pour que la distance, la brume matinale, la peinture blanche du voilier et l'absence de voiles empêchent le repérage du Néréide II depuis la terre ferme.

Levée à quatre heures du matin, elle observait la côte italienne aux jumelles de marine depuis deux heures. Allongée sur l'étrave, elle reposa l'instrument optique, souvenir du *Chosin*, sur la surface blanche du pont pour se frotter les yeux. L'observation continue du paysage crénelé à travers le grossissement des objectifs fatiguaient les yeux. Elle s'assit sur le pont et essuya ses joues d'un geste machinal.

Le vent soufflait de l'ouest et il faisait frais. Vêtue d'un simple maillot militaire, elle frissonna et songea à descendre en cabine pour préparer un café chaud mais renonça à l'idée. Elle avait trop à faire.

Sous le pont, à l'abri dans une petite cabine, Solène dormait. L'âge et les événements qu'elle avait vécus, la sécurité du voilier et son isolement au milieu de la mer expliquaient à eux seuls son repos depuis dix neuf heures la veille. Alison sourit. C'était le meilleur antidote au malheur. En ces temps agités, l'avenir ne tarderait pas à les obliger à puiser dans leurs réserves d'énergie.

Elle reprit l'observation du littoral portuaire de Gênes et scanna méthodiquement la côte, s'attardant sur le moindre élément suspect, véhicules, feux qui se consumaient, rassemblements d'infectés, mouvements brusques ou éclats de lumière sur les surfaces vitrées.

Elle cherchait surtout à vérifier s'il restait encore une présence de l'US Navy dans le port. Gênes avait longtemps été utilisé comme port d'attache par la marine de guerre américaine en Méditerranée. Bien sûr, l'US Navy avait cessé de mouiller à Gênes depuis longtemps, mais les vieux réflexes avaient parfois la vie dure et elle n'excluait pas qu'un vaisseau américain ait été contraint de s'abriter dans le port du fait des événements. Elle procédait toujours ainsi, par validation ou rejet d'hypothèses. C'était de cette manière qu'elle était parvenue à sauver sa peau et celle de ses hommes en Irak et en Afghanistan.

Malgré sa surveillance attentive, elle ne repéra qu'une poignée de patrouilleurs, un chasseur de mines et une frégate de la marine italienne. Les autres navires étaient civils.

Elle soupira et revint à l'endroit qu'elle avait déjà repéré en vue de l'accostage avec Solène. Elle avait un plan. Le voilier était équipé d'un dinghy motorisé. Elles quitteraient le voilier dans la petite embarcation puis stopperaient le moteur à cent mètres des côtes pour finir à la rame. Entre infectés et truands, les ennemis ne manquaient pas et la discrétion était de mise. L'accostage devait se faire en un lieu éloigné des infectés, le plus près possible d'une voie de circulation car elles seraient vulnérables, alourdies par leurs sacs et le terrain. Ensuite, le plan était de prendre une moto et de filer.

En Corse, la moto s'était avérée idéale. C'était un engin léger, rapide et maniable qui se faufilait facilement entre les obstacles, la machine appropriée pour fuir à condition qu'elle ait une vraie capacité tout-terrain et un réservoir toujours remplis.

Au-delà de l'immédiat, elle voulait aller à Bruxelles, siège de l'OTAN, un lieu stratégiquement important et bien défendu. Même si elle n'était sûre de rien, elle pensait avoir une chance d'y retrouver des éléments militaires américains ou occidentaux encore organisés. Le trajet passait par les Alpes, zone moins dangereuse du fait de la faible densité de population, et l'Allemagne, pays où l'US Air Force avait des bases aériennes. Enfin, Bruxelles n'était pas très éloigné de l'Angleterre, seul pays d'Europe qui parlait sa langue. Le pays était une île, plus hermétique à l'épidémie que le continent.

Elle était consciente que son plan ne reposait que sur des suppositions mais c'était tout ce qu'elle avait à disposition. Elle réprima un nouveau soupir et braqua les lentilles traitées des jumelles vers un lieu isolé qu'elle avait déjà repéré à l'entrée de la ville. Pas le moindre mouvement d'individu ou de véhicule, aucun feu, la mer était séparée de la route principale en corniche par une étroite plage de sable fin sur laquelle le reflux des flots semblait redonner vie aux cadavres qui s'y trouvaient. Au-delà de la rambarde de pierres qui protégeait la route, une longue file de véhicules inertes s'étirait à perte de vue.

Satisfaite, elle s'étira dans le vent du large et gagna l'entrée de la cabine. Lorsqu'elle y pénétra, la chaleur de l'intérieur agit comme un baume chaud sur sa peau, sensation exquise. Elle gagna la kitchenette, fit bouillir de l'eau, prit une tasse en plastique et se prépara le café instantané qu'elle avait tant attendu.

Comme anesthésiée par la douceur qui régnait dans la cabine, elle savoura la boisson fumante et profita du moment de répit pour revoir son plan et réfléchir à la situation. Solène lui avait demandé la veille de rester sur le voilier. Mais d'après ses calculs, elle estimait à deux semaines le temps nécessaire pour rallier la Belgique ou l'Angleterre à la voile. La logistique était difficile. Le ravitaillement obligeait à prendre des risques en allant à terre. Le piratage et la météo, surtout dans l'océan Atlantique après le détroit de Gibraltar, étaient des facteurs à prendre en compte. Sans compter que, plus le temps passait, plus les chances de retrouver des forces organisées diminuaient.

Et c'était la meilleure solution pour la fillette. Elle avait besoin de sécurité pour faire le deuil de ses parents et mettre en place les nouvelles fondations de son existence.

Les mains placées autour de la tasse bouillante, elle refit mentalement l'itinéraire jusqu'à Bruxelles. La première partie, dans les Alpes, était longue mais facile. Elle emprunterait les routes secondaires, plus lentes mais plus sûres que les grands axes de circulation.

Après, ce serait la Forêt Noire ou les Vosges. Les chaînes de montagnes, parallèles l'une à l'autre et filant vers le nord, offraient les mêmes avantages que les Alpes. Entre les deux, la plaine d'Alsace devait être évitée. Elle se situait à la croisée des axes nord-sud et est-ouest, lieu propice à héberger les infectés et les bandes organisées.

Au-delà, elle aviserait. Pas le choix. Il fallait être capable de s'adapter.

Le plan était risqué mais réalisable à condition de le préparer avec précaution. Elle se leva et se mit à préparer le petit déjeuner lorsqu'une tête blonde apparut et braqua des yeux bleus sur elle.

- Bonjour ! fit doucement Solène en se frottant les yeux.

A la vue de l'enfant en plein réveil, le cœur d'Alison s'emplit de joie. Malgré la complication induite par la charge de l'enfant, le bonheur de devoir veiller sur une innocente donnait un but à sa vie.

- Bonjour ma grande, répondit-elle en souriant. Je ne sais pas ce que tu prends le matin, alors je t'ai mis ce que j'ai trouvé dans les placards... Céréales, jus d'orange, cacao, lait en poudre... il n'y a plus qu'à verser l'eau et tu auras un excellent chocolat au lait !

A son tour, le visage de Solène s'illumina. Elle rejoignit Alison à table et parcourut du regard le petit déjeuner qui l'attendait sur la table.

- Ça fait longtemps que je n'ai plus eu de petit-déjeuner comme ça ! fit Solène.

Malgré sa force de caractère, Alison sentit que son cœur se nouait. Elle avait, elle aussi, été privée de nourriture pendant l'enfance. Les souvenirs remontèrent à la surface, incongrus, malvenus, comme une véritable lame de fond. Les raisons étaient bien différentes, mais leurs sorts d'enfants étaient similaires. Deux fillettes face à l'adversité, obligées de se satisfaire du peu qu'elles avaient.

Alison regarda Solène, gorge nouée. Leur mode de fonctionnement, leurs aspirations et leurs besoins étaient complémentaires et créaient une dynamique entre elles. Solène était un peu l'enfant dont elle avait secrètement rêvé. Alison songea que les barrières engendrées par la couleur de peau n'étaient finalement qu'intellectuelles, peut-être culturelles, et qu'une relation de parent à enfant était possible lorsque les êtres s'aimaient sans qu'il y ait de lien biologique.

Elle tendit le bras au-dessus de la table et caressa la joue de la fillette. Sa peau évoquait la délicatesse immaculée de la porcelaine. Solène prit sa main dans la sienne et la regarda avec bienveillance, puis elle entama le repas. Alison l'observa avec bonheur, devançant sa demande d'être resservie en céréales. Avec ravissement, elle versa une nouvelle ration dans l'assiette creuse de l'enfant providentiel.

- Solène, fit Alison en le regardant manger. Après le petit-déjeuner, tu t'habilleras et tu t'occuperas de ton sac. Tu y mettras toutes les affaires utiles que tu trouveras sur le bateau. Rien de trop gros non plus ! N'emmène pas le gouvernail par exemple...

Le rire cristallin de Solène eut un effet inattendu sur Alison. Il y avait bien longtemps qu'elle n'avait plus entendu quelqu'un rire, encore moins une enfant... Elle trouva le son magnifique. Elle reprit ses explications.

- De l'eau, de la nourriture, des allumettes, des cartes routières, une tenue de rechange, une boussole, des culottes propres... Une poupée si tu as encore de la place ! J'ai rentré ce matin tout le linge qu'on a lavé hier. Sers-toi dans le tas.

Solène sourit, la bouche pleine.

- Ne charge pas trop le sac. Il faudra que tu le portes.

La jeune fille s'arrêta de manger, cuillère suspendue en plein mouvement.

- Tu veux dire qu'on ne reste pas sur le bateau ? demanda-t-elle d'une voix à peine audible.

- Non, ma chérie. Ça nous prendrait trop de temps.

La fillette reposa la cuillère. Des gouttes de lait tombèrent à côté de l'assiette pleine de céréales. Ses yeux étaient dilatés et Alison y reconnut les symptômes de la peur.

- Mais... on est bien sur le bateau ! Personne ne peut nous faire de mal. On a ce qu'il faut pour manger et boire, on peut même pêcher. C'est super pour nous ! Pourquoi partir ?

Alison déglutit avec difficulté en voyant les larmes se former dans les yeux de l'enfant. Elle décida de ne pas mentionner la voie d'eau dans la cale. *Inutile de l'affoler en plus de la décevoir.*

- Solène, fit-elle pour adoucir le choc. Écoute-moi. Moi aussi, j'ai perdu des gens que j'aime, des collègues... J'ai même du en tuer plusieurs pour survivre. C'était difficile de faire ça. Mais dis-moi, tu es une petite fille intelligente, pas vrai ?

Solène sanglota mais continua d'écouter. Elle acquiesça de la tête. De grosses larmes s'écrasèrent sur la table.

- Bon, continua Alison avec douceur, alors tu sais que c'est très dur de perdre ceux qu'on aime... tu ne voudrais pas que ce qu'on a vécu arrive à d'autres enfants ou à d'autres adultes, n'est-ce pas ?

- Non, répondit la fillette, tête baissée, regard baissé.

Alison soupira. Elle savait que Solène comprendrait l'argument si elle l'expliquait simplement. Elle poursuivit.

- Alors, il faut que j'aille à Bruxelles, en Belgique, pour rejoindre d'autres militaires, des soldats de mon pays et d'autres pays. Avec eux, nous pourrons lutter pour protéger ceux qui restent. Là-bas, il y aura des chercheurs, des médecins, des docteurs, plein de gens qui nous aideront à trouver un remède contre la maladie, quelque chose qui permettra d'éviter que d'autres enfants et parents meurent à cause d'elle. Et toi, tu seras toujours protégée là-bas. Est-ce que tu comprends ce que je veux dire, ma belle ?

- Mais pourquoi on ne reste pas sur le bateau ?

- Parce que... parce qu'il faut aller vite. Plus on mettra de temps à rejoindre la Belgique, plus on risque de ne pas trouver ces gens, de les rater. Si on est trop lentes, ils seront peut-être partis quand on arrivera.

La fillette se leva brusquement et contourna la table pour enlacer Alison.

- Alison ! gémit-elle en pleurant à chaudes larmes. Si on arrive en Belgique, tu promets de ne jamais m'abandonner ? Tu promets ?

Pour toute réponse, Alison enlaça la fillette. Le nez dans les cheveux de l'enfant, elle découvrit un nouvel aspect de sa personnalité. Derrière sa carapace de machine de guerre se cachait un énorme cœur et une sensibilité à fleur de peau que cette petite fille quasiment inconnue venait de mettre à jour involontairement. Elle était capable, comme toute femme, d'aimer son prochain, qui plus est un enfant. Elle avait ce qu'il fallait pour être une mère aimante et attachée à ses enfants. Alison réalisa qu'en fin de compte, elle ne pouvait être réduite au cliché d'homosexuelle, masculine, tranchante, tueuse professionnelle, machine froide et intraitable conditionnée par la fonction. C'était trop facile, trop manichéen. Elle était plus nuancée que cela. C'était ce qui la rendait humaine, complexe et riche. Et si elle devait retenir une seule chose des épreuves vécues, c'était qu'elle pouvait enfin libérer cette part intime de personnalité que son métier l'empêchait d'exploiter.

L'amour maternel.

***

BA-113, Saint-Dizier, France, 2 juillet

Un silence absolu tomba sur la base alors que les restes de l'avion blanc brûlaient au-delà des barbelés éventrés. Autour de Lupus, les gens réalisèrent en même temps la portée du drame. La brèche ouverte par le MU-2 s'étendait sur des dizaines de mètres. Déjà, les corps brûlés des infectés qui avaient péri dans le crash étaient foulés par les infectés qui s'engouffraient dans la brèche.

Instinctivement, Lasalle fit un pas en arrière, puis un second. L'agitation et le bruit attiraient d'autres infectés qui se mettaient en marche à leur tour le long du grillage jusqu'à la brèche. La brèche était à deux cents mètres de Lasalle et il réalisa que rien ne pouvait plus arrêter les premières lignes d'infectés qui entraient. La base était perdue…

Le hurlement puissant et sinistre des sirènes le fit sursauter. Une voix chargée de stress cracha des instructions par les haut-parleurs. Malgré la distorsion de la voix, Lupus reconnu le commandant de la base, preuve que la situation était désespérée.

- Alerte maximale ! Brèche dans le périmètre de la base ! Ce n'est pas un exercice ! Personnel au sol, aux véhicules. Personnel aérotransporté et pilotes, aux avions pour embarquement immédiat. Évacuation générale de la base !

La voix puissante et tendue le fit sortir de sa stupeur. Il se tourna vers le pilote d'hélicoptère mais celui-ci courait déjà vers son hélicoptère. Tout autour, des militaires s'agitaient et des civils criaient dans la panique générale, les regards terrifiés. Des gens tombaient et étaient piétinés sur le chemin du convoi. Le grondement de plusieurs moteurs s'éleva dans l'air brûlant de l'après-midi. La chaleur de l'orage sembla gagner en intensité.

A son tour, Lasalle se mit à courir vers le bâtiment opérationnel. *Décoller. Sauver l'avion...* Du côté de la brèche, des rafales d'armes automatiques retentirent, noyées parmi les coups plus forts des armes anti-aériennes retournées contre le flot grouillant qui se déversait dans la base. Le souffle court, Lasalle vit les ravages des obus de DCA dans les rangs des infectés mais le carnage stoppa rapidement avec l'épuisement des obus et le retrait des servants d'artillerie vers le convoi. Les militaires procédèrent par bonds et utilisèrent leurs armes individuelles contre la masse grouillante des infectés pour les ralentir et gagner du temps pour les civils.

La gorge sèche, Lasalle poursuivit sa course vers le hangar pendant que les combats désespérés continuaient dans son dos. Ce n'était qu'une question de minutes avant que le cordon de défenseurs ne perde le contrôle de la situation et soit anéanti. Il passa dans la salle de prise en compte des avions sans s'arrêter, heurtant plusieurs pilotes et mécanos et parvint à la salle d'équipement. Au milieu des accessoires de vol, une demi-douzaine de pilotes, dont plusieurs de son escadrille, s'équipaient fébrilement, livides et muets. Chaque seconde comptait.

Il s'équipa à son tour, mains tremblantes et glacées, gorge sèche et le cœur battant la chamade. Il essaya de se concentrer sur ce qu'il faisait mais l'image des hordes d'infectés qui avançaient vers le bâtiment revint sans cesse. Du coin de l'œil, il aperçut Mack qui arrivait en courant, visage pâle.

- Magne-toi, Mack ! glapit Lasalle en voyant l'état de son navigateur.

- Tu as vu leur nombre ? demanda Mack d'une voix sans timbre en secouant la tête.

Mack s'habilla en tremblant et reprit la parole en enfilant sa combinaison anti-g.

- On n'a pas plus de cinq minutes pour décoller dans ce bordel, fit-il.

- Oui, mais c'est faisable ! continua Lupus en ajustant le holster de son arme. Les zincs ont le plein d'obus et de kéro, les INS sont alignées et on sera hors d'atteinte une fois dans l'avion... Le convoi ? Tout est à peu près en place depuis hier... La seule différence, c'est qu'il faut embarquer beaucoup, *beaucoup* plus vite...

Il sentit le regard des autres pilotes sur lui et vit qu'ils l'écoutaient en finissant de s'habiller. Eux aussi avaient besoin de réconfort. Malgré l'urgence et la haine qui lui rongeait les entrailles, Lupus se redressa et s'adressa à eux.

- Les gars, pas besoin d'être un génie pour savoir que la base est perdue. Pas moyen de l'éviter. Mais on a encore nos avions ! On est encore ensemble et on a une mission à remplir et deux objectifs à atteindre. Le premier, c'est de protéger le convoi tant qu'on aura des munitions. Le second, c'est d'amener nos zincs à Vélizy. On a été formés pour ça. Les civils, les réfugiés, les rampants... tous comptent sur nous. Sans nos armes, ils ne valent pas mieux que du steak pour zombies ! Si vous avez un doute, pensez à ceux qui vont se taper le chemin par la route... ce sont eux qui vont en chier. Et parmi eux, les femmes, les enfants, les vieux. Ils ont besoin de toute l'aide disponible. Ils ont besoin de nous ! Si vous pissez de trouille, dites-vous qu'eux aussi... Alors foutons la branlée à ces salopards d'infectés ! *Et A LA CHASSE*...

- ... *BORDEL !* répondirent les pilotes dans un cri unanime.

Lasalle vit qu'il avait réussi à les motiver et, sans plus attendre, finit de s'équiper.

- Mack, je monte chercher la cassette. On se rejoint à la prise en compte !

Le navigateur finit de s'équiper et acquiesça d'un hochement de tête. Casque sous le bras, Lasalle gagna le premier étage du bâtiment et mit la main sur la précieuse 'cassette' dans son bureau, la mémoire externe qui contenait les informations de vol, de navigation et de chargement pour le vol. Il mit l'objet dans son casque et redescendit au rez-de-chaussée. Au passage, il croisa des pilotes à moitié équipés et des rampants qui cherchaient à gagner les véhicules du convoi. Il aboya des encouragements malgré la sirène d'alarme assourdissante puis fila vers la salle de prise en compte des appareils. Il y retrouva Mack et consulta le carnet d'entretien. L'OSF, l'Optronique Secteur Frontal de l'avion qui permettait de fouiller le ciel de manière furtive pour repérer les sources de chaleur, était défectueux et avait été remplacé par un bloc de lest. Autrement, rien à signaler. Alors que de grosses gouttes de sueur s'écrasaient de son front sur le document, il enfouit le tout dans une poche et sortit en courant du bâtiment. Mack sur les talons, il fila comme une flèche vers le Rafale parqué dans son abri tactique. La voiture de service avait disparu et ils coururent jusqu'au chasseur, frappés par la puanteur des corps purulents charriée par le vent. Loin sur la gauche, la brèche continuait à vomir des flots d'infectés qui se répandaient vers les bâtiments.

Les cent mètres jusqu'à l'abri du Rafale étaient encore dégagés. Au loin, les rotors des Super-Puma et plusieurs turbines d'avions étaient en marche. Mais encore aucun Rafale...

Lasalle et Mack aperçurent les premiers infectés qui arrivaient de la gauche, bras tendus, bouche ouverte sur des gencives et langues noirâtres. Leurs poumons ravagés exhalaient de longues plaintes sinistres. Lorsqu'ils atteignirent l'abri, ils tombèrent sur les mécaniciens terrorisés et Lupus admira leur sens du devoir. Malgré le message d'alerte, ils étaient restés à leur poste pour préparer les avions. Même si le Rafale avait été conçu pour être mis en œuvre par les pilotes sans aide extérieure, la présence des mécanos était une aide précieuse pour gagner du temps.

- Mon commandant, fit une mécanicienne, les Centrales de Navigation Inertielle sont alignées. Armement et kéro OK, frein de parking activé. Cassette en place. La bête est prête au départ ! On lance l'APU ?

Lupus approuva de la tête et s'adressa à eux en récupérant son souffle. Comme Mack, il était en nage. Devant eux, l'avion les attendait, verrière ouverte.

- Excellent boulot... mais pas le temps de faire un check prévol !

- Déjà fait, mon commandant ! coupa la jeune femme aux yeux dilatés. RAS !

- Alors lancez l'APU et aidez-nous à monter à bord. On s'équipera seuls. Enlevez les échelles et balancez-les dans un coin pour qu'on ne roule pas dessus. Après, tirez-vous ! Le convoi est en train de bouger. Rejoignez votre véhicule désigné. Allez, exécution !

Les deux mécanos saluèrent. Mack et Lupus se dirigèrent vers les échelles d'accès accrochées aux flancs de l'avion mais Mack resta au sol avec les mécaniciens pendant que Lupus prenait place à l'avant. Les instruments de bord étaient sous tension, les centrales de navigation opérationnelles. S'il avait fallu les aligner, ils auraient perdu plusieurs minutes, immobilisés au sol...

D'un coup d'œil, il vérifia qu'aucune indication d'erreur n'apparaissait sur les écrans. Rassuré, il contrôla les niveaux, bascula l'énergie de l'APU aux moteurs pour les mettre en route et inséra la cassette de mission dans son lecteur. Les chiffres dansèrent sur les écrans : température des gaz, régime des moteurs, quantité de carburant, données de vol de l'avion, plan de navigation, chargement militaire… Il consulta plusieurs menus qui confirmèrent la bonne configuration de l'avion.

L'équipe au sol déconnecta l'APU, détacha l'échelle d'accès et la poussa contre la paroi du hangar pendant qu'il s'harnachait seul avec difficulté. Alors qu'il finissait de se connecter aux systèmes de l'avion, il réalisa que Mack n'était toujours pas à bord. Il s'affairait au niveau des trains principaux. Les mécaniciens venaient de déguerpir et l'échelle d'accès arrière était toujours en place.

- Nom de dieu, Mack ! gronda Lupus pour couvrir le hurlement des moteurs. Grimpe ! Les mécanos se sont tirés ! Tu vas devoir balancer ton échelle tout seul !

Mack leva les yeux vers Lupus en continuant à fouiller au sol.

- J'ai paumé la photo de Marie ! fit-il d'une voix tendue. C'est tout ce qui me reste d'elle !

Lupus se pencha vers le navigateur et s'apprêta à l'insulter pour sa maladresse lorsque les mots s'étouffèrent dans sa gorge. En limite de vision périphérique, le mouvement d'un homme délabré attira son regard. Un infecté entra dans le hangar par l'arrière de l'avion et se dirigea vers Mack.

- Mack ! hurla-t-il de toutes ses forces. Six heures, bandit ! BANDIT !

Le navigateur se retourna dans la direction indiquée et se figea. L'infecté avançait vers lui, bras le long du corps. Il était tuméfié de partout et laissait derrière lui des traces sombres sur le revêtement gris clair du hangar.

Déjà sanglé dans le cockpit, Lupus était piégé à bord. Il se tortilla en tous sens pour sortir son arme. Luttant contre l'engoncement, il sentit enfin le métal de l'arme dans sa main et la fit passer de la main droite à la gauche car, de la droite, l'angle de tir était insuffisant. Sa position était précaire et le remède peut-être pire que le mal… Il n'avait jamais tiré de la main gauche et jamais aussi près des réservoirs d'ailes d'un avion de combat mais il n'avait pas le choix s'il voulait aider Mack.

Contorsionné vers l'arrière, pistolet dans la main gauche, bras au-dessus de l'arrête du cockpit, il pointa l'arme vers l'arrière d'une main tremblante. A supposer qu'elle perfore l'aile, une seule balle de petit calibre ne pouvait pas mettre le carburant en feu, idem pour l'armement, mais il préféra ne pas tenter le diable. Il vit l'infecté approcher de Mack qui reculait alors que cinq nouvelles formes raidies apparaissaient à l'arrière du chasseur. Mack s'arrêta, mit un genou à terre et visa. Il y eut une détonation et le premier infecté s'effondra dans une explosion de fluides sur les parois du hangar.

- Attention aux entrées d'air ! hurla Lupus à l'attention de Mack. Monte, grouille-toi ! Il y en a d'autres qui arrivent !

Mack disparut sous le ventre de l'avion et donna des coups de pieds dans les cales jaunes qui bloquaient les roues des trains principaux. Il réapparut sous l'aile et se précipita vers l'échelle d'accès, grimpant à toute vitesse. Lasalle le vit agripper les barreaux mais il était visiblement gêné par son harnachement. L'infecté le plus proche fut sur lui à cet instant précis. Avec horreur, Lupus vit l'assaillant saisir Mack par la taille et s'accrocher à lui en essayant de le mordre. Ses mâchoires se refermèrent sur l'épais tissu de sa combinaison. D'un mouvement de rein puissant, Mack se hissa sur l'échelle et commença à grimper. L'homme glissa le long de son pantalon en mordant furieusement la jambe à travers la combinaison.

Mack s'arrêta sur l'échelle et abattit l'homme d'une balle dans le front avant de se remettre à grimper. Un peu plus loin, quatre infectés se dirigeaient vers lui.

- J'y suis ! hurla Mack en franchissant le montant de la verrière.

Lupus rengaina le pistolet et vit Mack pousser l'échelle depuis le poste arrière du chasseur. Elle oscilla un instant avant de tomber entre les infectés qui approchaient du cockpit. Le risque qu'un assaillant soit happé par le cône d'aspiration des réacteurs était élevé. Lupus songea que, si c'était le cas, le moteur calerait et l'avion serait immobilisé. Mentalement, il se vit sanglé dans le cockpit au milieu de milliers d'infectés.

- L'échelle est devant le train principal gauche... annonça Mack dès qu'il fut connecté à la radio de bord. On va devoir rouler dessus ! Allez, on bouge ! Ils arrivent !

Lupus vérifia la montée en régime des moteurs, désespéré par leur lenteur. Leur son grave fila cependant vers les aigus à mesure que la rotation accélérait. Il secoua la tête avec anxiété et contrôla les instruments. Les moteurs suivaient fidèlement la courbe nominale de montée dans les tours, la température des tuyères était normale, le débit du carburant optimal. Tout était OK... *mais si lent aujourd'hui !*

Dans les écouteurs, la respiration difficile de Mack, épuisé par l'effort qu'il venait d'accomplir et le stress de la lutte, accompagnait la mise sous tension de l'avion. Lupus commanda le mécanisme électrique de fermeture de verrière. La grande bulle transparente bascula de droite à gauche, coulissa vers l'avant sur quelques centimètres et se verrouilla. Désormais, les deux pilotes étaient isolés du monde extérieur. Le filtrage acoustique de la verrière amena un silence relatif dans l'habitacle.

- Instruments au nominal ! annonça Lupus.
- Compris. Idem pour moi confirma Mack d'une voix exténuée.

Des coups et des vibrations arythmiques martelèrent le fuselage de l'avion. Lupus baissa les yeux. En contrebas, les infectés tendaient les bras vers eux. La main du plus grand touchait la base du cockpit et Lupus recula instinctivement le buste en voyant les protubérances purulentes au bout des doigts qui laissaient des tâches grasses sur la verrière. Il n'y avait plus trace de peau sur les mains et les bras tendus vers eux.

- On reste au régime minimum pour le roulage, fit-il. Ça réduira le cône d'aspiration. On doit absolument éviter d'aspirer un de ces tas de merde…

Les aiguilles des compte-tours se stabilisèrent enfin au ralenti.

- On y est, fit-il. Régime stabilisé. Roulage.

Rapidement, Lupus débloqua le frein de parking et l'avion frémit. Il poussa doucement la manette des gaz et l'avion bougea doucement. De sa position, il ne voyait pas ce qui se passait en-dessous et derrière l'avion et, avec angoisse, il garda les yeux braqués sur les compte-tours. Toute baisse soudaine de régime serait le signe d'une ingestion d'infecté dans les entrées d'air. Devant l'avion, plusieurs infectés barraient la sortie du hangar mais il était trop tard pour s'arrêter. Malgré les risques, il fallait tenter le tout pour le tout et sortir du hangar transformé en piège. A cet instant, dans un vacarme métallique et des vibrations, l'avion roula sur l'échelle métallique qui resta coincée devant le pneu principal, raclant le sol sans pouvoir se dégager mais le régime des moteurs resta constant. Toujours pas d'ingestion d'infectés…

Le radome pointu et le train avant heurtèrent les infectés à la sortie de l'abri. L'avion prit de la vitesse et l'échelle glissa de côté, libérant les roues. D'autres rebonds indiquèrent que l'avion roulait sur des corps humains. Soudain, l'aiguille du compte-tours gauche décrocha.

- Perte de puissance sur le gauche ! gronda Lupus. *Nom de…*

Il se pencha de côté pour vérifier le moteur, cognant son casque contre la verrière, mais l'entrée d'air située sous le fuselage était invisible depuis le cockpit.

- Visuel ! fit Mack avec calme en apercevant des bras qui s'agitaient au niveau de l'entrée d'air gauche. Zombie coincé à gauche !

Aussitôt, Lupus appuya violemment sur les freins et réduisit les gaz pour diminuer la puissance d'aspiration des moteurs et libérer le zombie coincé. Sous l'effet de la manœuvre, l'avion s'arrêta brutalement, les moteurs au ralenti et le corps de l'infecté fut propulsé vers l'avant. Avec anxiété, Lupus suivit le régime des moteurs. Les aiguilles se stabilisèrent l'une après l'autre au régime ralenti et il souffla pour évacuer le stress. Il venait d'éviter le calage du moteur gauche. Il pouvait repartir. Il mit les gaz et l'avion reprit de la vitesse. Il y eut une secousse lorsque le train principal roula sur l'infecté qui essayait de se relever.

- *Clear !* annonça Mack. Nom de dieu, c'était chaud ! Allez, on dégage !

Sous l'impulsion de Lupus, le Rafale s'engagea sur le taxiway. A droite, un Rafale-C de la *Croix de Jérusalem* était aussi au roulage. De partout, les infectés convergeaient vers les avions. Attirés par le vacarme, ils traversaient les pistes sans précaution. Lupus sentit ses pupilles se dilater devant le grouillement des hommes et des avions, la confusion entre rescapés qui fuyaient et infectés.

- OK, fit Lupus en calant la radio de bord sur la fréquence de communication de son escadrille. 7-21 à formation. 21 au roulage. Statut ?

- 24, répondit aussitôt la voix familière mais tendue de l'ailier. Roulage vers la piste. Visuel sur vous à deux heures, cent mètres… *C'est bourré de zombies !* On n'arrivera jamais à décoller.

Lupus attendit l'appel de Rasoir 25. Avec Rasoir 24, c'était le seul appareil survivant de l'escadrille. 24 et 25 étaient des Rafale C monoplaces.

- Du calme, 24, fit Lupus en roulant sur la ligne centrale du taxiway. Reste avec moi jusqu'à la piste. On décollera ensemble.

Rasoir 24 le rejoignit. Pas de réponse de Rasoir 25. Pas le temps d'attendre. Décoller. Mettre les avions à l'abri.

- Rasoir Lead 7-21 à escadrille, reprit Lupus. Préparation au décollage. Attention. Pas de contrôle sol ni de radar. Zéro coordination. Vérifiez votre position à 360 degrés. Les autres zincs vont vouloir décoller dès que possible. Faites gaffe aux autres appareils et respectez les règles de priorité au sol. Dites ce que vous faites à la radio pour éviter l'accident. Vous décollerez quand vous pourrez en fonction des slots disponibles. Confirmez.

- 24. Reçu. Vivement qu'on soit en l'air…

Toujours aucune nouvelle de Rasoir 25. Lasalle contrôla une dernière fois les instruments de bord avant le décollage. Les infectés convergeaient de partout vers les chasseurs grondants. Lupus se vit comme un bœuf enlisé dans un arroyo infesté de piranhas.

- Seuil de piste, fit-il, le cœur battant. Rassemblement sur moi au 2-8-0 à deux mille. En échelon, espacement cinquante et hippodrome d'attente en visuel. Ensuite, direct Vélizy à mon ordre. Attention, on ne sera pas seuls là-haut. Ouvrez bien les yeux. Prochain contact dès repérage visuel. Confirmez.

- 24.

- Glaive 23 derrière vous, fit l'appareil de la Croix de Jérusalem.

Lasalle freina l'avion en seuil de piste.

- Décolle, Lupus ! gémit Mack, dents serrées.

Lupus vérifia l'absence de trafic aérien dans les deux sens puis engagea son Rafale sur la piste surchauffée dont le ruban filait à l'ouest dans des ondulations de chaleur. Des infectés étaient visibles à l'autre bout de la piste, simples points noirs dans la distance. Le ciel s'illumina plusieurs fois lorsque des éclairs déchirèrent les nuages sombres derrière eux.

- Manquait plus que la pluie… jura Mack. Quelle merde !

Lupus fit avancer l'avion sur la piste, actionna les freins de roues et passa en postcombustion. Les compte-tours montèrent vers la zone rouge et se stabilisèrent en butée alors que deux flammes vives sortaient des tuyères surchauffées.

- Décollage ! annonça Lupus en libérant les freins de roues.

- Vite, Lupus… gémit Mack. Ils approchent !

L'avion prit de la vitesse sur la piste. Les secousses des joints entre les dalles se rapprochèrent alors que la vitesse grimpait et que les points noirs en bout de piste grossissaient. Lupus ramena le manche et l'avion obéit. Le nez monta, suivi des roues principales. Aussitôt, il rentra les trains. Les trappes se refermèrent et l'avion bascula à gauche, quelques mètres à peine au-dessus des mains tendues.

- *Décollage !* annonça Lupus à l'attention de l'escadrille.

- J'ai mouillé mon froc ! fit Mack sans trace d'humour dans la voix.

- 24, *décollage !* confirma l'ailier

Mack se tourna vers l'arrière de la verrière, cou tendu.

- Y'a encore des zincs au sol, Gascogne ou Provence… sais pas. Ça grouille tellement là-dessous ! On… on aura de la chance si on en sauve quatre ou cinq, avec le nôtre.

Le Rafale prit de l'altitude et vira à gauche pour cercler au-dessus de la base. Mack et Lupus contemplèrent le paysage, l'énorme brèche dans les barbelés, le cratère d'impact noirci du MU-2, la foule innombrable qui se déversait dans la base. Les premiers infectés avaient déjà atteint les bâtiments opérationnels. Des centaines d'autres se dirigeaient vers le convoi terrestre, d'autres encore atteignaient la piste, menaçant les décollages. Glaive 23, proche du seuil de piste, s'apprêtait à décoller à son tour mais le nombre croissant d'infectés sur la piste rendait le décollage risqué.

- S'il arrive à décoller, constata Mack à voix basse, ce sera le dernier.

Poursuivant sur sa trajectoire, le Rafale continua à grimper, ouvrant le champ visuel sous les ailes. Ils aperçurent le convoi. Dans un désordre indescriptible, les véhicules se dirigeaient vers la sortie. La belle unité prévue avait volé en éclats. Des blindés lourds et puissamment armés ouvraient la voie et franchissaient le sas d'entrée, suivis d'une cohorte de véhicules. Les infectés massés initialement à l'entrée s'étaient dirigés vers le crash, libérant la voie du convoi, mais il en restait encore beaucoup près du sas d'entrée.

Au sol, plusieurs avions essayaient de rejoindre la piste. Avec un serrement de cœur, Lupus vit que trois machines étaient déjà encerclées. La masse grouillante, gigantesque, couvrait quasiment toute la base. Lasalle songea avec horreur au sort de ses compagnons pris au piège dans les cockpits. De sa position, il pouvait voir les pilotes affolés, tournant la tête, cognant la verrière, pris au piège.

- Mack… on ne peut pas les laisser comme ça…
- Lupus ! jura Mack, le souffle court. Tu connais les objectifs ! Protéger le convoi au sol et ramener l'avion entier à Vélizy. Le reste, *TOUT* le reste, tu m'entends, c'est secondaire ! Alors ne recommence pas tes conneries. Ça va finir par nous coûter la vie !

Sans un mot, il mit le cap au 280, l'esprit en survitesse, à nouveau tiraillé entre devoir et mission. Pourtant, malgré la sensation d'acide qui lui brûlait l'estomac, il bascula le Rafale vers le sol dans un piqué vertigineux centré sur la base malgré les vociférations de Mack. Il sélectionna le canon de 30mm en mode air-sol, résolu à prendre ses responsabilités en violation des instructions.

- Rasoir Lead à 24, ordonna-t-il, reste en orbite d'attente. Je te rejoins après les passes de *straffing*.

Sa vie partait à vau-l'eau et seuls ses actes avaient maintenant de l'importance. La morale, le règlement, les ordres... quelle importance tout cela avait-il pour les compagnons pris au piège dans les chasseurs immobilisés ?

Depuis la mort de ses proches, il n'avait plus rien à perdre. Logiquement, la perspective de mourir en sauvant la vie d'autres êtres humains lui parut, à cet instant précis, la meilleure façon de mettre un terme à la sienne.

***

Ville de Vélizy, France, 2 juillet

Mauer et Kiyo étaient accroupis à l'entrée d'un pont piétonnier qui enjambait l'A86 silencieuse. Le vent soufflait doucement.

La base se trouvait de l'autre côté, cachée par une zone industrielle. Cent mètres à vol d'oiseau. Sous le pont, l'A86 disparaissait sous des files de véhicules immobiles, collés les uns aux autres. Le spectacle était surréaliste. Portières ouvertes, vitres brisées, coffres forcés, des effets personnels, peluches, journaux, vêtements, glissaient sur le bitume, emportés par le vent, vestiges d'existences brisées. Et, partout, du sang.

Kiyo détourna les yeux, écœurée par l'intimité bafouée des véhicules et de leurs occupants.

De l'autre côté de l'autoroute, la Ba-103 de Vélizy-Villacoublay étendait son unique piste bétonnée sur un plateau dont la bordure sud donnait sur un décrochage de terrain vers la vallée de Bièvre. Les arbres étaient nombreux, l'endroit bucolique.

Kiyo reporta son regard de part et d'autre du petit pont piétonnier. *Où était le gros des infectés, ceux qui avaient été piégés dans ces milliers de véhicules ?* Elle frissonna. Devant elle, Mauer, accroupi, évaluait le danger du franchissement du pont. Non loin de là, les armes automatiques retentirent à nouveau. Les militaires défendaient sans doute la base, gardant les infectés à distance. Il fallait repartir.

- Vous savez où aller ? demanda-t-elle à l'Allemand penché sur la carte.

- Non. répondit l'Allemand sans se retourner. Je sais que la base est de l'autre côté mais pas où se trouve l'entrée. Et vous ? Vous avez la carte ! Vous devriez savoir !

La réponse de l'Allemand était un mélange de fierté et d'anxiété.

- Non, admit-elle, mais on peut réfléchir. Tout n'est pas écrit sur un plan.

- Vous proposez quoi alors ? coupa-t-il.

- D'après moi, on devrait se rapprocher des tirs. Les soldats doivent se trouver près de l'entrée de la base. Au Japon, chaque base est entourée de barbelés. Parfois, ils sont électrifiés. Si c'est la même chose en France, il y a peu de chance pour que les infectés soient entrés par les barbelés. Il est probable que le point le plus fragile de la base, c'est l'entrée. C'est là que les soldats devraient se trouver.

- Supposons que vous ayez raison. Il y aura du monde devant. Des centaines, je ne sais pas, peut-être *des milliers* d'infectés ! Comment voulez-vous qu'on entre là-dedans ?

- Le message parlait d'une... d'une procédure de prise en charge. Je n'en sais pas plus.

L'Allemand se tourna vers elle, les yeux fiévreux, le visage tiré. Il semblait avoir vieilli en l'espace de quelques heures. Il la contempla en silence.

- Bon, concéda-t-il. Pas le choix de toute façon. On doit aller à l'entrée. Les militaires feront le reste.

Mauer se tourna vers le sud, les yeux couvrant l'enfilade du pont avec nervosité. Sans attendre, il se leva, vérifia l'A86 et gagna le bout du pont en courant. De l'autre côté, il se jeta à terre et lui fit signe. A son tour, elle vérifia l'autoroute et le rejoignit en courant. Mauer se releva et s'éloigna sans attendre, sac à dos arrimé sur le dos, sa barre métallique en main. Kiyo lui emboîta le pas.

- Les tirs viennent de la gauche ! chuchota-t-elle.

- Je sais. J'ai entendu. Moins d'un kilomètre.

Le pont piétonnier débouchait sur une ruelle qui menait à un croisement. A gauche s'étendait une zone industrielle. Les bâtiments étaient comme assoupis, grilles d'entrée fermées, parkings déserts. Des gardiens, enfermés à l'intérieur des sociétés, bougeaient sans but derrière les grilles, formes sombres, sinistres et infectées.

Ils décidèrent de gagner le croisement par la ruelle pour tourner à gauche et rejoindre la base. Ils étaient au milieu de la ruelle lorsqu'un groupe d'infectés franchit le croisement en venant de la droite. Les infectés passèrent devant eux sans les voir, attirés comme des aimants par les tirs. Saisie de stupeur, Kiyo vit l'Allemand s'accroupir en évitant les gestes brusques et elle l'imita.

- *ScheiBe* ! jura-t-il en Allemand.

Kiyo se retourna et vérifia les bâtiments qui bordaient l'A86 derrière elle.

- Jürgen, en longeant l'autoroute, nous pouvons aller jusqu'à la base en passant par les usines. Les infectés auront du mal à nous voir.

Il tourna la tête dans la direction indiquée et réfléchit.

- Ça suppose qu'on puisse rejoindre la route au bout des bâtiments. Si ce n'est pas possible, on sera bloqués. C'est un sacré risque à prendre... Et vous êtes prête à passer au-dessus des barrières ?

- Vous préférez la route pleine d'infectés ?

Les yeux braqués anxieusement vers le flot irrégulier des infectés sur la route, il attendit une accalmie dans le passage des infectés et se glissa sous la barrière d'entrée d'un parking. A droite, un grand bâtiment moderne en forme de H dressait sa structure de métal et de verre vers le ciel bleu derrière des algécos. Kiyo le rejoignit, haletante. Un homme en costume-cravate les regardait du troisième étage en martelant le verre de ses poings, infecté et piégé. Elle imagina son histoire. *Contaminé le matin en allant au bureau. La maladie qui se déclare dans la soirée après le départ des collègues. Les gardiens qui ne reviennent pas le lendemain. Le piège...*

- Qu'est-ce que vous faites ? gronda Mauer qui avait pris de l'avance. Vous rêvez ?

Elle le rejoignit et, ensemble, ils franchirent le réseau épuisant de grilles, de barrières, de terrains vague et d'obstacles qui jalonnait la zone industrielle. Le plan fonctionnait. L'alignement des bâtiments jouait parfaitement son rôle d'écran avec le gros du flux d'infectés. Ils tombèrent sur une poignée de gardiens et d'infectés dans les complexes industriels et s'en débarrassèrent en fuyant. Après deux heures de progression haletante, ils se retrouvèrent à l'angle du dernier bâtiment de la rangée entre l'A86 et la base. Le volume des coups de feu était élevé, preuve qu'ils touchaient au but.

Mauer passa la tête par l'angle pour vérifier le terrain. Lorsqu'il lui fit face, elle resta sans voix devant la blancheur de son visage. Inquiète, elle vérifia à son tour. Devant l'horreur du spectacle, elle resta sans voix.

De leur position, ils ne devinaient l'entrée de la base qu'aux poteaux métalliques qui émergeaient d'une gigantesque marée d'infectés derrière de hauts talus de terre.

La marée mouvante, grouillante, puante et gémissante était alimentée par l'afflux permanent d'infectés qui débouchaient de la route de Vélizy. Le bruit plaintif des gorges et l'odeur pestilentielle des corps ravagés tétanisèrent les muscles de Kiyo. Des dizaines de milliers d'hommes, de femmes, d'enfants et de vieillards tendaient leurs bras décharnés et couverts de vermine vers les barbelés de la base. La foule était tellement nombreuse qu'il était impossible d'apercevoir les tireurs dont les coups de feu retentissaient régulièrement.

Après de longues minutes d'observation, Kiyo sentit Mauer bouger derrière elle. Elle se retourna et l'aperçut au moment où il grimpait le long d'une gouttière du bâtiment.

- Que faites-vous ?
- Je prends de la hauteur. Pour élargir mon champ de vision.

En s'aidant des points de raccord de la gouttière, il monta sur le toit métallique pentu. Restée au sol, les nerfs en pelote, Kiyo l'entendit étouffer un juron. A son tour, elle déposa son sac et grimpa derrière Mauer.

Arrivé le premier, Mauer tendit la main vers Kiyo pour l'aider à grimper. Elle hésita une seconde avant de prendre la main, méfiante. Maintenant qu'il était quasiment arrivé à destination, il n'avait plus besoin d'elle. S'il décidait de jouer la carte de l'individualisme, il pouvait décider de la lâcher. De cette hauteur, la chute était mortelle. Elle saisit la main tendue et, avec plaisir, sentit une force la tirer vers le haut. Elle se redressa avec précaution et sa vue embrassa un spectacle extraordinaire.

L'entrée principale, accolée à un rond-point, disparaissait dans la masse grouillante qui, pareille à un nid de cafard, s'agitait en tous sens. Au-delà, les pylônes de soutien des barbelés tendaient leurs silhouettes longilignes et sombres vers le ciel. A l'intérieur de la base, l'entrée ouvrait sur une vaste étendue vallonnée d'herbe rase sur laquelle des bâtiments en dur, des aérogares et des structures en toile avaient été érigés.

Kiyo fut surprise par le peu de soldats présents. Elle s'était naïvement attendue à un déferlement d'uniformes et d'armes. En réalité, elle estima que les effectifs ne dépassaient pas une quarantaine d'hommes. Plusieurs patrouilles s'éloignaient de l'entrée en longeant la double rangée de barbelés de la base.

- Regardez ! fit Mauer. Ils ont installé une deuxième rangée de barbelés à l'intérieur du camp ! Ça se voit à la couleur, ils sont neufs ! Et un couloir de patrouille entre les deux.

Kiyo approuva les affirmations de Mauer.

- Vous avez vu le talus ? fit-il en désignant du doigt un remblai de plusieurs mètres de hauteur, parallèle aux barbelés. Pas bête ! Ça protège, ça élève et ça permet d'abattre les zombies plus facilement !

Kiyo regarda à son tour le remblai.

- Regardez l'entrée ! Deux portes coulissantes en barbelés… un sas ! Le véhicule entre, la porte extérieure se referme. Contrôle. Pas de problème, la porte intérieure s'ouvre et le véhicule entre dans la base. En cas de pépin, par contre, c'est le traitement à la mitrailleuse.

Il se tourna vers elle.

- A mon avis, on peut leur faire confiance. Ces gars sont réglos. Trop bien organisés pour être des truands. Le matériel est militaire. Aucun doute là-dessus.

Kiyo approuva de la tête. L'ordonnancement de la base, l'attitude des militaires qui y demeuraient, la propreté des lieux... tout indiquait les soldats de métier.

- Alors, qu'est-ce qu'on fait maintenant ? demanda-t-elle. On ne peut quand même pas hurler pour qu'ils viennent nous chercher !

- C'était quoi cette procédure dont vous parliez ?

Kiyo décrocha le tissu blanc de sa ceinture et le contempla.

- Le message disait seulement qu'on devait l'agiter au-dessus de la tête.

Mauer la regarda, sourcils levés.

- Vous voulez faire des signes et attendre qu'ils nous cherchent en hélicoptère ? C'est ça ?

Elle regarda vers le camp et vit une rangée de camions militaires à côté de l'entrée. Un détail attira son attention. L'avant de chaque véhicule était équipé d'une lame de chasse-neige, des barbelés avaient été installés sur les flancs, une mitrailleuse sur la cabine.

- Vous voyez les camions de transport à droite de l'entrée ?

Mauer tourna les yeux dans la direction indiquée et écarquilla les yeux.

- Bien vu pour un docteur ! Des camions de récupération ! C'est ça, leur procédure ! Reste à attirer leur attention.

Kiyo déroula le plan dans sa tête. Les risques étaient nombreux. Les militaires pouvaient décider de ne pas les aider en raison du nombre d'infectés, ou les infectés les assiéger. Elle ne vit pas d'alternative.

- Nous n'avons pas le choix... répondit-elle dans un souffle.

Mauer se redressa d'un bloc et, sans crier, agita le chiffon blanc. Gorge serrée, Kiyo observa la base. Un soldat leva la tête vers eux et gagna le poste de garde en courant.

- Ils nous ont vus ! jubila Mauer. Pourvu que les zombies ne nous voient pas tout de suite.

Mauer reprit son agitation frénétique du drapeau blanc. Soudain, un haut-parleur l'interrompit.

- A l'attention des civils sur le toit du bâtiment ! fit la voix. La procédure n'est plus applicable. Pour votre sécurité, restez où vous êtes. Vous ne risquez rien tant que vous serez en hauteur. En cas de mouvement des infectés, ne paniquez pas. Ils ne savent pas grimper. Nous allons vous chercher. Ne répondez pas oralement à ce message. Confirmez que vous avez compris les instructions en agitant le drapeau trois fois de suite, puis deux fois, puis une. Allez-y !

   - Ils vérifient qu'on n'est pas infecté ! fit Mauer en obéissant aux instructions. Des zombies ne comprendraient pas.

   - Très bien, fit la voix. Nous allons vous chercher. Terminé.

Le cœur battant, Kiyo regarda le déroulement des opérations avec un mélange d'appréhension et d'espoir. Elle était si proche du but, de la sécurité. A l'intérieur de la base, des soldats coururent vers un camion aménagé. Le moteur se mit en marche, à peine discernable dans le tumulte des gémissements avant de se diriger vers le sas. La barrière s'ouvrit, le camion s'engouffra dans le sas et attendit.

Une sorte d'hystérie collective s'empara des infectés lorsqu'ils virent le camion à l'entrée. Attirés par l'agitation, ils se pressèrent contre les barbelés pour entrer et saisir leurs proies. Kiyo vit des étincelles et de la fumée s'élever des premiers rangs.

   - Barbelés électrifiés ! commenta Mauer..

Dans le chaos grouillant de l'entrée, des torches humaines se consumèrent, agrippées aux barbelés électriques. Une odeur écœurante de viande grillée couvrit la puanteur ambiante.

   - Mon Dieu ! fit Kiyo d'une voix sans timbre.

   - Dieu n'a rien à voir là-dedans ! maugréa Mauer. Ce sont les hommes qui sont à l'origine de cette merde.

Le conducteur du camion fit nerveusement monter le régime du moteur en attendant l'ouverture de la porte extérieure. Ses compagnons, massés autour de l'entrée fortifiée, se mirent en position de tir. Malgré la distance, Kiyo entendit les ordres militaires des officiers et assista à une succession d'actes coordonnés.

Lorsque la barrière extérieure coulissa, un flot d'infectés se précipita vers le camion. Dans leur hâte, la horde piétina les corps carbonisés et déformés de leurs congénères électrocutés. Les mitrailleuses du camp fauchèrent les infectés devant le camion. En quelques secondes, un véritable tapis de corps couvrit l'intérieur du sas.

Le camion se mit en marche, écarta les infectés de sa lame frontale et roula sur ceux qui gisaient par terre. En position sur le toit, le servant de mitrailleuse appuya les tirs de la base pour dégager le chemin et faciliter le déplacement. La machine puissamment renforcée commença sa progression dans la foule en direction du bâtiment. Les infectés cessèrent de s'intéresser à la base et suivirent le camion. Le portail du sas se referma avec difficulté. Aussitôt submergé par le nombre, le camion tangua violemment et Kiyo s'attendit à le voir basculer de côté. Consciemment, elle força l'air dans ses poumons pour reprendre un cycle de respiration normale.

- Ils ont déverrouillé le capteur de pression du portail, constata Mauer en observant attentivement les opérations. Ça permet à la porte de ne pas s'arrêter automatiquement quand un objet bloque sa course.

Aussitôt, le portail du sas se referma, piégeant cadavres et infectés. Les soldats abattirent ceux qui vivaient toujours puis une équipe d'individus en combinaison hermétique prit le relais, entra dans le sas et, en quelques minutes, évacua les dizaines de cadavres à l'intérieur du camp. Mauer laissa échapper un sifflement admiratif.

- Je croyais que les rois de l'organisation, c'était nous, les Allemands. *Verdamt* ! Il faut croire que j'avais tort !

Le camion poursuivit sa progression difficile, bousculant et écrasant les infectés, laissant une trouée sanglante derrière lui qui se refermait rapidement. L'allure ralentit. Il y eut un soubresaut lorsque le camion cala à moins de cinquante mètres. Des mains décharnées et purulentes s'agrippèrent aux parois verticales hérissés de barbelés.

- Allez, les gars ! encouragea l'Allemand en serrant les dents.

Le cœur battant à faire mal, Kiyo se mordit la main jusqu'au sang. Les secours n'avaient jamais été aussi proches et pourtant ils auraient pu être sur la Lune. Soudain, le moteur diesel gronda et se remit en marche. Contre toute attente, le camion recula vers la base.

- Non ! fit Mauer en se redressant sur les coudes. Non !

Mais le camion repartit vers l'avant après avoir pris de l'élan. Soulagé, Mauer s'allongea sur le toit et reprit son observation. Prisonnier d'une nasse gesticulante, le camion approcha du bâtiment. Kiyo croisa le regard du tireur.

- Venez ! hurla-t-il aussitôt en l'apercevant. Vite, madame !

Casque lourd sur la tête et mains sur la mitrailleuse, il lui fit signe. Kiyo et Mauer se regardèrent. L'idée de gagner le camion depuis le toit était une folie mais c'était la seule option possible, d'autant qu'ils étaient maintenant repérés.

- J'y vais ! fit Mauer.

Il passa les jambes dans le vide, s'assit sur le bord et descendit le long de la glissière qui surplombait la bâche du camion. Il hésita, évaluant la meilleure trajectoire de chute pour couvrir les derniers cinq mètres jusqu'à la bâche du camion. Le risque de rebondir sur la bâche et de finir dans la foule était élevé. Sans compter le risque de blessure. Le cœur battant, il se jeta dans le vide, atterrit sur la bâche, roula dessus et s'arrêta in-extremis au bord du toit. Sonné, il rampa à quatre pattes vers la cabine en tremblant.

- A vous, madame ! hurla le soldat. Dépêchez-vous, ça secoue de plus en plus !

La gorge sèche, Kiyo approcha du vide. Comme Mauer, elle agrippa la gouttière et descendit, les yeux fixés sur le camion minuscule qui tanguait comme une barque sur la mer. Sous elle, les visages tuméfiés et difformes et les bras nécrosés étaient tendus vers elle. Le bruit, l'agitation et la puanteur saturèrent ses sens et elle eut un début de tournis. Un faux geste, une trajectoire incontrôlée et c'était la mort dans leurs bras. *La mort comme délivrance, la survie comme répit...*

Mauer et le soldat attendirent qu'elle saute. Elle ferma les yeux et compta jusqu'à trois, puisant dans ses souvenirs pour trouver de la force. Elle pensa aux siens, à l'adjudant qui était mort pour lui permettre de vivre et, à trois, sauta dans le vide. Elle eut un haut le cœur avant de heurter la bâche. Elle rebondit dessus et roula vers la droite, incapable d'arrêter la rotation, mais une poigne de fer la stoppa brutalement. Désorientée, elle vit que ses pieds dépassaient du camion et surplombaient les infectés enragés. Le soldat lâcha sa prise et lui sourit. Elle les ramena sur la bâche et le rejoignit. Aussitôt, le mitrailleur tapa du pied sur la cabine et le camion entama le retour vers la base dans un tangage de navire. Ballottés comme des sacs, Kiyo et Mauer se mirent à rire nerveusement.

- Des regrets ? demanda Mauer entre deux rires.

- De quoi parlez-vous ? C'est moi qui vous est conseillé de venir ici !

- Non, ce n'est pas ça... Vous n'avez pas l'impression qu'on a oublié quelque chose ? Nos sacs ?

Submergée par les émotions et épuisée, Kiyo se mit à rire en visualisant son sac, laid, foulé par des milliers de pieds. Ce qu'il contenait était perdu, surtout ses notes, mais elle avait tout mémorisé. Elle repensa à la forme et la couleur improbables de l'objet et rit aux larmes, oubliant pendant un court instant l'horreur qui l'entourait.

Lorsqu'elle reprit contrôle d'elle-même, elle réalisa que le camion avait franchi le sas d'entrée et entrait dans la base. Exténuée, elle parvint à réaliser ce que cela signifiait pour elle.

Sauvée. Elle était sauvée.

***

CHAPITRE 11

Face à la ville de Gênes, Italie, 2 juillet

Sept heures du matin. Solène bailla et se retourna pour regarder une dernière fois le voilier blanc qui dansait mollement sur les flots de la Méditerranée. Tranchant sur le blanc de la coque, la silhouette sombre d'Alison s'affairait à placer les sacs dans le minuscule dinghy. Elle s'attaqua ensuite au moteur qu'elle fit démarrer d'un geste. D'une main ferme, elle agrippa la barre franche et mit résolument le cap vers la côte.

Le canot pneumatique s'éloigna doucement du voilier et, le cœur gros, Solène vit la coque rassurante rapetisser à mesure qu'elle approchait de la terre ferme. Elle s'était sentie tellement bien à bord, en sécurité, presque heureuse malgré la peine qui lui broyait le cœur depuis la mort de sa mère. Le trajet avait formé une sorte de parenthèse dans le temps. A bord, elle n'avait pas eu peur d'être attaquée ou abusée, elle avait mangé et bu à sa guise, s'était baignée dans l'eau tiède de la mer, lavée à l'eau douce et changée avec des vêtements propres et secs. Elle avait regardé les dauphins jouer autour du bateau. Sa vie avait repris une forme de routine rassurante qui ressemblait à ce qu'elle avait connu avant les événements. Elle eut la sensation d'une perte immense en voyant la coque s'éloigner.

La perspective de la peur quotidienne, du ventre serré au moindre son suspect, la faim et la soif, l'odeur... les rues vides, encombrées de papiers gras, de déchets et de poubelles renversées, de véhicules bloqués comme les carcasses de monstres métalliques...

Elle éprouva de la répulsion en y pensant, pétrifiée de terreur.

Elle avait essayé plusieurs fois de convaincre Alison qu'il fallait rester sur le bateau pour rejoindre la Belgique mais chaque fois, elle avait gentiment refusé. Malgré sa déception, elle avait confiance en Alison. Elle était forte et douce à la fois, plus forte mais moins douce que sa maman. Elle parlait doucement et clairement malgré l'accent. Avec Alison, elle se sentait en sécurité. Alison n'avait peur de rien.

Le petit moteur toussota et des volutes bleutées d'essence sortirent du capotage. Alison le vérifia du regard mais ne montra aucun signe d'hésitation. Tout comme sa volonté, le moteur ne cala pas et le dinghy approcha de la plage, silencieuse et morne, dans la lumière naissante du matin. Le long de la rive, des mouettes jouaient

323

dans les courants aériens à la recherche de nourriture en poussant des cris joyeux.

Deux cents mètres avant la plage, Alison coupa le moteur et le dinghy glissa sur son ère avant de se retrouver prisonnier de la houle qui gonflait la mer en une succession de vagues rondouillardes. Elle prit les jumelles et observa longuement le paysage désert, sourcils froncés. Son visage finit par se détendre et elle prit une rame le long des boudins gonflables pour gagner le rivage.

Sur la plage, des cadavres gisaient dans divers stades de décomposition et des chiens errants couraient sur le sable, seuls ou en groupes, s'attardant sur des sacs à mains ouverts, des poubelles renversées ou des carcasses de poissons échoués. Avec dégoût, elle vit une horde de chiens renifler un cadavre.

La côte était couverte de montagnes qui ceinturaient le nord et l'est de la ville. Malgré la lumière solaire qui teintait le ciel de bleu, le paysage était empreint d'une grande tristesse. Solène se sentit abattue sans raison. Si elle était venue au même endroit avec ses parents avant les événements, elle aurait été excitée à l'idée de se baigner ou de faire une promenade dans les collines environnantes. Mais aujourd'hui, les rues silencieuses de la ville étaient couvertes de malades. S'il y avait des survivants, où se trouvaient-ils ? Cachés dans les immeubles, les maisons abandonnées ?

Solène repensa au plan d'Alison : éviter la ville et partir en moto vers les montagnes. Le fond en plastique du dinghy heurta doucement les galets. Son cœur se serra. Elle souhaitait désespérément retourner sur le bateau et, un court instant, elle hésita à relancer Alison sur le sujet mais elle fut prise de court. Alison sortit du dinghy et le traîna sur une courte distance. Elle se tourna vers elle et sourit, les dents blanches tranchant sur sa peau d'ébène.

- C'est l'heure, princesse ! On débarque ici...

Solène mit son volumineux sac à dos sur les épaules avant de quitter le zodiac, mouillant chaussettes, pieds et chaussures dans l'opération. Sourcils froncés, elle songea que le sel, en séchant, gratterait bientôt sa peau et se dit que la journée commençait décidément bien mal. Elle s'éloigna du zodiac, patina dans les galets et gagna le sable de la rive. Elle se retourna et vit qu'Alison sortait à son tour matériel et armes.

La plage déserte courait le long d'un mur en béton qui soutenait une route. Plus loin, une autoroute silencieuse longeait le littoral parallèlement à la route.

Le bruit régulier du reflux marin avait un effet hypnotique et couvrait la plupart des sons. Alison, en tee-shirt et bas de treillis noir, fusil à l'épaule, rejoignit Solène et prit sa main. Elle avait l'air sûre d'elle et Solène retrouva de la confiance. Main dans la main, elles traversèrent la plage jusqu'à l'aplomb du muret qui portait la route.

Dos au mur et face à la mer, Alison vérifia la longueur du parapet. Du côté de la ville, des formes noires bougeaient avec lenteur sans indiquer qu'elles les avaient repérées.

La combattante mit un doigt sur la bouche pour ordonner le silence et, au petit trot, franchit le lit asséché d'une rivière en tirant Solène. Sans un mot, elles gagnèrent un petit escalier qui permettait aux baigneurs de gagner la mer depuis la route. Elle s'accroupit sur la première marche et fit signe à Solène de l'attendre sans bouger. Terrorisée à l'idée de se retrouver seule, la petite fille se força à approuver d'un hochement de tête. Alison sourit en réponse et disparut derrière le parapet. Restée seule, Solène sentit le temps ralentir. L'attention tournée entièrement vers les formes sombres et lointaines, le cœur battant, elle se plaqua contre le béton et attendit mais les infectés ne firent pas mine de se diriger vers elle.

Plusieurs chiens passèrent et reniflèrent l'air dans sa direction avant de reprendre leur fouille de la plage en quête de nourriture. Une colonie de rats noirs, sortie de nulle part, traversa le sable jusqu'au cadavre gonflé d'une femme. Elle détourna les yeux et lutta contre la panique naissante.

- Solène, chuchota la voix d'Alison dans son dos. Viens !

D'un bond, elle se redressa et remonta les escaliers en courant. Alison l'attendait en haut, sourire aux lèvres.

- Viens, fit-elle en désignant les alentours d'un geste large. Il n'y a pas de danger.

Elle pointa le doigt vers la droite en direction de la ville. La route se transformait en rue au fur et à mesure que le nombre de bâtiments augmentait. Au loin, Solène aperçut la forme grise des quais et une poignée de navires ancrés dans le port militaire. Derrière, elle devina le port civil et ses ferries abandonnés.

La route en corniche était encombrée de véhicules à l'abandon. Des animaux bougeaient sous les voitures et elle refusa de les identifier en repensant aux rats sur la plage. Elle se demanda brièvement si les animaux pouvaient être eux aussi contaminés. Alison prit sa main et elles remontèrent la route dans la direction opposée à Gênes.

Solène peinait à suivre. Le sac était lourd et taillait dans la chair des épaules. Alison fouillait le paysage de ses yeux d'ébène semblables à ceux d'une louve aux aguets.

-   On doit trouver une moto, fit-elle en voyant la petite fille à la peine. J'ai besoin que tu m'aides à trouver la bonne.

Devant l'absence de réaction, Alison réalisa que l'enfant était perdu et qu'elle ne voulait pas la décevoir en l'avouant.

-   Ce n'est pas difficile, encouragea-t-elle. On cherche une moto efficace, qui passe partout. Surtout pas trop basse. Regarde les pneus. S'ils ont des grosses lignes bien profondes, c'est bon !

Solène acquiesça de la tête et, ensemble, elles avancèrent en silence, plongeant derrière un abri au moindre bruit insolite. La lente progression prouva à Alison que la moto était le moyen de transport le plus adapté. Aucun autre véhicule ne pouvait évoluer dans un tel chaos. Une voiture classique aurait été incapable de slalomer entre les épaves ou d'escalader les talus pour éviter les obstacles.

L'odeur qui régnait sur la route était pestilentielle. Des cadavres humains gisaient sur les bas côtés et dans les voitures. La misère du sort transparaissait dans les causes de leur mort. Accidents, attaques d'infectés, meurtres... Les corps étaient étendus par terre ou accrochés aux véhicules dans des positions improbables. Des voitures avaient brûlé. Dans l'une d'elle, Alison vit une famille carbonisée. Les adultes à l'avant et les enfants à l'arrière étaient encore assis à leurs places, formes charbonneuses raidies par la chaleur. Leurs dents intactes esquissaient un sourire grimaçant, figé et atroce.

Solène les regarda du coin de l'œil, terrifiée et fascinée par le spectacle macabre, certaine qu'ils ricanaient en la regardant passer. *Leurs dents si blanches ! Comment était-ce possible ?* Pour ne pas flancher, elle fixa son regard devant elle, alternant entre les motos abandonnées et le dos d'Alison pour éviter de regarder autour d'elle.

La militaire, tendue, avançait avec précaution, fusil en position et prête à s'en servir. La petite fille suivait à quelques pas. La route filait vers la frontière française, encore lointaine.

Elles passèrent à côté de nombreux véhicules, les motos étaient nombreuses mais aucune ne convenait. Trop lourdes, trop basses, trop petites... il y avait toujours autre chose et Alison commençait à désespérer. Tant d'engins et si peu de choix !

Malgré les détours occasionnés par les infectés, elles continuèrent à progresser le long de la route, quittant la banlieue de Gênes. La végétation méditerranéenne prit le relai de la ville, le chant des cigales écrasant le paysage. Derrière Alison, Solène fatiguait, il faisait chaud, son sac était lourd et elle commençait à avoir faim lorsqu'un bruit incongru attira soudain son attention.

Comme un mirage, un hélicoptère bleu passa en trombe et

disparut à l'est. Les deux survivantes se regardèrent, incrédules. Alison eut à peine le temps de suivre à travers la lunette du fusil avant de le voir disparaître. D'après l'immatriculation et les couleurs, c'était un appareil civil. Rien à voir avec l'armée ou les forces gouvernementales. Qui donc pouvait posséder ce genre d'engin, difficile à entretenir, dans une telle pagaille ? Son apparition relevait du mystère. Elle secoua la tête. Quelle importance de toute façon ? Il était passé, les gens à bord ne les avaient sans doute par aperçues. Il était plus qu'improbable qu'il revienne pour elles. De plus, qui pouvait dire quelles étaient les intentions de ceux à bord ? L'expérience Corse était encore trop douloureuse et Alison était déterminée à ne plus prendre de risque de ce point de vue.

Redoutant une question de Solène qui ne vint pourtant pas, elle décida peu après de s'arrêter le long de la route pour manger à l'abri sur un tertre couvert d'épais buissons. Solène se laissa tomber sans bruit, dégoulinante de sueur. A cet endroit, les infectés étaient peu nombreux et le risque limité mais elles ne perdirent pas de temps. Sans un mot, elles grignotèrent des biscuits secs et burent de l'eau. Elles allaient se remettre en marche lorsque l'enfant se figea face aux montagnes qui longeaient la Méditerranée et pointa le doigt devant elle. Alarmée, Alison se mit debout, fusil en main.

Suivant la direction indiquée par la fillette, elle fouilla le paysage et ne tarda pas à tomber sur une grosse BMW R-1200GS rouge équipée de *top-cases* en aluminium, couchée sur le côté sous un bosquet d'arbres à l'écart de la route. Les pare-chocs du réservoir étaient cabossés et un feu auxiliaire pendait au bout de son fil électrique mais les dégâts étaient surtout cosmétiques. Rien de grave. Surtout, c'était *exactement* l'engin qui convenait.

L'ombre du feuillage des arbres la recouvrait entièrement, jouant avec la lumière solaire qui filtrait entre les feuilles et dessinant une mosaïque de points blancs qui glissaient le long du réservoir et des échappements brillants.

- Bien vu, fit Alison à voix basse. Attends moi ici. Je te ferai signe.

La petite s'accroupit, tremblante, entre deux voitures.

Elle arma son fusil et, avec prudence, quitta la route pour grimper en direction de la moto. Arrivée à mi-chemin, elle mit un genou à terre en voyant les buissons bouger derrière la moto. Sans attendre, elle pointa le fusil vers le massif végétal. Avec lenteur, une forme humaine en sortit d'une démarche mal assurée. Elle jura à voix basse.

L'homme quitta l'ombre du bosquet et se dirigea vers elle en gémissant. L'infection avait collé ses paupières au visage, asséchant les yeux et le privant de la vue. Alison jugea qu'il se guidait au son, peut-être à l'odorat.

Elle vérifia le sens du vent. Celui-ci soufflait du sud au nord et portait donc l'odeur d'Alison vers l'infecté. Elle se déplaça de côté, sans bruit, pour augmenter l'angle et échapper au vent qui la trahissait. L'infecté corrigea son approche. *Il se dirigeait à l'odeur.* Elle se releva, mit le fusil à l'épaule et sortit le couteau de plongée.

L'homme, un garagiste d'après la salopette constellée de tâches de graisse et de patchs automobiles, approcha. C'était peut-être lui, le propriétaire de la moto. Elle allait passer à l'attaque lorsque d'autres infectés jaillirent des végétaux. Malgré la surprise, elle approcha du mécanicien. Il ne la voyait pas mais continuait à s'approcher d'elle. Elle jeta son sac à terre pour gagner en liberté de mouvement et frappa l'homme d'un coup de couteau. La lame se ficha dans la clavicule gauche et l'homme vacilla en mettant une main nécrosée sur la blessure. Alison recula et bougea latéralement pour brouiller sa position avant de frapper. Touché à la nuque, il fit un dernier pas et tomba dans l'herbe sèche sans se relever. Aussitôt, elle fit face aux autres infectés. Elle en compta huit.

Face au nombre, elle hésita sur l'option à choisir. L'esprit en surchauffe, elle écarta le close-combat et l'arme blanche, trop lentes et trop risquées. Le fusil, avec son canon long, n'était pas la solution idéale. Restait le pistolet. Sans attendre, elle sortit l'arme et la pointa vers l'infecté le plus proche, une vieille femme rondouillarde. La peau du visage était enflée et la paire de lunettes métallique qu'elle portait était encastrée dans une épaisse croûte de sang et de pus séché. Un liquide sombre coulait de sa bouche.

Une balle en plein front la propulsa en arrière. Alison neutralisa les autres en moins de dix secondes, sans perdre une seule balle.

Tendue, debout au milieu des corps allongés et du sang qui maculait la terre sèche, la SEAL se tourna vers Solène. La fillette sourit mais son sourire se figea. Mue par l'intuition, Alison se retourna. Un infecté gigantesque sortit sans bruit des fourrés, l'attrapa par le bras et broya son biceps. La douleur l'obligea à lâcher le pistolet. Elle tira sur le bras pour empêcher l'infecté d'y planter ses dents. Du bras gauche, libre, elle le frappa au visage, provoquant le craquement du cartilage de l'arrête du nez. Du sang chargé d'impuretés coula des narines, tombant sur ses avant-bras luisants de sueur. Pourtant, le colosse ne lâcha rien. Elle essaya de reculer mais elle n'arriva pas à se défaire de l'étau de sa main énorme, parvenant tout juste à éviter la morsure.

Elle rassembla cependant ses forces et parvint à mettre un pied sur le ventre de l'homme et à le saisir par les bras. D'un mouvement combiné de rein et de jambes, elle bascula en arrière en l'amenant vers elle, puis poussa sur son ventre pour le propulser dans les airs. L'homme passa au-dessus d'elle et s'écrasa par terre. Il essaya immédiatement de se remettre debout. Plus rapide, elle fila ramasser le pistolet et le stoppa définitivement d'une balle dans la nuque.

Le souffle court, elle se retourna et vérifia les buissons, à présent inertes. Soulagée, elle entendit la course légère de Solène.

- Il t'a mordue ?

Alison vérifia ses bras. Elle sortit un chiffon d'une poche et nettoya prudemment le mélange de poussière, de sang et de fluides sur ses avant-bras, cherchant les coupures. Il y avait bien une petite croute sèche mais pas de plaie humide récente.

- J'ai eu de la chance. Mais ça doit nous servir de leçon. Leur sang est contaminé. Il faut faire attention.

Solène fit signe qu'elle avait compris et fila sous les arbres pour inspecter le paysage italien. Au loin, des formes sombres sortaient de la ville, longeant la route.

- Des infectés, ajouta-t-elle lentement, mais ils sont loin.

- Ils ont du entendre les tirs. On doit partir. Je ramasse mes affaires. Pendant ce temps, trouve les clefs de la moto. Allez, vite.

La fillette s'exécuta. La combattante sortit une bouteille d'eau et se nettoya les avant-bras. Elle se sentait sale, répugnante. Elle but une gorgée d'eau.

- Je trouve rien, geignit une petite voix.

- Alors cherche ailleurs. Par terre. Dans l'herbe. Elles ont peut-être glissées quand la moto est tombée. Je t'aide dans une minute.

Alison ramassa ses affaires, vérifia qu'elle n'oubliait rien puis rejoignit Solène près de la moto.

- Ça y est, Alison ! cria Solène au même moment. Là, dans l'herbe.

La fillette se précipita et revint avec un trousseau de clefs. Alison prit les clefs tendues et redressa la moto sur la béquille centrale.

- Bien joué ! On va pouvoir filer. Pendant que je démarre, surveille les infectés. Préviens-moi quand ils seront proches.

Elle ouvrit les top-cases à l'arrière, les vida et répartit le contenu des deux sacs. Elle décida de garder son sac à dos et y mit les objets importants, la boussole, un peu de nourriture, des allumettes, de l'eau, les cartes et une lampe-torche.

Satisfaite, elle referma les mallettes et nettoya les tâches de sang séchées sur la selle avant d'enfourcher la moto. Elle mit la clef dans le contacteur et vérifia les instruments. Le réservoir était à moitié plein. Restait à savoir si l'engin fonctionnait encore.

Elle retint son souffle et lança le moteur. Le bicylindre à plat de 1200cc émit un beau grondement sourd et se stabilisa au ralenti. En dehors des dommages cosmétiques sur le côté du réservoir lors de sa précédente chute, la machine était impeccable.

- Génial. Monte, on part.

Solène la rejoignit en courant. Alison déplia les repose-pieds du passager et la fillette prit place sans hésitation, confortablement calée entre le dos de sa protectrice et le top-case qui faisait office de siège.

- Ils arrivent ? demanda-t-elle en poussant la moto vers l'avant.

La fillette se tourna pour observer. La béquille centrale s'escamota dans un claquement métallique.

- Oui. Ils viennent vers nous.

Alison augmenta l'admission. L'aiguille du compte-tours monta dans les tours et la moto dévala le tertre vers l'autoroute. Prudemment, elle évita l'asphalte congestionné par les véhicules abandonnés et resta sur l'accotement d'herbes sèches.

Dans les rétroviseurs, une foule d'infectés arrivait de la ville en longeant l'autoroute. Sans hésiter, elle ouvrit les gaz, slaloma entre plusieurs infectés qui arrivaient de l'autre côté et mit le cap à l'ouest, vers la frontière française. Les petits bras de sa protégée serrèrent sa taille.

Elle vérifia à nouveau les rétroviseurs. Les cheveux blonds de l'enfant volaient dans l'air chaud d'Italie du Nord. Le gros des infectés avait disparu. Rassurée, elle s'autorisa un sourire.

Elle avait su vaincre l'adversité et rester en vie, comme sa protégée. Face à elle, l'avenir incertain restait à écrire, mais il y avait une lueur d'espoir à Bruxelles, un but à atteindre.

C'était peu, mais mieux que rien.

***

Base aérienne de Vélizy-Villacoublay, France, 2 juillet

Le camion militaire entra dans le camp et se dirigea vers les tentes alignées.

Assise sur le banc inconfortable du camion dans la chaleur étouffante de la bâche, Kiyo se laissa faire, à la fois hagarde et euphorique, la tête dodelinant doucement dans les cahots. Une odeur de sueur, de plastique chaud et de pourriture emplissait l'air.

Face à elle, un soldat la regardait sans expression à travers le masque de sa combinaison hermétique. Sans être une experte en matériel militaire, elle reconnut l'attirail RNBC que les soldats portaient en situation de crise non-conventionnelle et songea malgré elle que l'homme qui y était enfermé courait le risque de se déshydrater. Elle résista à l'envie d'engager la conversation avec lui et d'en savoir plus sur les gens de Vélizy, ses sauveurs.

A côté d'elle, Mauer regardait le paysage par l'ouverture à l'arrière du camion. Il était sale et hirsute. La sueur s'était mélangée à la poussière sur le visage, ses doigts et ongles étaient noirs, ses yeux cernés et les rides du front marquées. Il était repoussant et Kiyo se demanda si elle lui ressemblait. Si c'était le cas, elle avait de quoi faire peur. Alors que le camion avançait dans le camp, elle s'interrogea sur ce qui allait suivre. *Que devait-elle faire ? Que pourrait-elle faire ici ? Était-ce une bonne idée de rejoindre les militaires ?* Malgré l'assurance qu'elle avait affichée devant Mauer, elle n'avait aucune idée de leurs intentions. *Étaient-ils légitimes ? Représentaient-ils vraiment le gouvernement français ?*

Le camion s'arrêta et le moteur diesel tourna au point mort avant de s'arrêter. Par contraste, les bruits ambiants prirent de l'intensité et les ordres des soldats, les sons des hommes au travail dans le camp et les gémissements de la marée d'infectés submergèrent l'ouïe à vif de Kiyo.

Elle vérifia l'heure à sa montre. *Trente minutes depuis que le camion était sorti de la base.*

Déboussolée, elle resta à sa place dans le camion en attendant d'être prise en charge. Elle repensa à ce qu'elle venait de vivre. Tout était allé si vite qu'elle n'avait pas encore eu le temps d'assimiler la véritable portée des événements. Pourtant, un sentiment prévalait. La stupéfaction d'être encore en vie. Elle s'expliqua ce miracle par sa capacité à prendre les bonnes décisions. Et, avec honnêteté, grâce à la chance. Elle avait d'abord rencontré l'adjudant, puis Mauer. Sans eux, elle ne serait sans doute plus en vie.

Les soldats en combinaison étanche se levèrent et abaissèrent la paroi en forme de plate-forme du camion puis en sortirent avant de se retourner vers les rescapés.

- Suivez-nous, fit le plus gradé d'une voix assourdie par le masque. Il faut suivre la procédure et passer par une décontamination complète.

Mauer se leva à son tour et, comme un robot, rejoignit les soldats. Kiyo le suivit. Lorsqu'elle se retrouva sur l'herbe rase de la base, elle mit une main en visière pour filtrer l'éclat du soleil. La base, comme elle avait pu le voir depuis le toit du bâtiment, s'étendait sur un grand périmètre rectangulaire.

Sur la totalité du périmètre, sauf à l'Est, un talus de terre protégeait la base, renforcé d'une double rangée de barbelés qui encadraient un chemin de ronde. Des bâtiments s'agglutinaient près de l'entrée par laquelle ils venaient d'arriver. Au Sud, la base donnait sur des rangées d'arbres et, à l'Ouest, sur des bâtiments éloignés et sur la forêt qui semblaient limiter le nombre d'infectés, contrairement au nord et à l'est, près de l'entrée, où le gros des assiégeants se concentrait.

Les soldats les invitèrent à avancer vers les tentes.

- Vous avez vu ? demanda Mauer en se mettant en marche. La base est bien aménagée globalement. Mais sa faiblesse, c'est le côté est. Trop de zombies, trop de pression. Il faut dire que ça donne sur les autoroutes. C'est de là que viennent tous les infectés.

Elle se contenta d'un sourire et reprit l'observation. Les quartiers d'habitation en dur étaient bizarrement concentrés près de l'entrée. Sans doute l'héritage historique. Personne n'avait prévu, en les construisant, qu'ils seraient un jour si près de milliers d'infectés...

Le reste du périmètre était un mélange de piste d'atterrissage, de voies d'accès pour les avions et de tentes de couleur kaki dont les pans d'entrée battaient dans la brise estivale. Des numéros avaient été écrits à la peinture blanche sur le fronton de chaque tente, visiblement une sorte d'adresse pour les occupants.

- Avancez ! ordonna le soldat d'une voix assourdie en agitant sa main gantée.

Kiyo suivit le soldat, ralenti par sa combinaison, et découvrit une succession de cinq tentes blanches plus petites que les autres. Elles étaient reliées entre elles par un tunnel transparent sans marquage dont elle reconnut aussitôt le rôle. Elle se retourna vers le camion et comprit la raison pour laquelle le chemin que le groupe empruntait allait du véhicule aux tentes blanches entre deux rangées de barbelés.

Séparation des nouveaux réfugiés avec le personnel pour éviter tout risque d'infection.

Les Français n'arrêtaient pas de la surprendre. Malgré son attrait pour le pays, elle l'avait souvent associé aux grèves, à la révolte et à l'indiscipline mais elle en découvrait aujourd'hui un autre aspect : l'improvisation et l'organisation dans l'urgence. Malgré l'effondrement général du pays, ils avaient réussi à préserver un semblant d'organisation et à aménager un dispositif de décontamination.

Le soldat en combinaison se retourna vers eux et leur fit signe d'avancer jusqu'à une femme en combinaison étanche blanche, sortie de la première tente de décontamination. Son visage était déformé par la paroi transparente d'un masque intégral.

- Bonjour, fit-elle d'une voix assourdie. Bienvenue à la base aérienne Ba-107 de Vélizy-Villacoublay. Je suis le capitaine-médecin Kowalczyk du SSA, Service de Santé des Armées. Désolée de vous accueillir dans ces conditions mais c'est pour votre sécurité. Vous allez passer par l'itinéraire de décontamination physique. Veuillez me suivre et obéir aux instructions.

- Minute, capitaine ! fit Mauer d'une voix hargneuse. On vit avec les infectés depuis plusieurs jours et on n'est toujours pas contaminés... C'est visible, non ? Alors pourquoi ce cirque ?

La femme en blanc tourna la tête vers lui, créature grotesque à mi-chemin entre marionnette et robot.

- Vous ne savez pas avec certitude si vous êtes ou non contaminés, répondit-elle. Le protocole que nous avons mis en place est sécuritaire et préventif.

- ... mais inutile ! coupa Mauer. Ça fait des jours qu'on se tape des zombies. On a été tellement près d'eux qu'on pourrait vous dire combien de caries ces sacs à merde ont dans la gueule ! Vous pensez qu'on aurait pu arriver ici si on avait été infectés ? C'est de la foutaise, votre truc. Demandez-lui ce qu'elle en pense, elle ! Elle a ce qu'il faut pour juger.

Sans se retourner, Mauer désigna Kiyo du bras. Kiyo secoua la tête.

Du Mauer à 100%. Aucun tact. La peur et la fatigue ont bon dos.

- Que veut-il dire ? Que savez-vous ? demanda la militaire, tournée vers Kiyo.

- A vrai dire, pas grand chose, répondit Kiyo avec prudence. Jürgen est...

- Ne faites pas la modeste, intervint Mauer. On n'a pas le temps pour ça. Vous êtes chercheuse en médecine, vous avez observé, vous avez un avis sur ces choses.

Kiyo soupira. Au moins, la sortie de Mauer avait le mérite d'accélérer les choses. La militaire s'approcha d'elle pour l'observer à travers le hublot teinté du masque. Des gouttes de sueur coulaient sur les arcades sourcilières et les joues.

- C'est vrai ? demanda-t-elle. Vous êtes chercheuse en médecine ?

Gênée, Kiyo confirma d'un hochement de tête.

- Oui. En Médecine Humaine à l'Université de Tokyo. Au N2HR. Ce que Jürgen a dit est vrai. Je ne sais pas si votre procédure de décontamination est efficace contre un virus aérobie. Si c'est le cas, tout ceci est inutile.

La femme en blanc hocha la tête à son tour.

- C'est exact, mais ce protocole nous permet de lutter contre les autres germes, plus classiques. Nous voulons éviter que le camp ne devienne un cloaque de saleté. Surtout avec des réfugiés à bout de force et pas toujours très propres.

Kiyo se demanda si elle correspondait à la description. Elle baissa la tête, honteuse.

- Votre présence pourrait être précieuse, Madame, continua la militaire en la conduisant par la main vers l'entrée d'une tente. Vous allez suivre la procédure avec moi. Si tout va bien, nous irons voir le commandant de la base ensemble.

Sans broncher, Kiyo suivit la femme sous la tente. Elle savait qu'elle n'était pas infectée mais elle éprouva de la curiosité pour le sort réservé à ceux qui l'étaient. Derrière elle, Mauer râla en découvrant qu'elle partait en premier. A l'intérieur de la tente, le sol était recouvert d'une bâche en plastique. Deux allées, séparées par une succession de grands bacs, menaient vers un tunnel transparent qui connectait la première tente à la seconde.

- Déshabillez-vous ici, ordonna la femme en blanc en escortant Kiyo.

Alors qu'elle commençait à se dévêtir, elle entendit derrière elle la bâche d'entrée se lever et vit Mauer entrer à son tour. La femme qui les avait accueillis lui ordonna de faire la même chose et il se dévêtit de mauvaise grâce. Lorsqu'elle se retrouva en sous-vêtements, Kiyo se tourna vers elle.

- Déshabillez-vous *complètement* Madame, ordonna celle-ci.

Kiyo sentit son visage s'empourprer. Elle n'avait jamais été obligée de se mettre à nu devant des étrangers, encore moins devant un homme, *devant quelqu'un comme Mauer*. Constatant son malaise, la femme en blanc s'interposa entre eux.

- Désolée, fit-elle d'une voix basse, mais nous n'avons pas les moyens de faire autrement. Nous nous attendions à décontaminer des groupes plus nombreux, plus anonymes.

Résignée mais gênée par l'intimité forcée, Kiyo se força à vaincre les préjugés induits par son éducation. Elle dégrafa son soutien-gorge, fit glisser son slip le long des jambes, jeta le tout dans un grand bac en plastique à la demande de la femme, se couvrit la poitrine d'un bras et cacha son pubis de l'autre. Elle se sentit sale et vulnérable, humiliée par la couleur de ses sous-vêtements.

La femme en blanc la rejoignit et prit doucement son bras pour la guider vers le tunnel transparent. Dans son dos, Kiyo sentit le regard de Mauer sur son corps. Quelques minutes plus tard, il se plaça à côté d'elle, nu comme un ver, visiblement sans complexe, explorant le corps de Kiyo avec volupté, comme l'indiquait son entrejambe.

Sans attendre, les rescapés avancèrent dans le processus de décontamination. Ils arrivèrent dans la seconde tente, équipée de diffuseurs de gaz. Avec un frisson d'angoisse, Kiyo se rappela l'usage de ce genre d'installations pendant la seconde guerre mondiale. Dès qu'ils eurent mis en place le lourd masque à gaz que la femme leur tendait, un gaz se diffusa dans la pièce pendant plusieurs minutes avant d'être aspiré par des pompes. Dans la tente suivante, ils passèrent sous des jets d'eau sous pression et Kiyo esquissa un sourire en sentant que la crasse disparaissait.

Les deux tentes suivantes dupliquèrent l'exercice. La femme expliqua qu'il s'agissait d'un autre gaz qui traitait d'autres agents. A la fin du processus, l'eau avait débarrassé Kiyo de sa saleté et l'avait vidée de ses forces. Elle se sentait prête à dormir. Même Mauer ne disait plus rien.

Lorsqu'ils arrivèrent dans la dernière tente, des soldats en treillis, sans masque ni combinaison, leur tendirent des serviettes et des uniformes complets avec chaussures, ceinturon, sous-vêtements et maillots standards.

Derrière eux, la femme en blanc enleva son casque intégral et secoua la tête pour libérer ses longs cheveux blonds. Elle ruisselait de sueur et son tee-shirt dévoilait la forme de son soutien-gorge. Alors que les deux rescapés se rhabillaient, enfilant avec satisfaction les vêtements propres et secs, elle approcha de Kiyo qui finissait de glisser un ceinturon à double rangée de trous dans les passementeries autour de la taille.

- Vous avez de la chance, commenta la femme. Tout le monde n'aura pas de tenue de rechange.

- Depuis le bâtiment, j'ai vu que vous n'étiez pas nombreux, répondit Kiyo en nouant ses cheveux en chignon.

La femme médecin se gratta à travers la combinaison.

- Nous sommes une cinquantaine sur la base. Trente de la base, comme moi, les autres sont des éclaireurs de la BA-113. Ils préparent l'arrivée d'un convoi.

Mauer, entièrement vêtu, interrompit les explications de la femme-médecin.

- Les éclaireurs… Ce sont eux qui ont émis le message d'urgence avec les instructions ?

- Affirmatif.

- Et le convoi ? C'est quoi cette histoire ?

- Un convoi est en route depuis Saint-Dizier. D'après ce qu'on sait, des centaines de personnes, militaires et civils, des dizaines de camions et de voitures et des chars ! Sans oublier que les premiers avions de chasse seront bientôt là aussi.

Mauer se rapprocha des deux femmes, sourcils froncés.

- C'est un plan de malade-mental ! coupa Mauer. Ça n'a aucun sens de regrouper les forces militaires ici, en banlieue d'une des plus grandes villes d'Europe ! Avec des millions de zombies comme voisins ? Regardez-les : ils sont déjà des milliers à s'exciter contre les barbelés pour entrer. Quel est le taré qui a pris cette décision ?

- Le commandant suprême des forces françaises armées. La Présidente de la République Française.

Mauer leva les yeux au ciel et mima de la main une longue vue.

- Et elle se trouve où, cette brave dame ? A l'abri sous terre avec ses deux cents conseillers et des réserves de bouffe pour dix ans ? Ou dans un avion, à dix mille mètres d'altitude ? Ce qui est sûr, c'est qu'elle n'est pas ici pour prendre ses décisions…

- Je ne connais pas les détails. Je sais seulement qu'elle est à Bordeaux avec ce qui reste du gouvernement.

- Et voilà ! Pourquoi est-ce que ça ne m'étonne pas ? Les politiciens sont tous les mêmes : pas une once d'intelligence pratique en dehors de ce qui est nécessaire pour consolider leur pouvoir ! C'est juste une question de temps avant que les zombies ne prennent cette base, avec ou sans effectifs supplémentaires ! Tous ces types vont aller au casse-pipe sur une décision stupide de quelqu'un qui n'est même pas sur place… Bravo. C'est de la belle politique !

- Nous n'en sommes pas là. Nous tenons la base. Nous l'avons fortifiée. En nous rationnant, nous avons des vivres et des munitions pour plusieurs semaines, même avec les réfugiés supplémentaires attendus. Le convoi est en route d'après la radio et le…

- Ok, ok ! J'ai compris ! Quoi qu'il en soit, je suis certain d'avoir raison. Le camp tombera. Faute de nourriture, d'eau ou de carburant. Ou parce que les zombies foutront vos barbelés à terre ! C'est dingue. Un camp fortifié, retranché, la certitude d'être protégés, une confiance excessive dans les armes et l'approvisionnement… Ça ne vous rappelle rien ? Vous êtes en train de revivre Dien-Bien-Phû ici !

Malgré ses réticences vis-à-vis du personnage, Kiyo dut admettre que Mauer avait raison. La situation du camp était intenable à long terme mais elle décida de rester positive. Après tout, la maladie dont souffraient les infectés évoluait chaque jour, transformant le corps des hôtes en véritables loques. A la vitesse de dégradation observée, c'était une question de semaines, peut-être de mois, avant que les dégâts ne mènent à un arrêt des fonctions vitales. Il fallait être patients et miser sur les réserves substantielles du camp.

- Venez, Madame, fit la femme-soldat en faisant signe à Kiyo.

Sans un regard vers Mauer, elles quittèrent la tente. Le soleil chaud inonda aussitôt leur visage. Mauer grommela et appela un soldat.

- Hé, là-bas ! Vous avez du matériel de rasage ? J'ai l'impression d'être un singe avec tout ce poil sur le visage !

Mauer s'éloigna dans leur dos et elles gagnèrent le bâtiment de commandement près de l'entrée.

Kiyo observa les infectés qui agrippaient les barbelés pour entrer. Malgré le carnage dans leurs rangs, ils continuaient à essayer de pousser sur les barbelés et étaient rejetés violemment par les arcs électriques du courant haute tension qui y courait. Les corps se consumaient lentement, d'autres étaient carbonisés. Malgré le danger, les rangs continuaient à se presser contre les barbelés, les premiers poussés vers la mort par ceux qui venaient derrière. Le bruit de fond était continu, mélange de gémissements, de barbelés secoués, d'arcs électriques et d'ordres militaires.

Une odeur de chair brûlée se mélangeait à celle de la nécrose et de la pourriture. Le mélange était pestilentiel.

A proximité de l'entrée, elle repéra le groupe électrogène qui assurait l'alimentation des barbelés. La femme capitaine-médecin intercepta son regard.

- Nous avons plusieurs groupes électrogènes comme celui-là, chacun avec une fonction dédiée. Un pour l'unité de soin, un pour la cuisine, un autre pour les systèmes électroniques de commandement, la tour… On a trouvé ceux qui manquaient dans ce qui reste des régiments des environs, à Satory notamment.

Elle continua à marcher en silence vers le bâtiment, songeuse.

- Votre ami n'a pas tort, fit-elle à voix basse. Nous ne pourrons pas tenir éternellement. Tout le monde le pense ici. Même le commandement.

- Oh, vous savez, Jürgen est d'un naturel pessimiste…

- … mais il n'a pas tort. Et vous, vous avez un avis sur la situation ?

- Je ne suis pas spécialiste des questions militaires. Mais il y a beaucoup d'infectés.

La femme s'arrêta devant l'entrée du bâtiment de commandement, les yeux vrillés dans ceux de Kiyo.

- Et le Fléau, qu'en pensez-vous ?

Méfiante, Kiyo réfléchit à sa réponse avant de parler.

- Nous sommes clairement en présence d'une nouvelle forme d'agent pathogène.

La femme capitaine-médecin dévisagea Kiyo, visiblement intéressée.

- Une *nouvelle* forme ? Que voulez-vous dire ?

- Je n'ai pour le moment qu'une intuition comme hypothèse de travail. C'est encore trop tôt pour donner des détails.

La femme fronça les sourcils.

- Vous pensez à l'évolution d'un agent connu ? Évolution naturelle aléatoire ?

Kiyo sentit qu'elle approchait du seuil sensible de l'explication.

- Peut-être. Des mutations spontanées de virus sont possibles, comme pour la grippe espagnole de 1918. Mais ce n'est pas à cela que je pense.

La femme déglutit en silence, songeuse, visiblement intriguée. Kiyo hésita. Elle n'en était qu'aux hypothèses sur l'origine du Fléau et ne savait pas ce qui pouvait être fait de ses explications, surtout par des militaires. Elle décida prudemment de changer de sujet avant que la femme ne lui pose d'autres questions.

- Au fait, où m'emmenez-vous ?

- Désolée, j'oubliais. Chez le Commandant de la base. Le colonel a appris que vous étiez spécialiste en recherche médicale. Il veut vous parler.

Sans rien ajouter, elle se mit en marche. Kiyo l'imita et approuva de la tête. Si la journée d'hier avait été celle du désespoir, celle d'aujourd'hui était peut-être celle des projets.

***

Ciel de la Région Parisienne, 2 juillet

Lorsque le plein d'obus fut consommé en passes de *straffing* pour dégager les avions au sol, Lupus se plaça en hippodrome pour attendre le reste de l'escadrille. L'action avait été inutile. Les zones dégagées par les obus dans la foule autour des avions piégés avaient été aussitôt comblés.

Il enclencha le pilote automatique et tordit le cou vers l'arrière pour attendre Rasoir 24. Le ciel était gris et orageux. Il avait violé les règles d'engagement, désobéi aux ordres et mis ses coéquipiers en danger par ses actes. Il s'attendait d'un moment à l'autre au savon de Mack. Du point de vue de la discipline militaire, ce qui venait de se passer sur la base était intolérable.

- 4 à Rasoir Un, fit la voix de l'ailier. Un nautique, en rapprochement. Visuel sur votre position à une heure, haut.

- 4, fit Lupus, tu es seul ?

- Affirmatif, Lead.

- Ça ne veut pas dire grand-chose, coupa Mack d'une voix essoufflée. Avant qu'on décolle, 24 et nous, d'autres on pu passer. Impossible de savoir.

- Et le convoi ? demanda Lupus à son ailier en songeant que Mack avait raison.

- Dans la merde, mais il avançait.

Lupus secoua la tête. Le crash du Mitsubishi avait tout précipité. Mais même sans cela, le plan aurait fait des victimes. La faute à la Présidente et ses foutues idées, à son plan de merde…

- OK, 4. Écarte à cent mètres au 2-8-0 pour 6000. On file sur Vélizy pour une approche directe par l'ouest. 'Hot' radar, transpondeur. Atterrissage à l'ILS si ça marche toujours. Attention à la piste. Elle est courte. Redécollage en PC en cas de pépin.

- '4'.

Il débrancha le pilote automatique et mit le cap sur Vélizy. Les nuages étaient lourds et sombres et la pluie martelait la verrière.

- Mack ? demanda-t-il. Tu vois quelque chose ? D'autres survivants ?

Devant lui, Rasoir 24 disparut dans un nuage alors que la pluie martelait la verrière. L'air turbulent secoua l'avion et, dans une trouée, il vit des éclairs d'altitude. L'orage avait commencé.

Pourquoi Mack ne répondait-il pas ?

- Mack, tu pionces ou quoi ?

Machinalement, il vérifia son navigateur dans les rétroviseurs. Contrairement à son habitude, la tête casquée du navigateur dodelinait au gré des mouvements de l'avion. Les événements avaient été épuisants et son navigateur s'était peut-être effondré de fatigue. Mais c'était très inhabituel de la part de Mack et Lupus fronça les sourcils.

- Lead à 4, fit-il. Problème possible avec Mack. Garde le cap et continue sans moi jusqu'à Vélizy. Alerte les secours. On se retrouve au sol. Lead, terminé.

- 4, compris. J'espère que ça ira pour Mack. Bonne chance !

Il écarta son avion du plan de vol et perdit de l'altitude. Il enchaîna ensuite les manœuvres brutales pour réveiller Mack. Pourtant, Mack ne fit pas un geste, inerte malgré les ressources. Il stabilisa l'avion, mit le pilote automatique et réfléchit à ce qui arrivait à Mack. *Évanouissement ? Malaise ? Endormissement ou... autre chose ? La base. La fuite. Les infectés qui allaient vers lui. Les morsures ? Les MORSURES ?*

- Rasoir Lead à Contrôle Vélizy ! fit-il, le cœur battant.
- *Contrô... à Ras... Lead*, répondit la tour de Vélizy.

La communication était mauvaise, faible et hachée.

- Rasoir Lead, réception 2 sur 5, annonça-t-il. Contrôle, déclare une urgence à bord. Navigateur inconscient. Demande assistance à l'atterrissage. Confirmez !
- Le... répé... com...

Il répéta le message sans parvenir à être compris. Irrité, il cogna du poing contre le rail de verrière. *Inutile de dialoguer dans ces conditions.* Si Mack avait eu un malaise, il pouvait être réanimé. L'urgence était de rejoindre Vélizy le plus vite possible. Il n'y avait rien d'autre à faire. Résolument, il mit le cap sur Vélizy, passa en supersonique et rattrapa Rasoir 24. *Et si c'était autre chose qu'un malaise ?*

Au-dessus de Vélizy, le ciel était dégagé. Les flaques au sol, les gros nuages noirs résiduels et une impression de netteté dans le paysage indiquaient que la pluie venait de passer. Les instruments de bord accrochèrent les signaux ILS et TACAN émis par la tour mais il opta pour l'atterrissage à vue.

- Rasoir 7-21 à Contrôle Vélizy, fit-il en voyant la piste approcher. Problème à bord. Approche directe en visuel par l'est. Faites dégager Rasoir 24.
- Contrôle, compris 7-21. Standby.

Le contrôleur garda le silence pendant qu'il inspectait visuellement la piste et demandait à l'ailier de passer son tour.

- Rasoir 7-21, fit la tour, *clear* pour atterrissage.

Lupus aligna le nez de l'avion sur le ruban gris de la piste qui approchait au milieu d'un océan de verdure parsemé de bâtiments industriels et militaires semblables à des navires immobiles. La piste ne mesurait que 1800 mètres de long, 600 de moins que la longueur requise par les Rafales. *Le moindre problème de freinage à l'atterrissage et c'est l'éjection. L'avion continuera tout droit, à travers les barbelés et explosera comme le MU-2 à Saint-Dizier...*

Dans les rétroviseurs, Mack était toujours inconscient, sa tête roulait contre la verrière où elle prenait appui. Lupus mit l'avion en configuration d'atterrissage.

Lupus compensa au palonnier et au manche le léger vent de face qui soufflait. Alors qu'il approchait de la piste, il réalisa que tout, à Vélizy, était plus petit qu'à Saint-Dizier : piste, superficie, nombre de bâtiments, mais pas le nombre d'infectés. L'intérieur du périmètre ressemblait à un étang au milieu de la masse grouillante des infectés qui en dessinaient les contours. La similitude avec Saint-Dizier le frappa et il eut un frisson d'angoisse.

- … soif… fit la voix de Mack dans les écouteurs à cet instant précis. Chaud. Soif…

- Mack ! Je croyais que tu étais… Tiens-bon. On est presque arrivés !

- Rasoir 7-21 de Contrôle, fit la tour. Suivez le véhicule jusqu'au point de stationnement après atterrissage.

L'avion passa au-dessus des grilles de la base en grondant et se posa court. Lupus freina aussitôt. Le cœur battant, il vit le seuil de piste approcher à toute allure. Il contrôla les instruments à la recherche de problème mais l'avion ralentit et s'immobilisa peu après le milieu de la piste. Aussitôt, un véhicule sans toit prit l'avion en charge. Lupus ouvrit la verrière en suivant le véhicule. L'air s'engouffra dans le cockpit. Il dégrafa son masque, releva la visière du casque et huma l'air. *L'odeur*… Malgré la distance et les relents de kérosène de l'avion, l'odeur était pestilentielle.

Dans le rétroviseur, Mack était de nouveau inconscient. Lupus dégagea la piste pour permettre à Rasoir 24 d'atterrir à son tour. Après un court roulage, il parqua son avion à la place désignée, au milieu d'emplacements vides. Il était le premier arrivé de Saint-Dizier.

Un groupe de militaires l'attendait. Plusieurs étaient en tenue RNBC. Les moteurs ralentirent dans un decrescendo plaintif et il se déconnecta de l'avion. Deux mécaniciens approchèrent en poussant des échelles d'accès improvisées. Main sur la glissière de verrière, un mécanicien de Vélizy prit le casque et les gants de Lasalle alors que deux hommes en combinaison étanche détachaient Mack et le descendaient, mains liées dans le dos, pour l'engouffrer dans une camionnette militaire qui partit en trombe.

- Où vont-ils ? demanda-t-il au mécanicien en quittant l'avion.

- Là où ils gardent les infectés, mon commandant. De l'autre côté de la piste.

Il fit un geste vague pour désigner un point à l'autre bout de la base.

- Qu'est-ce qu'ils vont lui faire ?

- Aucune idée, mon commandant. Si vous voulez en savoir plus, il faudra demander au commandant Delacroix. C'est le plus haut gradé de la base. Il vous attend pour un débriefing quand vous serez prêt. Mais avant, vous devrez passer une décontamination physique. Désolé, je ne peux rien dire de plus.

Accroché à l'échelle d'accès, Lasalle marqua une pause, soupira, puis descendit. Le mécanicien lui redonna son casque et ses gants et l'amena au bâtiment le plus proche. Comme à Saint-Dizier, les gémissements sinistres des infectés créaient un fond sonore ininterrompu et l'odeur fétide de la maladie flottait dans l'air.

Au loin, le Rafale de Rasoir 24 s'aligna sur la piste, prêt à atterrir, feux d'atterrissage allumés.

En chemin, il sentit les regards des soldats sur lui, les yeux dissimulés dans l'ombre de leur casque lourd. Que voyaient-ils en lui ? Un planqué du ciel à l'abri dans un avion bourré d'armes ? Un sauveur providentiel ? Un mélange des deux ?

Il fit face aux regards tournés vers lui et, au milieu des soldats, la tâche immaculée d'une blouse blanche des services médicaux attira son attention.

Lorsque son regard entra en contact avec celui de la femme qui la portait, un fourmillement nerveux se répandit jusqu'au bout de ses doigts avant de revenir en sens inverse vers le cerveau. Instinctivement, il ralentit.

La femme qui le regardait à distance était d'une beauté éblouissante. Elle était de taille moyenne. Son visage ovale à la peau claire était mis en valeur par des cheveux noirs aux reflets bleutés coiffés en chignon. Les amandes formées par ses yeux logeaient deux billes d'ébène de part et d'autre d'un nez plat, droit et fin. Bouche pulpeuse à peine moins large que le nez. Pommettes hautes, lèvres en forme de quartiers de fruit. Bras croisés sur sa poitrine ronde et ferme. Mains fines et acérées évoquant la minutie, la précision.

- Une minute, chef ! murmura Lasalle en ralentissant.

Le soldat s'arrêta.

- Mon commandant ? demanda-t-il en suivant son regard.

A son tour, il aperçut la femme.

- Ah. Je vois. Vous aimeriez *peut-être* savoir qui c'est, mon commandant ?

L'Orientale regarda Lasalle sans ciller avant de se mettre en marche vers un talus. Le sourire du caporal-chef s'agrandit.

- Civile. Débarquée aujourd'hui avec un autre type. Ils ont traversé Paris à pied. Faut en avoir entre les jambes ! En tous cas, c'est une pointure en médecine. D'après ce qu'on dit, elle va travailler sur la maladie pour le gouvernement.

A distance, le second Rafale toucha la piste en grondant. Lupus tourna la tête. Derrière, deux autres avions se présentèrent, feux d'atterrissage allumés. Quatre avions avaient échappé à l'apocalypse de Saint-Dizier.

- De la recherche *ici* ? fit-il en observant l'approche des chasseurs. Dans une base *aérienne* même pas équipée pour soigner une plaie ouverte ? Et c'est d'ici qu'on lui demande de chercher un remède contre cette saloperie ? Quel est le cinglé qui...

- Mon commandant, c'est une pointure chez elle. Il paraît qu'elle a pris un tas de notes sur la maladie.

- Ça reste quand même sacrément culoté de lui avoir demandé ça ! Autant demander à un pilote de Formule 1 de faire le taxi en Trabant...

Le caporal-chef regarda le pilote dans les yeux sans rien dire.

- Si vous voulez bien me suivre, mon commandant, c'est ici que vous allez loger. Au fait, elle, c'est le docteur Hikashi. Kiyo Hikashi.

Lasalle se retourna mais elle avait disparu. Il soupira et se dirigea vers le bâtiment à la suite du sous-officier.

***

Base aérienne de Vélizy-Villacoublay, 2 juillet

Kiyo s'assit en tailleur sur un poncho en plastique de couleur kaki, le dos droit.

Derrière elle, le haut remblai de terre couvert d'herbes la dissimulait aux infectés dont elle entendait les gémissements plaintifs. Autour d'elle, l'herbe de la base était encore gorgée d'eau. Les gouttelettes translucides perlaient comme des boules à facettes sur les brins délicats et les faisaient ployer vers le sol. L'après-midi touchait à sa fin, l'air était humide et lourd, mais le vent qui soufflait apportait un répit mérité après l'orage.

Elle était face au sud. Les nuages sombres s'éloignaient vers l'est avec leurs cargaisons d'eau pour bombarder d'autres paysages. Des taches bleues apparurent dans la grisaille du ciel.

Elle expulsa profondément l'air de ses poumons et huma l'atmosphère encore chargée d'humidité. Ses longs cheveux noirs ondulaient doucement dans le vent. Elle exhalait un mélange réconfortant de shampooing et de savon. Pour la première fois depuis longtemps, elle se sentait propre.

Mauer traînait quelque part avec les militaires et elle était enfin seule et en sécurité.

La journée était déjà avancée et elle ne pouvait rien faire d'utile, rien d'autre que mettre de l'ordre dans ses idées. *Un vrai luxe...* Les yeux dans le vague, épuisée par le brutal changement de rythme, elle repensa aux dernières heures.

La journée avait été longue. L'ambassade, Paris, les rails, la forêt, l'attente sur le toit... La prise en charge, les vêtements propres, la toilette au jet d'eau pendant la décontamination.

C'était peu, mais elle avait l'impression de revenir brusquement dans un monde normal.

Le briefing avec le commandant de la base avait duré une heure. Il lui avait demandé de mettre ses compétences de chercheuse au service du gouvernement français en attendant un réacheminement ultérieur au Japon, dès que la situation le permettrait. Il avait été réaliste et franc avec elle, sans rien cacher des problèmes d'approvisionnement en matériel. L'officier s'était engagé à lui fournir ce qu'elle demanderait par des raids militaires organisés.

Elle avait d'abord été sceptique, mais son intelligence et la sincérité de l'intérêt qu'il lui portait l'avaient finalement convaincue. Elle avait accepté. Ensemble, ils s'étaient entendus pour entamer les recherches dès le lendemain.

C'était sa manière de participer au combat contre la maladie, contre ce mal qui pourrissait l'humanité.

L'adversaire était de taille et le combat désespéré.

Pour Kiyo, la lutte ne se réduisait pas à un affrontement entre réfugiés et malades anthropophages, c'était plus large, plus fondamental. Il s'agissait de la lutte de l'humanité contre sa propre disparition.

Contrairement à nombre de ses congénères et de ses collègues de Tokyo, elle était persuadée que l'Homme était fondamentalement bon et qu'il suffisait de miser sur ses bons côtés. Elle avait souvent été critiquée pour son attitude, jugée idéaliste voire enfantine par beaucoup. La plupart ne croyaient qu'en la nature égoïste et cruelle de l'Homme. L'Homme pouvait être mauvais, surtout en groupe mais individuellement, elle était certaine de pouvoir toujours faire face à un être différent, de surmonter les différences en identifiant ce qui était bon chez l'Autre.

Les événements récents avaient sapé de façon répétitive les fondations de ses convictions, mais elle restait sur sa position et était déterminée à se battre par l'intelligence, la raison et la recherche.

Dès le lendemain, elle reprendrait son destin en main et étudierait la meilleure façon de mettre en place les premières recherches sur l'origine et la nature du Fléau d'Attila.

Un mouvement attira son œil au loin. Devant elle, à proximité de la piste d'atterrissage en ciment, elle vit quelque chose bouger dans l'herbe, une touffe de poils brun-roux. Un lapin. Elle sourit et sentit monter en elle une soudaine vague d'optimisme.

La vie trouvera toujours un chemin pour subsister malgré les obstacles. C'est notre rôle et notre devoir en tant qu'espèce. Quelles que soient les circonstances, nous devons prendre soin de cette vie qui nous a été confiée...

Elle s'arrêta en plein milieu de sa pensée. Était-ce le tonnerre qu'elle venait d'entendre ?

A gauche, des militaires se mirent en marche en direction de la piste, les yeux tournés dans la même direction. Elle ramassa aussitôt son poncho, le plia et tourna les yeux vers le ciel à l'est. Aucun doute. Ce n'était pas l'orage mais un avion qui approchait. Sans activité immédiate, elle décide de ne pas bouger et d'assister à l'atterrissage, à moins de cinquante mètres de la piste.

Au loin, le bruit prit de l'ampleur et le point noir prit la forme d'un chasseur gris en grossissant. Les militaires se mirent en position le long de la piste, armes prêtes. L'instant d'après, la forme fuselée passa en trombe au-dessus de la piste, sans atterrir. L'avion se déplaça dans un silence étrange, à peine troublé par un sifflement aigu, vite remplacé par un grondement de moteurs qui sembla déchirer le ciel. Kiyo se couvrit les oreilles des mains pour atténuer le bruit. Elle sentit la terre qui tremblait sous ses pieds et ses entrailles résonnèrent sous les vibrations. C'était la première fois qu'elle assistait à l'atterrissage d'un avion de chasse et la puissance qui en émanait la laissa sans voix. L'avion prit de l'altitude, dévoilant les deux points lumineux orange de ses tuyères. Au sol, les militaires hurlèrent de joie et levèrent leurs armes vers le ciel au passage de la formidable machine. Kiyo ressentit à son tour la tension positive des soldats présents autour d'elle.

Ce n'était pas le premier avion de chasse qui atterrissait, deux machines étaient arrivées une heure auparavant, mais c'était toujours un spectacle fascinant.

Derrière celui qui venait d'arriver, un second avion apparut, loin derrière. Elle vit les phares brillants des trains d'atterrissage se détacher du ciel agité puis les avions atterrirent à deux minutes d'intervalle. Des gens se précipitèrent et aidèrent le premier équipage, emportant un homme dans un fourgon. L'autre se dirigea vers un bâtiment, tête basse. Il semblait las et triste.

Elle repensa à l'activité qui l'attendait dès le lendemain, au confort tout relatif de la base, à l'arrivée des puissantes machines et à la perspective du convoi terrestre qui était en route. Elle sentit une chaleur douce se répandre en elle.

***

Alpes de Haute Provence, 2 juillet

Alison sentait dans son dos le poids inerte de Solène blottie contre elle. La fillette s'était endormie, épuisée par les événements depuis le débarquement dans la matinée.

Le temps était magnifique et chaud. Dans le ciel immaculé, le soleil avait dépassé le zénith et basculait lentement vers l'horizon. Il y avait déjà sept heures qu'elles avaient quitté Gênes et quatre heures qu'elles s'étaient arrêtées pour ravitailler et manger près d'une station-service italienne aux vitres brisées. Elle avait du égorger le gérant infecté et son fils à l'aide du couteau pour mettre de l'essence. L'épidémie avait été si fulgurante que les cuves pétrolières étaient encore largement pleines et elle avait éprouvé des émotions contraires en faisant le constat : c'était une aubaine pour elle d'avoir de l'essence mais les cuves encore remplies prouvaient, s'il le fallait encore, qu'il y avait décidément bien peu de survivants en Italie. Peut-être était-ce différent ailleurs, en France, en Belgique. De toute façon, privée comme elle l'était de moyens de communication avec le monde, elle ne pourrait le savoir que lorsqu'elle y serait.

Sans tarder, elles avaient repris la route et traversé l'Italie du Nord pour rejoindre les Alpes françaises par les petites routes de l'est. En dehors de quelques blocages routiers dans les villages traversés, elle n'avait jamais été ralentie durablement et elle avait avancé plus vite que prévu.

La digestion aidant, Solène s'était effondrée quelques minutes à peine après avoir repris sa place à l'arrière de la moto, le dos confortablement calé contre le top-case métallique.

Dans le rétroviseur, les longs cheveux blonds de la petite fille voletaient dans l'air chaud. Avec aisance, le gros moteur de la moto avalait les kilomètres au milieu des Alpes naissantes.

Le paysage était splendide, les montagnes élevaient leurs cimes couvertes d'épineux vers le ciel bleu. Au fond des vallées, les rivières coulaient. Des aigles tournoyaient dans le ciel, des lapins traversaient la chaussée sans regarder et des chats s'enfuyaient dans les villages. En pleine campagne, les signes du désastre en cours étaient plus difficiles à voir que dans les villes.

Mais l'herbe haute dans les prés et sur les bas-côtés, l'asphalte recouvert de poussière étaient autant de signe que l'homme ne travaillait plus. A plusieurs reprises, elle avait croisé des troupeaux de moutons et de vaches décimés. Sans traite laitière ni petits à nourrir, elles avaient succombé au trop plein de lait. Des nuages de corbeaux et d'oiseaux prenaient d'assaut les cadavres et s'en nourrissaient en piaillant.

Elle vérifia leur position sur l'écran du GPS militaire intégré à sa montre. Elle suivait fidèlement l'itinéraire préprogrammé sur le bateau entre la Corse et le continent.

D'après le compteur kilométrique de la BMW, elle avait couvert près de deux cent cinquante kilomètres depuis la ville de Varazze sur la côte italienne. Elle avait suivi la *Via Aurélia* qui longeait l'autoroute italienne E7, encombrée de véhicules et avait fait du tout terrain à plusieurs reprises pour éviter des infectés.

Après la *Via Aurélia*, elle avait suivi des petites routes et se trouvait maintenant sur la D205 dans le massif alpin. A intervalle régulier, des panneaux de signalisation routière mentionnaient la ville de Briançon.

Elle s'était attendue à plus de véhicules et d'épaves sur la route ainsi qu'à un nombre plus important d'infectés. Malgré la popularité des GPS qui équipaient quasiment tous les foyers occidentaux, il était clair que les fuyards européens avaient tous eu le même réflexe, fatal, lorsque le Fléau d'Attila avait commencé à sévir : ils avaient cherché à fuir les villes contaminées le plus vite possible par les grands axes plutôt que par les voies de traverse. Les autoroutes s'étaient transformées en pièges mortels alors que les voies secondaires restaient accessibles.

Sans trafic routier, la conduite rapide en montagne était un vrai plaisir et, plusieurs fois, elle oublia le contexte général, plongée dans la conduite. Les infectés étaient le souci principal mais son expérience malheureuse en Corse lui rappelait qu'il fallait aussi compter sur les bandes organisées.

Serrant le guidon de ses mains musclées, elle vérifia mentalement l'emplacement de ses armes. M4A1 en bandoulière sur le ventre. Pistolet dans le holster d'épaule. Ce serait la première arme qu'elle utiliserait en cas de coup dur.

La D205 continuait à se déployer devant elle, encadrée d'arbres et de végétation radieuse.

La machine tournait comme une horloge, l'allure était deux fois plus rapide que prévu, Solène et elle étaient en bonne forme physique, le temps était clément et, pour couronner le tout, le paysage qui les entourait était de toute beauté.

Pendant les derniers kilomètres qui la séparaient du dernier village avant Briançon, elle retrouva de l'énergie.

***

Base aérienne de Vélizy-Villacoublay, France, 2 juillet

Lasalle était seul dans la salle d'équipements. Épuisé, il se laissa tomber pesamment sur le banc dans la pièce qui avait servi aux différentes unités de la base. Il regarda les écussons collés aux armoires et reconnut ceux des hélicoptères AS555 Fennec du 3/67 Parisis, du 6/560 Étampes d'évacuation sanitaire équipé de Super Pumas et du 65 GAEL de Transport, d'Entraînement et de Calibration. Des pilotes d'hélicoptères et d'avions de transport avaient été basés ici. *Où étaient-ils passés ?* Des combinaisons étaient encore suspendues, inertes.

Sous la rangée de crochets, il regarda les petits coffres en métal qui servaient aux effets personnels des pilotes. Avec un soupir, il en choisit un au hasard. Des objets personnels y étaient entassés. Il referma le couvercle et en prit un autre. Vide. Il y mit son équipement et ouvrit sa combinaison de vol trempée pour se refroidir. Assis, la tête dans les mains, il avait besoin de récupérer et de réfléchir à ce qu'il devait faire. *Décontamination. Débriefer le commandant de la base. S'occuper des pilotes survivants. Savoir où était Mack. OK.*

Lentement, il se redressa et sortit du bâtiment. Le caporal-chef l'attendait en fumant. Il se débarrassa de sa cigarette et conduisit Lasalle vers les tentes qui abritaient l'installation de décontamination. Sur le chemin, des survivants l'interrogèrent, les yeux inquiets, sur ce qui était arrivé à Saint-Dizier. Malgré son désir de solitude, Lasalle répondit patiemment. Chaque fois, l'effarement initial fut remplacé par la stupeur et, chez certains, par la colère.

Il se décontamina et retrouva avec dégoût sa combinaison gluante de transpiration avant de filer chez le commandant Delacroix pour le débriefing.

Plusieurs cadres, officiers et sous-officiers, l'écoutèrent avec attention. Parmi eux, il reconnut le capitaine de Saint-Dizier en charge de l'Escadron de Protection. C'était lui qui avait communiqué le message d'alerte radio nationale et préparé l'arrivée des chasseurs et du convoi à Vélizy.

Les questions s'enchaînèrent à la vitesse d'une mitrailleuse.

Rasoir 24 et les deux autres pilotes rescapés interrompirent le débriefing lorsqu'ils arrivèrent. Ils retrouvèrent Lasalle avec émotion.

Un silence lourd s'abattit sur l'assemblée accablée. Puis quelqu'un posa une question et le débriefing reprit. Une demi-heure plus tard, le Pilatus et deux hélicoptères arrivèrent à Vélizy. L'un d'eux transportait le colonel Francillard et des rescapés civils et militaires, dont plusieurs mécaniciens-avion.

Ensemble, les survivants de Saint-Dizier reconstituèrent les événements devant les militaires de Vélizy. Une heure plus tard, la session fut ajournée et le colonel Francillard resta seul avec le commandant Delacroix. Les autres gagnèrent le bar dans une ambiance sombre. Choqués par la violence des derniers événements, inquiets pour la progression du convoi terrestre qui emportait leurs collègues, amis et proches, ils n'eurent pas le cœur à la fête et se quittèrent rapidement.

Sur le chemin du quartier assigné, Lasalle repensa à Mack, penché pour ramasser la photo de son amie. S'il avait été contaminé, c'était à ce moment-là.

Au-delà du sort de son navigateur, il songea à l'état désastreux des forces aériennes françaises. *Quatre Rafale, deux Super-Puma et un Pilatus.* Les difficultés d'approvisionnement en kérosène et en énergie, en pièces de rechange et en personnel qualifié allaient peser lourdement sur la conduite des missions à venir. Et Vélizy n'était pas équipé pour servir les Rafales.

Comment poursuivre la mission dans ces conditions ?

Sourcils froncés, il sentit son ventre se serrer en pensant aux implications futures de ce constat sur son avenir, celui de la France et de l'humanité.

***

Alpes de Haute Provence, 2 juillet

Malgré la chaleur et le ronronnement du moteur, il y avait cette douleur dans le dos. Une pointe enfoncée dans les reins.

« *Alison ! Alison !* fit une voix enfantine.

Cette voix... Elle la connaissait. *Solène.* Était-elle en danger ? Sans doute, sinon elle n'aurait pas eu besoin de l'appeler. Qu'est-ce qui se passait ? Pourquoi n'arrivait-elle pas à agir ? La douleur dans le rein gagna en intensité et fit monter les larmes.

« *Alison ! Attention ! Réveille-toi !*

A ces mots, l'US Navy SEAL ouvrit les yeux et réalisa que sa moto roulait à présent sur le bas-côté de la route et filait vers le talus quasiment vertical.

Elle braqua instinctivement le guidon pour regagner la chaussée. La grosse cylindrée obéit, ses roues projetèrent de la terre et des cailloux, laissant de longs sillons sales sur l'asphalte.

Le cœur battant, Alison reprit ses esprits et réalisa qu'elle s'était endormie en conduisant, sans doute pendant une fraction de seconde, anéantie par la fatigue de la route et la chaleur de fin d'après-midi. La fatigue commençait à être dangereuse pour elle et pour Solène.

Comme en écho à ses pensées, elle sentit le corps de Solène dans son dos, tendu comme une poutrelle d'acier. Ses mains serraient la taille avec une force surprenante pour un enfant de son âge.

- Ça va ? fit une petite voix dans son dos au même moment.

Elle hocha la tête pour répondre et sentit aussitôt les bras de la fillette se détendre autour de sa taille.

- J'ai faim.

Elle regarda le compteur, puis la jauge de carburant.

Rien d'inquiétant. Elle pouvait encore attendre avant de faire le plein. Mais un gargouillement de son ventre confirma ce que venait de dire sa petite passagère.

- Moi aussi. On va s'arrêter pour manger. Mais d'abord, on doit trouver un endroit pour dormir à l'abri avant qu'il fasse trop sombre. On mangera et on se reposera quand on aura trouvé un abri.

Elle se frotta les yeux d'une main. Ils étaient sableux, la peau de son visage brûlait. Elle avait soif et faim et, surtout, elle voulait dormir.

L'Américaine savait qu'elle approchait de son seuil de résistance, de cette limite pourtant élevée qu'un entraînement militaire hors du commun au sein du SEAL Team Two avait contribué à élever à un niveau sans commune mesure avec ce que les soldats, même les plus résistants, pouvait endurer physiquement et moralement.

Elle se battait en permanence pour survivre depuis longtemps, sans pause, et la nuit à bord du voilier n'avait pas été assez longue pour récupérer. Trop de sommeil en retard, trop de stress.

Elle parcourut encore quelques kilomètres et chercha avec Solène un sentier étroit qui quittait la route, chemin forestier ou de randonnée pour marcheur ou deux roues, car c'était le meilleur moyen de filtrer l'accès. Elle devait s'éloigner de la route, se faire discrète, se fondre dans le paysage pour ne pas attirer l'attention des infectés ou des maraudeurs éventuels.

Pragmatiquement, elle souhaitait gagner de l'altitude plutôt que d'en perdre par rapport à la route car elle y voyait deux avantages tactiques : il était d'abord physiquement plus difficile de prendre une position d'assaut en montant. Ensuite, une position en hauteur permettait de détecter plus rapidement les menaces, donc d'organiser la résistance ou la fuite avec les meilleurs chances de succès.

Au détour d'une courbe, elle repéra un sentier, freina puis s'y engagea. L'endroit montait rapidement sous une voute végétale bienvenue. La canopée filtrait le soleil brûlant qui brillait depuis des heures. C'était un chemin forestier, visiblement utilisé par des engins d'entretien à quatre roues.

L'engin avala le talus pentu avec une facilité déconcertante et se retrouva sur un faux plat couvert d'herbes.

Aucune trace d'infecté.

Le sentier poursuivait sa progression en altitude et, à plusieurs centaines de mètres de distance, commençait à zigzaguer à flan de montagne avant de disparaître dans les bois sous la forme d'un simple sentier de randonnée pédestre, à peine assez large pour la moto dont le moteur bicylindre à plat dépassait de chaque côté du cadre métallique.

-   Parfait ! constata Alison en stoppant la moto après le talus. C'est ce qu'il faut. Descends et fais exactement ce que je te dis.

Elle mit la moto sur sa béquille centrale et Solène descendit en même temps. Elles retournèrent ensuite sur leurs pas.

Le silence qui régnait était extraordinaire. Seuls les sons générés par la nature étaient discernables. Pas le moindre signe d'activité humaine à proximité. Ni voix, ni moteur, ni coup de feu, ni bourdonnement de générateur. Même les câbles téléphoniques qui passaient à proximité étaient silencieux.

Elle dévala le talus et se retrouva sur l'asphalte. L'enfant la rejoignit et, ensemble, elles remontèrent la route dans la direction qu'elles avaient suivie pour venir.

Après plusieurs centaines de mètres, Alison se mit à brouiller les traces de pneus de la moto dans la poussière et les gravillons qui recouvraient la route. Solène l'imita et, ensemble, elles effacèrent les traces avant de regagner la moto.

Il était dix neuf heures et il faisait encore chaud malgré le soleil qui disparaissait derrière les hauts massifs alpins. L'asphalte restituait la chaleur solaire emmagasinée pendant la journée et agissait comme un radiateur, restituant implacablement l'énergie accumulée. Les deux compagnes étaient en nage.

Sans un mot, elles remontèrent le sentier jusqu'à la moto.

La fatigue du trajet et des événements commençait à laisser des traces.

Alison alluma le moteur et lança résolument la BMW à l'assaut du sentier de montagne, franchit l'étendue d'herbe courte jusqu'à la forêt puis ralentit pour s'engager sous le couvert des arbres.

Des nuées d'insectes rebondissaient contre sa peau. L'air était chargé de vie.

Elle traversa la forêt et attaqua l'endroit où le sentier zigzaguait. A moins de dix kilomètre-heure, elle négocia avec précaution les courbes serrées du sentier. La moto sortit régulièrement du sentier, l'obligeant à de nombreuses manœuvres sur le tracé sinueux.

Après une quarantaine de minutes, épuisée, elle atteignit enfin une portion de sentier rectiligne, plus facile. En dehors d'une moto, aucun autre véhicule motorisé ne pouvait physiquement passer par le même itinéraire. *Impossible.* Mécaniquement, l'obstacle éliminait les moyens de transport volumineux, voiture, 4x4, quads, et obligeait les assaillants éventuels à mettre pied à terre ou à progresser en petits groupes sur des motos. C'était une protection d'accès supplémentaire.

Satisfaite, elle ouvrit les gaz malgré les graviers, les nids de poule et la lumière tombante. Arrivant à une bifurcation en Y, elle s'arrêta, indécise. Dans son dos, Solène semblait dormir.

Elle consulta son GPS de poignet sans y trouver les sentiers. Elle l'éteignit pour économiser les batteries et se fia à son sens de l'orientation, optant pour la gauche. Mais Solène bougea derrière elle et tendit le bras à droite.

Elle vit aussitôt ce que les yeux perçants de la fillette avaient aperçu : une cabane de pierres et de bois, à deux cents mètres de distance, légèrement en contrebas de leur position actuelle.

- Une cabane de berger, expliqua Solène. Comme en vacances ! C'est pour la transhumance des vaches, tu sais.

- Quoi ? Cette cabane, c'est pour les vaches ? Mais c'est trop petit pour elles !

Solène éclata de rire, un rire cristallin et pur qui réchauffa le cœur d'Alison. Dans la misère ambiante, c'était un des rares cadeaux encore disponibles.

- Non ! C'est pour les bergers et leurs chiens ! Ils dorment dedans pendant l'hiver. Vous n'avez pas ça en Amérique ?

- Eh non, fit Alison en actionnant l'embrayage de la moto. Pas à ma connaissance. Mais ce que je sais, c'est qu'on n'est ni des bergers, ni des chiens, mais qu'on va y dormir quand même.

Dans un grondement de moteur, la moto partit à droite. Arrivée devant la minuscule bâtisse, Alison arrêta la moto et demanda à Solène de rester sur place.

Elle prit le M4A1 et fit le tour de la bergerie. La porte d'entrée en bois était entrouverte. *Aucune trace de pas.* Elle alluma la lampe intégrée à son arme et poussa la porte grinçante. A pas prudents, elle franchit le seuil et parcourut du regard les dix mètres carrés, prête à faire feu à la moindre menace. Le sol était en terre battue, humide et frais. Aucun meuble, pas d'occupant. C'était un lieu d'habitation rudimentaire et temporaire mais, pour la nuit qui les attendait, c'était parfait.

Rassurée, elle ressortit et se dirigea vers la moto, décrocha les mallettes métalliques que Solène amena dans l'abri. Déterminée à ne prendre aucun risque, elle parqua ensuite la moto derrière la bergerie pour la soustraire aux regards puis rentra alors que l'enfant fouillait le contenu des sacs et des mallettes en quête de nourriture.

Avec appétit, elles engloutirent des filets de maquereaux, des champignons de Paris et des haricots verts froids. Rassasiées, elles firent ensuite l'examen visuel de leurs corps et confirmèrent qu'elles n'avaient été ni mordues ni griffées.

L'obscurité était quasiment totale et la visibilité ne dépassait plus dix mètres. Les arbres et les rochers environnants n'étaient que des masses sombres au milieu du gris violacé de la faible lumière.

Luttant contre la fatigue, Alison prépara un dispositif léger de défense. A l'aide d'herbes tressées en cordes, elle relia les boîtes de conserve vides dans lesquelles elle glissa des petits cailloux. La corde végétale courait entre des pieux de bois au ras du sol. Elle dissimula ceux-ci dans l'herbe, devant l'entrée de la petite bâtisse.

Si quelqu'un approchait sans faire attention, il se prendrait les pieds dans la corde, ce qui secouerait les boîtes de conserve vides et agiterait les cailloux. L'ensemble ferait assez de bruit pour l'alerter, même en plein sommeil. C'était un système de fortune mais, bien que la vallée fût silencieuse et la bergerie indétectable, elle était déterminée à ne prendre aucun risque.

Satisfaite du résultat, elle rentra dans la bergerie.

Solène était endormie depuis longtemps, terrassée par la fatigue, allongée sur le matelas de fortune qu'elle avait confectionné avec ses vêtements.

A l'aide de la lampe du fusil, elle se repéra dans l'obscurité, fit son lit puis bloqua la porte avant de s'allonger à son tour.

A la lueur de la lampe, elle contempla longuement les traits de l'enfant. Elle y trouva une sérénité rassurante et savoura longuement ce bonheur fugace.

Lorsqu'elle fut incapable de lever les paupières, elle embrassa la joue fraîche de la fillette et éteignit la lampe du fusil qu'elle allongea près d'elle.

En moins d'une minute, elle sombra à son tour dans un profond sommeil réparateur.

***

CHAPITRE 12

Base aérienne de Vélizy-Villacoublay, 3 juillet
La lumière solaire acheva de déchirer les derniers limbes nocturnes.

Il faisait bon et Kiyo était déjà debout, l'estomac vide. Elle avait remarqué en quittant sa tente que les plaintes des infectés avaient diminué d'intensité par rapport à la veille et avait lié le phénomène à la diminution d'activité humaine dans le camp. En dehors des sentinelles qui montaient la garde comme des statues, peu de gens étaient actifs. Comme certains prédateurs du monde animal, les infectés perdaient tout intérêt pour les humains s'ils ne les voyaient pas bouger et leurs rangs avaient diminué au cours de la nuit. Les contaminés ne voyaient pas la nuit et le commandement de la base avait mis en place une consigne d'extinction des lumières dans le spectre visible en même temps qu'il avait équipé plusieurs sentinelles de fusils à amplificateur thermique pour localiser les infectés dans l'obscurité. Mais avec le retour du soleil, l'activité humaine reprenait et les infectés revenaient et s'agitaient.

Elle étouffa un bâillement en se frottant les yeux. Elle avait mal dormi, le sommeil empli de cauchemars, le cœur bondissant à chaque bruit suspect. Fatiguée, elle se demanda brièvement si l'état physique des infectés leur permettait de dormir.

La veille, le colonel Francillard, devenu commandant de la base depuis son arrivée, avait ordonné aux hommes en charge des raids d'approvisionnement de passer au peigne fin les pharmacies, laboratoires et cabinets médicaux aux abords du camp pour en ramener le matériel de base nécessaire aux recherches listé par Kiyo, microscopes, stéthoscopes et équipements médicaux.

Alors que les civils et militaires disponibles continuaient à transformer hâtivement un bâtiment en dur en centre de recherche médicale sommaire, Kiyo était bloquée logistiquement et travaillait en alternance entre sa tente et une petite salle dans le bâtiment en cours d'aménagement. Pour ne pas perdre de temps, elle consignait ses notes et observations sur un dictaphone numérique malgré le bruit assourdissant des chasseurs qui décollaient pour larguer leurs bombes sur l'itinéraire du convoi.

Temporairement exclue du bâtiment par les travaux, elle parcourut le camp à la recherche de repères pour y organiser son existence.

L'organisation du camp était militaire, les tentes parfaitement alignées, l'herbe courte, des panneaux rudimentaires indiquant les lieux-clef du site : hôpital de campagne, réfectoire, douches et sanitaires, commandement… Elle n'eut pas de mal à se repérer.

Alors que l'intensité des gémissements reprenait de l'ampleur à l'extérieur de la base, elle se dirigea, affamée, vers le réfectoire, simple tente de grande dimension dont les pans enroulés permettaient l'accès à un ensemble de tables et chaises dépareillées.

Des gens s'affairaient autour d'un immense récipient installé sur un foyer alimenté au bois. Le feu léchait le récipient en métal et, en s'approchant, Kiyo vit qu'il contenait de l'eau en ébullition. Derrière le chaudron de fortune, une table de bureau bancale soutenait une collection de gobelets en plastique, sachets de sucre, boîtes de café soluble et des cartons de biscuits rangés hâtivement.

- Bonjour Doc ! fit un civil. On prépare le petit déjeuner. Vous voulez quelque chose ?
- Du thé serait merveilleux, si vous en aviez.

L'homme fouilla dans sont stock, mit de côté des boîtes de café soluble, de chocolat déshydraté et de lait en poudre avant de sortir un carton qu'il ouvrit d'un coup de couteau. Il exhiba un sachet de thé d'un air triomphant.

- Je savais bien que j'en avais vu quelque part ! Désolé pour l'attente, Doc. Le thé, c'est pas encore très populaire en France…

Saisissant une cuillère et un gobelet en plastique, il versa de l'eau bouillante et tendit le tout à Kiyo avec un morceau de sucre. Elle sourit malgré elle en reconnaissant le thé noir européen, de piètre qualité, qu'il lui tendait. Comme la plupart des Japonais, elle affectionnait surtout le thé vert mais elle regarda le sachet avec ravissement avant de l'immerger dans l'eau bouillante. C'était un progrès extraordinaire dans son confort personnel, un petit signe de retour à un semblant de vie normale.

Elle huma le parfum de l'infusion. Des souvenirs doux revinrent avec l'odeur et elle resta un moment immobile, les yeux clos.

Elle gagna une place, s'assit et sirota le breuvage brûlant alors que les premières personnes arrivaient et prenaient place autour d'elle en silence. Apaisée, elle repensa à son enfance, aux heures passées avec sa mère et sa grand-mère, à la Cérémonie du Thé, longue, formelle et délicate, mélange de tradition, de gestuelle et de précision en phase avec sa personnalité profonde.

Le soleil s'éloignait à présent de l'horizon, dardant ses rayons chauds sur le camp qui sortait de sa torpeur, émaillé de bruits de réveil, de conversations, de tentes qui s'ouvraient, de personnes qui se levaient. Une nouvelle journée prenait place dans cet environnement horrible qui privilégiait la loi du plus fort. Mais pour une fois, elle se sentait protégée. Elle reprit le cours de ses pensées.

Depuis la mort de son enfant, en dehors de rester en vie, elle n'avait rien fait d'autre que chercher à venir en aide aux autres. C'était sa raison de vivre, une partie intégrante de sa personnalité. Si les événements atroces du monde devaient lui apprendre quelque chose sur elle-même, c'était l'étendue de son altruisme et son empathie intarissables qui constituaient l'essence même de son être.

La file d'affamés du matin s'étoffa devant la marmite artisanale remplie d'eau chaude. Des pilotes s'assirent autour de la même table. Quelques-uns la regardèrent. Elle reconnut celui aux yeux gris qu'elle avait vu atterrir.

Lorsque leurs yeux finirent par se croiser, elle lut dans son regard un mélange de douceur et de peine et reconnut la tristesse qu'elle avait détectée à l'atterrissage.

C'était un regard déroutant, empli de force et de fragilité. Rien à voir avec le regard animal de Mauer. Elle sourit avec gêne et revint à son thé, troublée. Pour une raison qui lui échappait, il avait l'air de souffrir plus que les autres et elle ressentit spontanément le besoin de l'aider.

Tu as l'empathie chevillée au corps, Kiyo, ma fille…

Mais elle était Japonaise et les hommes français réagissaient de manière différente de ceux de son pays. Elle décida de laisser faire le destin. Si elle devait un jour faire quelque chose pour lui, elle était certaine que le destin s'arrangerait pour le lui faire savoir.

Elle vida son gobelet et quitta le réfectoire.

Lorsqu'elle passa devant le bâtiment dédié aux recherches, elle vit avec plaisir que le personnel affecté aux travaux était déjà à l'œuvre malgré la chaleur et l'absence de moyens.

***

Base aérienne de Vélizy-Villacoublay, 3 juillet

L'air du soir était humide. Lasalle se passa une main nerveuse dans les cheveux pour ôter la sueur qui s'y formait. Il se tenait sur le haut du tertre de terre qui longeait le périmètre de la base. De sa position, il dominait les infectés agglutinés contre les barbelés et séparés de lui par une double rangée de barbelés et une dizaine de mètres.

Comme des chiens enragés, ils tendaient vers lui leurs membres pourris et grimaçaient en gémissant, dévoilant leurs gencives noirâtres et leurs dents sales. Agacé, il se leva et dévala le tertre vers la base, cherchant désespérément la solitude.

Au loin, les tentes étaient éclairées de l'intérieur par des bougies ou les rayons zigzaguant des torches électriques. Quelques réfugiés circulaient entre les tentes mais la plupart essayaient de se reposer.

Non loin des Rafale rescapés de Saint-Dizier, à présent privés de munitions air-sol, il vit la forme massive et assoupie des Super-Puma et celle, menue, du Pilatus. Des soldats montaient la garde. Malgré lui, Lasalle réfléchit aux raisons de l'échec de l'évacuation aérienne.

Les Super-Puma s'en sont tirés parce qu'ils décollent et atterrissent à la verticale. Ils peuvent être mis en œuvre rapidement. Pareil pour le Pilatus qui n'a besoin que d'une minute et de cent mètres dégagés pour décoller. Mais les autres hélicos ? Et le CN-235 ? Pourquoi n'ont-ils pas pu décoller ? Et dire qu'ils sont encore tous là-bas, en bon état ! Quel gâchis !

En dehors des gémissements lugubres des infectés, le camp était silencieux et les conversations se faisaient maintenant à voix basse, comme si les hommes avaient peur d'attirer sur eux l'attention des créatures qui les assiégeaient. Il leva les yeux et regarda le ciel en repensant à la mort de sa famille, à l'infection confirmée de Mack.

Lorsqu'il baissa le regard, une silhouette attira son attention. Une femme, *la* femme. Aussitôt, les pensées négatives s'estompèrent et il se concentra sur sa silhouette.

Même si l'uniforme camouflé, impeccable, n'était pas de la première élégance, il ne pouvait cacher la féminité de cette femme si particulière aux yeux en amande, cheveux noirs tirés en queue de cheval, à la nuque claire. C'était la troisième fois qu'il la voyait. A l'atterrissage, au petit-déjeuner puis maintenant. Chaque fois, elle l'avait à peine regardé, visage indéchiffrable. Et qui était ce type du même âge, agité, au regard de bête traquée, qui était à ses côtés lorsqu'il avait atterri ? Mari, compagnon ? Il fronça les sourcils. Contrairement aux femmes qu'il croisait, celle-ci n'excitait pas seulement son instinct de chasseur. Elle était différente, il y avait quelque chose d'incroyablement sophistiqué en elle. Un sourire timide se dessina sur ses lèvres et il arrêta de marcher.

Cette journée était celle des contraires. Son cœur était déchiré par le sort atroce de ceux qu'il avait aimés et les perspectives sombres de ce qui attendait les survivants. Mais une autre partie de son cœur réagissait à la vue de cette femme. Il n'était pas complètement mort et continuait à battre. Il était encore capable d'émotions. Il avait encore du tonus quelque part.

Au loin, la femme approcha de la tente avec une grâce aquatique, souleva le pan de tente avec délicatesse et disparut. Aucun moyen de savoir si elle l'avait vu.

Lasalle soupira et se remit en marche vers sa tente. Dans le crépuscule estival, le soleil acheva sa course journalière dans l'enfer qu'était devenu le monde.

***

Porte-avions Kuznetsov, 3 juillet

Gonchakov avait soif. Il épongea la sueur de son front et quitta la salle d'entraînement après deux heures de musculation sans voir une âme. C'était comme si le porte-avions était devenu un vaisseau-fantôme. S'il n'y avait pas eu la vibration constante des machines, il aurait pu se croire seul à bord d'un bâtiment abandonné.

Adossé à la cloison d'une coursive déserte, il vida une bouteille et attendit que les battements cardiaques reviennent à un rythme normal. L'effort soutenu avait élevé son niveau d'acide lactique. Il sentait la sueur aigre.

Il sentit sur la peau le poids du short et du maillot gorgés de sueur et décida de se refroidir en gagnant une coursive extérieure. Sur le chemin, il repensa à la discussion qu'il avait eue avec l'amiral plus tôt dans la journée. Le *pacha* avait expliqué que la mission avait été mise au point par l'amirauté peu avant l'appareillage du porte-avions, alors que les structures du pays s'écroulaient. Les rumeurs du bord étaient fondées : il y avait bien une mission et un objectif à détruire, et les caisses étranges chargées du FSB faisaient partie de la mission. Elles contenaient du sarin, un agent chimique mortel.

La mission, stratégique, avait pour but de frapper plusieurs centrales nucléaires en France en neutralisant les survivants sans endommager les installations. C'était la raison du chargement de sarin qui tuerait les hommes sans abîmer les lieux. Ensuite, des troupes terrestres héliportées seraient acheminées de Russie pour prendre contrôle des centrales et en détourner la production électrique vers la Russie pour stopper la désagrégation du pays et commencer la reconstruction. Avec l'énergie ainsi récupérée depuis la France, le pays reconstruirait son armée, détruirait les infectés sur le territoire et se reconstruirait plus vite que les autres pays. L'amiral avait qualifié la mission « *d'historique* » car elle permettrait à la Russie de redevenir la première puissance mondiale.

Restait la mission en elle-même. Une mission de dingues, classée niveau 5 : probabilité quasiment nulle d'en revenir vivant.

L'amiral lui avait demandé de mettre en place un schéma d'attaque à la fois simple et efficace en tenant compte des restrictions opérationnelles en hommes et moyens.

Facile à dire, moins à faire. Tant de choses pouvaient foirer !

Après avoir pris l'air, il rejoignit sa cabine et s'y enferma pour réfléchir au plan d'attaque. Il n'en ressortit que plusieurs heures plus tard avec une liasse de papiers et de notes. D'un pas rapide, il prit le chemin du poste de commandement pour exposer son ébauche à l'amiral.

Cette mission de cinglés, il *voulait* la faire. Il le tenait enfin, son but. Et tant pis si c'était à court terme.

Russe jusqu'au fond des tripes. Plus question de reculer.

***

Base aérienne de Vélizy-Villacoublay, 3 juillet

La première journée de travaux dans l'embryon de laboratoire aménagé à la hâte passa rapidement et laissa Kiyo épuisée. Focalisée sur la survie dans les derniers jours, la réflexion intellectuelle la fatiguait plus vite que d'habitude. Elle devait retrouver ses marques. Rien de tel que l'exercice intellectuel pour y parvenir.

La faim crispait ses entrailles en permanence mais elle se raisonna en se rappelant que c'était le lot de tout le monde. Le rationnement était une nécessité unanime. Et elle savait que son estomac s'habituerait aux quantités réduites.

Elle envisagea un instant de retourner au laboratoire en construction pour continuer à rassembler ses notes et finir sa première journée de travail mais décida d'aller se reposer.

Du coin de l'œil, elle vit Mauer se lever à son tour et lui emboîter le pas.

Elle leva les yeux au ciel, exaspérée. Il la rejoignit et se mit à côté d'elle sans un mot, sans explication, comme à son habitude, certain que Kiyo comprendrait sans explication.

Mais elle n'était pas d'humeur à affronter sa personnalité complexe et antagoniste, à la limite de l'antisocial. Mauer avait des qualités mais elle n'y était pas sensible. Il était à la fois déstabilisant et frustrant et son manque d'humour et d'optimisme et sa haute opinion de lui-même n'exerçaient aucun attrait sur elle. Depuis l'arrivée à Vélizy, elle ne ressentait pas le besoin de le côtoyer malgré ce qu'elle lui devait. Il l'avait aidée, mais c'était réciproque. Elle avait su prendre des décisions lorsqu'il avait hésité. Ils avaient survécu ensemble, s'étaient complétés, elle ne lui devait rien. Fatiguée, Kiyo le regarda intensément de manière à le dissuader. Il n'insista pas et la quitta sans rien dire.

Elle se remémora la façon dont il l'avait regardée lorsqu'elle s'était déshabillée dans la tente de décontamination. Il y avait quelque chose de bestial dans son regard, une forme de convoitise sans affection, un désir primaire sans fondation pour l'avenir.

Comme beaucoup d'hommes, il nourrissait sans doute des fantasmes à son égard. Dans un monde où les structures avaient volé en éclats et où la loi du plus fort tendait à s'imposer, il pouvait être tentant pour un homme de s'accaparer ce qui lui faisait envie. Même par la force. C'était humain mais elle devait rester sur ses gardes.

Elle décida de regagner la tente assignée dans le quartier où les femmes de la base logeaient. Bras croisés sur la poitrine, elle frissonna brièvement dans l'air du soir en marchant à petits pas au milieu des discussions animées. Quelqu'un écoutait un vieux morceau d'Elvis Costello sur un lecteur à piles. Du linge séchait sur des fils entres les tentes. Des hommes jouaient aux cartes, des femmes s'occupaient d'enfants. La vie s'organisait lentement. C'était rassurant. Mais son ventre se noua lorsqu'elle repensa au briefing que le colonel avait partagé avec elle.

Peu de pilotes et d'avions d'armes avaient réussi à rejoindre Vélizy. Engagés dans des opérations d'appui aérien du convoi, les pilotes rapportaient des données dramatiques. La colonne était réduite en pièces et ne dépassait plus le tiers de sa force initiale, résultat des pertes lors de l'évacuation et des attaques qui avaient suivi. Les meilleures estimations retardaient l'arrivée du convoi au lendemain. Kiyo frissonna en imaginant l'horreur des survivants épuisés, harcelés, obligés de passer les nuits en pleine campagne au milieu d'infectés.

A mesure que les langues se déliaient sur la base, l'angoisse grandissait et, malgré son optimisme naturel, elle n'arrivait plus à se défaire d'une anxiété qui était devenue récurrente.

Le rapprochement entre ce qui était arrivé à Saint-Dizier et ce qui pouvait arriver à Vélizy revenait sans cesse. Un crash d'avion suffisait à tout détruire en quelques minutes malgré les protections mises en place par les militaires.

Sans compter les problèmes d'approvisionnement en nourriture qui allaient devenir critiques lorsque les rescapés du convoi arriveraient à Vélizy et le manque évident de préparation du camp pour accueillir le convoi.

Et les foules d'infectés qui se pressaient tout autour de la base...

Sa logique scientifique lui indiquait que la situation n'était pas viable à long terme. Qui avait bien pu prendre la décision de centrer des forces militaires dans un endroit aussi difficile à défendre, si près d'une grande ville infestée ? Il eut été plus logique et moins coûteux en hommes, en matériel et en efforts d'évacuer Vélizy pour un endroit moins exposé.

Elle hâta le pas. Peut-être y aurait-il des scientifiques, des médecins, des infirmières ou des chercheurs parmi les arrivants du convoi. Autant d'aides potentielles pour ses travaux. *Mais combien survivraient à l'épreuve ?*

Elle se retourna et regarda les avions de chasse alignés. Elle se souvint du premier pilote qui était arrivé. Un bel homme, grand, musclé, aux yeux gris qui l'avait marquée par sa tristesse. Des hommes avaient extrait son compagnon de l'avion et l'avaient placé en quarantaine. Il en avait paru affecté. Après l'avoir revu au moment du dîner, entouré de pilotes, elle avait remarqué son allure, mélange d'abattement et de volonté. C'était clairement un homme responsable, habitué à commander.

Elle haussa les épaules en arrivant devant sa tente triste, souleva la toile d'entrée et s'allongea pour se reposer.

Ne pas s'attacher. A personne. Trop difficile. Trop tôt.

Elle sombra dans un sommeil profond.

***

Alpes, 3 juillet

La moto avalait le bitume de la route depuis quatre heures. Hormis quelques rares infectés croisés aux abords des villages traversés, trop éloignés et trop lents pour représenter une menace directe, le trajet s'était fait sans encombre depuis le départ de la bergerie dans la fraîcheur de l'aube.

Protégée par le petit déflecteur caréné, Alison suivait du regard les anneaux surchauffés de la route qui filait au cœur des Alpes. Solène, assise derrière elle, se comportait de manière admirable et Alison lui en fut secrètement reconnaissante. Elle ne pleurait pas, ne paniquait pas, gérait son anxiété avec maturité et était d'une aide précieuse dans les tâches quotidiennes mais, surtout, elle avait une capacité d'anticipation impressionnante pour son âge.

D'après les panneaux routiers, la prochaine grande ville était Nantua. D'après ses calculs, moins de vingt minutes de route. Autour du tracé, la végétation changeait. Le paysage des Alpes, sec et couvert de résineux, cédait la place à une flore riche, différente.

362

Alison engagea la moto dans une ligne droite à flanc de vallée et ouvrit les gaz. Elle sentit aussitôt les bras de Solène autour de sa taille. Le paysage défila dans un maelström de couleurs et de formes. A gauche, le vide ouvert de la vallée, à droite les parois rocheuses en arrête quasiment verticale. Le bruit du puissant moteur s'éleva dans la vallée, amplifié par le relief comme dans une fosse d'orchestre.

Le côté droit de la route passa progressivement d'une paroi rocailleuse à une pente terreuse puis la route partit en virage. Prudemment, Alison relâcha la pression sur l'accélérateur et la moto ralentit. Lorsqu'elle déboucha du virage à plus de cent kilomètre-heure, elle bondit sur les freins. En sortie de virage, une troupe d'infectés se tenait au milieu de la route. Une centaine. A cent mètres. Agglutinés autour de quelque chose par terre.

- *Shit* ! jura Alison en les voyant se tourner vers elle.

Sous l'effet violent de l'adrénaline, elle réfléchit à toute allure. Elle avait à peine quelques secondes devant elle. Les infectés avançaient déjà vers elle en rangs serrés, maladroits et désordonnés.

Pourquoi sont-ils ici, en groupe, dans la montagne, loin de tout centre urbain ? Et cet état physique, cette odeur... quelle horreur ! Ils pourrissent sur pieds. Alors, quelle option ? Fuite ? Oui. Mais comment ? Passer à travers en priant pour ne pas tomber ? Demi-tour ? Rebrousser chemin, c'est un énorme détour sans garantie de trouver une voie libre. Passer à travers, c'est plus court mais aussi plus dangereux.

Solène gémit derrière elle, terrorisée. Le cœur battant, Alison se força à observer le terrain pour trouver une solution. De chaque côté de la route, une mince bande de terre meuble et herbeuse longeait des barbelés qui délimitaient l'enclos d'un pâturage à bétail. Elle prit une profonde inspiration. Fuir n'était pas dans sa nature. En Irak, en Afghanistan et plus récemment en Corse, face aux terroristes, aux talibans ou aux truands, elle s'était toujours adaptée mais n'avait jamais reculé.

- Accroche-toi à moi ! hurla-t-elle lorsque sa décision fut prise.

Du poignet, elle ouvrit les gaz en grand et lança la moto vers la foule. La pression des bras de la fillette autour de sa taille restreignait sa respiration mais elle était trop concentrée dans la manœuvre de contournement pour s'en soucier.

La meilleure arme contre cet ennemi lent, c'était la vitesse et le mouvement. Elle *devait* passer. De force, si nécessaire.

Arrivée à mi-chemin des infectés, elle mit le pied droit au sol et freina brutalement en donnant un violent coup de rein à droite. La moto glissa sur le côté et se plaça à la perpendiculaire et à moins de dix mètres des infectés. D'un nouveau coup d'accélérateur, elle propulsa la moto sur la droite en direction des barbelés et se retrouva presque aussitôt sur l'étroite bande de terre du talus

Renouvelant sa manœuvre de freinage-bascule, elle remit la moto en position, parallèle aux barbelés et à la perpendiculaire des infectés qui mirent plusieurs secondes à se réaligner dans sa direction. Elle vit que la manœuvre fonctionnait. Ils agissaient en groupe, comme connectés au même cerveau, et délaissaient toujours un côté de la chaussée lorsqu'ils bifurquaient pour l'attraper.

Dans une gerbe de terre, elle accéléra le long des barbelés, coincée entre les barbelés à droite et les infectés en contrebas à gauche.

Le cylindre droit frôla les dangereuses lignes métalliques. Une seule déviation à droite, un seul rocher dissimulé dans le sol, un pneu qui éclatait, et la moto partirait directement dans les barbelés.

Fin de la route. Elle serra les dents.

Dans un mélange de couleurs, de végétation chaude, de bitume ramolli et de putréfaction, elle resta en première et passa en régime maximum. En pleine accélération, elle découvrit l'origine du regroupement.

Un corps de femme, sans tête, le ventre ouvert, les viscères étalés sur la route.

Des infectés s'écartèrent du cadavre, mains rougies par les morceaux sanguinolents qu'ils mâchouillaient, le regard vide et essayèrent de l'attraper dans un nuage bourdonnant de mouches noires. Faisant abstraction de ses sentiments, main crispée sur l'accélérateur, Alison replaça la moto sur l'asphalte. Les bras buttèrent contre l'engin et son corps mais les mains se refermèrent dans le vide.

Elle passa nerveusement les rapports au pied et prit de la vitesse. Dans les rétroviseurs, elle vit les infectés se tourner vers elle et se lancer à sa poursuite mais il était trop tard pour eux.

Elles étaient sauvées. Comme connectée sur la même fréquence mentale qu'elle, Solène desserra son étreinte.

Tenant le guidon d'une main, toujours en pleine accélération sur la route déserte, Alison serra doucement la main de la fillette.

***

Le Châtelet en Brie, France, 3 juillet
Il était un peu plus de vingt heures et la lumière du jour tombait

rapidement. L'orage en formation interposait ses nuages noirs entre ciel et terre. Les premières gouttes n'allaient pas tarder à tomber. La deuxième nuit du convoi entre Saint-Dizier et Vélizy allait débuter sous la pluie.

Le sergent Lamielle était adossé à la roue avant gauche d'un Peugeot P4 de l'armée, immobilisé comme tout le convoi au centre-ville du Chatelet-en-Brie.

Comme les autres rescapés, il était épuisé et la perspective de dormir à nouveau dans le convoi au milieu des infectés et des tirs sapa sa détermination. Énervé, il regarda autour de lui et aperçut un vieillard blotti sur le siège d'une voiture. Malgré la peur, l'homme sourit lorsque leurs regards se croisèrent. Le sergent soupira. Sans l'aide des soldats, les civils du convoi n'étaient que de la viande pour cannibales. Il se ressaisit et récapitula la situation du convoi.

La première nuit avait été épouvantable.

Le convoi avait roulé jusqu'à ce que les hommes, épuisés, commencent à s'endormir au volant. A contrecœur, les officiers avaient ordonné l'arrêt en pleine forêt. Comme dans les films de cowboys, les véhicules avaient formé un cercle et les soldats s'étaient relayés pour monter la garde. Les tirs sporadiques avaient jalonné la nuit.

Il y avait eu des pertes parmi les civils et les militaires, personne n'avait bien dormi et, dès les premières lueurs de l'aube, le groupe exténué s'était remis en marche.

Le précieux appui aérien des chasseurs de Vélizy avait permis de desserrer plus d'une fois l'étau des infectés autour d'eux.

Les frappes avaient décimé des quantités invraisemblables d'infectés mais les efforts restaient insuffisants devant le flot d'infectés constamment renouvelé aux abords des agglomérations et, d'après ce que savait le sous-officier, les avions commençaient à manquer de munitions air-sol.

Le convoi avançait à une allure d'escargot et les pertes en véhicules augmentaient régulièrement. Les pannes mécaniques, accidents et attaques faisaient des ravages parmi les réfugiés et les militaires.

En début de soirée, le convoi était entré au Chatelet en Brie par la D116 en venant de l'est pour bifurquer au sud par la D47 mais le mouvement s'était arrêté. Les véhicules formaient un angle droit au niveau du croisement entre les deux axes. Situé au milieu du groupe, le sergent et ses hommes ne savaient pas pourquoi ils n'avançaient plus. L'urgence, pour tout le monde, était de repartir au plus vite.

Un civil remontait la colonne en courant. Le sergent l'interpella et l'homme expliqua qu'un véhicule en panne bloquait la tête du convoi. Les rares chars situés en tête avaient pris trop d'avance sur le reste de la colonne et les problèmes persistants de communication radio empêchaient le contact pour les faire revenir et dégager l'obstacle. Lamielle les avait vus passer au milieu de foules contaminées sans même ralentir. Il savait qu'eux seuls pouvaient les dégager.

Mais les chars étaient injoignables et ils allaient devoir se débrouiller seuls.

Le sergent vérifia à nouveau les environs. Il était mal placé, au milieu des maisons, pour se rendre compte de la situation mais, d'après les tirs nourris en tête de convoi, les infectés approchaient en nombre. La situation était un vrai cauchemar opérationnel pour les soldats encombrés de civils sans défense.

Armé d'un FAMAS, la sueur perlant sous son casque lourd, le sergent aperçut deux infectés qui longeaient les murs. Ils avaient réussi à passer le barrage en tête de convoi !

-    Infectés en approche, deux individus, quarante mètres ! hurla-t-il.

Il visa le front du premier et tira. L'autre s'effondra au même moment, abattu par un de ses hommes.

Autour de lui, les coups de feu montèrent en intensité, mélange d'armes automatiques, de mortiers légers et de mitrailleuse *Minimi*. Tout ce que le convoi comptait de combattants, professionnels ou improvisés, était en action pour tenter de sortir du piège dans lequel ils étaient tombés. Les projectiles ricochaient contre les murs en laissant des lignes d'impacts. La route et les trottoirs étaient jonchés de débris de pierres, de douilles, de restes humains et de sang.

Quelque chose n'allait pas en tête de convoi…

Les hurlements de terreur des civils désarmés, retranchés dans les véhicules, ajoutaient à la cacophonie générale. Les réserves de munitions diminuaient rapidement. Le désastre se dessinait. Luttant contre le découragement, le sergent se jeta dans le combat comme un désespéré, fort de la seule certitude que, tant qu'il serait en vie, il empêcherait les infectés d'approcher les civils sans défense.

Dès le départ précipité de Saint-Dizier, il avait su que la mission allait tourner au fiasco.

Le groupe s'était fractionné au gré des pannes de véhicules et de la panique des conducteurs. Malgré le nettoyage préalable de l'itinéraire par l'escadron de protection, les obstacles terrestres restaient nombreux, les infectés semblaient sortir de partout.

Alors qu'il vidait son arme sur les contaminés, balle par balle, un soldat le rejoignit, exsangue. Il sentait la sueur.

- Quoi ? hurla-t-il pour couvrir le vacarme environnant.
- Soldat Vetri, sergent, fit l'homme en saluant. C'est vous qui commandez ici ?

Le sergent reprit son tir et fit voltiger une fillette infectée d'une balle en plein cou. Il ne ressentait plus rien pour les infectés et répondit sans quitter du regard ceux qui arrivaient.

- J'en sais foutrement rien ! Le dernier officier que j'ai vu se faisait bouffer les trippes !
- Alors, sergent, c'est peut-être vous qui commandez maintenant.
- Peut-être, et alors ?
- Alors, l'avant du convoi est détruit. Ils nous ont contournés par le flanc droit. J'en viens. Ils y sont restés. Tous, jusqu'au dernier.

Le sergent s'arrêta de tirer et l'écouta, pétrifié.

- Les infectés qui ont attaqué la tête sont en train de rappliquer mais ils sont ralentis par le camion qui bloque. Si on n'arrive pas à le dégager, on sera bientôt foutus !

La nouvelle était grave.

- Les Rafales, fit le sergent. Ils peuvent nous dégager.
- Négatif, sergent. Ils n'ont plus rien pour aider.

Le sergent étouffa un juron devant la succession de mauvaises nouvelles.

- Remplace-moi pendant que je vois ce qu'on peut faire ! ordonna-t-il au soldat en quittant son poste.

Le soldat se mit à tirer et abattit les infectés à cadence régulière. A l'abri derrière le P4, le sergent réfléchit. Compte-tenu de l'urgence de la situation, il n'avait pas le temps de chercher un supérieur. Tant pis. C'était la guerre. Il devait prendre une décision et sauver ce qui restait du convoi, quitte à passer en cour martiale plus tard.

Le vrai problème, c'était sa vision médiocre de la situation tactique. Aucun drone, pas de liaison satellitaire, des éclaireurs disséminés un peu partout, sans commandement... Une catastrophe.

Malgré le désespoir de la situation, il revit le visage du vieillard, le sourire confiant. Il n'avait pas le droit de baisser les bras. Il expurgea l'air de ses poumons et se mit à l'ouvrage. Devant les yeux terrorisés des civils qui se pressaient contre les véhicules, il déplia une carte routière de la région parisienne.

Ok, Ok ! On se calme ! Faut se tirer de ce merdier. On est en plein milieu du Chatelet. On a perdu la tête du convoi. Ces enfoirés arrivent surtout du sud par la D116 et de l'est par la D213 et la D605. Ces cons viennent de l'A5. Avec toutes ces caisses abandonnées, pas étonnant. Ça veut dire qu'on va bientôt avoir deux angles d'attaque à gérer. L'assaut principal va venir de l'est, l'autre du sud. Et le seul pont franchissable sur la Seine se trouve à Fontaine, au sud. On n'a pas le choix, on doit passer.

Il se redressa en repliant la carte. De tous côtés, les rafales et les coups de feu retentissaient. L'air était empli de poudre. Les soldats se battaient et tombaient avec régularité. Il se mit en marche et remonta la colonne vers l'ouest. Il pointa du doigt une poignée de soldats, moins exposés, et leur ordonna de le suivre avant de retourner chercher le soldat Vetri.

Il les mit en cercle et s'adressa à eux en mettant le maximum de conviction dans la voix malgré le doute qui s'installait.

- Pas le temps de faire les présentations, les gars, fit-il à voix haute. Personne ne sait qui commande ici, alors je prends le commandement parce que j'ai un plan. Va falloir se magner si on veut encore sauver quelque chose dans ce merdier... Pour ça, j'ai besoin de vous tous.

- A vos ordres, sergent ! répondirent plusieurs soldats, les autres se contentèrent d'acquiescer en silence.

- Vetri et vous trois, fit-il en désignant trois soldats au hasard, trouvez-moi des véhicules, du lourd, n'importe quoi du moment que c'est difficile à arrêter. Ensuite, conduisez-les à reculons jusqu'au croisement où vous les mettrez en travers pour bloquer les axes qui viennent de l'est. C'est de là que le gros des infectés va débouler. On doit les arrêter pour empêcher le carnage... Bloquez le dessous des camions avec ce que vous trouverez pour empêcher ces enfoirés de passer. Je veux un barrage infranchissable, du genre cul de nonne. Ensuite, rejoignez-moi en tête de convoi. Pigé ?

Les quatre hommes acquiescèrent.

- Moi et les autres, fit-il en désignant le reste du groupe, on prévient le convoi pour qu'ils remontent dans les véhicules, on déblaye l'obstacle et on protège le convoi pendant que le barrage routier est mis en place. On attend le premier groupe, jonction et décrochage vers le sud par la D116, direction Fontaine-le-Port et le pont sur la Seine. Attention, c'est bourré de zombies. On ouvrira la voie à pied. Compris ?

Il vérifia sa montre. Vingt heures dix sept.

- Sergent, fit Vetri, on fait quoi si on n'arrive pas à dégager le camion de tête ?

- On improvisera.

Il regarda les soldats. Tous avaient les yeux sur lui, attendant le signal.

- Allez les gars, fit-il dans un souffle, c'est parti !

***

Haut-Jura, 3 juillet

La moto fonçait à toute allure, laissant les infectés sur place. Les mains fermement agrippées au guidon, Alison explora du regard le terrain devant elle avant de freiner brutalement en jurant cent mètres plus loin.

Un barrage de véhicules bloquait la route derrière le panneau qui annonçait Saint-Martin du Fresnes. Elle vit le mouvement des silhouettes humaines et le scintillement du soleil sur des surfaces métalliques -*des armes ?*- et distingua un mélange d'inquiétude et d'excitation dans les voix qui s'interpellaient à distance. Elle frappa le guidon de la main en réalisant soudain le lien avec les infectés.

- Voilà pourquoi il y en avait autant ! Ils sont attirés par ces gens !

A nouveau, elle évalua ses options. Encore meurtrie par l'expérience corse, elle préférait la prudence. Mais cette fois, il n'était pas possible de passer à travers ou de le contourner. Et, déjà, les premiers infectés apparaissaient dans les rétroviseurs.

Un instant, elle crut que son cerveau allait se figer en pleine réflexion, victime du stress. Elle avait l'habitude du combat et de ce genre de situations mais la présence de la petite fille derrière elle changeait la donne. Ses sens étaient anormalement en émoi, elle transpirait et sur-réagissait. L'affection pour l'enfant se retournait maintenant contre elle et représentait une menace réelle pour leur survie. C'était une situation nouvelle qu'elle n'avait pas appris à gérer.

Le souffle court, elle puisa dans son enseignement militaire pour faire face. Elles ne pouvaient pas rester sur place. Il fallait passer d'une manière ou d'une autre.

Pivotant sur la selle, elle fit le tour visuel de sa position.

Elle était au milieu de la route départementale. Devant elle, le barrage. Derrière, les infectés qui approchaient. A gauche, séparé par une clôture en barbelés en contrebas, un ravin qui menait vers une prairie déserte. A droite, un accotement de terre pentu de deux mètres, recouvert d'herbes qui débouchait sur une prairie. Alison estima la pente à plus de soixante degrés.

- Solène, fit Alison en se retournant vers la fillette dont les grands yeux bleus cachaient mal la terreur, on n'a pas le choix. On doit grimper.

D'un mouvement de tête, elle indiqua le remblai de terre qui courait à droite. C'était un obstacle difficile à passer, mais aussi la seule possibilité de fuite.

- Accroche-toi à moi. Si on tombe, si je suis blessée, ne m'attends pas. Fuis le plus loin possible dans la forêt et débrouille-toi pour trouver à manger et à boire, quitte à voler ce que tu trouveras. Compris ?

- D'accord. Mais je sais que tu vas y arriver.

Contre toute attente, Alison ressentit violemment l'impact de la réponse de Solène. Elle l'autorisait à mettre sa vie en jeu et parvenait en même temps à la rassurer d'une simple phrase ! Comment était-ce possible ? Elle avait dirigé jusqu'à deux cents soldats professionnels dans les pires situations et n'avait jamais flanché devant les pertes au combat. Mais cette petite fille, cette trentaine de kilos de chair et d'esprit qui se cramponnait à elle, c'était autre chose. Une responsabilité infiniment plus fragile.

- Je t'aime, ma belle ! répondit-elle dans un souffle en regardant devant.

- Moi aussi, je t'aime Alison ! On va y arriver, j'en suis sûre !

Elle prit une profonde inspiration et focalisa son attention sur la manœuvre de franchissement. *En diagonale ou de face ?* La première solution avait l'avantage d'une relative sécurité, il était plus difficile pour la moto de basculer et de tomber mais c'était lent et délicat. Les pneus pouvaient glisser sur l'herbe. La seconde était directe, brutale, en puissance avec le risque de perte d'adhérence ou la chute.

Elle fit un dernier point visuel. Les types du barrage hurlaient dans sa direction et faisaient des signes pour l'inciter à les rejoindre. Elle entendit des rires gras et sut qu'elle avait eu raison de se méfier. Dans les rétroviseurs, les infectés approchaient en rangs dispersés. Elle fit son choix et joua de l'accélérateur, des jambes et des bras pour mettre la moto à la perpendiculaire de la route, nez tourné vers la butte.

- Accroche-toi !

La BMW partit à l'assaut de l'accotement pentu.

Les pneus agrippèrent la terre et envoyèrent des gerbes de cailloux, d'herbe arrachée et de poussière, couvrant plusieurs mètres d'un trait avant de ralentir. La pente était trop raide et la surface trop meuble pour assurer une traction suffisante.

Les tripes nouées par l'effort et l'angoisse, debout sur les larges repose-pieds, Alison lutta de toutes ses forces pour que la moto continue d'avancer mais la machine cala en pleine pente. Avec horreur, l'Américaine sentit qu'elle basculait sur le côté. Solène hurla en serrant sa taille.

Comme dans une scène de film au ralenti, la militaire vit le paysage basculer à droite elle heurta violemment le sol de l'épaule.

Lorsque le temps revint à une vitesse normale, elle réalisa que la moto était à l'horizontale et que sa jambe gauche était coincée entre la terre et le moteur brûlant. Mais la douleur qu'elle ressentait dans la jambe n'était rien par rapport à celle de l'épaule.

Des larmes brouillèrent sa vision et elle se mordit la lèvre inférieure pour ne pas s'évanouir. Pourtant, son champ de vision rétrécit rapidement. Des abeilles dansèrent devant ses yeux et elle sentit son corps mollir.

Alors qu'elle sombrait, elle sentit qu'une paire de bras la saisissait par les épaules.

***

Au large des côtes Scandinaves, 3 juillet

Le Kuznetsov fendait les flots gonflés, sombres et tourmentés. Le vent soufflait depuis trois jours, formant des vagues de plus de quatre mètres qui interdisaient les opérations aériennes et le lancement de la mission.

Assis dans son siège de contrôle au milieu de la passerelle de commandement du château central, le contre-amiral Bolodov regarda la mer à travers les vitres inclinées du bâtiment, battues par les embruns violents et froids. A côté de lui, posée sur une tablette, une tasse de café déshydraté fumait et débordait régulièrement sous les mouvements du bâtiment.

Assis à côté de lui, Gonchakov, chef des opérations aériennes, regardait les flots glacés qui explosaient en gerbes sur la poupe incurvée et se fracassaient contre les vitres de la passerelle. La visibilité était réduite à cinquante mètres. Silencieux, l'officier météo et le chef mécanicien attendaient que l'amiral prenne la parole. Tout aussi discrets, un sous-officier et un matelot pilotaient le navire, équipage minimum absolu sur un porte-avions. Dehors, le pont était désert. Les avions et le matériel étaient à l'abri dans les soutes.

- Messieurs, fit le contre-amiral, les yeux fixés sur la mer déchaînée, nous commençons la manœuvre d'évitement de l'espace aérien britannique pour arriver en position de lancement. Je ne tiens pas à prendre le risque de me retrouver avec des *Eurofighter* sur le dos. Mais d'après ce qu'on me dit, ce n'est pas encore aujourd'hui qu'on va pouvoir lancer la mission. La faute à cette foutue météo ! Gonchakov, votre avis. On lance ou pas ?

Gonchakov braqua ses yeux bleu clair sur les nuages, cherchant à percer le secret de leur évolution. Comme les autres pilotes, il n'avait pas quitté sa combinaison de vol depuis l'appareillage. La pièce sentait le renfermé, le cigare froid et la crasse humaine.

- Techniquement, on pourrait décoller. On sait faire, même dans une crasse comme celle-là et les zincs ont le rayon d'action nécessaire. Mais c'est risqué, même pour un pilote expérimenté. Si on avait plus de deux avions opérationnels, ça serait jouable, mais ça me ferait chier d'en perdre un maintenant alors que le temps sera peut-être meilleur demain.

L'amiral approuva d'un hochement de tête avant de s'adresser à l'officier météo d'un mouvement de menton.

- On a réussi avec difficulté à accrocher un satellite météo occidental ce matin. Encore quatre jours avec ce temps pourri.

L'amiral frappa violemment la tablette sur laquelle la tasse était posée, dégoulinante de café.

- Sainte Catherine ! jura-t-il en postillonnant, le visage pourpre de colère. Pourquoi ne peut-on pas accrocher des satellites *russes*, nom de dieu ?

L'officier météo baissa la nuque comme un chien devant la colère de son maître.

- Amiral, ce serait plutôt à l'officier des Communications de répondre, répondit-il à voix basse. Les relais de nos antennes radio sont indisponibles.

- Quoi ? Les *trois* ? Qu'est-ce que c'est que ce foutoir ? Comment peut-on perdre le contrôle d'un système à triple redondance ? Expliquez-moi ça !

- Le premier relais est mort, fit l'officier en charge des communications. Défaillance des contacteurs. Défaut d'usine pour le deuxième, le troisième a été volé au port.

L'amiral leva les yeux au ciel, les traits crispés. Il hurla.

- Ça fait des jours que nos zincs sont enfermés dans ces putains de hangars ! Et vous m'apprenez *maintenant* qu'on devrait *encore* attendre ? Est-ce que quelqu'un d'autre que moi est intéressé par la mission, *bordel de merde* ? Au cas où quelqu'un l'aurait oublié, toute l'opération dépend de nous, de nos avions. On nous demande de neutraliser des centrales nucléaires françaises dans le but de participer à la reconstruction de la mère-patrie et l'avenir de nos forces et de nos proches, de replacer la Russie au centre du monde. Ni plus ni moins ! Comment faut-il vous expliquer autrement l'importance de la mission, bande d'incapables ?

Dans un silence total, il saisit rageusement la tasse, les doigts blanchis par la colère.

- Si je récapitule, fit-il, il me reste deux chasseurs et deux pilotes opérationnels. Aucun contact radio allié. On ne sait même plus qui dirige encore la mère-patrie. Quand on accroche un satellite, c'est celui de l'ennemi. On n'a pas assez d'hommes pour assurer les opérations. Les réserves de kérosène sont à peine suffisantes pour la mission... et pour couronner le tout, on doit neutraliser les centrales *avant dix jours* si on veut éviter que les réacteurs ne fusionnent, faute de refroidissement ! Et la fusion, c'est l'explosion assurée et l'adieu au futur de la Russie...

Il avala une gorgée et fit circuler bruyamment le liquide entre ses joues.

- ... sans compter que nos forces spéciales aéroportées sont sur la brèche quelque part sur le continent, en attente de notre confirmation pour prendre les objectifs avec leurs hélicos. Et chaque jour qui passe leur fait perdre du monde sur les bases d'où ils opèrent. C'est le moment de me dire si j'ai oublié quelque chose dans ce merdier !

Les hommes baissèrent la tête. L'amiral reprit sa tasse et avala une nouvelle gorgée de café.

- Les zincs... ça donne quoi techniquement ?

L'officier mécanicien se racla la gorge avant de parler.

- Rien de neuf. Nous avons quitté le port avec six Sukhoi, dont cinq étaient en révision dans les ateliers de bord. Avec les quatre avions qui nous ont rejoints en mer, nous avons une flotte de dix avions sur le papier. Cinq sont inopérables faute de pièces détachées. Deux ont été endommagés en essayant d'apponter. Un est passé par dessus bord au décollage. Deux avions sont opérationnels, comme vous l'avez mentionné.

L'amiral se massa les tempes grisonnantes.

- Cannibalisez quatre avions et rééquipez un zinc. Il servira d'avion de dernier recours pour la protection du bâtiment. Stockez les pièces importantes, trains, roues, freins, avionique, communication, système d'armes. Balancez les carcasses par-dessus bord quand vous aurez fini. Inutile d'encombrer l'entrepont avec des oiseaux sans plumes.

Il se tourna vers Gonchakov.

- Assurez-vous de la disponibilité du matériel et des armes. Revoyez la navigation en partant du principe que les pilotes ne pourront compter que sur eux-mêmes, en l'air et sur terre. Faites-moi part de tout problème rencontré. Je veux que la mission soit lancée dans les dix minutes qui suivront le premier rayon de soleil. Pigé ?

Les trois officiers, Gonchakov le premier, saluèrent l'amiral puis gagnèrent leurs quartiers respectifs.

***

Châtelet en Brie, 3 juillet

Exécutant l'ordre du sergent Lamielle, les douze hommes se divisèrent en deux groupes.

Le premier, mené par le sergent et sept soldats, descendit vers la queue du convoi. La tête ayant été anéantie par les infectés, c'était à l'arrière que les rescapés se trouvaient et devaient être prévenus. Les hommes se séparèrent au fur et à mesure qu'ils croisaient des survivants et les incitèrent à remonter dans les véhicules.

Le plus petit, formé de quatre hommes, remonta le convoi à la recherche de gros véhicules. A mesure qu'ils approchaient de la tête, les infectés se firent plus nombreux. Les soldats se mirent à tirer au coup par coup lorsqu'ils n'eurent plus d'autre moyen d'avancer. Un soldat monta dans un camion, un autre dans un bus moyen, le troisième disparut entre des véhicules, laissant le soldat Vetri seul.

Avec anxiété, celui-ci se rappela le carnage auquel il avait échappé. Lorsque les défenseurs avaient commencé à tomber, il avait discrètement quitté les premières lignes sans se faire remarquer, du moins l'espérait-il. Personne n'était au courant de sa vulnérabilité et il était déterminé à garder le secret : après tout, c'était humain d'avoir peur.

Il posa les yeux sur un bus civil reconverti en transport, semblable aux navettes de liaison entre sites industriels. Deux portes permettaient de monter à bord. Celle de l'avant était ouverte, l'autre fermée.

Les flancs bosselés du véhicule étaient constellés de matière organique, témoignage silencieux de l'horreur du trajet. Le chauffeur avait disparu et la porte avant était ouverte sur des traces de sang.

Le cœur battant, Vetri entra dans le bus par la porte avant, FAMAS pointé vers l'avant. Les gémissements des infectés montaient de partout. Il escalada les marches vers le poste de conduite et passa la tête dans le couloir, repérant aussitôt les traces de lutte, l'impact des balles dans les sièges, la mousse de rembourrage qui voletait dans l'air qui entrait par les fenêtres brisées, les bagages éventrés et les cadavres des occupants.

Au milieu de l'allée, un bras d'enfant dépassait, tenant une peluche. Ses yeux se voilèrent et il ferma brièvement les paupières. Les passagers avaient été pris au piège dans le bus sans pouvoir sortir...

D'un revers du bras, il nettoya sa bouche puis reprit sa progression dans le bus.

Alors qu'il arrivait au niveau de la seconde porte, fermée, il vit un mouvement sur les marches d'accès. Deux infectés étaient penchés sur un corps et ne l'avaient pas entendu arriver. L'un d'eux tenait quelque chose de rouge et de compact dans les mains, l'autre finissait de dévorer une cuisse.

Vetri prit une profonde inspiration, épaula le FAMAS et visa la nuque du premier infecté.

- Ça, gronda-t-il, c'est pour le gamin que vous avez découpé en morceaux !

Il appuya sur la queue de détente. A 900 mètres-seconde, la balle de 5,65mm traversa le crâne et perfora la porte du bus. Le second se redressa et essaya de grimper les marches vers lui.

Mâchoires figées, Vetri l'abattit d'une balle dans le cœur avant d'abaisser le canon fumant.

L'odeur de cordite remplaçait celle, cuivrée, du sang. Il contempla les deux cadavres immobilisés dans des poses grotesques, les traits méconnaissables, la peau du visage ravagée de boursouflures et de plaies purulentes.

Alors qu'il se redressait, un bruit de gros moteur diesel retentit. Apparemment, quelqu'un était en train de réussir sa mission. Il regarda prudemment dehors et vit les infectés qui se dirigeaient vers le son en longeant le bus sans s'arrêter.

Il se remit en marche et vérifia les dernières rangées de sièges. Il était sur le point de finir de contrôler lorsqu'il ressentit soudain une incroyable douleur au bras. Surpris, il hurla et se retourna d'un bloc. Deux vieillards infectés bloquaient l'allée derrière lui. La bouche du plus proche dégoulinait de sang... *Le sien !* Il comprit trop tard l'erreur qu'il avait commise : il n'avait pas fermé la porte avant derrière lui : le bruit de la fusillade, l'attention focalisée sur la fouille... il ne les avait pas entendus monter à bord !

- Putains de zombies ! jura-t-il en donnant un violent coup de pied dans la cage thoracique du premier.

Un craquement sonore retentit lorsque les os du torse se brisèrent. Sous la violence du choc, l'infecté vola contre le second. Les deux loques humaines se retrouvèrent par terre dans l'allée, pêle-mêle. Vetri fit trois pas vers eux et les abattit froidement. Les balles traversèrent les corps et le plancher du bus avant de rebondir sur l'asphalte et de ricocher contre les soubassements du bus.

- Merde... gémit-il en repartant vers l'avant. Ils mordent comme des pitbulls !

D'une main, il fit pression sur la blessure pour limiter l'hémorragie. La manche du treillis était déjà gorgée de sang et sa peau brûlait comme si elle avait été rongée par l'acide.

Alors qu'il parvenait au poste de pilotage, il vit qu'un groupe d'infectés gravissaient les marches d'accès. Il les abattit mais rata la dernière, une femme, obèse qui tomba sur les corps de ses compagnons avec des gémissements hargneux et sonores. Trop tard, Vetri réalisa que la porte d'accès restait bloquée en position ouverte par les cadavres et la femme obèse. Il fallait faire vite et il avait tiré sans réfléchir... Il décida de se débarrasser d'elle en roulant.

D'un bond, il sauta par-dessus l'accoudoir et s'installa sur le siège du chauffeur, coinça le FAMAS contre le tableau de bord avant de tourner la clef, le cœur battant. Les instruments de bord n'envoyèrent aucun message de panne. A l'extérieur, la femme remontait lentement vers lui en agrippant les cadavres. Il vit les lèvres noires et purulentes qui s'ouvraient sur des dents jaunes.

- Attends, gronda-t-il entre ses dents serrées, je vais m'occuper de toi espèce de pourriture... Donne-moi juste une minute et t'en auras pour ton compte !

Il tourna la clef et le moteur démarra. Autour du bus, les infectés convergèrent à nouveau vers lui. Dans les rétroviseurs, il aperçut deux autres engins qui déboitaient et quittaient la colonne. Il réalisa qu'il n'avait pas envie d'être le dernier arrivé en tête de colonne, c'était trop dangereux. Engageant la marche arrière dans un craquement, il accéléra le gros engin et percuta violemment le véhicule derrière. Vetri passa en première et emboutit le véhicule de devant. Bien que déséquilibrée, la femme obèse tint bon. Il refit la manœuvre plusieurs fois et dégagea suffisamment d'espace pour sortir du piège du convoi. Enfin libéré, il attendit que les véhicules passent à sa hauteur et s'engagea derrière eux en marche arrière, actionnant le puissant klaxon.

La femme forte était toujours agrippée. Le bus prit de la vitesse le long de la colonne, roula sur des corps, des bagages, des morceaux de tôle et percuta des infectés.

Il regarda la passagère. Accrochée à une marche, la moitié inférieure de son corps sortait du bus. Sans hésiter, il donna un brusque coup de volant à droite et réduisit l'espace entre le flanc du bus et les véhicules du convoi. Avec un sourire de jubilation, il vit le corps de la femme rebondir sur les premières voitures avant d'être coupé en deux lorsqu'il passa à hauteur d'un bulldozer. Libérée, la porte avant se referma.

A travers le grand pare-brise, il vit les infectés qui arrivaient de la tête de colonne, barrant la largeur de la D47. Dans les rétroviseurs, il compta deux véhicules, trois avec le sien. Il en manquait un. *Le gars s'était fait avoir...* Il accéléra et colla au véhicule précédent. Les uns derrière les autres, les bus foncèrent en marche arrière vers le croisement proche de la queue du convoi.

La douleur dans le bras gagnait en intensité et réduisait son champ de vision à un tunnel sombre au bout duquel dansait une vague tâche lumineuse. Il se mit à transpirer et leva le pied pour éviter d'emboutir le véhicule devant lui.

Lorsque les véhicules passèrent à sa hauteur, le sergent les regarda et constata qu'il en manquait un et il reprit sa course vers la tête du convoi, accompagné de trois soldats. Il arriva à hauteur des emplacements vides où les soldats avaient prélevé les véhicules et s'arrêta, dos calé contre la vitre d'une Renault. Devant lui, les infectés approchaient et il fit signe à ses hommes de se séparer.

- Grenades ! ordonna-t-il en décrochant la sienne.

Des grenades volèrent et rebondirent dans les rangs serrés des infectés. Les hommes s'abritèrent avant une explosion en séquence. Visage couvert d'un mélange de poussière et de sueur, il se redressa et s'assura du résultat. La fumée se leva sur un spectacle horrible. Le sol était jonché de cadavres et de blessés, de membres sectionnés et de masses sanguinolentes. *Pas de temps à perdre...*

- On y va ! ordonna-t-il après avoir vérifié que la voie était libre. Tirez dans le tas ! Ne perdez pas de temps avec les blessés ! Protégez les civils !

A la tête du groupe, il fonça vers l'avant du convoi en courant, FAMAS en position de tir automatique sur trois coups et faucha les infectés les plus proches. Il arriva aux véhicules de tête. Les infectés convergeaient de tous côtés et se déversaient de chaque côté du camion qui bloquait la voie. Ils étaient des milliers... Malgré son expérience du combat, il sentit son cœur défaillir en voyant la force de l'ennemi. Surmontant sa panique, il distribua les ordres.

- Vous deux, ordonna-t-il en désignant un véhicule rouge derrière le camion, prenez la voiture, démarrez et attendez-moi... On remontera la colonne pour donner le signal du départ. Allez !

Les deux soldats se ruèrent vers le véhicule en tirant.

- Toi, fit-il au dernier soldat, passe-moi tes grenades. Je vais faire sauter le camion. Ton boulot, c'est de me couvrir. Exécution !

Le soldat donna ses grenades et emboîta le pas au sergent lorsqu'il se dirigea en courant vers le camion. Arrivé à proximité, il trouva un point d'appui derrière une voiture et fit feu pendant que le sergent se dirigeait vers le camion.

D'un œil, le sergent vérifia la situation du binôme chargé de prendre la voiture rouge. Les soldats débarrassèrent sans ménagement les cadavres des occupants avant de s'engouffrer dans le PT Cruiser mais celui qui prit place derrière le volant frappa le tableau de bord et s'agita. Sans doute un problème de clef... Préoccupé par sa propre mission, le sergent décida de miser sur l'esprit d'initiative des soldats et passa à l'action.

Au-dessus du convoi, le ciel virait au gris sombre à mesure que les nuages chargés de pluie approchaient. La chaleur moite alourdissait l'air chargé de poussière et de cordite.

Le sergent s'accroupit contre le pare-chocs arrière du camion. De cette manière, il était couvert par le tir du soldat. Il aligna par terre les cinq grenades collectées et réfléchit à la meilleure façon de procéder. Elles devaient exploser en même temps. En détonant en séquence, l'explosion pouvait être insuffisante pour détruire le camion et libérer la chaussée. Si c'était le cas, ils devraient repartir de zéro... Il décida de les attacher pour coordonner l'explosion.

- Sergent ! interrompit la voix du soldat en appui. Magnez-vous ! Ça rapplique de tous les côtés !

- Tir de couverture ! contra-t-il. Fais durer les munitions !

Malgré le danger pressant, il se concentra sur la tâche et parcourut du regard la chaussée à la recherche d'un moyen de lier les munitions entre elles et d'assurer le déclenchement simultané mais, en dehors de morceaux de pneus, de membres humains, de douilles et de restes d'huile et d'essence, il ne trouva rien d'utile. La panique monta soudain lorsqu'il songea à la conséquence de l'échec sur le sort des réfugiés.

- Je monte dans le camion ! hurla-t-il. Couvre-moi !

- Grouillez-vous sergent ! Plus que deux chargeurs... et ils viennent de partout !

Laissant les grenades sous le pare-choc, le sergent Lamielle courut le long des flancs du camion, tira une rafale de trois coups à

378

droite pour neutraliser un groupe d'infectés qui se dirigeait vers lui. Plus loin, des silhouettes tombèrent sous les balles du soldat en appui. La puanteur qui régnait était indescriptible. Le cœur cognant dans sa poitrine, il ouvrit la portière du camion et se précipita dans la cabine vide.

Sans perdre de temps, bloquant les images des hordes d'infectés qui approchaient, il s'attaqua à la ceinture de sécurité du siège passager avec son couteau. A travers les vitres, il vit les premiers infectés s'agglutiner du côté du conducteur et frapper la portière. Il n'y avait pas plus de dix secondes qu'il était dans la cabine et, déjà, il était repéré ! Attirés par le bruit de leurs congénères qui frappaient sur le métal, d'autres approchaient.

Les doigts tremblant sous l'effet du stress, il sectionna le tissu synthétique résistant, un œil sur les infectés qui se rassemblaient devant la calandre. L'angle de tir du soldat en appui ne permettait pas de les atteindre et il réalisa qu'il serait seul pour les éviter en quittant la cabine. La lanière synthétique se rompit. Sans attendre, il entama une deuxième incision d'une main fébrile. Son esprit enregistra le ralentissement de la cadence de tir. Le soldat était à bout de munitions…

La ceinture céda enfin et il se retrouva avec un bout de textile d'environ soixante centimètres dans les mains, plus que suffisant pour ce qu'il voulait en faire. Il vérifia une dernière fois la situation. Une cinquantaine d'infectés se pressaient devant le camion et à gauche, laissant de l'espace à droite. Dehors, les premières gouttes de pluie commencèrent à s'écraser par terre. Tenant d'une main la lanière coupée et le FAMAS de l'autre, il ouvrit la portière droite et descendit du camion.

Il ne comprit jamais ce qui suivit. Peut-être avait-il marché sur la ceinture ou raté une marche ou simplement glissé… Lorsqu'il reprit ses esprits, il était à genoux par terre, le FAMAS à plusieurs mètres. Par réflexe, il essaya de l'atteindre mais la douleur dans les genoux le fit tomber face contre terre. A travers le tissu, les os brisés déchiraient la peau. Sans comprendre comment, il venait de tomber du camion et de se casser les genoux. Les infectés étaient à quelques mètres, l'arme inaccessible, le binôme à cours de munitions, les secours trop loin…

Déjà, les infectés convergeaient vers lui, glissant le long de la calandre. Le souvenir des souffrances endurées par les civils lui permit de puiser dans ses réserves d'énergie pour finir la mission. Malgré la douleur, il se jeta à plat ventre sur la route et rampa vers l'arrière du camion, vers le tas de grenades qui l'attendait. A peine plus rapide que ses poursuivants, il arriva le premier sur place. Devant lui, il vit l'expression horrifiée du soldat d'appui.

- Sergent ! hurla celui-ci.

La douleur submergeait l'esprit du sergent dont l'unique objectif était d'atteindre les grenades. Il sortit deux chargeurs de ses poches, les lança vers l'homme et donna ses ordres alors que les infectés approchaient dans son dos.

- Gagne… un peu… de temps ! Bute ces… salopards. Le temps de tout faire sauter. Et barre-toi. Pas la peine de m'embarquer… je suis cuit ! Continuez… la mission.

Le soldat hésita un instant sur les actions à mener puis il enclencha un chargeur, épaula l'arme et abattit les infectés les plus proches du sergent, gagnant de précieuses secondes pour son supérieur. Après un dernier salut, il détala vers l'arrière du convoi.

Le sergent entendit les coups de feu et le piétinement lent des infectés qui approchaient. Il se glissa sous le camion et s'empara des grenades. A l'abri sous entre les essieux de l'engin, il vit les jambes des infectés qui le cherchaient. Malgré la souffrance, il rampa sous le camion pour se mettre au travail, aligna les grenades et confectionna un nœud coulant avec la ceinture dont il fit passer un côté au-dessus et un autre en-dessous des goupilles. Enfin, prenant une inspiration profonde pour calmer le tremblement de ses mains, il resserra le nœud coulant et bloqua les spatules en position basse. Il n'y avait plus maintenant qu'à ôter les goupilles de chacune des grenades, puis à relâcher le nœud coulant et toutes les spatules sauteraient, entraînant l'explosion simultanée des munitions. Il ne mit pas plus de vingt secondes pour réaliser l'opération. Il eut un vertige, se vidant de son sang par les jambes.

Impuissant, il vit apparaître avec horreur des visages d'infectés dans l'espace de la garde au sol. Quelque chose les avait incités à se baisser. Ils l'aperçurent, s'allongèrent et rampèrent vers lui.

A distance, il entendit le son d'un véhicule qui démarrait. Ses hommes s'en sortiraient, il était prêt à le parier, mais il réalisa qu'il n'avait aucun moyen de savoir si le blocage de la D116 était en place. Le convoi allait-il pouvoir repartir vers Vélizy ? Par réflexe, il serra le chapelet de grenades contre son torse.

Les gouttes de pluie tombèrent plus rapidement autour du camion. Il les entendit s'écraser sur l'asphalte et l'air s'emplit d'une odeur d'ozone. Il adorait cette odeur unique, synonyme d'enfance, de vacances dans les étendues de Lorraine, les massifs vosgiens. *L'enfance, la famille, la douceur…*

Les premières morsures sur son corps le ramenèrent à la réalité.

Des mains agrippèrent son treillis et le tirèrent vers l'arrière. Il résista à la traction puis, lorsqu'il vit qu'il n'y avait plus rien à faire, il relâcha le nœud coulant. Les spatules bondirent et initièrent le processus pyrotechnique d'explosion. A force d'habitude, le sergent se surprit à compter les secondes, s'agrippant à l'essieu arrière du camion pour ne pas être happé par la foule d'infectés qui le dévoraient vivant. Il tourna la tête autour de lui et vit que des flaques d'eau se formaient, diluant les traces de son sang sur le sol.

Il allait mourir. Le visage des morts et de ceux qu'il avait aimés défilèrent devant lui, souriants et apaisés. A son tour, il sourit en comptant les ultimes secondes de son existence.

Sa délivrance vint dans un immense flash de lumière.

***

Haut-Jura, 3 juillet

Alison tourna immédiatement la tête vers l'arrière pour identifier son agresseur, poing levé, prête à frapper. Malgré la douleur et sa position vulnérable, coincée sous la moto, elle était prête à se battre pour défendre Solène mais la tension retomba lorsqu'elle réalisa que c'était Solène qui essayait de l'extirper de la moto.

- Je vais te sortir de là ! fit celle-ci en regardant autour d'elle, démunie.

Alison vit plusieurs hommes se redresser derrière le barrage de véhicules et les entendit argumenter. Certains voulaient les chercher, contre la volonté d'autres. Plus loin sur la route, les infectés avançaient vers le barrage avec lenteur et ténacité... Alison savait que la fillette n'était pas assez forte pour la dégager toute seule. Si elle souhaitait s'en sortir, elle devait contribuer à l'effort malgré la douleur et les blessures.

- Vite ! encouragea-t-elle à voix haute. J'ai mal à l'épaule... ma jambe est brûlée... on doit se coordonner... tu vas m'aider quand je te le dirai !

Elle pivota à gauche, mit les bras en parallèle sur le sol, fit passer la jambe droite par dessus le réservoir et le guidon de la moto, sa jambe gauche restant bloquée dessous. Elle sentait qu'elle pouvait la dégager mais elle avait besoin de son épaule pour faire traction. Or, celle-ci envoyait des décharges électriques dans le corps. C'était pour cette raison qu'elle avait besoin de Solène. Elle allait souffrir, mais c'était la seule solution.

- Solène, fit-elle alors que la sueur dégoulinait en larmes acides dans ses yeux, tu vas devoir me tirer par l'épaule gauche.

- Tu... tu vas avoir mal ?
- Ne t'en fais pas. On n'a pas d'autre choix de toute façon... Vite, je vais compter. A trois, tu tires. Compris ?

Solène n'eut aucune réaction, probablement tétanisée à l'idée de faire souffrir sa protectrice.

- Vite ! gronda Alison d'une voix sévère.

Elle se détesta intérieurement pendant une fraction de seconde. Solène n'était qu'une enfant. Elle lui demandait beaucoup, trop pour son âge. Pourtant, c'était dans leur intérêt mutuel. Comme en écho à ses pensées, la fillette passa à l'action. Elle se plaça dans l'allongement du bras d'Alison, le prit dans les mains et attendit le décompte.

- Trois... deux... un ! Tire ! Allez !

Solène tira et, contre toute attente, Alison sentit qu'elle glissait sur l'herbe.

- C'est bien, princesse ! fit Alison dans un souffle, dents serrées sous l'effet de la douleur soudaine.

Elle ne desserra pas les dents malgré la douleur et les larmes.

- Encore une fois... *trois... deux... un...* Tire !

Cette fois, Solène mit toutes ses forces dans la traction. Alison glissa sur l'herbe douce. Son visage se figea et elle se mordit la langue pour ne pas hurler. Le treillis était bruni par la chaleur du moteur et elle ne put qu'imaginer l'état de sa peau sous le tissu.

- C'est... bien ! fit encore Alison. Tu as... réussi ! ... faut... partir maintenant !

Alison rassembla ses forces pour se mettre à genoux. Elle ne sentait plus rien dans le bras gauche et sa jambe envoyait des décharges électriques dans tout le corps. Au loin, du côté du village, elle entendit un bruit de moteur. Quelqu'un arrivait en voiture... Le vent apporta la puanteur familière des infectés. La situation empirait et elle n'avait plus de forces. Un instant, elle contempla la reddition pure et simple pour écourter la souffrance mais les images de l'horreur corse revinrent en mémoire. Sans vraiment comprendre comment, elle se retrouva debout, jambes tremblantes.

- Aide-moi à remettre... la moto sur pieds ! ordonna-t-elle dans un souffle.

En unissant leurs forces, elles firent passer les 260 kilos de la BMW à la verticale et ramenèrent la machine sur la route. Alison s'installa sur le siège et tourna la clef dans le contacteur. La mécanique allemande repartit au quart de tour. D'elle même, Solène grimpa derrière elle.

- Pas le choix... murmura Alison. Accroche-toi. On va... on va recommencer...

Elle sentit les bras de la fillette serrer sa taille. Regardant les instruments regroupés au centre du guidon, elle aperçut l'aide au franchissement d'obstacle et pressa l'interrupteur. Les amortisseurs reçurent un complément d'huile qui les bloqua en position haute, augmentant la garde au sol pour gagner en hauteur de franchissement. Elle avait calculé qu'avec plus d'élan et les amortisseurs en position haute, elle avait une chance de passer. Obéissant au mouvement de poignet sur l'admission, la moto fila vers le monticule, grimpa le talus, les pneus mordirent la terre dans les traces précédentes.

A nouveau, la vitesse baissa et, cette fois, la moto ne cala pas mais, arrivée sur la crête de l'obstacle, l'engin s'échoua sur la béquille centrale, élan brisé, à califourchon sur le talus, moteur au ralenti. La roue arrière tournait dans le vide.

Dans son dos, les infectés réduisaient implacablement la distance qui les séparait de leurs proies. Les plus proches, à cinquante mètres, bifurquaient vers le talus mais la pente raide les déséquilibrait et les faisait tomber en arrière.

Sans se concerter, les deux compagnes descendirent de la moto et la tirèrent jusqu'à ce que la roue arrière touche la crête. Sans un mot, Alison l'enfourcha et mit les gaz. Le pneu retrouva de l'adhérence et la moto se libéra.

Devant, un chemin forestier filait vers la montagne en suivant une pente faible couverte d'herbe rase. Solène la rejoignit, livide. Les râles et la puanteur qui provenaient du bas du talus n'incitaient pas à la discussion.

Pesamment, la BMW gagna de la vitesse dans l'herbe en direction du sentier éloigné.

Elle n'était encore qu'à mi-chemin du sentier lorsque Solène tendit un bras vers la gauche. Un scintillement de métal attira l'attention de la combattante.

Un étrange véhicule approchait en accélérant. Dessus, deux hommes armés les regardaient. Rageusement, Alison songea que son intuition antérieure avait été fondée : des individus sincères n'auraient pas eu cette attitude. Ceux-là étaient mal intentionnés. Elle avait bien fait d'être prudente.

- On dirait le quad de papa ! observa Solène d'une voix aigüe.

Alison passa en troisième et accéléra en direction du sentier. Le quad suivait une trajectoire d'interception oblique pour les empêcher d'arriver au sentier où il aurait du mal à les suivre.

Malgré la qualité des amortisseurs qui atténuaient les chocs, les secousses qui remontaient dans son bras blessé ressemblaient à la douleur d'une barre métallique enfoncée dans le bras à partir du coude. En pleine accélération, concentrée sur les irrégularités du terrain, elle réfléchit à l'étape suivante et récapitula les avantages de la moto sur le quad. Agilité, accélération, taille pour passer dans les zones étroites… Elle devait miser dessus.

Elle fut la première sur les lieux, talonnée par les poursuivants. L'étroit sentier, parsemé de creux et de pierres, ne dépassait pas vingt centimètres de large et montait en pente faible avant de traverser un massif d'arbres et de longer le flanc de la montagne vers les hauteurs. Si elle parvenait à atteindre la section à flanc de montagne, le quad ne pourrait plus la suivre, trop large pour la voie.

Derrière, l'engin tout-terrain restait à une centaine de mètres sans réduire l'écart. En parvenant à conserver ou, mieux, en augmentant la distance, elle avait une chance de réussir. Mais la moindre chute, le moindre ralentissement et c'était l'interception assurée.

A plusieurs reprises, la moto sortit du sentier. Malgré la douleur, la tête qui tournait et la torture du bras gauche, Alison réalisa que le quad gagnait du terrain. Les poursuivants avaient compris le plan et cherchaient à la rattraper avant le bosquet.

Elle passa à toute allure sur un pont en bois qui enjambait une rivière à sec puis sortit du sentier pour éviter deux énormes rochers qui formaient une gorge trop profonde, même pour la moto. Elle contourna l'obstacle par le côté et perdit du temps.

- Ils sont tout prêts ! gémit Solène.

Le quad n'était plus qu'à vingt mètres, de l'autre côté des rochers. Revenue sur le sentier, Alison accéléra. Le quad disparut derrière l'obstacle. La fuite était possible, elle en était désormais certaine… *A condition de ne pas chuter !* Elle vérifia les rétroviseurs. Quad bloqué devant les rochers, les deux occupants l'observaient à la jumelle et parlaient entre eux, manifestement furieux.

A la façon dont ils maniaient le quad, Alison était sûre qu'ils étaient de la région. Elle allait devoir changer de stratégie et trouver un abri sûr et discret.

- Ils font demi-tour ! jubila Solène dans son dos.

Alison réduisit la vitesse et regarda à son tour derrière elle. Le quad repartait vers la route. Épuisée et rassurée, elle remit les gaz et attaqua le sentier à flanc de montagne. La BMW grimpa avec aisance et, après une demi-heure, le spectacle de la vallée les amena à faire un arrêt pour admirer le paysage, moteur au ralenti.

En contrebas, elles virent le village aux entrées routières

barricadées. A l'intérieur, des rescapés allaient et venaient entre les maisons. A l'extérieur, sur la route, des groupes importants d'infectés approchaient de chaque côté.

La SEAL réalisa qu'elle avait bien fait de quitter la route : en supposant qu'elle ait pu éviter le piège du village, elle serait inévitablement tombée sur le second groupe d'infectés.

Portés par le silence de la montagne, des coups de feu retentirent puis, quelques minutes plus tard, des hurlements. Dans le hameau, la guerre commençait. Elle vit des infectés s'écrouler sous les balles, les autres continuant leur chemin sans même ralentir.

Autant pour éviter à Solène l'horreur du spectacle que pour gagner un abri le plus vite possible, elle relança la BMW sur les sentiers de randonnée et changea de vallée pour brouiller les pistes. Alors que la jauge d'essence de la moto approchait de la réserve, elle aperçut une ferme isolée sur un plateau au milieu d'une clairière entourée d'arbres.

A perte de vue, le regard se posait sur des sommets vallonnés en succession infinie. Au bord de l'évanouissement, elle mit la moto sur béquille et essaya d'entrer dans le bâtiment mais il était fermé.

Épuisée, elle fit sauter la serrure d'un coup de crosse puis inspecta l'intérieur. Rassemblant ses dernières forces, elle contrôla l'arrière-cour déserte en titubant puis regagna la ferme.

Alors qu'elle arrivait devant la porte de la ferme, elle s'écroula d'un bloc.

***

Base aérienne de Vélizy-Villacoublay, 4 juillet

Kiyo referma le manuel d'utilisation du microscope électronique à transmission, flambant neuf, qui venait d'être installé dans la salle de travail du laboratoire de recherches en songeant que, même dans le pire des mondes, les bonnes surprises étaient toujours possibles.

L'engin était sous tension, les équipes du génie militaire, aidées de techniciens civils, avaient bricolé une installation capable d'alimenter le microscope en énergie, de le refroidir et de gérer son fonctionnement sophistiqué.

Elle pensait désormais maîtriser les rudiments d'utilisation de l'appareil. Elle regarda l'objectif binoculaire et regretta de ne pouvoir utiliser la fonction de sortie par visualisation numérique haute définition. Le matériel nécessaire manquait et aurait été une aide précieuse pour illustrer, si nécessaire, ses recherches. Mais l'installation était opérationnelle et c'était le plus important.

Sa surprise avait été de taille lorsque les soldats avaient amené l'engin, inconscients du véritable trésor qu'ils avaient dénichés en maraudant, un prototype Hitachi, modèle HD-8888-P, trouvé dans les locaux du distributeur local d'équipement médical de la marque à Verrières-le-Buisson, un modèle de compacité et de précision extraordinaire.

Ses caractéristiques étaient stupéfiantes : grossissement maximal de vingt millions, permettant l'observation de molécules et organismes minuscules, écran de visualisation numérique, imagerie et analyse multimodale de pointe et une foule de fonctionnalités inexploitables dans le contexte actuel...Mais c'était surtout sa compacité qui le rendait exceptionnel. Bien que nécessitant trois hommes pour le manipuler physiquement, c'était un progrès considérable sur les machines statiques équivalentes, localisées à demeure dans des pièces dédiées.

Elle avait brièvement essayé de comprendre comment un tel engin avait atterri dans les locaux français d'un simple importateur de matériel nippon mais avait vite cessé, incapable de trouver une explication. La trouvaille valait son pesant d'or et était une aide inestimable dans la lutte contre le Fléau. Il permettrait d'établir l'identité de la maladie et peut-être d'établir un diagnostic de ses effets, voire une recommandation de lutte sanitaire.

Mais avec des « si », comme disaient les Français...

Elle attira l'attention de son assistant canadien, Michael Temple, nouvellement affecté par le commandement de la base et piégé comme elle en France. L'homme acquiesça de la tête et apporta un plateau garni d'échantillons humains prélevés sur des infectés et les installa sous l'objectif en obéissant aux directives de Kiyo.

Lorsque tout fut prêt, ils se regardèrent en silence, vaguement émus.Dans un instant, Kiyo allait regarder le Fléau dans les yeux.

L'assistant s'écarta et elle approcha de l'objectif, fit les réglages nécessaires et observa. Ce qu'elle constata n'avait pas de sens.

Elle passa un long moment à essayer de comprendre l'agent dont certaines caractéristiques évoquaient des souvenirs nombreux, imprécis et difficiles à corréler entre eux. Vaguement frustrée, elle délaissa l'objectif, parcourut les ouvrages médicaux et biologiques collectés et rassemblés par les équipes de maraudage mais ne garda que l'unique volume consacré spécifiquement à la virologie.

Elle le parcourut avec précision et application, à la recherche d'indices et prit des notes sur un carnet. Avec la pénurie d'électricité, elle préférait jouer la sécurité et revenir au papier.

Alors que l'assistant poursuivait son travail d'aménagement des locaux, elle parcourut plusieurs sections de l'ouvrage, compléta ses observations en ouvrant d'autres ouvrages, complémentaires, qu'elle laissa ouverts aux pages les plus intéressantes.

Elle éprouvait le sentiment jubilatoire de participer enfin activement à la lutte contre le Fléau d'Attila et de retrouver un but dans l'existence. Elle finit une section et en entama une autre lorsque, tout à coup, elle s'arrêta sur une page du volume consacré à la virologie, comme frappée par la foudre. Incapable de bouger immédiatement, elle sentit un mélange de satisfaction et d'horreur l'envahir. Elle tenait une piste !

Sans attendre, elle retourna au microscope, colla l'œil à l'objectif et observa le Fléau d'un œil plus averti. Lorsqu'elle compara la description de l'ouvrage à ce qu'elle avait sous les yeux, elle recula vivement sur sa chaise à roulettes et s'éloigna de l'objectif. Elle regarda l'engin avec stupéfaction. C'était la première fois qu'elle réagissait ainsi en présence d'une observation. Une réaction réflexe, déconnectée de toute approche cognitive, une première pour elle.

Le grossissement spectaculaire du microscope venait de lui révéler pour la première fois le Fléau d'Attila. Michael Temple, occupé à préparer une série d'échantillons, s'interrompit à son tour et vit les sourcils froncés, les yeux dilatés et la pâleur extrême de sa patronne à travers le hublot de sa combinaison.

- Un problème ?

Le visage de Kiyo, impassible, ne bougea pas et il crut qu'elle ne l'avait pas entendu. Il s'approcha d'elle et mit doucement la main sur son épaule. Elle sursauta au contact de sa main.

- Je... je crois que j'ai besoin d'un avis extérieur.

De la tête, elle indiqua le microscope.

- Je ne suis pas spécialiste des agents pathogènes, fit-il avec prudence. Franchement, je n'y connais rien ! Désolé.

- J'ai juste besoin de votre œil. Rien de plus. Contentez-vous d'observer ce que vous verrez dans l'objectif et comparez avec les documents ouverts sur la table, à côté du microscope.

Elle les désigna d'un geste.

- Dites-moi ensuite ce que vous en pensez.

Dubitatif, il gagna l'objectif et regarda à son tour dedans. Il manipula les contrôles de l'instrument avant d'écarter brusquement son visage de l'objectif.

- Qu'est-ce que c'est que ça ?

Toujours assise à distance, Kiyo releva la tête vers lui.

- Allons, Michael... Vous n'avez pas une petite idée ?

Le jeune homme déglutit avec peine, les yeux dilatés.

- Ça... ce truc a une forme horrible ! C'est... c'est le Fléau ?

Kiyo opina de la tête.

- Vous avez raison. Il n'y a pas que ses effets qui soient horribles. Son apparence l'est aussi, comme vous le dites.

Elle se replongea dans son travail.

- Maintenant, pourriez-vous le comparer aux illustrations sur la table ? Merci de me dire à quoi il vous fait penser, s'il vous plait.

Il délaissa l'objectif et parcourut du regard les documents étalés. Ce n'était pas son domaine d'expertise et il se sentait perdu mais, devant l'insistance de Kiyo, il mobilisa ses capacités d'observation. En quelques minutes, il associa une partie de ce qu'il avait vu à une image dans un ouvrage.

- On dirait... un filovirus ?
- Ah oui ? Vous pouvez préciser ?

D'un doigt ganté, il tapota sur une illustration.

- Celui-là.

Kiyo délaissa son travail et le rejoignit. Elle regarda l'illustration désignée du bout du doigt par son assistant.

- C'est exact, soupira Kiyo en accompagnant ses mots de geste. C'est un filovirus. Mais pas n'importe lequel. L'un des plus virulents de la planète ! Et dire que je m'en suis toujours douté, dès le début ! Le problème, Michael...

Elle suspendit ses gestes, cherchant ses mots.

- ... le problème, c'est que le Fléau est physiquement trop différent du filovirus pour y correspondre. Il y ressemble, mais ce n'est pas cela.

- C'est quoi, alors ?
- Autre chose. Quelque chose d'infiniment plus complexe. Et de nettement plus dangereux.

Michael Temple se tourna vers elle.

- A vous entendre, fit-il, j'ai l'impression qu'on n'est pas encore au bout de nos peines. Ni de nos surprises ! Et je suppose que ça veut dire qu'on va devoir bûcher. Mettre l'accent sur les recherches. C'est ça ?

- Oui, Michael, admit-elle en regagnant son poste de travail.

Elle se laissa tomber dans son fauteuil et le fit rouler vers le microscope.

- Notre ennemi est malin, continua-t-elle, les yeux plaqués sur l'objectif de l'instrument. Complexe et surprenant. Et nous sommes encore très loin de tout savoir sur lui.

***

CHAPITRE 13

Haut-Jura, 5 juillet

Solène était adossée au mur de la ferme. Il était deux heures de l'après-midi. Elle mâchouillait des pétales de pissenlit dont elle avait toujours aimé le goût un peu sucré.

Les yeux dans le vague, elle regardait le paysage sublime qui l'entourait. Au loin, les Alpes alignaient leurs rangées de montagnes les unes derrières les autres comme des vagues bleutées. Le soleil dardait ses rayons chauds sur les forêts dans les vallées et sur les flancs des montagnes, les lacs, les sentiers et les rocs du paysage. Tout était calme et sauvage. Des marmottes et des rapaces émettaient de temps à autre leurs cris stridents prouvant encore et toujours que, malgré le drame en cours, la vie florissait. L'air vibrant d'insectes portait les parfums des herbes hautes, de la résine des sapins et des fleurs qui constellaient les champs.

Elle n'avait rien à faire et en profitait pour se reposer. Plus tard, lorsque le soleil se rapprocherait des sommets, elle préparerait le dîner et irait vérifier l'état d'Alison. C'était devenu un rituel depuis leur arrivée à la ferme, deux jours plus tôt.

Alison avait tout juste eu le temps de vérifier qu'il n'y avait pas de danger avant de s'évanouir, vidée de ses forces, laissant Solène livrée à elle-même. Passé le premier moment de panique, elle avait réussi à tirer Alison vers une chambre du rez-de-chaussée. Elle avait puisé dans les souvenirs de sa mère pour agir et l'avait déshabillée, installée dans le lit et couverte de couvertures. Rassurée, elle s'était organisée pendant qu'Alison récupérait. Elle avait débarrassé la moto et amené les affaires dans le bâtiment dont l'examen approfondi avait confirmé l'intérêt : elle avait déniché une quantité surprenante de provisions, de bocaux et de boîtes de conserve et, délicatesse absolue, des fromages de brebis et un jambon fumé encore comestibles !

Derrière elle, dans la ferme, Alison n'avait pas cessé de gémir depuis leur arrivée. Elle avait eu de la fièvre et avait beaucoup transpiré malgré la fraîcheur de la nuit. Livrée à elle-même, Solène l'avait entièrement déshabillée pour arrêter la transpiration et avait fait plusieurs fois la longue navette entre la ferme et un étang en contrebas pour y recueillir de l'eau fraîche. Elle n'avait rien pour nettoyer ou filtrer l'eau et avait dû improviser en utilisant un vieux mouchoir en papier usagé avant de donner l'eau à Alison. Elle avait sacrifié un de ses tee-shirts pour en faire une serviette avec laquelle elle épongeait régulièrement la sueur d'Alison. La femme qui l'avait protégée avait besoin de l'être à son tour et Solène était consciente de payer son tribu à sa protectrice.

L'emploi du temps de Solène alternait entre préparation des repas et soins à Alison. Dans l'intervalle, elle montait la garde et jouait parfois avec les insectes qui florissaient dans l'herbe. Mais jouer était devenu un vrai luxe. Alors qu'elle aspirait à jouer comme tout enfant de huit ans, elle devait à la place assurer les soins d'une adulte, trouver de la nourriture, éviter d'attirer les infectés de la vallée et, si elle était repérée, s'en débarrasser... Pour le moment, elle avait surmonté les défis sans broncher mais, lorsque la fatigue s'emparait d'elle et qu'elle n'avait plus rien à faire, elle pleurait en silence en pensant à sa mère, à son père, à ses copines de classe et aux dangers qui la menaçaient.

- *Solène...* gémit Alison depuis la ferme dont la porte d'entrée était restée ouverte, la voix à peine audible.

Elle se leva instantanément et, une seconde plus tard, était à côté de sa protectrice dont le visage ruisselait, les yeux à moitié ouverts soulignés de cercles sombres, traits tirés.

- Solène, reprit Alison en essayant de s'asseoir sur son matelas improvisé, il faut que tu m'aides... On ne peut pas rester... ici... Trop... trop dangereux.

La fillette aida Alison à s'asseoir. Elle glissa son propre sac de couchage entre le mur et son dos pour plus de confort.

- Qu'est-ce que je dois faire ? demanda-t-elle à voix basse.

L'US Navy SEAL lui adressa une ébauche de sourire, dévoilant des dents blanches et brillantes dans l'obscurité.

- Mon épaule... est déboîtée. Ma jambe brûle... peux pas rester comme ça !

Solène acquiesça de la tête. Elle vit arriver l'étape suivante avec angoisse.

- D'abord... l'épaule. Après, on verra pour la jambe. D'accord ?

- D'accord. On fait comment ?

- C'est... pas très compliqué. Il faut de la force. On va essayer...

La gorge soudainement sèche, Solène fit timidement oui du bout du nez.

- OK ma grande... Passe derrière... et fais ce que je dis. N'hésite pas.

- Ça va faire mal ?

- Fais-ce que je te dis... encouragea Alison en forçant un sourire.

Peu rassurée, Solène passa derrière Alison et appuya son dos contre le mur humide et frais de la ferme. Obéissant scrupuleusement aux instructions, elle prit le bras d'Alison, mit un pied contre sa hanche et se plaça dans l'alignement des épaules. Lorsqu'elle fut en position, Alison compta jusqu'à trois et Solène tira sur le bras de toutes ses forces.

La femme-soldat s'effondra sur le côté.

- Alison ! hurla Solène en lui prenant la tête dans les mains.

Paupières fermées, la sueur ruisselant sur le front et les tempes, livide, elle ne répondit pas. Elle respirait très rapidement.

- Alison ! hurla-t-elle en sentant arriver la panique. Réveille-toi ! Dis-moi quelque chose !

Terrorisée à l'idée de se retrouver seule sur place, elle gifla Alison et s'acharna à la réveiller pendant de longues minutes.

Alors qu'elle sentait les larmes monter, la militaire déglutit faiblement. Ses yeux roulèrent sous les paupières. Suspendant son propre souffle de peur de gâcher quelque chose, Solène la vit ouvrir les yeux.

- Ça... n'a... pas... marché ! fit-elle dans un souffle. Il faut... réessayer... Allez...

Solène hésita. La perspective de lui faire à nouveau mal la tétanisait mais c'était le seul moyen de remettre l'épaule en place. Il n'y avait aucun médecin dans les parages et elle ne pouvait compter que sur elle-même. Courageusement, elle se remit en position et tendit le bras d'Alison entre ses mains. Reculant de façon à ce que ses jambes prennent place contre les hanches de son amie, elle se décala de côté. Elle avait été parfaitement à la perpendiculaire la première fois et c'était peut-être la raison pour laquelle ça n'avait pas marché. Elle prit une profonde inspiration puis tira de toutes ses forces.

Il y eut un craquement sonore suivi immédiatement d'un hurlement d'Alison. Terrorisée, Solène lâcha aussitôt le bras et se précipita vers elle. C'était la première fois qu'elle l'entendait hurler mais, cette fois, l'Américaine ne s'était pas évanouie.

- Alison... ça va ?

- Ça va, mon ange... Cette fois, c'est OK. Épaule en place... Un vrai petit docteur.

Assise sur ses jambes repliées, Solène sourit à son tour et entoura le visage livide d'Alison de ses mains. L'Américaine leva faiblement les siennes et couvrit celles de Solène.

- La… la jambe maintenant… Tu es… prête ?
- Prête ! Comment on fait ?

L'adulte réfléchit un instant en s'adossant à nouveau contre le mur. La sueur coulait toujours, mais il était visible qu'elle reprenait des forces.

- Besoin de… de beurre… ou de citron.
- Du beurre ou du citron ? Il faut plutôt des médicaments… On n'en a pas ici !
- La chaleur… Elle a détruit les couches supérieures de l'épiderme. Pour reconstruire, il faut… de la graisse ou des vitamines. Le plus tôt possible. Pas idéal, mais c'est… ce qui est le plus facile à faire aujourd'hui… Le citron, ce sera… difficile. Peut-être du beurre. Ou du lait. Dans la ferme.
- J'ai déjà cherché là-bas. J'ai trouvé du fromage mais pas de beurre. Le frigo ne marche pas et ce qu'il y a dedans sent mauvais. Mais tu… tu veux que j'y retourne, c'est ça ?

Alison n'eut pas la force de confirmer.

- Bon d'accord. Je vais y aller et te ramener du beurre et du lait et à manger si je trouve.
- Attends… minette ! Attends !

Alison saisit le bras de la fillette par la main pour l'empêcher de bouger.

- Donne-moi mon pistolet s'il te plait.

Solène fouilla dans les affaires de la militaire et lui ramena l'arme.

- Tu vas devoir te protéger toute seule. Désolée… mais c'est pour notre sécurité à toutes les deux. Voilà comment ça marche…

En quelques minutes, Alison expliqua le fonctionnement du pistolet et lui demanda de reproduire les mouvements d'armement, de posture, de sécurité et de changement de chargeur. Au bout de vingt minutes, elle estima que la fillette était prête.

- Attention au recul quand tu tires. Serre bien l'arme des deux mains pour ne pas avoir mal. Vas-y maintenant et sois prudente. Je vais me reposer en t'attendant. On préparera à manger quand tu seras rentrée…

Arme à la main, Solène embrassa Alison avant de sortir de la ferme et de disparaître dans la lumière éblouissante de la montagne silencieuse.

***

Porte-avions Kuznetsov, au large de la Norvège, 5 juillet

Gonchakov entra dans la salle de briefing, ordinateur portable sous le bras, des cartes géographiques militaires, des feuilles de papier vierges et des CD-ROM dans une main et une tartine de pain beurrée coincée entre les dents. Les spécialistes convoqués étaient déjà là. Mentalement, il prit note du fait que, malgré l'effondrement de l'environnement, il restait encore des soldats comme lui, disciplinés et fidèles à leur mission. Compte-tenu du contexte, c'était rassurant car il avait besoin de pouvoir compter sur eux.

Dans le silence, il connecta l'ordinateur au projecteur numérique. Sans prévenir, le souvenir des événements de la veille lui traversa l'esprit. Des matelots, servants d'artillerie, avaient fait preuve d'insoumission. Deux d'entre eux avaient exigé d'être débarqués pour rejoindre leurs familles, craquant sous le poids du stress, du doute et de la charge de travail accrue. Ils avaient été abattus dans la soirée sur ordre de l'amiral.

Gonchakov réalisa qu'il était urgent de lancer la mission avant que la situation ne dégénère. Du regard, il se força à faire le tour des présents. Face à lui, le chef mécanicien, le chef armurier, l'officier météo, l'officier des Renseignements et le second et dernier pilote de chasse du 279ème régiment d'aviation, le lieutenant Arkadi Polyshkin. C'était son futur ailier pour la mission sur les centrales nucléaires.

Gonchakov l'observa. Pas plus de vingt cinq ans. Quasiment le même âge qu'un de ses fils. Aucune expérience du combat. Vingt appontages depuis la qualification, soixante-deux heures de vol sur Su-33. *Pas suffisant pour une mission comme celle-là.*

Il était bon pilote et sa jeunesse le rendait encore malléable mais, au combat, le stress induit par la prise en charge d'un ailier inexpérimenté pouvait faire la différence entre succès et échec.

Gonchakov comptait quinze ans de service, 2300 heures de vol sur Mig-29K et Su-33. Il était allé au combat en Tchétchénie, Serbie, Géorgie. L'ailier idéal aurait été un vétéran comme Romanov qui avait connu le feu et qui n'avait pas besoin d'explications. Mais Romanov ne s'était pas présenté à l'appareillage. *Où était-il, le vieux briscard ? Mort ? Infecté ? Ou simplement auprès de sa famille ?*

Il réprima un mouvement de tête et trouva le fichier qu'il voulait présenter sur l'écran.

- Messieurs, on revoit la mission dans son ensemble. Si vous avez des informations fraîches dans vos domaines respectifs, partagez-les. N'hésitez pas à m'interrompre.

Il appuya sur une touche. L'écran afficha une carte géographique d'Europe Occidentale où figurait la position du Kuznetsov et plusieurs itinéraires vers la France. Sur une autre diapositive apparut une carte de France avec les photos des centrales nucléaires concernées.

- Nos objectifs sont les centrales de Cattenom, Bugey et Cruas. Les deux premières sont des réacteurs nucléaires à eau ordinaire sous pression, la troisième un ERP à refroidissement fermé.

A l'aide d'un pointeur laser, il indiqua la position géographique successive des trois centrales sur l'écran. La première était dans le Nord de la France, les deux autres près des Alpes.

- Les trois centrales seront neutralisées dans l'ordre chronologique que je viens d'indiquer. Mon ailier sera le lieutenant Polyshkin, ici présent.

Polyshkin acquiesça d'un mouvement de tête. Gonchakov passa à une nouvelle diapositive qui représentait le porte-avions et les points de navigation vers les objectifs.

- Au lancement, le Kuznetsov se trouvera au large de la Finlande. La mission poussera l'autonomie des zincs au maximum : trois mille kilomètres pour l'approche, autant pour le retour. Refueling obligatoire dans le nord de l'Europe. Belgique, Hollande ou Allemagne… Impossible de savoir où exactement à ce stade. On verra sur place. Pour l'armement, air-sol pour les objectifs terrestres, dont les *charges spéciales*, air-air pour l'auto-défense. On survolera des états membres de l'Otan et il peut encore y avoir des unités partiellement opérationnelles.

- Colonel, interrompit le chef armurier, un homme d'une cinquantaine d'années à la morphologie de bœuf, il faut que vous sachiez que l'installation des *charges spéciales* prend plus de temps que prévu.

- Qu'est-ce qui pose problème ? L'adaptation du sarin sur les KMGU-2, c'est ça ?

- Oui. On n'a pas l'habitude de travailler en combinaison sur des substances aussi dangereuses. La manipulation est compliquée par les mouvements du bâtiment et les combinaisons empêchent de bouger correctement.

- Et question délai, ça donne quoi ?

L'homme s'interrompit et fronça les sourcils en ouvrant les mains.

- Sans entrer dans les détails techniques, les bombes MKGU-2 sont normalement des munitions à fragmentation équipées chacune de huit containers de douze micro-bombes AO2.5RT de 2,5 kg. Au total, chaque MKGU-2 peut délivrer 240 kg d'explosif antipersonnel. Sauf qu'ici, les charges à fragmentation sont remplacées par le sarin, pré-conditionné en dosettes. Mes gars sont enfermés en combinaison RNBC dans un ancien local de développement photographique qu'on a calfeutré avec des sacs remplis d'eau le long des portes et des aérations. C'est là-dedans qu'ils manipulent le produit. S'il y a une fuite dans le local, ça n'empêchera pas la catastrophe, mais ça limitera la propagation à bord et ça laissera le temps d'évacuer le bâtiment. Le transvasement n'est pas compliqué, mais dangereux. C'est pour ça que ça prend du temps. Il faut transvaser cette saleté à la main, dose par dose, des caisses aux containers. Plusieurs gars ont déjà craqué. Certains tremblaient tellement que je les ai dégagés. Ça fait trois jours qu'on est là-dessus. Encore un pour finir.

Gonchakov enregistra l'information. Un jour pour finir le chargement. Deux jours de tempête prévus. C'était compatible. La mission pouvait être lancée dans les deux jours.

- OK. Merci. Tenez-moi au courant lorsque le chargement sera fini.

- Pas de problème, colonel. Juste pour info, fit-il avec un sourire neutre, chaque zinc volera avec plus de *sept cents kilos* de liquide, de quoi nettoyer entre 20 et 100 hectares par objectif en fonction du sens du vent et de la perte d'agent chimique lors du largage.

- Compris. Au fait, le sarin, c'est pas cette saloperie qui a été utilisé par une secte dans le métro de Tokyo dans les années 90 ?

Le chef-armurier se gratta la barbe naissante.

- C'est ça. Les types du FSK qui l'ont livré nous ont parlé de ça. A Tokyo, en 1995, les quatre terroristes ont utilisé chacun deux poches plastiques de 900 ml. Deux litres par personne, le chef trois. Dix au total. Résultat : douze morts et six mille gars envoyés dans les hôpitaux. Il suffit d'une tête d'épingle de sarin pour trucider un homme. Une fuite de quelques gouttes peut liquider tout l'équipage du porte-avions. Et à ce que je sais, on en a chargé *mille cinq cents kilos* à bord !

Un silence glacé tomba sur la salle. Gonchakov déglutit en pensant à sa responsabilité morale. Mais c'était son boulot. Il était pilote de chasse, il exécutait les ordres. D'autres étaient chargés de prendre ce genre de décision horrible, pas lui.

- Et les autres armes ? demanda-t-il à l'armurier pour changer de sujet.

L'homme au cou épais hocha la tête.

- Les missiles air-air sont déjà sous aile. Archer en bout d'aile, R-27ET sous voilure et R-27EM sous fuselage. Pour l'air-sol, trois BD3-U sous pylônes d'ailes pour accrocher les MKGU-2. Une par pylône.

Ses yeux verts fouillèrent nerveusement la salle.

- Ah, encore une chose. Les containers individuels sont autorégulés thermiquement pour que le liquide ne soit ni trop chaud, ni trop froid. Une fois installés dans le corps de la bombe, ils se mettent en marche.

- Et alors ? Quelle conséquence pour la mission.

- Approchez l'objectif à basse altitude si possible. Imaginez que l'autorégulation thermique ne fonctionne plus en vol. Une avarie ou un truc du même genre. Le sarin est liquide. Qu'est-ce qui se passera si vous volez trop haut ?

- Il se transformera en glace.

L'homme approuva de la tête. Gonchakov maugréa.

- Ça nous oblige à revoir nos trajectoires d'approche sur objectif et la consommation.

- Ça, c'est votre boulot, colonel. Au fait, le missile Kh-31P antiradar, on le monte ?

- Ça dépend de la menace antiaérienne, fit Gonchakov en se tournant vers le troisième homme. On a un risque de tomber sur des missiles sol-air sur le trajet ?

Le jeune officier des Renseignements se tortilla sur sa chaise et prit la parole.

- Colonel, on a perdu quasiment tous les liens avec les satellites militaires et civils. Même internet est HS. Pareil pour les stations terrestres et les unités navales Russes. On est péniblement arrivés à joindre une unité isolée du FSK du côté de Moscou. Ils n'étaient même pas au courant de la mission. Et personne ne connait la situation des forces militaires occidentales. Rien sur les sites antiaériens. C'est le brouillard. Désolé.

Gonchakov baissa la tête, contenant sa colère.

- Montez un Kh-31P par avion, fit-il. Si on croise un SAM, on sera contents de pouvoir réduire la menace.

- Et pour les contre-mesures électroniques, demanda l'armurier, on monte des *Sorbstiya* ?

- Non. Pas besoin de brouillage. Ça prendrait la place de deux missiles air-air.

- Comme vous voulez. Pour finir, le canon GSh-301 est chargé. Traçantes classiques avec phosphore tous les sept obus.

- Bien. Reste la météo, fit Gonchakov en se tournant vers un autre homme.

- Inchangée. La tempête actuelle qui vient d'Islande faiblit. Elle durera encore quarante-huit heures. Mais une nouvelle perturbation descend du Groenland. Elle sera sur nous dans soixante-douze heures. Elle devrait durer plusieurs jours. La fenêtre de lancement sera donc *d'une journée* entre les dépressions, pas plus.

Gonchakov se tourna vers le responsable de la maintenance et l'interrogea du regard.

- RAS, répondit l'officier barbu, bras croisés sur le ventre.

Surpris, Gonchakov haussa les sourcils.

- Tous les équipements sont opérationnels, poursuivit tranquillement l'officier. Vos montures sont en parfait état de marche.

Gonchakov se décrispa. C'était la première vraie bonne nouvelle de la journée. Il regarda les hommes autour de lui. D'après leurs rapports, les choses étaient sous contrôle et, sous réserve que les prévisions météo soient conformes, la mission allait pouvoir être lancée dans les deux jours.

- Très bien messieurs. J'informerai l'amiral. On se revoit pour un dernier briefing avant le top départ. Ce sera l'officier météo qui le donnera, dès que la météo le permettra. D'ici là, je compte sur votre aide à tous. Merci. Rompez.

***

Haut-Jura, 5 juillet

Solène avança prudemment, le lourd pistolet coincé dans la ceinture de son pantalon sale. Elle avait repéré une ferme de l'autre côté d'une petite vallée et s'y dirigeait avec espoir. La vallée n'était pas profonde et la remontée facile. Il faisait bon, tout était calme.

Loin à gauche, elle devinait un petit village niché contre une colline. Trop loin, trop dangereux. Elle était devenue méfiante et ne voulait plus jamais revivre l'épisode corse.

Alors qu'elle approchait de la nouvelle ferme, elle en distingua les détails. Une maison principale en pierres dont la porte d'entrée était restée ouverte. Des chiens et des chats entraient et sortaient sans gêne. Plus loin à gauche, un tracteur, un camion bâché et une vieille voiture immobiles à l'emplacement où ils avaient été abandonnés.

A droite de la maison dont ils étaient séparés par une allée étroite, plusieurs bâtiments en tôles ondulées métalliques dont un servait d'étable. Aucun son n'en sortait alors que les animaux qui s'y trouvaient auraient du hurler en l'entendant approcher. Autour des bâtiments, des poules et des canards s'ébattaient avec insouciance. Elle fut surprise par le nombre avant de réaliser que, s'il n'y avait plus personne pour collecter les œufs le matin, ceux-ci finissaient par éclore. Parfois, un chat se précipitait sur un poussin et le dévorait après avoir joué avec lui, provoquant un émoi parmi les autres volatiles.

Soudain, elle s'arrêta net et se jeta à plat ventre dans l'herbe. *Des infectés !* Une vieille femme, probablement l'ancienne propriétaire de la ferme, deux hommes d'une trentaine d'années. *Les fils ? Le père était invisible, peut-être à l'intérieur de la maison ou dans un hangar.*

La vieille femme et un homme marchaient sans but dans la cour, visage tuméfié et difforme. Lorsque le vent souffla dans sa direction, elle se pinça le nez pour bloquer l'horrible odeur.

Le deuxième homme disparut dans l'étable.

Terrorisée, allongée dans l'herbe sur le ventre, elle sentit le gros pistolet noir contre son ventre et ses côtes mais même l'arme ne la rassura pas. Elle n'avait jamais tiré de sa vie mais elle avait vu les résultats, le bruit assourdissant, les dégâts épouvantables sur ceux qui étaient visés... Entre les deux, elle ne savait pas si c'était la crainte des infectés ou celle d'utiliser l'arme qui la tétanisait le plus mais elle devait être forte et se comporter comme une grande si elle voulait aider Alison. Elle trouva de la force en repensant à l'amélioration de la santé d'Alison. Elle retrouvait des forces, peut-être le résultat des soins et efforts prodigués...

Elle revint à la ferme et à sa cour grouillante d'animaux. Elle devait y aller seule. Alison n'était pas là pour la protéger mais elle avait vu comment elle se battait et elle était décidée à faire de son mieux pour être à la hauteur.

Rassemblant son courage, elle attendit que la mère et le fils tournent le dos pour se lancer. Avec précaution, elle franchit le talus et couvrit rapidement la distance restante. Elle glissa ensuite dans les hautes herbes jusqu'à la cour.

La mère était à gauche, le fils à droite. Ils marchaient à l'opposée l'un de l'autre et ne faisaient pas attention à elle. *C'était le moment !*

Elle courut vers la porte d'entrée de la maison. Sur le chemin, les poulets et les canards s'éparpillèrent en tous sens. Elle n'avait pas pensé à ça ! *Stupides animaux !*

Le cœur battant, elle vérifia du regard les deux infectés et ne fut pas surprise de les voir ralentir et se retourner vers l'origine du bruit.

Avec un début de panique, elle accéléra et se propulsa dans l'embrasure de la porte. Arrivée à l'intérieur, elle se dissimula aussitôt derrière la porte, retenant son souffle, les nerfs à vif. Elle commençait déjà à regretter sa tentative. Dehors, le son des graviers écrasés pris en intensité. Ils approchaient…

A l'intérieur de la ferme, l'ambiance était obscure et fraîche malgré la chaleur extérieure. Il régnait une odeur forte de feu de bois froid et de cire, vestiges d'une vie passée.

Un bruit retentit à droite. Quelqu'un bougeait dans la maison en traînant les pieds. Le père ? La panique saisit son ventre et envoya des décharges glacées dans son corps. Elle se couvrit le visage des deux mains, incapable de penser. Que faisait-elle là ? Pourquoi avait-elle quitté Alison ?

Dehors, les pas ne s'arrêtèrent pas devant la porte. Solène réalisa qu'avec la fin du vacarme de la basse-cour, les infectés s'étaient désintéressés de l'agitation. Les yeux écarquillés, elle se tourna prudemment à droite focalisant son attention sur la nouvelle menace. Retenant son souffle, elle vit apparaître une silhouette massive vêtue d'une salopette en jean. Elle résista à l'envie de se mordre une paume pour ne pas hurler de terreur.

L'homme s'arrêta à l'angle du couloir, bouche ouverte. Un filet de liquide noirâtre coula de sa bouche aux dents ravagées. Les bras ballants le long du corps, il semblait indécis et elle n'était pas sûre qu'il l'ait vue.

Tapie dans l'ombre de la porte, elle essaya de contrôler le tremblement de ses mains et de ses jambes pour ne pas attirer l'attention.

Il était à quelques mètres d'elle et le moindre mouvement ou son l'attirerait comme un aimant.

Il resta immobile un long moment, les yeux dans le vague. Par terre, le liquide sombre finit par former une flaque nauséabonde.

Plusieurs minutes s'écoulèrent et le bras de Solène, contracté contre son ventre, commença à s'ankyloser. Elle décida de l'abaisser pour rétablir la circulation sanguine.

Avec d'infinies précautions, elle bougea son bras mais la crosse métallique de l'arme, coincée entre sa ceinture et son ventre, heurta l'armature en métal de la porte. Pétrifiée, elle s'arrêta net en regardant l'infecté.

Celui-ci leva les yeux dans sa direction et se mit aussitôt en marche en gémissant. Un frisson électrique glacé parcourut sa colonne vertébrale et elle hurla involontairement. Elle était condamnée à se défendre !

Elle prit le pistolet. L'arme était lourde dans sa main tremblante. D'un geste, elle déverrouilla la sûreté comme Alison lui avait appris et mit l'homme en joue, ne sachant pas à quoi s'attendre quand elle presserait la détente. Elle n'avait jamais visé personne avec une vraie arme…

Pistolet pointé vers l'homme, l'enfant détourna la tête et pressa sur la détente.

La détonation explosa dans l'espace confiné du couloir. L'arme sauta violemment dans ses mains et elle ressentit une douleur aux poignets. Lorsqu'elle rouvrit les yeux, elle vit que l'homme était arrêté au milieu du couloir, à genoux dans une mare de sang qui se formait sous lui. Il était blessé au genou gauche et la partie inférieure de sa jambe gisait à côté de lui, arrachée par la balle.

Malgré la blessure, il avança dans sa direction en rampant par terre, laissant une longue trace de sang sombre sur le sol. Solène baissa le canon fumant de l'arme et vomit violemment contre le mur. *L'homme qui lui faisait face gisait dans son sang, la jambe arrachée… et c'était sa faute à elle !*

Livide, elle eut un instant d'hésitation mais le spectacle horrible de l'homme finit par terrasser sa résistance instinctive. Elle DEVAIT entrer dans la maison pour y trouver de quoi soigner Alison ! Impossible de le faire tant que l'infecté serait là… Tirer de nouveau sur lui avant que les autres n'arrivent ? Elle pointa l'arme sur la loque qui rampait, visa… et rebaissa le canon. Elle ne pouvait pas…

Elle s'extirpa de sa position lorsque les doigts de l'homme touchèrent ses chaussures.

Sans insister, elle sortit de la ferme, passant entre les deux infectés revenus vers l'entrée. Elle ne s'aperçut de leur présence que par leur puanteur et utilisa sa petite taille pour éviter leurs bras avant de mettre le cap sur l'étable en courant.

Les portes de la grange étaient trop grandes et trop lourdes pour qu'elle les referme seule. A regret, elle les laissa ouverte et courut entre les boxes d'où montaient les effluves nauséabonds des cadavres de vache en décomposition. Visage tourné vers l'arrière, progressant à reculons, elle trébucha sur quelque chose et s'étala par terre dans la boue et les excréments séchés. Le pistolet tomba et glissa sur le sol, hors de portée.

Elle se retourna d'un bloc vers l'entrée pour voir ce qui l'avait fait tomber et ne put s'empêcher de hurler, glacée d'effroi. Un infecté était assis à côté d'un cadavre de femme dont le ventre était ouvert. Il se redressa dès que leurs regards se croisèrent.

400

Elle recula vers le mur du fond et regarda l'étable, cherchant une autre sortie. La seule disponible était celle d'où elle était venue, les grandes portes d'entrée…

Le pistolet gisait entre elle et l'infecté qui se déployait. *Trop dangereux de le récupérer… Alison !*

Derrière lui, dans la lumière de l'entrée, deux silhouettes sombres se dessinèrent et avancèrent maladroitement vers elle.

Le frère et la mère…

Avec terreur, Solène réalisa qu'elle était prise au piège.

***

Vélizy-Villacoublay, 5 juillet

Muni de son plateau-repas, Lasalle parcourut du regard la foule assise autour des tables de fortune sous la tente. Il régnait un brouhaha continu si fort qu'il couvrait les gémissements des infectés dehors. Du regard, il chercha une place libre.

Depuis l'arrivée des rescapés du convoi, la grande tente militaire qui servait de cantine montrait ses limites. Il y avait au moins une centaine d'individus entassés sous la toile vert foncé et il régnait une chaleur d'étuve malgré les pans verticaux relevés pour laisser passer l'air.

Dehors, une longue queue de personnes s'étirait et les gens attendaient d'être servis. Les rations distribuées étaient à peine suffisantes pour soutenir un adulte. Les visages étaient tendus, sales, soucieux. Malgré les raids répétés des détachements chargés de l'approvisionnement sur les magasins et entrepôts des alentours, la nourriture était difficile à obtenir. D'autres s'étaient servi et, lorsqu'une cache vierge était découverte, la nourriture était souvent rance. Pire, Lasalle avait entendu dire que les patrouilles avaient elles-mêmes été prises sous le feu de gangs de voyous. Il y avait eu des morts des deux côtés. Plus inquiétant encore, les vétérans des raids faisaient savoir que la tendance de ces groupes était à la radicalisation. Avec la faim et la pénurie généralisée, les appétits physiques et matériels s'aiguisaient et les heurts étaient inévitables.

Pour pallier au problème de nourriture, des arpents de terre avaient été mis en friche sur la base. Des semences de tomates, de salades, de pommes de terre, de haricots avaient été répandues mais il faudrait des mois avant que les efforts ne débouchent.

Il y eut un mouvement de l'autre côté de la tente et un militaire libéra sa place. Arrivé le premier, Lasalle s'y installa et déballa ses couverts en plastique. Il n'avait pas faim. Il y avait pourtant des haricots cuisinés à la mexicaine. D'après le goût, le repas provenait directement d'une boîte de conserve. Deux biscottes, un biscuit au sucre et du café soluble constituaient le déjeuner. Tout en mastiquant, il songea qu'il n'avait plus mangé de légumes frais, de fruits et de laitages depuis longtemps. Toutes ces choses auxquelles il n'avait pas fait attention lorsque le monde tournait encore prenaient soudain une importance jamais envisagée au préalable. Tout était devenu difficile, souvenirs distants, hors de portée. Une douche chaude, du savon liquide, un interrupteur électrique fonctionnel, une sortie en supermarché, un week-end dans un parc d'attraction, une virée en moto dans la forêt, un téléphone portable qui marchait... Rien n'était plus pareil. Les structures de la société, les paysages, les bâtiments, les rivières, le ciel et les nuages n'avaient pas changé mais les hommes n'étaient plus les mêmes. Ils vivaient à présent dans la peur et l'oppression permanentes, dans la tension et l'agressivité. L'armée, seule structure encore organisée, dominait l'existence des survivants. Était-ce satisfaisant pour les civils ? Quel avenir pouvait-il y avoir pour l'humanité ? Combien de temps encore les infectés continueraient-ils à arpenter la terre, à empêcher la vie normale de reprendre ses droits ?

Les yeux dans le vague, il songea aux écrits des grands hommes de l'humanité. Auraient-ils pu imaginer qu'un tel drame se jouerait un jour pour leurs descendants ? Qu'en auraient-ils déduit au sujet de l'humanité ? Que le Fléau d'Attila était une phase inévitable de l'évolution humaine ? Darwin y aurait sans doute vu une nouvelle étape évolutive majeure de l'espèce, une opportunité radicale de faire le tri entre les organismes pour ne retenir que les plus forts. Et que diraient les écrivains du futur, s'il en restait, sur cette période sombre ? Serait-elle connue comme *le Grand Crépuscule de l'Homme* ou au contraire comme son *Aube* ?

Il avala une bouchée et ses pensées revinrent à la débâcle du convoi. Les témoignages convergeaient. Dès le départ, la quasi-totalité des hommes avaient songé, comme lui, que c'était une hérésie de déplacer les civils et la garnison vers Vélizy. Pas d'avantage tactique, scientifique, logistique... Au contraire ! Le colonel Francillard avait fait un bilan simple et factuel dès qu'il avait été certain que plus aucun homme ou véhicule n'arriverait à la base. Devant un parterre mixte et médusé d'officier et de sous-officiers de la BA-113 et de la Ba-107, il avait parlé des pertes. Sur un total initial de 2500 militaires et civils, mille étaient parvenus à Saint-Dizier à bord de 119 véhicules de tous types, allant de la moto personnelle au bus de transport collectif en passant par les gros bulldozers de déblayage ou encore des voitures particulières.

Suite au désastre du Chatelet-en-Brie et aux multiples problèmes rencontrés par la suite, un peu plus de cinquante véhicules et cinq cents survivants étaient arrivés à Vélizy. En résumé, un cinquième des rescapés initiaux de Saint-Dizier était encore vivant. Malgré son professionnalisme et sa grande habitude du commandement, le colonel n'avait pas été capable de cacher sa désillusion devant ses principaux lieutenants. Visiblement très affecté, il avait attribué la tragédie à une combinaison de facteurs allant du manque de concertation des militaires par le politique au ratage opérationnel. Pas une voix ne s'était élevée pour le contredire.

Une place se libéra à côté de Lasalle. Sortant de ses réflexions, il réalisa qu'une paire d'yeux en amandes le fixait. La Japonaise se tenait devant lui et le regardait. Elle était vêtue de sa blouse blanche de médecin, déboutonnée sur son treillis militaire. Des stylos étaient accrochés à une poche extérieure et il vit un petit calepin et un enregistreur numérique. Ses cheveux étaient noués en une longue queue de cheval noire qui descendait à mi-dos. Elle tenait dans ses mains un plateau-repas.

- Puis-je m'asseoir ici, Monsieur ? demanda-t-elle. Je suis désolée. Il n'y a pas d'autre place libre.

Pris au dépourvu, il se contenta de hocher la tête et elle prit place à côté de lui en souriant. Il avala nerveusement le contenu de son verre en plastique blanc.

- Je vous ai vu atterrir. On m'a dit que vous veniez de Saint-Dizier.

Lasalle se racla la gorge, intimidé et méfiant.

- C'est exact.

- On m'a dit aussi que les infectés avaient envahi la base.

- Ça aussi, c'est vrai.

- J'imagine que vous aviez bien d'autres choses à faire à ce moment-là, mais j'ai besoin d'en savoir plus sur eux. Avez-vous remarqué quelque chose de spécial dans leur attitude ?

Lasalle prit sa tasse de café fumant et but le liquide noir et chaud, délaissant le reste du repas. Elle s'intéressait aux infectés. Pas à lui.

- Il y avait pas mal de choses à faire, vous savez. La base s'écroulait, les hommes se faisaient trucider. J'essayais de sauver les meubles… Ça n'était pas le moment de faire de l'observation. Mais en ce qui me concerne, des types dont le QI ne dépasse pas celui d'un poisson rouge, qui se décomposent sur place et qui s'attaquent aux autres pour s'en nourrir, oui, c'est *très* spécial.

- Je comprends. Mais je pensais surtout à une évolution possible de leur comportement entre le moment où vous les avez vus pour la première fois et l'attaque de la base.

Lasalle réfléchit en silence, considérant la question sous un autre angle, plus dynamique.

- Non. Sinon leur lenteur. J'ai trouvé qu'ils ralentissaient. Leurs mouvements, les déplacements, les gestes... Mais c'est peut-être subjectif. J'étais loin d'eux quand ils ont déboulé sur la base.

- Non, vous ne vous trompez pas. Ils sont plus lents en effet. Leur épiderme continue à se décomposer. Ils perdent progressivement la flexibilité de la peau et des muqueuses, ce qui rend la flexion et l'extension de leurs muscles douloureuse. C'est un peu comme si vous aviez un sparadrap collant de la cuisse au mollet. A chaque mouvement de jambe, l'autre partie aurait mal. C'est la même chose pour eux, sauf que la douleur est plus forte. Ils sont obligés de limiter leurs mouvements ou de les faire plus lentement pour éviter de souffrir. C'est aussi pour cela qu'ils gémissent en permanence.

- Intéressant. Mais vous en parlez comme si c'était encore des êtres humains ! Vous vous trompez, docteur. Ces... ces *choses* abjectes ne sont plus humaines.

Elle cligna des yeux avec douceur.

- Croyez-moi, ils sont toujours humains, malgré les apparences.

Il touilla nerveusement le fond de café dans le gobelet.

Inutile d'entamer une discussion sur le sujet. Elle a ses convictions, j'ai les miennes...

- Au fait, fit-il en relevant les yeux vers elle, on discute depuis un moment et... et je ne sais toujours pas qui vous êtes...

Elle reposa sa fourchette et s'essuya les lèvres à l'aide d'une serviette en papier puis tendit sa main aux doigts blancs et effilés vers lui. Lasalle la serra avec délicatesse.

- Désolée d'avoir manqué à mes devoirs, fit-elle en inclinant la tête à la mode nippone. Kiyo Hikashi, chercheuse en médecine à l'Université de Tokyo. Le commandant de la base ma recrutée pour chercher l'origine de la maladie. C'est ma participation personnelle à l'effort de guerre.

- Commandant Adrien Lasalle. *Lupus* pour les aviateurs. Mon rôle, c'est de commander ce qui reste de chasseurs sur la base.

Avec délicatesse, Kiyo fit glisser sa main hors de celle de Lasalle et reprit son repas. Bouche-bée, Lasalle la contempla pendant qu'elle mangeait. Ses yeux formaient deux fentes noires terminées par des cils sombres qui jaillissaient des paupières blanches et lisses.

404

Ses lèvres pleines et étroites étaient la seule touche de couleur sur son visage clair. La courbe fine de son cou évoquait féminité et sophistication. Ses mouvements étaient d'une fluidité et d'une précision stupéfiante.

- Je vais me chercher du café, grommela-t-il, troublé. Vous voulez quelque chose ?

Elle leva les yeux vers lui et secoua la tête négativement. Une fois servi en café déshydraté, il revint à sa place et vit qu'elle l'attendait, jambes croisées, couverts en plastique rangés sur le plateau-repas vide. Il déposa son café sur la table et s'assit à côté d'elle. Elle sentait bon. Elle avait l'air soucieuse. Et triste. *Peut-être comme lui.*

Il prit le café et s'adossa en soupirant profondément, cherchant un angle de discussion.

- Je crois qu'on a tous perdu quelque chose dans cette affaire, fit-il à voix basse. Heureux ceux qui étaient célibataires quand cette foutue maladie s'est déclarée.

Kiyo posa ses yeux sombres sur ceux de Lasalle et il y lut la compréhension. Rassuré, il se lança.

- Ma fille et ma femme n'ont pas survécu.

Elle posa délicatement sa main sur la sienne.

- Je suis désolée. Mon mari et mon fils sont morts à Tokyo. Je ne reverrai sans doute jamais leurs corps. Ils n'auront pas de sépulture. Pour les Japonais, c'est une chose terrible pour les âmes de nos morts.

Il vit les larmes perler de ses yeux en amandes. Touché par la similarité de leurs sorts, il posa avec précaution la main sur la sienne.

- Si cela peut vous consoler, personne ne pourra sortir indemne de cette épreuve. Jeune, vieux, femme, homme, riche, pauvre, européen, asiatique... Le Fléau nous rend égaux et nous souffrons tous autant.

Elle hocha la tête pour approuver et ils se turent. Un jour, songea Lasalle, l'un et l'autre devraient s'attaquer au chagrin pour faire le deuil. Mais pour le moment, ils n'en avaient ni la force ni la possibilité. L'instinct de survie accaparait toutes leurs ressources.

De petites rides se formèrent sur le front lisse de Kiyo. Sans la connaître, Lasalle eut l'intuition qu'elles étaient récentes, un tribut aux événements. Il repensa à l'homme dont on lui avait parlé, celui qui accompagnait Kiyo.

- Vous n'avez pas tout perdu. Vous n'êtes pas seule.

Elle releva le visage vers lui, sourcils froncés. Les larmes avaient laissé des sillons sur ses pommettes hautes.

- Que voulez-vous dire ? Je vous assure, je suis seule ici. J'étais en séminaire à Paris quand la maladie s'est déclarée. Mon mari et mon fils sont morts au Japon…

- Pardon, Kiyo, je ne voudrais pas paraître indiscret… mais vous étiez accompagnée à votre arrivée. Un homme, un étranger.

Le visage de la Japonaise s'éclaira soudain d'un immense sourire qui se transforma en rire cristallin. Elle mit une main devant la bouche pour l'atténuer, les réduits à des fentes étroites et lumineuses.

- *Jürgen Mauer* ? Vous pensez que… que nous sommes ensemble ?

Lasalle réalisa qu'il s'était visiblement trompé.

- Non, poursuivit Kiyo en retrouvant son calme, je vous prie de m'excuser. Jürgen n'est pas 'avec moi'. Nous avons juste fait le chemin ensemble depuis Paris pour nous protéger. Rien de plus.

Elle le fixa du regard sans ciller. Penaud, il se tortilla sur sa chaise. Elle prit son plateau en souriant et se leva. Avant de le quitter, elle se pencha vers lui.

- Merci pour cet échange, commandant. Je… je sais que nous ne nous connaissons pas, mais accepteriez-vous de me revoir ? J'aimerais reparler des infectés avec vous.

Lasalle fut instantanément debout.

- Quand vous voudrez. Et appelez-moi Adrien. Commandant, c'est pour les soldats.

Elle posa délicatement sa main sur son bras et approuva de la tête.

- Merci Adrien. On perd vite l'habitude de discuter et de rire.

Lasalle la regarda partir sans un mot. Lorsqu'elle disparut, il se laissa tomber sur sa chaise. Quelques rangs plus loin, il vit le mécanicien qui l'avait accueilli à son arrivée à Vélizy. L'homme lui fit un clin d'œil avant de détourner la tête.

Kiyo. Il sentit sa respiration accélérer en pensant à elle. Était-ce à elle qu'il devait cette sensation de légèreté, de chaleur dans le ventre, d'éclaircie dans la tête ? Était-ce possible, si peu de temps après la perte de sa femme et de sa fille ? En avait-il le *droit* ?

Gorge sèche, il ne put se défaire de la sensation de trahir la mémoire de celle qui avait partagé sa vie.

***

Haut-Jura, 5 juillet

Solène sentit les larmes couler sur ses joues sales lorsqu'elle glissa sur le sol crasseux de l'étable, privée de forces.

406

Devant elle, un infecté approchait en contournant le cadavre par terre. L'image de sa mère se juxtaposa et elle se mit à pleurer en invoquant sa protection. Elle savait qu'elle allait mourir.

L'homme devant elle empestait et ses doigts sales approchaient de son visage. Derrière, le frère et la mère arrivaient en gémissant, attirés par les hurlements et la nourriture. Avec horreur, elle sentit une la tirer par les cheveux. Elle se débattit, cognant des poings. Dans la lutte, elle heurta un endroit sensible et la prise se relâcha.

L'agresseur gémit en se prenant le visage. Tremblante, elle se dégagea et se précipita vers le pistolet qui gisait par terre. Elle le prit des deux mains, visa l'homme sans regarder et appuya. L'explosion et le choc la firent reculer et elle sentit une douleur à l'avant-bras et aux poignets. Par delà la fumée, l'homme était toujours debout, un large trou dans sa chemise à carreaux à hauteur de l'épaule.

Derrière, sur le plafond métallique gris clair, elle vit les éclats de sang qui avaient accompagné la balle en ressortant du corps.

L'homme se dirigea vers elle, le bras droit levé, le gauche ballant. La tête tournée, elle appuya à nouveau sur la détente en bandant les muscles de ses avant-bras pour amortir le choc. Cette fois, il s'effondra sans bruit, la tête emportée par la balle. De rage, les mâchoires serrées à faire mal, elle tira, puis tira encore sur le corps allongé, cherchant à arrêter ces horribles mouvements qui lui rappelaient les poules que son grand-père tuait à la ferme.

Elle appuya une dernière fois sur la détente, mais le chien butta dans le vide. Les mains tremblantes, elle dégagea le chargeur comme Alison lui avait appris.

Il y avait encore des balles dedans, pourtant... Pourquoi ne marchait-il plus ?

Elle le fit glisser à nouveau dans la poignée de l'arme et appuya sur la détente. Rien ne se passa. *Bloquée...* Elle se tourna vers les deux autres infectés qui approchaient, de l'autre côté du cadavre de la femme. Derrière eux, dans la lumière du jour, la forme grotesque du père s'engagea à son tour dans l'étable. Il était venu depuis la ferme en rampant... De rage, elle lança l'arme inutile en direction de la mère. Le pistolet rebondit contre le ventre bedonnant et finit sa course par terre. Elle regarda autour d'elle. L'espace entre les deux rangées de boxes de l'étable ne lui permettait pas de prendre les infectés de vitesse ou de les contourner. Et à supposer qu'elle le puisse, il restait encore le père qui rampait. Et elle n'avait plus d'arme, et elle se sentait mal... Elle avait envie de disparaître dans le sol, de ne plus exister, de tout arrêter...

Comment en était-elle arrivée là ?

- S'il vous plait, gémit-elle d'une voix tremblotante en reculant vers le fond de l'étable, ne me faites pas de mal... Je ne vous ai rien fait ! S'il vous plait...

Pour toute réponse, les deux infectés enjambèrent le cadavre allongé en gémissant. Elle recula à nouveau, dos contre le mur de l'étable, et se retrouva dans la même position, coincée de toutes parts, sans arme. Elle avait épuisé toutes ses ressources. Jusqu'au bout, elle avait essayé de se défendre avec ses maigres moyens, mais c'était finalement un monde d'adulte, avec des menaces d'adultes, et toute cette violence était au-dessus de ses forces.

Les deux premiers infectés s'approchèrent d'elle. Elle sentit leur puanteur et vit leurs traits hideux. Ses larmes arrêtèrent de couler. Elle songea qu'elle allait retrouver sa mère et qu'elle cesserait de souffrir. *C'était bon de penser à ça...*

L'infectée saisit son visage dans ses mains sales. Par réflexe, elle ferma les yeux et la bouche pour se protéger. Il y eut un bruit de frelon puissant à cet instant et la tension dans les mains de l'infectée se relâcha. Lorsque Solène rouvrit les yeux, une seconde plus tard, le haut du crâne de la mère avait disparu. A cet instant seulement, elle entendit un coup de feu dans le lointain. Devant elle, le corps de l'infectée bascula en arrière. L'autre infecté bondit à son tour en l'air avant de retomber face contre terre, un trou large comme une pièce de monnaie dans le dos. Il y eut un second cou de feu au loin. Enfin, la tête du père qui rampait toujours à l'entrée de l'étable explosa, le stoppant définitivement.

Sans comprendre ce qui se passait, la fillette sortit de l'étable en courant. La peau de son visage était constellée de fragments humains et elle s'essuya avec ses vêtements, reprenant lentement ses esprits. *D'abord le bruit de frelon. C'était une balle. Ensuite, le tir... Cela voulait dire que quelqu'un avait tiré pour la sauver... Quelqu'un qui tirait très bien et de loin...*

A l'extérieur de l'étable, la lumière du soleil l'aveugla brièvement et elle ralentit, cherchant à repérer l'origine des coups de feu.

- Solène ! appela une voix de femme dans le lointain.

Elle se tourna, tremblante, en direction de la voix. En hauteur et loin de la ferme, elle vit le mouvement d'un bras à plusieurs centaines de mètres puis la silhouette longiligne et sombre d'une femme au milieu des herbes hautes qui ondulaient doucement dans le vent, un fusil à long canon à la main. Alison !

Solène franchit en courant la petite vallée qui la séparait de sa protectrice et remonta vers elle. Elles tombèrent dans les bras l'une de l'autre et restèrent silencieuses un long moment. Solène mit un moment avant de réaliser que sa protectrice était en sous-vêtements.

- J'ai... j'ai entendu les coups de feu et les cris ! fit Alison, haletante, le visage ruisselant de sueur dans l'air chaud. Ça va ?

La militaire avait mauvaise mine. Sa jambe suintait.

- Oui. Je n'ai rien. Ils ne m'ont pas mordue.

Un sourire éclaira le visage d'Alison malgré la souffrance.

- Je suis venue dès que j'ai pu. Pas eu le temps de mettre des vêtements ! Mais j'ai compris que j'arriverais trop tard. J'ai du attendre le bon moment pour tirer sans te blesser. Je n'aurais jamais du accepter que tu ailles là-bas toute seule.

Solène, comblée d'être vivante et de retrouver son amie, raffermit l'étreinte de ses bras. Elles s'assirent ensemble, face à la ferme.

- Il y en avait d'autres dans la ferme ? demanda Alison à voix basse, le regard scannant le paysage.

- Oui, mais il n'est pas mort.

- Dans ce cas... fit Alison en se redressant en utilisant le fusil comme béquille, on va aller se servir dans la ferme. Une minute... Où est le pistolet ?

Solène dut faire un effort pour se rappeler où elle avait laissé l'arme mais le souvenir revint. Il était par terre dans l'étable. Ensemble, elles allèrent le chercher. Alors qu'elles se dirigeaient vers la ferme, elles tombèrent sur l'homme que Solène avait blessé.

Il était sorti du bâtiment en rampant, laissant derrière lui un sillon sombre. Sans hésiter, Alison l'abattit d'une balle en pleine tête alors que Solène entrait avec prudence dans la ferme. Elle la rejoignit et, ensemble, elles fouillèrent le bâtiment. Elles trouvèrent des jarres en plastique, les remplirent d'eau et improvisèrent des sacs à dos à l'aide de vieilles couvertures pour transporter les boîtes de conserve et les bouteilles d'huile végétale qu'elles dénichèrent dans les rangements de la cuisine, ainsi que des fruits flétris mais intacts, des citrons et des pommes ainsi que des confitures et du pâté dans un débarras adjacent à la cuisine. N'ayant plus de place dans leurs couvertures, elles décidèrent de revenir plus tard.

Munies de leur butin providentiel, elles prirent ensemble le chemin du retour et grimpèrent lentement vers leur ferme. Solène aida Alison dans l'ascension car elle souffrait encore de l'épaule et de sa cuisse brûlée. Le bandage suintait. Heureusement, les citrons et l'huile allaient l'aider.

Enfin arrivées à la ferme, elles déchargèrent le précieux contenu d'eau et de vivres avant de se jeter à terre, épuisées, pour récupérer, adossées contre un mur de pierres.

Alors que le silence s'installait, un bruit insolite se fit entendre.

- C'est quoi ? demanda Solène en se redressant.

L'ouïe de Solène était excellente et Alison dut se concentrer.

- On dirait des moteurs. Des voitures.

Alison fouilla dans son sac à dos, sortit des jumelles et balaya la vallée en suivant le tracé de la route.

- Tu vois quelque chose ? hasarda Solène.

- Oui, fit-elle alors qu'un éclat lumineux se reflétait à travers les jumelles.

Elle laissa retomber les jumelles contre sa poitrine et se redressa.

- On a de la visite. Un quad et un 4x4. Ceux du barrage routier. Ils ont du repérer les tirs.

Le cœur de Solène se serra brutalement. Elle se mordit les ongles.

Le cauchemar continuait.

***

Base aérienne de Vélizy-Villacoublay, 5 juillet

Kiyo regarda le prototype de microscope avec fierté.

En deux jours de travail acharné, l'appareil avait fonctionné avec la fiabilité d'une horlogerie suisse. Avec l'aide de l'instrument et de son assistant, les progrès qu'elle avait faits étaient considérables et allaient au-delà de ses espérances. Et pourtant, l'étude minutieuse de l'agent ne parvenait toujours pas à cerner les limites de l'horreur sans nom à laquelle elle était confrontée.

Les observations révélaient, par étapes successives, le pouvoir de nuisance du Fléau, ses multiples dimensions. Kiyo était face à un monstre, une abomination, quelque chose qui n'aurait jamais du exister.

Avec résignation, elle rajusta l'énorme masque vitré qui couvrait son visage. Il faisait chaud dans le bâtiment et, malgré l'absence de mouvements, elle transpirait abondamment. Au-dessus du treillis militaire, elle portait une combinaison hermétique en polymère recyclé à partir d'une tenue RNBC militaire et une triple épaisseur de gants en latex. La tenue était un assemblage d'éléments de récupération mais elle avait le mérite de limiter les risques lors des manipulations d'échantillons humains.

Plus loin, Michael s'occupait du rangement de cartons de matériel apportés par les soldats, assemblage hétéroclite de molécules pharmaceutiques, médicaments, sérums, vaccins, instruments opératoires et microscopes optiques. Elle regarda l'amoncellement de cartons et pensa aux pillages que cela représentait. Elle se rassura en songeant que c'était pour la bonne cause.

Engoncé une tenue similaire, son assistant bougeait de manière pataude, les mouvements comme ralentis. Il ressemblait à un astronaute maladroit. Kiyo le regarda distraitement, songeant que ses activités de manutention étaient bien éloignées de ses compétences d'expert-laborantin pour le géant pharmaceutique GlaxoSmithKline.

En nage, elle s'arrêta d'écrire et s'assit sur un tabouret réglable pour souffler, les yeux fermés. L'image souriante de son fils et de son mari passa comme un flash. Époque insouciante, disparue à jamais, d'un foyer stable, de bonheurs simples et de joies pures.

Son mari, si atypique pour un Japonais. C'était grâce à son ouverture d'esprit, résultat de ses années d'études aux USA, qu'elle avait réussi professionnellement au Japon. Il ne lui avait jamais fait de reproche et l'avait toujours soutenue face à l'adversité. Il l'avait écoutée, encouragée, l'avait vue comme une personne à part entière et non comme une femme réduite au rôle traditionnel d'épouse, de femme de ménage et de reproductrice, rôle attendue d'une femme par la société japonaise. Elle avait toujours pu compter sur lui.

Elle se sentit soudain privée de force.

Cette absence définitive... Comment pouvait-elle continuer sans lui ? Comment pouvait-elle vivre avec ce poids sur ses épaules ? La perte de son mari, de son fils... Elle n'avait pas été près d'eux lorsqu'ils étaient morts...

Kiyo imagina son fils aux prises avec un infecté, sans défense. Il avait du hurler, se débattre, l'appeler à l'aide...

Comment son mari avait-il réagi ? Avait-il été là pour le protéger ? Avait-elle été une bonne mère ? Une bonne épouse ? Méritait-elle de continuer à vivre ? Pourquoi avait-elle survécu alors que son fils et son mari étaient morts ?

Elle se mordit les lèvres pour ne pas exploser en larmes.

Tout ce bonheur détruit. Pourquoi ? POURQUOI ?

Elle posa les yeux sur le microscope. Elle était là, la raison de son malheur. Juste sous ses yeux, parfaitement visible grâce au grossissement considérable de l'instrument. Mais parfaitement invisible autrement.

Quelle sournoiserie. Quelle velléité. Quelle puissance destructrice !

Secouant la tête, cœur serré, elle entendit le cliquetis assourdi des griffes des rats entassées au fond de la salle dans des cages. Chaque cage contenait un animal prélevé sur la base et destiné aux expérimentations. Les rongeurs, nerveux, parcouraient leur prison à en quête de sortie, mordant le grillage et griffant le plancher.

Malgré la fatigue, elle se remit debout et reprit le travail. Le minuscule laboratoire de campagne dont elle disposait manquait de tout mais elle avait trouvé auprès du colonel un allié précieux qui saisissait l'importance de la recherche médicale pour combattre le Fléau d'Attila, précieux complément à la lutte armée.

Elle avait fait aménager des bacs de culture de souches pathogènes dans un local reconfiguré en chambre étanche à l'aide de draps en plastique transparents qui tombaient du plafond. Les fenêtres et ouvertures du bâtiment étaient scellées au mastic professionnel et traitées chimiquement. La petite pièce fermée qui servait de laboratoire d'analyse était entièrement scellée. L'étanchéité n'était pas parfaite mais suffisante pour entraver significativement la propagation du Fléau par fluides.

Un protocole de décontamination avait été étudié et mis en place pour limiter les risques de contamination et optimiser le rythme de travail. Les visites de l'extérieur étaient formellement interdites et même le colonel n'avait pas accès au bâtiment. Le protocole concernait surtout les deux chercheurs, seules personnes autorisées à pénétrer dans le bâtiment. Dès leur sortie du bâtiment, les gardes nettoyaient leurs tenues à l'aide d'émulsions chimiques dont les résidus étaient collectés et neutralisés à l'acide dans des bacs métalliques. Deux petits groupes électrogènes indépendants assuraient l'approvisionnement en énergie. Le bâtiment était isolé de l'extérieur, protégé par une enceinte de barbelés, huit soldats armés et deux chiens de garde. Les manipulations d'échantillons contaminés étaient cantonnés à l'intérieur.

A l'extérieur, le danger était matérialisé par le signe international de danger biologique, peint en jaune qui, allié aux gardes, avait l'effet dissuasif escompté. Les rescapés l'évitaient soigneusement.

Elle s'adossa pour réfléchir. *L'isolement... c'était peut-être aussi une manière de la maintenir sous observation.* Elle haussa les épaules et reprit ses notes, réalisant qu'elle n'était pas à plaindre. *Même si le colonel souhaitait garder l'œil sur elle, c'était de bonne guerre. Comment les Japonais auraient-ils réagi si une scientifique française s'était retrouvée parmi eux dans la même situation ?*

Les heures d'observation d'échantillons de peau, d'organes, de muscles et de cerveau prélevés sur les cadavres d'infectés avaient contracté les muscles de ses épaules mais elle progressait dans sa compréhension du Fléau d'Attila. Ce qu'elle découvrait à force de persévérance était d'une telle monstruosité qu'elle en venait parfois à douter des résultats de ses observations. Elle repartait alors de zéro, reprenait ses analyses et expériences, échangeant souvent avec

Michael pour tester la justesse de ses raisonnements et conclusions.

Les analyses sur échantillons morts étaient intéressantes mais n'avaient pas permis de déterminer les modes exacts de propagation du Fléau. Elle avait obtenu du colonel l'autorisation de réaliser des prélèvements biologiques sur des infectés vivants. C'était avec des cellules vivantes qu'elle était parvenue à la conclusion que le Fléau n'était pas un agent aérobie mais qu'il se disséminait par les fluides.

Un coup sur la porte la fit sursauter. Elle pivota sur son siège. C'était sans doute la livraison attendue.

A travers le sas aménagé dans la porte et les lourdes tentures en plastique qui tombaient du plafond, une caisse fut poussée par une main gantée. Michael délaissa son rangement et s'en approcha. Elle se leva à son tour et le rejoignit.

- Ce sont les nouveaux prélèvements de tissus vivants ? demanda-t-elle en forçant la voix pour être entendue de l'autre côté.

- Bingo ! répondit la voix assourdie du soldat. Comme vous avez demandé. On a butté des zombies, on les a découpés en morceaux et on les a mis dans le sac. Tout frais ! Moins d'une heure.

Kiyo soupira devant le détachement verbal du soldat.

- Ça fait au moins quinze kilos d'échantillons ! commenta Michael d'une voix étouffée par la combinaison en faisant glisser la caisse vers la salle de travail.

- Ça s'est bien passée ? demanda Kiyo, soupçonneuse.

- Oui, sauf qu'un gars s'est fait avoir.

- Où est-il maintenant ? Vous l'avez mis en quarantaine ?

- Non. On l'a dessoudé. C'est lui qui l'a demandé. Il ne voulait pas se retrouver avec les autres sacs à merde, à pourrir dans son trou.

La voix se tut brièvement.

- On a butté du zombie, docteur, un sacré paquet !

Les chercheurs échangèrent un regard à travers le hublot de leur combinaison. Certaines réactions des militaires les dépasseraient toujours mais Kiyo décida de ne pas relever, jugeant simplement nécessaire de rappeler le soldat à l'ordre sur le plan de l'hygiène.

- Vous *devez* systématiquement vous faire inspecter par les équipes sanitaires au retour de mission. Vous pourriez devenir une menace pour toute la base ! J'espère que c'est ce que vous avez fait.

Le soldat grommela une réponse incompréhensible.

- Si ce n'est pas encore fait, faites-le immédiatement. La propagation se fait par fluide. Une simple blessure, quelques gouttes de salive ou de sang infecté et vous serez infecté à votre tour, sans le savoir. Et vous poseriez un vrai problème de sécurité ici.

Le silence du soldat confirma ses craintes.

- Il faut le dire à ceux qui étaient avec vous et aux soldats qui sortent, vous comprenez ? C'est important. C'est une discipline hygiénique *stricte* qui permet de protéger le camp.
- OK, acquiesça-t-il. Désolé. On va faire comme vous dites.
- En attendant, nuança-t-elle, merci pour ce que vous avez fait.
- Moi et les gars, on aurait décroché la Lune pour vous, doc !

Alors que Michael finissait de transvaser le contenu de la caisse dans le vieux congélateur configuré en banque d'échantillons, elle regagna son poste devant le microscope.

A l'aide d'une pince, elle sortit un morceau de muscle filandreux, le découpa en lamelles et en plaça une sous l'objectif. Après une demi-heure d'observation et de notes, elle prit délicatement un échantillon de cerveau humain et recommença ses analyses.

Dix fois, elle refit les mêmes gestes, dix fois, les analyses l'amenèrent aux mêmes conclusions. Autour de dix-huit heures, elle décida d'arrêter les recherches, discuta des résultats avec Michael pendant quarante minutes, cherchant les failles possibles dans l'approche suivie puis, convaincue de ne pas s'être trompée, les consigna par écrit et sur un dictaphone numérique, cadeau d'un soldat après un raid dans une grande surface.

- Vélizy, cinq juillet 2009, 18:54. Docteur Kiyo Hikashi, rapport de recherches N°13. Série d'observations sur les premiers prélèvements encore vivants de tissus contaminés. Le protocole d'étude consiste à placer un prélèvement sous le microscope et de décrire la structure externe de l'agent pathogène par observation directe. Les cellules pathogènes sont clairement visibles au microscope. L'activité de l'agent pathogène reste intense sur les nouveaux prélèvements. L'observation confirme les hypothèses formulées initialement et les rapports préliminaires précédents.

Alors que l'assistant procédait au rangement des locaux, elle développa son raisonnement en suivant le fil des observations réalisées et de ses conclusions. Lorsqu'elle termina son rapport, Michael l'attendait pour sortir du bâtiment. Le protocole sécuritaire interdisait de rester seul dans les locaux de recherches.

Malgré son envie de quitter les lieux au plus vite, elle resta silencieuse un moment, assise sur sa chaise, incapable d'éviter de penser aux réactions des autorités du camp lorsqu'elle leur annoncerait les conclusions de ses recherches.

Comme un automate, elle quitta le bâtiment avec son assistant et se soumit au protocole de décontamination.

***

CHAPITRE 14

Porte-avions Kuznetsov, au large de la Norvège, 5 juillet

Quatre heures s'étaient écoulées depuis le briefing de mission avec les spécialistes et Gonchakov fit signe à Arkadi Polyshkin de s'asseoir. Le jeune pilote en combinaison de vol grisbleuté à camouflage géométrique prit place de l'autre côté de la petite table surélevée qui faisait office de bureau dans la Salle d'Opérations du porte-avions.

Gonchakov fit glisser un document au milieu des miettes de sandwich. Polyshkin le prit et l'étudia en fronçant les sourcils. La photo avait été prise par un instrument thermique. Une grande cité, traversée par une rivière en forme de S, des tâches rouges. La ville évoquait vaguement quelque chose à Polyshkin.

- Paris, fit Gonchakov pour l'aider. Cliché pris ce matin par un satellite russe. Pour la petite histoire, l'officier météo a expliqué qu'il avait envoyé des requêtes d'assistance photographique sur la France à l'ensemble des satellites accessibles, alliés ou non, civils ou militaires et qu'il avait fini par recevoir des clichés de partout sans en connaître la source ! Apparemment, un bug des logiciels de contrôle de communication. Dans le tas et en vrac, il a reçu des clichés de partout, même d'Éthiopie !

Le jeune pilote sourit.

- Regarde bien la photo et trouve-moi ce qu'elle a d'intéressant.

Polyshkin s'attarda sur les tâches de couleur. Vues de près, elles étaient constituées d'une collection innombrable de points rouges, autant de sources de chaleur.

- Des infectés vus en thermique ? hasarda-t-il.

- Exact. Des millions de zombies ont envahi Paris. Regarde au sud de la ville.

Gonchakov se leva pour prendre une bouteille d'eau minérale.

- La piste en dur ? demanda-t-il. Celle qui est entourée d'infectés ?

Gonchakov approuva de la tête en buvant à la bouteille.

- Quelque chose les attire, fit Polyshkin en se redressant. Des survivants ! C'est ça. C'est la raison pour laquelle la base est complètement encerclée.

- Bien ! confirma Gonchakov, satisfait de la perspicacité de son ailier en reprenant la photo. Mais surtout, ils ont des avions.
- Des avions ? demanda Polyshkin, intrigué. Des chasseurs ?

Le colonel prit un autre cliché et le regarda.

- Les types du Renseignement ont agrandi le cliché précédent grâce à l'excellente résolution de la caméra du satellite. Regarde.

Il tendit le cliché au jeune pilote. Polyshkin l'étudia et aperçut la forme en delta caractéristique des avions de chasse de conception française. Quatre, alignées près de la piste, à côté de deux gros hélicoptères et d'un petit monomoteur à hélice.

- Des Rafale, fit-il, admiratif, en reconnaissant les silhouettes grises vues du ciel.

Le colonel prit un feutre gras et se mit à dessiner sur un tableau.

- Paris est ici, expliqua-t-il. Au nord. La base en question, c'est Vélizy. Avant, c'était une base de transport gouvernemental. Aujourd'hui, des chasseurs, sans doute pour de la projection de forces aériennes. Curieux, tactiquement ! Trop près de la capitale. Ça explique le nombre élevé d'infectés sur les photos.

Il posa le feutre, recula pour avoir une vue d'ensemble, puis compléta son dessin en ajoutant le porte-avions, loin au nord, et les centrales nucléaires.

- Au nord de la France, Cattenom, à trois cents kilomètres de Vélizy. Au nord de Lyon, Bugey, Cruas au sud. Compte-tenu de l'itinéraire, on sera sous la menace directe de Vélizy jusqu'à Cattenom. Mais le terrain va nous aider. Les Ardennes, les Vosges, le Jura, les Alpes : ça fera écran au radar de Vélizy, à supposer qu'il fonctionne encore. Seul problème : un Rafale en l'air à l'est ou au nord de Paris quand on sera à Cattenom, et c'est la détection.

Polyshkin entrevoyait le raisonnement de son supérieur. La menace des Rafale basés à Vélizy était faible. Si les Sukhoi étaient détectés à Cattenom, il fallait compter au bas mot quinze minutes pour l'interception par les Rafale. Pour des chasseurs rapides comme les Sukhoi, c'était un délai suffisant pour disparaître dans le paysage.

Risque faible, mais réel.

- On va devoir s'en tenir au plan initial et attaquer les objectifs dans l'ordre à partir de la Belgique, conclut Gonchakov.
- Colonel, ça fait quand même potentiellement quatre Rafale contre deux Su-33. Ça menace la mission.

Gonchakov regarda le tableau et son visage s'éclaircit.

- C'est pour ça qu'on a besoin d'une diversion. Toi !

Devant l'air dubitatif de Polyshkin, Gonchakov se rapprocha de la table, s'assit et le regarda fixement.

- Plan simple. On quitte le porte-avions, on se trouve une base aérienne en Belgique ou en Hollande. On ravitaille et on redécolle dans la foulée. Ensuite, on s'occupe de Cattenom en longeant les frontières, puis on se sépare. A toi le rôle d'appât pour la chasse parisienne. A moi les deux dernières centrales. Ensuite, ça dépend. Si tu as des problèmes, j'essaierai de te rejoindre pour t'aider. On rentrera ensuite par la Belgique. Refueling, et cap sur le Kuznetsov. Sinon, si ça roule pour toi, on se rejoint comme prévu au-dessus des Alpes et on rentre plein pot par l'Allemagne et la Pologne. Si je ne suis pas avec toi dans les dix minutes qui suivent ton arrivée, tu rentres seul. Inutile de m'attendre, je serai mort.

Polyshkin écouta le plan avec attention. C'était une mission suicide pour laquelle il jouait le rôle de la chèvre dans la cage aux lions. *Un Sukhoi contre quatre Rafale*... Il déglutit.

- Colonel, sauf votre respect, je vois plusieurs problèmes.

Gonchakov s'adossa à la chaise, croisa les bras sur la poitrine et écouta attentivement.

- En premier, expliqua Polyshkin, comment être sûr que les bases en Belgique et en Hollande seront accessibles pour refueler, à l'aller ?

- Aucune garantie. On devra improviser. Les types du Renseignement disent que les pays les plus touchés par l'épidémie sont ceux où la densité de population est la plus élevée, la Belgique, la Hollande notamment. Autre chose : les déplacements de population se font d'est en ouest, vers l'Atlantique. Il y a de fortes chances que les populations locales aient fait la même chose, y compris les militaires, quand ils ont compris que la situation locale était ingérable.

- Admettons. Disons qu'on arrive à refueler localement en Belgique. On redécolle. Et la chasse ennemie ? On est quasiment aveugles là-dessus.

- Oui, concéda Gonchakov. Mais on a des Su-33 sous les fesses ! Et comme tu le sais, je les ai faits charger pour être efficaces contre la chasse ennemie.

Il marqua une pause et réfléchit avant d'ajouter :

- Et n'oublie pas que la Belgique et la Hollande sont des petits pays. On sera passé à travers avant que leurs intercepteurs aient décollé. S'ils en ont encore...

Polyshkin hocha la tête.

- Au départ, poursuivit Gonchakov après une courte pause, je penchais pour une configuration de patrouille asymétrique : un avion

417

pour l'escorte et la protection air-air, l'autre en mixte air-air et air-sol pour l'attaque au sol, mais finalement, il vaut mieux avoir deux chasseurs en configuration mixte.

- La redondance. Ça permet à chaque avion d'assurer la mission même si l'autre est détruit.

- C'est ça. Les lignes du plan ne changent pas. Restent les détails, qu'on va voir ensemble.

Polyshkin n'était pas entièrement convaincu par les arguments.

Le problème principal était l'absence de données fiables sur l'opposition militaire ennemie. Mais il n'y avait rien à faire sur ce point. Les pays s'étaient complètement effondrés, comme la Russie. Rien de surprenant à ce que l'information fut plus difficile à obtenir.

Il se massa les tempes pendant que Gonchakov gagnait à nouveau le tableau pour revoir les détails de la mission. Malgré les risques, il dut admettre que la mission était unique pour un pilote.

Magnifique et mortelle.

Elle conditionnait l'avenir de la Russie, de la France et, plus généralement, du monde. La pays qui mettrait la main sur les centrales encore actives partirait avec une sérieuse longueur d'avance.

Le risque suprême, s'il se réalisait, était à la hauteur de l'enjeu.

A son tour, il se mit au travail.

***

Haut-Jura, 5 Juillet

Dissimulée derrière un parapet en pierres, Alison fit pivoter l'arme sur son bipied rétractable et vit à travers la lunette les hommes qui montaient vers elle en s'agitant. Solène était à côté d'elle et regardait à travers les jumelles, silencieuse et inquiète.

Alison avait choisi sa position avec soin. Elle était adossée à un petit bosquet d'arbres en contrebas de la ferme pour éviter d'être surprise par derrière mais le bosquet avait une fonction supplémentaire : elle pouvait s'y réfugier en cas de besoin pour éviter les balles si la position était prise d'assaut. Devant elle s'étendait une pente couverte d'herbes hautes. C'était par là que les hommes arrivaient. Ils suivaient le chemin qui reliait les deux fermes entre elles, le seul qui menait à leur abri. La fuite en BMW était impossible.

La militaire suivait leurs actions depuis cinq minutes à travers la lunette. Ils s'étaient d'abord arrêtés à la ferme où Solène avait été attaquée, l'avaient fouillée de fond en comble, étaient tombés sur les cadavres des infectés et avaient ramassés les douilles du pistolet de Solène. Ils avaient ensuite élargi leurs recherches aux environs.

Elle modifia sa position pour alléger la pression d'une pierre contre sa hanche et délaissa sa lunette pour regarder Solène. Visage livide, la fillette tenta un sourire. Alison caressa sa joue.

- Ils ne nous ont pas trouvées, chuchota-t-elle. Mais ne t'inquiète pas. Je ne les laisserai pas te faire du mal, ma chérie. Tu peux compter sur moi.

- Je sais… mais qu'est-ce qui se passera si tu meurs ?

- Je ferai tout pour que ça n'arrive pas.

Elle brandit son fusil de manière à ce que Solène puisse le voir. La fillette sourit et reprit l'observation aux jumelles. A travers la lunette, Alison dénombra cinq hommes armés.

Dans la vallée, la lumière de fin de journée baissait du fait de l'écran des montagnes qui accélérait l'arrivée de la nuit. C'était un moment dangereux pour être à l'extérieur mais elle songea à son atout : la lunette de tir C-MORE-A2 montée sur le corps du fusil. Tant qu'il faisait encore jour, elle pouvait suivre ses adversaires avec précision mais ce serait plus difficile dans la pénombre, dans une heure.

Elle reposa le fusil sur le talus et réfléchit aux options disponibles. Si elle agissait maintenant, elle pouvait profiter de ce qui restait de lumière pour abattre les hommes les uns après les autres. Ils étaient cinq et, avec sa précision habituelle, elle pouvait en abattre un à la seconde. A supposer que les types ne soient pas des poules mouillées et qu'ils ne détalent pas au premier blessé, les trois autres monteraient à l'attaque une fois la position repérée. Une bonne minute environ, largement assez pour abattre le troisième… Ça en laissait deux qu'elle pouvait neutraliser en séquence, au corps à corps, au couteau ou au pistolet.

Autre solution : attendre la nuit pour abattre l'ennemi apeuré et aveugle dans l'obscurité, à condition qu'aucun n'ait apporté de matériel d'amplification de lumière. Problème : la lueur des tirs, même réduite par la forme du cache-flammes, aiderait les assaillants à la repérer. Elle devrait changer de position ou utiliser l'arme blanche.

Dernière solution : se cacher avec Solène, attendre le matin et filer en douce. Sauf qu'elle ne savait pas où les assaillants se terraient dans la journée. Elle risquait, dans la fuite, de se retrouver face à eux au détour d'un virage. De plus, elle était repérée et chaque nouvelle nuit passée augmentait les chances que l'armée américaine ait déserté la capitale Belge.

Elle opta donc pour la première solution. Les abattre séance tenante. Elle n'avait aucune envie de savoir ce qu'ils avaient prévu pour Solène et elle. Rapidement, elle évalua les options. *Utiliser la puissance de feu du fusil d'assaut ou la capacité offensive du lance-grenades qui l'équipait ? D'un point de vue efficacité, les balles étaient plus précises. Mais les grenades tirées à distance avaient un impact psychologique dissuasif sur les combattants, surtout inexpérimentés comme ceux-là.*

- Solène, murmura-t-elle en balayant le paysage du regard à travers la lunette tiède, je vais m'occuper d'eux. Pendant ce temps, tu vas te cacher. En cas de problème, utilise ton arme mais le mieux, c'est que tu me préviennes si je ne suis pas trop loin. Compris ?

- Oui. Je déteste tirer avec le pistolet… mais je sais m'en servir maintenant !

Alison prit les avant-bras de Solène dans ses mains. Elle les examina avec attention.

- Mouais, finit-elle par dire en repérant les bleus sur les poignets. Tu ne te serais pas fait ça tout à l'heure, quand tu as tiré ?

La petite fille secoua énergiquement la tête sans rien dire.

- Bon, enchaîna Alison avec un sourire devant l'accès de fierté de l'enfant. Ce n'est pas grave. Tu t'es fait mal aux bras parce que tu ne serais pas le pistolet assez fort. La prochaine fois, n'oublie pas que c'est lourd et dangereux et qu'il faut le tenir des deux mains, très fort, comme si tu agrippais une corde. D'accord ?

- D'accord, Alison ! fit Solène en retrouvant le sourire.

Une voix masculine les interrompit net.

- C'est vrai ça ! Tu devrais faire gaffe avant de te servir d'un pétard !

Elles se retournèrent d'un bloc. L'œil appuyé sur le canon d'un AK-47, un homme les tenait en joue. De taille moyenne, il était vêtu d'un pull à grosses mailles et d'un pantalon camouflé. Mal rasé, il avait serré un bandeau de tissu rouge autour de son crâne dégarni. Il ne devait pas avoir plus de quarante ans.

- On a cru qu'on ne vous retrouverait jamais ! rigola-t-il. Alors quand on a entendu les coups de feu tout à l'heure, on n'a pas hésité.

Les muscles bandés, Alison se prépara à bondir mais l'homme anticipa la menace. Il frappa le visage de Solène d'un violent coup de crosse et remit aussitôt Alison en joue. Il y eut un horrible bruit d'os cassé et la fillette s'effondra sans bruit sur le tapis de mousse. Le SIG Sauer qu'elle tenait rebondit au loin. Le côté droit de son visage était en sang et l'os du crâne était enfoncé.

Stupéfaite par la soudaineté et la violence de l'acte, Alison leva le canon de son arme vers le tireur mais l'homme la remit en joue immédiatement, prêt à tirer.

- Vas-y, pétasse ! fit-il entre ses dents serrées, les yeux lançant des éclairs. Essaye un peu d'utiliser ton flingue et tu verras comment je me sers du mien ! Débarrasse-toi de ta pétoire. Gentiment. Un geste de travers et j'explose ta sale gueule...

Choquée, Alison posa doucement l'arme par terre et regarda, anxieuse, le corps inanimé de Solène qui saignait de la tête. Elle ne bougeait plus et son teint était pâle.

- Ça y est, les gars, j'ai coincé les deux salopes ! hurla l'homme.

Dans le silence environnant, l'écho de la vallée répéta plusieurs fois sa phrase. Au loin, les voix jubilantes de ses compagnons de raid répondirent avec excitation.

La militaire sentit les larmes monter aux yeux, mélange de peine et de rage. La garde et la protection de la petite fille étaient tout ce qui lui restait, tout ce qui avait encore un sens pour elle, son seul but tangible à elle. Le risque de la perdre définitivement ou de manquer à son devoir de protection était une perspective que rien ne l'avait préparée à admettre.

Elle se mit à quatre pattes et se rapprocha, centimètre par centimètre, du corps de Solène mais l'homme planta le canon du fusil sur son front. Elle sentit le métal dur contre sa peau couverte de sueur, l'odeur de poudre froide. L'homme accentua la pression de l'arme sur son front. Elle s'arrêta et décida de s'expliquer.

- Je veux juste voir si elle est encore vivante ! souffla-t-elle entre ses dents serrées.

Sans attendre de réponse, elle couvrit les derniers centimètres qui la séparaient de la fillette et posa la main sur le bras inerte.

- Un geste déplacé et je te butte ! gronda l'homme à la Kalachnikov.

Elle chercha avec appréhension le pouls de la fillette. Pas de battement... Les yeux de Solène étaient grands ouverts, sa tête tournée vers elle. Gênée par ce qu'elle prit pour une forme d'accusation silencieuse, elle referma doucement les paupières sur les yeux clairs.

- Quand tu auras fini, tu pourras vérifier autre chose ! ricana l'homme en se malaxant l'entrejambes.

Alison ferma les yeux pour lutter contre le flux d'images abjectes qui remontaient en elle, de Corse, et préparer ce qu'elle allait faire dans les secondes à venir. Elle avait complètement perdu l'initiative et subissait à présent les événements, ce qu'elle détestait par dessus tout. Mais la situation allait rapidement s'aggraver si elle ne parvenait pas à neutraliser l'homme avant l'arrivée de ses compagnons.

Elle repéra son fusil. Non loin de là, elle vit le pistolet de Solène mais les deux armes étaient trop distantes. Restait le couteau de plongée et les mains. L'homme n'avait pas pensé à la fouiller, le genre d'erreur fatale qu'un professionnel n'aurait pas faite.

Elle rouvrit les yeux et leva le regard vers l'homme. Son visage mal rasé la dévisageait sans ciller et elle vit à la forme de son pantalon qu'il voulait la posséder. Le canon de l'AK-47 glissa progressivement de son front au cou et aux épaules où il s'appliqua à écarter le tee-shirt par l'encolure. Derrière, elle entendit les hommes approcher et vit aux yeux fiévreux de l'homme qu'il se projetait déjà sur ce qui allait suivre, relâchant la veille.

En un éclair, elle saisit le canon du fusil d'une main et l'écarta violemment. Une rafale de trois coups se perdit dans le décor. Sans lâcher le canon, Alison se redressa, pivota sur elle-même et colla son dos contre le ventre de l'homme. Surpris, celui-ci réagit avec retard. S'aidant de l'autre main, elle saisit le canon et bascula vers le sol, entraînant l'homme collé contre son dos. Elle le propulsa lourdement vers le muret. Dans la chute, il lâcha son arme et se prit les reins en gémissant.

D'un geste rapide, Alison dégaina son couteau, l'enjamba et s'assit sur lui pour l'empêcher de bouger. Dans les yeux de l'homme, elle vit qu'il avait compris qu'il allait mourir. D'un geste à la fois fluide et irréversible, elle enfonça le couteau dans son crâne par le menton. Les yeux de l'homme roulèrent et son corps devint flasque. Elle accompagna le corps dans sa chute pour éviter de faire du bruit.

Elle retira le couteau et reprit son fusil.

- T'es con ou quoi ? hurla un homme dans le lointain. Pourquoi t'as tiré ?

Les bruits de végétation brisée cessèrent. Sans attendre, Alison se mit en position, canon posé sur le muret de pierres. Elle chercha les hommes à travers la lunette mais les quatre équipiers s'étaient dissimulés entretemps. Consciente qu'elle jouait contre la montre, elle reprit sa surveillance, s'attardant sur les couleurs et les formes inhabituelles. Elle finit par repérer un bout de survêtement derrière un buisson. Au jugé, elle visa le point qui correspondait d'après elle à la position du torse et tira à travers les feuilles.

Il y eut un cri et un bruit de végétation écrasée par un corps en mouvement. Des balles et des jurons volèrent en retour dans sa direction. Les tirs n'étaient pas précis mais des fragments de bois et de pierre volèrent autour d'elle, ricochant sur ses bras. Elle s'abrita derrière le muret et, lorsque la cadence de tir diminua, elle risqua un œil au-dessus de la barrière naturelle.

En contrebas, un homme était accoudé à une roche et ajustait son tir vers elle.

Elle prit une profonde inspiration et se redressa d'un bloc au-dessus du muret. Avec précision, elle visa l'homme en retenant son souffle, fusil sur tir automatique, et envoya une volée de balles dans sa direction. Les premières ricochèrent contre la pierre mais les dernières trouvèrent leur cible. L'homme bondit en arrière et resta couché par terre. Elle se replaçait derrière l'abri lorsque des détonations retentirent. Elle sentit aussitôt une brûlure au bras gauche puis les tirs cessèrent et elle entendit deux hommes s'interpeller, indécis.

Elle profita du répit pour vérifier son bras. La balle avait traversé le muscle du bras gauche sans s'arrêter ni briser d'os. C'était douloureux, le sang coulait abondamment, mais la blessure n'était pas vitale. Adossée au talus de pierres, elle déchira une manche de tee-shirt et fit un garrot. Elle devait d'abord réduire la menace des assaillants avant de se soigner. Elle sentit sa tête tourner, effet direct du sang qu'elle perdait. Elle devait finir le plus vite possible.

Elle se remit à l'affût et se guida sur le son assourdi des conversations pour localiser les hommes. A travers la lunette, elle vit un homme dissimulé derrière un repli de terrain. Il était bien placé et, de l'endroit où elle se trouvait, Alison ne pouvait rien faire contre lui. Malgré sa recherche minutieuse, elle ne put repérer le deuxième homme. Elle devait changer de place pour améliorer sa compréhension de la situation, repérer l'autre homme et élargir son champ de tir.

Prudemment, elle se glissa hors du trou derrière le parapet et rampa dans l'herbe qui couvrait la prairie en pente. Dissimulée dans l'herbe haute, elle s'éloigna et commença à distinguer les détails du tireur protégé par le repli de terrain. Malgré les cinquante mètres de distance, elle vit que l'homme était enrobé, qu'il portait une paire de jeans délavés, une chemise blanche à manches courtes et une veste de chasseur sans manche. A son attitude, elle devina qu'il était mal à l'aise. Il jetait des coups d'œil fréquents à gauche et Alison décida que c'était là que le dernier homme se trouvait.

A l'abri dans les herbes hautes, elle déplia le bipied, posa l'arme dessus, stabilisa la visée en ajustant le réticule sur la partie supérieure du torse de l'homme caché et pressa la détente. La balle traversa le cou sans s'arrêter. L'homme lâcha son arme et se prit la gorge dans les mains pour endiguer le flot de sang. Neutralisé.

Quelque part à droite, le son d'une cavalcade retentit dans les bois. Sans pouvoir l'apercevoir, elle devina que le dernier homme fuyait. Elle se tourna dans la direction du bruit et aperçut un homme qui courait, arme à la main, vers les véhicules. Calmement, elle visa la nuque de l'homme qui détalait.

Il était arrivé à mi-chemin des véhicules lorsqu'elle pressa la détente. Le vent devait avoir été un peu plus fort que son estimation car la balle entra dans le corps par le crâne. L'homme dévala la pente comme un pantin désarticulé, laissant une longue traînée rouge dans l'herbe tendre.

Par précaution, elle tira une balle à l'emplacement du réservoir de carburant du quad et du 4x4 et les deux véhicules explosèrent à quelques secondes d'intervalle. Elle vérifia une dernière fois le paysage puis rejoignit Solène malgré les vertiges. La fillette n'avait pas bougé et la peau de son visage avait pris une teinte cireuse.

Elle se mit à genoux à côté d'elle et, oreille collée contre sa bouche, chercha à entendre son souffle. Elle sentait ses forces décliner, le goût du cuivre dans la bouche et n'arrivait plus à réfléchir sereinement. Le garrot du bras était déjà gorgé et elle sentait le flot du précieux liquide le long du bras.

Elle mit la main sur la poitrine de Solène sans percevoir de mouvement. Alors que le tournis menaçait de la faire perdre connaissance, elle entama un massage cardiaque mais, malgré les efforts, la fillette ne bougea pas. Sans prévenir, une vague de tristesse submergea Alison, la prenant au dépourvu. Malgré sa force intérieure et le contrôle qu'elle exerçait sur elle-même en permanence, l'US Navy SEAL s'effondra en larmes au fond du talus bordé de pierres chaudes et d'arbres feuillus.

**

Vélizy-Villacoublay, 5 Juillet

Alors qu'il discutait avec un de ses ailiers en sortant du bâtiment où le briefing du jour venait de s'achever, Lasalle repéra Kiyo. Elle l'attendait à proximité et sourit en le voyant, le visage abrité du soleil sous un parapluie. Elle avait enlevé sa blouse blanche et portait un bas de treillis militaire, le buste habillé d'un tee-shirt qui mettait en valeur sa poitrine ronde et ferme. Elle le regarda discrètement, lissant ses cheveux d'un geste gracieux et il eut du mal à résister à la tentation de la rejoindre. Lorsqu'il se libéra, quelques minutes plus tard, ils se mirent en marche lentement. Ils s'étaient revus plusieurs fois et avaient décidé de se tutoyer.

- Que dirais-tu d'une petite promenade ? demanda-t-il.

Elle acquiesça de la tête. Ils longèrent sans hâte le périmètre, abrités derrière le talus. Lasalle soupira d'aise sans pouvoir se défaire de la culpabilité qu'il ressentait. *Sa femme...* Si peu de temps auparavant, c'était elle qui partageait sa vie. C'était elle qui aurait été à la place de la chercheuse si les choses s'étaient passées différemment. Une nouvelle fois, il sentit l'acide lui ronger le ventre.

Et pourtant, la réalité du monde était là, autour de lui, implacable. Il n'avait plus de famille, son avenir était flou, il pouvait être mort demain à la même heure.

Mais en cet instant précis, elle était à côté de lui et il ressentit soudain sa présence calme et apaisante avec plus de force, oubliant momentanément les gémissements des infectés, le bruit des barbelés qui ployaient sous la pression, les souvenirs douloureux, les ordres lancés, les conversations sinistres entre réfugiés.

Jusqu'à récemment, il avait été un père et un mari, pilote de chasse dans l'armée de l'air avec une carrière, des défis, des jalons, une routine de vie. Puis il avait déjanté et provoqué la mort en duel en prenant des risques stupides, défiant l'autorité, reniant l'existence après la perte de ce qui avait donné du sens à sa vie. Il avait gagné, mais en misant sur l'émotionnel, l'irrationnel, l'immaturité, la stupidité, ce qu'il ne faisait jamais. La chance avait été de son côté, c'était à elle qu'il devait d'être encore vivant.

Et pourtant, la vie avait fini par le mener vers cette femme à travers une succession de jours improbables. Il se contentait du moment présent, du bonheur de savourer la présence de cette femme, la caresse de la brise, du soleil, le bonheur d'avoir un peu à manger, la beauté d'un Rafale. Et il savait que la raison de cette transformation se trouvait à côté de lui. Elle était source de force et d'espoir. Dans les circonstances désastreuses où il se trouvait, il avait besoin de se sentir moins seul. Elle était là, disponible, et semblait rechercher la même chose que lui. En se rapprochant, ils seraient peut-être capables de trouver la force nécessaire pour affronter l'avenir et les dangers qui se profilaient.

- A quoi penses-tu ? demanda-t-il pour engager la conversation, le cœur battant.

Elle passa une main dans ses longs cheveux noirs avant de répondre.

- A mon pays. A ceux que j'ai connus et que je ne reverrai plus. A ma famille aussi. Je ne retournerai peut-être jamais au Japon.

Mauvaise pioche... Il décida de changer de conversation.

- Tu progresses sur le Fléau ?

- Lentement... J'isole ses propriétés. J'essaye de comprendre comment il fonctionne. C'est à la fois stupéfiant et frustrant. Mais les analyses confirment sa complexité. C'est extraordinaire ! Anatomiquement, c'est un vrai monstre, quelque chose que je n'avais encore jamais vu... et que j'aurais souhaité ne jamais voir !

- Tu peux en dire plus ? demanda-t-il, la curiosité piquée.

Elle le regarda du coin de l'œil et ralentit la marche.

- Pas encore. Je n'en suis qu'aux hypothèses et le colonel m'a demandé de ne parler de mes travaux qu'à lui. Je suppose qu'il souhaite contrôler l'information pour éviter les interprétations, la déformation... la panique sur la base. De toute façon, tu en sauras bientôt plus. Il m'a demandé de faire le point pendant le prochain briefing programmé.

- OK, admit Lasalle en admirant intérieurement sa loyauté. Je comprends, je ne veux pas te causer d'ennui.

- En attendant, j'aimerais pouvoir valider mes hypothèses et trouver un moyen d'enrayer l'épidémie. J'aimerais accéder aux souches pathogènes initiales, aux documents, aux installations scientifiques, avoir le personnel nécessaire ! Mais c'est un rêve. Les équipes des laboratoires qui ont travaillé sur le Fléau avant la crise n'ont pas eu le temps de compléter leurs recherches. Alors moi, ici, *seule...*

- Kiyo, pour les réfugiés du camp, tu symbolises l'espoir. Les gens ne croient plus en rien. Ni dans une solution militaire, ni politique, ni divine. Reste la science. Même s'ils ne savent pas que c'est difficile pour toi, ils ont besoin de se raccrocher à quelque chose. Un espoir. A toi.

Elle s'arrêta et le regarda en plissant les yeux.

- Et si je ne trouvais rien, Adrien ? Si je les décevais ? Je ne pourrais jamais vivre avec un échec comme ça sur la conscience !

Lasalle résista à l'envie de lui prendre la main pour la réconforter.

- Au moins, tu auras essayé de faire quelque chose.

Il décida de changer à nouveau de sujet pour dissiper ses doutes.

- Qu'est-ce qu'il te faudrait en priorité pour t'aider à trouver quelque chose ?

Elle se remit en marche et répondit sans hésiter.

- Un laboratoire spécialisé, du genre de celui de Fort Detrick aux USA. Un laboratoire NSB4.

- NSB4 ?
- Oui. Niveau de Sécurité Biologique 4. Ce sont les laboratoires les plus sécurisés au monde.
- On a ça *en France* ?
- Oui. Vous les appelez *laboratoires P4*, mais c'est la même chose. Officiellement, il y en a une quinzaine dans le monde. Le vôtre est à Lyon. Ce sont des endroits extraordinaires où on travaille sur les agents pathogènes les plus dangereux, dont ceux qui n'ont pas de traitement, en combinaison hermétique et par paires, pour des raisons de sécurité. Tout est filmé et les bâtiments peuvent être cloisonnés en sections autonomes en cas d'alerte, le tout en une poignée de secondes. L'atmosphère intérieure est en permanence en sous-pression pour que les particules soient aspirées à l'intérieur du bâtiment en cas de brèche. C'est ce genre d'endroit qu'il faudrait pour continuer les recherches... Tout ce qu'il faut s'y trouve déjà.

Lasalle haussa les sourcils. Il ne connaissait rien à ce domaine mais ce que Kiyo venait de dire pouvait influencer directement le déroulement des opérations militaires et l'avenir des réfugiés de la base.

- Tu en as parlé au colonel ?
- Pas encore. Il faudrait envoyer des gens là-bas, des militaires, ce qui affaiblirait les défenses de Vélizy. Il y a beaucoup de monde ici, des civils, des enfants, des gens sans défense... Je ne peux pas prendre ce risque ! Si j'en parle au commandant, il en parlera à votre gouvernement et si le gouvernement est intéressé, tu sais ce que cela signifie pour les réfugiés...

Lasalle hésita à son tour. La situation de Kiyo était effectivement délicate.

- Oui, mais pense à ceux que tu pourrais sauver si tu te retrouvais là-bas ! Je n'y connais rien mais je suis sûr que l'industrie pharmaceutique n'a rien fait, rien trouvé quand elle en avait le temps. Ce que je dis est peut-être idiot, mais je crois qu'elle n'a même jamais été intéressée par la découverte de vaccins ou de remèdes contre les grands problèmes sanitaires de notre époque, ceux qui ont fait des millions de victimes : sida, tuberculose, syphilis, grippes, cancer, Alzheimer, Parkinson ! J'ai toujours pensé que ce secteur était le plus machiavélique de notre société ! Qu'il calcule la rentabilité de ses investissements en lançant le traitement au bon moment... Ce n'est pas la même chose de commercialiser un remède contre le sida lorsque *cent mille* personnes en sont malades alors qu'on peut le lancer quand *cent millions* le sont ! Alors que *toi*...

Elle resta silencieuse, les paupières closes. Il continua d'une voix plus douce.

- ... tu as d'autres motivations, tu veux *vraiment* aider les autres. De manière altruiste, désintéressée. C'est inscrit dans tes gènes.

Elle ouvrit les yeux et le regarda, attentive. Il poursuivit avec conviction.

- Si on ne fait rien, si on reste ici, on finira tous par crever ! Tu as vu le nombre d'infectés autour de la base ? Tu as vu comme la foule augmente chaque jour ?

Les yeux en amandes s'accrochèrent aux siens.

- Pour une fois, Kiyo, fit-il en prenant ses mains, l'être humain a la possibilité d'agir honnêtement, sans calcul, sans agenda caché, sans magouille. Si tu avais ces installations, personne ne pourrait t'empêcher de travailler dans le seul but de trouver un remède. Trouve quelque chose pour sauver ce qui reste de notre espèce ! Pense à l'occasion qui se présente à toi ! Ce que je vais dire est peut-être dur, mais dans le pire des cas, que représentent les deux mille personnes paumées sur cette base par rapport aux millions que tu pourrais sauver ?

Des larmes perlèrent mais elle ne les essuya pas.

- A la guerre, il faut faire des choix, souvent difficiles. Privilégier le plus grand nombre au détriment du plus petit, c'est souvent ce qu'on nous demande de faire. On appelle ça le sacrifice. Il faut être capable de ne jamais perdre de vue l'objectif principal. Le tien, c'est trouver un remède. Le mien, c'est protéger ce qui reste du pays pour le reconstruire et...

Il prit une profonde inspiration, le cœur cognant violemment dans sa poitrine, avant d'ajouter :

- ... et te protéger.

Kiyo s'arrêta et le regarda comme si elle le voyait pour la première fois, les yeux embués. Il venait de se dévoiler et se sentait nu comme un vers.

- Mon mari, mon fils... fit-elle d'une voix faible en dégageant ses mains des siennes. Je crois qu'ils sont morts mais en fait je n'en sais rien. Je suis une scientifique, j'ai besoin de preuves. Et en tant qu'épouse... j'ai toujours été fidèle.

Gorge serrée, regrettant de s'être dévoilé, le sentiment de culpabilité et de trahison de sa famille revenant comme un boomerang, il porta rapidement son regard sur l'alignement des Rafale près des bâtiments avant de se remettre mécaniquement en marche. Kiyo lui emboîta le pas. Ensemble, ils regagnèrent les bâtiments en silence et se séparèrent en arrivant devant la tente qui servait de QG médical. Il la salua et s'éloigna, le cœur lourd et l'esprit vide.

***

Haut-Jura, 5 juillet

Alison caressa lentement les joues décolorées de la fillette en guettant désespérément un signe de vie, un mouvement qui repousserait l'irrémédiable et soulagerait l'atroce douleur qui lui broyait le cœur.

Autour d'elle, une brise douce faisait bruisser les branches d'arbres. L'air embaumait, chargé de senteurs résineuses. Le bourdonnement des insectes se poursuivait sans relâche et formait la seule trame sonore perceptible.

Assise sur ses jambes repliées, Alison regarda le visage fin. Un creux déformait l'os à l'endroit où la crosse avait heurté le crâne. Elle secoua tristement la tête. Tant de violence contre une fillette innocente dépassait l'entendement. Solène n'avait rien fait d'autre que de tenir une arme dans ses mains sans vouloir s'en servir. Or, c'était elle qui la lui avait mise entre les mains. C'était parti d'un bon sentiment, celui de l'aider à la protéger…

Une expression de sa grand-mère lui revint en mémoire. *Le chemin de l'enfer est pavé de bonnes intentions.*

Elle déglutit difficilement et cessa de caresser le visage de la fillette. Elle reposa doucement la tête sur la mousse, qui roula sur le côté. Il n'y avait plus rien à faire. A côté du corps, elle vit le pistolet. Un bref instant, l'idée de prendre l'arme et de mettre fin à cette vie de misère dans ce monde sans avenir traversa son esprit mais elle serra les dents et secoua la tête. Non. Impossible. Ce n'était pas elle.

Elle entendit les gémissements de la ferme en contrebas et reconnut la signature sonore des infectés, sans doute attirés par la fusillade. *D'où venaient-ils, ceux-là ?* Du village en contrebas ? Elle prit la paire de jumelles de Solène et s'accouda au muret effondré. Une demi-douzaine d'infectés montaient vers la première ferme avec difficulté, les pieds butant contre les pierres de la voie. Le premier d'entre eux se trouvait quasiment dans la cour. Elle s'interrogea. D'après ce qu'elle avait observé de leur comportement, les infectés ne manifestaient aucun intérêt pour leurs semblables, mais que feraient-ils s'ils tombaient sur un cadavre de personne non contaminée ? Sur un cadavre… *frais ?* L'anthropophagie ? Elle se leva et se prépara à partir pour éviter de les voir passer à l'œuvre.

429

Pour le moment, ils étaient trop loin pour représenter une menace immédiate. Affaiblie par la perte de sang, les forces sapées à la vue du corps de la fillette, elle se força à réfléchir à ce qu'elle allait faire.

Elle pouvait remonter vers la ferme, préparer ses affaires et reprendre la route dès que possible. Pas ce soir, mais demain. Les phares de la moto la rendraient repérable et elle était trop mal en point pour tenter le coup maintenant.

Plus rien ne la retenait ici. Elle pouvait forcer l'allure jusqu'à Bruxelles pour rattraper le retard accumulé depuis qu'elle était bloquée dans les montagnes. Mais sa jambe brûlait encore et la peau était abîmée, des cloques jaunâtres parsemaient l'épiderme qui suppurait abondamment et collait au bandage. Chaque fois qu'elle faisait un pas, elle sentait la chair gonflée tirer sur l'étoffe. Pire... l'effort qu'elle venait de faire avait rouvert la plaie et elle sentait un liquide couler le long de la jambe. Elle baissa les yeux et vit que son bas de treillis était gorgé au niveau de sa jambe abîmée. Pareil pour le bras. Elle devait impérativement bloquer les saignements et le suturer. Quant à son épaule, une douleur résiduelle lui rappelait encore la chute en moto, mais c'était supportable.

Elle posa le fusil et examina son bras. Le tissu du tee-shirt qui lui servait de garrot ne retenait plus rien et le sang coulait comme s'il n'y avait rien eu sur la plaie. Elle décida de laisser le garrot en place. Elle le remplacerait en puisant dans la trousse de secours à la ferme. Avant tout, se soigner, s'équiper pour le voyage, dormir, et repartir le lendemain. Mais d'abord, Solène... L'enterrer quelque part et quitter cet endroit empli de souvenirs pénibles. Elle tourna la tête vers le corps de la fillette. Visage tourné vers le ciel, Solène ressemblait à une statue.

Alison fronça les sourcils. D'un bond, elle se rapprocha de la fillette. La dernière fois, sa tête était penchée à gauche... pas vers le ciel ! Elle repassa mentalement la scène en mémoire. Si c'était le cas, il ne pouvait y avoir qu'une explication...

Le cœur battant, elle mit une oreille devant la bouche de Solène et ne tarda pas à sentir un souffle d'air infime sur sa joue. Les yeux grands ouverts, elle mit l'oreille sur la cage thoracique et écouta. Un battement de cœur. Puis un autre, deux secondes plus tard. Lent, mais indéniable ! C'était incroyable, inespéré, un miracle... C'était pour elle comme si la vie reprenait possession de son cœur .

Elle se mit aussitôt au travail, alternant les gestes de premier secours, la respiration assistée et les massages cardiaques, s'arrêtant pour écouter le cœur de l'enfant. Le rythme de battement était faible mais régulier, en accélération.

Elle la veilla jusqu'au premier mouvement de paupière avant de s'écarter, la gorge sèche comme du papier de verre. A la perte de sang s'ajoutait le contrecoup de l'attaque et le début d'hyperventilation induit par les gestes de premier secours. Malgré la pénombre qui rendait difficile l'observation des traits, elle resta immobile, fixée sur la respiration lente et régulière. Elle s'approcha et examina attentivement la blessure crânienne. Sans être une une experte en anatomie, elle s'appliqua à évaluer le risque de la transporter vers la ferme.

Huit ans, en pleine croissance. Chaque jour gagnant en taille, poids, proportions... Elle se rappela que, tout comme les os du corps, le périmètre crânien augmentait avec l'âge, ce qui signifiait qu'il n'était pas encore tout à fait solidifié. Encore malléable...

Elle se rappela une expérience douloureuse. Elle était un jour tombée d'un acacia au même âge que Solène, une chute d'un mètre environ sur le côté du crâne. Elle avait vu des étoiles et s'était faite copieusement rosser par son père. Face au miroir de la salle de bains miteuse, elle avait vu son crâne déformé sur le côté. Pendant des semaines, elle avait été en classe avec cette difformité. Ses copains l'avaient charriée, elle avait joué des poings et les choses étaient rentrées dans l'ordre lorsque le creux avait disparu. Elle n'en avait gardé aucune séquelle.

Solène avait peut-être vécu la même chose. Son crâne s'était déformé sous le choc et, avec un peu chance, il n'y aurait ni fracture, ni séquelles neurologiques. Le sang qu'elle avait vu couler plus tôt pouvait venir d'égratignures provoquées par la crosse de l'arme et il n'y avait pas trace d'hémorragie. Avec précaution, elle tâta des doigts la zone et ne sentit rien d'autre que le renflement de la peau maltraitée. L'élasticité du crâne permettrait peut-être à la marque de disparaître complètement. Quant aux séquelles neurologiques, c'était autre chose...

A moitié rassurée, elle contempla les derniers feux du soleil dans la vallée et réalisa que les plans de départ le lendemain s'étaient soudain évaporés. Au bout de plusieurs minutes, elle décida de remonter Solène à la ferme. Elle prenait un risque mais elle était convaincue que les blessures étaient moins graves qu'elles n'y paraissaient. L'enfant y serait mieux qu'en pleine nature, de nuit, dans le froid des montagnes.

Malgré sa blessure, elle mit les vingt-cinq kilos de Solène dans ses bras et se redressa pour faire face à la pente qui montait vers la ferme. La tête de la fillette roula sur son épaule. Sous l'effort, elle sentit le sang reprendre son écoulement le long du bras mais décida de l'ignorer. Courageusement, jumelles et armes sécurisées sur son uniforme, elle se mit en route dans les dernières lueurs solaires.

Elle rejoignit la ferme à une allure d'escargot, en quarante minutes, au bord de l'épuisement total. Malgré les heurts de l'ascension, Solène ne reprit pas connaissance.

Elle déposa l'enfant sur son matelas improvisé, nettoya la plaie avec un chiffon mouillé qu'elle laissa sur la tête pour la réhydrater et empêcher la fièvre et les mots de tête. Elle parvint enfin à faire boire la fillette en forçant le liquide entre ses lèvres desséchées. Elle la déshabilla, la recouvrit avec soin puis la regarda respirer pendant plusieurs minutes. Malgré la pénombre qui régnait dans la ferme silencieuse, elle vit le petit torse monter et descendre avec régularité.

Enfin rassurée, elle décida de s'occuper d'elle. Il fallait se dépêcher car elle était à bout de forces et l'obscurité arrivait. Elle avait perdu du sang par le bras et la jambe et l'épaule recommençait à tirer. Elle dut s'accrocher au mur pour ne pas tomber en enlevant le garrot. Avec application, elle nettoya la plaie à l'alcool et mit une compresse médicale propre sur la blessure avant de recoudre celle-ci sans anesthésie. Enfin, elle l'enveloppa dans de la gaze propre et refit le bandage avec le matériel de secours.

L'épuisement réduisit plusieurs fois sa vision à une sorte de tunnel au-delà duquel des étoiles et des formes géométriques papillonnaient en tout sens mais elle parvint à rester consciente et à manger, montant la garde à l'extérieur de la ferme, mâchant en silence, les yeux vides perdus dans l'obscurité de la vallée.

Les seules lumières visibles étaient celles des lampadaires publics encore fonctionnels dans les villages de la vallée. Ils ne s'éteindraient que lorsque les centrales électriques cesseraient de fonctionner à leur tour. Aucun phare automobile, aucun son de moteur ou d'activité humaine ne troublait la noirceur de la vallée. En dehors de quelques aboiements lointains, les animaux s'étaient tus. Très loin, des râles d'infectés montaient dans l'encre noire et insondable. Le son portait sur des distances incroyables lorsqu'il n'était pas noyé dans le bruit ambiant.

Elle finit son repas en luttant pour ne pas s'effondrer et eut à peine l'énergie de rentrer dans la ferme pour s'allonger à côté de Solène. Lorsqu'elle sentit la chaleur de la fillette contre la sienne, encore vêtue de ses vêtements sales et raidis par la sueur froide et le sang, elle sombra dans le sommeil.

**

432

CHAPITRE 15

Vélizy, 6 juillet
Lasalle appuya sur le chronomètre de sa montre, vérifia que les aiguilles fonctionnaient et s'élança au trot. Trente hommes et femmes l'accompagnaient pour le footing quotidien. Il décida de commencer par une allure confortable.

Compte-tenu du rationnement en vêtements, il courait en combinaison de vol comme bon nombre de ceux qui l'entouraient. C'était désagréable et peu pratique mais, à l'instar des soldats présents sur la base, il devait impérativement entretenir sa forme.

La session physique devait durer trente minutes. Compte-tenu du nombre de personnes présentes sur la base transformée en camp retranché, tout devait être chronométré. Le périmètre sur lequel il courait serait transformé en stand d'entraînement à l'autodéfense pour les réfugiés civils passé le délai. C'était une mesure intelligente prise collégialement par le colonel et les représentants des réfugiés civils dans le but de donner à ces derniers un minimum de chances de survie en cas d'affrontement avec les infectés.

Rapidement, l'effort et la chaleur aidant, Lasalle sentit son corps se couvrir de sueur.

Le tracé de la course longeait le périmètre de la base. Tout en courant, il remarqua les modifications des lieux. Chaque jour, une nouveauté apparaissait. Il y avait eu les bacs d'eau géants qui servaient au nettoyage du linge, puis les latrines de fortune construites en planches. Aujourd'hui, des civils s'affairaient sur un lopin de terre, non loin de la piste, et y plantaient des graines sous la garde de soldats armés. Un peu plus loin, le cimetière de fortune construit à coups de pelles de bulldozers. La terre était fraîche, tout juste retournée, et recouverte d'un alignement de croix et de croissants de fortune.

Saisi par le nombre élevé de sépultures, Lasalle cessa d'observer ce qui l'entourait et, concentré sur la course, récapitula l'agenda de la matinée.

Après l'exercice, il devait rejoindre la salle d'Opérations de la base pour un briefing complet sur l'état des forces aériennes, hommes et machines et mettre au point les opérations aériennes, le planning des missions et les tours d'astreinte avec ce qui restait de pilotes et d'avions. Ensuite, il mettrait le cap sur le bureau du colonel Francillard pour y rendre compte du résultat de la dernière réunion. Toute la matinée était déjà planifiée. Heureusement, il déjeunerait avec Kiyo à midi. Il prépara mentalement les réunions, réfléchissant au moyen de résoudre les problèmes auxquels l'escadron 1/7 était confronté. Les trente minutes s'écoulèrent rapidement et stoppèrent lorsque sa montre bipa.

Le groupe s'arrêta de courir et se disloqua aussitôt, chacun retournant à ses occupations. Lasalle et les pilotes rescapés se dirigèrent en marchant vers la salle d'Opérations. Il était en nage, sa combinaison dégoulinait de sueur et pesait une tonne et il allait devoir voler dedans…

Sur le chemin, il vérifia à nouveau sa montre. *Dix minutes avant le briefing*. Il pensa à Mack. Comme tous les infectés in-situ, il avait été placé en quarantaine de l'autre côté de la piste, à l'écart des habitations du camp.

Il avait besoin de le voir. Comme Kiyo, il était à présent convaincu que le Fléau d'Attila ne transformait pas les malades en zombies, contrairement à ce qu'une majorité de personnes pensait, mais qu'il affectait l'organisme des contaminés en perturbant leurs capacités de réflexion et de locomotion. Cette certitude lui permettait de garder l'espoir qu'une cure, un remède ou un vaccin serait un jour trouvé pour faire revenir les gens à un état normal mais Kiyo lui avait dit que c'était une vue idéaliste des choses. Elle avait expliqué que les séquelles physiques et neurologiques des infectés seraient sans doute irréparables. Pourtant, il continuait à espérer. C'était sa planche de salut, sa bouée.

Il gagna au trot la zone de quarantaine en observant la base. Les quatre Rafale restants étaient alignés près des Super-Puma et du Pilatus. Des groupes de réfugiés s'adonnaient à toutes sortes d'activités, vaisselle, lessive, travaux agricoles sur les parcelles récemment mises en friche. Inlassablement, les infectés s'agitaient le long des barbelés.

Il traversa la piste en direction du secteur de quarantaine collé à la double clôture du périmètre extérieur de la base. Il s'agissait d'une palissade en bois de forme rectangulaire d'environ trois mètres de haut sur vingt de long et dix de large, sans toit pour protéger ses occupants des précipitations, construit en matériaux de récupération. Il était impossible, de l'extérieur, de voir ce qui était dedans. Au milieu d'un côté, Lasalle aperçut une porte sommaire gardée par deux soldats, fusil d'assaut sous le bras.

- Mon commandant ? demanda le premier en le voyant arriver.

Lasalle s'arrêta et, entre deux souffles, répondit au garde.

- Mon ancien navigateur. Il se trouve ici ?
- Probablement, mon commandant. C'est le seul lieu de stockage des infectés sur la base.
- De stockage ?

Le soldat réalisa l'abus de langage et, gêné, se racla la gorge avant de corriger :
- De quarantaine, mon commandant.

Lasalle regarda l'homme droit dans les yeux, prêt à le remettre à sa place en lui rappelant qu'il avait la garde d'hommes et de femmes malades, pas de produits de grande consommation mais il jugea la démarche inutile. La majorité des gens étaient convaincus qu'ils avaient à faire à des sortes de zombies décérébrés.
- Comment s'appelle l'individu ?
- Kazinski. Capitaine Lucas 'Mack' Kazinski.

Le garde rejoignit son collègue. Celui-ci sortit un carnet de sa poche, tourna une page, fit glisser son doigt sur la liste des noms et hocha la tête.
- Oui, il est ici. Vous êtes sûr de vouloir le voir ?

Lasalle hocha la tête en silence, comprenant que le garde cherchait à le protéger du choc qui l'attendait. Les plantons échangèrent un regard gêné.
- Comme vous voudrez, mon commandant. Les consignes, maintenant. Tout déplacement à l'intérieur du secteur doit être accompagné. Tenez-vous toujours à deux mètres du grillage et ne dépassez jamais le niveau des barbelés extérieurs. Ne quittez jamais les infectés des yeux. N'essayez pas de les toucher. Ne leur donnez rien et n'acceptez rien d'eux.

Lasalle se passa une main sur le front pour en ôter la sueur avant d'acquiescer de la tête.
- Et rappelez-vous, mon commandant : si vous êtes mordu ou infecté, vous vous retrouverez ensemble.

Le soldat prit une clef, ouvrit la serrure de la porte extérieure puis entra à l'intérieur en faisant signe à Lasalle de le suivre. Il referma immédiatement la porte et Lasalle eut un mouvement de recul instinctif.

Une sorte d'immense cage intérieure en grillage métallique avait été aménagée à l'intérieur du réduit dont les périmètres étaient renforcés de barbelés acérés pour empêcher les infectés d'approcher du grillage. Une sorte de grand cube, rempli d'eau sale, était posé à même le sol dans un coin. Un tuyau en plastique jaune passait à travers le grillage et débouchait dans le bac mais, pour l'heure, aucun liquide ne coulait.

- A quoi ça sert ? demanda Lasalle en pointant du doigt le cube.

- A boire, mon commandant, répondit aussitôt le garde. Ces saletés n'arrêtent pas de boire. Un bac entier par jour ! D'ailleurs, ils n'arrêtent pas de se pisser dessus !

Lasalle secoua tristement la tête. C'était plus un abreuvoir qu'autre chose. Les malades étaient traités comme des bêtes et il songea qu'il valait mieux pour Kiyo qu'elle ne vienne jamais ici. Elle ne supporterait pas ce spectacle, à la fois pathétique et dégradant, à l'image de l'être humain

Et pourtant, cela ne faisait que renforcer la conviction de Lasalle que ces êtres étaient malades. Kiyo avait raison. Elle lui avait expliqué que, malgré les nombreux symptômes du Fléau d'Attila, leurs fonctions vitales continuaient à fonctionner. Les infectés étaient fiévreux et buvaient pour se rafraîchir. Leur vessie se remplissait jusqu'à saturation, ils la vidaient par les voies naturelles. Lasalle songea que le garde ne voyait dans leur incapacité de contrôler leurs excrétions qu'une preuve supplémentaire de leur dégénérescence bestiale.

Kiyo et lui, au contraire, y voyaient la manifestation d'un reste d'activité biologique normale, de leur humanité. Le débat était loin d'être clôt.

De l'autre côté du grillage, les infectés se regroupèrent du côté où Lasalle et le soldat étaient entrés.

Malgré les barbelés, ils tendirent aussitôt leurs bras décharnés vers eux.

En les observant, Lasalle vit les corps inertes de plusieurs infectés qui avaient péri dans les barbelés et avaient été incapables de s'en extraire. Des corps putréfiés grimaçaient dans la mort et fixaient de leurs yeux éteints l'extérieur du périmètre grillagé.

Avec horreur, il songea que le lieu lui rappelait les images horribles des camps de concentration. Si l'approche de Kiyo était exacte, si les infectés étaient bien des malades, potentiellement curables, alors le traitement qui leur était infligé s'apparentait à celui des prisonniers dans les camps allemands de la dernière guerre mondiale.

Une erreur. Une erreur effroyable. Peut-être -sans doute ?- un début de déshumanisation...

Il frissonna devant les implications sous-jacentes, mais la puanteur des corps malades le ramena à la réalité.

L'odeur abominable était décuplée par les effluves doucereuses et nauséabondes des cadavres en décomposition dans les barbelés.

Luttant contre la nausée, il repéra enfin Mack à sa combinaison de vol.

- Mack ! murmura-t-il, la gorge serrée.

L'infecté ne réagit pas. Le soldat à côté de Lasalle se rapprocha de Lasalle.

- Mon commandant, ils ne comprennent plus leur nom.

Dos collé à la paroi en contreplaqué, Lasalle observa attentivement celui qui avait été son meilleur ami et ne le reconnut qu'à sa morphologie car le reste était méconnaissable.

Il avait considérablement maigri. Son visage, son cou et ses bras étaient couverts de sillons sombres qui déformaient ses traits. Sa peau avait une teinte terreuse, le blanc de ses yeux avait viré au jaune, ce qui restait de ses cheveux n'était plus qu'une masse gluante et informe. Sa combinaison de vol était souillée de tâches noires et de vomissures. De sa bouche ouverte, un liquide opaque et dense coulait en une ligne verticale vers le sol. Ses bras ballants le long du corps se prolongeaient par une coulée liquide provoquée par l'hémorragie des tissus.

Lasalle sentit sa gorge se nouer lorsqu'il regarda Mack dans les yeux. Bien loin du regard d'un malade, fatigué et implorant, il reconnut un prédateur fiévreux. Sans ambigüité, il y lut la mort. Cette chose qui lui faisait face était un ennemi sans concession. Il n'y avait plus trace de ce qu'avait été Lucas 'Mack' Kazinski, capitaine de l'Armée de l'Air Française, pilote de Rafale, homme de cœur et de fidélité, ami de la vie.

Le cœur serré, il se rappela les soirées arrosées, les dîners entre amis, les séances de cinéma, l'obtention des ailes de pilote, les fous-rires. Mack avait été son témoin de mariage. Il baissa la tête, ému aux larmes par les souvenirs d'un monde révolu.

Dans l'espace confiné de la quarantaine, les gémissements et les coups des infectés excités par la présence de proies gagnèrent en ampleur et le garde bougea, mal à l'aise. D'un mouvement de tête, il indiqua à Lasalle qu'il fallait sortir. Sans un mot, ils quittèrent le réduit.

Vidé, Lasalle poursuivit vers la salle d'opérations aériennes.

Ce ne fut qu'après avoir retraversé la piste qu'il parvint à se projeter dans le futur. Il avait un boulot à faire. Il devait déjeuner avec Kiyo. Et un briefing spécial était prévu dans l'après-midi. Tous les responsables de la base y étaient conviés. Le colonel avait ratissé large.

C'était bon de penser à Kiyo, de savoir qu'il allait la revoir. Mack était perdu. Avec lui, ce qui restait de son ancienne vie et de ceux qui comptaient vraiment, disparaissait pour toujours.

Kiyo. La revoir. Vite.

Ces pensées lui redonnèrent du courage et il hâta le pas. La vie continuait.

***

Au large des côtes norvégiennes, 6 juillet

Gonchakov regardait les flots gris de la mer sans les voir. Accoudé au bastingage d'une passerelle, une cigarette entre les doigts, il savourait ce moment d'intimité. Portant toujours sa combinaison sale, il profitait de l'air marin.

Des mouettes virevoltaient dans les vagues créées par l'étrave du bâtiment de guerre qui filait à trente nœuds. Les embruns frais mouillaient son visage en une brume fine et salée. Dans le ciel, des lambeaux de ciel bleu contrastaient avec la mer grise, froide et triste. Un mouvement attira son attention au ras des flots. Un groupe de dauphins jouait dans les vagues. Des jeunes nageaient aux côtés de leurs parents.

Il tira sur sa cigarette. Il n'avait jamais été intéressé par les animaux mais le spectacle le frappa par sa beauté simple et pure et il réalisa qu'il n'avait jamais fait attention à ce genre de choses auparavant. Ni sur le Kuznetsov, ni avec sa famille. Pendant de longues minutes, il les regarda s'ébattre dans le bonheur. Lentement, la cigarette se consuma entre ses doigts. *Pourquoi avait-il du attendre de vieillir pour s'en rendre compte ? Où était passé le temps qui le séparait de sa jeunesse ?*

- Colonel ?

Surpris par l'intrusion, il tira sur la cigarette et tourna la tête à contrecœur. Polyshkin salua militairement et s'accouda au bastingage à côté de lui.

- J'ai croisé le chef mécanicien qui revenait du hangar, fit le jeune pilote. Les avions sont prêts. Les charges air-air et antiradiation sont en place et le chargement spécial est installé dans les KMGU-2. Reste à confirmer la fenêtre de lancement. Apparemment, c'est une question d'heures. Avec un peu de chance, on pourra lancer demain.

Gonchakov était déjà au courant. Il ne répondit rien, soucieux de revenir à ses pensées solitaires et à sa cigarette, mais Polyshkin ne bougea pas.

- Autre chose ? demanda-t-il, navré de voir le jeune aviateur se tourner vers lui.

- Colonel, je… j'ai besoin de vous poser une question.

Gonchakov propulsa du doigt sa cigarette dans les vagues en attendant la suite.

- Vous avez déjà eu peur avant une mission ?

Gonchakov vrilla ses yeux délavés dans ceux du jeune homme.

- Peur de quoi ? De *voler* ? De te *battre* ? D'y *rester* ?

Polyshkin approuva de la tête. Gonchakov se tourna vers lui. Il se reconnaissait dans la question lorsque, jeune aviateur, il était parti au combat la première fois.

- Oui, j'ai déjà eu peur. Tout le monde a peur, et pas que la première fois. Celui qui dira autre chose est un menteur ou un inconscient. On a beau se préparer, s'entraîner, un jour on se retrouve au pied du mur, seul face à soi-même. Et on comprend que c'est la bonne, qu'on va vraiment risquer sa vie dans un zinc et qu'on ne fait plus semblant. On se dit que c'est peut-être le dernier petit-déjeuner, la dernière fois qu'on va chier, la dernière baise. Ça donne un autre goût aux choses.

Le lieutenant hocha la tête avec conviction.

- C'est ça. C'est ce que je ressens, mon colonel. Et pour être franc, j'ai peur que ça m'empêche d'être à la hauteur.

Un sourire se forma sur le visage rude de Gonchakov. Dans le contexte soviétique, un pilote n'aurait jamais pu partager ce genre de doutes au sein de l'armée de l'air. C'aurait été une vraie honte pour le pilote concerné, un motif suffisant pour être cassé à vie par le système. Les temps avaient décidément bien changé… Il répondit en se grattant le cou.

- T'en fais pas pour ça. Une fois dans ton zinc, tu ne penseras plus à rien d'autre qu'à la mission. Le plus dur, c'est *avant* la mission. On se fait des films, on s'imagine plein de choses, on se voit mourir. Mais dans l'avion, tout disparaît avec la routine. Tu sais, ce n'est pas tant l'obstacle lui-même que la peur de l'obstacle qui fout la trouille. Et je sais de quoi je parle.

- Merci, mon colonel. Je m'en fais peut-être trop.

- C'est normal, fit Gonchakov en assénant une tape dans le dos de son ailier. C'est le métier qui rentre !

Gonchakov sortit une cigarette et en tendit une à Polyshkin, qui refusa. Il sourit. Jadis, tous les pilotes fumaient.

- Mon colonel, j'ai pensé à quelque chose, fit-il en changeant de sujet.

- Je t'écoute.

- Nos zincs sont lourds. On partira au poids maxi autorisé au décollage mais les réservoirs ne seront pas pleins. On serait trop lourds pour décoller sinon. Il y a peut-être moyen d'enlever du poids pour augmenter le carburant.

- Je t'écoute, fit-il en reportant le regard sur l'horizon maritime.
- La perche de ravitaillement en vol. Elle est lourde et inutile. On n'a plus de ravitailleur aérien opérationnel. On pourrait la démonter et gagner plus de cent kilos, soit 2% de kéro en plus. 200 km gagnés grosso modo.
- Pas bête. Ça vaut le coup d'essayer. C'est bien. Parles-en au chef mécano.

Polyshkin le salua et s'éloigna. Gonchakov tira sur une nouvelle cigarette et reprit le train de ses pensées. Son ex-femme. Il se fichait de ce qu'elle avait pu devenir, mais ses enfants ? Où étaient-ils ? A Moscou avec elle, livrés à eux-mêmes comme d'habitude ? Quelque part dans la rue à vivoter comme ils le pouvaient malgré les infectés ? *Cette conne névrosée n'avait jamais rien fait de sa vie mais ça ne l'avait pas empêché d'obtenir la garde des enfants devant le juge... Putain de justice !* Les reverrait-il un jour ?

Son cœur se serra. Il avait été un père absent, pas assez investi dans l'éducation des enfants mais il les aimait à sa manière. Il pensa à ses parents et à son village natal. Il avait tout perdu.

Certes, l'homme avait réalisé son rêve et était devenu pilote de chasse. Il s'était battu pour la Russie, avait servi les intérêts de la nation et avait accompli ce qu'on avait attendu de lui. Mais son existence sociale et familiale était un désastre et son avenir sans intérêt. Pas le moindre projet au-delà de la mission. Aucun but, aucune direction. Seul, sans compagne ni perspectives familiales. *Restait la mission, rien que la mission.*

Il soupira profondément et regarda le bout de ses bottes encroutées de sel. Pour la première fois de sa vie, il n'avait plus du tout peur.

***

Vélizy, 6 juillet
Kiyo entra dans la salle de briefing improvisé, étonnée de se retrouver parmi les derniers arrivés dans la salle bondée de civils et de soldats dans l'odeur lourde de linge sale et de transpiration. Les représentants des fonctions vitales de la base, dont elle faisait partie au titre de la recherche médicale, étaient présents. Elle rejoignit Lasalle à travers la foule qui attendait l'arrivée du colonel Francillard pour le briefing, et s'assit. Elle chercha Michael Temple du regard mais ne le trouva pas. Elle allait entamer la conversation

lorsque les gens se levèrent pour saluer l'arrivée du colonel Francillard.

- Messieurs, mesdames, fit-il en prenant place derrière un pupitre haut et étroit, asseyez-vous. Je vous ai conviés pour un point sur la situation nationale et locale.

Il se racla la gorge dans le silence.

- Au niveau national, nous sommes en relation radio avec la présidence française à Bordeaux. Compliqué, pas très sûr, mais ça marche encore. Notre interlocuteur direct et chef direct est l'amiral Louis Jaeger. C'est le plus haut gradé français encore en fonction et aujourd'hui chef d'état-major interarmes. La situation est difficile là-bas, mais pas désespérée.

L'audience ne bougea pas. Le silence était total, les hommes comme pétrifiés par ce que disait l'officier supérieur.

- Les forces militaires et civiles ont réussi, au prix de lourdes pertes, à créer une zone de sécurité autour de Bordeaux, la *Zone Propre Un*, ou ZP1. En fait, un triangle qui relie Bordeaux, Arcachon et l'extrémité de l'estuaire de la Gironde. Donc essentiellement protégée par l'eau, sauf sur sa partie terrestre entre Arcachon à Bordeaux. Ce coin-là est renforcé par un mur d'enceinte. Le filtrage de l'accès se fait par des check-points.

Des murmures montèrent de l'assemblée. Lasalle fut incapable de déterminer s'il s'agissait d'une réaction de désespoir ou de soulagement. Pour lui, c'était une bonne nouvelle, et il préféra traduire la réaction de ses pairs de manière positive.

- Les forces disponibles sur place sont constituées d'un mélange de troupes françaises et étrangères avec quelques unités blindées... Pas étonnant, pour les chars, ça passe partout ! Pour résumer, la ZP1 a l'air de tenir bon et la Présidence et les autorités représentatives de l'État y sont à l'abri.

Des murmures résolument approbateurs cette fois s'élevèrent dans la pièce autour de Lasalle mais des exclamations offusquées fusèrent d'un groupe de civils rescapés du convoi.

Lasalle se rappela les comptes-rendus des survivants : les chars du convoi étaient passés sans problème à travers les obstacles et ne s'étaient pas arrêtés, distançant les véhicules particuliers, plus lents, faute de moyens de communication pour coordonner l'avance. Un grand nombre de civils en étaient morts.

Le colonel se hâta de poursuivre.

- D'un point de vue international, la situation n'a été évoquée qu'en termes généraux. Les puissances étrangères sont toutes touchées par le Fléau d'Attila et considérées comme détruites à l'exception de la France et du Royaume-Uni où des zones de refuge ont été aménagées. Un embryon de gouvernement y reste fonctionnel et un début de concentration de troupes et de moyens est en cours.

L'assemblée grommela.

- Le Plan Stratégique initial de reconquête en quatre étapes est toujours d'actualité. On va passer prochainement en phase trois, puis quatre. Pour rappel, c'est la poursuite des recherches médicales et la reconquête du pays.

Avec quoi, songea Lasalle, maussade. *Quatre zincs opérationnels, des hommes épuisés... nos moyens pris au piège dans cette base comme des rats !*

Un officier de l'armée de terre prit la parole.

- Mon colonel, et les Américains ? Où sont-ils ? Qu'est-ce qu'ils font ?

- Plus aucun signe de vie des autorités américaines depuis le dernier coup de fil du président à notre présidente. D'après elle, le pays est en proie aux mouvements d'insurrection et de luttes entre bandes rivales. Les ethnies se battent entre elles, l'armée est désintégrée. Pour elle, c'est clair, il ne faut plus s'attendre à un débarquement de GIs en Normandie. Ca n'arrivera pas.

Le commandant qui avait posé la question haussa les épaules.

- D'ici à ce qu'on nous demande d'aller les aider ! fit-il comme s'il était seul.

Le colonel ignora le commentaire et continua son briefing.

- Des tentatives de liaison et de coordination politique et militaire sont en cours entre la France et le Royaume-Uni pour regrouper les forces restantes. Mais il faudra des semaines avant qu'on assiste à une réunion entre décideurs. Du côté de l'Europe, c'est l'encéphalogramme plat. Plus de son ni d'image, les pays sont rayés de la carte. Aucune aide à attendre de ce côté. La Russie a été contactée mais nos spécialistes doutent de la représentativité et de la légitimité des interlocuteurs.

Quelques têtes opinèrent mollement. Lasalle lui-même tiqua devant l'étendue du désastre géopolitique.

- Localement, la BA-113 de Saint-Dizier a été évacuée mais des moyens opérationnels sont restés sur place. Ici, à Vélizy, on compte sept aéronefs opérationnels, quatre Rafale, deux Super Puma, un Pilatus. Côté véhicules terrestres, 73 engins, dont 9 chars et 14 camions militaires de transport. Pour les hommes, en incorporant les éléments sur place, les effectifs sont de 893 combattants, plus les civils. Quarante-trois au total, dont treize enfants.

Il prit une feuille et lut.

- Dans l'affaire, neuf véhicules particuliers sur dix ont été perdus sur le trajet.

Il leva les yeux et s'adressa à l'assemblée.

- D'où une leçon que *tout le monde* doit retenir. En cas d'évacuation, priorité aux engins *très* lourds, chars, camions ou bus ou, au contraire, aux engins *très* légers, comme les motos ou vélos si nécessaire. Dans les deux cas, ils passent quasiment partout.

Il marqua une pause.

- Les munitions sont rationnées, y compris pour les chasseurs, l'essence automobile également. Pour ce qui est du kérosène, les réserves sont satisfaisantes.

Il s'arrêta pour passer à une autre fiche.

- Logistiquement, nous consolidons le périmètre défensif à l'aide de sacs de terre prélevée sur place. Nous avons des provisions et de l'eau pour cinq jours. Le rationnement alimentaire est maintenu et les forces concernées poursuivent un service de maraudage de proximité pour compléter les réserves. D'après les estimations des responsables de cette activité, il y a suffisamment de réserves dans les parages pour assurer l'approvisionnement pendant plusieurs semaines si on arrive à mettre la main dessus. Reste un point noir...

L'assemblée retint son souffle.

- Les infectés. Ils étaient environ cinq mille à notre arrivée. Soixante mille aujourd'hui. Cent mille après-demain, d'après les projections. C'est un obstacle de taille au déploiement des phases 3 et 4 du Plan.

- Mon colonel, interrompit un sous-officier du Génie, à ce sujet... Les gars et moi, on a fait le tour du périmètre cette nuit pour vérifier l'intégrité structurelle des défenses mises en place.

Le colonel l'incita à poursuivre d'un mouvement de tête, se doutant de ce qui allait suivre.

- Les travaux de consolidation ont été faits avec les moyens du bord. Plusieurs sections ne résisteront pas à la pression. Elles sont déjà en train de plier vers l'intérieur ! Les zombies électrocutés servent d'isolant à ceux de derrière. A cette vitesse, soit les défenses finiront par plier, soit il y aura tellement de cadavres que les zombies passeront par dessus les barbelés !

- Une solution ?

- Affirmatif. Ramener des parpaings, des contreplaqués, du barbelé électrique. C'est faisable mais on a besoin de moyens, des camions, des véhicules, ce genre de choses…

- OK, vous avez douze heures pour me présenter un plan d'action avec vos besoins. Mais pas de sortie sans tenue RNBC.

- A vos ordres.

- Puisqu'on en est aux mauvaises nouvelles, fit le colonel, autre chose à ajouter ?

Personne ne se manifesta. Le colonel sourit.

- Première bonne nouvelle du briefing : il n'y a plus de mauvaise nouvelle ! Et comme on en est au constat, deux choses : d'abord, le commandant Lasalle est placé à la tête des moyens aériens de la base.

Lasalle se leva et se présenta. Les têtes se tournèrent vers lui. Il se rassit et le colonel continua.

- Ensuite, à partir de demain 06:00, l'approche du terrain sera interdite à tout appareil civil ou militaire non identifié. Je ne veux pas revivre un autre accident comme celui de Saint-Dizier. Tout appareil non identifié sera abattu après les sommations d'usage.

En un flash, les images du désastre passèrent devant les yeux de Lasalle. Il secoua la tête pour les chasser de son esprit.

- Bien, conclut-il, j'aimerais remercier tous ceux qui ont participé à la collecte et à la synthèse des données obtenues. Et en ce qui concerne les actions à venir, je vous les communiquerai dès que nous aurons un plan d'action.

Le colonel se tourna vers Kiyo.

- Ah, une dernière chose. Le Docteur Kiyo Hikashi nous fera un débriefing complet sur ses recherches lors de la prochaine session, dans deux jours. Je compte sur vous pour participer, c'est important. Rompez !

Circonspects sur la situation, Kiyo et Lasalle quittèrent les lieux pour reprendre leurs activités comme les autres.

***

Au large des côtes Norvégiennes, 6 juillet

Polyshkin humait l'air humide, face à la mer. Le vent était faible, le ciel gris parsemé de tâches bleues, le soleil jouait à cache-cache. Il vérifia sa montre. *Treize minutes avant le décollage.*

Un servant actionna le dispositif et l'ascenseur de pont se mit en marche avec un à-coup, amenant le Sukhoi, son pilote et des hommes d'équipage sur le pont.

Polyshkin songea à l'accélération soudaine des événements. Une heure plus tôt, allongé dans sa cabine, Gonchakov avait fait irruption pour confirmer la fenêtre de lancement. Il avait ajouté que le responsable des Communications était parvenu à contacter le centre de commandement du GRU, les services de renseignements militaires en charge des troupes terrestres du côté de Rybinsk. Le groupe aéroporté, formé de quatre hélicoptères Mil-Mi 26 avec chacun vingt Spetsnaz à bord, et de deux Ka-52 d'escorte armée, était arrivé à Stuttgart et attendait la confirmation du succès de la mission pour couvrir le dernier trajet vers les centrales françaises. Tout était prêt pour les deux phases de la mission.

L'amiral et Gonchakov avaient trouvé un nom de baptême :

Vosrozhdeniye-1. Renaissance.

Typique du manque d'imagination de l'armée, la deuxième partie, celle des forces spéciales en hélicoptère, s'appelait logiquement Vosrozhdeniye-2.Mais renaissance de quoi ? De la Russie ? De l'ancien monde ?

L'ascenseur s'arrêta et Polyshkin haussa les épaules. Un tracteur amena le Sukhoi à la position de lancement numéro 3.

Il regarda son avion aux empennages frappés des croix rouges héritées de l'ère soviétique. Un petit drapeau à croix bleue sur fond blanc rappelait que l'appareil appartenait à la marine de guerre russe. Il fronça les sourcils en pensant au décollage.

Sur le Kuznetsov, la manœuvre était délicate. Le pont était court pour les avions lourds comme le Su-33. Le décollage se faisait dans l'axe du bâtiment sur une distance de cent-cinq à cent-quatre-vingts mètres en fonction de la position de départ. Les avions légers utilisaient la piste courte, les lourds la longue. Dans les deux cas, la piste débouchait sur un tremplin incliné à douze degrés qui propulsait les avions en l'air pour leur donner de l'incidence.

Avec leurs trente-trois tonnes, les Sukhoi utilisaient la piste longue. *Marginalement plus longue que la piste courte pour des avions aussi chargés que les leurs... Le risque de faire la culbute au décollage, juste après avoir quitté le pont, était réel dans cette configuration.*

Il regarda les flots qui se brisaient sur le tremplin en bout de pont. La moindre erreur, le moindre incident et c'était le plongeon direct dans la mer, sanglé dans le cockpit, avec moins de deux secondes pour tenter l'éjection. Une fois sous l'eau, même s'il était possible de s'éjecter avec succès, l'avarie du matériel était possible. La perspective le glaça d'effroi.

Le Sukhoi qui s'enfonce dans l'eau noire. Siège bloqué. Le porte-

avions qui passe au-dessus, comme un Léviathan bloquant tout retour à la surface...

A bâbord, un hélicoptère Ka-27 *Helix* était déjà en l'air, prêt à intervenir en cas d'accident. Gonchakov mettait son avion en marche, verrière ouverte, ailes et crosse d'appontage repliées, volets rentrés. Gonchakov l'aperçut et le salua. Polyshkin retourna le salut et rejoignit son avion, le vérifia avec son mécanicien et grimpa dedans.

La coque du Kuznetsov vibrait sous l'effort incessant des puissantes turbines diesel qui propulsaient le porte-avions à près de trente nœuds. Le géant gris prenait à présent le vent pour faciliter le décollage des chasseurs.

Il lança le moteur auxiliaire et passa en revue la check-list de pré-décollage alors que l'avion prenait vie.

Il déplia les ailes et vérifia l'intégralité des systèmes vitaux de l'avion : moteurs, armes, carburant, navigation, communication. Tout était opérationnel. Les mécanos avaient fait leur boulot dans les ateliers de maintenance. Un vrai miracle dans le chaos ambiant... Il préféra ne pas trop y réfléchir. Tout ce qu'il demandait, c'était que l'avion tienne le temps du trajet *d'ingress* vers les objectifs assignés. Après, il pourrait toujours se débrouiller, improviser. Il s'autorisa un rapide sourire. Après tout, les Russes étaient réputés pour cela.

Le mécanicien serra les sangles qui le maintenaient au siège pour éviter la déformation de la colonne vertébrale sous fort facteur de charge. Malgré sa concentration, il sentit sur lui le regard de Gonchakov. Il leva la main, poing levé, pouce sorti, pour le rassurer. Gonchakov hocha la tête et fit un mouvement circulaire de la main pour ordonner la mise en route des moteurs. Assis à califourchon sur le rail de verrière, le mécanicien posa la main sur l'épaule de Polyshkin en guise d'encouragement puis le quitta alors que la verrière se refermait.

A l'aide du manche et du palonnier, il fit jouer les commandes de vol et termina par le déploiement du gros frein aérodynamique derrière le cockpit. Le mécanicien confirma en levant un pouce vers lui. *Pas de problème. L'avion répondait aux commandes.*

La procédure de mise en marche touchait à sa fin et le pont se vida progressivement. Les tuyères de l'avion de Gonchakov crachaient des flots d'air brûlant. L'air vibrait, maltraité par les réacteurs rageurs. Polyshkin lança à son tour les moteurs.

Quelques minutes encore avant de décoller. Arracher le lourd oiseau de proie à la piste trop courte. Passer le tremplin incliné. Penser à la perte de portance. Éviter le réflexe de tirer trop tôt le manche pour éloigner l'avion des flots. En cas de problème, deux à trois secondes pour confirmer la panne et déclencher l'éjection. Au-delà, c'était la mort assurée en percutant l'eau à trois cent kilomètre-heure. Les opérations sur porte-avions, comme le ravitaillement en l'air, comptaient parmi les manœuvres les plus exigeantes de l'aviation. Plus d'un pilote était mort pour avoir eu un instant d'hésitation.

- Condor Lead à Condor-2, fit la voix de Gonchakov dans les écouteurs. Statut.

- Deux, RAS. Systèmes nominaux. Paré au décollage.

- Condor Lead à Contrôle Kuznetsov. Demande autorisation de décollage.

La tour tarda à donner l'autorisation mais Gonchakov ne perdit pas de temps lorsqu'il la reçut. Les moteurs se mirent à cracher deux longues flammes et Polyshkin ressentit les vibrations assourdissantes dans ses entrailles alors que l'appareil de Gonchakov filait vers le tremplin en prenant lentement de la vitesse dans un sillage d'air chaud et ondulant. Le tremplin approcha. C'était l'instant critique.

Le chasseur s'éleva paresseusement dans l'air, nez pointé vers le ciel. Les trains se replièrent mais le Sukhoi sembla plonger vers la mer après le tremplin. Polyshkin se surprit à retenir son souffle. Après plusieurs secondes, interminables, l'avion réapparut et battit doucement des ailes pour indiquer que tout se passait bien. Le Sukhoi prit de l'altitude en virant pour revenir vers le Kuznetsov. Polyshkin vérifia l'horloge de bord. C'était son tour. Il vida ses poumons d'un trait et contacta la tour par radio qui lui donna l'autorisation de décoller.

Motivé par la prestation impeccable de Gonchakov, il gagna l'emplacement de décollage, vérifia une dernière fois la configuration de l'avion et enclencha la postcombustion.

- Condor-2, roulage.

L'avion prit de la vitesse. Les yeux de Polyshkin alternèrent entre les instruments et le pont. Il surveilla la poussée et guetta les à-coups dans la rotation des moteurs. Le tremplin approcha. Il vérifia la vitesse et l'accélération. Le nez pointa vers le ciel.

- Condor-2. Décollage.

En cas de pépin maintenant, c'était le plongeon assuré dans la mer. Les dés étaient jetés. Il rentra les trains. L'avion s'enfonça de plusieurs mètres. Il sentit son cœur monter dans la gorge. *Ne touche pas au manche ! Tu tires, tu es mort !*

Patiemment, il attendit que la vitesse augmente. Les chiffres grimpèrent sur le HUD. Il rentra les volets pour gagner de la vitesse puis tira doucement sur le manche. Le *Sea Flanker* prit enfin de l'altitude. Satisfait, il joua du manche et battit des ailes pour confirmer à son tour que tout s'était bien passé. Il avait passé l'épreuve.

Il rejoignit Gonchakov et s'éloigna avec lui vers le sud-ouest.

La mission *Vosrozhdeniye* commençait.

***

CHAPITRE 16

Mer du Nord, 6 juillet

Depuis plus d'une heure, aile dans aile, les deux chasseurs volaient au-dessus de la mer en formation parfaite à neuf-cents kilomètre-heure et à haute altitude, radar en veille pour ne pas être repérés. Ils approchaient des côtes hollandaises sans avoir été inquiétés. Aucun radar terrestre ne les avait accrochés. C'était comme si l'Europe avait été débranchée, privée d'électricité. La sensation était irréelle et Gonchakov bougea sur son siège, mal à l'aise.

En tête de formation, il regarda l'horizon. La terre n'était pas encore visible. Il contrôla le cap. La première étape était l'aéroport d'Ostende, en Belgique, pour refueling.

- Condor-2 à Lead, fit la voix tendue de Polyshkin, F-16 à onze heures, 50 miles. Sans doute un intercepteur avancé Belge ou Hollandais.

Un bip aigu résonna dans les écouteurs. Gonchakov vérifia son RWR, le système qui permettait de détecter les émissions radar d'autres avions. Polyshkin avait raison. A l'extérieur, alors que le ciel commençait à s'assombrir, des massifs de cumulo-nimbus sombres dérivaient, pareils à des îles fortifiées dont les ombres monstrueuses maculaient la surface huilée de la mer. Plus haut, des alto-cirrus filandreux s'effilochaient dans le sens du vent. Mais en dehors des nuages, Gonchakov ne repéra pas le moindre scintillement métallique suspect, ni la gueule menaçante d'un F-16 dans son dos.

- De Lead à 2, fit-il. Il n'est pas là par hasard. Il devait être en attente depuis un moment, histoire de pouvoir accrocher quelque chose. Pas sûr qu'il cherche le combat. Mais partons du principe qu'il peut nous shooter aux AMRAAM s'il le veut.

Gonchakov passa les options disponibles en revue.

- S'il reste à distance, on le laisse tranquille. S'il continue, on le shoote.

- Lead ! On ne peut…

- Ferme-là ! coupa aussitôt Gonchakov. Si on le laisse approcher, il ne va pas aimer la tronche de nos zincs armés jusqu'à la gueule et ce sera la baston. Sans compter que s'il découvre une paire de Su-33, il pigera qu'il y a un porte-avions dans le coin. Ça peut mettre le Kuznetsov dans la merde.

- Affirmatif, Condor-Lead.
- OK, alors colle-toi à moi pour fusionner l'écho radar. Transpondeur IFF et radar sur veille. Confirme.

Polyshkin confirma et se colla à cinq mètres de Gonchakov. Ils restèrent sur le même cap pendant plusieurs minutes et Gonchakov réfléchit. *Quelque chose ne collait pas.* D'après la position constante du F-16 sur le RWR, il les avait repérés au radar. Mais contrairement au vieux radar des Sukhoi, celui du F-16 était capable d'identifier le type d'avion détecté. Il devait savoir que deux Su-33 approchaient des côtes hollandaises. Or, il n'avait pas encore initié la procédure de vérification internationale. *Soit le pilote était un débutant, soit...* La voix de l'intercepteur interrompit le silence radio sur la fréquence de communication internationale GUARD.

- Ici F-16 du 322ème Squadron de la Force Aérienne Royale Néerlandaise, indicatif Blade-1, à vol inconnu. Vous copiez ?

Gonchakov jubila. Il avait dit « *vol inconnu* » ! Autrement dit, il n'avait pu identifier les Sukhoi au radar et ne devait pas être équipé de nacelle IR pour le repérage par caméra thermique. Le radar du F-16 était défectueux. Le Hollandais ne pouvait donc être sûr de rien, juste qu'il avait à faire à un trafic à réaction d'après la vitesse, l'altitude et la trajectoire. Mais civil ou militaire ? Ami ou ennemi ? Pour en être sûr, il allait devoir vérifier et s'approcher. Il fallait jouer finement.

Tout changement de cap des Sukhoi indiquerait au F-16 qu'il avait été repéré. Or, seuls les avions de combat étaient équipés de dispositifs capables de détecter les émissions radars. Le F-16 serait sur ses gardes et le combat assuré. Si, au contraire, il maintenait la trajectoire sans dévier, il éviterait *peut-être* d'attirer l'attention. *Se faire passer pour un trafic civil ! C'était ça le plan !* Risqué mais faisable. En tout cas préférable au combat. Il avait trop besoin de toutes ses armes pour affronter la chasse française.

- Blade-1 à vol inconnu, reprit la voix distante dans un anglais parfait. Vous localise au radar au 3-1-6 pour FL106, trente-huit milles, à point huit du Mach. Confirmez.
- De Condor-768 à Blade-1, répondit Gonchakov d'une voix sûre. Reçu. C'est bon d'entendre quelqu'un ! On ne surveillait pas la radio. Elle marche quand elle veut. Vous êtes la première voix qu'on entend depuis le décollage. A vous.
- Blade-1 à Condor-768, reçu. Précisez nationalité, type d'avion, plan de vol et mission. A vous.

Les questions du Hollandais confirmaient qu'il était aveugle et incapable d'identifier les Sukhoi. *OK. Feinter. Broder autour de la vérité pour faire passer le mensonge.*

- Blade-1. Condor-768 désigné one-ship, Il-76M, Armée de l'Air Russe. Transport de réfugiés civils vers l'Espagne pour évacuation sanitaire d'urgence.

Le Hollandais ne répondit pas tout de suite. Pendant ce temps, Gonchakov programma le pilote automatique pour maintenir l'altitude, le cap et la vitesse, l'activa et lâcha le manche.

- Condor-768, vous êtes rapide pour un cargo.
- Correct, mais on a un jet-stream arrière d'au moins cent nœuds. Ça aide !
- De Blade-1, je ne lis pas de retour transpondeur.
- Condor-768. Transpondeur HS. C'était la panique au sol en Russie. Radio, horizon de secours... Le zinc est plein de problèmes. On a de la chance de pouvoir voler.
- Blade-1, reçu. Précisez plan de vol et cargo.

Gonchakov improvisa une explication en vérifiant la position de Polyshkin dans les rétroviseurs. Il était collé à lui et volait sans à-coups.

- Base de l'OTAN à Morón, près de Séville. On a décollé de Mourmansk il y a deux heures. Ça fait plusieurs jours qu'on parle aux Espagnols sur ondes courtes. Parait que c'est encore épargné par les infectés. On a décidé de tenter le coup.
- Compris, Condor-768. Votre cargo.
- Civils. Femmes, enfants, vieillards, quelques types encore valides comme moi et mon navigateur. Cent vingt-deux personnes, je répète 1-2-2. Pas de cas d'infection à bord.

Il ajouta à voix basse, mimant la peur :

- ... enfin, jusqu'à *maintenant.*
- De Blade-1, reçu. Standby Condor.

Gonchakov visualisa ce qui se passait dans le cockpit de l'intercepteur, les contacts avec ce qui restait des autorités terrestres pour obtenir des instructions. La ruse était énorme, presque enfantine. *Allait-il la gober ?* Le silence dura plus d'une minute et Gonchakov sentit la tension monter. Il vérifia l'alignement de Polyshkin et détecta de la nervosité dans les mouvements de son ailier.

- Blade-1 à Condor. Clear pour traverser l'espace aérien hollandais et belge sous escorte et en visuel. Confirmez.

Gonchakov réprima de justesse un juron. En *visuel...* En d'autres termes, le F-16 allait s'approcher pour les identifier visuellement.

Trouver le moyen de l'éloigner. Continuer au bluff. Jusqu'au bout.

- Compris, Blade-1. On maintient cap, altitude et vitesse. Merci pour l'escorte ! Au fait, désolé de demander, mais comment ça se passe en Hollande ? Vous arrivez à gérer la merde au sol ? Chez nous, c'est le bordel complet. J'ai…

- Condor-768, je ne suis pas autorisé à vous répondre. En approche pour escorte. Maintenez cap, altitude et vitesse. Terminé.

- Blade-1, compris. A tout à l'heure. Terminé.

Il était clair que la mention des 122 passagers et du terme « *infection* » avait fait son effet. La Hollande ne souhaitait pas voir un avion-cargo plein de civils débarquer sur son sol avec des cas possibles d'infection. Plus vite l'avion serait hors de la responsabilité des Hollandais, mieux ils se porteraient. Il passa sur la fréquence radio inter-vol.

- Lead à 2. Ça a marché jusqu'à maintenant mais ça va vite partir en couille. On ne peut *pas* le laisser approcher.

- Affirmatif, Lead. On fait quoi, alors ?

- Radar, radio et transpondeur sur veille. Attention. Les pilotes de F-16 hollandais et belges ont eux aussi le viseur de casque intégré. On n'a pas l'avantage.

Polyshkin confirma. Privé de l'usage du radar, Gonchakov ne pouvait plus compter que sur les maigres informations fournies par le RWR. Il compensa en raisonnant.

Le F-16 devait évoluer à trois mille mètres d'altitude et se trouvait en-dessous d'eux. Il allait donc devoir prendre de l'altitude et s'approcher pour vérifier visuellement. Il estima le délai d'interception à moins de deux minutes.

Évoluant plus haut, les Sukhoi avaient l'avantage de l'altitude pour les ressources et la portée des missiles. Dans les écouteurs, les bips d'accroche radar accélèrent.

- Lead à 2, fit-il. Prépare-toi.

Il sélectionna les missiles thermiques longue portée R-27ET et passa en mode « *affichage casque* ». Les données de vol s'affichèrent sur la visière. Le système de combat en mode thermique du Su-33 était capable de détecter la chaleur émise par les parties chaudes d'un chasseur à plus de quatre-vingts kilomètres de distance et était indétectable. Sur ce terrain, le Su-33 surclassait le F-16. Sur le RWR, le F-16 continua sur son cap rectiligne, insouciant du piège tendu.

Gonchakov déconnecta le pilote automatique et déclencha le tir lorsque l'intercepteur fut au milieu de la *No Escape Zone* du missile.

L'engin de mort fila vers sa proie dans un panache de fumée

chimique blanche.

- *Fox-2 kill, fox-2 kill !* indiqua Gonchakov. Deux, leurres !
Break à neuf heures !

Les deux chasseurs basculèrent ensemble à gauche dans un feu d'artifice de leurres thermiques et électromagnétiques, postcombustion allumée, cherchant l'abri de la mer.

Gonchakov multiplia les manœuvres d'évitement et stabilisa au ras des flots. Il alluma le radar. Les ondes trouvèrent le F-16, en éloignement.

Le Hollandais n'avait pas tiré et il avait perdu la liaison radar. L'occasion rêvée pour filer le plus vite et le plus loin possible avant qu'il ne reprenne l'interception.

Il actionna le pilote automatique pour maintenir l'altitude, la vitesse et le cap.

A si faible altitude, les radars terrestres et aériens auraient du mal à isoler l'écho des Sukhoi du 'cluster' formé par la mer. Dangereux mais vital pour rester discret.

A la vitesse du son, les chasseurs filèrent vers la côte en surfant sur la crête des vagues comme un couple d'oiseaux de proie.

***

Vélizy, 6 juillet

Lasalle était assis sur le ciment du sol, adossé à une roue du Rafale. L'après-midi finissait et, malgré l'ombre formée par l'aile de l'avion et l'immobilité, il ruisselait de sueur.

Comme la plupart des soldats et pilotes de la base, il attendait.

En dehors des briefings techniques et logistiques, démotivants, sur les réserves de nourriture et d'eau, la santé des effectifs civils et militaires, le statut des véhicules et des munitions, toutes les journées se ressemblaient.

Les réunions plus intéressantes, organisées par le commandement sur l'avancement du plan stratégique, étaient plus rares. Celle de ce matin en faisait partie, même si elle apportait son lot de mauvaises nouvelles.

L'inactivité pesante, le stress des infectés et les questions sans réponse sapaient le moral. Les hommes se plaignaient de l'absence de direction et le moral général déclinait.

Il bougea sur son assise, cherchant une meilleure position, en attendant de pouvoir rejoindre Kiyo qui, à son habitude, travaillait durement dans son laboratoire improvisé.

La chaleur faisait onduler l'air au-dessus du revêtement

surchauffé déformant la masse grouillante des infectés. Il les regarda d'un œil distant. Ils étaient en sale état. Presque décomposés, version grandeur nature, et réelle, des zombies des films d'horreur. Ils n'avaient plus d'humain que leur silhouette générale. La peau avait disparu sous une couche de croûtes et de pus, l'attitude était raide, robotisée, dénuée de fluidité. Des essaims de mouches se nourrissaient de leurs excrétions.

Comme bon nombre de soldats, il se demandait si le Fléau d'Attila finirait par tuer ses hôtes. Près de quinze jours s'étaient écoulés depuis les premiers cas d'infection en France. Les survivants avaient été décimés et, avec eux, les réserves de nourriture des infectés. *Peut-être l'humanité devrait-elle disparaître pour que le Fléau s'éteigne à son tour ? Vivement que Kiyo nous fasse son débriefing... Qu'a-t-elle pu apprendre ?*

Il entendit derrière lui les sons rassurants de l'activité humaine du camp, quelques tirs de précaution en provenance des gardes de faction. Face à lui, de l'autre côté des grilles, c'était le monde du Fléau d'Attila, de l'homme inconscient, un monde de déchéance et de violence, d'absence de raison et de sentiments, un univers froid fait de proies et de prédateurs, l'opposé de ce qu'il cherchait, de ce monde abject qui avait englouti sa famille et ses amis, un monde qui le laissait orphelin de son histoire, de ses illusions et de ses rêves passés. Pour lui comme pour les autres survivants, le futur était entièrement à réécrire. C'était à la fois exaltant et terrifiant. Exaltant car tout était envisageable. Terrifiant parce qu'il n'était pas certain, au fond de lui, que l'Homme ait suffisamment mûri pour ne plus faire les mêmes erreurs.

Il appuya sa nuque contre le caoutchouc dur du pneu. Malgré le constat amer, il était décidé à se battre pour ceux qui étaient morts, donner du sens à leur disparition, leur prouver par les actes qu'il continuait à vivre pour et avec eux.

Et puis, il y avait ceux qui restaient, Kiyo la première, ainsi que la perspective d'un monde meilleur, plus juste et plus sensé. Kiyo, avec ses recherches, détenait peut-être la clef du futur. Elle devait être protégée à tout prix. C'était sans doute la seule arme pour lutter efficacement contre le Fléau. Si une personne devait être protégée parmi les survivants du camp retranché, c'était elle.

Il changea de position et soupira. *Kiyo ne se résume pas aux seules recherches. Elle est... Je...* Gorge serrée, l'image du cadavre calciné de sa femme en tête, il évita de formuler ce qui lui tenait à cœur.

Lorsqu'il la vit enfin sortir, il quitta la présence rassurante de son

454

avion et la rejoignit.

***

Belgique, 6 juillet
Les deux Su-33 avalaient l'air dense au-dessus de la Belgique. Collés l'un à l'autre, ils bifurquèrent au sud-est et franchirent la ligne côtière puis filèrent vers l'aéroport d'Ostende-Bruges dans une succession de champs fertiles, de villages déserts et de routes sinueuses encombrées de véhicules abandonnés.

Gonchakov fit basculer légèrement son chasseur sur le côté pour apercevoir le terrain qui défilait à moins de trente mètres sous les ailes.

Chaque approche de village était précédée de rassemblements d'infectés qui erraient dans les champs et le long des routes et levaient la tête et les bras vers les Sukhoi.

Il vérifia le RWR. Le F-16 hollandais n'avait plus donné signe de vie depuis dix minutes. Il chercha des yeux la piste en dur d'Ostende-Bruges. *Invisible. Trop loin.*

Il secoua légèrement les ailes du chasseur pour attirer l'attention de Polyshkin sans rompre le silence radio. Polyshkin battit à son tour des ailes et l'observa.

Par gestes, Gonchakov ordonna de réduire la vitesse. Polyshkin confirma d'un hochement de tête et se laissa distancer.

Ostende-Bruges était un petit aéroport civil spécialisé dans le fret et le transport à bas coût qui présentait plusieurs avantages : une piste longue en dur, peu d'activités d'où un nombre faible d'infectés, et cent-soixante kilomètres de distance jusqu'aux F-16 du Deuxième Wing Tactique de Florennes.

Plissant les yeux face au soleil qui approchait de l'horizon, il fouilla le paysage du regard. *D'abord un survol pour vérifier la piste. Prudence.* Il n'était jamais allé à Ostende auparavant et n'avait aucune idée de ce qui les attendait sur place.

Il mit son chasseur en mode d'atterrissage et le replaça sur la trajectoire appropriée en réduisant la vitesse. Au loin, la piste apparut. Il réduisit la poussée et déploya l'aérofrein. Gonchakov aperçut les aérogares à droite, coincées entre la mer et la piste. Plusieurs avions de ligne étaient parqués devant les bâtiments réservés aux passagers. Il reconnut un DC-8 blanc longiligne. Des véhicules étaient retournés, d'autres brûlés. Des flammes avaient noirci plusieurs bâtiments. *Difficile de distinguer les détails avec le soleil proche de l'horizon.* Il abaissa la visière anti-UV pour filtrer la

lumière du soleil et contrôla la position de Polyshkin
- Condor 2 à Lead, fit celui-ci. Vous avez vu, sur la piste ?
- *Čёr* ! jura Gonchakov en constatant que son ailier venait de rompre le silence radio et qu'il avait réussi à voir malgré la lumière aveuglante.

Il fronça les sourcils.

A quarante deux ans, l'âge commençait à peser. Il se concentra sur la piste qui grossissait. Avec horreur, il aperçut à son tour les points noirs sur la piste.
- Lead à Deux, fit-il. Vu. Regroupement, passage bas et lent, tout sorti. On dégage ensuite au 360 pour une nouvelle approche par l'est. Ouvre les yeux et observe.

Il sortit les volets. L'avion fut secoué de tremblements. A gauche, Polyshkin l'imita à la perfection.

Gonchakov dut avouer que, malgré les accrocs mineurs aux règles, son jeune ailier était un bon élément et il apprécia soudain le fait de ne pas mener la mission en solitaire.

Le seuil de piste approcha. Il réduisit les gaz. L'avion ralentit, approchant dangereusement de la vitesse de décrochage. La voix féminine de l'ordinateur de bord brailla son message d'alerte '*Altitude ! Altitude*' et une croix barra le HUD pour indiquer qu'il fallait remonter pour éviter le crash. Gonchakov ignora les avertissements et poursuivit la descente. Devant lui, des paquets de silhouettes humaines levèrent les yeux vers lui. La faible vitesse rendait l'avion difficile à contrôler et il se hâta d'emmagasiner les informations visuelles.
- Deux à Lead, fit Polyshkin. Cinquante à cent zombies sur la piste. Impossible de se poser. On rejoint la base de déroutement ?

Gonchakov contrôla le niveau de carburant et réfléchit à la proposition.
- Négatif. Gents, Mons, Bruxelles et Antwerpen sont à moins de cent kilomètres des *Wings* de F-16 et on est 'short-pétrole'. On dégage, on revient dans l'axe et on atterrit. Ouvre les yeux et préviens en cas de problème.

Le bout de la piste approcha.
- OK, Deux, on rentre tout. Postcombustion et dégagement à droite.

Il dégagea dans un grondement assourdissant et profita de l'inclinaison de l'avion pour regarder l'aéroport. Les infectés étaient partout.
- Lead, insista Polyshkin, il y en a trop. On n'arrivera pas à se poser sur la piste. On pourrait essayer le taxiway.

Gonchakov observa à son tour. Parallèle à la piste, le taxiway était dégagé.

- Bien vu, Deux. OK, j'ai un plan. J'attire ces tas de merde vers le sud pour dégager le taxiway et peut-être la piste. Pendant ce temps, tu te poses et tu parques ton zinc près des pompes à carburant. Ensuite, tu te planques. Tu as ta radio deux-voies ?
- Affirmatif, Lead. Dans le kit de secours. Lead… les zombies me suivront au sol quand je serai posé. Ça va être compliqué de me rejoindre.

Gonchakov réfléchit une seconde avant de répondre.

- Deux, comptons quinze à vingt minutes entre ton atterrissage et le mien. Les infectés auront le temps de rejoindre ton avion. Ils te chercheront. Faudra faire gaffe mais pendant ce temps, ils ne s'occuperont pas de la piste ni du taxiway. Ça me permettra de me poser.
- Lead, ok mais ensuite ? Une fois au sol ?
- J'ai ma petite idée là-dessus… se contenta-t-il de répondre, un large sourire sous son masque à oxygène.

**

Vélizy, 6 juillet

Kiyo arrêta de travailler lorsqu'elle sentit sa tête tourner. Il faisait une chaleur d'étuve sous la combinaison et elle travaillait dedans depuis des heures. Elle avait perdu beaucoup d'eau par la transpiration et devait se réhydrater rapidement.

- On s'arrête là ! annonça-t-elle à son assistant d'une voix assourdie par la combinaison.

Michael Temple hocha la tête et s'attela sans un mot à la mise en état des installations et la préparation de la sortie du bâtiment.

Elle regarda le Canadien avec bienveillance. Il ne parlait pas beaucoup, ne rechignait jamais devant la tâche et était un excellent interlocuteur lorsqu'il s'agissait de peser les arguments. Pragmatique, dévoué, entreprenant et autonome, il réunissait un nombre important de qualités pour un homme de moins de trente ans.

Ils sortirent ensemble du bâtiment et, malgré le hublot de leurs combinaisons, l'éclat du soleil les aveugla momentanément alors qu'autour d'eux les soldats en combinaison, affairés comme des fourmis, les aspergeaient de solution mousseuse.

Posté à distance, Lasalle observa le processus de décontamination. Il avait rendez-vous avec Kiyo pour le dîner. Il regarda sa montre. Dix-neuf heures. Lorsqu'il la vit quitter sa combinaison, aussitôt ramassée par une équipe spécialisée, il s'aperçut qu'elle était en nage, son treillis transformé en éponge. Kiyo avait travaillé quatorze heures d'affilée dans le bâtiment. Elle devait être épuisée.

Kiyo l'aperçut et sourit, les traits tirés, la peau drainée de couleur, le tee-shirt militaire kaki collé sur son corps, dévoilant ses formes. Elle était visiblement épuisée mais il la trouva belle.

- Tu as une mine terrible, répondit-il d'un air préoccupé. Tu devrais lever le pied. A ce rythme, tu ne tiendras pas la distance.

Kiyo le regarda dans les yeux et lissa ses longs cheveux noirs de la main.

- Juste un peu fatiguée. Ne t'en fais pas.

Lasalle hocha la tête et avança en direction du réfectoire sous la tente. Elle marcha en silence à ses côtés avant d'ajouter :

- Nous avons tous un rôle à jouer ici. Le colonel dirige le camp, tu commandes les avions, les soldats nous protègent. Moi, je cherche une solution médicale. Et le Fléau n'attend pas. Nous n'avons personne pour nous remplacer.

Sans lui laisser le temps de contrer l'argument, Kiyo poursuivit.

- Si tu étais en mission, tu n'aimerais pas qu'on te dise de rentrer à la base avant d'avoir atteint ton objectif, n'est-ce pas ?

Il approuva de la tête.

- Ce n'est pas différent pour moi. J'ai un objectif et un itinéraire et je veux tout faire pour l'atteindre. Personne ne pourra m'en empêcher. Pas même mon propre corps. S'il est malade, je m'en occuperai. Ou quelqu'un le fera pour moi. Mais je n'arrêterai pas de travailler. Je n'ai rien d'autre pour me faire tenir.

Prudemment, Lasalle décida d'orienter la conversation et ils allèrent rapidement manger au réfectoire sous la tente avant de gagner une section du terre-plein de la base, éloigné des tentes, pour y trouver un peu d'intimité, malgré l'omniprésence des infectés dans leur dos, séparés d'eux par les barbelés.

Ils discutèrent des événements de la journée et abordèrent le thème récurrent des infectés. La menace permanente était au centre de toutes les discussions. L'agitation, les gémissements et leur odeur rendaient leur présence immanquable. Attirés par l'activité du camp, leurs rangs grossissaient de jour en jour.

Lasalle parcourut du regard les barbelés et le mouvement grouillant des infectés. Le soleil avait entamé sa course vers l'horizon et l'intensité de la lumière commençait à baisser, annonçant la soirée. Encore trois heures de jour avant la nuit.

Au-dessus, le bleu du ciel avait revêtu une teinte profonde semblable à une étoffe sur laquelle les astres avaient été accrochés. Lasalle réalisa que l'absence quasi-totale de lumière urbaine dans Paris permettait de mieux voir les objets célestes à l'œil nu. Il contempla la voûte céleste et s'attarda un moment sur Deneb, Alpha du Cygne, une super-géante bleutée dont la lumière avait mis mille six cents ans à rejoindre la Terre.

- Kiyo, fit-il en désignant le ciel du menton, lève la tête.

Elle suivit son regard et leva les yeux vers la voûte.

- La lumière de cette étoile, celle que nous voyons aujourd'hui, correspond à ce qu'elle était à l'époque de l'effondrement de l'Empire Romain. Réciproquement, si la Terre est visible depuis Deneb, ce qui se passe aujourd'hui ne sera visible par les habitants de son système solaire, s'il y en a, que dans mille six cents ans. D'ici là, la Terre aura continué à tourner autour du Soleil et l'humanité aura poursuivi son évolution.

Il fit une courte pause.

- De toute évidence, les troubles actuels ne seront plus qu'une péripétie de l'Histoire. Tout comme ce qui vit autour de nous, tout comme nous, les étoiles poursuivront leur cycle de vie sans s'inquiéter de ce qui nous arrive. Le Fléau d'Attila n'est en somme qu'une péripétie sans importance dans l'histoire de l'Univers.

Kiyo baissa les yeux et les accrocha à ceux de Lasalle avant de parler.

- Et dans cent-cinquante ans, s'il reste des survivants sur Terre, toute cette souffrance ne sera traitée qu'en quelques lignes dans les manuels d'histoire. Les écoliers liront nos témoignages comme des légendes, des histoires d'un autre temps, quelque chose d'irréel et d'important à la fois. Mais pour cette étoile et les autres dans le ciel, rien n'aura changé. Les étoiles… Je crois que j'y vois de l'espoir ce soir.

Il ramena ses yeux sur le visage ovale de Kiyo.

- L'espoir, c'est parce qu'elles continueront à briller quel que soit notre sort. Et comme elles, j'ai moi aussi envie de continuer à briller, à me battre pour vivre, parce que je crois que j'ai encore un rôle à jouer dans ce bas monde.

- Un rôle ? Bien sûr ! Tu dois défendre ton pays, défendre les survivants.

Il s'arrêta et se tourna vers elle. Il hésita un instant et inspira profondément.

- Je ne parle pas de celui-là, Kiyo, mais d'un autre rôle qui me tient encore plus à cœur. C'est peut-être une folie, mais ce que je

459

veux, ce qui me fait vivre chaque jour, c'est aider à refaire le monde, contribuer à le rendre meilleur, l'améliorer, transmettre le savoir. Mais *pas seul*...

Il fit une pause, incapable d'aller plus loin, espérant qu'elle avait saisi le message. Avec anxiété, il scruta son visage et attendit la réponse.

Sans ciller, elle le regarda de ses yeux noirs en amandes, les traits de son visage insondables. Il eut tout à coup un aperçu de sa profondeur d'âme et, en même temps de son immensité intérieure, et il réalisa soudain tout ce qu'il lui restait à découvrir chez elle. Elle représentait un univers complet qu'il fallait défricher avec patience et délicatesse. Comme au début de sa relation avec son épouse, il fallait tout construire, brique après brique. Apprendre à faire confiance, partager, tisser une toile de souvenirs communs. Durant ce qui lui parut une éternité, ils se regardèrent en silence.

Enfin, calme et sereine, elle prit les mains du pilote dans les siennes et les serra avec précaution. Il guetta un mouvement de bouche, un clignement de paupière, un sourire, mais rien ne vint.

Lorsqu'ils se séparèrent, il la regarda s'éloigner et ses battements de cœur mirent un long moment avant de revenir à leur rythme normal.

***

Belgique, 6 juillet

L'aéroport d'Ostende était encore invisible mais l'avion de Polyshkin était déjà aligné aux instruments sur l'axe de piste. Devant, à peine visible au-dessus de l'horizon, l'avion de Gonchakov s'éloignait.

Polyshkin fouilla des yeux l'éther brumeux pour repérer la piste. S'il y avait eu du personnel dans la tour, ils l'auraient aidé dans l'approche. Mais la tour était silencieuse et il était maintenant sûr que l'aéroport était vide. *Sans doute comme partout ailleurs*...

Encore quelques minutes avant de lancer le plan. Gonchakov allait bifurquer au sud pour attirer les infectés et les éloigner de la piste par une combinaison de bruit et d'acrobaties. Pendant ce temps, Polyshkin profiterait du dégagement des axes pour atterrir.

A l'idée de se retrouver seul au sol, avec son arme de service pour seule protection, Polyshkin sentit ses entrailles se nouer. Il détestait l'improvisation et l'incertitude. Il fit l'inventaire de ce qui pouvait mal tourner. *Les zombies. Le sang et la pourriture, le danger de l'infection. Une serrure de bâtiment fermée. Des militaires belges piégés sur place. Des truands qui tiraient sur ce qui portait un uniforme...*

Pour le moment, il était en sécurité en l'air, dans son avion puissamment armé, mais dans quelques minutes, il serait parmi eux, dans la vermine, à défendre sa peau avec un flingue, un cerveau et des jambes. Il sentit que le tissu de ses gants s'humidifiait. Il essuya ses paumes sur le métal du cockpit.

- Condor Lead à Deux, virage au 1-8-0, indiqua Gonchakov. Dix minutes sur le même cap puis RTB pour atterrissage. Bonne chance et rendez-vous au sol.

Il était seul maintenant. La gorge sèche, il aperçut la piste entre les montants de verrière. *Alignement dans l'axe, vitesse d'approche OK. Volets et trains sortis.* L'avion vibra sous l'effet des trains sortis, des volets et de la faible vitesse. Alors que la piste envahissait la verrière, il scanna visuellement l'aéroport. Les infectés traversaient la piste principale vers la gauche, à la poursuite de l'avion de Gonchakov qui filait vers le sud, et désertaient les axes. La manœuvre fonctionnait. Il s'aligna sur le taxiway parallèle et se prépara à l'atterrissage.

Les rayons solaires étaient éblouissants et, malgré la visière baissée, il sentit la brûlure du soleil sur ses yeux. Malgré les conditions visuelles difficiles, il réalisa soudain que plusieurs groupes d'infectés se tournaient vers lui, délaissant Gonchakov. Malgré l'étoffe humide de ses gants, il raffermit sa prise sur la manette des gaz et le manche. L'avion, pataud, avala les derniers mètres. De sa gauche, un flux croissant d'infectés rebroussait chemin dans sa direction. L'étroitesse du taxiway le frappa au même moment. La moindre sortie de piste, et c'était l'enlisement dans l'herbe grasse au milieu d'une masse innombrable d'infectés.

Le train principal toucha la surface dure à quelques mètres du seuil de piste de façon à quitter le taxiway pour les aérogares par la première sortie et éviter les infectés qui convergeaient. Il freina l'avion au pied, déploya l'aérofrein dorsal et réduisit la poussée. Le nez du Sukhoi piqua et la vitesse diminua alors que les premiers infectés approchaient du taxiway, bras tendus vers lui, alors qu'il cherchait du regard les bâtiments de l'aéroport. Lorsqu'il revint à la piste devant lui, il sentit son cœur s'arrêter.

- *Pizdets !* jura-t-il, les yeux écarquillés, le visage drainé de sang.

Alors que l'avion fonçait encore à plus de deux cents kilomètre-heure, un infecté déboucha de la gauche sur le taxiway. Polyshkin évalua instantanément la situation. La collision était inévitable. Les trente tonnes du chasseur percutèrent l'homme qui disparut sous le nez de l'avion. Le fuselage fut parcouru de vibrations. Du sang gicla sur les côtés de la verrière. Alors que l'avion continuait à ralentir, le fuselage fut prit de secousses dont l'intensité diminua avec la vitesse.

- Lead, j'ai... *putain,* j'ai percuté un zombie au sol ! Le train avant a morflé !

Alors que l'avion s'arrêtait pour de bon, il réalisa qu'il transpirait à grosses gouttes sous son casque, mains tremblantes. Trois essais consécutifs furent nécessaires pour dégrafer les fixations de son masque. *Ça déconne ! Bordel... ca déconne !* Il évalua mentalement la situation alors que l'avion s'immobilisait. *Train avant endommagé, infectés en approche... Les pompes à carburant... où sont ces putains de pompe ?*

- Deux, pigé. Reste calme. Le zinc peut gérer des chocs plus durs. Va aux pompes. Trouve un abri et attends-moi. Prends le talkie-walkie. Terminé.

L'avion de Polyshkin était immobile sur le taxiway, moteurs au ralenti. A droite, une bretelle d'accès vers les aérogares. A gauche, les infectés qui approchaient du taxiway en rangs serrés. *Le taxiway et la piste sont obstrués, Gonchakov ne pourra pas atterrir !*

Proche de l'hyperventilation, il résista à l'envie de redécoller. Mais l'option était dorénavant exclue. Il devait trouver une planque le plus vite possible. *Priorité numéro un.* Il remit l'avion en marche vers la bretelle de dégagement et s'y engagea en cherchant des yeux les pompes. Au nord-ouest, un long DC-8 blanc obstruait partiellement la vue. *Les pompes... Derrière ?* Il quitta la bretelle et se dirigea vers l'avion en forme de cigare, distançant les infectés.

En dehors du DC-8 et d'un An-26, l'aéroport était vide. Il contourna le DC-8 et aperçut une grande cuve verticale et la courbe ronde d'un camion-citerne. Derrière, la mer étendait ses flots gris et se confondait par endroits avec le ciel. Une route automobile filait entre les grillages de l'aéroport et la mer. Il fit pivoter l'avion vers le nord.

- Lead. Pompes en visuel à l'ouest du bâtiment principal, derrière le DC-8.

- Compris, Deux. En approche par l'est. ETA sur Ostende : sept minutes.

- Compris, Lead. Attention, infectés en regroupement sur la piste et le taxiway.

Cent mètres jusqu'au petit bâtiment plat derrière lequel se trouve la citerne verticale. Aucune trace d'infectés. Il vérifia les rétroviseurs. La foule convergeait vers lui par l'arrière. Cinq à six minutes pour quitter l'avion et se mettre à l'abri. Le cœur battant il approcha de la cuve, freina et pointa le nez de l'avion vers le bâtiment pour ménager de la place à Gonchakov. Il défit son harnais. L'avion s'arrêta et il ouvrit la verrière dans le miaulement des moteurs qui s'arrêtaient. L'air qui s'engouffra était putride.

Fébrilement, il mit l'avion hors tension et le quitta par les surfaces planes du fuselage. Les moteurs continuaient à tourner d'eux mêmes sous l'effet de l'inertie mais le son allait en decrescendo. Au sol, il passa sous l'avion et actionna la commande déportée de fermeture de verrière. Les gémissements prenaient de l'ampleur.

Il sortit son arme et fouilla le kit de survie à la recherche du talkie-walkie. Il le mit en *stand-by* avant de quitter avec regret la présence rassurante du chasseur. Malgré ses jambes cotonneuses, il s'élança, courbé, en direction des bâtiments les plus proches. *Sans doute les locaux des types du carburant.* Il essaya la porte de gauche. *Fermée à clef. Pas le temps de la forcer.* Il sentit la panique monter. La sueur inondait son visage. Le vent chargé de puanteur souffla vers lui et ses poils se hérissèrent. Il courut vers la deuxième porte et pesa sur la poignée.

La porte s'ouvrit et il se retrouva dans un grand bureau administratif sombre aux murs couverts de posters d'avions et de femmes nues. Il y régnait une odeur de renfermé. Il referma la porte et chercha à la bloquer. Il fit glisser un bureau métallique vers l'entrée. Dans l'opération, tout ce qui était dessus se fracassa par terre dans un bruit assourdissant. Dehors, les gémissements gagnèrent en intensité. Les infectés approchaient du bâtiment et se repéraient au son.

Le renfort du bureau était insuffisant. La poignée pouvait être actionnée de l'extérieur et la surface lisse du sol n'offrait aucune prise contre la poussée. La panique, sans relâche, menaçait de le submerger et envoyait des décharges électriques dans son corps. *Rester dans l'action. Ne pas s'arrêter.* Il fouilla frénétiquement la pièce à la recherche d'autre chose. *Une encyclopédie aéronautique.* Il entassa les volumes entre la surface du bureau et la poignée pour la bloquer de l'intérieur. Restait le problème du sol lisse.

Le pilote entendit le bruit des pas qui traînaient sur le béton. Le sang cognant aux tempes, il se précipita vers deux bureaux qu'il plaça en quinconce pour les aligner avec le premier et connecter les murs parallèles de la pièce. De cette manière, les murs servaient d'appui et renforçaient la barricade.

Le souffle court, il attendit les infectés sous une table pour éviter d'être aperçu depuis les fenêtres qui encadraient la porte d'entrée. D'une main tremblante, il serra le pistolet et attendit. *Trois chargeurs. Des dizaines d'infectés.* Les premiers coups retentirent contre la porte en même temps que l'odeur putride prenait de l'ampleur.

La porte craqua. Des formes sombres s'agglutinèrent devant les fenêtres et cognèrent dessus. Premiers éclats de verre. Avec horreur, Polyshkin vit une forme humaine enjamber le rebord de la fenêtre et entrer dans la pièce. Massés les uns contre les autres, les infectés se pressaient derrière pour entrer. Pris au piège, coincé sous la table, Polyshkin retint son souffle et se prépara à l'assaut.

Alors que la silhouette gémissante se redressait dans le bureau, un bruit de moteurs retentit. *Gonchakov...* De sa position, il vit les infectés se retourner et lever les yeux vers le ciel avant de quitter les fenêtres et de disparaître. Restait l'infecté dans la pièce. Polyshkin se contorsionna pour l'apercevoir. Une femme blonde lui tournait le dos. Elle essayait de repartir par la fenêtre mais les morceaux de verre l'empêchaient de trouver une prise et elle gémit en s'entaillant les mains sur les tessons. Elle était prise au piège dans le bâtiment. *Avec lui.* Et Gonchakov n'allait pas tarder à atterrir. L'abri devait être sécurisé. Il décida de passer à l'action.

Sans bruit, il quitta sa cachette, se redressa et approcha de la femme par derrière. Elle était jeune, grande et musclée mais réduite à l'état de loque humaine. *Surtout pas de bruit. Les autres sont encore trop proches.* Il délaissa le pistolet et chercha des yeux une arme de substitution. Quelque chose de suffisamment lourd ou tranchant pour la neutraliser sans bruit.

L'extincteur ! Il s'approcha du cylindre rouge et le décrocha avec précaution mais l'objet racla bruyamment contre le support. L'infectée se retourna et l'aperçut.

Ils restèrent immobiles un instant, face à face, les yeux dans les yeux. *Prédateur et proie. Proie et prédateur.* Sans prévenir, l'infectée gémit et se mit en marche avant de buter contre la rangée de bureaux. Elle gronda, furieuse. D'abord tétanisé, Polyshkin sortit de sa stupeur et passa à l'action. Il saisit l'extincteur, sauta par dessus les bureaux et se précipita vers elle. D'un mouvement rageur, il frappa la tête. Il y eut un bruit d'os brisés mais la femme resta debout, bras ballants, les yeux bleus et vides. Seul le mouvement régulier de sa poitrine indiquait qu'elle était vivante. Debout et droite, elle vacilla et du sang sortit des narines, de la bouche et des oreilles. Sans attendre, Polyshkin leva l'extincteur et s'apprêta à frapper lorsque, sans prévenir, il réalisa la portée de ses actes. *Je...*

je suis en train de tuer une femme, une malade !

Comme en réponse à son dilemme, la femme bascula sur le bureau, inerte. Le sang s'épandit en flaques sombres sur la surface en hêtre. Polyshkin vit qu'elle continuait à respirer. Des spasmes agitèrent ses mains et ses jambes et il crut qu'elle essayait de se relever. Il sentit la nausée approcher.

Polyshkin… soit tu en as trop fait, soit pas assez, mais tu ne peux pas t'arrêter là ! Elle n'est pas morte. L'extincteur a détruit son cerveau. Et même si on pouvait la soigner, elle aurait des séquelles à vie. Ne la laisse pas comme ça…

Il déglutit avec difficulté. Face contre le bureau, sa chevelure blonde était étalée sur la surface claire. Il vit la forme fine des épaules, le tatouage amoureux sur l'épaule dénudée et ravagée par la maladie, les bretelles de soutien-gorge sous le tee-shirt sale, le soin qu'elle avait mis à s'habiller. Il leva l'extincteur, écœuré. Le gâchis était énorme. Mais il pouvait encore lui rendre service. *Abréger ses souffrances, la libérer de la dégradation.*

Le pilote abattit l'objet de toutes ses forces en fermant les yeux. Il y eut un horrible craquement et la femme cessa de respirer.

Il se laissa tomber par terre, immobile. Les images de ses actes repassèrent en boucle dans sa tête. Il était capable de détruire un avion ennemi, de se battre au canon et de larguer des bombes sur les objectifs assignés.

Mais tuer une femme de cette manière…

***

Haut-Jura, 6 Juillet

Alison se réveilla brutalement dès les premiers hurlements. Le cœur battant, elle mit plusieurs secondes à se rappeler où elle se trouvait. Malgré la pénombre, elle reconnut les murs de la chambre, puis les souvenirs. *Le sauvetage de Solène. L'attaque. La blessure à la jambe.*

A nouveau, des hurlements retentirent. D'un bond, elle quitta le lit maculé de sueur et chercha Solène du regard dans le lit adjacent. *Vide. Draps froissés.*

- Solène ! cria-t-elle en sentant la panique monter.

Un hurlement répondit, distant et terrifiant. *La fillette… que faisait-elle dehors à cette heure ?*

Elle attrapa le M4A1 et l'arma d'un geste sec avant de se diriger vers la porte d'entrée. Dehors, la fraîcheur de l'air atténua sa fièvre et écarta les brumes du sommeil. Devant elle, la vallée était noyée dans la pénombre du soir. Aucune lumière. Elle attendit, les sens en alerte, cherchant à repérer les cris. Un hurlement lui parvint.

Derrière la ferme !

Elle s'élança aussitôt vers la source des cris. *Que s'était-il passé pendant son sommeil ? Que faisait Solène dehors à la tombée de la nuit ?* Elle contourna l'angle de la bâtisse et se trouva soudain devant une forme sombre qui bougeait frénétiquement dans les hautes herbes. Ralentissant l'allure, elle approcha prudemment. La pénombre rendait l'observation difficile et elle dut avancer pour comprendre la scène. Une femme aux cheveux châtains lui tournait le dos. Elle était penchée sur quelque chose et émettait des bruits étranges. Lorsque la femme bougea le buste, elle dévoila ce qui était allongé dans l'herbe.

Solène !

La femme aux cheveux châtains était assise sur la fillette. Sans réfléchir, Alison frappa le crâne de la femme d'un violent coup de crosse. La femme bascula de côté en gémissant et s'effondra dans les herbes hautes, libérant la vue. Malgré les horreurs auxquelles Alison avait assisté, le spectacle la priva de force.

Solène était consciente. Du sang épais, noir, sortait de sa bouche par flots. Ses yeux clairs étaient ouverts et la regardaient avec tristesse. Elle avait du mal à respirer. Sa poitrine était ouverte, la peau déchirée et constellée de morsures sanglantes. Des morceaux entiers de son torse avaient été arrachés.

- Alison… gémit Solène à voix basse en tendant ses doigts poisseux de sang vers elle.

L'odeur cuivrée du sang submergea les odeurs environnantes. Stupéfaite, Alison mit un instant à réaliser que l'infectée se redressait dans les herbes à côté d'elle et ne prit conscience de son erreur que lorsque les dents de la femme se plantèrent dans la chair nue de son bras gauche.

Elle hurla de douleur et se dégagea violemment. Instinctivement, elle braqua le fusil vers la tête de la femme. Dans la faible lumière ambiante, elle distingua pour la première fois les traits de l'infectée. Aussitôt, le canon de l'arme se mit à trembler.

Sophie ? Sophie ? Que fait-elle ici ? C'est impossible !

Elle raffermit sa prise sur l'arme mais ne trouva pas la force d'appuyer sur la détente. Sophie se redressa en grondant et saisit le canon d'une poigne de fer. Sa bouche était auréolée de sang frais. *Le sang de Solène.*

Sentant ses jambes faiblir, elle tomba comme une masse dans les herbes. La dernière chose qu'elle vit avant de sombrer fut le visage grimaçant de Sophie qui se précipitait sur elle, bouche grimaçante, ouverte sur des dents sales. Alors qu'elle sombrait pour de bon, elle entendit une voix qui l'appelait par son nom.

Alison !

Elle sursauta et ouvrit les yeux. Les battements de son cœur étaient forts et rapides, son corps trempé de sueur sous les draps. Autour d'elle, elle reconnut le décor familier de la ferme, au-dessus d'elle, le visage anxieux de Solène. Elle chercha les traces de son malheur mais ne vit rien. Solène était inquiète mais saine et sauve...

- C'est juste un cauchemar, Alison ! commenta la fillette en souriant. Ne t'inquiète pas. Dors, tout va bien. Je m'occupe de toi.

Elle sentit quelque chose de frais sur son front et distingua vaguement un gant de toilette humide dans la main de Solène. Peu à peu, les battements de son cœur ralentirent et la panique s'estompa.

Un simple cauchemar. La fièvre. Horrible. Mais rien d'autre qu'un cauchemar.

Rassurée, elle fut de nouveau happée par le sommeil.

***

Bordeaux, 6 Juillet

Épuisée par son rythme de travail depuis l'arrivée à Bordeaux, la Présidente sortit de l'hôtel de ville. C'était sa première escapade après plusieurs jours d'enfermement. La douceur de la brise et la chaleur du soleil sur sa peau évoquaient une caresse divine.

Elle s'arrêta un instant sur le perron de l'immeuble et ferma les yeux, visage tourné vers l'astre solaire.

Le roucoulement des pigeons, les discussions des gens autour d'elle, les sonnettes de vélo lui parvinrent avec netteté.

Tout semble si normal, les yeux fermés...

Les pas rapides et coordonnés d'une patrouille militaire la tirèrent de sa brève rêverie. Elle regarda les soldats passer devant elle, menés par un sergent qui la salua. Ils remontèrent la place Pey-Berland et bifurquèrent avant de disparaître de sa vue.

A son tour, la Présidente se remit en marche.

Elle avait du jouer de son autorité sur son assistant personnel, véritable tique politique professionnelle, rapace aussi servile qu'obséquieux, pour sortir seule.

L'isolement était nécessaire pour recharger ses batteries, et elle ressentit le besoin de faire le tour de la ville, de revenir à la réalité, de quitter pour un court instant ses obligations professionnelles lourdes et dévoreuses d'énergie et d'optimisme, de tâter le pouls de cette population dont le sort était suspendu aux décisions qu'elle prenait.

Elle arpenta la place couverte de tentes multicolores. En passant devant, elle vit des visages sortir, couvertes de poussière. Des enfants croisèrent son chemin en jouant. Ils étaient sales. Leurs vêtements abîmés. A mesure qu'elle poursuivit sa promenade, elle réalisa que c'était aussi le cas des adultes.

Elle était brutalement mise devant la réalité de ce que la France était devenue. Une seule grande ville tenait encore dans le pays, comme au Moyen-âge face aux Anglais. Bordeaux. Lieu d'espoir et de souffrance. Faute de moyens logistiques et techniques, l'eau et le courant étaient encore rares et le plan de rétablissement prévu était complexe et long à mettre en œuvre.

Pour éviter les épidémies sanitaires, il fallait trouver le moyen de laver ces gens et leurs vêtements. L'hygiène était, avec la nourriture, la sécurité et l'électricité, les priorités sociales immédiates du nouveau gouvernement.

Des draps pendaient aux fenêtres ouvertes. Des piles de détritus s'entassaient dans les rues. Des cordes à linge liaient les façades des immeubles entre elles, comme dans les pays méditerranéens. Des gens mendiaient, cachés sous les porches. *Des familles entières parfois*. Une odeur de fange imprégnait les rues, couvertes de détritus. Elle passa devant le magasin d'un boucher et vit une série de chats et de chiens dépecés, alignés sur des crochets métalliques, prêts à la consommation.

Des gens dormaient dans leurs voitures garées en double file, privées d'essence.

Elle vit des parcelles de jardin public en friche. Quelqu'un avait retourné la terre pour y épandre des semailles. *Bonne idée*.

La Présidente sortit un carnet de notes et un stylo et commença à prendre des notes. Il y avait des enseignements à tirer de ses observations, de la réaction de ses concitoyens.

Autant s'en servir pour le bien du plus grand nombre.

Enfin, apaisée, elle regagna l'hôtel de ville, retrouva son assistant et se remit aussitôt au travail après lui avoir demandé une nouvelle tasse de thé.

***

Aéroport d'Ostende, Belgique, 6 Juillet

Gonchakov arriva par l'ouest, lent et bas, pour observer les résultats de la manœuvre. Il survola la piste et réalisa

468

immédiatement l'urgence de la situation.

Dans l'espace entre l'avion de Polyshkin et le bâtiment adjacent, près de la citerne verticale, des dizaines de zombies étaient agglutinés et essayaient d'entrer par les portes et les fenêtres, bloquant toute possibilité de sortie. Inutile de chercher plus longtemps l'ailier : c'était clairement là qu'il s'était réfugié ! De partout, des groupes de zombies approchaient, attirés par le vacarme et l'agitation de leurs congénères.

Il analysa tactiquement la situation. Polyshkin était pris au piège, mais il attirait les zombies à lui, ce qui libérait la piste et le taxiway. Il devait profiter de l'occasion.

Il fit demi-tour à basse altitude et s'aligna sur la piste par l'est. Alors qu'il se trouvait en courte finale, les infectés les plus proches tournèrent la tête vers lui. Il posa l'avion d'une main précise et stable et passa à vive allure devant la première bretelle et s'arrêta sur la piste au niveau de la seconde, au milieu des traces de freinage et des flaques de sang séché.

Moteurs au ralenti, il fit le point. Sans surprise, attirés par l'agitation de son atterrissage, les infectés délaissaient Polyshkin et se dirigeaient vers lui. *Trois cents mètres d'éloignement. Dix minutes de marge. Garder la tête froide. Observer, comprendre, s'adapter.*

Partant de la piste, la seconde bretelle d'accès décrivait un 'S' vers le dépôt de carburant. Il observa le périmètre dans le grondement des moteurs au ralenti. *Libérer l'espace. Obliger les infectés à se masser et converger vers lui puis accélérer au roulage et rejoindre le bâtiment. Avec une petite surprise au passage...* Satisfait, il passa à l'action.

Freins de roues actionnés, il fit monter et descendre le régime des moteurs. Leurs grondements rageurs firent vibrer le fuselage du Sukhoi. En réponse, tout ce que l'aéroport d'Ostende comptait d'infectés convergea vers lui. Une véritable marée d'êtres lépreux approcha avec détermination. Il les laissa approcher et se rassembler sur le parking pendant plusieurs minutes avant de lâcher les freins et d'emprunter la bretelle. La quasi-totalité des infectés se trouvait face à lui, rassemblés en une masse compacte.

Alors que l'avion continuait à rouler lentement, il mit en fonction le canon GSh-30-1 de 30 mm et déverrouilla la sécurité au sol.

Il déclencha le tir d'une simple pression. Dans un feulement rauque, l'arme expédia une série d'obus incendiaires HEI vers les infectés à la cadence de 1700 munitions à la minute, chacun pesant 394g et filant à 860 mètres-seconde vers son objectif.

Une odeur de poudre envahit le cockpit. Le pilote relâcha la pression pour éviter la surchauffe du canon et conserver les munitions. Comme les épis d'un champ de blé fauchés par une moissonneuse, les infectés s'écroulèrent par rangs entiers. La faible résistance des corps humains ne freinait pas les obus et ceux-ci traversaient les rangs sans perdre d'énergie avant d'exploser sur les obstacles plus solides.

Gonchakov cessa le tir lorsque les projectiles frappèrent les camions-citernes garés derrière les infectés en passant à travers eux.

Trop tard...

L'explosion des véhicules envoya les engins de plusieurs tonnes dans les airs comme des fétus de paille. Le périmètre brûlait. Les infectés qui n'étaient pas coupés en morceaux par les tirs étaient dévorés par le kérosène en feu ou démembrés par le souffle. Le tir cessa définitivement lorsque, à court d'obus, le canon refusa de fonctionner. Gonchakov arrêta l'avion et observa le chaos, sourire aux lèvres.

Les ravages étaient apocalyptiques, le carnage total.

Une demie douzaine d'infectés avaient survécu, mais la plupart étaient blessés ou mutilés. Pourtant, tous cherchèrent sans relâche à l'atteindre, trébuchant sur les restes calcinés et déformés de leurs congénères. Le tarmac était constellé de chair humaine et ce qui était encore debout brûlait. L'air était rempli d'une odeur écœurante de chair grillée et de corne brûlée.

Sans attendre, il remit les gaz et gagna le parking avant de freiner. Le trajet qui menait jusqu'à l'avion de Polyshkin était couvert de cadavres et de débris. *Prudence... Ne pas abîmer l'avion. Éviter de rouler dessus.* Avec délicatesse, il engagea le gros chasseur au milieu du magma écœurant et arriva devant le bâtiment cerné par les objets et les corps en feu. En explosant, les camions-citernes avaient répandu leur chargement dans toutes les directions. Il arrêta les moteurs au moment où une porte s'ouvrait. Il suspendit aussitôt le geste d'ouverture de la verrière et, instinctivement, mit la main sur son pistolet. La tension retomba lorsqu'il aperçut Polyshkin, arme au poing, qui lui faisait signe de venir. Il ouvrit la verrière, se déconnecta et mit l'avion hors tension avant de courir vers Polyshkin. En chemin, il abattit deux infectés. Polyshkin l'attrapa par les avant-bras, sourire aux lèvres.

- Content de vous revoir, colonel ! Sacrée manœuvre !

Polyshkin se tourna et indiqua du doigt le bâtiment d'où il était sorti.

- Mais c'était chaud là-dedans ! Dans tous les sens du terme ! Les obus, le feu…

Gonchakov regarda le bâtiment à son tour. La façade ressemblait à un morceau de gruyère.

- Quand j'ai entendu les premiers tirs, fit Polyshkin en se dirigeant vers le bâtiment, j'ai plongé par terre. Mais j'ai cru y rester ! Certains obus sont passés à moins de dix centimètres de ma tête. Ça vrombit et ça siffle sacrément, ces pruneaux…

- Tu as été mordu, ou griffé ? demanda Gonchakov.

Polyshkin mit une seconde avant de répondre, surpris par le changement de sujet.

- Non. Je me suis battu avec une infectée, mais elle n'a pas eu le temps de mordre.

- Bien. Veille à ce que ça dure.

Polyshkin interrogea Gonchakov du regard.

- Tu es un bon ailier, Polyshkin. Mais *Vosrozhdeniye* est prioritaire. La moindre infection, et je t'abattrai. Sans hésitation. Et tu devras faire la même chose s'i ça m'arrive. Je comprendrai.

Polyshkin dut se concentrer pour ne pas arrêter de marcher. Le message était limpide et il savait que son chef n'hésiterait pas. Il décida de changer de sujet.

- Les pompes à carburant se trouvent derrière le bâtiment, avec le dernier camion-citerne intact au coin du mur. On pourra s'en servir pour ravitailler.

- OK. Topo sur les infectés.

- Plus grand chose à craindre. L'aéroport est petit. Avec ceux qui y sont passés aujourd'hui, on devrait être tranquilles pour un moment.

- Dans ce cas, on a encore trois choses à faire jusqu'au décollage demain : le plein, trouver un abri et de quoi manger, fignoler le plan de vol.

Alors qu'ils approchaient du bâtiment, Gonchakov s'arrêta et regarda autour de lui.

- Les incendies finiront par s'arrêter faute de carburant. D'ici là, on sera repartis.

Il fronça les sourcils alors qu'ils contournaient le mur qui menait au camion-citerne.

- Et ton zinc ?

- Pas eu le temps de vérifier. Le train avant est peut-être faussé. Par sûr. Mais c'est suffisant pour faire vibrer la structure. Je vérifierai quand on fera le plein.

- De toute façon, soupira Gonchakov, la seule chose qu'on demande aux zincs, c'est de nous amener aux centrales nucléaires. Si on les perd après, ou à l'atterrissage en fin de mission, peu importe. C'est réussir la mission qui compte, pas ramener les zincs.

Ils arrivèrent au camion, trouvèrent les clefs dans un bureau adjacent et ravitaillèrent dans l'obscurité croissante, éclairés par les flammes, en commençant par celui de Gonchakov. Pendant que celui-ci ravitaillait, Polyshkin vérifia l'avion.

L'impact sur le train avant était facilement repérable. Le métal de la jambe était constellé de débris humain. Malgré l'odeur pestilentielle, Polyshkin se pencha pour l'observer de près. La crémaillère de direction, l'amortisseur et le caisson central étaient intacts mais le phare d'atterrissage était tordu, les supports de faisceaux électriques étaient cassés, les tiges de position faussées, comme les repères électromagnétiques d'alignement. *Rien de dramatique.* Comme l'avait rappelé Gonchakov, le Sukhoi était un avion de conception solide et son train, navalisé, était renforcé pour supporter l'appontage des dizaines de tonnes de l'avion par temps houleux. Par comparaison, l'impact d'un corps humain de quatre-vingts kilos à deux cents kilomètre-heure était négligeable. Pourtant, les dommages aux repères d'alignement compliquaient la mission car ils privaient le pilote d'indication de position du train avant. Au décollage, il aurait besoin de l'aide de Gonchakov pour confirmer que le train avant était rentré. Si le train rentrait, le problème serait réglé temporairement avant de se reposer à l'atterrissage : pourrait-il *sortir* ?

Inversement : si le train ne rentrait pas au décollage, la situation se compliquerait sérieusement. Seule possibilité : essayer d'accomplir la mission avec le train sorti. *Catastrophique pour la consommation, la détection, la vitesse et la maniabilité, sans parler de l'éventualité d'un combat aérien ou de la nécessité d'une manœuvre défensive face à de l'artillerie anti-aérienne.* Et c'était la séparation quasi-assurée avec Gonchakov, plus rapide. Dans ce cas, il pouvait essayer de suivre à distance ou avorter la mission et retourner vers le Kuznetsov, trains sortis. Cela supposait beaucoup de calculs de consommation pour vérifier que c'était physiquement réalisable.

Il réfléchit au problème un instant et conclut qu'il aviserait le moment venu. Le camion-citerne arriva à cet instant et ils ravitaillèrent l'avion de Polyshkin avant de gagner l'aérogare en roulant sur un tapis de débris humains.

A la suite de Gonchakov, Polyshkin sortit de la cabine en retenant la portière pour éviter de faire du bruit. Avec l'arrêt du moteur diesel du camion, l'intensité du silence sembla amplifier les sons.

Malgré l'odeur du kérosène en feu, le vent du sud charriait toujours la même puanteur et les gémissements des infectés agonisants s'élevaient dans l'air brûlant du soir. Arme au poing, Gonchakov contourna le capot et rejoignit Polyshkin devant l'aérogare.

- On va se planquer à l'intérieur.

Le bâtiment était typique des aéroports provinciaux européens. Trop petit pour être équipé de passerelles d'accès ou de navettes, il connectait les salles d'embarquement aux avions par une simple rangée de portes vitrées que les passagers franchissaient à pied. Gonchakov désigna d'un mouvement de tête les portes fermées.

- Reste près du camion et ouvre l'œil. Je vais voir comment entrer là-dedans.

Polyshkin acquiesça et se mit en position, arme au poing, adossé au camion, visage tourné vers le tarmac. Gonchakov gagna les portes vitrées d'un pas rapide. Il longea les portes vitrées et secoua les poignées sans pouvoir ouvrir de porte.

- Fermées à clef ! gronda-t-il en s'acharnant sur une porte. Toutes !

Polyshkin ne répondit pas. Il venait d'apercevoir un mouvement au loin mais n'en était pas sûr. Les nerfs tendus, il sursauta lorsqu'une détonation retentit dans son dos, immédiatement suivie d'un bruit de verre brisé. Il se retourna alors que Gonchakov s'engouffrait dans le bâtiment par un panneau de verre brisé. Il fit signe de le rejoindre.

- Une minute, colonel, répondit Polyshkin en scrutant l'aéroport.

Quelque chose bougea à un kilomètre de distance. Il n'avait pas rêvé. Des silhouettes humaines de l'autre côté de la piste. Trop loin pour distinguer les détails. Des infectés, d'après leur manière de bouger. Il devait y avoir une brèche dans le grillage de l'aéroport.

- On a de la visite, colonel, fit-il sans se retourner. Toujours des zombies.

- Ils sont loin ?

- Oui. Mais si on continue à les exciter comme ça, ils taperont la causette avec nous dans moins de trente minutes.

- Ça nous laisse du temps. Amène-toi.

Polyshkin rejoignit Gonchakov en passant par le panneau de verre brisé.

- Je vais sécuriser la porte avant qu'ils débarquent. Vérifie qu'il n'y ait pas de zombie à l'intérieur pendant ce temps.

Polyshkin approuva d'un hochement de tête et se dirigea d'un pas prudent vers la salle d'attente du bâtiment, plongée dans le silence et l'obscurité. Il frissonna. L'aérogare désertée ressemblait à une tombe.

***

Vélizy-Villacoublay, 6 Juillet

Il était minuit. Kiyo et Lasalle étaient adossés au terre-plein qui longeait une partie du périmètre de la base. Émerveillés par le sentiment qui grandissait en eux, ils étaient silencieux et se tenaient la main.

- Tu voles demain ? demanda Kiyo après un long moment de réflexions.

Lasalle sourit. Kiyo était égale à elle-même, pragmatique et attentionnée, déjà anxieuse pour le lendemain.

- A quoi penses-tu ? insista-t-elle devant l'absence de réponse.

Il soupira, tiré de sa rêverie par la voix douce à l'accent subtil.

- A la prochaine patrouille de reconnaissance armée au-dessus de la région. Histoire de savoir ce que les zombies mijotent.

- Ce ne sont pas des zombies ! Ce sont des *malades*, des *IN-FEC-TÉS*.

- Comme tu voudras, mais ça reste d'abord l'ennemi. Ils ont tué ma famille, la tienne et celle de ceux qui nous entourent. Malades ou pas, ma mission est de les détruire. En tant que docteur, la tienne est de les soigner. On ne peut pas voir ces saloperies de la même manière.

Kiyo resta silencieuse et immobile, les cheveux noirs ondulant dans le vent comme une cascade d'encre. Il se maudit intérieurement pour son manque de tact et décida de réorienter la discussion.

- J'ai figé le planning des missions avec le colonel ce matin. Il est d'accord avec ma suggestion d'avoir un avion en l'air une fois par jour.

Kiyo fronça les sourcils.

- Pourquoi ? Les infectés ne savent pas piloter.

Lasalle prit un brin d'herbe et le mâchouilla pensivement. Kiyo savait poser les bonnes questions sans perdre de temps.

- C'est vrai. Mais nos avions sont inutiles au sol. C'est pour ça que j'ai proposé qu'on lance des patrouilles de reconnaissance armée au-dessus de Paris. Si quelque chose change dans la capitale, l'avion sera le seul moyen de le repérer. Sans satellite ni personnel au sol, on n'a pas d'autre alternative. Et on n'a plus de munition air-sol, rien que de l'air-air. Tant qu'on n'en aura pas récupéré à Saint-Dizier, on ne pourra pas bombarder.

- Je n'y connais pas grand chose, mais les infectés sont incapables de planifier une opération militaire. Les observer depuis les airs n'apportera pas grand-chose.

- C'est juste, mais des regroupements d'infectés ou des mouvements de foule peuvent indiquer des concentrations de survivants. On aura donc un avion en l'air tous les jours pendant deux heures à partir de demain, jusqu'à épuisement des réserves de kérosène.

Kiyo se recroquevilla et encercla ses jambes.

- Tu as de la chance. Tu peux faire ton métier. Pas comme moi. De mon côté, ce que je peux faire en restant ici est limité. Et le commandant a interdit les sorties pour trouver de nouveaux échantillons.

Lasalle se rappela que le commandant avait évoqué lors de la dernière réunion de crise le risque, trop élevé, pour le personnel concerné.

- Tout a été arrêté, continua-t-elle. D'après un officier, même l'approvisionnement en nourriture et en eau est difficile. Est-ce que tu...

Plusieurs détonations l'interrompirent net. Plusieurs insectes passèrent en vrombissant au-dessus de leur tête. Le pilote en reconnut aussitôt l'origine.

- A terre ! hurla-t-il en plaquant Kiyo au sol. Des balles ! On nous tire dessus !

Sans attendre de réponse, il recula en rampant et tira Kiyo par la main. Ils se retrouvèrent à l'abri derrière le promontoire en terre. De leur droite, un groupe de soldats approcha en courant, fusils en position.

- Docteur, mon commandant, demanda aussitôt un lieutenant en uniforme camouflé, vous êtes blessés ?

L'officier, un africain de grande taille, portait un FAMAS équipé d'une lunette de tir nocturne. Autour de lui, les hommes prirent position.

- Non, lieutenant, répondit Lasalle. Vous savez où ils sont ?

Le lieutenant indiqua la direction des tirs d'un mouvement de tête.

- Cinq à six hommes, commenta-t-il, d'après ce qu'on a pu voir. Peut-être la même bande qui tourne autour du camp depuis quelques jours.
- *Quelle bande* ? demanda Lasalle en levant les sourcils.

L'officier hésita alors que les balles vrombissaient au-dessus des têtes.

- Le colonel Francillard n'apprécierait pas que vous soyez au courant et...
- Ne m'obligez pas à jouer du galon.
- A vos ordres. Rien de bien méchant. Des loubards qui profitent du désordre pour écumer le coin. Pas étonnant. Il n'y a plus personne pour les arrêter. Ça fait plusieurs jours qu'on les voit rôder autour du camp et nous observer aux jumelles.
- Pour quel motif ? Ils n'ont aucune raison de nous canarder !
- Ça, mon commandant, c'est un mystère. Antimilitarisme, jeu, convoitise. Ils savent qu'on a des armes, des munitions, de la nourriture. Et, pardonnez-moi docteur, des femmes...

Kiyo frissonna intérieurement, choquée d'être mise au même niveau que des denrées matérielles.

- Pourquoi n'avez-vous rien dit aux cadres militaires ? continua Lasalle, furieux.
- Le colonel veut éviter la panique dans le camp. On ne pourrait pas faire face à la fois à une agitation interne et à un ennemi externe.

Lasalle réprima de justesse un juron. Plusieurs balles vrillèrent l'air en bourdonnant et une plainte s'éleva à gauche, suivie d'un gargouillement. A côté d'eux, un soldat était allongé à terre, livide. Son FAMAS gisait par terre. Il se tenait la gorge des deux mains.

Kiyo fut la première à réagir et se précipita vers lui. Le lieutenant la rejoignit et se pencha sur le soldat immobile. Il rajusta son casque lourd sur son front.

- Laissez-le, madame ! fit-il d'une voix sans timbre. Il est mort.

Kiyo se pencha vers le soldat allongé.

Ses yeux et sa bouche étaient grand-ouverts. Son casque avait basculé sur le côté, dévoilant des cheveux coupés courts et dégoulinants de sueur.

Elle aperçut le trou dans la gorge, à la place de la pomme d'Adam.

Il était jeune, les yeux bleus, des tâches de rousseur sur les joues.

Elle réprima les larmes qui montaient et se tourna vers le lieutenant. Sans un bruit, l'officier s'allongea sur la butte, arme posée sur le remblai.

Il releva son casque et se mit en position de tir, œil collé à la lunette qui diffusait la lueur verdâtre du dispositif électro-optique d'amplification thermique intégré. Sans se détourner de sa cible, il donna ses ordres.

- Couvrez-moi et dégagez Constantin. Je m'occupe de ces macaques.

Les hommes s'exécutèrent alors que les détonations lointaines se poursuivaient à intervalles irréguliers. Les soldats répondirent aux agresseurs par rafales de trois coups. Il y eut des cris et des râles de chaque côté.

Le lieutenant régla la précision de la lunette en tenant compte de la distance, de l'élévation et de la vitesse relative du vent.

- Je les vois, fit-il à voix haute, l'œil rivé à la lunette. Trois cent cinquante mètres. Cinq hommes sur un toit d'immeuble. Un tireur avec un fusil sur trépied. Ces enfoirés ont un bon angle de tir de là-haut.

Les balles percutaient le sol autour du groupe et soulevaient des gerbes de terre. Pourtant, malgré la menace, le lieutenant resta calme. Il inspira profondément et appuya sur la détente. Le coup partit dans un bref éclair de lumière. Il changea de position, visa et tira à nouveau. Les tirs ennemis s'espacèrent.

- En plein cou pour le premier, mon lieutenant ! jubila un soldat qui regardait la cible à travers des jumelles thermiques. Le deuxième dans la poitrine !

Le lieutenant se redressa. Dans l'obscurité, son sourire éblouissant dévoila des rangées de dents blanches bien plantées. Les tirs cessèrent complètement.

- Ils se replient ! jubila le soldat. On dirait qu'ils ont leur compte !

Les soldats se levèrent à leur tour et regagnèrent le camp en emmenant leurs blessés et leurs morts.

Lasalle leur emboîta le pas en tirant Kiyo par la main, l'esprit sombre.

Décidément, les infectés n'étaient pas leurs pires ennemis...

***

Ostende, Belgique, 6 Juillet

La lumière lugubre qui filtrait dans le bâtiment n'était plus suffisante pour éclairer l'intérieur et Polyshkin ralentit en entrant dans la salle d'attente rectangulaire. Dans sa main, il sentit l'arme trembler. Une boule d'angoisse se forma dans son ventre. Il détestait le corps à corps.

Il arriva au centre de la salle, entourée de guichets et de magasins déserts dont les parois en verre continuaient d'afficher cartes postales, souvenirs et magasines. Face à lui, des rangées de sièges vides le séparaient de la porte d'entrée principale en verre. La lumière mourante du soleil accrocha quelque chose sur la porte et Polyshkin plissa les yeux pour mieux voir. Le verre était auréolé de craquelures radiales qui formaient une sorte de toile d'araignée. Quelqu'un avait essayé d'entrer en force dans l'aérogare.

Il avala sa salive et raffermit la prise sur le pistolet, les paumes moites. *Zombie ou truand ?* Derrière lui, Gonchakov faisait un raffut de tous les diables, comme indifférent à la menace qui régnait. *Il n'a jamais peur... Comment fait-il ?*

Il se remit en marche, lentement, et contourna les rangées de sièges par le côté. Autour de lui, toutes les ouvertures étaient fermées : guichets, magasins et portes. Le bâtiment était apparemment étanche.

Il jeta un œil entre les deux premières rangées de sièges en plastique mais ne vit rien d'anormal et continua d'avancer. Lorsqu'il atteignit l'avant-dernière rangée, il commença à mieux respirer. Le risque s'éloignait. De son côté, le colonel avait fini son raffut. Le silence qui régnait maintenant dans l'aéroport était total.

Il arriva au dernier rang et, machinalement, regarda à droite. Son cœur manqua un battement et il sentit les poils se dresser sur sa nuque lorsqu'il vit une forme sombre allongée par terre au milieu de la rangée. Il s'accroupit à son tour et braqua l'arme vers la masse sombre, le cœur cognant dans sa poitrine.

Alors qu'il allait alerter Gonchakov, la forme noire se mit à bouger. Dans la faible lumière des lieux, il ne put en distinguer les détails. La silhouette sombre se déplia lentement et, lorsque son buste accrocha la lumière mourante du soleil, des tâches apparurent sur sa chemise déchirée. Polyshkin recula d'un pas.

L'inconnu était de grande taille, mince et voûté. Instantanément, il l'aperçut et se mit en marche, les yeux et les dents brillant dans l'obscurité. Le doigt tendu sur la détente, Polyshkin hésita. C'était peut-être un passager clandestin, un type bloqué dans l'aéroport à sa fermeture par les autorités... Il devait être sûr de lui avant de tirer.

- Arrête et dis quelque chose ! ordonna-t-il en anglais. Parle ou je te bute !

L'homme continua d'avancer lentement. Polyshkin recula encore d'un pas. A cet instant, une vague d'odeur nauséabonde l'atteignit. Il se couvrit le nez du bras. Malgré l'indice olfactif, l'homme pouvait être un clochard, un type réfugié dans l'aéroport. *Mais dans ce cas, de quoi avait-il pu vivre ? Les vitrines des rares endroits qui vendaient de l'alimentation dans l'aéroport étaient intactes...*

L'homme poussa un râle et la puanteur augmenta en même temps que la distance qui les séparait diminuait.

- Un putain de zombie ! glapit Gonchakov du fond de la salle. *Tire !*

Le coup partit. L'homme tomba à genoux, blessé à l'épaule. C'était la première fois que Polyshkin tirait sur quelqu'un. Un mouvement brutal le força à sortir de sa stupeur.

- Bordel de merde ! jura Gonchakov en le poussant de côté sans ménagement.

Gonchakov frappa la tête de l'homme d'un violent coup de crosse. La créature bascula sur le côté et les deux hommes aperçurent brièvement ses traits dans les derniers rayons du soleil, la peau boursouflée, le cuir chevelu spongieux et humide. Sans attendre, Gonchakov se plaça au-dessus de l'infecté, jambes écartées de part et d'autre des épaules. Il tira en pleine tête et se tourna vers Polyshkin, furieux.

- Polyshkin ! aboya-t-il. La prochaine fois que tu hésites, c'est moi qui te mettrai une balle dans la tête !

Polyshkin rangea son arme d'une main tremblante, à la recherche d'arguments, mais il savait qu'il était proche du point de rupture, du seuil de compétences au-delà duquel il ne se sentait plus de taille.

On lui demandait de mener à bien une mission à bord d'une machine complexe. *Ça, il savait faire.* Il *savait* piloter un avion jusqu'à l'objectif, éviter les menaces et rentrer à la base sain et sauf. Il était fait pour tutoyer le soleil, jouer avec les nuages, ruser avec un adversaire intelligent et dangereux.

Mais au sol, avec une arme de pacotille entre les mains, sans équipe de secours, entouré de zombies putrides et idiots, c'était autre chose. Malgré les formations de base à la survie en milieu hostile, il avait l'impression de ne rien savoir. Pour rester en vie dans cet univers délirant, il devait descendre des êtres humains... des types, des femmes, des enfants et des vieux à coups de flingue...

C'était ça, le métier de pilote ? Où étaient la gloire, l'esprit chevaleresque ?

Mais pouvait-il l'avouer à Gonchakov ?

Le colonel était une sorte de fossile, le représentant d'une génération disparue, celle qui avait connu la Russie *d'avant*. Il était dur comme le roc et frisait le tempérament suicidaire. Rien ne semblait l'atteindre. C'était comme s'il était seul au monde, sans famille ni attache. Il ne se plaignait jamais et, s'il avait eu peur depuis le début de la mission, il ne l'avait jamais montré.

Putain de mission...

Il baissa la tête, honteux. Avait-il seulement sa place ici, aux côtés de Gonchakov ?

- Avec ce genre de comportement, non seulement tu es con, mais en plus tu mets la mission en péril. Et ça, c'est beaucoup plus grave !

Le colonel était toujours face à lui et le fixait d'un air de pitbull excité par l'odeur du sang.

Mâchoires serrées, sourcils froncés, il rangea son arme avant d'ajouter :

- 'Faut quand même que tu réalises le topo ! Pas d'énergie pour la Russie, pas de reconstruction. Le pays de nos ancêtres et de nos enfants livré à la guerre entre rescapés et zombies ! Nourriture impossible à trouver, plus d'école, aucun espoir. Essaye d'imaginer ça ! De l'Oural aux Kouriles, l'Apocalypse sur Terre ! C'est ça, ta vision de l'avenir ?

Il ne se sentit pas la force de répondre.

- La mienne et celle de l'amiral et des huiles, aboya Gonchakov, c'est celle d'un pays qui repasse en tête. Tu piges la nuance ?

Le colonel fit une pause et ses yeux lancèrent des éclairs.

Polyshkin ne l'avait jamais vu dans une telle fureur. Il était clair qu'il prenait la mission très au sérieux. Pour une raison qui échappait à Polyshkin, elle devait représenter quelque chose de transcendant qui le dépassait complètement.

Il écouta son supérieur sans y trouver de réconfort.

C'était de la daube, même le colonel ne pouvait y croire, sauf s'il avait une raison très personnelle d'y croire, une raison qu'il ne partagerait de toute façon pas avec lui. Sinon, ça n'était rien d'autre qu'un truc de leader pour botter le cul, ni plus ni moins. Du *pep-talk* pour débutants... Concrètement, il souhaitait surtout être ailleurs, sur le Kuznetsov, dans son avion, n'importe où mais pas ici. Ce n'était pas la façon dont il concevait le métier de pilote de chasse.

Gonchakov le regarda mais ses yeux perdirent de leur dureté. Il allait parler lorsqu'un bruit du côté de la piste les fit sursauter.

Derrière les vitres qui donnaient sur le tarmac, deux infectés tambourinaient sur la porte consolidée par Gonchakov, les yeux fixés sur eux. Leurs mains laissaient des traces grasses sur le verre.

Les pilotes se cachèrent entre les rangées de sièges et se contentèrent d'attendre dans la lumière tombante. Polyshkin vérifia régulièrement l'heure aux graduations luminescentes de sa montre-

480

bracelet et le temps s'écoula lentement.

Dans le silence, ils revécurent les derniers événements et essayèrent de leur donner du sens en parlant à voix basse. A dix heures du soir, la faim et la fatigue nerveuse commencèrent à se manifester. Dehors, les coups cessèrent.

- Je crève la dalle, souffla Polyshkin. Pas vous ?

Gonchakov regarda vers les rangées de magasins fermés, se leva et vérifia les portes barrées sans dire un mot, comme s'il n'avait pas entendu la question.

- Non, finit-il par admettre. Je n'ai pas *faim*.

Polyshkin était sidéré par la force intérieure de son chef. Rien ne semblait l'atteindre, il donnait l'impression d'être fait d'acier.

Sans transition, Gonchakov lui donna l'ordre d'aller fouiller de son côté et de ramener de la nourriture, estimant qu'il valait mieux voler le ventre plein pour une journée qui promettait d'être longue et riche en émotions.

Polyshkin fouilla le côté gauche de l'aérogare, Gonchakov le côté opposé à l'aide de leurs torches électriques de survie et, après plusieurs minutes de fouilles prudentes, ils se rejoignirent, brisèrent une poignée de porte et passèrent au crible un bar-restaurant.

Ils trouvèrent une grosse jarre métallique intacte emplie d'un mélange de légumes, des biscottes, du pâté. Les frigidaires n'avaient rien livré de comestible. Il y avait belle lurette que les produits consommables avaient cessé d'être comestibles.

Sans attendre, ils dévorèrent les précieuses trouvailles à la lueur des reflets rougeoyants des feux de kérosène et se forcèrent à en laisser pour le petit-déjeuner.

Dehors, il n'y avait plus trace des infectés.

Ils se préparèrent pour la nuit et Gonchakov prit la première garde.

Plongé dans la solitude, rassuré par l'absence de danger, il prit une bouteille d'alcool dans le snack-bar, un *Lagavulin* de trente ans d'âge qu'il vida de moitié. Pour compléter le moment de détente, il sortit un paquet de cigarettes et hésita avant de le remettre dans sa poche.

Pour ce qu'il en savait, les zombies utilisaient peut-être l'odorat pour repérer les proies. Il décida de ne pas prendre le risque.

Un peu plus tard, vaincu par l'alcool, la tension et le sommeil, il finit par s'endormir pendant sa garde.

La lumière du matin, perçant à travers les ouvertures vitrées de l'aérogare, le surprit en plein sommeil. Irrité, il constata que Polyshkin ne s'était pas réveillé non plus.

Ayant mal dormi, le ventre vide et la bouche pâteuse, la combinaison raide de sueur sèche, il se frotta les joues râpeuses en pensant à ce qui l'attendait.

La mission *Vosrozhdeniye* entrait dans son deuxième jour.

* * *

Chapitre 17

aut-Jura, 7 juillet

Alison était assise depuis deux heures sur le muret qui encerclait la ferme noyée dans les hautes herbes qui dévalaient vers la vallée. Il était huit heures et l'air était encore frais. Posée sur le muret, une coupelle métallique contenait les restes d'un café froid.

Elle braqua à nouveau ses jumelles sur le sentier qui menait vers le creux de la vallée. Les cadavres des truands s'y trouvaient toujours. Deux d'entre eux avaient été entamés par des infectés la veille et des chiens étaient venus renifler les autres. Elle n'avait aucun doute sur le fait que les animaux finiraient par s'y attaquer lorsque la nourriture viendrait à manquer. En dehors des corps mutilés, elle n'avait rien vu de suspect sur le chemin depuis qu'elle avait commencé sa veille au petit matin.

Elle reposa les jumelles, but d'un trait le café et bailla longuement. La douleur du bras et la brûlure de la jambe l'avaient réveillée à l'aube.

- Alison, j'ai faim ! fit la voix assourdie de Solène depuis la ferme.

L'US Navy SEAL sursauta, surprise par la petite voix dans le silence matinal et quitta son poste d'observation pour regagner la ferme. Elle grimpa dans la chambre de Solène et la trouva allongée, les yeux brillants et cernés. Elle venait visiblement de se réveiller.

- C'est plutôt bon signe ! fit-elle en entrant dans la chambre.

Solène s'allongea dans son lit, le visage boursouflé et assombri par un hématome à l'endroit du coup. Alison évita de s'y intéresser. La vilaine blessure, boursouflée, la renvoyait à ses responsabilités et à ses lacunes. Elle devait être plus efficace. Pas seulement pour elle, mais pour Solène.

Énervée par les pensées et la douleur omniprésente, elle se dirigea vers la fenêtre et ouvrit les volets pour faire entrer la lumière du soleil avant de redescendre au rez-de-chaussée pour préparer le petit-déjeuner. Elle fouilla dans les réserves et trouva une demi-barre chocolatée soigneusement enveloppée dans un reste d'emballage. Elle ouvrit un bocal de mirabelles, concocta un bol de chocolat en diluant un peu de cacao dans de l'eau chaude et, satisfaite, apporta le tout à Solène sur un plateau.

Lorsque leurs regards se croisèrent, le visage de la fillette s'éclaircit d'un sourire radieux. Elle posa le plateau sur le lit et s'assit à côté d'elle en lui donnant la barre de chocolat.

- Comment ça va ? demanda Alison à voix basse.

Solène décortiqua l'emballage avec adresse.

- J'ai faim et j'ai mal à la tête, mais ça va. J'ai bien dormi. Et toi ?

- Mal au bras et à la jambe, mais ça me fait moins mal aujourd'hui.

Elle leva le bras traversé par la balle. Le bandage qui l'entourait était tâché de sang mais il était sec. Solène approuva d'un hochement de tête.

- On repart quand ?

- Pas tout de suite. On doit faire le plein de nourriture, vérifier la moto et être sûres que le chemin soit dégagé. Et préparer le trajet. On ne peut pas juste se lever, monter sur la moto et partir comme ça. Tout ça se prépare si on veut rester en vie. Et puis, on n'est pas encore très en forme, ni l'une ni l'autre.

- Tu penses qu'on pourra partir quand, alors ?

Alison évalua ce qui restait à faire.

- Un à deux jours. Pas plus.

- D'accord. Et on fait comment pour la nourriture ?

- Ça tu vois, ma chérie, c'est la bonne question. Je vais retourner à l'autre ferme pour ramener ce qu'on n'a pas pu prendre avant. J'essaierai aussi d'attraper des œufs et des poules. Mais on doit trouver aussi des aliments qui se conservent longtemps.

- Comme quoi ? Des conserves ?

- Oui. Ou des bocaux de fruits, de légumes, des fruits secs. On en a vus là-bas, la dernière fois.

La fillette engloutit les derniers morceaux de sa barre. Bouche pleine, elle acquiesça de la tête mais ses yeux envoyèrent un signal d'inquiétude.

- Bon, fit Alison en se relevant, j'y vais. Je veux que tu sois prête quand je rentrerai. Nourrie, propre et habillée.

Solène obéit et Alison gagna l'endroit où elle stockait les armes.

- Pendant mon absence, reste à l'intérieur. Si tu entends du bruit, ne bouge pas, ne fais pas de bruit. Si quelqu'un entre, évite les mouvements. Et prends ça s'il te plait.

Elle retourna auprès de la fillette, s'accroupit et lui tendit le pistolet par le canon. Solène recula sur le lit en secouant violemment la tête en se remémorant les scènes de la ferme.

- J'en veux pas ! Je déteste ça ! Ça fait mal ! C'est dangereux !

Alison fronça les sourcils et durcit la voix. Elle détestait rudoyer l'enfant qui faisait chavirer son cœur mais c'était la seule solution.

- Stop. Tu n'es pas là pour jouer à l'enfant-roi. Je sais que tu n'aimes pas les armes mais tu dois rester seule pendant que je cherche à manger. Je ne peux pas être à deux endroits en même temps. Alors pense à cette arme comme à une amie. Elle te protège.

La petite fille s'allongea en se bouchant les oreilles.

- Non ! J'en veux pas ! C'est un pistolet qui a tué ma mère !

Alison sentit son cœur gonfler. Solène, si jeune, avait déjà tant de deuils à faire. Quel fardeau pour une enfant de son âge. Quelle triste vie. Elle devait faire preuve de plus de tact.

La fillette pleurait à chaudes larmes et reniflait. Ses bras couvraient entièrement son visage et, lorsqu'Alison approcha, elle se tourna dans la direction opposée. Elle n'insista pas et se redressa.

- J'y vais, ma grande. On reparlera de ça à mon retour.

Elle soupesa l'arme dans sa main, hésitant.

- Tu n'es pas obligée de t'en servir mais je la laisse quand même ici. Juste à côté de la porte. Chargée et prête à tirer. Enlève le cran de sûreté si tu as besoin de tirer comme je te l'ai montré.

Elle attendit une réponse mais Solène resta allongée, visage tourné à l'opposée. Seules ses épaules étroites tressautaient silencieusement.

- A tout à l'heure, conclut Alison.

Elle posa l'arme par terre, prit son fusil et le sac à dos.

Sans le vouloir, elle exhala un long et profond soupir de tristesse lorsqu'elle sortit dans la lumière vive du matin alpin. Puis, elle mit le cap sur la ferme.

***

Ostende, Belgique, 7 Juillet

Gonchakov et Polyshkin se tenaient côte à côte, nez appuyé contre les portes vitrées de l'aéroport. Le matin était enfin arrivé et ils avaient mangé sans faim les restes de la veille, regrettant l'absence de café noir, chaud et fort pour bien commencer la journée.

Leur pack de survie contenait des tablettes de purification d'eau mais, comme pour l'eau, ils préféraient les économiser pour le moment. Nul ne pouvait prédire ce qui allait se passer dans la journée à venir. Une éjection en France pouvait les clouer au sol pendant des semaines, à devoir survivre avec les moyens disponibles.

Après le repas, ils avaient revu les détails de la mission pendant plus d'une heure jusqu'à tout connaître par cœur. Mal rasés, sales mais rassasiés, ils observaient depuis dix minutes les alentours de l'aéroport et le tarmac qui menait aux avions à travers les baies vitrées. L'appareil de Polyshkin était entouré de débris mécaniques et humains calcinés. Quelques volutes de fumée montaient encore vers le ciel pâle.

- Ça va être une longue journée ! grommela Polyshkin en pensant aux heures à tuer sur place avant de décoller pour Cattenom, le premier objectif.

- On n'a pas le choix, on se remet au boulot.

Gonchakov se détourna des vitres et regagna le centre de la salle d'attente, dissimulé derrière les sièges. Il fit signe à Polyshkin de le rejoindre et, pour passer le temps, ils reprirent les détails de la mission en s'aidant des cartes et de leurs notes. Ils vérifièrent les calculs, itinéraires, consommation, manœuvres alternatives, plans de déroutement, tactiques défensives et offensives en fonction des menaces probables sur le trajet. Le plus dur était de ne pas avoir d'informations récentes sur les dispositifs antiaériens et l'état de la chasse autour des objectifs.

La principale menace venait de la base de Cambrai. Bien que récemment démantelée, des chasseurs, Mirage 2000C/RDI ou des Rafale, pouvaient y avoir trouvé refuge, comme les Rafales de Saint-Dizier, regroupés à Vélizy. La part d'inconnu et d'aléatoire dans la mission dépassait de loin les seuils habituels et les pilotes ne pouvaient s'empêcher d'ajouter de nouveaux éléments à chaque revue de mission. Le processus était frustrant, répétitif et démotivant. Plus ils avançaient dans l'analyse, plus ils identifiaient des incertitudes, ce qui les conduisait à revoir à nouveau les plans et recommencer l'analyse.

La conclusion qui s'imposait d'elle-même en l'absence de certitudes était qu'ils devaient miser sur l'effet de surprise et l'improvisation. L'effet de surprise était acquis s'ils parvenaient à ne pas être détectés. Les Sukhoi, grands et lourds, bourrés d'angles vifs avec leurs munitions, n'étaient pas réputés pour leur furtivité, d'où la décision de garder le silence radio, limiter les émissions radar et voler au ras du sol à haute vitesse. Pour l'improvisation, Gonchakov comptait sur son expérience pour prendre les bonnes décisions. Polyshkin décida d'augmenter son potentiel de survie en lui obéissant aveuglément, plus expérimenté et visiblement à l'aise dans les situations tordues.

Après de multiples itérations, ils terminèrent la matinée en nettoyant leurs armes et préparèrent le déjeuner en silence, plongés dans leurs pensées. Ils profitèrent de la pause pour s'hydrater en raison de la chaleur qui régnait dans le bâtiment déserté. A plusieurs reprises, ils durent se cacher lorsque des infectés passèrent devant les portes d'entrée transparentes. Après le déjeuner, Gonchakov replia les différentes cartes, rangea ses stylos dans une poche, vérifia sa montre et la synchronisa avec celle de son ailier.

- OK, fit-il à voix haute, il est 1415. On décolle dans vingt minutes. A 1440, on est sur le cap de Cattenom. A 1450, sur l'objectif.

Il se tourna vers Polyshkin, qui rangeait des affaires dans sa combinaison.

- Plus vite on partira, répondit celui-ci, plus vite on rentrera.

Gonchakov approuva de la tête et arma son pistolet d'un mouvement sec. La culasse claqua dans un bruit métallique qui résonna dans l'espace vide de l'aéroport.

Polyshkin fit la même chose et les deux hommes gagnèrent les portes d'entrée principales qu'ils déblayèrent dans un raffut soutenu.

- Ils sont là... fit Polyshkin en apercevant des mouvements à l'extérieur.

Gonchakov hocha la tête et continua son déblayage. Il leur fallut plusieurs minutes pour tout enlever et, lorsque le passage fut dégagé, ils ouvrirent les portes d'un coup de pied. Debout sur le béton du tarmac, en pleine lumière, regard fixé sur les chasseurs, ils virent qu'un groupe d'infectés se dirigeait vers eux au milieu des débris des camions-citernes situés sur leur droite.

- Ils sont à côté des pompes, remarqua Polyshkin. Impossible de les éviter pour arriver aux avions. Et ils vont nous ralentir.

- Ça veut dire qu'on va devoir utiliser la force pour grimper dans les zincs avec ces connards autour.

Polyshkin sentit ses forces et sa détermination faiblir d'un coup. La mission n'avait pas encore débuté et les problèmes survenaient déjà. *Si le reste de la mission était dans la même veine...* Il s'adossa à la surface fraîche des murs en verre de l'aéroport.

- Bon, fit Gonchakov d'une voix plus calme, on n'a pas beaucoup d'options. On fonce séparément vers les avions. On grimpe et on met les gaz. Direction la piste. On décolle et on repart sur le plan initial. Quoi qu'il arrive, au moins un zinc peut et doit assurer la mission. Compris ?

Polyshkin se sentait vaseux. Le plan proposé était celui d'un phacochère qui fonçait d'abord et réfléchissait ensuite. Mais le colonel n'était pas un débutant. Il avait déjà connu la guerre et en était revenu vivant. Il se força à lui faire confiance.

- OK, colonel. Prêt.
- Bonne chance, petit. Rendez-vous tout à l'heure, en l'air !

Ils se serrèrent la main puis s'élancèrent vers les avions sur des trajectoires divergentes. L'avion de Gonchakov était plus proche, à côté du dépôt de carburant.

Le cœur battant, main crispée sur la crosse du pistolet, Polyshkin s'élança vers le sien. L'air était chaud et humide, le ciel dégagé et le vent faible, orienté à l'ouest. *Un temps idéal pour le pilotage. Ça, au moins, c'est de notre côté.*

La vingtaine d'infectés qui approchaient se scinda en deux groupes. Le plus petit fila vers le colonel, le plus gros vers lui. Il les vit trébucher sur les débris noircis des véhicules explosés. La brise charriait leur puanteur et leurs plaintes. Pour ne pas céder à la panique il récapitula mentalement l'enchaînement des actions avant le décollage.

Ouvrir la verrière. Vérifier l'avion, surtout les entrées d'air. Grimper dans le cockpit par derrière. L'avion est déjà programmé pour la mission. Reste à aligner les centrales inertielles de navigation. Huit minutes pour l'alignement complet... Pas possible de faire plus court sinon les indications de navigation seront fausses et la navigation impossible. Et avec le boucan des moteurs au sol, les zombies vont rappliquer comme des mouches sur un tas de merde ! Attention au régime. Trop de poussée et le cône d'aspiration s'élargit. Surtout éviter d'aspirer des zombies !

Il visualisa mentalement l'avion cloué au sol, réacteurs endommagés par l'aspiration de corps humains. *Le Sukhoi comme tombeau...*

Il chassa les pensées négatives en accélérant l'allure. L'avion approchait, rassurant par les armes qu'il emportait. Déjà, les infectés dépassaient la ligne des bâtiments du dépôt de carburant. Encore quelques mètres et ils seraient à la hauteur des tuyères du Sukhoi. C'était là-bas qu'il devrait les affronter.

Il força l'allure et atteignit enfin le chasseur. Sans se baisser, il gagna la trappe de commande d'ouverture de verrière, située sous le ventre, et l'actionna. Pendant que le mécanisme se mettait en action, il vérifia le train d'atterrissage avant et repensa au dilemme qu'il avait identifié. *Le train pourrait-il rentrer ? Et pourrait-il ressortir à l'atterrissage ?* Il commença à suer du front et décida de penser à autre chose pour résister à la panique naissante. *Vite... Finir l'inspection et déguerpir...*

Du bruit attira soudain son attention. Les premiers infectés arrivaient à l'avion, les yeux fixés sur lui. Il avait tout juste le temps de faire son tour de vérification avant que les premiers arrivent à sa hauteur. Frénétiquement, il entama le contrôle visuel de l'avion par la gauche, de l'avant vers l'arrière, et vérifia rapidement les ouvertures dans le fuselage, cherchant une obstruction éventuelle. *Ça va jusqu'ici. Continuer l'inspection. Vérifier les tuyères. Revenir vers l'avant. Repartir vers l'arrière pour grimper sur le zinc.*

Proche de l'hyperventilation, il remonta vers l'avant par le côté droit, explorant d'une main tremblante les cavités ouvertes pour être sûr qu'aucun objet ne s'y trouvait. Les deux premiers infectés l'attaquèrent alors qu'il vérifiait le radome. Il tira deux fois. Un infecté tomba, l'autre tourna sur lui-même comme une toupie. Polyshkin le fit tomber d'un violent coup de coude dans la cage thoracique.

A l'arrière, vite ! Grimper sur le zinc. Et Gonchakov qui n'a toujours pas mis en marche !

L'esprit en mode réflexe, il traita les menaces au fur et à mesure.

Trois infectés barraient le chemin. Il s'apprêtait à tirer lorsqu'il aperçut soudain les bidons chimiques suspendus aux ailes de son avion.

Dans la ligne de mire ! Merde !

Il jura et abaissa l'arme. Une balle mal placée pouvait percer l'enveloppe du chargement chimique.

Il opta avec regret pour la force physique et se jeta sans réfléchir dans le groupe qui approchait. Les infectés tombèrent en arrière comme des quilles. Plus rapide, il se redressa avant eux, s'agenouilla et tira à bout portant sur la poitrine de l'infectée la plus proche, une grand-mère affreusement défigurée. Il visa ensuite le second, un homme d'une trentaine d'années dont il fit exploser le crâne d'une balle dans l'œil.

Au même moment, des détonations retentirent du côté de Gonchakov.

Trop occupé par sa propre survie, il n'eut pas le temps de vérifier ce qui se passait et mit le troisième infecté en joue. L'homme essaya de se redresser. Polyshkin appuya sur la détente. Il y eut un claquement métallique sec mais pas de détonation.

Enrayé ! Putain de matériel Russe !

De rage, il lança le Makarov PPM vers l'infecté. L'arme rebondit violemment contre le nez de l'assaillant avant de glisser sur le tarmac. Sans attendre, il se rua sur l'homme qu'il frappa à la tête d'un puissant coup de pied. L'infecté bascula en arrière dans un craquement d'os et Polyshkin recula d'un pas.

J'y suis ! A l'arrière. Monter sur l'avion et...
Une violente douleur au bras le stoppa net.

***

Haut-Jura, 7 juillet

Alison s'allongea dans les hautes herbes qui surplombaient la ferme où Solène avait failli être tuée par les infectés deux jours plus tôt et observa le terrain à travers la lunette de visée du M4A1. L'herbe exhalait des senteurs chaudes et vives et bruissait doucement dans la brise estivale. Autour d'elle, les insectes virevoltaient et, à distance, les cris stridents des marmottes ajoutaient leurs notes lentes au son des cloches de vache, plus bas dans la vallée. Haut dans le ciel, un aigle tournoyait à la recherche d'une proie.

Au-dessus d'elle, le ciel bleu était constellé de nuages blancs, épais et cotonneux. A l'ouest, une barre de nuages approchait, plus sombre et plus bas dans l'atmosphère, rasant les crêtes montagneuses. Ces nuages-*là* amenaient la pluie. La soirée risquait d'être humide.

En contrebas de la butte où elle se tenait, la cour de la ferme n'avait pas changé : les cadavres des infectés étaient dans la même position et, malgré les ravages du Fléau d'Attila sur leur peau, la décomposition avait commencé son œuvre comme en témoignait la couleur indéfinissable, vaguement grisâtre, de leur peau.

Le vent qui soufflait doucement était chargé de l'odeur nauséabonde des corps en décomposition. Autour des corps, des animaux de la ferme erraient à la recherche de nourriture. Deux chiens nerveux montaient le guet sous la margelle d'une fenêtre où un jeune chat s'était réfugié. Des cadavres de poules, de poussins et de canards complétaient l'environnement de la ferme et, sur le côté d'un bâtiment, elle remarqua que les clapiers à lapins étaient toujours fermés. Elle vit les formes sombres et immobiles des animaux dedans. Morts faute de nourriture et de soins.

A l'écart de la ferme, allongés à l'endroit où ils étaient tombés, les cadavres des truands abattus poursuivaient leur décomposition, accélérée par la chaleur estivale. Du côté de l'étable, les corps des infectés étaient toujours étendus à l'entrée du local.

Elle abaissa le fusil et balaya une dernière fois le paysage à l'œil nu. Pas de menaces. *Pour une fois...* Rassurée, elle agrippa d'une main son sac à dos vide et saisit son fusil de l'autre pour se redresser et dévala le terre-plein en direction de la ferme, laissant derrière elle un sillon d'herbe piétinée.

Il faisait bon et doux, le soleil était radieux et chauffait avec bienveillance. Elle avait encore mal au bras et sa jambe brûlait mais l'action permettait de penser à autre chose et d'oublier la douleur. L'air frais et pur de la montagne, la chaleur solaire et la lumière éblouissante, les odeurs exhalées par la nature… Elle se sentait vivante. Elle s'arrêta un instant, et huma l'air en remplissant ses poumons pour mettre le drame en perspective.

Gonflée de bonheur, elle regagna la ferme. Elle s'arrêta devant l'entrée pour écouter les sons qui provenaient de l'intérieur. Non loin d'elle, le cadavre de l'homme qui avait rampé pour sortir du bâtiment pourrissait en plein soleil. Des nuages de mouches s'envolèrent en bourdonnant lorsqu'elle passa à sa hauteur. Comme auparavant, la porte d'entrée ouvrait sur l'intérieur sombre, putride et frais.

Elle passa plusieurs minutes à l'écoute des bruits qui provenaient de l'intérieur et finit par discerner un faible son. Un bruit de pieds qui traînaient. *Ça ne s'arrêtera donc jamais ?*

Elle mit son arme en bandoulière et sortit le couteau, l'arme la mieux adaptée, silencieuse et maniable dans l'environnement confiné d'une maison. Elle entra prudemment dans le couloir d'entrée. Un escalier courait parallèlement au couloir dont il était séparé par une mince cloison recouverte de lambris vernis. Il menait à l'étage en sens inverse du couloir. Le son semblait provenir d'en haut. Elle hésita un instant. Par quoi commencer ? L'infecté à l'étage ? Fouiller le rez-de-chaussée ?

Elle pesa le pour et le contre mais sa nature profonde prit le dessus. En tant que prédatrice, elle n'aimait pas l'idée d'un ennemi qui rodait dans les parages. D'autant qu'une fois neutralisé, elle aurait plus de temps pour fouiller la ferme.

Elle se plaça face à l'escalier qui montait et posa le pied sur la première marche en bois. Aucun bruit. Pas de réaction en haut. Les pieds continuaient à traîner. Avec précaution, elle fit un second pas, puis un troisième en amortissant son poids. Elle remarqua des traces d'impact de balles dans les murs et des marques de coups violents dans les marches, assénés à l'aide d'un objet lourd. On s'était battu férocement dans la ferme. *Pas très étonnant vu ce qu'on trouve dedans.*

Elle arriva à mi-chemin de l'escalier lorsqu'une marche craqua tout à coup, envoyant une décharge le long de sa colonne verticale. Elle se figea immédiatement, les sens en éveil. Le bruit de raclements de pieds cessa pendant quelques secondes puis reprit, en même temps qu'un faible gémissement.

Elle prit appui sur une nouvelle marche, décidée à accélérer le mouvement, lorsque sans prévenir le bois de l'escalier céda sous son poids. Son pied passa à travers la marche et sa jambe valide fut aspirée jusqu'à l'aine dans le trou. Des échardes de bois entaillèrent durement la chair à travers le tissu du pantalon. La chute fut si soudaine que le couteau, le fusil et le sac voltigèrent bruyamment dans le couloir et s'immobilisèrent loin derrière, près du couloir d'entrée. Sous l'effet de la surprise et de la douleur, elle jura à haute voix en cognant les marches de ses paumes.

Mentalement, elle visualisa sa jambe qui pendait dans le vide sous l'escalier. Qu'y avait-il dessous ? Une cave ? Elle imagina les bras des infectés tendus vers le plafond, cherchant à s'emparer de la jambe qui dépassait... Elle se contorsionna dans tous les sens pour se défaire du piège mais elle n'avait pas le bras de levier nécessaire au niveau des bras pour s'extraire à la verticale.

En haut de l'escalier, une forme humaine apparut, hésita un instant à l'orée de l'escalier avant de tourner le visage vers Alison. Une femme, encore jeune d'après les proportions. Pourtant, ce qui dépassait de la jupe, visage, mains et jambes, était tellement ravagé par la maladie qu'il était impossible de lui donner un âge précis.

Elle avait des cheveux châtains de la même couleur que ceux de Sophie. Glacée d'effroi par la soudaine réalisation, Alison remarqua que la ressemblance ne s'arrêtait pas là. Sa taille et sa physionomie étaient également similaires. Elle savait que ce n'était pas Sophie, qu'il ne s'agissait que du hasard, mais le choc n'en fut pas moins rude.

L'infectée descendit une première marche en chancelant. Encore stupéfaite, Alison tenta en vain de s'extirper mais l'infectée fut plus rapide. Arrivée devant elle, elle se pencha et l'attrapa par la tête, tirant brutalement pour la sortir du trou. Alison sentit les vertèbres de son cou craquer. Malgré la souffrance physique, elle saisit l'opportunité et accompagna la traction de l'infectée d'un mouvement conjoint des bras. Elle poussa sur les marches et dégagea enfin sa jambe avant de basculer en arrière dans les escaliers, l'infectée agrippée à sa tête. Dans le mouvement, la peau des bras d'Alison entra plusieurs fois en contact avec les masses purulentes de la femme.

Les deux femmes se retrouvèrent allongées l'une sur l'autre, Alison coincée entre l'infectée et la surface irrégulière des marches, tête tournée vers le bas des escaliers.

Contre son torse, elle sentit avec dégoût les seins volumineux de l'infectée dont la bouche malodorante se rapprochait rapidement de sa nuque. Par réflexe, elle bloqua la tête de la contaminée en coinçant son avant-bras sous la mâchoire pour empêcher la morsure. Contre elle, la peau du cou de la femme était brûlante au toucher et, malgré les dégâts occasionnés par la maladie, elle fut surprise par sa force physique.

Des mains, Alison bloqua la tête de l'infectée, mais celle-ci chercha à l'agripper. Les ongles longs et noirs ressemblaient à des serres aiguisées et Alison se tortilla violemment pour les éviter.

La pression exercée par la tête de la femme sur ses bras était constante. La pesanteur de son corps, alliée à sa détermination, contribuaient à accroître la pression, et les muscles d'Alison avaient du mal à résister à la puissance de l'assaut. Quelques centimètres à peine séparaient sa nuque de la bouche putride.

***

Ostende, Belgique, 7 Juillet

Polyshkin se tourna d'un bloc pour voir l'origine de la douleur. Avec horreur, une jeune infectée, qu'il n'avait pas vue arriver, avait refermé sa mâchoire sur son bras droit. Tétanisé, il mit un instant avant de se dégager avec violence.

Furieux, il saisit d'une main le cou de la femme et la frappa au visage de l'autre. Sous la violence des coups, elle finit par lâcher prise et se couvrit les yeux des mains avant de s'écrouler. Libéré de son emprise, le pilote mit la main sur le bras que l'infectée avait mordu. Doigts tremblants, il palpa son bras à travers l'épaisse toile ignifugée de l'uniforme. Il avait mal mais le tissu était sec. Il avait eu chaud.

Un nouveau gémissement attira son attention. Un nouvel infecté venait droit vers lui alors qu'au loin les moteurs de Gonchakov se mettaient à gronder.

Il se courba pour passer sous le fuselage et se redressa pour affronter l'infecté qui approchait de la droite mais il hésita. *Se débarrasser de lui ou grimper sur le chasseur ?* Il opta pour la seconde option et distança l'infecté en repassant sous le ventre de l'avion. L'infecté hésita et s'immobilisa, privé d'initiative par la disparition soudaine de sa proie. Polyshkin en profita pour gagner la queue de l'avion et se hisser sur le chasseur. A l'abri en hauteur, il contrôla les environs du regard. Gonchakov était dans son chasseur, verrière fermée, moteurs en marche. Il avait de l'avance. L'espoir fut pourtant de courte durée et stoppa lorsqu'il vit que de nombreux groupes d'infectés approchaient.

Redoublant d'efforts, il longea le grand empennage vertical en direction de l'aile. L'infecté l'aperçut et essaya de grimper à son tour. Incapable de coordination, il se contenta de griffer le métal. Avec précaution, Polyshkin emprunta le mince passage qui séparait l'empennage du moteur droit puis longea la dérive vers le cockpit en empruntant l'apex qui rétrécissait. C'était là que se trouvait la vraie difficulté car le passage était traître : il avait tout juste la place de poser une chaussure à la fois sur la surface bombée de l'apex. *Le moindre faux mouvement, la moindre erreur et c'était la chute assurée. Peut-être une blessure. Et la mort. Dévoré vivant.*

Il entendit un son derrière lui et tourna les yeux. L'infecté s'était déplacé vers l'arrière et essayait de monter sur le stabilisateur de profondeur. Stupéfait, Polyshkin eut un instant de doute : *décision inconsciente de l'infecté ? Reste de réflexion ? Hasard ?* Déterminé à ne pas le savoir, il avança vers le cockpit. La verrière était ouverte sur le cockpit sombre, plus accueillant que jamais. Il mit un pied devant l'autre en se tenant à l'arrête du fuselage puis à la verrière et avança en se collant à la paroi. De la main gauche, il saisit une sonde Pitot qui dépassait du fuselage et prit appui du pied gauche sur l'apex étroit pour lancer sa jambe vers le cockpit. Il sut tout de suite qu'il avait mal visé. Sa main agrippa de justesse le rail de verrière mais son pied dérapa. Déséquilibré, il tomba et n'évita la chute que par la main droite, agrippée au rail de verrière. Suspendu à la verticale, jambes dans le vide, il ramena la main gauche à hauteur du rail pour réduire la douleur dans les doigts.

S'il lâchait prise maintenant et qu'il se recevait mal, il pouvait tomber en arrière et se casser une jambe ou se cogner la tête contre la surface dure. *Évanoui au milieu des zombies...*

Il décida de se rétablir en amenant sa jambe gauche par-dessus le bord aiguisé. Il fit un mouvement de bascule de gauche à droite. La manœuvre fonctionna et il vit son pied se rapprocher de l'arrête. Il y était presque lorsque, soudain, une violente douleur monta de la jambe droite. Il sut instantanément qu'il avait été mordu. Lorsqu'il baissa les yeux, il vit qu'un infecté était agrippé à sa jambe, les mâchoires fermées sur son mollet. Pour le moment, sa combinaison faisait obstacle à la salive infectée mais l'action en cisaille des dents pouvaient déchirer le tissu à tout instant.

La force de l'infecté était impressionnante et il ressentit rapidement l'impact de la traction dans les doigts. Mains en feu, il finit par lâcher prise et tomba de tout son poids sur le tarmac, ceinturé par l'infecté. Une violente douleur monta de sa cheville gauche. La sensation fut si intense que des larmes jaillirent de ses yeux. Il tomba en arrière avec l'infecté, pris en sandwich entre le tarmac et Polyshkin.

Pour se libérer de l'étreinte, le pilote donna un violent coup de tête en arrière. Quelque chose craqua mais l'homme ne desserra pas son emprise. A l'aide des coudes et des pieds, Polyshkin frappa à l'aveugle le corps de son agresseur, sans parvenir à se libérer. Alors qu'il commençait à sentir la panique arriver, un coup plus dur que les autres toucha un point sensible et la prise de l'homme se relâcha pendant une fraction de seconde. Aussitôt, il se dégagea d'une roulade sur le côté avant de se remettre debout. Un voile noir obscurcit soudain son champ de vision.

Qu'est-ce qui...

Luttant contre le vertige, il évita l'évanouissement et la douleur au pied en s'agrippant au fuselage de l'avion. Alors que sa vue revenait, il vit l'infecté se remettre debout et approcher. Le souffle court, encore groggy, la cheville douloureuse, il fit face et, en boitant, approcha l'infecté qu'il frappa violemment du poing au visage et au cou.

L'effet fut instantané. L'homme tituba et s'arrêta pour porter les mains à la gorge. Il chercha à retrouver son souffle, ouvrit la bouche pour inspirer. Sans succès. Ses yeux roulèrent dans les orbites, sa poitrine se gonfla et se vida plusieurs fois puis il tomba devant Polyshkin, incapable de reprendre une respiration normale.

Sans attendre, Polyshkin opta pour la retraite et fila en claudicant vers l'arrière de l'avion, incapable de faire porter son poids sur la cheville gauche. Il se hissa avec peine sur le fuselage et reprit le chemin tortueux en direction du cockpit.

Il avança doucement, face contre le fuselage. Ses mains maculées laissèrent des traces sanguinolentes sur le métal bleuté. Sa tête tournait et son pied gauche avait doublé de volume. Le simple fait de le poser sur une surface dure et d'y mettre de la pression envoyait des décharges électriques dans tout le corps. Devant la dernière épreuve qui l'attendait, l'entrée acrobatique dans le cockpit, il hésita. Sa condition physique lui permettrait-elle d'y arriver ? Et au-delà, il avait quasiment perdu l'usage de son pied gauche. Un *vrai* problème pour actionner le palonnier. *La mission...*

Désespéré, il chercha une réponse autour de lui, main agrippée à la sonde Pitot, pied gauche dans le vide, immobile dans les airs, indécis. Le vacarme de l'autre Sukhoi qui roulait vers la piste fit vibrer ses tripes.

Que faire ?

Le sang battait dans ses tempes. Il pouvait encore choisir. Rester au sol et crever comme un rat, lentement, au milieu des zombies... ou monter dans l'avion et mener la mission malgré la douleur. Son hésitation fut de courte durée. D'un mouvement coordonné des bras et des jambes, il se hissa dans le cockpit. Lorsqu'il fut installé, il s'efforça d'ignorer la douleur mais la sueur perlait à la racine des cheveux lorsqu'il mit le casque. Il lança l'alignement de la centrale inertielle et mit les moteurs en route tout en complétant la procédure de vérification d'avant décollage.

- Condor 2, aboya la voix de Gonchakov dès qu'il eut activé la radio. Il était temps, bon dieu ! On a déjà huit minutes de retard.

- Désolé, colonel, répondit Polyshkin en vérifiant l'état de l'avion. Quelques problèmes avec les zombies. On dirait que j'ai des fans ici. Vous avez manqué un sacré spectacle. L'avion est clean. Suis en preflight check.

- Blessé ?

- Euh... négatif, colonel, lança-t-il en omettant la cassure de sa cheville.

Gonchakov mit une seconde avant de répondre. Polyshkin se demanda s'il gobait l'explication.

- OK. Roulage dès alignement des centrales.

- Compris, Lead.

Un mouvement attira l'attention de Polyshkin à l'extérieur de l'avion. Deux infectés sortis de nulle part approchaient par la droite, à cinquante mètres. Il fallait éviter de les happer dans le cône d'aspiration des réacteurs sous peine de destruction du moteur concerné.

L'esprit et le corps en feu, il serra les dents et attendit la fin de l'alignement de la centrale inertielle. Des coups retentirent à l'arrière du fuselage.

De sa position, il était incapable d'en déterminer l'origine. Sa seule certitude était que les infectés s'y trouvaient. Il les avaient vus disparaître derrière l'avion.

Lorsque la centrale fut enfin alignée, il referma la verrière, déverrouilla le frein de parking et poussa la manette des gaz. Dès que le gros chasseur bougea, il le fit pivoter vers l'avion de Gonchakov et les deux infectés se retrouvèrent dans l'axe direct des tuyères. Sourire aux lèvres, Polyshkin freina l'avion et enclencha la postcombustion.

Les deux AL-31F vomirent soudain des flammes longues et pointues. A moins de cinquante mètres des tuyères, aucun être humain ne pouvait survivre aux mille huit cents degrés Kelvin des moteurs.

- Jolie manœuvre, Deux ! commenta Gonchakov. Deux merguez carbonisées dans l'axe de ton zinc. C'est *clear* autrement.

Polyshkin lâcha les freins et gagna à faible allure la portion dégagée du taxiway qui menait à la piste où Gonchakov attendait.

- Deux, statut ! demanda immédiatement Gonchakov.

Polyshkin vérifia ses instruments.

- RAS, Lead. Vibration légère sur le train avant. Rien de grave.

Arrivé sur la piste, il se plaça à droite de Gonchakov, qui se tourna vers lui, visière de casque abaissée.

- Toi et moi, on va écrire l'histoire de la Russie aujourd'hui ! fit celui-ci en levant le pouce vers le ciel. Prêt pour la mission de ta vie ?

Malgré la déformation de la transmission, la voix de Gonchakov était chargée de joie et d'énergie. Coincé dans son cockpit, assailli de douleurs physiques, couvert de sueur, Polyshkin essaya de se détendre. En temps normal, il n'aurait jamais volé dans cet état. Mais aujourd'hui n'était *pas* un jour normal.

Il leva le pouce à son tour. Visage blême caché derrière le casque, verrière fumée abaissée, il ne quitta pas des yeux Gonchakov, espérant que les yeux de lynx de son chef n'avaient pas repéré le tremblement de son bras.

- OK, fit Gonchakov, roulage.

Un grondement formidable accompagna la postcombustion. Le nez des machines bascula vers la piste et les pilotes attendirent la stabilisation du régime pour libérer les aigles bleus puis les chasseurs prirent de la vitesse. Polyshkin sentit la vibration prendre de l'ampleur et il perdit un peu de vitesse par rapport à Gonchakov mais les Sukhoi continuèrent à avaler la piste ensemble.

A une seconde d'intervalle, le nez des avions se leva vers le ciel et les chasseurs se retrouvèrent en l'air, portés par le flux d'air dense sous les voilures.

- Lead, en l'air ! indiqua Gonchakov.

- Deux, en l'air ! confirma Polyshkin à son tour.

Ils rétractèrent simultanément les trains. Pour Polyshkin, c'était l'instant de vérité. Il entendit des raclements métalliques.

- Lead, demanda-t-il. Vous avez un visuel sur la position de mon train avant ?

L'aérofrein de l'avion de Gonchakov se déploya et l'avion ralentit. Lorsqu'il fut à sa hauteur et légèrement en-dessous, Gonchakov tourna la tête vers lui.

- Rentré, fit simplement Gonchakov, pouce levé vers le ciel.

Polyshkin expira longuement. Il pouvait continuer.

Restait le point délicat de l'atterrissage. S'il survivait à la mission et parvenait jusqu'à sa terre natale, alors seulement la question se poserait. Pas avant.

Quelques instants plus tard, ils rentrèrent les volets hypersustentateurs et basculèrent vers le sud-est et leur premier objectif en France, Cattenom.

La mission *Vosrozhdeniye* était lancée.

***

Haut-Jura, 7 juillet

Alors qu'Alison luttait pour sa survie, un enseignement de son maître en arts martiaux lui revint soudain.

Plie, Alison, mais ne romps pas.

Elle abaissa brutalement son avant-bras et, d'un mouvement de reins, ramena les jambes à elle en profitant de l'inertie de l'infectée qu'elle avait provoquée en libérant son cou. La manœuvre fonctionna : la femme fit une roulade sur le dos et retomba brutalement dans les escaliers. Emportée par son élan, Alison se retrouva allongée sur le carrelage du couloir d'entrée, dos contre la surface fraîche. Face à elle, étendue de tout son long dans les escaliers, l'infectée tentait de se retourner.

Alison fit face sans hésitation, la rage grondant dans ses entrailles. Son ennemie avait beau ressembler à celle qu'elle avait aimée, c'était avant tout une ennemie implacable qui ne s'arrêterait que dans la mort. Pas de pitié. Pas d'hésitation.

Elle ramassa son couteau et se dirigea vers la femme qui peinait à se remettre debout. Encore allongée sur les escaliers, elle poussa sur ses avant-bras purulents pour décoller son torse mais elle fut trop lente. Par l'échancrure du chemisier, Alison vit sa poitrine lourde, gonflée et purulente qui pendait et suintait. La peau était grumeleuse, rougeâtre et striée de noir. Alison fut sur elle en un instant. D'un coup de pied, elle frappa l'arrière de la nuque offerte. L'infectée gémit de douleur et le cri de souffrance eut un effet inattendu sur Alison. Il y avait encore quelque chose d'humain dedans et elle hésita. *Elle était en train de tuer un être humain malade et désarmé !*

Lorsqu'elle sentit la main décharnée de l'infectée serrer son mollet à travers l'étoffe du treillis, elle n'hésita plus et enfonça d'un coup bref le couteau dans la tempe de la femme. Le souffle court, l'Américaine attendit que les tremblements réflexes du cadavre cessent puis elle retira la lame noire souillée qu'elle essuya sur la robe de l'infectée. Lentement, le sang qui coulait de la tempe trouva son chemin vers le carrelage de l'entrée et les jets diminuèrent.

Elle vérifia ensuite son propre corps, cherchant des traces de morsure ou des plaies ouvertes qui aurait pu entrer en contact avec les fluides contaminées de la femme, et s'attarda sur la jambe tailladée par les échardes en bois de l'escalier dont la peau était striée de coupures longilignes fines et de plaies humides.

Impossible de dire avec certitude s'il y avait eu contact avec les fluides contaminés de la femme... Elle devrait surveiller attentivement la blessure dans les heures à venir.

Elle ramassa ses affaires et gagna les toilettes pour se nettoyer. Malgré l'entraînement militaire et sa force de caractère, elle était en colère. Ce monde était d'une férocité sans limite. La moindre émotion pouvait être fatale. Pour elle, le monde était dur. Pour Solène, c'était un véritable enfer, un univers cauchemardesque où le simple fait de pouvoir rester en vie une journée complète relevait du miracle.

Appuyée des deux bras au lavabo sale, tête baissée, elle ferma les yeux, cherchant en elle la résolution nécessaire pour continuer à avancer. *La petite fille l'attendait, là-haut. Elle avait besoin d'elle. Sans sa protection, elle n'était que de la viande pour infectés ou un instrument de plaisir pour les types déjantés qui erraient dans le pays.*

Autour d'elle, la maison était silencieuse. Après la lutte bruyante, le silence était comme palpable physiquement. Pendant de longues minutes, elle ferma les yeux et se tint immobile, concentrée sur son souffle. Lorsque le calme revint en elle, elle releva la tête et se contempla dans le miroir.

Une femme couleur d'ébène, mûre, forte, la regardait. Traits fins. Nez long, étroit. Des yeux noirs en amande, des pommettes hautes, un cou élancé. Lèvres charnues. Oui, il y avait de la force dans ce visage. Sophie lui trouvait un attrait félin. *Sophie...* Où était-elle maintenant ? Était-elle devenue une ennemie, elle aussi ? Quelqu'un lui avait-il fracassé le crâne dans un escalier obscur ? Mais il y avait aussi autre chose dans ce visage. De la maigreur. Du doute. Des rides. *Éléments nouveaux...* Elle avait *vieilli*.

Agacée, elle quitta les toilettes et gagna l'escalier, cherchant l'oubli dans l'action. Elle enjamba le cadavre de l'infectée et monta les marches avec précaution. Pas un bruit. La maison était vide à présent. Elle fouilla rapidement le premier étage. Rien d'utile, hormis un petit éléphant gris en peluche qu'elle prit pour Solène.

Dans une chambre, des pantalons, dont deux paires de jeans à sa taille. Ceux de l'infectée. Elle les mit dans le sac et redescendit pour fouiller le rez-de-chaussée. Elle commença par la cuisine et embarqua tout ce qu'elle n'avait pu emporter la première fois avec Solène, puis elle peigna méthodiquement la salle de bains qui révéla un trésor hygiénique : tubes de dentifrice, brosses à dents, savon de Marseille, serviettes hygiéniques. Il était important que Solène et elle veillent à leur hygiène corporelle.

Satisfaite, elle se dirigea vers la porte d'entrée. Elle enjamba la flaque sombre et grandissante du sang de l'infectée, étalé sur le carrelage froid du couloir. Elle allait sortir lorsqu'elle se rappela le vide sous l'escalier. Contrairement aux maisons américaines, les européennes avaient quasiment toutes des caves ! Elle se retourna en direction du couloir et examina la paroi tapissée de lambris qui séparait le couloir de l'escalier. Elle jubila en apercevant le contour d'une porte, à peine discernable parmi les lignes verticales des lambris. Un vague trou rond servait de poignée. Elle y glissa prudemment un doigt. La porte s'ouvrit sans effort, dévoilant un escalier qui descendait vers l'obscurité.

Elle chercha l'interrupteur en tâtonnant de chaque côté de la porte et finit par trouver un vieux modèle noir qu'il fallait tourner pour envoyer le courant dans les lignes. Elle l'actionna mais la lumière ne se mit pas en marche. Elle glissa la tête par l'ouverture et constata que, faute de courant, la seule lumière disponible provenait du trou par lequel sa jambe était passée.

Elle posa ses affaires à côté du seuil de porte et ne garda que le fusil. Elle actionna le projecteur intégré et pointa le canon vers l'ouverture crépusculaire. Le mince faisceau déchira l'obscurité, révélant un vieux mur au revêtement gris et granuleux. L'air qui sortait de la cave était frais, rance et chargé d'humidité. Il apportait un mélange d'odeur d'huile, de bois ciré, de linge propre et de terre battue et de quelque chose d'âcre. Rien d'inquiétant. Aucune puanteur.

C'est du suicide d'aller là-dedans. Seule et sans lumière. D'un autre côté... je doute que quelqu'un soit tombé sur la cave. Faut avoir le nez dessus. Et s'il y a quelque chose là-dessous, ce sera intact...

Elle inspira profondément et s'engagea dans l'ouverture béante. Elle descendit avec précaution les marches en ciment et se retrouva sur un sol inégal en terre battue. A l'aide d'une succession de mouvements rapides et précis, elle promena le faisceau lumineux blanchâtre devant elle, fouillant les angles sombres.

Un fouillis d'objets entreposés apparut dans le faisceau, animant les ombres disproportionnées des objets à chaque mouvement de la lumière. Elle ralentit, souffle court, nerfs tendus, s'attendant à sentir une main hostile sur son épaule ou à découvrir un visage blafard et abîmé.

Au détour d'un muret en pierres sèches, le faisceau accrocha une forme humaine. Elle s'immobilisa aussitôt, prête à tirer mais la forme ne bougea pas. Avec dégoût, elle réalisa qu'il s'agissait des restes d'une femme âgée dont le dos avait été dévoré. Autour d'elle, le sang avait giclé sur les murs mais il était sec. Ce qui restait d'elle était dans un état de putréfaction avancée et l'odeur de décomposition était masquée par les soupiraux de la cave ouverts. Elle raffermit la prise sur son arme et poursuivit sa recherche.

Après plusieurs minutes d'exploration infructueuse, elle considéra l'option d'abandonner les recherches mais le rayon de sa torche se posa sur une petite armoire métallique basse, fermée, adossée au mur extérieur de la maison. Elle s'en approcha et chercha à ouvrir les poignées rouillées. Fermées à clef. *Qu'y avait-il dedans ? De l'engrais, des outils de jardinage, un nécessaire de couture ou des chaînes d'hiver pour pneumatiques ? Des cartouches de chasse ? De la nourriture ?* Impossible de savoir sans ouvrir.

Elle fit un pas en arrière, épaula le fusil et visa la serrure. Elle tira un coup. La serrure vola en éclat. Un bruit insolite de verre cassé retentit en même temps. A travers la fumée, elle aperçut un liquide transparent qui coulait par les interstices en bas des portes du meuble. Une odeur sucrée monta de l'armoire.

Du sirop... Il y a de la nourriture là-dedans !

Accélérant ses gestes, elle en écarta les pans. Stupéfaite, elle resta un instant immobile, trop heureuse pour réagir. Devant elle, quatre étagères étaient couvertes de conserves de fruits et de légumes. *Un vrai trésor !*

Le liquide sucré provenait d'un pot d'abricots au sirop. Elle mouilla un doigt dans le liquide avant de le savourer. Le goût était si doux qu'elle se sentie transportée instantanément à une autre époque, une époque encore récente où ce type de délicatesse culinaire était disponible sans effort, n'importe où, contrairement à aujourd'hui : pour en profiter, elle avait du entrer dans une maison sans y être invitée, tuer une femme et survivre.

Alors qu'elle transvasait le contenu de l'armoire dans le sac à dos, elle songea à la mine que Solène ferait lorsqu'elle lui présenterait ce trésor. Satisfaite, elle se redressa et tiqua sous l'effet de la douleur de sa jambe lacérée. Le sang commençait à coaguler et collait au pantalon. Elle allait devoir se soigner et, surtout, vérifier qu'elle n'avait pas été contaminée.

Elle remit le sac sur ses épaules. Lourdement chargé, il pesait des tonnes mais elle se mit en marche avec détermination, grimpant en claudiquant les marches vers le rez-de-chaussée. Malgré les péripéties, la chasse avait été bonne. Elle huma l'air alpin lorsqu'elle se retrouva sur le perron de la porte et parcourut du regard la pente couverte d'herbes hautes qui menait vers la ferme où l'attendait Solène.

Des poulets se dirigèrent en piaillant vers elle, réclamant de la nourriture. Elle les observa et déposa ses affaires avant de sortir son couteau. Sourire aux lèvres, elle se dirigea vers le plus proche. De la viande fraîche. Un vrai festin. Peut-être le moyen de se rapprocher un peu de Solène et se faire pardonner.

Dans les senteurs chaudes des herbes hautes qui ondulaient dans le vent, elle prit le chemin du retour, sourire aux lèvres. Deux poulets complétaient le chargement du sac.

Elle était à mi-chemin lorsque des détonations retentirent en provenance de la ferme.

***

Ciel de Belgique, 7 Juillet, 14:44

Gonchakov vérifia la position de son ailier dans les rétroviseurs. Le Sukhoi de Polyshkin était bien en place, à droite, mais il n'était pas stable.

- Deux, ordonna-t-il, stabilise, bon dieu !
- Lead, compris. J'ai… je suis dans vos turbulences de sillage.

Gonchakov secoua la tête, incrédule. L'explication était de la foutaise.

- Et alors ? C'est peut-être la première fois que tu voles en formation ? Stabilise !

Gonchakov fronça les sourcils. Les turbulences aérodynamiques, importantes à basse altitude, n'étaient pas plus marquées aujourd'hui qu'hier. Il devait y avoir autre chose… *La trouille ? C'est ce que je redoutais depuis le début. Devoir m'occuper d'un ailier débutant dans une mission suicide…*

- Deux, formation en ligne, décida-t-il pour limiter le risque de fausse manœuvre.

Gonchakov poussa le manche pour se rapprocher du sol au moment où Polyshkin basculait à droite, dévoilant le ventre bleu clair de l'avion, hérissé de missiles et d'armes. Il le regarda s'éloigner et reprendre une trajectoire parallèle. Son regard s'arrêta un instant sur les containers emplis de sarin. *Rester à basse altitude. Se débarrasser au plus vite de cette merde.*

Ensemble, ils se rapprochèrent du sol à plus de six cents kilomètre-heure. C'était une vitesse lente mais aussi le meilleur compromis pour la consommation. La journée allait être longue et chaque goutte de carburant comptée. Il enclencha le pilote automatique, sortit la carte routière griffonnée qu'il avait utilisée à Ostende et passa en revue les cinq phases de la mission *Vosrozhdeniye-1.*

En premier, traiter la centrale nucléaire de Cattenom au sarin. Anéantir toute forme de vie sur place. Lorsque, plusieurs jours plus tard, les troupes aéroportées russes arriveraient sur site, l'effet du gaz serait dissipé.

En second, séparation de la patrouille. Polyshkin filerait vers Paris pour détruire au sol ou en l'air les Rafales repérés. A défaut de munitions, il devait les attirer à l'ouest, le plus loin possible de son avion, le plus important, en route vers la centrale nucléaire de Bugey en se protégeant derrière les massifs des Ardennes, des Vosges, du Jura et des Alpes. Après sa mission, Polyshkin devait rejoindre la formation avant l'attaque de Bugey.

En troisième, attaque de Bugey, puis en quatrième, Cruas. En binôme ou seul en cas d'échec de Polyshkin.

Pour finir, retour au Kuznetsov au large de la ville norvégienne de Bergen à haute altitude et vitesse élevée par la Suisse, l'Allemagne et la Hollande. Si nécessaire, refueling à Ostende, aéroport déjà connu.

La mission *Vosrozhdeniye-1* prendrait fin sur le porte-avions, en même temps que le rôle de l'aéronavale. Commencerait alors la phase Deux de la mission, *Vosrozhdeniye-2,* la prise de contrôle des centrales bombardées par des Spetsnaz Russes aéroportés dès confirmation par Gonchakov du succès de la phase Un. Pour des raisons de sécurité, la confirmation devait être faite par Gonchakov, en chair et en os, sur le Kuznetsov, car les garanties d'authentification d'un message radio étaient faibles. Si, pour une raison ou une autre, le pilote ne parvenait pas au Kuznetsov, la mission serait annulée, les risques politiques, stratégiques et tactiques étant jugés trop élevés. Si tout se passait bien, l'énergie électrique des centrales occupées prendrait enfin le chemin de la mère-patrie.

Gonchakov replia la carte et la rangea dans une poche de combinaison. Il déconnecta le pilote automatique, vérifia la position de Polyshkin et regarda le paysage qu'il survolait.

Cent mètres plus bas, la campagne belge défilait à toute allure, hameaux endormis, routes vides parsemées de véhicules abandonnés, lignes à haute tension inactives mais toujours dangereuses, parcelles de champs délaissées.

- Lead, fit la voix de Polyshkin, à dix heures.

Gonchakov tourna la tête. Une mince colonne de fumée s'élevait dans le ciel au milieu des forêts. Malgré la vitesse et la lumière solaire matinale, il aperçut des flammes orange à la base de la fumée, au milieu des sapins.

- Sans doute des rescapés, fit-il en revenant à la navigation. On garde le cap.

Il réalisa une fois de plus que l'acuité visuelle de son ailier surpassait largement la sienne. Il était, par sa position, plus proche du feu que Polyshkin et pourtant, le jeune ailier l'avait repéré avant lui.

Il vérifia à nouveau la position de Polyshkin dont l'avion roulait légèrement d'une aile sur l'autre. Peut-être le choc sur le train avant avait-il faussé autre chose que le train... Gouverne, aileron, un élément de contrôle de vol qui expliquait l'instabilité de Polyshkin. *Ou alors, Polyshkin avait vraiment la trouille.*

Quatre minutes après le décollage, le vol avait déjà parcouru le quart du trajet vers Cattenom et Gonchakov fit un nouveau point de la situation.

La frontière française approchait, avec ses bases aériennes de chasse à Cambrai, Reims, Saint-Dizier, Metz et Nancy. Saint-Dizier était la plus critique. C'était là-bas que les Rafales de défense aérienne, intercepteurs formidables, étaient normalement stationnés. Les autres abritaient des Mirage 2000D d'attaque au sol ou des F-1CR de reconnaissance. Cambrai et Metz avaient été rendues aux herbes folles des années auparavant. *Une vraie bénédiction pour la mission car Cambrai aurait été une épine dans leur flanc avec ses 2000C/RDI d'interception...* Nancy et Reims étaient loin. Restait Saint-Dizier. Pourtant, malgré le manque de données et le danger représenté, Gonchakov avait l'intuition que la base n'était plus opérationnelle. Sinon, comment expliquer la présence des Rafale à Vélizy ? En dehors de l'aéronavale française, trop éloignée à l'ouest, seul Saint-Dizier en était équipé. Et Vélizy n'était pas une base de chasse. La seule explication était que les Rafales de Saint-Dizier avaient été repositionnés à Vélizy.

Les dernières infos météo obtenues à bord du Kuznetsov avant décollage avaient montré une situation globalement stable en France avec un front nuageux élevé évoluant d'ouest en est à cinq mille mètres d'altitude, une excellente visibilité horizontale de plus de trente kilomètres en altitude, et un risque avéré d'orage dans les montagnes de l'est.

- Deux, surveille ton RWR en secteur frontal. La chasse ennemie est devant nous, pas derrière. Reste en furtif, COLD radar et armes. Prépare le Kh-31.

Imperceptiblement, Gonchakov sentit son pouls accélérer à mesure qu'il approchait du premier objectif, Cattenom. Son attention était répartie à part égale entre la surveillance du relief et le contrôle des instruments de bord. Conformément à l'instruction qu'il venait de donner, il sélectionna le missile antiradiation Kh-31P pour neutraliser si nécessaire toute station radar anti-aérienne terrestre défendant Cattenom. Avec le missile de Polyshkin, il possédait deux armes antiradars. *Surtout, ne pas les gâcher inutilement.*

- Deux, statut, ordonna-t-il.

Il y eut quelques secondes de délai avant que son ailier réponde.

- Lead… RAS. Systèmes au nominal.

Pas l'air en forme, l'ailier… Gonchakov vérifia l'horloge de bord et calcula la durée restante : huit minutes. Il vérifia ensuite sa position par rapport au plan de vol affiché sur l'écran cathodique vert. *Légère déviation à droite. Normale, en mode manuel.*

- Deux, un point zéro de correction gauche.

Sur le HUD, l'altimètre jouait au yo-yo, reflétant les variations incessantes de topographie. Il volait à une altitude de cent mètres, sous le sommet de collines, pour bénéficier de la protection des flancs verdoyants. En agissant ainsi, la vitesse diminuait et la trajectoire était allongée mais les collines assuraient leur protection contre la détection des radars terrestres, suffisante en l'absence d'AWACS, trop complexe à mettre en œuvre dans le contexte d'effondrement global. Restait que, sans appui aérien, sans intelligence récente, il fonçait quasiment en aveugle avec son ailier au milieu d'une ruche de guêpes sans savoir ce qui s'y trouvait. Il soupira pour évacuer un début de stress.

Ils passèrent une dernière colline et rétablirent alors que le paysage s'ouvrait devant eux. A perte d'horizon, une plaine parsemée de forêts et de champs filait vers le sud.

- Lead, on est… en France, annonça Polyshkin.

Gonchakov vérifia à nouveau son plan de vol. Ils déviaient à nouveau de la trajectoire.

- Deux, compris. Trois point zéro de correction gauche pour rester sur le plan.

Les chasseurs bifurquèrent ensemble pour revenir sur la trajectoire. Sur l'écran, le dernier point de navigation avant l'attaque, l'IP, approchait. Nerveusement, Gonchakov vérifia l'écran du RWR. Vide. Pas de menace aérienne.

- Deux, contact RWR ?
- Négatif, Lead. Zéro émission radar.

Gonchakov fronça les sourcils, inquiet. Trop beau pour être vrai ! La route d'accès à Cattenom grande ouverte ! Une centrale nucléaire, c'est stratégique … Ça se protège. Mais non, ni radar terrestre, ni aérien ! Bizarre, même dans les circonstances actuelles ! N'y tenant plus, il décida de fouiller l'espace aérien en allumant le radar.

- De Lead, je passe en HOT radar. Reste en COLD.

Gonchakov activa le radar en mode RWS longue portée. L'antenne électromécanique située dans le nez de l'avion balaya l'espace dans un cône de 256 km de portée. Tout obstacle solide rencontré renvoyait un écho vers l'antenne pour analyse complète du signal de retour et classification. Gonchakov laissa le radar fonctionner pendant une vingtaine de secondes avant de l'éteindre. Rien. Soulagé, il confirma à Polyshkin et vérifia l'écran de navigation. Le point d'IP approchait rapidement. Il décida de récapituler les dernières instructions

- Lead à Deux. A l'IP, formation en ligne, cinq cents mètres d'espacement. On reste sous 3000 mètres d'altitude pour éviter de congeler la charge. Attaque en pincement, départ au top. Je reste en HOT radar, toi en COLD. En cas de problème, pas de second passage sur l'objectif. Sans tenue RNBC, on crèverait dans le nuage de sarin. On dégage et on se retrouve en circuit d'attente à cent pieds AGL sur axe NNO-SSE à dix kilomètres au sud de l'objectif.

- Deux, affirmatif, Lead. Compris.

Gonchakov fit une courte pause. Ils étaient au pied du mur. Aucune garantie de succès, encore moins de survie. Pour ce qu'il en savait, c'était peut-être une des dernière fois qu'ils se parlaient.

- Lead. Bonne chance, petit.
- A vous aussi, Lead !
- Attention au top, formation en ligne, cinq cents mètres d'espacement latéral. Top !

Gonchakov vit du coin de l'œil l'avion de Polyshkin s'écarter à droite. Tout allait bientôt se jouer. Les décisions prises allaient porter leurs fruits, bons ou mauvais. Parmi celles-ci, lourdes de conséquences, Gonchakov avait opté pour ne pas voler en combinaison RNBC, excellente protection contre les armes chimiques mais encombrante dans l'espace réduit du cockpit. En raison de la dangerosité du produit transporté, cette volonté de voler sans tenue de protection obligeait à adapter la manœuvre d'attaque pour éviter aux avions et aux hommes d'évoluer dans le nuage toxique.

C'était la raison pour laquelle Gonchakov avait sélectionné une attaque en pincement : les chasseurs partaient vers l'objectif sur des trajectoires convergentes qui se rejoignaient au-dessus du point à bombarder. Les chasseurs larguaient le chargement en même temps, ne volaient jamais dans le nuage chimique de l'autre et gardaient en permanence le contact visuel sur l'ailier. Gonchakov avait estimé que c'était le meilleur compromis entre la protection des équipages et l'efficacité de l'attaque.

Sur l'écran de navigation, le symbole du chasseur passa au-dessus du point d'IP. Gonchakov amena le manche à lui et activa la postcombustion. Le Sukhoi prit de l'altitude en accélérant.

A droite, la petite tâche bleutée du chasseur de Polyshkin imitait ses mouvements.

Il passa deux mille mètres d'altitude et bascula sur le dos, réduisit les gaz et ramena le manche.

Il se retrouva à l'envers, le paysage lorrain au-dessus de sa tête. *Sainte Catherine, quel objectif !*

- Lead. Visuel sur l'objectif. Début du *run* d'attaque au *top*.
- Deux, copie. Confirmé.

Au-dessus de lui, la centrale nucléaire continuait d'émettre ses volutes blanchâtres et cotonneuses, prouvant qu'elle fonctionnait toujours. S'agissait-il du résultat de son passage en mode automatique ou, au contraire, le signe d'une présence humaine permanente ?

Peu importe... Son rôle n'était pas de déterminer si la centrale était toujours en état, seulement de larguer ses munitions au bon endroit pour éliminer toute présence humaine.

Les quatre tours de réfrigération de la septième centrale nucléaire la plus puissante du monde étaient alignées à la perfection en un arc de cercle léger qui filait grossièrement de l'ouest au nord. Les réacteurs se trouvaient à l'est des tours. Les bâtiments de gestion de la centrale étaient regroupés à proximité des réacteurs. D'après le Renseignement, c'était là que le personnel non contaminé, s'il en restait, se trouvait.

Yeux grand-ouverts, Gonchakov continua à tirer sur le manche pour ramener le chasseur vers le sol. Il fouilla intensément du regard le périmètre de la centrale pour y dénicher les menaces. Il allait rétablir l'avion lorsque le son d'alerte d'accrochage radar retentit dans les écouteurs, glaçant son sang et nouant ses entrailles. Servi par l'entraînement et l'expérience du combat, il réagit instantanément.

- Accrochage radar ! Lead, dégagement à gauche ! Deux, dégagement à droite ! *BREAK ! BREAK !*

***

Au-dessus de la Seine-et-Marne, 7 juillet, au même moment

A bord de son Rafale-C F3 monoplace, Lupus était en l'air depuis une heure pour une mission de patrouille aérienne de combat et de reconnaissance armée, première d'une série qui durerait aussi longtemps que les réserves de carburant. Malgré les craintes liées à la piste courte de Vélizy, le Rafale avait décollé sans problème et, de sa position en altitude, il regardait défiler le sol, deux mille mètres plus bas.

La France étalait langoureusement son patchwork de champs cultivés, de forêts sombres, de petits hameaux et de larges rivières qui partaient vers la mer en décrivant des courbes sinueuses, véritables serpents scintillants qui filaient vers l'horizon. Depuis le ciel, la beauté et la tranquillité du paysage étaient trompeuses car, au sol, le pays n'avait plus rien de paradisiaque.

La mission du jour avait été baptisée *Minnie 188*. Elle était associée au code journalier d'identification W, pour *Whisky*. Le code changerait chaque jour pour assurer un minimum de protection et de confidentialité entre la base et le pilote en mission.

Le plan à long terme était d'alterner les missions de reconnaissance armée air-air avec l'appui-sol une fois que les navettes de Super-Puma destinées à rapatrier l'armement laissé à Saint-Dizier seraient opérationnelles. Pour l'heure, les missions étaient centrées sur l'observation aérienne pour rendre compte au commandement de Vélizy et aux autorités de Bordeaux.

Avec ingéniosité, les armuriers avaient récupéré les missiles air-air sur les avions qui ne volaient pas de manière à procurer à l'avion d'astreinte une pleine charge militaire. L'avion de Lasalle était complètement armé et emportait six missiles air-air électromagnétiques pour l'interception longue portée, deux missiles air-air thermiques pour l'autoprotection et trois bidons de kérosène RPL-711 'supersoniques' de 1250 litres qui multipliaient l'autonomie du Rafale par deux.

Dans le chuintement aérodynamique de l'air, Lupus contrôla la navigation. Il devait faire plusieurs fois le tour de Paris en décrivant des cercles concentriques de plus en plus larges en partant du centre et décrire ce qu'il voyait. Les nacelles RECO-NG de reconnaissance étaient restées à Saint-Dizier et la reconnaissance se faisait à l'œil nu, comme aux débuts de l'aviation, à l'aide d'un stylo et d'un carnet de notes, coincés entre la verrière et le montant du tableau de bord.

Son regard s'attarda sur l'autoroute A4 qui menait de Paris à l'est du pays. Une longue cohorte humaine se dirigeait vers la capitale en longeant les véhicules pétrifiés.

Il passa sur le dos et se rapprocha du sol pour identifier la nature des formes humaines qui filaient vers la capitale. Le paysage défila au-dessus de sa tête et il sentit un début de voile rouge en raison de l'effort qu'il devait faire pour maintenir le vol horizontal. Il finit par identifier les points noirs, semblables à des fourmis, bras tendus vers lui. Il rétablit l'avion en vol horizontal, prit le carnet et le stylo et consigna l'observation en indiquant les coordonnées GPS de la concentration.

Effectifs Niveau 3, convergeant vers Paris le long de l'A4. Raison inconnue.

L'échelle de classification des concentrations était codifiée et allait de 'Un' pour les groupes de dix individus à 'Cinq' pour plus de dix mille. Le Niveau 3 indiquait un groupe de cinq cents à mille individus. Avant de ranger son carnet, il compta les observations depuis le début de mission. *Quinze. Majorité de Niveaux 2 et 3. Pas encore de Niveau 5.*

Par réflexe, il mit le radar RBE2 AESA en fonction. L'antenne active, suffisamment puissante pour détecter un objet d'un mètre-carré à cent cinquante kilomètres de distance, fouilla le ciel à la recherche d'objet solide. *Rien. Que dalle.*

Il éteignit le radar et fit basculer l'avion pour observer le paysage. Il repéra un nouveau groupe dans un champ à hauteur de Marnes-la-Vallée. Niveau 2. Il en nota les détails et consulta l'écran de navigation. Il approchait de la dernière partie de la mission. Encore un point de navigation au nord et il bifurquerait plein est vers Saint-Dizier après avoir fini le cerclage concentrique autour de la capitale.

L'idée de vérifier Saint-Dizier était la sienne. Le commandant de la base l'avait acceptée lorsqu'il avait expliqué son raisonnement. Si l'option de fuite de Vélizy par l'ouest était compromise, il était vital de pouvoir compter sur une base de désistement à l'est. D'autre part, le survol de la base abandonnée était l'occasion de faire le point sur les avions, hélicoptères et véhicules encore disponibles sur place et, si possible, d'en évaluer sommairement les conditions. Bien qu'abandonnée, Saint-Dizier était une manne de matériel précieux. Lasalle pouvait ainsi renseigner les équipages d'hélicoptères qui assureraient la navette pour récupérer les matériels nécessaires.

Il vérifia la navigation. Pile sur le point de navigation. Au même instant, il sentit l'avion partir dans un virage à 90 degrés vers l'est sous l'impulsion du pilote automatique.

- Rasoir 721 à Contrôle Sol, fit-il sur la radio VHF en cherchant à joindre Vélizy.

Comme toujours, la réponse mit plusieurs secondes. En temps normal, un opérateur terrestre, ou à bord d'un AWACS, ou un Centre de Contrôle régional aurait été disponible et les relais de communication auraient fonctionné. La réponse aurait été instantanée. Seulement, la situation avait changé. *Beaucoup* changé.

- Contrôle Sol à Rasoir 721, j'écoute, fit la voix de l'opérateur.
- 21 à Contrôle. Cap sur Saint-Dizier. RAS.
- Contrôle, reçu. Rappelez en finale sur Saint-Dizier. Terminé.

Saint-Dizier était à peine à cent cinquante kilomètres. Dix minutes à vitesse constante. Le soleil passa dans son dos. Devant lui, le ciel était bleu et quelques nuages isolés dérivaient en altitude. Il remonta la visière fumée anti-UV du casque et continua l'observation visuelle du paysage, jetant de temps à autre un coup d'œil aux signaux renvoyés par le radar en activité.

***

Ciel de Belgique, 7 Juillet, 14:44

Stupéfait d'avoir été accroché par une station antiaérienne aux abords de la centrale déserte, Gonchakov renversa l'avion, fila vers le sol en multipliant les changements de cap pour éviter un éventuel missile et mit en fonction le missile antiradar Kh-31 pour détruire le radar et aveugler la station. Un coup d'œil au RWR identifia la menace.

- Station ROLAND-2 ! indiqua-t-il à l'attention de Polyshkin en libérant une série de leurres thermiques et magnétiques pour brouiller le radar de tir.

Aussi rapidement qu'il était arrivé, le son d'alerte et la lumière rouge sur le RWR disparurent, indiquant que l'émission radar ennemie venait de s'arrêter. *Qu'est-ce que c'est que ce bordel ? Ils allument la station de guidage radar et ne tirent pas ? Ça n'a pas de sens ! Lourds et bas, on est des proies faciles... Qu'est ce qui se passe ici ?*

Gonchakov inclina son chasseur vers le centre du virage à cent mètres d'altitude. La centrale nucléaire s'étalait sous lui. D'après le relèvement du RWR, la batterie de missiles se trouvait au nord. Cou tendu, sueur dégoulinant sur le corps, il chercha l'ennemi.

- Lead, *deux* stations en protection de l'objectif dans le sens de la longueur. Une au nord, une au sud.

Gonchakov aperçut à son tour les formes trapues des véhicules tout terrain dont les poutrelles de tir étaient à l'horizontale.

- Lead, fit Polyshkin, les poutrelles ne pointent pas vers nous...
- Vu, Deux. Tubes lance-missiles fermés. Antenne radar fixe. Peuvent pas tirer !

Alors qu'il observait la batterie du nord, l'antenne radar se remit brusquement en marche et fit plusieurs tours avant de s'immobiliser. Aussitôt, le son strident d'alerte d'émission radar retentit dans le cockpit et s'arrêta en même temps que la rotation de l'antenne.

- De Lead, fit Gonchakov. Pigé. Le radar émet par intermittence. Probablement un problème de jus. Ce sont des pics de courant résiduel qui font tourner le radar.
- Lead, reçu. Et les servants de tir ?
- Morts ou infectés. Vu personne. Les engins tournent tout seul.
- On les détruit ?
- Non. On garde les antiradars, on vérifie le niveau de menace et on refait la même approche à partir de l'IP.

Gonchakov et Polyshkin survolèrent la centrale pour s'assurer de l'absence de menaces puis, rassurés, reprirent la manœuvre depuis le début. Nez pointé vers le sol, Gonchakov vit l'objectif grossir à travers les montants de verrière alors que l'avion de Polyshkin approchait rapidement par la droite.

- Armement des KMGU-2, ordonna-t-il en sélectionnant l'arme.

Il visa avec application les bâtiments situés entre les deux paires de réacteurs et, lorsque les conditions d'attaque furent réunies, l'ordinateur autorisa le tir par un message de confirmation à côté du vecteur de tir. Il pressa sur le commutateur.

- De Lead, *bombs away* ! fit-il en mettant la postcombustion.

Polyshkin confirma à son tour et passa comme une flèche dans ses rétroviseurs et s'éloigna rapidement. Les deux avions s'écartèrent l'un de l'autre et Gonchakov chercha du regard la munition qu'il venait de larguer.

Malgré le mouvement en spirale ascendante de l'avion et les soubresauts du vol à basse altitude, il repéra les munitions qui filaient vers l'objectif. Un bref mouvement, un objet sombre, une pluie de petits points noirs qui s'écrasèrent en ligne droite sur la longueur de la centrale nucléaire. Pas d'explosion. Rien de spectaculaire.

Il s'était vaguement attendu à voir un nuage se former, quelque chose qui indiquerait que le produit s'était libéré dans l'atmosphère. Il se mit à douter.

Et si l'arme n'avait pas fonctionné ? Comment le savoir ?

Il secoua la tête pour balayer les doutes. Après tout, le sarin liquide se transformait en *gaz* à l'air libre. En gaz *incolore*. Aucune chance d'en observer la propagation.

Il repensa au briefing des Renseignements à bord du Kuznetsov sur l'action du sarin. *Édifiant.*

Libéré dans l'air, l'agent chimique se vaporisait, prenait du volume et retombait à terre où il agissait, même à faible dose, sur les êtres vivants en attaquant le système nerveux central. Le moindre contact avec la peau était fatal.

Les effets étaient horribles. Dilatation des pupilles, contraction du torse, nez coulant, problèmes respiratoires, nausées et pertes d'équilibre. Puis perte de contrôle des fonctions corporelles, vomissements, défécations et pertes d'urine. Le corps finissait par échapper à tout contrôle et entrait dans une phase de convulsions avant de tomber dans le coma et de mourir par suffocation. Une mort horrible et lente, sans parade connue. En dehors du bruit des chasseurs, les employés de la centrale ne verraient pas la mort arriver et, en l'absence de combinaison RNBC, ne pourraient éviter le gaz.

Il stabilisa l'avion et aperçut Polyshkin sur sa gauche avant qu'il ne disparaisse dans les nuages, mouvement bleuté fugitif dans le ciel.

- Lead, deux en… rapprochement latéral à… neuf heures, fit Polyshkin.

Gonchakov confirma machinalement, déjà plongé dans la phase suivante de la mission. Séparation de la formation dans quatre minutes. Continuer vers Strasbourg puis le sud pour traiter Bugey et Cruas. Polyshkin à l'ouest pour occuper la chasse française autour de Paris. Si tout se passait bien, la jonction se ferait au-dessus des montagnes au nord de Bugey juste avant l'attaque.

- Lead, fit Polyshkin. On vient de…

- Ferme-la, ordonna Gonchakov, désireux de ne pas évoquer ce qu'ils venaient de faire.

Les deux chasseurs se rejoignirent et mirent le cap au sud-est. Comme Gonchakov, Cattenom était désormais stérile sur cinquante kilomètres carrés mais la mission n'était pas encore finie. Il restait encore du boulot.

Et aucune certitude de se revoir vivants un jour.

***

Haut-Jura, 7 juillet

Solène se réveilla en sursaut et se frotta les yeux pour chasser la fatigue. Etonnée, elle regarda autour d'elle et se tourna pour vérifier derrière elle, réalisant avec difficulté qu'elle s'était endormie sur le banc devant le bâtiment.

Encore à moitié endormie, elle ne fit pas attention à ce que ses yeux transmettaient mais, lorsque son cerveau analysa le stimulus visuel, elle se figea instantanément.

Un homme se tenait derrière elle sans bouger à une dizaine de mètres. Un berger, d'après les vêtements qu'il portait. Debout dans l'encadrement de la porte, les yeux braqués vers l'intérieur, bras immobiles le long du corps et dos tourné vers elle, sa bouche était grande ouverte et un liquide noir en coulait, laissant des traces sombres sur les vêtements.

Depuis combien de temps était-il là ? L'avait-il vue ?

La fillette, nerfs tendus, lutta intérieurement pour ne pas hurler. Elle savait que le bruit, l'agitation et le mouvement attiraient les infectés. Malgré le tremblement de ses mains, elle se força à rester calme et à ne pas fuir sans réfléchir.

Les jambes en coton, elle glissa lentement du banc pour permettre à ses pieds de toucher le sol. Elle vérifia en silence l'attitude de l'infecté du coin de l'œil. Celui-ci restait dans sa position et ne semblait pas l'avoir vue.

Avec précaution, l'enfant parvint à se dissimuler entre les deux gros bancs en bois qui encadraient la table sans faire de bruit mais le brusque changement de contraste lumineux et l'hypersensibilité de ses cellules olfactives nasales la fit éternuer sans prévenir.

L'homme se retourna, l'aperçut et avança vers elle en gémissant.

La panique prit racine dans son ventre et elle chercha de quoi se défendre autour d'elle. *Rien, pas même un bâton ou une grosse pierre !* En l'absence d'Alison, elle ne pouvait compter que sur elle-même et, malgré sa terreur des armes, elle repensa au pistolet. C'était sa seule chance car elle n'avait pas d'autre arme à disposition. Inutile de se défendre à mains nues. L'homme était trop fort.

L'infecté approcha en trébuchant sur les cailloux du sol terreux. Il ne restait plus que quelques mètres entre eux et il bloquait l'entrée de la ferme.

Le cœur battant à tout rompre, elle se décida et quitta son abri sous la table extérieur en courant vers le côté de la maison, déterminée à contourner la ferme par derrière pour semer l'homme et revenir vers la porte d'entrée. Sans surprise, il la suivit.

La manœuvre fonctionna et Solène se retrouva devant la bouche béante de l'entrée. Se précipitant à l'intérieur, elle prit le pistolet, vérifia le chargement, déverrouilla le cran de sûreté et braqua l'entrée à bout de bras, attendant l'infecté, peu sûre de sa réaction.

Hagard et raidi par la maladie, l'homme apparut dans une exhalaison de puanteur.

Le souffle court, elle appuya sur la détente en bandant les muscles de ses bras. Par réflexe, elle ferma les yeux et détourna la tête lorsqu'elle appuya sur la détente.

Le coup partit dans un bruit de tonnerre. L'arme sauta dans ses mains mais elle compensa le recul avec les muscles de ses bras. Elle rouvrit les yeux et regarda le résultat à travers la fumée qui se dissipait.

La balle avait rebondi contre le chambranle de la porte et manqué sa cible. L'homme continua d'avancer.

Elle recula d'un pas et visa à nouveau en se forçant à garder les yeux ouverts mais elle ne put s'empêcher de tourner la tête au dernier moment. A nouveau, elle manqua sa cible et la balle passa entre le chambranle et l'épaule de l'homme. Sa gorge se noua sous l'effet de la panique.

L'enfant continua à reculer et mit l'infecté en joue une troisième fois. Décidée à réussir son tir, elle contrôla ses gestes, garda les yeux ouverts et résista à la tentation de tourner la tête au moment où elle tirait.

Le coup partit et frappa l'individu, qui pivota sous la violence du choc dans l'épaule mais ne tomba pas. Pire, il avança vers elle. L'esprit comme vidé, Solène se força à répéter les mêmes gestes et tira jusqu'à ce que la culasse claque dans le vide, privée de balles.

A travers l'épaisse fumée grise, elle vit l'homme s'effondrer. Une partie de la tête et du cou avait été arrachée par les tirs. Des impacts de balles dans le ventre et dans le torse dégoulinaient de sang. L'homme eut une dernière contraction avant de cesser de bouger.

Elle sentit une boule au creux du ventre et ses paumes devinrent moites. A cet instant, un bruit d'herbe foulée retentit sur sa gauche en provenance de l'autre ferme. Par réflexe, elle pivota et braqua son arme vide dans la direction du bruit.

Lorsqu'elle découvrit le visage inquiet d'Alison, elle laissa tomber l'arme par terre et s'effondra à genoux en sanglotant, le visage caché dans les mains.

Alison arriva à sa hauteur la seconde d'après et la remit debout de force. Elle sentit les mains de la femme palper rapidement son corps.

- Tu n'as rien ? Pas de morsure, ni de blessure ?

Solène eut juste assez de force pour secouer négativement la tête.

- *Holy Mother of God* ! soupira Alison, le visage drainé de couleur.

Solène sentit les bras d'Alison se refermer autour d'elle dans ce mélange de force et de protection qui la caractérisait si bien. Jamais elle n'avait eu autant besoin d'elle. A son tour, elle l'étreignit.

***

Nord de la France, 7 juillet, 14:50

Pour la première fois depuis le bombardement de Cattenom, la voix de Gonchakov rompit le silence radio pour donner l'ordre de séparation.

- Deux, séparation au top ! TOP !

Polyshkin s'exécuta et confirma la manœuvre. La rupture du silence était bienvenue. Un instant, les pensées morbides relatives aux effets monstrueux du bombardement disparurent. Malgré ses efforts constants et la concentration requise par la mission, il ne cessait de se dire qu'il avait *peut-être* tué des enfants dans l'attaque. Les effets du sarin ne se limitaient pas au périmètre de la centrale. Cette pensée lui était insupportable et formait une brûlure au creux de son ventre. *Pourquoi n'y avait-il pas pensé avant ? Il aurait pu s'y préparer... Peut-être. Peut-être pas. Non. Impossible de s'y préparer... Ah, misère !*

Il aperçut le Su-33 de Gonchakov qui filait vers l'est de la France en rapetissant. *Ça y est. Chacun pour soi...* A présent livré à lui-même, il sentit un début d'appréhension et d'excitation à la perspective de combattre des Rafale. *Préférable au remord.* Il fit un point rapide sur les systèmes de l'avion et vit que tout était au vert.

Sans prévenir, la douleur à la cheville irradia brutalement et il gémit entre ses dents serrées. Pris dans l'attaque de Cattenom, il avait réussi à dompter la sensation acide mais, maintenant que le pilote automatique était branché, il se sentait mal. Pour tromper la souffrance, il se remémora les instructions.

49 minutes pour compléter la mission et rejoindre Gonchakov au-dessus des Alpes dont douze pour détruire les Rafales à Vélizy, au sol ou en vol ou, par défaut, pour les entraîner loin vers l'ouest.

Le plus simple ? Surprendre les chasseurs français et les *straffer* au sol. Un jeu d'enfant s'il n'y avait pas de DCA ou de SAM sur place.

Mais impossible de le savoir à ce stade. *Ce serait la surprise. Mais quelle surprise ! Pile ou face, avec sa peau...* Et s'ils étaient en l'air, même un seul, ce serait pire. Tout le potentiel du Sukhoi et du pilote seraient mis à contribution. Moins de 200% d'aptitude, et c'était la destruction assurée.

Le timing était serré mais réalisable. L'essentiel était d'éviter d'être touché pour préserver les performances de l'avion pendant la mission de manière à pouvoir rejoindre Gonchakov et passer aux dernières étapes.

Il vérifia l'horloge de bord sur le montant de verrière gauche.

14:50. Pile sur le planning.

Il contrôla sa position sur l'écran de navigation.

Aucune dérive. Bien.

Autant qu'il pouvait s'en rendre compte, tout était sous contrôle.

Sauf la cheville. La faute à pas de chance, rien de plus...

Rapidement, il réfléchit aux conséquences. Il ne pouvait pas appuyer sur le palonnier. *Trop douloureux.* Embêtant mais pas critique.

Il gigota sur son siège pour trouver une meilleure position et tira sur les sangles du harnais avant d'abaisser la visière fumée du casque pour bloquer les rayons solaires.

Il grimpa à 2000 mètres d'altitude et redressa l'avion avant de repasser en mode manuel. Il était nerveux et préférait sentir l'avion répondre aux commandes.

D'un geste rapide, il essuya la sueur de sa paume en la frottant contre le manche.

***

A l'Est de Paris, juillet, 15:09

Lupus se tendit à l'approche de Saint-Dizier. *Encore une minute de vol.* Il aligna le Rafale sur la piste principale de la base militaire en s'aidant des données d'approche et jeta un coup d'œil à l'écran radar et au RWR. Le ciel était vide. *Aucune menace.*

Il sentit l'avion s'aligner de lui-même sur l'axe de la piste. Mains sur les deux manches, il profita du pilote automatique pour parcourir la base du regard alors que l'avion poursuivait son virage d'alignement. Les souvenirs affluèrent sans prévenir et manquèrent de la submerger. *Sa famille...* Le pilote tourna brièvement la tête vers la gauche et aperçut son village, cœur serré. Il eut l'impression de saigner de l'intérieur. *Elles étaient là. Ce qu'il en restait. A quelques centaines de mètres. Parties pour toujours.* La sensation de solitude menaça de le submerger et il se força à bouger sur son siège, malgré la tension du harnais, une boule dure logée au fon de la gorge. Avec difficulté, comme drainé de ses forces intérieures, il revint à la mission.

- Rasoir 7-21 à Contrôle Sol, annonça-t-il sur la VHF. Visuel sur Saint-Dizier. En finale. Demande instructions.

Sans surprise, le contrôleur de Vélizy mit plusieurs secondes à répondre.

- 21, procédez à la reconnaissance et RTB. Terminé.

La base grossit entre les montants de verrière et il entama l'approche finale. Il déconnecta le pilote automatique et reprit le contrôle manuel de l'avion, réduisant les gaz et slalomant autour de l'axe d'approche pour ralentir. La vitesse et l'altitude dégringolèrent. Le pilote profita des larges virages pour observer son ancienne base. Le funeste endroit où s'était crashé le Mitsubishi était clairement visible : un sillon droit menait à travers les barbelés écrasés jusqu'à un cercle noir couvert de débris calcinés. Aucun signe des infectés. Il y avait belle lurette qu'ils étaient partis. La piste semblait dégagée.

Lupus remonta la piste sur sa longueur, repérant rapidement les silhouettes immobiles et isolées des Rafale qui n'avaient pu décoller. A moins de cent mètres d'altitude, il aperçut les pilotes dans les cockpits. Ceux qui étaient immobiles étaient vraisemblablement morts mais d'autres bougeaient encore, contaminés et prisonniers de leur avion, incapables d'en sortir. La maladie avait du les toucher avant d'embarquer. C'était une fin horrible. *Pauvres gars !*

Comme autant de signes flagrants du drame qui s'était joué, plusieurs avions militaires et civils étaient stationnés à l'endroit où Lupus les avait vus en partant. Autour des machines, le long des pistes et entre les bâtiments, des corps humains parsemaient le périmètre de la base. Les lieux de résistance des survivants étaient identifiables à l'alignement des corps : des lignes se dessinaient aux endroits où les soldats de l'escadron de protection étaient tombés. C'était comme si une immense moissonneuse-batteuse était passée dans un champ de blé. Stupéfait par le nombre de morts, Lupus évalua les victimes à un millier. Des individus sombres et isolés, encore debout, marchaient lentement de manière saccadée. Des infectés.

Des véhicules du convoi étaient abandonnés au hasard, témoins silencieux de la panique qui avait accompagné l'évacuation. Les bâtiments semblaient intacts, loin des incendies ou des destructions qu'il avait spontanément imaginés du fait des combats et du pillage éventuel de maraudeurs.

Le Rafale passa en grondant au-dessus des avions emblèmes de la base, un Mirage IV et un Republic F-84 Thunderchief. Des infectés levèrent la tête.

- Rasoir 7-21 à Contrôle Sol Vélizy. Survol de la base. Groupe de Niveau 3 sur périmètre. Base désertée. Bâtiments, véhicules et appareils apparemment intacts. Pas de maraudage apparent. A vous.

Il y eut du bruit dans les écouteurs et il tendit l'oreille.

- Lupus, fit la voix du colonel Francillard, vous pensez pouvoir atterrir ?

- De 21... atterrir ? Vous voulez que je me pose ici ? Ça grouille encore d'infectés !

La demande était inattendue. L'objectif du colonel devait être suffisamment important pour justifier la perte éventuelle d'un Rafale...

- Oui, confirma le colonel. Posez-vous. On a besoin de votre opinion sur ce qui peut être récupéré.

L'avion volait lentement et les commandes étaient molles. Lupus remit un peu de gaz pour faciliter le vol avant d'évaluer la possibilité de poser le chasseur sur la piste.

- 21, je crois que c'est possible mon colonel. Le MU2 a effacé un bon quart de la piste à l'ouest. Si je touche après le milieu, ça devrait passer. C'est dégagé, pas trop de cadavres en travers. Pour le retour, j'adosserai le zinc aux débris du MU2 et je décollerai en PC.

- Bien. Posez-vous.

- Mon colonel, insista Lupus, je ne connais pas l'état du revêtement. S'il y a des débris dessus, je risque un FOD et je peux y laisser le zinc. C'est risqué !

- Posez-vous, Lupus...

A contrecœur, il compléta un tour complet et aligna le chasseur sur les débris du Mitsubishi et sur l'axe de la piste.

- De 21 à Contrôle Sol. En courte finale.

- Compris. Rappelez quand vous serez au sol. Terminé.

La piste approcha. Il survola le grillage éventré puis les débris calcinés de l'avion et perdit rapidement de l'altitude. A proximité de la piste, plusieurs Rafale gris gisaient, inertes, sur les taxiways. *C'est de la folie... Un boulon qui traîne et j'explose un pneu ou je perds un moteur.* Sceptique, il se concentra sur la piste qui approchait, sortit les trains et se prépara à l'atterrissage lorsque, tout à coup, sans prévenir, deux événements survinrent simultanément.

- Dégage ! hurla la voix d'un homme sur la fréquence GUARD réservée aux urgences radio. Remet les gaz ! *Dégage, dégage* !

Stupéfait par l'ordre inconnu, Lupus écarquilla les yeux en voyant au même moment une fusée monter vers le ciel. Une corolle rouge se déploya dans le ciel, interdisant l'utilisation de la piste.

***

Ciel de la Région Parisienne, 7 juillet, 15:09

Après dix-neuf minutes de vol, Polyshkin volait au-dessus de Paris. Sous les ailes, la cité défilait à toute allure. Bien qu'immergé dans la mission, il était conscient de vivre un moment exceptionnel. Encore quelques minutes de vol et il se mesurerait aux Rafale. Mais en attendant, il survolait à toute allure la fabuleuse Cité des Lumières dans un avion de combat armé jusqu'aux dents. C'était inédit. En d'autres temps, un tel vol aurait été magnifique, une vraie récompense. Mais aujourd'hui, il volait très près du sol, slalomant entre les barres d'immeubles et les lignes électriques pour éviter la détection par radar de tir sol-air ou de trafic de Vélizy, frôlant en permanence la mort par collision.

Le Russe sentit son rythme cardiaque accélérer à mesure qu'il approchait. Il vérifia l'écran de navigation. *OK. Initial Point. Je passe en mode d'attaque.* Il hésita un instant, contrôla ses instruments de détection et délaissa le missile KSh-31P antiradar. Pour le moment, aucun radar, terrestre ou aérien, ne s'était manifesté et il sélectionna le canon en prévision du straffing des Rafale au sol.

Trop beau pour être vrai... Aucun chasseur ennemi en l'air ! *Plutôt bon signe... mais pas encore la garantie que la chasse est absente. Les Rafales peuvent avoir tendu une embuscade, radar en standby, pour interception aux missiles thermiques... Encore quelques dizaines de secondes à vitesse et cap constants avant de déboucher au-dessus de l'objectif par le nord. Je serai fixé à ce moment là.*

Il approcha du doigt la commande de mise en route du radar et hésita. Il avait besoin de savoir s'il y avait de la chasse ennemie en l'air. Pour y parvenir, il n'avait pas d'autre choix que d'utiliser le radar. Et s'il était attendu par l'ennemi, alors il serait immédiatement détecté et perdrait aussitôt son unique avantage : l'effet de surprise. C'était une décision importante. Mais voler en aveugle était insupportable. Sans compter que cela menaçait la mission.

Le pilote bifurqua plein sud puis redressa au sud-ouest, pointant l'avion vers la base. Il sélectionna les missiles R-73 air-air à guidage thermique et les activa. C'était l'arme la plus adaptée au combat aérien à courte portée. Si le radar détectait un hostile, il n'aurait que quelques secondes pour réagir.

Il jura intérieurement. Impossible de faire autrement : il *devait* savoir. Après une dernière hésitation, il activa le radar.

La grosse antenne RLPK-27-N001, située dans le nez du chasseur, entra en action. A la manière des ultrasons produits par les chauves-souris, elle envoya dans l'espace des pulsations puissantes à la recherche d'objets solides. En fonction de l'énergie renvoyée par l'objet détecté, l'ordinateur couplé à l'antenne procéda à la classification en fonction de la taille et de la distance. Un flux numérique partit ensuite de l'ordinateur vers les écrans pour traduire sous forme de plots ce qui venait d'être détecté en distance et relèvement.

Avec appréhension, il laissa le radar fonctionner pendant plusieurs secondes sans cesser de consulter le HUD alors que l'avion fonçait en ligne droite et au ras du sol vers l'objectif.

C'est ça ! Aucun chasseur en vol dans le secteur frontal à moins de 8 kilomètres !

Soulagé, il laissa le radar en mode actif, délaissa le R-73 et revint au canon, corrigea la trajectoire de plusieurs degrés pour rejoindre le plan de vol prévu et s'aligner sur l'axe de la piste. De cette manière, il aurait un excellent repère visuel pour la navigation et une position idéale pour localiser les Rafales au sol en vue de la passe de straffing.

Les zones urbaines alternèrent avec les masses sombres des massifs boisés, nombreux. Les remous de l'air et les courants aériens jouèrent avec le chasseur, le secouant comme un ballon. Bien que lourdement chargé, l'avion restait maniable.

S'il avait été libre de choisir, Polyshkin se serait débarrassé de l'armement air-sol afin d'assurer sa survie en environnement hostile et n'aurait gardé que les missiles air-air. C'était bien sûr impossible, il connaissait l'importance des deux bombes restantes, remplies de sarin, pour la mission et il était inconcevable de les larguer ailleurs que sur Bugey et Cruas.

Il survola un dernier massif à la cime des arbres. Devant lui, à deux kilomètres de distance, la piste grisâtre de Vélizy apparut tout à coup, légèrement à gauche du nez de l'avion.

Il corrigea l'approche. L'adrénaline inonda son organisme.

Complètement concentré sur la mission, il était maintenant à pied d'œuvre pour le rôle de sa vie.

***

Au-dessus de la BA-113, Saint-Dizier, juillet, 15:10

La flamme rouge de la fusée d'alerte descendit lentement dans le ciel, parfaitement visible devant le Rafale.

Malgré la stupeur initiale, les réflexes d'entraînement prirent le dessus. Comme un automate, Lupus rentra les trains, augmenta la poussée et dégagea à gauche sans hésiter. Mais il réalisa aussitôt que la ressource avait été trop brutale. La puissance n'était pas encore suffisante pour gérer le virage brusque et l'avion commença à plonger doucement. *Le stress. La surprise. Faute de débutant...*

- *Low speed ! Low speed !* pleura la voix féminine de l'ordinateur.

La sueur coulait dans son dos. Les commandes mollirent. La vitesse, l'altitude et le variomètre chutèrent.

- Altitude ! Altitude ! Low speed ! Low speed !

Les deux moteurs Snecma M88-4E montèrent rageusement dans les tours, cherchant la puissance maximale fournie par la postcombustion.

S'il devait s'écraser, c'était maintenant. Il était tributaire des réactions de son avion. *Rien d'autre à faire.* Il serra les dents, les yeux alternant entre le paysage trop proche de lui et la course à la puissance des moteurs, et lutta de toutes ses forces contre l'envie de tirer le manche pour prendre de l'altitude. Le crash était assuré s'il faisait cette erreur. En un éclair, il envisagea également l'éjection. Mais la postcombustion s'enclencha, le clouant sur le siège. Les moteurs fonctionnaient comme une horlogerie suisse, mais l'avion n'était plus qu'à cinq mètres du sol.

Grimpe ! S'il te plait... Grimpe !

Le cœur battant, il laissa prudemment l'avion reconstruire sa vitesse sans toucher au système, une main sur le manche au neutre, l'autre sur la manette des gaz bloquée à fond, la lisière d'une forêt en rapprochement rapide devant lui. *Et l'avion qui ne prend toujours pas d'altitude !* La vitesse était insuffisante malgré les quinze tonnes de poussée des moteurs. Le rideau végétal grossit. A nouveau, il songea à l'éjection. Il contrôla la vitesse. *180. 185. 190...* A deux cents nœuds, il tira sur le manche et le Rafale grimpa mollement, passant l'obstacle de justesse. Un long raclement sous le fuselage

521

envoya des vibrations dans toute la structure de l'avion.

Il inspecta les témoins d'alerte. Avec soulagement, il vit qu'aucun n'était rouge. Il avait eu de la chance : les réacteurs n'avaient rien ingéré. Mais les arbres avaient raclé les réservoirs et peut-être les missiles dont les têtes chercheuses étaient sensibles aux rayures... En cas d'endommagement du radôme des armes, l'acquisition de cibles serait problématique. Mais ce qui était le plus important, c'est qu'il pouvait continuer à voler pour le moment.

Les longues secondes d'accélération produisirent enfin le résultat attendu. La vitesse augmenta. Il tira plus franchement sur le manche et le Rafale quitta définitivement la proximité du sol.

Alors qu'il prenait de l'altitude, Lupus réalisa que la manœuvre l'avait fait dévier. Il se trouvait maintenant à la perpendiculaire du plan de vol. Pour corriger, il bascula doucement sur le côté et stabilisa sur le bon cap.

Mais l'avion était sauvé. La mission pouvait continuer.

Il repensa à la voix de l'homme. Elle avait quelque chose de familier.

- Rasoir 7-21 à personne non identifiée sur GUARD, demanda-t-il dès qu'il reprit contrôle du vol. Vous êtes sur une fréquence militaire. Identifiez-vous !

- Rasoir 7-21, fit l'homme à voix basse. Faute de débutant mais bonne réaction !

- 21 à inconnu sur fréquence GUARD. Je répète. Identifiez-vous.

- Rasoir, c'est moi... Gonzo. Du *Gascogne, Éléphant.* La fusée rouge, c'est moi.

Le visage de l'homme lui revint instantanément en mémoire. *Fleury. Le capitaine Fleury.* Un homme de taille moyenne avec une tendance à l'embonpoint malgré l'exercice physique auquel il s'astreignait. Un brave type, un peu solitaire mais fiable. Lupus revint vers la base et s'aligna sur la piste.

Méfiant, il décida de vérifier l'identité de l'appelant.

- Éléphant de 21, fit Lupus, j'ai besoin d'une confirmation. Quel est le dernier code d'authentification connu de l'AWACS ?

Il y eut un instant de silence sur les ondes. Si l'homme était un truand, il n'avait aucune chance de connaître la réponse.

- Victor Hôtel, fit la voix. Indicatif chasse Écho Mike.

- 7-21 à Éléphant. Correct. C'est moi, Lupus. Qu'est-ce qui s'est passé, Gonzo ? Pourquoi es-tu encore ici ?

L'homme répondit à voix basse.

- Pas pu rejoindre le zinc. Trop de zombies autour. Mon navigateur a été tué en essayant d'y aller.

La voix marqua une pause.

- J'ai décidé de rester pour aider les civils à embarquer dans le convoi. Mais ça déconnait de partout. On se battait à un contre cent. Plus on en dégommait, plus il en arrivait. Des tas de types sont allés au tapis en essayant de protéger les civils. Ça s'est fini en massacre général. J'ai tout vu. Les types qui se faisaient bouffer vivants...

La voix se tut un instant. Lupus garda le silence en tournant lentement au-dessus de la base, essayant de repérer visuellement l'homme qui chuchotait à la radio.

- Combien de survivants avec toi ? demanda-t-il.
- Pas vu un rescapé en 48 heures.
- Gonzo, on a besoin de pilotes. On va t'envoyer un hélico. Si tu tiens le coup, on...
- Pas la peine, Lupus. Pas le temps. Ils sont partout autour. Et je suis cuit de toute façon. Mordu ce matin en essayant de me tirer. Tu peux croire un truc pareil ?
- Dis-moi où tu te trouves et je...
- Ferme-là, Lupus. Tu sais bien que ça ne servira à rien. Peu importe où je me trouve. Remets les gaz et barre-toi. Il n'y a pas que des infectés ici. Des types bizarres sont arrivés hier soir. Ils fouillent les bâtiments. Ce sera bientôt mon heure. Ils buttent tout ce qui bouge. Zombies ou pas. Ils ont du voir la fusée, eux aussi, et se planquer quand tu es arrivé. Mais ils vont rappliquer.

Tiraillé par des émotions contraires, Lupus essaya de construire un plan de sauvetage. Il était en train d'y réfléchir lorsque la radio interrompit soudain ses réflexions.

- Contrôle Vélizy à Rasoir 7-21 ! Avion inconnu en approche ! Au-dessus de Vélizy !

***

Vélizy, Juillet

Kiyo entendit le grondement assourdissant d'un avion au-dessus de la base. Les vibrations étaient tellement fortes qu'elles firent vibrer les pipettes dans leurs reposoirs.

Par précaution, elle reposa délicatement la pince qui tenait un échantillon de muscle infecté et s'adossa au dossier du siège, écoutant le bruit menaçant. Le bruit des moteurs s'éloigna. Elle repensa à Adrien. L'après-midi finissait doucement.

En début d'après-midi, il avait décollé pour la première mission de reconnaissance. La chercheuse l'avait suivi du regard jusqu'à ce qu'il disparaisse dans le ciel.

Elle avait ensuite croisé Mauer en regagnant le laboratoire. Ils avaient discuté pour la première fois depuis leur arrivée à Vélizy. Elle ne recherchait pas sa présence et n'était pas sûre qu'avec son caractère entier et particulier, Mauer ait vraiment souhaité la revoir et si cela avait été le cas, il n'avait rien laissé filtrer.

L'Allemand traînait souvent avec les militaires depuis son arrivée. Du fait de sa formation d'ingénieur en matériaux, il avait été affecté au groupe mixte du Génie formé d'éléments militaires et civils dont le rôle était d'aménager les lieux de vie du camp.

Du fait de leur origine étrangère, Mauer et Kiyo n'avaient aucune obligation de participer aux efforts. Mais ni l'un ni l'autre n'avait le caractère à rester inactif. Les Français les avaient sauvés d'une mort certaine et leur offraient gîte, nourriture et protection... ainsi qu'une forme d'espoir dans la création d'un monde meilleur. Ils en avaient brièvement parlé et se sentaient redevables. Même l'Allemand, si fier et compliqué, n'avait pas cherché à se soustraire au service.

La chercheuse l'avait quitté peu après pour rejoindre le laboratoire. Les échantillons pourrissaient à grande vitesse et l'odeur était écœurante. Sans congélateur ni frigidaire pour les conserver, les plus récents étaient quasiment inexploitables et, comme elle l'avait appris plus tôt, les sorties étaient dorénavant suspendues jusqu'à nouvel ordre car jugées trop risquées.

Elle avait donc entrepris d'étudier la sensibilité du Fléau d'Attila à la destruction par mort des cellules et son processus de décomposition organique. Sans grande conviction, elle se disait qu'il y avait peut-être quelque chose à apprendre ainsi sur la manière de lutter contre le Fléau.

Elle regarda sa montre. Il y avait plus d'une heure qu'Adrien était parti en mission. Il lui avait dit que le vol durerait une heure et demie environ. C'était un peu tôt pour qu'il soit déjà de retour. *A moins que...*

Elle hésita, tiraillée entre l'envie de sortir pour se rassurer et l'obligation de ranger le labo si elle souhaitait quitter ses recherches. Sans compter la perte de temps. Et demain, elle serait peut-être morte, ou infectée, ou incapable de poursuivre ses recherches !

Elle roula sur son siège vers la table pour se remettre au travail, plaça l'échantillon malodorant entre deux coupelles de verre et le fit glisser sous l'objectif du microscope. De la main gauche, elle déplaça l'échantillon pour le centrer et enclencha de l'autre son dictaphone numérique.

Alors qu'elle était en pleine narration, elle s'interrompit à nouveau et se redressa. Quelque chose n'allait pas dans cette histoire d'avion. *Et ces bruits dehors ? Qu'est-ce que c'était ?*

Kiyo se concentra et écouta. Malgré le grondement des moteurs, elle entendit des cris mais les ouvertures du labo étaient bouchées, la privant de vue directe sur l'extérieur. Il y avait de la tension dans les voix déformées qui s'élevaient et, soudain, le bruit de l'avion reprit de l'intensité.

Cette fois, elle sut qu'il se passait quelque chose d'anormal.

Des coups résonnèrent contre la porte d'entrée. Elle pivota vers la porte. Une voix autoritaire se fit entendre de l'extérieur.

- Docteur ! Sortez du labo et mettez-vous à l'abri ! Vite !
- Qu'est-ce qui se passe ?
- Sortez ! Vite ! Ne restez pas dans le labo ! Dépêchez-vous !

Soudainement électrisée, elle passa à l'action. Le grondement de l'avion gagnait en intensité. Même sans le voir, elle savait qu'il revenait vers la base. Il y avait un lien entre l'avion et le danger. *Mais lequel ?* Elle n'en savait rien et n'avait pas le temps d'y penser.

Elle mit tant bien que mal de l'ordre dans ses affaires et se précipita vers la sortie, engoncée dans sa combinaison étanche. Michael Temple la suivit sans un mot. Ils se précipitèrent dehors et se débarrassèrent en hâte de leurs tenues devant les gardes nerveux.

- Pas le temps pour le protocole de décontamination ! hurla l'un d'eux en tendant le doigt vers le ciel pour indiquer un avion qui approchait dans un vacarme surréaliste.

Un soldat prit en charge Michael Temple, un autre Kiyo et ils se séparèrent. Autour d'elle, les gens couraient, affolés, les militaires levaient les yeux en l'air, vers l'origine du bruit. A son tour, elle regarda en l'air. Au loin, un avion approchait de l'endroit où les avions français étaient parqués. D'étranges corolles de fumée blanche et tourbillonnante éclataient dans son sillage et descendaient mollement vers la terre. Elle n'avait jamais vu ce genre de choses auparavant et n'avait aucun moyen de l'expliquer.

- Vite, docteur ! fit le soldat qui l'obligeait à courir. On est attaqués !
- Attaqués ? demanda Kiyo en essayant de reprendre son souffle. Par qui ?
- Les Russes... Vite, madame !

Stupéfaite, Kiyo se laissa guider. Le soldat l'emmena vers une zone dégagée de la base où des gens convergeaient, à l'ouest des bâtiments. Le lieu était bordé au nord par le talus de terre qui longeait les barbelés de la base et au sud par l'accès aux pistes.

- Mais… questionna Kiyo en voyant l'endroit, on ne peut pas se cacher là-bas !

- Derrière le talus, madame, répondit le soldat en la tirant par le bras. L'avion ne vise pas les gens mais les chasseurs au sol.

- On ne peut pas y aller ! Les infectés seront derrière nous ! Dans notre dos !

Dans le ciel, la forme bleutée de l'avion grossit à vue d'œil, nez pointé vers le sol, comme pointé vers elle. Un nouveau grondement, une sorte de râle rauque, retentit soudain.

- A terre ! hurla aussitôt le soldat qui la tirait par le bras.

L'homme plongea vers le sol, entraînant Kiyo. Par réflexe, elle mit les bras en avant et amortit la chute. L'avion passa au-dessus d'eux à faible altitude et les vibrations des moteurs firent trembler son ventre avec une intensité qui la rendit malade. Face contre terre, elle entendit des hurlements et des miaulements sourds accompagnés de coups répétés dans le sol.

- Il tire ! constata le soldat en se relevant.

Kiyo se retourna pour observer l'avion. Au sol, une grande agitation régnait autour des Rafale alignés. L'avion Russe continua sur sa lancée et grimpa dans le ciel.

- Il va revenir ! gémit Kiyo, le cœur au bord des lèvres, en voyant le chasseur gagner de l'altitude.

Au sol, un Rafale brûlait. Une épaisse fumée s'élevait de son aile et du cockpit.

Hébétée, la chercheuse contempla la scène, sursautant violemment lorsque le Rafale en feu explosa dans une énorme boule de feu orange et noire. Des débris montèrent dans le ciel et retombèrent en crépitant autour d'elle.

Le soldat l'obligea énergiquement à se remettre debout.

Jambes tremblantes, elle eut du mal à se redresser. Tout allait trop vite, le déchaînement de violence et de panique, de bruit, d'explosions, les hurlements des blessés, le tonnerre des armes qui crépitaient à proximité. Elle était en terrain inconnu, dans un monde abject, étranger à son univers. C'était la guerre. Privée d'initiative, elle fut contrainte de remettre son sort entre les mains du soldat. Sans hésiter, l'homme prit les décisions à sa place.

Il la tira sans relâche vers un talus herbeux derrière lequel des gens, soldats et civils, hommes et femmes, s'abritaient, visages blafards, traits tirés.

Soudain, le visage des réfugiés se déforma et la peur transforma leurs traits.

- Il revient ! hurla un soldat qui leur faisait face avant de plonger derrière le talus.

Terrifiée, Kiyo parvint au talus et sauta derrière pour se mettre à l'abri. Allongée contre la butte en terre, elle réalisa que son cœur battait à tout rompre dans sa poitrine et qu'elle expérimentait une forme de dédoublement de personnalité : elle était abritée derrière une butte de terre dérisoire, les sens en alerte, l'adrénaline inondant son organisme. Pourtant, elle avait l'impression de vivre la scène d'en haut, créature insignifiante au milieu d'un spectacle baroque auquel elle ne comprenait rien.

En face d'elle, l'avion arrondit son piqué au ras du sol, gueule menaçante pointée vers elle et les Rafales dans son dos. Elle eut la sensation de regarder la mort dans les yeux, une mort revêtue d'un habit de chasseur bleu et blanc, sorti de nulle part.

Lorsqu'elle vit les flammes et la fumée blanche sortir d'un point sous le nez de l'avion, elle crut que son cœur allait s'arrêter.

Il tirait ! L'avion tirait ! La mort arrivait !

***

Au-dessus de la BA-113, Saint-Dizier, juillet, 15:12

Lupus mit un instant avant de réagir. Et alors ? Ce n'était pas la première fois qu'un avion inconnu approchait d'une base aérienne. C'était d'ailleurs l'origine du drame de Saint-Dizier... L'affolement de l'opérateur n'avait pas de sens...

- Rasoir 7-21 à Contrôle Vélizy, fit-il mécaniquement. Répétez et confirmez.

- 21, attaque en cours à Vélizy ! répondit l'opérateur d'une voix haut perchée.

Attaque ? Le bruit de fond dans les écouteurs était trop confus pour en déterminer l'origine mais quelque chose était en train de se passer à Vélizy et il ne comprenait pas.

- Rasoir, enchaîna Vélizy, survol d'un Su-33 russe. Il... Ah ! Il grimpe... Il revient... il tire ! Passe de straffing. Rasoir 7-21... Il... Ah ! Explosion d'un Rafale au sol ! EXPLOSION !

Un Su-33 ? Qu'est-ce qu'il fout là-bas ? D'où vient-il ? Pourquoi attaque-t-il la base ? Ce n'est pourtant pas un objectif stratégique ! Tactique, oui. Dans ce cas, c'est peut-être une diversion... Sûrement. Quelque chose se passe ailleurs. Mais où ? Et quoi ?

Il n'avait rien d'autre entre les mains, aucune donnée pour étayer son hypothèse de diversion. Il fit le point. Dans sa configuration, le Rafale pouvait atteindre Mach 1,4 et rejoindre Vélizy en 8 minutes.

Si le Russe passait cinq minutes sur place, le Rafale aurait trois minutes de retard. L'interception était quasiment impossible. Tout juste Lupus pouvait-il jouer un rôle dissuasif et obliger le Sukhoi à abandonner le terrain en apparaissant. *Restait Kiyo... Ses recherches. La perspective d'une solution au Fléau d'Attila... Non, il ne pouvait pas laisser détruire tous ces efforts.*

Il prit sa décision en moins d'une seconde et confirma l'instruction. Dans un grondement qui fit vibrer le sol, l'avion grimpa. Moteurs à fond, radar en fonction, l'avion entama un demi-tour serré pour mettre le cap vers Vélizy, deux cents kilomètres à l'ouest. *Avec un peu de chance, je localiserai le Sukhoi au radar en sortie de virage. En limite de portée...*

Le stress augmenta. Son Rafale était le seul avion de chasse français en l'air, il se trouvait loin et avait encore un camarade, piégé au sol, à secourir.

- 21 à Éléphant, fit-il. Ça chauffe à Vélizy. Attaque aérienne russe en cours.

L'homme mit une seconde avant de répondre. Lupus n'était pas le seul à être surpris.

- Lupus... tu sais ce que tu dois faire. Dégage et va les aider. J'espère que vous vous en sortirez. Merci et... bonne chance ! Terminé.

- Rasoir à Éléphant. Désolé pour toi ! Bonne chance et merci. *A la chasse...*

- *... bordel !* chuchota la voix.

La communication s'arrêta brutalement. Lupus refusa de penser au sort qui attendait Éléphant. Il secoua les ailes en virant pour s'éloigner, espérant qu'Éléphant pourrait voir cet ultime signe d'amitié, avant de changer de fréquence radio pour contacter Vélizy.

- Rasoir 7-21 à Contrôle, faites décoller les Rafales avant qu'ils...

Alors qu'il approchait du milieu du virage, nez pointé vers le nord-est, un élément inattendu stoppa net l'ordre qu'il donnait.

Un nouveau plot apparut en limite extrême de radar, près du Luxembourg.

Stupéfait, il arrêta de virer, nez pointé vers le nord-est. Les yeux fixés sur l'écran, il vit le plot disparaître. Le *bogey* était trop loin pour permettre l'identification de l'écho-radar.

- 21 à Contrôle, appela-t-il, une boule dans l'estomac. Plot en limite de portée. Relèvement 0-8-2, 150km en éloignement rapide, faible altitude. Chasseur, d'après la vitesse et le profil de vol. On a un Rafale du côté du Luxembourg ?

- Négatif, Rasoir, négatif ! Ils sont tous ici au sol ! Ils se font avoiner ! Le Russe s'aligne pour une seconde passe ! Rappliquez ASAP ! Priorité à l'interception du Russe à Vélizy, dénommé Bandit-1 !

Il poursuivit sa réflexion.

Trop loin et pas assez de temps pour identifier l'inconnu au radar. Pas d'émission. Il disparait en se planquant derrière le relief... Donc, il ne veut pas être repéré. S'il fait partie de la même mission que celui de Vélizy, alors c'est peut-être un autre Su-33. Il y aurait donc un porte-avions russe dans les parages ? Qu'est-ce qu'il cherche, cet avion ? Qu'est-ce qui peut intéresser les Russes en France ? En tous cas, c'est clair, on a un deuxième bogey... Et l'attaque de Vélizy n'est qu'un leurre.

- Contrôle Vélizy, fit-il. C'est une diversion ! Un autre appareil est en route vers le sud-est !

- Rasoir, votre priorité est la destruction du Sukhoi de Vélizy, de *Bandit-1* !

Lupus savait que les secondes qui s'écoulaient étaient précieuses. Tiraillé entre les instructions de Vélizy et la vision globale de la situation qu'il était le seul à avoir, il n'avait d'autre choix que d'agir de manière autonome. Il devait prendre une décision cruciale sur la base d'hypothèses.

Soit revenir vers Vélizy pour détruire le Sukhoi et protéger les travaux de Kiyo, soit le laisser filer et intercepter l'avion inconnu qui filait vers les Vosges.

Dans un cas, il sauvait les travaux de Kiyo et aidait l'humanité à lutter contre le Fléau mais il laissait filer un autre appareil vers un objectif inconnu. *Et vice-versa...* Il était seul face à une décision aux répercussions inévitables.

Kiyo. Oui, ses travaux étaient prioritaires. Rien n'avait plus d'importance que la lutte contre le Fléau sur le plan médical. Pas même les opérations militaires ou la défense du pays

- De 21 à Contrôle, fit-il en partant dans un virage serré vers Vélizy, ETA Vélizy : huit minutes. Tenez bon et organisez la défense antiaérienne. J'arrive !

Il délaissa à contrecœur l'avion mystérieux qui fonçait vers son objectif inconnu et, en sortie de virage, vérifia le statut du carburant. Le réservoir central était à sec. Il le largua aussitôt pour réduire la traînée, diminuer la consommation et gagner en vitesse.

Il mit l'avion en pilotage automatique et vérifia l'écran radar. Sans surprise, il ne put accrocher l'ennemi qui harcelait Vélizy. Trop loin. Encore hors de portée du radar.

Patience, patience...
Le jeu du chat et de la souris ne faisait que commencer.

***

Au-dessus de la Ba-107, Vélizy, juillet, 15:12

Polyshkin acheva un deuxième virage ascendant et expira profondément pour chasser le début de voile noir qui se formait en rendant du manche. Le voile se dissipa et, lorsqu'il retrouva l'usage de ses yeux, il aperçut la base de Vélizy qui s'étalait devant lui, entourée d'infectés. A l'intérieur, les gens couraient comme des fourmis affolées.

Dans l'axe, la colonne de fumée noire qui montait du Rafale détruit lors de la première passe constituait un point de référence visuelle facile pour retrouver le bon axe d'attaque et straffer les autres avions cloués au sol. En plein virage, cou tendu vers le sol, il activa le lance-leurres pour tromper les éventuels missiles braqués sur lui. Une pluie de cartouches chauffées à blanc et de paillettes métalliques se répandit en corolles.

Tout s'était bien passé durant l'attaque : radar de tour inactif, aucune défense anti-aérienne opérationnel, pas de chasseur en l'air. *Mais il y avait un problème.* Les clichés de l'officier des Renseignements montraient *quatre* Rafale. Il vérifia visuellement. Trois avions étaient visibles, dont un en flammes. Il en manquait un. *Où était-il ?* Il vérifia à nouveau son RWR pour détecter une éventuelle émission de radar aérien. *Rien.*

Deux explications étaient possibles. Soit le chasseur manquant était trop loin pour que son émission radar soit détectable, soit il évoluait en mode passif à proximité, prêt à lancer ses missiles à guidage infrarouge dès qu'il serait en position de tir.

Si tu ne sais pas où est ton ennemi, se remémora-t-il, c'est qu'il est derrière toi !

Un frisson traversa son échine. Il tourna la tête et balaya des yeux le ciel derrière lui mais ne vit rien. Le détecteur de départ de tir-missile du Sukhoi resta silencieux.

Il compléta la boucle et rétablit le chasseur face au Rafale qui brûlait. Sur le HUD, l'entonnoir pâle qui matérialisait l'endroit où les obus allaient frapper se replaça lentement à l'endroit où étaient parqués les deux autres Rafale. Il actionna le canon.

L'habitacle s'emplit d'un son rauque. Les vibrations du tir firent vibrer son siège et l'odeur de la poudre envahit le petit espace. Une fumée blanche lécha les flancs du Sukhoi.

530

Les munitions traçantes matérialisèrent la trajectoire des obus. Les munitions frappèrent le sol devant les Rafales puis continuèrent en ligne droite sur les fuselages avant de percuter les parois d'un bâtiment. Une fumée sombre, accompagnée de flammes, monta immédiatement des avions touchés. Les derniers Rafale encore intacts explosèrent en séquence. Pris par surprise, les soldats qui se trouvaient à proximité furent soufflé par les explosions comme des fétus de paille.

Mission accomplie ! constata Polyshkin en rétablissant l'avion pour éviter de percuter le sol qui approchait à toute allure. Il tira sur le manche pour redresser l'avion lorsqu'une série de coups violents fit vibrer l'avion. *Que...*

- Perte du système hydraulique ! annonça la voix féminine de l'ordinateur de bord. Défaillance du moteur gauche ! Dommages structurels !

Plusieurs témoins rouges s'allumèrent sur le panneau d'incidents.

Des coups martelèrent le fuselage. Il contrôla les rétroviseurs. Une épaisse fumée noire sortait de la tuyère gauche et l'aile laissait filer une traînée bleue. *Feu moteur et fuite de carburant !*

L'aiguille du compte-tours gauche dévissa et se stabilisa au-dessus du régime de ralenti alors que la température de tuyère montait vers la zone rouge. Au même moment, une multitude de points blancs convergea vers lui de l'avant, depuis le sol, et frappa l'avion dont la structure vibra. *Il était pris pour cible !* Et il allait passer au-dessus des tireurs en leur présentant le ventre !

L'ordinateur égrena une nouvelle série d'avertissements.

Nez pointé vers le ciel, moteur gauche en feu, le Sukhoi perdit de la vitesse. La puissance disponible n'était plus suffisante pour autoriser l'avion à grimper sur un seul moteur. Polyshkin jura et compensa l'effet de couple au palonnier. L'avion répondit difficilement et bascula doucement à droite pour sortir des tirs. Entre ses mains, les commandes durcirent. Sans fluide dans les servocommandes, une force herculéenne était nécessaire pour manœuvrer.

En l'espace de quelques secondes, Polyshkin passa du rôle de super-prédateur à celui de canard de foire sur lequel une meute de chasseurs énervés tournaient leurs fusils.

***

Ba-107, Vélizy, 7 juillet, 15:12
Mauer était au milieu des soldats, les yeux tournés vers le ciel. Le

Sukhoi bleuté continuait à approcher et essayait de prendre de l'altitude mais sa tuyère gauche crachait des flammes irrégulières terminées en fumée noire. Le vacarme était assourdissant.

- On l'a eu ! hurla Mauer, FAMAS fumant dans les bras.

Autour de lui, des soldats continuaient à tirer sur le chasseur qui approchait. Un jeune soldat coiffé d'un casque lourd pointait une mitrailleuse de 12,7mm dont les balles filaient sans relâche vers l'avion. C'était lui qui avait touché le Sukhoi. La mitrailleuse était avant tout une arme antipersonnel, inadaptée au tir antiaérien, mais tout était bon pour lutter contre le Sukhoi. *La preuve...*

Il ne connaissait pas bien les armes distribuées mais il avait demandé à s'initier au maniement de celles qui étaient disponibles sur la base et il savait maintenant reconnaître et en utiliser un certain nombre, comme le FAMAS qu'il portait.

Mauer compta une douzaine de soldats répartis autour des carcasses d'avions en feu. Tous tiraient comme des diables sur l'oiseau bleu qui s'éloignait, plusieurs au FAMAS, d'autres à la Minimi, d'autres encore à l'arme de poing.

Le premier passage du Sukhoi avait surpris tout le monde et la panique avait été totale mais, l'effet de surprise estompé, un petit nombre de soldats s'était précipité vers les aires de stockage et de distribution des armes et avaient commencé à réagir. Mauer les avait suivis avec son fusil d'assaut.

Lorsque le Russe était revenu, les volontaires étaient prêts à l'accueillir et, sous le commandement d'un sergent, ils avaient tiré conjointement sur l'avion qui approchait, envoyant un déluge de munitions de petit calibre vers le monstre métallique.

A cinquante mètres d'altitude, les munitions avaient impacté en nombre la structure du chasseur. Insuffisantes pour le détruire, mais elles avaient fini par blesser l'oiseau de proie. Une fumée noire était immédiatement sortie du moteur gauche et plusieurs soldats avaient hurlé de joie.

Les yeux rivés sur le chasseur, Mauer vit l'avion ralentir avant de piquer du nez vers le sol. Un instant, il crut que le Sukhoi allait s'écraser devant eux, mais l'avion se rétablit péniblement à basse altitude. Le moteur valide produisit soudain une flamme orange dans un grondement de tonnerre et le Sukhoi évita de peu le crash.

Une voix autoritaire retentit derrière Mauer. Il se tourna d'un bloc et vit deux militaires approcher en courant.

L'un d'eux portait une arme que Mauer n'avait jamais vue auparavant. Elle ressemblait à un canon à long fût mais son mécanisme d'utilisation, la crosse, la détente et le chargeur étaient ceux d'un fusil équipé d'une énorme lunette de visée. C'était une arme d'apparence redoutable et, en quelques secondes, le vide se fit autour des deux hommes.

Ils se mirent en position, le premier s'allongea sur le tarmac, canon braqué vers le chasseur qui continuait à s'éloigner à faible vitesse. Le second prit place à côté de lui.

Médusés, les soldats qui les entouraient cessèrent le tir. Mauer vit l'un d'eux arborer un sourire avant de laisser échapper un sifflement admiratif.

- Sacré matos ! Ça va faire mal.
- Vous savez ce que c'est ? demanda Mauer, intrigué.

Celui-ci se tourna vers lui. S'apercevant qu'il avait à faire à un civil, il détourna le regard.

- Denel-Mechem NTW-AMR de 20mm. Fusil anti-matériel de précision. Fabriqué en Afrique du Sud. Excellent matériel. Ce truc-là détruit n'importe quel véhicule, même à longue distance. Super-précis. Savais pas qu'on avait ça ici... Par contre, bon courage sur une cible comme celle-là !
- C'était dans les stocks de la base quand on est arrivés, répondit rapidement le deuxième homme du binôme en entendant la conversation. Les commandos de l'air, sans doute.

Mauer reporta son attention sur le tireur qui avait fini de préparer l'arme.

- Je l'ai ! fit le tireur, l'œil collé à l'énorme lunette de l'arme.
- OK, paré pour tirer ! confirma son partenaire en vérifiant qu'aucun obstacle ne se trouvait dans la ligne de tir.

L'avion approcha. Canon levé, le tireur pressa la détente.

Une détonation puissante retentit. Son compagnon vérifia le Sukhoi à travers une paire de jumelles puissantes.

- Coup au but. Dans le plan canard gauche. Correction : un degré d'élévation, un poil à droite et tu l'auras.
- Compris, confirma le tireur en déplaçant le canon vers l'avion qui approchait de la verticale. Ça devient difficile...

Les soldats en poste autour du binôme regardèrent en silence le tireur et la tension monta d'un cran. Tous étaient unis par la même envie de punir les auteurs de l'attaque. L'observateur se plaça à côté du tireur et mit la main sur son épaule en guise d'encouragement.

- Faut l'empêcher de se tirer ! souffla-t-il. Tu peux y arriver... un "Lucky-Shot", ça n'arrive pas qu'aux autres !

Le tireur acquiesça d'un hochement de tête, ajusta sa position puis retint son souffle. L'avion se trouvait à moins de cinq cents mètres de distance et cent d'altitude, tâche bleue à peine plus claire que le ciel dans lequel l'avion grimpait avec difficulté.

Un coup partit, puis un second et un troisième.

Mauer, fasciné par la rapidité et la précision du geste de réarmement du tireur, ne perdit rien du spectacle issu d'une longue pratique. Clairement, le tireur voulait tout faire pour abattre le chasseur.

Deux prédateurs s'affrontaient. C'était un pari fou à l'issue incertaine. L'Allemand serra les poings et souhaita de tout cœur que le tireur gagne.

***

Vélizy, 7 juillet, 15:12

Des cris de joie fusèrent derrière Kiyo et elle sursauta. Les gens se redressèrent et les plus téméraires franchirent le talus en pointant le doigt vers le Sukhoi. L'avion prenait de l'altitude avec difficulté, traînant de la fumée.

- Ils l'ont eu ! constata le soldat qui avait conduit Kiyo jusqu'au talus. Incroyable !

Il releva la visière de son casque pour mieux voir.

- Incroyable ? Pourquoi ? demanda Kiyo.

- Docteur, expliqua-t-il en tournant les yeux vers elle, nous n'avons pas d'arme antiaérienne sur la base… Ni SAM, ni missile tiré d'épaule, ni DCA. Je ne sais pas comment ils ont réussi à toucher le Ruskoff, mais c'est extraordinaire.

Kiyo sentit les battements douloureux de son cœur ralentir dans sa poitrine. Des détonations d'armes à feu, puissantes, retentirent à cet instant précis. Les gens se mirent à plat ventre, comme Kiyo, cherchant à s'abriter. D'autres, comme le soldat qui s'occupait de Kiyo, se tournèrent en direction des tirs pour comprendre ce qui se passait.

De sa position couchée sur l'herbe, Kiyo finit par repérer l'origine des tirs. Un petit groupe d'hommes entourait une paire de soldats dont le tireur était couché par terre. C'était de là que les coups de feu étaient partis. Avec l'aide de son compagnon, le tireur pivota rapidement sur lui-même pour suivre l'avion qui passait au-dessus de lui et commençait à s'éloigner.

- Tireur d'élite à l'arme lourde ! commenta simplement le soldat en s'agenouillant à côté de Kiyo. S'il fait mouche, il peut abattre le Sukhoi mais ça va être dur.

Tremblant de partout malgré sa volonté intérieure, elle ressentit le passage du chasseur au grondement cauchemardesque qui fit vibrer

534

ses entrailles.

Épuisée nerveusement, elle chercha de la force et de la détermination mais elle était à court de ressources. Elle se força à humer l'odeur douce de l'herbe qui lui chatouillait le visage. Les souvenirs la submergèrent soudain, images de vacances d'enfance chez ses grands-parents dans la luxuriante campagne japonaise.

Elle voulut rester sur place sans bouger, retourner dans le temps jusqu'à cette époque douce et paisible, pleine de joies insouciantes et d'espoirs dans l'avenir, où tout était source d'émerveillement. Elle voulut oublier la guerre, la présence permanente de la mort, de la souffrance et du danger. Elle détestait les armes et la stupidité des hommes...

Comme si le Fléau d'Attila n'était pas suffisant, comme s'il n'apportait pas déjà assez d'horreurs à l'humanité, il fallait maintenant que les hommes se battent entre eux ! La raison pour laquelle le chasseur Russe s'attaquait aux Français était incompréhensible mais le résultat était toujours le même.

Destruction, peur, mort. Profondément humain et complètement stupide.

Elle sentit les larmes monter sans prévenir. Le docteur en elle diagnostiqua immédiatement ce qui lui arrivait. Ses nerfs craquaient.

Les images d'Adrien la submergèrent. Elle l'imagina lancé dans un combat à mort contre des avions ennemis, prisonnier de son cockpit. Il y avait sûrement d'autres chasseurs russes quelque part. Celui qui venait d'être abattu ne pouvait pas être arrivé ici seul... peut-être les autres avaient-ils repéré l'avion d'Adrien ? Peut-être était-il en train de se battre ?

Elle ne savait pas mettre de nom précis sur ce qu'elle ressentait pour Lasalle. C'était encore trop récent, trop douloureux et elle souffrait toujours de la perte de son mari et de son enfant. Mais elle savait avec certitude qu'elle avait besoin de lui. Elle ne voulait plus se sentir seule et Adrien avait cette qualité qu'elle aimait chez les Occidentaux, à un degré que même son mari, modèle du genre pour un Japonais, n'avait égalé : il écoutait ce qu'elle avait à dire, il s'intéressait à elle pour ce qu'elle était et ne la considérait pas seulement comme une compagne en charge des affaires domestiques, de la procréation et de l'éducation des enfants. Elle avait besoin de lui et voulait qu'il rentre sain et sauf. *S'il devait mourir, que lui resterait-il ?*

Le grondement menaçant de l'avion s'éloigna pour de bon dans la distance. Autour d'elle, les gens se levèrent et regagnèrent les bâtiments mais elle resta allongée sur la butte, tête dissimulée sous les bras, épaules secouées de sanglots, incapable de se retenir. Pendant de longues minutes, elle laissa couler les larmes et pleura sans retenue.

A côté d'elle, silencieux, le soldat se garda de l'interrompre.

***

Au-dessus de la Ba-107, Vélizy, 7 juillet, 15:13

Les mains agrippées aux commandes du Sukhoi, Polyshkin s'aperçut qu'elles durcissaient. L'aiguille de température du moteur gauche était bloquée en zone rouge et les alarmes se succédaient sans relâche, l'incendie du moteur était imminent.

Sanglé dans le cockpit, Polyshkin se concentra.

Aviateur jusqu'au bout, il devait s'éloigner des lignes françaises et s'éjecter le plus haut possible pour optimiser ses chances de survie. L'altitude lui permettrait aussi de mettre de la distance avec le sarin libéré dans l'air par le crash de l'avion. Il ne voulait pas en mourir.

A choisir, il préférait même être victime du Fléau d'Attila. Si quelqu'un trouvait un jour un remède, il aurait au moins une petite chance de s'en tirer. Avec l'agent chimique par contre, c'était peine perdue.

- Incendie moteur gauche ! confirma l'ordinateur de bord.

Il récapitula les actions à mener. Sortir les flaps, augmenter la portance, contrer la perte de vitesse. Couper le moteur pour éviter la propagation de l'incendie. Larguer l'armement. Plus en mesure de combattre... Les missiles ne sont plus que du poids mort. Gagner de l'altitude sur un seul moteur ? Difficile. Rester à l'horizontale. Si possible, enclencher le pilote automatique.

Sans attendre, il se mit à l'œuvre et déploya les volets mais les flaps refusèrent de sortir, privés d'énergie hydraulique.

Étouffant un juron, il coupa le moteur gauche, augmenta la poussée du droit et compensa au palonnier du pied valide pour contrer l'effet de couple de la poussée asymétrique. L'effort musculaire lui parut titanesque.

Il abaissa le nez et l'avion se stabilisa à l'horizontale, incapable de grimper.

Doucement ! Si je tire sur le manche, je décroche. Avec un seul moteur opérationnel, c'est la vrille à basse altitude et le crash assuré. Doucement...

Les réactions de l'avion, à bout de ressources, indiquèrent qu'il était sérieusement touché. Il activa le pilote automatique.

Miraculeusement, le système répondit. Malgré la situation catastrophique, il avait peut-être encore une chance de sauver l'avion…

Si je m'en sors, c'est que…

Un coup plus puissant que les autres fit soudain vibrer le côté gauche. *On dirait une arme lourde !* Il vérifia les rétroviseurs. Rien. Pourtant, quelque chose continuait à tirer sur lui au coup par coup.

Un coup plus proche fit à nouveau vibrer la structure du chasseur. Il eut l'impression qu'un énorme gong retentissait au niveau des coudes.

Stupéfait, il vit quelque chose ricocher brutalement à l'extérieur de la verrière.

Il était en train de comprendre ce qui lui arrivait lorsqu'un nouveau coup perça un trou rond et net dans la verrière. Un objet sombre percuta violemment le bloc du HUD. L'instrument s'éteignit et Polyshkin baissa les yeux vers les instruments de secours. Tout à coup, il ressentit une violente douleur au cou.

Comme dans un rêve, il vit de la peinture rouge gicler sur l'intérieur de la verrière. Des gouttes écarlates s'accrochèrent aux parois avant de glisser vers l'arrière, aspirées par les trous dans la verrière et dessinant un treillis de lignes écarlates.

Tout ce rouge ! constata-t-il alors que sa tête commençait à tourner. *Ça vient d'où ?*

Il sentit une chaleur soudaine et agréable autour du cou et porta sa main gantée sous les sangles du casque pour en vérifier l'origine. Lorsqu'il la replaça devant ses yeux, il vit qu'elle était couverte de sang.

Assommé par le choc, il mit un moment à réaliser qu'un projectile venait de transpercer son cou et qu'il se vidait de son sang par saccades.

Il essaya de respirer mais aucun air ne gonfla ses poumons. Sa vision se rétrécit rapidement. Il porta les mains au visage, cherchant en vain à respirer.

Sa tête bascula sur le torse.

- *Pizdets !* murmura-t-il, hébété, incapable de redresser la tête.

Le Su-33, aux ordres du pilote automatique, poursuivit péniblement son vol.

La vision du pilote s'obscurcit progressivement, des papillons dansèrent devant ses yeux, sa tête devint légère, ses muscles se détendirent et il perdit connaissance en songeant une dernière fois à ses parents, puis à Gonchakov.

Il mourut quelques minutes plus tard, au moment où le moteur droit cessait à son tour de fonctionner malgré les réserves de carburant encore disponibles.

Lentement, le Sukhoi piqua du nez vers le sol et s'écrasa dans la forêt de Rambouillet.

Toute forme de vie cessa d'exister dans un périmètre de trente kilomètre-carré autour du point d'impact.

***

CHAPITRE 18

Région Parisienne, juillet, 15:17
Le Rafale fonçait à Mach 1,4 vers Vélizy, radar allumé à la recherche du Sukhoi qui harcelait la base, mais l'écran restait désespérément vierge.

Lupus avait parcouru soixante kilomètres en une poignée de minutes. Il restait six minutes jusqu'à Vélizy. La postcombustion faisait exploser la consommation.

- De Rasoir à Contrôle Vélizy, fit-il, ETA six minutes.

L'avion était sous contrôle du pilote automatique depuis Saint-Dizier et Lupus se prépara à l'action. Il était encore à 140 km de Vélizy. L'écran radar était toujours vierge. Le Russe volait en limite de portée de détection, sans doute à très basse altitude et en multipliant les manœuvres pour éviter d'être accroché.

Quelque part en face de lui, Bandit-1 attaquait Vélizy. Dans son dos, Bandit-2 filait vers le Sud par les Vosges. Si ce deuxième avion décidait de bifurquer vers l'ouest pour le prendre à revers, les deux Bandits le prendraient en tenaille. La situation était difficile, même pour un pilote chevronné, mais il était un chasseur, déterminé à utiliser tout le potentiel de sa machine pour assurer la mission et détruire Bandit 1. S'il en avait la possibilité, il s'occuperait ensuite de Bandit-2.

- De Contrôle à Rasoir, fit à cet instant la voix du contrôleur de Vélizy. Mission annulée, Rasoir, mission annulée !

Que... Quoi ?

- Rasoir à Contrôle... demanda-t-il, incrédule. Répétez ?

- Mission annulée, Rasoir ! Bandit-1 neutralisé. Permission d'engager Bandit-2 en autonome. Confirmez.

Lupus confirma par automatisme, essayant de comprendre ce qui avait bien pu se passer à Vélizy. Sans réponse, il déconnecta le pilote automatique et passa en mode manuel en jurant. *Tout ce temps et ce kérosène perdu...*

Sans attendre, il passa sur le dos, réduisit la poussée des moteurs et plongea vers le sol dans un *Immelmann* serré. L'accélération brutale envoya le sang dans ses jambes. Les poches gonflables de la combinaison anti-g se comprimèrent pour prévenir l'évanouissement. La manœuvre le replaça rapidement à l'est.

- Rasoir en interception de Bandit-2, confirma-t-il.

- Compris, Rasoir, répondit le contrôleur. Identifiez la menace et rappelez en UHF pour instructions. Terminé.

Il confirma les nouvelles instructions mais une boule d'angoisse se forma dans sa gorge.

- Contrôle... fit-il. Des victimes à Vélizy ?
- Négatif, Rasoir. Blessés légers, rien de grave. On l'a abattu.

Il y eut du bruit dans le micro.

- Rasoir, fit le colonel Francillard d'un ton serein, *le docteur Hikashi* n'a rien !

Lupus réalisa avec surprise que l'officier supérieur suivait de près la mission, signe de l'importance qu'il lui accordait. Il serra machinalement les mini-manches de l'avion.

- Merci, Contrôle. Je m'occupe de Bandit-2. Terminé.

Rassuré, il revint à la mission et se livra à l'exercice difficile de localiser Bandit-2. Deux minutes plus tôt, l'avion était apparu au sud du Luxembourg, fonçant vers les Vosges. Il réactiva le pilote automatique et réfléchit à la meilleure tactique d'interception. *Bandit-2 fonce vers le sud à 900 km/h. En deux minutes, il a couvert trente kilomètres.*

Hâtivement, il déplia la carte d'Europe et marqua l'endroit approximatif où il avait repéré Bandit-2 deux minutes plus tôt. Il traça un vecteur de déplacement en forme de flèche vers le sud. Si l'avion avait continué sur le même cap à la même vitesse, il se trouvait quelque part au niveau d'Épinal.

Ça, c'est la théorie. Dans la pratique, il sait que je l'ai repéré, donc il va changer de cap, accélérer et sortir de la portée radar pour s'effacer dans le paysage... Il va utiliser les Vosges comme écran.

La seule solution pour intercepter Bandit-2 était de trouver le bon point de *cut-off*, la position projetée de l'avion à intercepter en partant du dernier point connu par application de la vitesse et du cap connus, en plus d'un jeu d'hypothèses spécifiques à la topographie et à la nature de l'avion à intercepter. C'était au point de *cut-off* que chasseur et chassé se rejoignaient.

Un plan commença à se dessiner alors que le Rafale approchait de la frontière allemande à 200 mètres par seconde. Sur la carte, il remit la pointe du crayon sur la position de Bandit-2. Les secousses de l'avion qui fonçait en pilotage automatique firent décoller la pointe et il dut forcer pour maintenir le contact avec le papier et tracer une flèche diagonale, plus longue que la première, pour refléter l'accélération du Sukhoi. L'extrémité de la flèche correspondait à la ville de Colmar, la préfecture du Haut-Rhin.

OK, je vais la tenter comme ça, sans filet. S'il a accéléré, il doit se trouver près de Colmar... Si je veux rester devant lui, mon point de cut-off doit se trouver plus au sud.

Il traça un nouveau trait en partant de la ville, filant vers le Sud le long des Vosges. Après une série de calculs, il estima que Bandit-2 allait passer par la trouée de Belfort, sorte de creux topographique entre le massif des Vosges et le Jura naissant.

L'endroit était connu des pilotes du 1/7 qui l'utilisaient lors des simulations d'attaque sur Saint-Dizier. Si le Russe passait par là, il cesserait d'être protégé par le massif vosgien et volerait à découvert. Lupus n'avait aucun moyen de se trouver physiquement en embuscade dans la trouée, mais il pouvait vérifier son hypothèse en braquant le faisceau radar vers la trouée pour détecter Bandit-2 lorsqu'il y passerait.

Il replia la carte et la rangea avec le stylo avant de revenir au pilotage.

Mach 1,2 au badin. Croisement des trajectoires dans... dix minutes. En attendant, je vais essayer de l'accrocher au radar en slalomant pour ouvrir l'angle de détection...

Si le Sukhoi ne passait pas par Belfort ou s'il passait devant Lupus, c'était l'échec assuré de la mission.

Et un nouveau cataclysme -*encore un autre !*- pour le pays.

***

Vélizy-Villacoublay, 7 juillet

L'attaque du Sukhoi était arrivée en plein milieu d'une expédition de renforcement de la section de barbelés fragilisée que le sergent du Génie avait repérée. Il avait vécu de près l'affrontement entre l'avion et les armes du camp, horrifié et fasciné à la fois.

Il avait ordonné à ses hommes de se mettre à l'abri et avait assisté au spectacle aux premières loges. C'était la première fois qu'il était exposé à des tirs air-sol et l'expérience avait été édifiante. Il s'était senti humble, démuni, inefficace et avait fait le gros dos durant l'attaque. Les pupilles dilatées des hommes de sa section lui avaient renvoyé sa propre image, apeuré, stressé, fatigué, mais il s'était ressaisi pour eux et, à leur tête, avait repris le cours de la mission lorsque l'affrontement s'était achevé par la destruction de l'avion.

Il se rendait maintenant au pas de course vers la section de barbelés fragilisés en éprouvant un mauvais pressentiment. Il accéléra le pas, talonné par ses hommes qui portait le matériel de consolidation du grillage. L'endroit se situait à l'est du camp, près

541

de l'entrée principale.

- Sergent ! fit une voix derrière lui. Vous les entendez beugler ? Ils sont déchainés !

Il tendit l'oreille pour écouter les bruits. Le talus surélevé empêchait de voir les infectés derrière mais un brouhaha sinistre montait dans l'air, comme chargé d'électricité. *Le vacarme des tirs les a surexcités... Il faut faire vite.* Il hâta le pas.

- Magnez-vous ! lança-t-il en franchissant la crête. On doit…

Les mots s'étranglèrent dans sa gorge lorsqu'il arriva en haut.

***

Sud des Vosges, 7 juillet, 15:17

Autour de Gonchakov, le relief présentait une succession de collines et de vallées et nécessitait une attention de tous les instants. Il évita une barre rocheuse et lança l'avion en vol inversé dans la vallée suivante, tête vers le sol.

Saleté d'intercepteur... songea-t-il en repensant à l'interception, quelques minutes plus tôt. Dès que le son strident avait retenti, épaulé par une lueur rouge sur le secteur droit de son RWR, il avait plongé vers le sol et s'était engouffré dans une vallée pour s'abriter derrière les montagnes.

L'interception par le radar de l'intercepteur avait été trop brève pour déterminer la nature du chasseur mais il avait eu le temps de noter que l'avion se situait très loin.

Mirage 2000 ? Rafale ? Chasseur de l'OTAN en France ? Allait-il s'accrocher à lui ? Que faire ? Le poursuivre ? Abandonner rapidement la poursuite, comme en Hollande ? Possible. Il y avait tant d'autres choses à faire dans un pays en ruines...

Une fois repéré, il avait profité du temps de vol dans la vallée pour adapter le plan de vol jusqu'à Bugey.

L'interception était une mauvaise nouvelle pour la mission car elle indiquait deux choses : l'échec probable de Polyshkin et la présence de chasseurs ennemis en l'air, ce qui compliquait la mission. A l'abri des montagnes, il avait modifié l'itinéraire initial et était passé de l'autre côté des montagnes, dans la plaine d'Alsace. *Autant de temps et de carburant perdu...*

Autour de lui, le paysage était formé d'un patchwork de villages, de routes sinueuses, de sapins sombres et d'étangs aux eaux noires et immaculées.

Brutalement, les montagnes s'aplatirent et débouchèrent sur la plaine. Au loin, il vit des immeubles d'habitation en périphérie d'une ville. *Colmar, d'après la carte.* Plus loin au sud, une ville plus grande. *Mulhouse. Rester collé aux montagnes. Éviter de passer trop près de la base aérienne Ba-132 de Meyenheim. Même abandonnée en 2010, la piste pouvait avoir été réutilisée.*

Il vérifia les instruments, la navigation, l'état général de l'avion et regarda en direction de la Ba-132. Elle était loin et dissimulée dans les bois.

Aucune activité électronique. Aucun mouvement.

Par précaution, il baissa la visière et activa le viseur de casque, ce qui lui permettait de ne jamais quitter des yeux sa cible, quelle que soit la configuration de l'avion, et de connaître en permanence les éléments critiques du vol : vitesse, altitude, attitude, données critiques. Le dispositif permettait de plus au pilote de tirer un missile sur une cible sans avoir à positionner son avion dans l'axe. Le gain de temps s'élevait à plusieurs secondes, déterminantes dans le combat aérien.

Gonchakov volait vite et bas, radar en veille, sous la crête des montagnes.

Il soupira dans son masque, tendu. Malgré ses efforts pour disparaître dans le relief, il consulta son RWR, s'attendant à le voir s'illuminer. Nerfs tendus, il ajusta le cap de l'avion et pointa le nez vers le Sud, vers Bugey, à plusieurs centaines de kilomètres de distance.

Amplement suffisant pour être à nouveau intercepté...

***

Bordeaux, juillet, 15:18

Isabelle Delahaye s'adressa à son attaché, debout derrière elle, sans lever les yeux des papiers qu'elle remplissait sur le bureau.

- Où est le dernier point logistique sur la Zone Propre ?

Silencieux et immobile, l'homme au visage émacié répondit d'une voix neutre.

- Madame la Présidente, ce serait plutôt au Ministre de l'Intérieur de d'y répondre. Tout ce que je sais, c'est que la situation est difficile là-bas.

- Vous avez des détails ? fit la Présidente en paraphant un document.

Le secrétaire se racla la gorge. Il était pris au piège. Il détestait répondre à la place d'un autre lorsque les nouvelles n'étaient pas bonnes. Mais d'un autre côté, il adorait jouer le rôle d'informateur de la Présidente. Ce serait peut-être reconnu un jour, quand la situation serait revenue sous contrôle, et il comptait bien le rappeler aux décideurs pour négocier un poste dans le gouvernement.

- Madame, les réfugiés manquent de légumes malgré la mise en friche et l'ensemencement des surfaces disponibles. Mais les oiseaux s'attaquent de nuit à ce qui est planté...

Le téléphone filaire de la Présidente l'interrompit. D'un geste, elle lui ordonna de répondre. Il décrocha en arborant un sourire d'homme jamais pris en défaut.

- Amiral Jaeger, aboya la voix. Passez-moi la Présidente.

Soudain renvoyé à sa condition de serviteur, il sentit de la répulsion pour l'interlocuteur, résistant difficilement à l'envie de raccrocher.

- Madame, fit-il d'une voix détachée, l'amiral Jaeger. Ne quittez pas, amiral.

Isabelle Delahaye fronça les sourcils. Si l'amiral appelait, c'était mauvais signe.

- J'écoute, fit-elle.
- Madame, Vélizy a été attaquée.
- Quoi ? Attaquée ? Par qui ? Les infectés ? Comme à Saint-Dizier ?
- Négatif, Madame. Attaque aérienne *russe* d'après les premiers rapports...

Malgré son expérience de la politique, la Présidente resta sans voix et s'enfonça dans son siège. Elle chercha ses mots.

- Amiral... J'ai besoin d'être sûre de ce que vous dites. Vos sources sont-elles fiables ?
- Affirmatif, Madame. J'aurais préféré vous annoncer autre chose, mais je viens de parler au colonel Francillard, le patron de Vélizy. J'ai totalement confiance en lui. C'est un pragmatique.

Elle mit sur main libre, poussa la pile de documents de l'avant-bras pour faire place nette, prit une feuille vierge et un stylo.

- Donnez-moi les détails, amiral.
- Madame, à 15:12 aujourd'hui, un chasseur-bombardier Sukhoi Su-33 portant des cocardes russes a survolé la base aérienne 107 de Vélizy. Nos Rafales ont été détruits au sol, le Sukhoi en l'air.

Sourcils froncés, la Présidente songea que, si les Russes étaient intervenus si loin de chez eux, ce ne pouvait signifier que de mauvaises choses pour la France.

- Il est clair, continua l'amiral, que la mission principale de cet appareil était la destruction de nos moyens d'interception aérienne. C'est quasiment fait.

- Quasiment ? Vous voulez dire *complètement* ! Tous nos Rafale ont été détruits !

- Non, un de nos appareils a échappé à la destruction. Il était en phase d'interception d'un second appareil, peut-être un Su-33, lors de l'attaque.

La Présidente se massa les tempes. La situation était ahurissante...

- Je ne comprends pas. Quel *deuxième* avion ? Que font les Russes en France ? Ce n'est plus une mission, mais *une invasion* !

- D'après les derniers relevés du pilote, Madame, le second appareil se trouve entre l'Alsace et les Alpes.

Le général marqua une pause. Il entrait maintenant dans le domaine des hypothèses. Militaire de carrière, homme d'action pragmatique soucieux d'exactitude, il n'était jamais à l'aise avec ce qui n'était pas certain.

- Comme je vous le disais, le commandant Lasalle a repéré l'hostile pour la première fois à 15:12. L'avion inconnu a toujours progressé vers le Sud, vers son objectif, dont nous n'avons aucune idée à ce stade. Le seul indice, c'est qu'il s'agit d'un objectif terrestre, d'après le chargement de l'avion abattu à Vélizy...

- ... qui a servi de diversion pour masquer le second, si je vous suis bien.

- Exact, confirma l'amiral, surpris par la qualité de déduction de la Présidente.

- Pour que les Russes acceptent de sacrifier leurs derniers chasseurs, c'est que le jeu doit en valoir la chandelle. Quel objectif peut bien valoir de tels sacrifices ?

- La liste est longue comme le bras. Base aérienne, nœud logistique, station de commandement, de communication, production énergétique... Ce qui est sûr, c'est que ces appareils n'ont pas l'autonomie pour conduire ce type de mission depuis la Russie. Il y a donc un porte-avions quelque part.

- Occupons-nous d'abord du deuxième avion... Qui est ce... Lasalle ?

- Le commandant de la SPA-15. Excellent pilote. Le fait qu'il ait survécu aux événements donne une idée de son potentiel. Il faut avoir de la chance et savoir prendre les bonnes décisions pour rester en vie.

- Que fait-il en ce moment ? Où se trouve-t-il ?

- Il poursuit l'avion inconnu qui se dirige vers les Alpes. Il estime la position future de l'hostile pour le rejoindre, rester devant sans se faire voir et l'abattre.

- Donc, s'il rate l'interception, nous n'aurons plus qu'à attendre pour connaître l'objectif des Russes.
- C'est exact, Madame. Nous serons fixés d'ici vingt à soixante minutes.

La Présidente se laissa tomber dans son siège en soupirant. *Rien d'autre à faire qu'attendre.* Le sort du pays était peut-être en ce moment entre les mains d'un pilote de chasse qui volait vers un point imaginaire en espérant que ce serait le bon pour intercepter un avion dont il ne connaissait pas grand chose… *Surréaliste !*

- Tenez-moi au courant dès que vous aurez du neuf. Ah, une dernière chose…
- Madame ?
- D'où tirez-vous la conclusion que le deuxième appareil est Russe ? Pour ce qu'on en sait, il pourrait être *allié* aux Russes… ce qui compliquerait encore la situation politique, diplomatique et militaire !
- Ce n'est pas à exclure, mais nos estimations indiquent que les deux appareils sont partis du même endroit, du fameux porte-avions. Seuls les Russes en possèdent.
- Dans ce cas, fit-elle, ordonnez au pilote de ne pas tirer sans confirmation absolue de l'identité de l'avion inconnu et autorisation de notre part. Si c'est un Russe, qu'il l'abatte. Sinon, qu'il nous informe. J'ajoute que c'est un ordre.

La Présidente raccrocha. Elle était trop énervée pour travailler. Il fallait attendre.

- Thierry, fit-elle à l'attention du secrétaire, préparez-moi une tasse de thé.

Vexé de ne pas être saisi d'une demande plus importante, l'attaché prit sa voix la plus agréable pour confirmer qu'il allait s'en occuper.

***

Ciel de Bourgogne, 7 Juillet, 15:19

Un plot apparut soudain sur le HUD, droit devant lui. Il avait gagné son pari. Le chasseur inconnu venait de se dévoiler à hauteur de la trouée de Belfort. Mais sa joie fut de courte durée. Le contact fut bref et, inexplicablement, le radar ne renvoya pas l'identification du type de chasseur repéré. Un des éléments d'analyse électronique du retour radar devait avoir lâché. *Température, pièce défectueuse… panne ? En tous cas au pire moment.*

Le cœur battant, il évalua sommairement la distance, la vitesse et

546

le cap du plot qu'il venait de réacquérir puis il activa l'IFF pour interroger l'avion ennemi. Sans surprise, il n'y eut aucun retour. Il y avait donc trois possibilités : le boîtier de Bandit-2 n'avait pas capté l'émission du Rafale. Ou il était éteint. Ou les IFF ne communiquaient pas entre eux, ce qui signifiait que le contact était bien russe.

- 21 à Contrôle, fit-il en espérant que les relais radio terrestres étaient encore capables d'acheminer le message vers Vélizy. Vous copiez ?

Il y eut des crachements statiques dans les écouteurs, puis une voix résonna.

- 21, Contrôle copie 3 sur 5, répondit l'opérateur.
- Contrôle, Bandit-2 au radar en BVR, 11 heures bas, 76 nautiques, six cents nœuds, vecteur au SSE. IFF négatif. Identification négative. Problème d'analyse retour radar. Demande instructions.

Lasalle ne fut pas étonné d'entendre le colonel Francillard dans les écouteurs.

- Rasoir de Contrôle, fit le colonel. Approchez de Bandit-2 pour identification. Si confirmé hostile, autorisez à tirer pour détruire, sinon rappelez. Confirmez.

Il confirma machinalement. La distance entre Bandit-2 et lui était encore trop grande pour permettre l'identification. Il devait se rapprocher. Le plot disparut.

Il s'est planqué derrière le relief mais je sais qu'il va au sud. Mais où ?

Sans réponse, il vira légèrement à droite et mit le cap au sud-ouest en réfléchissant à une nouvelle manœuvre de *cut-off* pour intercepter Bandit-2.

***

Les yeux braqués sur le spectacle hallucinant de l'autre côté du talus, le sergent prit son talkie-walkie et appela le centre de sécurité de la base, d'où il fut transféré au colonel Francillard. Il rendit compte en haussant la voix pour couvrir les tirs qui fusaient de partout.

- Brèche dans le périmètre, mon colonel ! C'est ce que je craignais... Les infectés sont trop nombreux. Le Sukhoi les a surexcités. Ils...

Son regard s'attarda sur une section du périmètre.

- Ils ont plié une section complète de barbelés. Ils entrent dans la base...

Il fit une courte pause pour trouver le courage de poursuivre.

- Mes hommes font barrage pour le moment mais on ne tiendra pas longtemps.

Il sentit brièvement sont cœur s'arrêter devant le spectacle hallucinant, la certitude de la mort à venir.

- Ils y en a un paquet... Des... des dizaines de milliers ! Peut-être même plus...

- Reçu sergent, fit le colonel. Tenez le plus longtemps possible. Je fais le nécessaire pour organiser la résistance. L'évacuation des réfugiés est en cours. C'est prioritaire.

- Compris, mon colonel.

- Résistez jusqu'au bout. Pas de quartier, pas de reddition. Et que Dieu vous garde !

- Vous aussi. Adieu. Terminé.

**

Ciel de Bourgogne, 7 Juillet, 15:20

Lupus fit basculer l'affichage de l'écran radar en portée maximale. *Aucun plot à moins de 150 km...* Bandit-2 jouait vraisemblablement à saute-collines dans les montagnes pour rester sous la couverture radar. C'était en tous cas ce qu'il aurait fait à la place.

Il consulta le tachymètre. Il volait à Mach 1,25 vers la trouée de Belfort, l'endroit de passage le plus probable pour Bandit-2. Chaque seconde, le Rafale avalait 350 mètres. *Belfort dans quatre minutes.* Le Russe n'était pas chez lui et ignorait certainement la particularité géologique de Belfort... du moins, il l'espérait car c'était sa seule chance de retrouver sa trace.

Par prudence, il échafauda un plan alternatif au cas où le Russe éviterait Belfort. Cap au Sud-est, vers Lyon, à vitesse maximale et haute altitude. *Attente en embuscade près de Lyon. Lacets descendants vers le nord et radar actif pour illuminer le fond des vallées.* C'était l'option de la dernière chance. Mais que cherchait le Russe ? Quel était son objectif ? La question revenait sans cesse. Connaître la nature de l'objectif était le seul moyen de réduire le niveau d'incertitude et d'augmenter les chances d'interception. Mais aucun service de renseignements ne pouvait l'aider et la probabilité de réussir l'interception dans ces conditions restait désespérément faible.

Il chercherait Bandit-2 au radar, le localiserait et passerait devant lui. C'était le plan. Anxieusement, il vérifia les instruments et contrôla à nouveau le radar. *Toujours rien…*

Solidement attaché à son siège, radar en portée maximale, Lupus continua sa progression vers la cible invisible dans un mélange d'excitation et d'appréhension.

***

Sud des Vosges, juillet, 15:20

Gonchakov volait au-dessus du vignoble Alsacien. Il pencha la tête pour surveiller le parterre de rangées de vignes géométrique qui défilaient sous les ailes du chasseur. Les routes de cette région fertile étaient elles aussi parsemées de véhicules à l'abandon, les maisons et églises réduites à l'état de moignons carbonisés comme autant de preuves de l'absence de sanctuaires contre le Fléau d'Attila.

La ligne des Vosges s'éloigna à droite et il bascula pour rester à flanc de montagnes. Devant lui, l'horizon s'ouvrit sur une sorte d'immense couloir. Loin à gauche, le massif du Jura s'élevait progressivement vers les Alpes. A droite, les Vosges perdaient en hauteur et se rapprochaient d'une plaine étroite. Une autoroute à six voies, magnifique repère pour la navigation aérienne, passait à proximité d'une ville de taille moyenne. Il consulta sa carte. *Belfort.*

Le pilote devait maintenant bifurquer plein sud pour rester à l'est des massifs. D'après la carte routière, il allait franchir la trouée de Belfort, plate et ouverte. *Aucune protection naturelle au-dessus de la plaine et jusqu'aux reliefs du Jura. Moins d'une minute pour la franchir au ras du sol.* Si un chasseur devait l'intercepter, c'était là qu'il devait le faire…

Il contempla ses options. Il pouvait bifurquer plein est pour passer par la Forêt Noire et la Suisse et se cacher derrière les montagnes mais le détour allongeait considérablement le trajet alors que le timing était déjà serré et le carburant limité. Sans compter qu'il exciterait les défenses anti-aériennes suisses et allemandes, si elles étaient encore actives… *Tout sauf tomber sur des Eurofighter allemands ou des Hornet suisses !*

Gonchakov évalua la solution. Malgré son âme de combattant et de chasseur, il était toujours prudent. *L'avantage de l'expérience…* Mais fuir n'était pas dans sa nature. Il décida de tenter sa chance au-dessus de la trouée.

Vérifiant une dernière fois le RWR, toujours vierge, il quitta avec regret l'abri des Vosges. Il laissa Belfort à droite et mit cap au sud en direction du massif jurassien. Progressivement, il s'aventura au-dessus de la trouée, collé au relief, œil rivé sur le RWR.

La sueur perla sur son front malgré l'air conditionné de l'habitacle. Il vola à découvert pendant vingt-cinq secondes.

Il était presque à mi-chemin lorsque le RWR et les bips d'alerte radar s'activèrent, lui arrachant une grimace d'agacement.

Quelque part à droite, un intercepteur l'avait repéré.

***

Pressé par le temps, gêné par le hurlement des sirènes d'alerte, le colonel Francillard appela lui-même le responsable des forces d'intervention pour expliquer la situation et lui demander de regrouper des hommes et des mortiers pour soulager les combattants de première ligne. L'idée était de faire le plus de ravages dans les rangs des infectés, juste devant le point d'appui, et permettre le ravitaillement en matériel et en hommes pour combler les pertes.

Il contacta ensuite le responsable des chars rescapés et lui ordonna de créer une ligne de défense entre le point d'appui et la section de mortier. Si le point d'appui s'effondrait, les chars déclencherait un feu d'enfer en tir tendu et à vue sur les infectés. Au besoin, ils manœuvreraient au milieu des infectés pour se repositionner en arrière et ravager les rangs des attaquants.

Il passa enfin plusieurs appels pour assurer l'approvisionnement des hommes en première ligne, déclencher l'évacuation d'urgence des réfugiés et mettre à l'abri le docteur Hikashi. Tous les hommes acceptèrent la tâche sans broncher. Il reposa le téléphone d'une main tremblante, consterné par la tournure des événements et rassuré par le professionnalisme de ses hommes qui, venant d'unités et de bases différentes, sans cohésion particulière, étaient animés de la même volonté de faire leur devoir et servir ce qui restait du pays.

Il coiffa son casque lourd, prit son talkie-walkie et un pistolet et, suivi de son aide de camp, monta au milieu de l'affolement général sur le toit du bâtiment pour observer les opérations.

***

Au-dessus du Jura, 7 juillet, 15:21

Proche de la vitesse du son, volant à moins de vingt mètres d'altitude, Gonchakov était concentré sur le terrain et les instruments de vol. La moindre inattention, la plus petite hésitation

550

ou erreur de pilotage et l'avion percuterait le sol sans laisser au pilote le temps d'actionner le siège éjectable, ni même de s'en rendre compte.

Il y avait à peine deux minutes que l'intercepteur ennemi l'avait découvert au-dessus de la trouée de Belfort. La sinistre lumière rouge du RWR et les bips d'alerte avaient cessé lorsqu'il avait retrouvé l'abri du relief, mais il savait qu'il était poursuivi par un Rafale. Le RWR l'avait clairement identifié.

Ce pilote-là était d'une autre trempe. Il ne lâchait pas sa proie. L'intercepteur français remontait vers lui depuis neuf minutes et Gonchakov était maintenant certain qu'il allait le traquer jusqu'au bout. Il y aurait combat...

Polyshkin. Où était-il ? S'il débarquait, la situation pouvait changer du tout au tout. Coordination radio, manœuvre en tenaille...

Devant lui, le paysage du Jura s'ouvrit brusquement sur une vallée recouverte d'herbe rase et semée de bosquets d'arbres. Avec résolution, il gagna le fond rassurant et protecteur de la vallée et réfléchit à la suite.

La seule approche viable était de prendre de vitesse l'intercepteur et passer devant lui pour arriver en premier sur l'objectif. De cette manière, les missiles du Français auraient du mal à le rattraper et il aurait réussi à neutraliser Bugey.

Il devait prendre de la vitesse et de l'altitude. Près du sol, l'air était trop dense et ne permettait pas de dépasser la vitesse du son. Mais monter en altitude, c'était quitter l'abri des montagnes et augmenter la probabilité de repérage. Et l'effort de grimpée ralentirait la progression et permettrait à l'intercepteur de gagner du terrain... S'il décidait de prendre le risque, alors il avait deux options. Soit il gagnait l'intercepteur de vitesse, soit il bifurquait vers lui, tirait un missile pour lui faire perdre du temps pendant qu'il continuait vers Bugey.

En résumé, fuir ou combattre.

Fuir était envisageable. En configuration air-air, le Sukhoi avait une vitesse maximale de plus de Mach 2,2, bien au-delà de celle du Rafale. Mais il devrait ralentir à l'approche de l'objectif pour larguer la KMGU-2 sur Bugey puis Cruas. L'intercepteur en profiterait pour se rapprocher. Gonchakov se força à souffler pour conserver son calme.

Le but. Revenir au but de la mission. Le largage des bombes sur les objectifs. Ce qui arriverait après n'était pas important pour la mission. Dans le pire des cas, une fois la KMGU larguée, il pouvait être détruit. *Mais la mission serait réussie.*

Et combattre ? Cela signifiait prendre de l'altitude, ouvrir l'angle vers le Rafale et l'engager en tirant un missile. C'était ce qu'il préférait car c'était en accord avec son instinct de chasse. Mais l'intercepteur ne resterait pas inactif. Le risque était qu'il engage à son tour le Sukhoi s'il était à portée. Et s'il était abattu avant d'avoir largué la KMGU, *la mission serait un échec.* La sueur ruisselant sur le corps, il reporta la décision et se concentra sur le terrain.

Douze minutes de vol avant le point de ralliement avec Polyshkin. Deux cent cinquante kilomètres. Suffisant pour prendre une décision.

***

Les premières rafales retentirent dans l'air chargé d'électricité. Le soldat qui raccompagnait Kiyo à son laboratoire stoppa net, tendu. Autour d'eux, les soldats et les civils se regardèrent. Les pompiers qui s'affairaient à éteindre l'incendie des Rafale marquèrent une pause. Les sirènes d'alerte retentirent, puissantes et lugubres.

- Que se passe-t-il ? demanda Kiyo, inquiète et tremblante.
- Aucune idée. Attendez.

Le soldat appela quelqu'un à la radio. La voix qui lui répondit transpirait l'inquiétude, malgré la déformation du son.

- Brèche dans le périmètre, fit la voix. Du côté de PSA. On évacue.

Kiyo eut la sensation que le sol s'ouvrait sous elle. Elle cessa d'écouter en pensant aux conséquences de l'événement.

Les recherches, les moyens obtenus, le prototype de microscope...

- Madame ! fit le soldat en finissant sa conversation. *Docteur !*

Elle revint péniblement à la réalité. L'homme braquait des yeux inquiets sur elle.

- Nous devons évacuer. Les réfugiés vont partir dans les véhicules et les avions disponibles.
- Et nous ?
- Vous êtes prioritaire. On m'a demandé de vous amener à un hélicoptère. Vous y serez prise en charge. C'est tout ce que je sais. Venez. Ne perdons pas de temps.
- Non, attendez... J'ai laissé mon dictaphone dans le laboratoire quand l'avion a attaqué. Je ne peux pas partir sans lui. Il contient le résumé de toutes mes observations. Il peut toujours servir, même si je... si je meurs.
- Madame... commença le soldat.

Il hésita, visiblement tiraillé. Il regarda les deux gros hélicoptères parqués devant un bâtiment, puis le laboratoire de Kiyo, à l'opposée. Enfin, il regarda en direction des tirs. Les chars mettaient leur moteur en marche et s'apprêtaient à bouger. Des hommes couraient vers la position en emportant des mortiers légers. La bataille débutait. Il avait encore un peu de temps. *Mais pas beaucoup…*

- OK docteur, concéda-t-il en soupirant. On y va. On va chercher votre dictaphone.

***

Ciel de Bourgogne, 7 Juillet, 15:22

Lupus fonçait vers le Haut Jura. La partie de chasse continuait, plus indécise que jamais.

Il avait perdu Bandit-2 depuis la trouée de Belfort. L'avion inconnu, se sachant repéré, s'était fondu dans le paysage. Seule certitude : Bandit-2 volait en permanence vers le sud depuis le premier repérage. C'était là-bas, quelque part, que se trouvait son objectif, toujours inconnu.

Tendu, il s'obligea à revoir sa procédure d'interception.

Si les hypothèses utilisées sont bonnes, le nouveau point de cut-off est quelque part au-dessus des Alpes, entre Lausanne et le Léman.

Il indiqua le nouveau point sur la carte, programma l'ordinateur de navigation et lâcha les commandes pour se consacrer à la mission. Il contrôla une nouvelle fois le radar, la consommation et les divers paramètres critiques du vol.

Aïe. Va falloir larguer les bidons de 1250 litres pour réduire la traînée et la conso… Encore assez de jus pour le combat. Pas assez pour revenir à Vélizy. Va falloir trouver un endroit pour ravitailler dans le coin et éviter la panne après l'interception. Voyons…

Il déplia la carte alors que le Rafale fonçait dans l'air froid en mode automatique et continua le tracé qu'il avait entamé précédemment. Il estima le temps et la distance à parcourir jusqu'au point de cut-off. A partir du point, il identifia les meilleures bases de ravitaillement.

Grenoble en priorité. Sinon, Lyon, Orange, Salon de Provence, Istres ou Nice.

Rassuré par la présence des bases alternatives, il constata que les bidons ventraux étaient vides et déclencha le largage.

A présent en configuration lisse, il ne disposait plus que des réserves internes de carburant.

La conclusion de l'interception devait arriver rapidement s'il souhaitait éviter la panne sèche, réussir la mission…

… et éviter le trajet de retour à pied vers Bordeaux.

***

CHAPITRE 19

Haut-Jura, 7 juillet, 15:30
En onze minutes, le Rafale couvrit le trajet de Belfort, où il avait repéré Bandit-2 au radar, au nouveau point de cut-off, au-dessus des Alpes. Postcombustion allumée pour ne pas perdre de temps, l'avion consommait atrocement vite les réserves de carburant, à présent proches du bingo fuel. Avec regret, Lupus réduisit la vitesse pour baisser la consommation, passant sur le dos pour tenter de repérer visuellement Bandit-2 dans le paysage alpin.

Il fit appel à sa mémoire et se rappela que les chasseurs embarqués russes étaient camouflés en tons de bleu sur le dessus et en bleu clair uni sur le dessous. Les yeux à l'affût, nerfs tendus, il ne vit qu'un dédale de collines, de vallées et de montagnes, une alternance de zones d'ombre et de lumière, des contrastes difficiles à résoudre pour l'œil humain. *Trop de trous, de bosses, d'ombres, de lumière...* Pour le repérer, il abandonna la recherche d'objet ou de couleur, pour celle d'un mouvement, celui de l'avion ou de son ombre au sol. La vision périphérique était nécessaire.

Bandit-2 pouvait passer sous lui sans qu'il s'en aperçoive. Pour ce qu'il en savait, le Russe pouvait déjà se trouver au sud s'il était allé plus vite que lui... ou à l'est s'il avait changé d'itinéraire... ou au nord de sa position s'il avait gardé le cap et décidé de se battre... Comment savoir ?

Dépité, le ventre noué par l'angoisse d'avoir fait un mauvais calcul, il n'avait plus le choix. Il atteignit le point de *cut-off*, rétablit l'avion et entama une série de cercles concentriques, nez du chasseur pointé vers les vallées pour éclairer le relief au radar et augmenter la probabilité de repérage de Bandit-2.

***

Haut-Jura, 7 juillet, 15:30
Fonçant à peine en-dessous du Mach à trente mètres du sol, Gonchakov vérifia les jauges de carburant. Les réservoirs contenaient encore un tiers des pleins.

Il volait entre deux massifs montagneux parallèles et dût lever la tête pour apercevoir le bleu du ciel. Les murailles naturelles étaient la meilleure protection contre les radars mais elles pouvaient se transformer en piège mortel si un chasseur se présentait en altitude dans l'alignement de la vallée.

Il n'avait aucune nouvelle de Polyshkin depuis cinquante minutes. Il connaissait trop bien l'impulsivité des jeunes pilotes agressifs, désireux de bien faire et d'être reconnus par leurs pairs. La tentation d'annoncer le succès de la mission par radio était irrésistible. Gonchakov aurait réagi comme ça à sa place.

Polyshkin s'est fait avoir. C'est sûr. Comment expliquer la présence de ce putain de Rafale dans le coin ? Les Français ont du comprendre que la mission de Polyshkin était un leurre. Ils ne sont pas tombés dans le piège. C'est moi qu'ils cherchent. Inutile de compter sur Polyshkin. Reste à sauver le zinc jusqu'à la centrale pour réussir la mission.

Il remua sur son siège.

Dernière ligne droite. Un contre un. Un Su-33 bourré d'armes contre un Rafale technologiquement supérieur. Ça va être chaud jusqu'à Bugey... Après, quitte à crever, autant se battre si je le peux encore. Le Français va goûter au pilotage Russe ! Et si je m'en sors, ravitaillement par Nice et redécollage le lendemain pour le Kuznetsov. Deux mille kilomètres par la Suisse, l'Allemagne, l'espace maritime anglais et danois...

Il revint à la navigation. Encore cent soixante dix kilomètres jusqu'à Bugey. Il vérifia le RWR. L'écran était inerte mais son instinct de chasseur lui disait que le Rafale était là, quelque part, proche d'une position de tir.

Calé dans le siège K-36DM incliné à dix-sept degrés, mains sur la manette des gaz et le manche à balai, il fouilla du regard le paysage autour de lui. La verrière en bulle d'eau offrait une vue époustouflante à 270 degrés. Seul le secteur arrière était partiellement obstrué par l'arceau de verrière, les plans canards et les ailes. Il se contorsionna, cou tendu, pour vérifier une nouvelle fois le ciel derrière lui. Sur la visière du casque, les paramètres critiques du vol continuèrent à s'afficher en superposition malgré les mouvements de tête. C'était de là que le Rafale pouvait surgir s'il était parvenu à le rattraper. Radar en veille, invisible, le Français pouvait approcher, se mettre en position et le shooter en thermique sans qu'il s'en aperçoive. Mais le ciel était vierge entre les dérives bleues.

Le secteur avant était tout aussi dangereux. Si le Français avait réussi sa manœuvre de *cut-off*, il pouvait surgir devant lui à tout instant... Si c'était le cas, tout se jouerait en quelques secondes. Si près de l'objectif, Gonchakov n'aurait plus d'autre choix que de passer en force : engager et éliminer l'intercepteur. Tirer le premier pour forcer le Rafale à se mettre en position défensive. Ensuite, il pourrait tirer un second missile pour appuyer la menace sur le Rafale et filer vers l'objectif à vitesse maximale. Mais, au combat comme dans la vie, les plans étaient faits pour tomber à l'eau au dernier moment. Cette pensée envoya une crispation involontaire dans la main de Gonchakov, celle qui reposait sur la manette qui contrôlait les armes. Il *détestait* l'incertitude...

Il contrôla le système d'armes. *Radar en veille. Sélecteur principal d'armement sur air-air, R-27ET sélectionné... Mode IRST... Viseur de casque activé... OK, prêt !*

Il resta à trente mètres d'altitude, passa une rivière qui sinuait à travers des marécages puis, arrivé au pied du col, partit vers le ciel à un angle de cinquante degrés. Le Sukhoi passa la ligne de crête, fit un demi-tonneau pour négocier le passage de l'obstacle en g-positif sur le dos.

Alors qu'il amorçait sa bascule vers le sol en tirant sur le manche, son cœur un *bip* d'alerte radar retentit et le RWR s'illumina de rouge.

Accroché ! Le Rafale m'a retrouvé !

***

Allongé sur le toit du bâtiment, le colonel regarda à travers les jumelles en direction des tirs qui s'intensifiaient. Les chars finissaient de se placer en arc de cercle à une centaine de mètres du point d'appui. Des soldats convergeaient de toutes parts vers la brèche et se mettaient en position, prêts à tirer sur les infectés s'ils submergeaient le point d'appui et parvenaient à franchir la butte renforcée. Une colonne d'hommes filait vers les combattants avec des caisses de munitions et des produits de soins. Un peu à l'écart, la section de mortier s'était mise à l'œuvre. Après quelques tirs de réglage, les premiers obus tombèrent au milieu des infectés, juste devant le point d'appui. *Parfait...*

Au-delà de la butte, au niveau des barbelés affaissés, la scène était stupéfiante. Les balles et les obus de mortiers avaient fauché une multitude d'infectés mais, derrière, malgré les carnages dans leurs rangs, les infectés valides s'engouffraient dans la brèche et piétinaient leurs semblables qui gisaient à terre. La brèche était visiblement trop étroite pour permettre le passage des infectés en même temps. Des dizaines de milliers d'infectés se pressaient à l'extérieur du camp alors qu'une centaine seulement pouvait passer en même temps par la brèche. *Tant qu'elle ne s'élargit pas, ils devront passer par ce goulet d'étranglement. Du tir au lapin pour les...*

Il ne put achever sa pensée. Avec horreur, il vit les barbelés adjacents à la brèche céder à leur tour sous la pression des milliers d'infectés déchainés par l'agitation. La gorge sèche, il réalisa qu'une centaine de mètres de défense venaient de s'effondrer.

***

Haut-Jura, près de Nantua, 7 juillet

Assise sur un talus qui descendait de la ferme vers le fond de la vallée, Alison contrôlait l'ensemble des axes d'approche de la ferme. Elle avait exploré le côté opposé de la ferme, un massif boisé et vallonné sans autre voie d'accès qu'un vague sentier de randonnée peu utilisé. Aucune menace à attendre de ce côté.

Devant elle, sur un torchon propre, elle regarda une dernière fois les pièces qui composaient son fusil, nettoyées et huilées. Satisfaite, elle commença à remonter l'arme.

C'était une tâche fastidieuse pour la majorité des militaires mais elle aimait ce moment de concentration sur des actes simples et mécaniques. Elle aimait s'occuper de son arme, c'était son outil de travail, un outil particulier puisqu'il protégeait sa vie, servait son pays... et assurait aujourd'hui la sécurité d'une petite fille de huit ans.

Solène jouait en contrebas avec l'éléphant en peluche qu'elle lui avait ramené de la ferme. Alison l'entendit babiller et se raconter des histoires. C'était un bruit de fond extraordinairement apaisant, une sorte de rappel que la vie pouvait encore être douce à partir du moment où les besoins primaires étaient remplis. Nourriture, eau, logement, protection... impossible de s'épanouir sans cela. Si Solène pouvait à présent s'adonner aux jeux de son âge et vivre dans son monde imaginaire, c'était parce qu'elle n'avait plus à se soucier de manger, de boire ou de se protéger.

Elle fit une pause et, des yeux, regarda le paysage. Le monde restait chaotique et dangereux mais il était possible de survivre et, mieux, de reprendre une vie à peu près normale.

Elle huma les senteurs corsées de la nature gorgée de soleil. Pour la première fois depuis longtemps, elle sentit un début d'apaisement en elle. C'était la première fois depuis le début des événements qu'elle n'avait pas à se battre. Les truands avaient perdu du monde.

Ils avaient du réfléchir. Ils les laisseraient peut-être tranquilles maintenant… Malgré les douleurs à la jambe et au bras, sa poitrine se gonfla de bonheur. *Si seulement la vie pouvait continuer sur le même rythme…*

Elle regarda autour d'elle et admira le paysage grandiose illuminé par la chaude lumière estivale. La nourriture et l'eau étaient faciles à trouver. Elle avait repéré des vergers en contrebas et les fruits arrivaient à maturité. Bientôt, des poires, prunes, mirabelles seraient disponibles. Mieux, les infectés n'étaient pas nombreux et ceux qui restaient pouvaient être éliminés facilement, sans compter que le temps jouait contre eux. Privés de nourriture, les infectés finiraient par mourir dans les mois ou les semaines à venir. En alliant prudence et patience, Solène et elle pouvaient survivre ici. Une fois débarrassées des infectés, elles pourraient même retourner dans le Sud, à Nice, Marseille, Toulon ou Gênes pour y attendre l'arrivée d'un bâtiment de guerre américain ou d'un navire de commerce rescapé. Elles pourraient alors concevoir un plan pour rentrer ensemble au pays.

Elle reprit le nettoyage des pièces, sourcils froncés.

Qu'est-ce qui l'attendait en Belgique ? L'armée ? Reprendre du service ? Possible. Elle était une femme de conviction et d'honneur. Elle avait pour but de servir son pays. Mais que restait-il à défendre ? Sans information fiable sur son pays depuis l'appareillage du Chosin, elle était réduite aux suppositions. L'armée américaine était-elle encore à Bruxelles ? Et si c'était le cas, que se passerait-il pour la fillette sur place ? Elle n'était pas Américaine… Malgré l'affection réciproque qu'elles se portaient, leur relation n'avait aucun fondement légal. Et s'il fallait choisir entre Solène et l'armée, que ferait-elle ? Sans compter qu'une fois sur place, la capitale Belge se trouvait dans une plaine, sans défenses naturelles comme ici, au milieu des Alpes. C'était une grande ville, une capitale, un endroit où des millions de gens avaient vécu… et autant d'infectés aujourd'hui !

Elle devait trouver le moyen de faire pencher la balance vers une option, rationnellement ou, si nécessaire, émotionnellement.

Avec un soupir, elle se replongea dans son activité.

***

Au-dessus de Lausanne, 7 juillet

Lupus entama un nouveau cercle, radar allumé, au-dessus des eaux sombres et lisses du lac de Lausanne dont le centre correspondait au nouveau point de *cut-off*. S'il passait dans le secteur arrière de Bandit-2, la partie était perdue. Alors qu'il finissait le cercle, un plot radar apparut soudain sur l'écran latéral gauche, droit dans l'axe, à l'ouest de sa position.

Contact ! Il avait vu juste. Le Russe avait poursuivi au sud, vers son objectif mystérieux.

D'une main fébrile, il bascula aussitôt au sud de la position du spot pour poursuivre l'interception. Il appela le Contrôle de Vélizy et parvint, malgré la médiocrité de la transmission, hachée par les grésillements statiques, à rendre compte de ses actions puis il enclencha le pilote automatique et se concentra sur les cartes.

Bandit-2 avait suivi le fond des vallées depuis Belfort. Il était clair que le Russe et lui s'étaient croisés sans le savoir... et qu'il avait mal calculé le point de cut-off. Il était allé trop loin à l'est... Mais il était parvenu à rester devant Bandit-2 dont la constance du cap, en dépit de la menace que Lupus représentait, indiquait qu'il n'avait pas encore atteint son but.

Ah ! Si je savais ce que c'était, je pourrais l'intercepter... Faisons le point. Il reste en permanence à couvert derrière les montagnes et file au sud. Son objectif se trouve donc dans le coin, près des montagnes... Mais où ? Qu'est-ce que c'est, bon dieu !

Sur la carte routière, il fit une croix pour représenter la dernière position du Russe, puis traça une droite qui pointait grossièrement vers le sud. *Quels sont les points stratégiques au sud ? Grenoble et la chimie ? Non. Marseille, les raffineries ? Peut-être. Lyon et sa concentration industrielle ? L'Institut Mérieux ?* Il repensa aux propos de Kiyo. *Possible. Surtout si les Russes sont à l'origine du Fléau d'Attila... Kiyo a indiqué que les Russes ont aussi un laboratoire P4. De là à imaginer qu'ils souhaitent détruire l'installation française pour empêcher le pays de trouver une solution...* Intuitivement, il en écarta l'idée. *Tirée par les cheveux. Des usines ? Des bases militaires ? Non. Aucun sens.* Et soudain, il entrevit une autre possibilité. Des souvenirs de vacances refirent surface. *Les tours de refroidissement des centrales nucléaires en vallée du Rhône, visibles depuis l'autoroute.* Son estomac se noua. *Les centrales nucléaires... Les centrales ? Pourquoi pas ?*

Les deux chasseurs étaient au même niveau. Lupus se trouvait à l'est en hauteur, Bandit 2 à l'ouest, plus près du sol. Lupus avait l'avantage de la position. Les ordres étaient simples. Engager et détruire dès identification.

L'adrénaline accompagna son passage en mode combat. Il actionna l'IFF et, sans surprise, n'obtint aucun retour. A l'aide de la

560

voie infrarouge de l'OSF, il éclaira dans l'axe de l'avion, en direction du plot relevé par le radar. Quelques secondes plus tard, le rayon accrocha un objet nettement plus chaud que le paysage environnant, éloigné et en mouvement rapide. L'image d'un avion en mouvement traversa l'écran. Malgré l'entraînement, Lupus eut le plus grand mal à accrocher le rayon sur l'avion. Lorsqu'il y parvint, il mit l'OSF en suivi automatique et agrandit l'image de l'avion sur l'écran.

Lorsqu'il vit la forme anguleuse et racée de l'avion sur l'écran en tons gris, il reconnut aussitôt un Su-33. Redoutable, malgré son âge, un camion à missiles avec ses douze points d'emport. Si le pilote était aussi bon et déterminé à réussir sa mission, la lutte allait être rude.

A quatre-vingt cinq kilomètres de distance, Bandit-2 était trop loin pour un engagement efficace aux missiles. Lupus devait approcher, réduire la distance de tir et se méfier de la réaction du Russe. Jouant du manche, il mit l'avion en piqué léger, ailes à plat, gaz à fond. En dehors de la supériorité du radar, son seul avantage sur Bandit-2 était l'altitude. A près de quatre mille mètres, il pouvait accélérer en descendant. Autre avantage de l'altitude : elle augmentait la portée utile des missiles.

- Rasoir 7-21 à Contrôle Sol, Bandit-2 est un Su-33. Aucun doute. J'engage. Terminé.

Alors que Vélizy confirmait péniblement dans un langage déformé par la mauvaise réception, l'image thermique et le plot radar du Sukhoi disparurent soudainement des écrans. Lupus laissa échapper un juron. Il venait de perdre le Sukhoi…

Impuissant mais fort de son hypothèse sur la nature de l'objectif, il remit le chasseur en vol stabilisé vers un nouveau point de *cut-off* au sud-ouest, les moteurs poussant à fond. Sous les ailes, les eaux placides du lac de Lausanne reflétèrent la couleur du ciel à l'image d'un gigantesque miroir.

***

Haut-Jura, 7 juillet

Gonchakov consulta le détecteur de menaces. L'ennemi était devant lui, à gauche, et coupait la route vers la centrale nucléaire, cent vingt kilomètres au sud. Le cœur battant, cherchant à rester sur la trajectoire de Bugey sans indiquer la nature de son objectif, il était certain qu'il n'avait échappé à un tir du Français qu'en basculant derrière une crête rocheuse.

De sa position, le Rafale menaçait directement la mission et Gonchakov ne pouvait plus se contenter de l'ignorer en changeant de cap. S'il essayait de prendre de l'altitude et de gagner le Rafale de vitesse, il prenait le risque d'être abattu avec son chargement. Et s'il collait au terrain, le Rafale, qui évoluait plus vite que lui du fait de son altitude élevée, le retrouverait tôt ou tard. Il était pris au piège. Le Rafale était en mesure de couper la route de la centrale, quelle que soit la route d'approche de Bugey. Une seule conclusion s'imposait : il fallait combattre pour passer.

Servi par l'entraînement au combat, Gonchakov passa à l'action. Il devait aller très vite.

Il prit de l'altitude, moteurs à fond, et ouvrit l'angle en déviant de trente degrés à gauche. Les R-27EM russes surclassaient les MICA-EM français en distance, atteignant une cible à 170 km en mode convergeant, 80 en divergeant. Il avait donc un minuscule avantage, une poignée de secondes… Du doigt, il sélectionna le R-27EM.

Multipliant les changements brutaux de position pour éviter d'être accroché trop vite, il mit le radar en marche en prenant de l'altitude et détecta rapidement le Rafale. *En haut, à gauche, loin...* Le radar mesura la distance, détermina l'orientation de l'avion et envoya les données aux missiles sélectionnés par le pilote.

Au même moment, l'avertisseur de menace monta dans les aigus et s'illumina de rouge. Le chasseur l'avait repéré et se mettait à son tour en position d'attaque Le duel à mort était engagé.

Le cœur battant à tout rompre, il vérifia que la cible se trouvait bien à l'intérieur de la zone mortelle des *Alamo* puis appuya deux fois sur le commutateur de tir.

Sous l'aile, les deux missiles tombèrent en chute libre à une seconde d'intervalle. Leur moteur à propulsion chimique se mit en marche alors que les données de ciblage collectées par le radar étaient transférées au cerveau électronique des armes, indiquant la position de la cible et sa zone de localisation possible en prenant en compte son altitude et sa vitesse.

L'accélération fulgurante de leur moteur-fusée emmena les 39 kg de charge explosive à fragmentation à Mach 4 vers le point où se trouvait le Rafale, au-delà de l'horizon.

***

Au trot, le soldat et Kiyo gagnèrent le laboratoire. L'équipe de garde était invisible. Kiyo hésita. En toute logique, elle ne pouvait entrer dans le local sans passer sa tenue. C'était une perte de temps considérable. Elle regarda le soldat, indécise.

- Dépêchez-vous, docteur ! Ça à l'air de chauffer là-bas ! On ne peut pas rester ici...

Kiyo écouta à son tour. Les tirs avaient augmenté.

La chercheuse se décida brusquement et poussa les bâches en plastique en retenant sa respiration pendant que le soldat montait la garde dehors. C'était un réflexe, inutile, car les risques de contagion, d'après ce qu'elle connaissait du Fléau, étaient quasiment inexistants dans ces conditions.

Elle gagna son coin de travail et chercha le dictaphone. Elle le trouva à sa place, sur la table, l'empocha rapidement et réfléchit à ce qu'elle pouvait emporter. *L'ordinateur. Les résultats écrits des travaux. Le disque dur.*

Elle s'y précipita et déconnecta le disque dur externe qui contenait les données sauvegardées.

Elle sursauta soudain lorsque des tirs plus forts que les autres retentirent.

***

Bordeaux, 7 juillet

Le soldat, assis sur une pile de sacs de sable, fumait tranquillement en observant le spectacle devant lui. Il avait dégrafé la sangle de son casque lourd pour alléger la pression sous le menton. Des filets de sueur coulaient sur ses joues rasées.

Avec trois autres soldats, il était de garde au point de passage *Able* sous le commandement d'un caporal-chef. De chaque côté de la structure complexe en ciment et barbelés qui fonctionnait sous forme de sas, des murs de sacs de sable, similaires à celui où il était juché, longeaient le périmètre extérieur sur une courte distance. C'était une méthode comme une autre pour renforcer la résistance de la double enceinte de barbelés électrifiés qui isolait le côté sud de la *Zone Propre* autour de Bordeaux et protégeait les réfugiés des hordes d'infectés.

- Hé, Lefebvre, fit-il sans quitter des yeux la foule d'infectés grimaçants qui s'agitaient à vingt mètres de lui, de l'autre côté des barbelés électrifiés.

Lefebvre était assis contre les sacs de sable par terre, torse nu, et tournait le dos aux infectés. Ses côtes apparaissaient, mises en relief par la sueur qui inondait son corps. Il était à l'image de tout le monde et manquait de nourriture. Les cas de mort par malnutrition étaient nombreux dans la *Zone Propre* mais, d'après les soldats, les femmes résistaient mieux aux privations pour une raison qui dépassait ses connaissances.

Il regarda pensivement son mégot.

- Tu ne trouves pas qu'il y a moins de zombies en ce moment ? fit-il.

Lefebvre répondit sans bouger.

Devant lui, de vieilles cartes à jouer étaient alignées par terre. Il jouait au solitaire.

- Sais pas. Pas fait attention.
- Tu devrais. Si j'ai raison, c'est plutôt bon signe pour nous.
- Pourquoi ?

Le soldat se débarrassa du mégot. Il le regarda franchir la double rangée de barbelés avant de retomber parmi les infectés. Lefebvre était un camarade et un bon soldat, mais il avait l'intelligence d'une huître.

- T'es vraiment trop con, Lefebvre ! Tu sais, ton cerveau, c'est pas une option. T'as été livré avec et t'as le droit de t'en servir !
- Fais pas chier, Ahmed ! Tu veux me dire quelque chose, oui ou merde ?
- Je veux dire, ducon, que les infectés sont peut-être comme nous. Ils ont faim.
- Ouais, mais eux ils ont de la bouffe. Pas comme nous.
- Pas sûr, Lefebvre. Pour nourrir ces enfoirés, il faut des tonnes de viande. Et je ne crois pas qu'il y ait encore beaucoup de survivants dehors.
- T'as peut-être raison. Ça fait longtemps qu'on a plus vu une caisse se pointer aux postes d'entrée.
- Tu vois, quand tu réfléchis un peu ! Donc, si les infectés n'ont plus de bouffe, ils doivent crever de faim. Comme nous, non ?
- Sais pas. Faut demander à un docteur.

Ahmed secoua la tête. Autant parler à un mur, c'était moins frustrant.

- Eh bien moi, continua-t-il, je dis qu'il y a moins d'infectés dehors parce qu'ils sont en train de crever de faim ! Et si c'est le cas, alors on a peut-être une chance de s'en sortir quand ces têtes de nœud auront clamsé.
- Sais pas. Peut-être. Tu veux pas venir faire une partie de cartes avec moi ? J'ai la dalle ! Encore trois heures avant la bouffe !

Ahmed secoua la tête, dépité. Le paquet de cigarettes était vide. Il allait devoir marchander pour en trouver au camp. Des pensées maussades traversèrent son esprit.

Quelle merde. Ça schlingue, j'ai fini mes cigarettes, Lefebvre est un abruti, on a encore trois heures à attendre avant l'ordinaire et je me fais chier comme un rat mort !

Assommé par son sort, il reprit à contrecœur la surveillance des rangs serrés d'infectés gémissants, véritable marée humaine qui s'étalait sur cent mètres de profondeur le long de l'enceinte de la Zone Propre.

***

Haut-Jura, 7 juillet

Dans le cockpit du Rafale, l'alarme de départ missile retentit. Le Sukhoi avait tiré le premier, le plaçant automatiquement en position défensive. A Mach 4, le missile russe mettait quarante secondes à l'atteindre. Combattre ou éviter ? *Combattre... Combattre !*

Il déplaça l'OSF et sélectionna le Sukhoi pour préparer un tir de missile thermique. Le Sukhoi et le Rafale étaient en vol convergent, les vitesses s'additionnaient et approchaient trois mille kilomètre-heure. La distance diminuait rapidement. Le domaine de tir du MICA s'ouvrit rapidement et Bandit-2 se retrouva en portée de tir. *Et les Alamo qui continuent à approcher...*

Lorsque l'arme fut prête, il tira. Un MICA-EM s'éloigna dans le jet aigu de ses propergols, traînant un panache de fumée blanche. Le missile perdit de l'altitude et vira rapidement vers le Sukhoi, à quarante-cinq kilomètres de distance. Il y avait peu de chance qu'il atteigne sa cible : le Sukhoi pouvait disparaître derrière une montagne, la tête chercheuse semi-active pouvait être leurrée par les contre-mesures du Sukhoi mais c'était le seul moyen d'obliger l'adversaire à perdre du temps en l'obligeant à éviter le MICA qui se dirigeait vers lui.

Comme prévu, le Russe disparut soudain du radar.

Il se planque... Mon missile est perdu. Mais Bandit-2 perd du temps !

Le MICA qui fonçait vers Bandit-2 ferait de son mieux pour détruire la cible mais la probabilité de l'atteindre était maintenant quasiment nulle. Le missile allait fouiller au radar l'espace aérien dans lequel la cible avait théoriquement dégagé puis essayer de la réengager avant de s'autodétruire en réalisant qu'il l'avait ratée. Restait le missile qui venait vers lui... ou plutôt, *les deux* missiles, d'après les relevés radar. *Vite. Plonger vers le sol pour éviter les missiles... Rester sur le cap de Bandit-2...*

Il bascula sur le dos et tira le manche en déclenchant manuellement les leurres antiradars pour augmenter le leurre au-delà

565

de ce que faisait automatiquement le système d'autoprotection SPECTRA. Des corolles lumineuses s'épanouirent pour attirer l'autodirecteur radar de l'Alamo alors que l'avion plongeait en tournoyant vers les montagnes protectrices. Il multiplia les ressources autour de l'axe vertical de façon à obliger les missiles qui le cherchaient à multiplier les corrections de trajectoire et épuiser le carburant dans les manœuvres.

Quelques secondes plus tard, il se retrouva sous la crête des murailles montagneuses et redressa le chasseur, la vision rétrécie par la violence du rétablissement. *Encore une poignée de secondes avant l'arrivée des Alamos...* Dissimulé derrière les crêtes, protégé par la montagne, il stabilisa l'avion et l'alerte missile stoppa net.

Lorsque la vue revint, il vérifia les instruments et bifurqua sur un cap divergent vers un nouveau point de *cut-off* pour se rapprocher du Sukhoi et éviter que le radar du missile ne le réacquiert lorsqu'il franchirait la ligne de crête des montagnes. Par précaution, il passa en mode furtif, radar en veille, armement en mode OSF.

Le SPECTRA s'illumina brièvement et indiqua que les deux missiles étaient dans son secteur arrière. Il vérifia les rétroviseurs et aperçut deux explosions à distance. *Les missiles du Sukhoi ! Ils m'ont raté ! Ils s'autodétruisent...*

Mais la partie n'était pas finie. Il avait échappé aux armes russes, et le Russe aux siennes. Il fallait continuer jusqu'à l'abattre. Il remit le radar en mode actif, paramétra le pilote automatique puis calcula le troisième point de *cut-off* de sa mission. Déchargé temporairement de la navigation, il estima la position du Sukhoi au moment du tir.

Quarante-cinq kilomètres, plein ouest. A mi-chemin entre Lons-le-Saunier et Lausanne.

A nouveau, il fit une croix sur la carte pour figurer la dernière position du Russe. S'il avait repris son cap initial au sud, alors il avait une petite chance de pouvoir l'intercepter à nouveau en forçant l'allure. Et un avantage : il avait une idée de son objectif. *Lyon...*

Alors que le Rafale poursuivait son vol à Mach 1.5 et quatre mille mètres d'altitude, Lupus refit ses calculs. Il représenta la position des deux avions sur la carte routière. Le Rafale était légèrement devant le Sukhoi. Entre eux, des dizaines de kilomètres de massifs montagneux. Radar allumé pour ne laisser aucune chance au Sukhoi, il identifia son nouveau point de *cut-off* à 110 km de distance, près de la ville de Nantua, sur l'axe Bourg-en-Bresse-Annecy. *A vitesse constante, quatre minutes.*

Sans surprise, l'avion approchait du bingo fuel. D'ores et déjà, le ravitaillement local était obligatoire pour rejoindre Vélizy. Il opta pour Grenoble ou Lyon. Mais avant, le Sukhoi continuerait vers son objectif, caché dans les vallées. Surtout, il serait *moins* rapide. Et, s'il avait bien estimé sa nouvelle position d'interception, il serait sur place *avant* le Sukhoi.

Nerfs tendus, en osmose avec le Rafale via les systèmes embarqués, il se dirigea vers Nantua comme un loup sur les traces du gibier.

***

Région de Nantua, Haut-Bugey, 15:34

Sa peluche dans les bras, Solène était assise sur une grosse roche chaude. De sa position, elle surplombait un effondrement de montagne préalpine qui s'ouvrait sur une vallée par une pente de plusieurs centaines de mètres de dénivelée.

Elle entendit Alison approcher dans son dos, s'asseoir sur la roche et poser son fusil. La chaleur du soleil chauffait le dos et la nuque.

- Toi aussi, demanda Solène, tu trouves que c'est beau ici ?

Alison hocha la tête. Devant leurs yeux émerveillés, la montagne s'ouvrait sur un grand cirque de plusieurs kilomètres de diamètre qui se transformait en une vallée étroite dont le défilé disparaissait au sud. Au nord, la montagne formait un arrondi presque vertical qui abritait le petit lac Génin aux eaux sombres bordées de forêts. Quelques maisons assoupies et isolées semblaient monter la garde au bord du lac aux eaux miroitantes.

- Il y a des endroits comme ça chez toi ? demanda Solène.

- Oui. En Alaska et en Californie. Avec des ours et des grands méchants loups !

Solène recula instinctivement. Alison sourit.

- Ne t'inquiète pas. C'est très loin d'ici. Et tu sais, les loups sont souvent préférables aux hommes.

- Pourquoi ?

- Les loups ne sont pas méchants. Ils attaquent pour se nourrir et ont généralement peur de nous. Mais l'homme… C'est différent. Le pire prédateur de l'homme, c'est l'homme. Tu l'as vu toi-même.

Solène prit instinctivement sa peluche et la berça doucement. Alison soupira et s'empara du fusil qu'elle pointa vers les eaux du lac en regardant à travers la lunette. Des silhouettes erraient sur les berges et l'étroite route asphaltée sur la rive du lac.

- Ils sont arrivés jusqu'ici… murmura-t-elle. Il y a une route et des maisons au fond de la vallée. C'est possible que les habitants soient tombés malades.

Elle continua son exploration visuelle du lac, cherchant à égayer la journée. Un mouvement bref, vaguement métallique, attira son attention à la surface du lac. Elle repéra des ronds qui s'élargissaient. Quelque chose avait brisé le calme de l'eau douce. Elle fronça les sourcils et se concentra. Moins de dix secondes plus tard, elle comprit l'origine des ronds concentriques lorsque le reflet argenté d'un poisson brisa le miroir liquide.

- Le lac est plein de poissons ! jubila-t-elle en se tournant vers la fillette.

Solène fut instantanément sur ses jambes. Alison libéra le chargeur et lui tendit l'arme. La fillette vissa son œil à la lunette.

- Je ne vois rien.
- Patience.

Solène patrouilla la surface du lac, sourcils froncés.

- Ah oui ! Là ! J'en ai vu un qui sautait ! Il était énorme !

La voix aigüe et la joie de Solène firent naître un sourire sur le visage d'Alison. Elle caressa les longs cheveux clairs avec tendresse et sentit son cœur se détendre. C'était un moment de bonheur, minuscule et précieux.

- Dès que je serai retapée, annonça la militaire, on construira deux cannes à pêche, on trouvera des appâts et on ira pêcher en bas !

Le cœur léger et la gorge nouée, elle reprit son fusil.

- On peut rester ici, ensemble, Alison ? Toujours ?
- Je ne sais pas.

Les yeux de Solène étaient levés vers elle en une interrogation muette. C'était la première fois que la militaire éprouvait des réactions maternelles. *Pouvait-elle se le permettre ?* Solène n'était *pas* sa fille. Comme avec le couple de vieillards de Bonifacio, elle était libre de la quitter quand elle le souhaitait car, au fond, elle représentait une charge et la ralentissait. Et quelle garantie avait-elle que le lien était solide ? N'était-ce pas le résultat de la présence permanente d'une menace extérieure qui nécessitait leur union pour survivre ? Était-ce aussi basique que cela ou y avait-il quelque chose de plus profond dans leur sentiment ? C'était le cas de son côté, elle n'avait plus de doute sur la question.

Mais Solène ? Elle avait tellement peur de la blesser et de la perdre ! Et pourtant, l'enfant était pure et innocente. Elle avait droit à la vérité. C'était la meilleure façon de montrer la sincérité de son attachement, mais elle devait trouver les mots justes pour lui répondre.

- Tu sais, j'hésite, fit-elle en cherchant les mots. C'est difficile pour moi. Mon devoir de soldat d'un côté, ma responsabilité envers toi de l'autre... Mon cerveau me dit d'aller en Belgique, avec ou sans toi. C'est là-bas que j'ai le plus de chance de retrouver d'autres soldats américains. Mais si j'écoute mon cœur et que j'agis comme... comme ta maman l'aurait fait, alors je dois rester ici, près de toi, pour te protéger. Ce n'est pas une décision facile. Tu comprends ?

Solène prit appui dans les bras d'Alison.

- Si maman t'avait connue, je suis sûre qu'elle aurait été ton amie. Tu sais, depuis qu'elle est morte, c'est toi ma maman.

L'Américaine sentit sa gorge se serrer. Sans s'en rendre compte, avec le naturel propre à l'enfance, la fillette venait de lui faire le plus beau des compliments, lui transférant une énergie prodigieuse qui balayait les doutes. Du haut de ses huit ans, elle venait de confirmer que, malgré leurs différences, il y avait quelque chose entre elles qui dépassait la simple recherche d'un intérêt mutuel. Malgré l'horreur qui les entourait, l'avenir sombre qui les attendait et la difficulté de mener une vie normale, le Fléau d'Attila n'était pas parvenu à effacer le lien fragile qui unissait les êtres entre eux, lien ténu et fondamental, à la fois inexplicable et magnifique que l'humanité connaissait sous le nom d'amour et de compassion.

- Si je vais en Belgique, demanda-t-elle d'une voix douce en connaissant déjà la réponse, me suivras-tu ?

- J'irai où tu iras. Toujours.

- Alors je te promets de réfléchir et de te donner bientôt ma réponse. C'est une question importante pour nous deux et je veux prendre la bonne décision. Tu me laisses un peu de temps pour ça ?

Alison sentit les bras de la fillette se resserrer autour de sa taille, exprimant son attachement mille fois mieux que les mots. Elles restèrent plusieurs minutes enlacées comme une mère et sa fille, écoutant le bruit du vent qui jouait doucement dans le feuillage des arbres.

Lorsqu'elles se séparèrent pour s'asseoir au bord de la falaise, elles gardèrent le silence, perdues dans leurs pensées.

Le soleil continua sa bascule vers l'horizon, allongeant les ombres des montagnes sur le lac. A l'initiative d'Alison, elles finirent par se lever pour reprendre le chemin de la ferme.

Alors qu'elle s'étirait à son tour pour chasser l'engourdissement de ses membres, Solène se tourna vers le nord. Elle venait d'entendre quelque chose. Un son ténu, un bruit d'orage qui amplifiait rapidement. Pourtant, le ciel était bleu, laiteux, typique d'une fin d'après-midi d'été. Les seuls nuages visibles étaient de simples lambeaux de vapeur.

Devant elle, Alison remontait l'étroit sentier vers la ferme en boitant, fusil à l'épaule. Après plusieurs dizaines de mètres, la militaire s'arrêta et se retourna. Solène n'avait pas bougé, visage tourné vers le nord. L'Américaine rebroussa chemin et la rejoignit.

- Qu'est-ce qu'il y a, ma chérie ?
- On va avoir de l'orage ce soir.

Alison regarda à son tour le ciel du nord.

- Peu probable. Le ciel est clair, il n'y a pas de gros nuages et…

Elle s'interrompit soudain en entendant à son tour un grondement ténu, semblable à l'orage.

- Tu as raison… fit-elle en reconnaissant le son. Ce n'est *pas* l'orage !

Ce son... Elle l'avait entendu si souvent dans sa carrière ! Porteur de menace pour l'ennemi, d'espoir pour l'allié. *Et impossible à confondre avec un autre...*

- C'est quoi alors ? demanda Solène, électrisée et visiblement apeurée.
- C'est… c'est un avion de chasse !

***

Kiyo écouta les tirs sonores qui se succédaient à une cadence élevée, sans précédent avec ce qu'elle connaissait. C'était une arme qu'elle n'avait encore jamais entendue.

Mais si proche...

Le cœur battant, elle empocha le disque dur et fit un dernier tour des lieux pour vérifier qu'elle n'oubliait rien.

Le microscope électronique.

Elle hésita.

Demander de l'aide pour le transporter ? En avait-elle le temps ?

Elle balaya mentalement l'option. La première priorité était de rester en vie. Et comme pour le matériel militaire abandonné à Saint-Dizier, il serait toujours possible de revenir sur place plus tard pour le récupérer.

Peut-être...

Elle sortit du laboratoire. Le soldat était agenouillé, fusil pointé dans la direction des tirs.

- Vite docteur ! fit-il en l'apercevant. Ça déconne grave dehors… On n'a plus le temps.

Elle tourna la tête à son tour et la scène la laissa sans voix.

***

Région de Nantua, Haut-Bugey, 15:34

Lasalle arriva à la verticale de Nantua après quatre minutes de vol. Radar allumé, il fouilla obstinément le ciel au nord-est à la recherche d'un plot mais les ondes ne renvoyèrent aucun signal. *Où était le Sukhoi ?*

Il diminua la poussée et effectua un virage serré à droite pour placer l'avion, nez vers le bas, dans la direction supposée d'où le Sukhoi surgirait.

S'il avait bien calculé, le Russe devait être quelque part au nord-est, rasant le fond des vallées pour rester invisible. Il décrivit de larges lacets autour de l'axe nord-nord-est, remontant vers la position présumée de sa proie comme un requin qui remontait le courant vers l'odeur du sang.

Il vérifia l'armement. Cinq MICA-EM radar, deux IR thermiques. Faute d'approvisionnement à Vélizy, le Rafale n'emportait aucun obus pour le combat aérien au canon. Il hésita puis sélectionna le MICA-EM. Il en avait suffisamment pour obliger le Sukhoi à ralentir et repasser à l'IR courte pour l'abattre.

Il vérifia les autres systèmes. Radar, OSF et suite SPECTRA étaient actifs.

Il était prêt pour affronter Bandit-2.

Restait à savoir où était le Russe.

***

Région de Nantua, Haut-Bugey, 15:34

Gonchakov était tendu comme une corde de piano. A Mach 1, il évoluait en fond de vallée, vingt mètres à peine au-dessus des forêts. Il sentait la tension accumulée dans les muscles de ses épaules et de sa nuque et commençait à ressentir le poids des événements des dernières trente-six heures.

Autour de lui, les montagnes se dressaient vers le ciel comme des murailles sombres et majestueuses. Devant lui, un sommet se profila, bloquant le passage. Pour éviter de prendre de l'altitude et de s'exposer à l'ennemi, il décida de contourner l'obstacle par la gauche, basculant de côté. Le saumon d'aile se rapprocha de la cime des arbres alors que l'alerte de proximité-sol retentissait pour l'inciter à relever le nez de l'avion et éviter de percuter le terrain qui

571

montait en face. Il tira légèrement sur le manche et le Sukhoi grimpa docilement, suivant de près le terrain en virant.

Après avoir négocié l'obstacle, il fit rapidement le point sir l'armement disponible.

Trois Alamo-EM avaient été tirés, il lui en restait un, plus deux Alamo-ET thermiques moyenne portée et deux R-73E Archer thermiques courte distance. Restaient également deux KMGU-2 chimiques pour les centrales nucléaires et un Kh-31P antiradar.

Il envisagea un bref instant la possibilité de larguer le missile antiradar pour gagner en masse, en agilité et en consommation mais il décida de le garder. Il y avait peut-être des stations antiaériennes encore actives autour des centrales nucléaires restantes et, si c'était le cas, il devait pouvoir se défendre.

Alors que l'avion montait en suivant le terrain, il vérifia le carburant.

Plus le choix. Il devait se poser à Nice.

Il fit un point rapide sur la navigation.

Compte-tenu des manœuvres répétitives pour éviter le Rafale, le Russe avait beaucoup dévié et devait maintenant naviguer à vuc jusqu'à Bugey.

Résolument, il mit l'OSF en fonction mais laissa le radar en mode veille pour rester discret.

Evitant le pic montagneux, il émergea de la ligne de crête à la vitesse du son et entama un demi-tonneau pour passer sur le dos et négocier le passage du col.

Alors qu'il était au milieu de la manœuvre, le RWR s'illumina et le bip strident d'alerte radar retentit dans les écouteurs.

Le Rafale était face à lui, toujours trop loin au sud pour être aperçu à l'œil nu, radar en mode recherche. L'OSF du Sukhoi évalua la distance qui les séparait à vingt-sept kilomètres. Chaque seconde rapprochait les deux ennemis de six cents mètres.

D'un mouvement rapide du poignet, il rétablit le Sukhoi à l'horizontale.

Il n'y avait plus aucune possibilité d'éviter le combat.

Le relief, la distance et le temps ne laissaient plus aucune possibilité à l'évitement.

Il passa sans hésiter à l'attaque.

***

Les yeux écarquillés, le corps tremblant de terreur, Kiyo observa la scène. Le sommet de la petite butte grouillait d'infectés dont plusieurs s'affairaient à l'endroit où s'était tenue la section d'appui. Elle n'eut aucun mal à comprendre ce qu'ils faisaient en apercevant les cadavres des défenseurs.

A distance, les chars positionnés en arc de cercle tiraient à intervalle régulier sur la masse des infectés qui avançaient malgré les ravages. En explosant, les obus projetaient en l'air d'immenses gerbes de terre où se mélangeaient des restes humains. De la fumée montaient de plusieurs endroits. A l'écart, des hommes tiraient à l'aide de tubes pointés vers le ciel à la verticale. Autour d'eux, des soldats faisaient feu de leurs armes sur les infectés.

Malgré la puissance de feu déployée et sa méconnaissance des réalités militaires, Kiyo réalisa que la situation était grave. Les rangs des infectés se reformaient à une vitesse incroyable et leur nombre menaçait de déborder les soldats de chaque côté. La brèche était trop grande...

- Madame...

Le soldat la tira par la manche en direction des hélicoptères.

***

Lupus tressaillit. Un triangle rouge était apparu en haut de l'écran radar, l'angle pointu orienté vers le centre de l'écran, vers lui. Son calcul était juste. Il avait repéré le Sukhoi.

- Contrôle de Rasoir, fit-il. Contact Bandit-2. J'engage. Terminé.

Il n'attendit pas la réponse. Le télémètre et le radar indiquèrent que le Sukhoi était en rapprochement rapide à basse altitude et qu'il grimpait pour diminuer l'avantage de Lupus et se mettre en position de tir favorable.

Dans les écouteurs, l'alerte d'accrochage radar retentit. Le Sukhoi l'allumait et allait tirer. Soudain, la mention 'Su-33' s'afficha sur l'écran après un clignotement rapide.

Lupus secoua la tête.

Pas le temps de comprendre comment la panne du système de reconnaissance des échos radar avait été réparée. *Panne fantôme ? En tous cas, c'était une bonne nouvelle. La myopie de l'avion était corrigée.*

Le système d'autodéfense intégré SPECTRA entra en fonction et activa les contre-mesures électroniques, brouillant le radar du Sukhoi et les senseurs des Alamo EM.

Trop tard. Une poignée de secondes avaient suffi au Russe pour tirer.

A son tour, Lupus acquit la cible au radar, la verrouilla et tira un, deux, puis trois MICA-EM. A deux secondes d'intervalle, les missiles filèrent à Mach 4 vers leur objectif, envoyant régulièrement leurs propres impulsions radar vers la cible pour en vérifier la position.

Sans attendre, Lupus vira sur l'aile et plongea en tournoyant vers le relief alors que la suite SPECTRA brouillait obstinément le radar russe et commandait au lance-leurres SPIRALE l'éjection des leurres pour tromper les missiles en approche.

***

Incrédules, Alison et Solène assistaient à un spectacle extraordinaire. A haute altitude, des sillons blancs filèrent vers le nord. Un minuscule point noir tournoya dans les airs et des corolles s'épanouirent avec régularité dans son sillage. Le vacarme était assourdissant et Solène se couvrit les oreilles des mains.

- Qu'est-ce qui se passe ? demanda-t-elle en forçant la voix pour couvrir le bruit.

- Combat aérien, chérie. Reste à savoir qui est le gentil et qui est le méchant !

- Ah bon ? Il y a un autre avion ? Où ça ?

Alison détourna le regard du point noir qui descendait vers le relief. L'avion grossissait rapidement et se trouvait à moins de trois kilomètres de leur position. De toute évidence, il plongeait vers les montagnes pour se mettre à l'abri.

- Au nord, d'après la direction des missiles.

Elle prit le M4A1 et, à l'aide de la lunette, fouilla le ciel à la recherche du chasseur.

Elle l'entraperçut brièvement mais l'appareil était rapide et le fort grossissement de la lunette amplifiait le moindre mouvement.

Elle ne put l'identifier mais vit qu'il se rétablissait à l'horizontale sous la crête montagneuse puis partir dans une succession de virages serrés, montant et descendant comme un fauve piqué par un insecte. Il fit un large virage incliné et vint dans leur direction.

Ami ou ennemi ?

A côté d'elle, Solène suçotait avidement une patte de sa peluche, les yeux écarquillés et humides. Alison lut aussitôt la terreur et la détresse dans les yeux de l'enfant. Elle déposa le M4A1 à côté d'elle et posa doucement un bras sur ses épaules frêles.

- N'aie pas peur, ma chérie ! fit Alison pour la rassurer. Ça ne va pas durer.

Elle regarda à l'œil nu le chasseur tonitruant qui approchait.

- Ça au moins, je peux te le promettre, princesse. Les combats entre avions de chasse font du bruit mais ne durent jamais longtemps !

***

A travers les verres teintés de ses jumelles, le colonel observa les mouvements à l'intérieur du camp.

Les infectés avançaient, mètre par mètre. Le cordon de chars était insuffisant pour les contenir. Les mastodontes étaient déjà en train de manœuvrer pour avoir plus d'espace et éviter d'être touchés par l'impact de leurs propres obus de 120. Ils reculaient en tirant avec leurs armes légères, coaxiales et de toit. Des soldats avaient spontanément mis en place une section de mitrailleuses de 12.7 à côté des troupes de mortier et tiraient sans discontinuer sur les rangs serrés qui, malgré les pertes, continuaient de progresser vers les bâtiments où s'organisait l'évacuation.

Une véritable marée humaine, paniquée, se précipitait vers le Pilatus, le dernier Super Puma et les véhicules parqués devant les bâtiments. Le désordre était total. Les uniformes et les habits civils étaient mélangés. Des groupes d'enragés s'agglutinaient aux portes des aéronefs, menaçant de les endommager ou de les faire basculer sur le côté.

Il vit les pilotes, pris au piège derrière la foule, incapables de regagner leurs machines. Seul, le deuxième hélicoptère était en l'air avec son équipage. C'était la seule machine opérationnelle, les autres étaient toutes clouées au sol.

C'était celui-là qui allait tenter de récupérer le Docteur Kiyo Hikashi.

Il sentit son ventre se nouer en pensant aux conséquences d'un échec éventuel.

Toutes ces morts, y compris la sienne qui approchait à grands pas, n'auraient servi à rien…

***

Dans le cockpit, les alertes retentirent lorsque le Rafale tira ses missiles. Froidement, Gonchakov plaça le désignateur thermique sur le Rafale qui se précipitait vers le sol pour fuir la menace et tira deux Alamo-ET thermiques avant de dégager.

Il était à présent engagé par des missiles et la charge de travail augmenta rapidement. Il devait piloter l'avion, gérer sa protection, l'attaque, la navigation et lutter contre le voile noir tout en se rapprochant de l'objectif... Le cœur battant, il entendit l'alerte de proximité sol au moment où il retrouvait la vue en sortie de virage à forte accélération. Il força sa respiration et vit qu'un sommet se dressait face à lui.

Pas de faute de pilotage ! Éviter la perte de portance !

Il bascula à droite, passa l'obstacle et pointa à nouveau le nez vers les missiles qui arrivaient. Le bip d'alerte irritant continua malgré ses évolutions au ras des sommets. Il n'était pas arrivé à dérouter les missiles.

Malgré les reflets de lumière sur la verrière rayée, il aperçut un panache de fumée blanche qui venait vers lui. Dans ses veines, il sentit le sang se glacer lorsqu'il vit le missile incurver sa trajectoire vers lui. Jonglant entre le relief et le missile en approche, il repéra furtivement le second missile.

D'un geste rapide, il bascula le lourd chasseur sur la droite puis la gauche, jouant du palonnier et du manche pour rendre les manœuvres aussi brutales que possible. Il éjecta en même temps une série de leurres magnétiques. Derrière lui, les leurres fusèrent de leurs logements entre les dérives et explosèrent au-dessus de l'avion pour tromper les radars des missiles.

L'instant d'après, deux formes sombres passèrent à la vitesse de l'éclair de part et d'autre du Sukhoi et explosèrent derrière le chasseur. Les leurres, combinés aux manœuvres, venaient de lui permettre d'échapper aux missiles. Pourtant l'alerte continua. *D'autres missiles approchaient.* Les manœuvres multiples et compliquées qu'il venait de faire l'avaient désorienté et il mit une seconde à retrouver ses repères. Le son d'alerte continuait à retentir, infatigable, dans les écouteurs. *D'autres missiles !*

Il parvint à aligner le nez du Sukhoi en direction de la dernière position connue du Rafale et contrôla par réflexe le ciel au-dessus. Il aperçut un troisième missile. Exténué par la mission, il réagit mécaniquement. Le Sukhoi partit à gauche dans une pluie de leurres magnétiques et thermiques. La commande répondit plusieurs fois puis s'arrêta. Le rack de contre-mesures était vide.

- *Merde* ! jura Gonchakov en réalisant qu'il était maintenant à court de leurres.

Pire. Entre ses mains, malgré la postcombustion, le puissant chasseur devint mou. Affolé, il contrôla la vitesse. *Insuffisante !* Sans surprise, le klaxon d'alerte de perte de portance entra en action. Le manque d'air sous les ailes fit partir l'avion en vrille à gauche.

Le Sukhoi refusa de répondre au pilote et bascula vers le sol.

***

A bord du Rafale, Lupus suait sang et eau pour semer le missile qui approchait. Il passa derrière un sommet montagneux mais le missile était encore trop haut dans le ciel, capable d'ajuster sa trajectoire d'interception avec facilité.

Impossible de lui échapper...

Il multiplia les changements de trajectoire, frôla les parois rocheuses et décida de faire face pour diminuer la surface radar présentée à la tête chercheuse.

Courageusement, il effectua un virage serré sur l'aile et pointa le nez vers le missile encore invisible dans le ciel. Dans les écouteurs, la tonalité d'accrochage prit de l'ampleur. Le missile était en rapprochement rapide.

Par réflexe, il consulta l'écran radar et repéra un spot qui n'était pas le Sukhoi.

Le missile... c'est le missile !

Aussitôt, il bascula le commutateur de tir et sélectionna un MICA-IR. Les données collectées par l'OSF furent transmises au cerveau des armes et les senseurs thermiques entrèrent en fonction.

Les missiles acquirent aussitôt la nouvelle menace et prirent le relais en dissociant la chaleur émise par le propulseur de l'engin de la température ambiante.

Lorsque l'autorisation de tir lui parvint, Lupus pressa la détente. Le missile infrarouge installé en bout d'aile droite fila en sifflant vers la cible.

A travers la verrière, il vit l'arme gagner de l'altitude puis louvoyer rapidement dans les airs, cherchant sa cible.

Quelques secondes plus tard, il y eut une explosion en plein air. Le MICA venait de détruire l'Alamo russe. Une première pour lui.

Même en entraînement...

Pourtant, les écouteurs continuèrent à émettre leur sinistre alarme.

Il contrôla l'écran radar.

Un *autre* missile approchait.

***

Les poumons en feu, Kiyo essayait de suivre le soldat qui la tirait par la main. *Tout allait trop vite...* Comme s'il venait de réaliser qu'elle n'en pouvait plus, il s'arrêta de courir et, visage ruisselant sous le casque, utilisa la radio. Kiyo en profita pour récupérer son souffle, tournée vers la menace. Malgré les pertes, les infectés avaient franchi la ligne de crête et se trouvaient maintenant à la position initiale des chars, à cinquante mètres.

Le souffle court, le soldat leva les yeux vers l'hélicoptère qui volait en stationnaire au-dessus du parking encombré de fuyards terrorisés devant lui. Il parla distinctement.

- De Papa Hikashi à Épervier Bleu Un. Vous copiez ?
- Affirmatif, Papa. Vous êtes où ?
- A vos cinq heures, au sol. Deux personnes isolées. Je suis avec le docteur.

En réponse, l'hélicoptère tourna sur lui-même et leur fit face.

- Repérés, Protection. Nous arrivons. Attendez-nous et couvrez vos arrières. *Ils arrivent...*
- Compris, Épervier. Magnez-vous !

Le soldat raccrocha et fit face à la meute d'infectés qui approchait, inondant le périmètre comme une marée nauséabonde. Au milieu, semblables à des colosses de métal embourbés dans le flux mouvant, les chars manœuvraient désespérément. Ils étaient trop lents et trop peu maniables pour s'opposer aux flots d'infectés. Leur canon était inutile à si faible distance. Ils ne pouvaient plus compter que sur leur masse de pachyderme et leurs armes légères pour endiguer le déferlement. Il les vit bouger et écraser les infectés sans ralentir mais, malgré leurs chenilles sanguinolentes, les infectés continuaient à affluer. Rien ne semblait pouvoir les arrêter. Même l'équipe d'infanterie, soutenue par les mortiers et les mitrailleuses, s'était repliée vers le gros des réfugiés et faisait feu de toutes pièces pour les ralentir. *L'ultime ligne de défense...*

Le Super Puma glissa lentement vers eux. Le souffle du rotor souleva la poussière et joua avec l'herbe rase. Les yeux plissés, Kiyo regarda l'énorme insecte métallique qui les surplombait. A bord, un homme fit descendre un filin. Aussitôt, le soldat s'empara de l'élingue et la passa autour de Kiyo. Elle sentit la tension augmenter sous ses bras. Le treuil se mit lentement en mouvement.

Elle était à mi-hauteur lorsque des rafales automatiques retentirent sous ses pieds.

***

Gonchakov sentit avec horreur le Sukhoi partir de côté. L'altimètre indiquait mille mètres ASL mais le plancher vallonné se trouvait en réalité à moins de trois cents mètres.

Pour contrer la vrille, Gonchakov mit en pratique les règles apprises. Il appuya du pied sur le palonnier droit, mit le manche en butée à droite, sortit les volets hypersustentateurs et poussa les moteurs à fond. Mais rien n'y fit et l'avion continua à glisser à gauche sans réagir, comme bloqué. Sans le savoir, la manœuvre incontrôlée de l'avion présenta le profil le plus anguleux à la tête chercheuse du dernier MICA tiré par le Rafale. Attiré par les angles vifs, le missile corrigea sa trajectoire et fila à Mach 4 sur le Sukhoi en perdition.

Trop accaparé par l'action, luttant de toutes ses forces pour reprendre contrôle de l'avion ankylosé, Gonchakov ne put le contrer. Rien à faire, le Sukhoi ne répondait plus.

Le moteur du MICA épuisa son carburant dans les dernières centaines de mètres et le missile acheva le trajet vers la cible en vol plané. Lorsqu'il percuta le Sukhoi en plein décrochage derrière le cockpit, les douze kilos de charge à fragmentation détonnèrent et envoyèrent radialement des morceaux d'explosif surchauffé. L'arrière de la verrière explosa, les projectiles cisaillèrent le bord d'attaque des dérives et détruisirent les premiers étages du compresseur droit, privant le moteur de puissance et accentuant la vrille latérale de l'avion. Dans le cockpit, les témoins d'alarmes s'allumèrent simultanément.

Gonchakov sentit une brûlure au cou alors que la voix féminine de l'ordinateur de bord annonçait laconiquement les dommages principaux de l'attaque.

- Avarie moteur droit. Perte de l'avionique. Perte du système hydraulique…

L'écran cathodique cessa de fonctionner et le HUD s'éteignit. L'aiguille du compte-tour droit retomba. Le moteur était mort. Machinalement, Gonchakov tendit le bras vers le HUD pour essayer de le remettre en fonction. Stupéfait, il constata que son bras refusait de répondre. Agacé, il tendit l'autre bras mais fut confronté au même résultat. Décontenancé, il força du pied sur le palonnier mais, à son grand désarroi, n'obtint aucun résultat. Il ne sentait plus son corps… Ce fut à cet instant que le Russe aperçut le sang sur l'écran inerte du radar. Le pilote tenta de jurer mais un gargouillement retentit à la place. Avec horreur, il commença à comprendre ce qui arrivait. *Paralysé… Comment est-ce possible ?*

Malgré la rotation lente du Sukhoi en perdition, il reconstruisit la scène alors que le sol se rapprochait du sol. Les débris du missile… *Ils sont entrés par derrière. Ils m'ont touché au cou. C'est ça qui brûle…* Il se mit soudain à transpirer en réfléchissant aux conséquences. *Cisaillement de la moelle épinière. Putain de merde... Je suis un légume !*

Le Sukhoi désemparé, privé de portance et frappé à mort, continua de plonger vers le sol en tournant à plat sur lui-même. La force centrifuge le plaquait contre le côté. Gonchakov réalisa qu'il était pris au piège pour de bon. *Mais quel cercueil 'magnifique'... Bleu et blanc, aux armes de l'aéronavale russe. Splendide.* Les images de sa vie défièrent soudain devant ses yeux. Ses parents, sa femme, son mariage, ses enfants, son premier vol. En moins d'une seconde, il réalisa que sa vie n'avait finalement pas été qu'une succession de ratages et de fêlures. Mais elle avait été bien remplie. Résigné, il assista courageusement à sa mort sans pouvoir agir, la poignée d'éjection hors d'atteinte.

Sacrée histoire... Putain de combat ! Pas possible de savoir si le Rafale est allé au tapis. Dommage. Il est à vingt kilomètres, derrière les montagnes. Mais moi, j'ai échoué... et Polyshkin est mort... Quelle merde ! Pauvre Russie, que vas-tu devenir ?

Seule la centrale de Cattenom avait été nettoyée. Il n'apponterait plus sur le Kuznetsov pour donner le top de lancement de *Vosrozhdeniye-2,* la seconde phase de l'opération… Les Spetsnaz ne prendraient pas les centrales nucléaires. La Russie n'aurait pas l'électricité nécessaire à son redémarrage.

Sans prévenir, il se rappela des effets du sarin. Lorsque son avion s'écraserait, une partie de l'agent chimique serait détruite dans l'explosion. Les murailles montagneuses contiendraient le reste. Bugey ne serait pas touché.

Il vit la cime des arbres approcher malgré le tourbillon de la vrille et, en dépit du constat d'échec de la mission, Gonchakov l'incroyant, l'athée, l'anticlérical ferma les yeux et laissa échapper une brève prière de remerciement au moment de percuter le relief. Il avait raté sa vie, mais il réussissait sa mort, aux commandes de son avion. Dans un dernier pied de nez à la vie, il échappait définitivement à la malédiction du Fléau d'Attila et mourait en pilote.

***

Alors que le treuil continuait de la tirer, Kiyo baissa les yeux vers l'origine des tirs. Sous ses pieds ballants, elle vit le soldat d'escorte s'agenouiller et faire feu.

Les premiers infectés n'étaient plus qu'à vingt mètres de lui. Au-dessus d'elle, un bruit rauque retentit. Elle leva les yeux et aperçut les éclairs jaunes d'une mitrailleuse embarquée. Une pluie de douilles brûlantes se déversa sur elle alors qu'elle achevait de monter. Au sol, les infectés s'effondraient par dizaines mais continuaient d'avancer.

- Vite ! hurla Kiyo lorsqu'elle arriva à hauteur de cabine. Il faut l'aider !

L'opérateur du treuil l'accueillit à côté du tireur et la débarrassa du harnais pour la faire entrer dans la cabine remplie d'effluves de carburant et de cordite. Elle se pencha aussitôt pour voir le soldat d'escorte. Il était toujours agenouillé et tirait sans arrêt sur la foule toute proche.

L'opérateur fit redescendre l'élingue pendant que Kiyo survolait du regard le champ de bataille. Le spectacle était cauchemardesque. D'un côté, la foule des réfugiés achevait de monter dans le chaos à bord des engins d'évacuation.

Plusieurs véhicules étaient en mouvement et fuyaient vers l'ouest, à l'intérieur du périmètre. Elle connaissait la disposition des lieux et fronça les sourcils.

Il n'y a pas d'autre sortie que la principale, celle du sas. Comment vont-ils quitter le camp ?

De l'autre côté, les infectés approchaient de la foule de réfugiés qui n'avait pas encore embarqué. Le rotor du dernier hélicoptère tournait lentement et prenait de la vitesse. Les portes de sa cabine étaient fermées mais des réfugiés martelaient ses flancs pour essayer d'entrer.

Le petit avion à hélice était renversé sur une aile. Elle vit des gens se battre pour prendre place à bord des voitures restantes. Dans le maelström ambiant, elle crut reconnaître Mauer. L'homme jouait des coudes pour rejoindre un camion militaire. Il y parvint et monta dessus par la cabine.

Incroyable Mauer... Toujours déterminé à sauver sa peau, quel qu'en soit le prix.

Aucune trace de Michael Temple, son assistant fidèle, efficace et discret. Son cœur se serra en remarquant une femme tétanisée qui portait deux jeunes enfants en bas âge dans ses bras. Ils hurlaient de terreur. Personne ne s'intéressait à eux.

Un cri atroce attira son regard vers le bas.

Sous l'hélicoptère, le soldat d'escorte avait passé le harnais sous ses bras, au milieu des infectés... qui le dévoraient vivant ! Ses cris de souffrance et de terreur étaient insupportables. Elle ferma les yeux, l'esprit vidé. Lentement, le treuil se mit en action et le hissa vers l'hélicoptère. Agrippés à lui, plusieurs infectés alourdirent la charge et firent basculer la machine de côté.

- Il faut les décrocher, hurla le mitrailleur, sinon ils vont planter l'hélico !

L'opérateur du treuil hocha la tête et prit son FAMAS. Alors que le treuil poursuivait sa course, il abattit les infectés. Leurs corps tombèrent dans le vide au milieu de la foule aux visages purulents levés vers le ciel.

L'hélicoptère prit progressivement de l'altitude. Au bout de l'élingue, l'homme était inconscient. Son fusil pendait dans le vide et ses bras et jambes ballotaient, inertes.

La moitié de son visage avait été arrachée et il se vidait de son sang. Kiyo sut qu'il était perdu.

***

L'avion pointé vers la menace sans pouvoir la localiser, Lupus évita le premier missile. Dans les rétroviseurs, il vit l'engin exploser contre une muraille montagneuse. Sans attendre, excité par les sons d'alerte du cockpit, il fit face au second en comptant sur ses manœuvres et sur l'efficacité du système d'autodéfense intégrée SPECTRA couplée au lance-leurres SPIRALE pour le protéger. Le cœur battant, il chercha l'appui du radar pour localiser le dernier missile en approche.

Malgré les manœuvres, il parvint à l'accrocher brièvement et tira un MICA-EM pour l'abattre. Mais il était trop tard. Le MICA venait à peine de quitter son rail lorsque l'Alamo russe passa à travers les mailles le système de défense du Rafale et le toucha en plein virage d'évitement. Les trente-neuf kilogrammes de la charge militaire explosèrent au niveau du saumon d'aile gauche, porteur du dernier MICA-IR disponible.

L'explosion entraîna celle du MICA. Une énorme boule de feu arracha la moitié de l'aile et enflamma le carburant des réservoirs percés. Les shrapnels déchirèrent la verrière et impactèrent le fuselage, sectionnant les conduites de kérosène et d'huile. Engagé en plein virage à mille mètres d'altitude, l'avion échappa au contrôle de Lupus et se mit à tourner sur lui-même, clouant Lupus sur son siège, avant de plonger vers le sol.

Dans le cockpit, l'air s'engouffra violemment par les trous dans la verrière. Les alarmes visuelles et sonores se déchaînèrent et une épaisse fumée monta du plancher. Terrassé par la force centrifuge, Lupus lutta contre l'évanouissement. La situation était sans issue. L'avion était perdu. Une seule option : l'éjection. Dans un dernier effort de coordination, sans garantie d'être entendu, il annonça sa destruction.

- Contrôle ! C'est la fin de Rasoir 7-21. Éjection !

Immédiatement, il entama la séquence de gestes apprise à l'entraînement. Luttant contre l'accélération, la tête ballotée en tous sens, harcelé par les alarmes sonores et visuelles, il rassembla péniblement les mains sur la poignée basse du siège Martin-Baker Mk16 *'zéro-zéro'* et la tira. Les sangles des harnais plaquèrent son torse et ses jambes contre le siège, de petites charges pyrotechniques cisaillèrent les attaches de verrière et la propulsèrent loin de l'avion tournoyant, l'alimentation en oxygène passa sur la petite bonbonne de secours fixée au siège et le moteur-fusée installé sous le siège entra en fonction. Une brève et fulgurante accélération de 18-g l'expulsa de l'avion.

Assommé par l'accélération brutale, Lupus sombra dans l'inconscience alors que son corps se séparait du siège et tombait en chute libre avant d'être ralenti par le déploiement automatique du parachute. Au loin, le Rafale désemparé plongea vers le sol en tourbillonnant comme une toupie.

***

Le colonel vit l'hélicoptère s'éloigner. Il avait suivi le sauvetage du docteur Hikashi. *Au moins, cette partie de la mission est réussie...* Il prit la radio et entra en contact avec le Super-Puma qui cerclait autour de la base.

- Colonel Francillard à Épervier Bleu Un. Répondez.
- Épervier à l'écoute. C'est bon de vous entendre, mon colonel...
- Vous avez récupéré le docteur ? Comment va-t-elle ?
- Bien.
- Tant mieux. Débarrassez-vous du blessé. Ne le gardez pas à bord. S'il n'est pas mort, c'est juste une question de temps avant qu'il devienne dangereux. C'est un ordre.

La voix de l'hélicoptère confirma après un court instant. Le colonel serra les dents lorsqu'il vit une forme sombre, plus petite, en tomber. Il venait de faire exécuter un homme, un soldat, sous le simple prétexte qu'il était malade... Écœuré, il se rassura en se répétant qu'il venait d'abord d'aider à accomplir la mission la plus prioritaire de toutes. *Protéger le docteur. En tant de guerre, les sacrifices sont inévitables.*

- Maintenant, fichez le camp. Rejoignez Rasoir 7-21. Pas un mot sur ce qui se passe avant d'être sûr que Bandit-2 ait bien été abattu. Et rendez-vous à Bordeaux.

- Mon colonel ! Il y a de la place à bord ! Vous n'avez aucune chance tout seul. Dites-nous où vous êtes et on vient vous chercher...

- Négatif, Épervier. Je dois rester. Mes hommes ont encore besoin de moi dans ce merdier. Et je ne veux pas que vous mettiez le docteur en danger en tentant de me sauver. Branchez-vous sur la fréquence de Rasoir 7-21. S'il est en vol, demandez-lui de se dérouter sur Bordeaux. S'il a été abattu, utilisez la balise de détresse de sa radio pour vous guider quand vous serez à portée de réception. Si vous arrivez de nuit, naviguez en vision nocturne. On a trop besoin de pilotes. Récupérez-le. Un colonel administratif comme moi, c'est plus simple à remplacer...

- Mon colonel, c'est...

- ... un ordre ! coupa-t-il. Exécution.

Le silence se fit. Le colonel vit le gros hélicoptère bifurquer lentement vers le sud-est et s'éloigner. L'officier supérieur soupira et revint, sans illusion, à la situation de la base.

Dans un dernier baroud d'honneur, il fit l'état des lieux, prit sa radio et passa des ordres pour assurer le meilleur repli possible et protéger les réfugiés jusqu'au dernier combattant.

***

CHAPITRE 20

Région de Nantua, Haut-Bugey, 7 juillet
Lorsque Lupus reprit connaissance, il mit plusieurs secondes à réaliser où il se trouvait. Comme dans un rêve, il sentit qu'il tombait sans fin, ballotté en tous sens.

La tête dans le coton, les yeux gonflés, il ne distingua que des formes floues, incompréhensibles. Ses muscles brûlaient, la nuque tirait violemment et la tête tournait.

Lorsque la vue revint, il vit le ciel bleu autour de lui. Des nuages épars, longs et fins s'étendaient en altitude. Une tâche de couleur bougeait au-dessus de lui. *Le parachute.*

Progressivement, les souvenirs refirent surface. *Les derniers instants dans le cockpit... le Sukhoi, les missiles, les alarmes, la fumée dans le cockpit, la force centrifuge, l'éjection...* Après, le trou noir. Il avait dû perdre connaissance.

Il eut un bref moment de panique lorsqu'il baissa la tête et aperçut le paysage vallonné et verdoyant qui dansait sous ses pieds, des centaines de mètres en contrebas, mais cela ne dura pas. Il se rappela l'entraînement au saut, sentit la tension du harnais dans les épaules, tira sur les haubans pour orienter la toile et la panique disparut lorsqu'il reprit le contrôle de la situation.

Le parachute descendit doucement vers le relief. Un vent léger soufflait et l'air était chaud. A nouveau, il sentit sa tête tourner. Il remonta la double visière du casque et l'air rafraîchit immédiatement son visage, dissipant le tournis.

Il fouilla le ciel du regard. Une épaisse colonne de fumée noire montait d'un endroit au sud de sa position, près d'une allée qui connectait le petit cirque au-dessus duquel il se balançait. *C'est là que l'avion a percuté la planète.* Sous ses jambes qui pendaient dans le vide, il aperçut un étang aux eaux sombres flanqué de maisons isolées. *Éviter de tomber dedans...* Il tira sur les haubans et le parachute infléchit sa course, pivotant vers une ligne de crête qui dominait l'ouest de l'étang.

Il scruta le ciel des yeux mais ne vit rien d'autre qu'une seconde colonne de fumée noire loin au nord-ouest.

Le Russe. S'est-il éjecté ? Trop loin pour apercevoir un parachute. Quelle différence, de toute façon ? Même s'il est vivant, le Russe est trop loin pour être une menace. Son avion est détruit, il a échoué, quelle que soit sa mission. Le mystère restait entier sur la nature de l'objectif et le resterait sans doute longtemps.

Le parachute approcha de la ligne de crête couverte d'arbres et il se prépara à l'atterrissage, cherchant un point de chute à découvert. Il n'avait aucune envie d'atterrir dans les arbres... Il décida de passer la ligne de crête et de gagner une petite clairière entourée d'arbres, quatre cent mètres à l'ouest. A cent mètres d'altitude, la manœuvre était délicate car le vent était faible.

En jouant avec les haubans, il franchit de justesse la crête. Le vent accéléra et il se laissa porter vers l'aire d'atterrissage à l'ouest. Il eut le temps d'apercevoir plus loin le toit d'une maison blottie dans un océan d'arbres lorsque le vent cessa soudain.

De latérale, sa trajectoire devint verticale et le parachute plongea rapidement vers le tapis d'arbres qui couvrait la montagne avant qu'il ait pu atteindre la clairière. Lupus jura en sentant qu'il tombait. Il tenta de freiner la descente pour amortir le choc dans les arbres mais l'absence de vent annula ses manœuvres. Il eut tout juste le temps d'abaisser les visières du casque pour se protéger le visage. Ses pieds percutèrent les premières branches en premier, puis il cessa de contrôler la descente. Autour de lui, un tourbillon de feuilles, de branches et de rayons de lumière l'enveloppa, des chocs secouèrent son corps et une violente secousse lui coupa le souffle.

Vaincu, il bascula dans l'obscurité.

***

A bord du Super-Puma, 7 juillet, 17:00

Sanglée sur son siège, tétanisée par le déchaînement de violence, Kiyo regarda sans les voir les salissures sur le plancher de l'hélicoptère. Elle avait perdu le contrôle de ses nerfs un peu plus tôt, lorsque la certitude d'être en sécurité à bord avait remplacé le rush d'adrénaline du départ. Elle avait honte de ne pas avoir pu se maîtriser et n'osait pas regarder l'équipage, les quatre soldats silencieux qui fonçaient avec elle vers les montagnes, vers le dernier endroit connu où Adrien avait volé, laissant derrière eux un océan de désastre. Les deux pilotes, l'opérateur du treuil et le mitrailleur n'avaient pas dit un mot depuis le décollage.

Elle palpa ses poches. Le dictaphone et le disque dur y étaient toujours. Elle y trouva du réconfort. Malgré les pertes humaines et matérielles, elle était parvenue à protéger ses recherches. *Et il restait la perspective de retrouver Adrien en vie...*

Avec lenteur, elle dégrafa son harnais et gagna le poste de

pilotage.

- Messieurs, avez-vous des nouvelles du pilote ?

L'homme assis à droite tourna la tête vers elle. Il portait trois barrettes jaunes sur les épaules.

- Non, madame. Toujours rien. Nous alternons entre les fréquences de communication et de détresse de Rasoir 7-21 et nous émettons régulièrement. S'il nous entend, il répondra. Pas de réponse pour le moment. Soit sa radio est en panne, soit il s'est s'éjecté.

- S'il s'est éjecté, comment pourrez-vous le retrouver ? La zone à fouiller est immense...

- Une chose après l'autre docteur, fit l'homme en se forçant à sourire. Rien ne dit qu'il ait été abattu. Mais si c'est le cas, l'hélico est équipé pour repérer et se diriger sur le signal émis par la balise de détresse qui est installée dans sa radio de secours.

La chercheuse écouta, soupira et fit demi-tour pour repartir vers la cabine. Une main la retint. Elle se retourna d'un bloc. Le pilote qui avait parlé était tournée vers elle, le visage couvert de sueur.

- Si vous voulez, fit-il, vous pouvez rester avec nous, dans le cockpit. Vous serez aux premières loges pour suivre les opérations...

- Kiyo accepta aussitôt et s'installa sur le strapontin entre les sièges des pilotes.

***

Haut-Bugey, 7 juillet
Tirant Solène par la main, Alison contourna avec précaution l'angle formé par le mur de la ferme.

A travers la lunette de tir, elle venait d'assister au spectacle ahurissant d'un combat aérien et l'éjection d'un pilote. Solène l'avait suivi à l'aide des jumelles. Le pilote éjecté avait disparu dans un massif d'arbres non loin de l'endroit d'où elles avaient observé le combat aérien. Lorsqu'elles l'avaient vu descendre dans leur direction, incertaines de ses intentions et de sa nationalité, elles s'étaient repliées vers la ferme et avaient depuis perdu sa trace. Elles s'étaient ruées vers leurs maigres bagages et rejoint la grosse BMW, prêtes à fuir.

Mais Alison hésitait. La ferme était un bon point d'appui. Si le pilote était un ennemi, il était impensable de laisser un militaire errer autour sans rien faire. Mais si c'était un allié, il pouvait être d'une importance capitale dans leur survie. Dans les deux cas, elle devait agir.

Suivie comme son ombre par Solène, elle fila en boitant vers la forêt en emportant le fusil qui pesait des tonnes. Le pilote était tombé verticalement dans les bois. Il n'était pas exclu qu'il soit blessé. Ou mort. Elle avait déjà assisté à des décès et des accidents graves de parachutisme en pleine forêt et avait du ramasser les corps. Même le meilleur parachutiste pouvait faire une erreur ou être victime d'un mauvais vent ou d'une météo capricieuse.

Par précaution, elle se retourna vers Solène et mit un doigt sur la bouche pour ordonner le silence. La fillette approuva de la tête.

Alison avait un avantage sur le parachutiste : elle connaissait le coin. Elle remonta prudemment le sentier qui menait au point d'où elles avaient admiré la vallée. Les images du combat aérien passèrent par flashes devant ses yeux, imprimées dans sa mémoire. C'était la première fois qu'elle assistait à un combat aérien et elle était encore stupéfaite par la violence et la rapidité de ce qui s'était passé.

De part et d'autre du sentier, les feuilles tremblaient dans la brise chaude et aucun son anormal ne montait des bois. Remontant Elle arriva au point de vue sur le lac Génin. Le pilote ne pouvait qu'être dans la forêt à droite du sentier. *Pas très loin. Cinq cents mètres peut-être.* Elle rebroussa chemin et décida de prendre appui contre un arbre sur le sentier pour repérer l'homme à la lunette, le rejoindre et le neutraliser pour connaître ses intentions.

Elle redescendit le sentier et ordonna à Solène de se cacher derrière un arbre, de l'autre côté du sentier. La fillette eut du mal à obéir, paniquée à l'idée de se séparer d'elle. Alison fit les gros yeux et la fillette obéit.

Après avoir pris une profonde inspiration, elle se dissimula derrière un arbre, colla l'œil à la lunette et pointa le fusil vers le sous-bois.

Immobile, les sens aux aguets, cherchant à se fondre dans le décor, elle fouilla la végétation, trop dense pour permettre l'observation à distance. L'Américaine changea de position sans succès.

*Pas le choix .*Elle devait s'enfoncer dans le bois et s'éloigner de l'enfant.

D'un geste, elle mit le fusil en bandoulière et sortit le pistolet. Dans un environnement dense, fourmillant de branches basses, de troncs et sans ligne de tir dégagée, le fusil n'était pas adapté. *Trop long, pas assez maniable.*

La militaire jeta un dernier regard vers Solène, la rassura d'un sourire malgré la sueur qui perlait sur son corps et la douleur qui irradiait, puis quitta l'abri pour s'enfoncer dans la forêt en veillant à ne pas faire de bruit.

***

Haut-Bugey, 7 juillet

La douleur qui irradiait de sa jambe était si forte qu'elle fit sortir Lupus de son évanouissement.

Hébété, il mit quelques secondes à comprendre ce qui se passait mais la tension des harnais sur ses épaules le ramena rapidement à la réalité et il releva la double verrière du casque.

Le vertige le saisit aussitôt, raidissant ses muscles.

Il était suspendu dans le vide à cinq mètres de hauteur, au-dessus d'un tapis de feuilles mortes et de brindilles de sapin. Au-dessus de lui, le parachute déchiré était emmêlé dans des branches. La toile en lambeaux battait inutilement dans le vent, comme les ailes inertes d'un oiseau mort.

Déboussolé, il décida d'inspecter ses blessures.

La tête et le torse semblaient intacts en dehors de quelques coupures à travers le Nomex. Dubitatif, il réalisa à quel point le choc avait dû être violent : le Nomex était réputé pour sa résistance au feu et au déchirement. Mais en dehors des coupures, le haut du corps était globalement intact, ce qui n'était pas le cas de la partie inférieure.

Entravé par le harnais, il était incapable de palper sous des cuisses. Il se contorsionna et vit le sang qui inondait la partie inférieure de sa jambe gauche, transformant la combinaison en éponge sombre. Le sang coulait le long des souliers pour s'écraser plus bas.

Lorsqu'il essaya de bouger la jambe, une douleur atroce le fit gémir et il sut qu'il s'était cassé quelque chose dans la chute.

Après avoir constaté les dégâts, il chercha la meilleure solution pour rejoindre la terre ferme malgré l'état de sa jambe. *Pas beaucoup d'option. Rien d'autre que la chute...*

Lentement, il fit glisser les doigts vers les boucles de harnais et se prépara à tomber. Il était en plein décompte pour actionner la commande de décrochage lorsqu'un bruit de branche brisée rompit le silence de la forêt à faible distance sur sa gauche.

Il suspendit ses mouvements et sortit son pistolet, déverrouilla la sûreté, mit la culasse en position et attendit. Ligoté et prisonnier du parachute, il était vulnérable. *Et seulement deux chargeurs pour la défense…*

La résistance serait de courte durée face à un groupe d'infectés… Le cœur battant, il entendit les pas lents approcher.

***

Haut-Bugey, 7 juillet

Alison s'arrêta dès que le craquement de branche retentit. *A droite.* Elle s'accroupit et braqua le pistolet dans la direction du son. Le sous-bois était dense et la lumière faiblissait, rendant le repérage difficile. Si le pilote était dans les parages, elle n'aurait que quelques secondes pour décider de tirer. Le sous-bois, l'obscurité naissante, la tension nerveuse, l'épuisement physique et la douleur rendaient l'erreur possible. Elle écarta doucement le feuillage. Lorsqu'elle vit l'homme qui errait sans but, elle déglutit avec difficulté. Il marchait tête baissée à dix mètres d'elle. Un liquide sombre coulait de sa bouche.

Une vague de doute glacé la submergea lorsqu'elle pensa à Solène, restée seule derrière son arbre sur le sentier. Son hésitation soudaine ne dura pas. Sans prévenir, les événements s'accélérèrent.

L'homme l'aperçut et se mit en marche en gémissant. Elle fit un pas en arrière et mit l'homme en joue mais la végétation l'empêcha d'ajuster le tir. L'infecté approcha derrière le feuillage.

Sans hésiter, l'Américaine tira au jugé à travers les feuilles, estimant la position de l'homme d'après ses bruits, mais il émergea des feuilles, indemne.

- *Fucking hell !* jura-t-elle, furieuse d'avoir raté sa cible.

Elle rassembla son énergie et se força à mettre en pratique sa discipline de fer. Elle mit un genou à terre et saisit l'arme des deux mains. Elle ferma un œil, retint son souffle et appuya sur la détente avec résolution.

Il y eut un bruit d'impact mou. L'homme était à terre, une balle dans le cœur. Sans attendre, elle s'accroupit et le fouilla. *Un briquet, un trousseau de clefs, des papiers d'identité souillés, un peu de liquide. Un père de famille. Une femme, deux garçons d'après la photo souriante coincée dans le passeport.*

Elle était au milieu de sa fouille lorsque plusieurs choses arrivèrent simultanément. Un bruit de végétation brisée retentit derrière elle alors qu'une voix d'homme retentissait devant elle.

Le front couvert de sueur, épuisée, tiraillée entre deux dangers, elle pivota d'un bloc vers la menace qui arrivait derrière elle et tira au jugé.

Face à elle, Solène s'arrêta net dans sa course, les yeux grands ouverts.

Alison crut que le sol se dérobait, que le sang se figeait dans ses veines. Tétanisée, elle tomba à genoux, les mains devant le visage pour ne pas hurler de terreur, la main droite toujours agrippée au pistolet fumant.

Devant elle, la fillette immobile, statufiée, les yeux clairs dilatés au milieu du visage drainé de couleur, serrait la peluche.

Les deux compagnes restèrent plusieurs secondes face à face. Une véritable éternité pour Alison qui attendit de voir Solène basculer face en avant, touchée à mort par sa balle.

Lorsque l'enfant fit un pas dans sa direction, Alison s'effondra par terre et se recroquevilla en position fœtale, le corps agité de convulsions. La fillette se précipita vers elle, enserrant sa taille et la tirant de toutes ses forces pour l'obliger à se redresser.

- Alison ! Je vais bien ! La balle est passée à côté... Regarde, je vais bien ! Relève-toi...

Les sanglots l'empêchèrent de finir sa phrase.

- Eh ! fit soudain une voix d'homme à distance, envoyant des frissons de terreur dans son échine. Quelqu'un pourrait m'aider ?

Malgré les larmes qui inondaient ses yeux, Solène chercha du regard une arme. Le fusil d'Alison était sous elle, et le pistolet dans sa main, toutes les deux hors d'atteinte.

Avec angoisse, elle se tourna dans la direction de la voix et ne vit rien d'autre que le sous-bois épais et silencieux alors que les convulsions d'Alison prenaient de l'ampleur. Elle hésita. Quitter Alison ? Pas question. La militaire avait toujours su la protéger et elle se sentait redevable. Et il y avait cet homme inconnu dans la forêt.

Le pilote. Que voulait-il ?

L'enfant jeta un dernier coup d'œil à Alison. Sa protectrice avait triste mine.

- Alison... fit Solène à voix basse. Il y a quelqu'un là-bas... Je vais voir qui c'est. Je reviens tout de suite pour m'occuper de toi. D'accord ?

Alison, tremblante, ne répondit pas. Incertaine, Solène se redressa et se dirigea vers la voix, comptant sur sa taille et sa rapidité pour échapper à l'homme dans les bois. Elle pouvait se faufiler par des endroits trop étroits pour les adultes.

Ecartant les branches basses qui entravaient sa progression, elle contourna des troncs d'arbres, grimpa et redescendit la pente avant d'arriver à l'endroit d'où la voix venait. *Personne.* Elle s'accroupit et observa l'environnement avant d'agir. *Rien. Où était-il ? Elle n'avait pourtant pas rêvé !*

La fillette allait se remettre en marche lorsqu'un faible tintement métallique attira son attention en hauteur. Suspendu en l'air par un parachute, un homme gigotait, dos tourné vers elle.

Avec prudence, elle s'approcha de lui par derrière et leva la tête pour mieux voir. La jambe de son pantalon était gorgée de sang et sa main tenait un pistolet. Il ne l'avait pas vue approcher.

- Monsieur ? demanda-t-elle d'une voix douce, le cœur battant.

Elle vit l'individu bouger et essayer de se tourner vers elle, gêné par les haubans.

- Ah ! fit-il. Impossible de bouger. Mets-toi devant moi. Je ne te mangerai pas. Même si je le voulais, ce serait difficile dans ma position…

L'homme parlait français sans accent. Il avait l'air de connaître les enfants, d'après sa façon de s'adresser à elle. Instinctivement, elle décida qu'elle ne risquait rien.

Elle le contourna et se plaça face à lui. Leurs yeux se croisèrent. Son visage était livide mais souriant.

- Ça alors ! Quel drôle d'endroit pour une fillette toute seule !

- Je ne suis pas seule. Et ma meilleure amie est là-bas. Et elle peut vous tuer facilement si elle le veut. Alors faites attention ! Vous êtes qui, vous ?

Contre toute attente, il éclata de rire.

- Ça c'est de la discussion ! Inattendu de la part de quelqu'un d'aussi petit, mais ça me plait ! Moi ? Je suis pilote de chasse de l'Armée de l'Air. Français, comme toi. Ça te parle ?

- Je ne sais pas.

- Ca ne fait rien. Et tu sais, j'avais une fille… de ton âge. Aurélia.

- Elle est où maintenant ?

- Les traits du pilote se voilèrent et elle eut peur d'avoir posé une question stupide.

- On en parlera plus tard, si tu veux. Mais dis-moi, terreur, ta meilleure amie, elle est où ?

- Ici ! coupa à cet instant la voix tranchante d'Alison.

Solène se tourna d'un bloc. Encore blême, Alison l'avait rejointe sans bruit. Elle braquait le pistolet vers le pilote. Résolument, Solène se plaça devant le canon.

- Bouge ! gronda Alison en levant l'arme, les yeux fiévreux. Tu es folle ?

- Alison, c'est un pilote *français*. Il est gentil. Ne tire pas.

Alison leva à son tour les yeux vers l'homme saucissonné dans l'arbre. Le sourire du pilote fut remplacé par un mélange de tension et d'inquiétude. Il était vulnérable malgré le pistolet qu'il tenait dans la main. Mais s'il avait voulu l'abattre, il aurait pu profiter de l'interruption pour le faire. Solène avait sûrement raison. Elle baissa le bras et, sourcils froncés, méfiante, s'adressa à lui.

- Pour ce qui est de la profession, fit-elle, vous ne pouvez pas mentir…

- Américaine, c'est ça ? demanda l'homme à son tour. Avec cet accent et ce genre d'humour, vous ne pouvez être qu'Américaine. Je me trompe ?

- Non. US Navy SEAL. Sea, Earth And Land. Marine américaine.

Le pilote laissa échapper un sifflement admiratif malgré l'épuisement visible.

- Impressionnant ! fit-il. Je sais ce que sont les SEAL. Mais un corps d'élite des services spéciaux ici ? Il faudra m'expliquer ce que vous faites en plein milieu d'une forêt du Haut-Bugey ! C'est un peu loin de vos bases arrière, ça, non ?

Alison ne desserra pas les dents. Il soupira avant d'enchaîner d'une voix lasse.

- Bon, ça va… Commandant Lasalle, armée de l'air française. On devrait pouvoir s'entendre. En dehors des Russes, mon pays n'a pas d'autres ennemis à ce que je sache. Ce sont eux qui m'ont abattu. Et si quelqu'un n'avait rien à faire dans le coin, c'était bien un avion russe. Pas un zinc français.

L'Américaine réfléchit. S'il disait vrai, ils étaient alliés et la situation changeait du tout au tout.

Au même moment, elle sentit la main de Solène se poser sur son avant-bras. Elle baissa les yeux.

- Tu vois, Alison, il n'y a pas que des méchants.

Après un dernier regard vers le pilote, la militaire rangea son pistolet et, dialoguant avec le pilote, se mit à échafauder le plan qui permettrait de décrocher l'homme sans le blesser.

***

Nantua, 7 juillet, 16:15

Alison et Solène firent plusieurs allers-retours à la ferme pour trouver le matériel nécessaire au décrochage du pilote et mirent une demi-heure à conclure l'opération.

Suspendu à son arbre, Lasalle mit à profit le temps mort pour contacter Vélizy en utilisant sa radio de secours mais ne parvint pas à accrocher les relais locaux en raison du relief montagneux et accidenté.

Ecœuré, il décida d'économiser les piles en l'éteignant, résigné à trouver plus tard le moyen de gagner un sommet d'où il serait moins gêné par la topographie.

Avec sa combinaison, il était à la fois lourd, encombrant et difficile à bouger mais il fit de son mieux pour aider les deux compagnes à le décrocher.

A force d'efforts et d'obstination, elles l'amenèrent à terre à l'aide d'une échelle sans le faire tomber.

Lorsqu'il fut libéré du parachute emmêlé et qu'il se retrouva au sol, le petit groupe, ruisselant de sueur et exténué, resta silencieux pendant plusieurs minutes pour récupérer.

Avec difficulté, le trio regagna la ferme dans l'odeur enivrante de la résine, des épines et des feuilles mortes.

Malgré la douleur lancinante, Lasalle commença à réaliser qu'il était toujours vivant.

***

Nantua, 7 juillet, 17:50

Lorsqu'Alison coupa le contact de la moto, elle resta plusieurs secondes à l'affût sur la selle, écoutant la montagne. Entre ses jambes, le moteur bicylindre irradiait la chaleur et, malgré la protection du pantalon, sa blessure à la jambe réagissait vivement. Elle se hâta de quitter la moto mais faillit tomber. Le corps maltraité et l'esprit fiévreux obéissaient avec lenteur et approximation. Elle devait en tenir compte pour la suite. *Question de survie. Pour elle et pour Solène.* Mais elle avait connu pire en entraînement SEAL. Elle devait se raccrocher à cela pour continuer.

Elle était à quelques mètres en contrebas du sommet le plus élevé de l'arrête montagneuse d'où elle avait assisté au combat aérien, un lieu mentionné sur les cartes routières sous le nom de '*Grande Montagne*'. La ferme se trouvait à deux kilomètres au sud-ouest. La Grande Montagne était le point idéal pour un contact avec les forces françaises de Vélizy. Si elle parvenait à les contacter, elle demanderait l'envoi d'un hélicoptère et en profiterait pour quitte les lieux avec Solène. Afin d'aider les secours, elle actionnerait la balise GPS qui équipait la radio du pilote et fournirait les coordonnées de la ferme.

L'Américaine avait préparé un paquetage léger en vue de

l'expédition : en plus de la radio du pilote, elle emportait son propre équipement de localisation par satellite, de la nourriture, de l'eau et des habits chauds en prévision d'une nuit passée en montagne. Solène avait déniché une carte de la région qui lui avait servi à localiser la 'Grande Montagne'. En utilisant la capacité tout-terrain de la moto, elle avait remonté en quelques minutes les deux kilomètres du sentier de randonnée qui menait au sommet.

Transporté à la ferme pour y être soigné, le pilote avait été honnête et lucide pour estimer que la probabilité d'une expédition de secours était faible. Il avait relaté la précarité de la situation de Vélizy et des problèmes de communication radio avec la base. Après en avoir discuté, ils avaient établi un plan d'action simple dans lequel Alison jouait le rôle-clef.

Le pilote n'était pas en état de se déplacer, immobilisé par une fracture ouverte du tibia. Il avait besoin de soins urgents pour éviter l'infection et la gangrène. Suspendu à l'arbre, incapable de se faire un garrot au niveau du genou, il avait perdu beaucoup de sang.

Alison et Solène s'étaient occupé de lui et avaient garrotté et bandé sa jambe. Pour l'heure, il récupérait, allongé dans une chambre de la ferme, surveillé par Solène. Après réflexion, Alison avait jugé que la fillette ne risquait rien en compagnie de l'aviateur. Ils étaient compatriotes, lui blessé, elle sachant se défendre.

La SEAL était maintenant à pied d'œuvre. Autour d'elle, les montagnes s'étalaient dans toutes les directions. Le spectacle grandiose lui fit penser aux parcs nationaux de Californie.

Sortant le GPS militaire, elle vérifia les coordonnées puis alluma la radio du pilote. Avant de partir de la ferme, le pilote avait préréglé la radio sur le canal de détresse de manière à ce qu'elle n'ait plus qu'à appuyer sur le commutateur de transmission.

Le cœur battant, elle écouta les grésillements statiques retransmis par la radio avant de presser le bouton.

- *Mayday, Mayday !* Est-ce que quelqu'un copie ?

***

Vélizy, 7 juillet, 17:51

Le gros hélicoptère poursuivait le trajet vers les montagnes à la frontière entre le Jura et les Alpes. Le vol se déroulait sans souci et Kiyo sentit le poids de la fatigue. Ses paupières s'alourdirent et elle sentit sa tête pencher. Le sommeil commençait à la gagner lorsque soudain, une voix de femme, hachée par la mauvaise réception, retentit dans les écouteurs. Comme Kiyo, les pilotes sursautèrent.

- …day, may… Est-ce… copie ?

Le pilote fut le premier à se reprendre.

- Épervier Bleu Un à inconnu sur fréquence militaire de détresse, demanda aussitôt l'opérateur. Réception 1 sur 5. Identifiez-vous

- …son Cornell. Réception 1 sur… A vous.

- D'Épervier Bleu Un, répétez.

- … suis… Capitaine… Cornell, US… SEAL… Navy… États-Unis.

- Épervier Bleu Un à Capitaine Cornell, fit le pilote, vous appelez sur une fréquence réservée aux forces militaires françaises… Vous…

- OK… je… d'un pilote…

Dans le cockpit, les trois occupants se penchèrent en avant en entendant le dernier mot. Le signal était faible et la qualité de réception calamiteuse. Le pilote frappa du poing sur la console en signe d'impuissance.

- Répétez la dernière transmission, Cornell !

- … j'ai… récu… pilote…

Kiyo sentit soudain le sang battre violemment dans ses tempes.

- Elle… elle a récupéré un pilote ? demanda-t-elle aussitôt en serrant les poings. C'est bien ce qu'elle a dit, n'est-ce pas ?

Le pilote acquiesça de la tête.

- D'Épervier Bleu Un, enchaîna-t-il, répondez en phonie par oui ou par non à la question suivante : avez-vous récupéré un pilote de chasse français ?

Le silence qui emplit le cockpit sembla arrêter le temps en plein vol.

- … oui.

Kiyo baissa la tête, submergée par l'émotion. Le pilote tourna la tête vers son coéquipier, sourire aux lèvres.

- Est-il vivant ? enchaîna-t-il.

- Oui… bless… !

- OK, Cornell. Standby. Nous devons discuter.

Le pilote se tourna vers son coéquipier et Kiyo.

- Je ne comprends pas… répondit Kiyo, surprise par l'attitude du pilote. Discuter de quoi ? Adrien est vivant et blessé ! Il a besoin d'aide le plus vite possible !

- Madame, fit le pilote, ce n'est pas si simple. Nous venons de perdre un pilote et un avion en affrontement aérien avec des chasseurs-bombardiers Russes qui n'avaient *strictement rien* à faire en France. Deux heures sans nouvelle de notre pilote et une

Américaine de l'US Navy nous appelle en utilisant une radio militaire sur une fréquence réservée…

- Traquenard ? demanda le copilote en résumant le raisonnement du pilote.

- Possible.

- Voyons ! s'exclama Kiyo, sidérée. L'Amérique et la France ne sont pas en guerre ! Même si cette femme est bien celle qu'elle dit être, pour quelle raison voudrait-elle tendre un piège à des militaires comme vous ? Elle n'est pas chez elle, ici. Ça n'a pas de sens !

- Exact, appuya le copilote. Elle n'a ni moyen ni appui militaire ou gouvernemental. Sa façon de communiquer par radio transpire la discipline militaire.

Encouragée par le soutien du copilote, Kiyo continua sur sa lancée.

- Regardez-moi, fit-elle en posant la main sur l'épaule du pilote assis à droite. Moi non plus, je ne suis pas d'ici. Je n'ai pas choisi d'être en France. C'est le hasard qui l'a voulu. Cette femme… c'est *certainement* la même chose pour elle !

Le pilote réfléchit avant de répondre. Pendant les secondes qui suivirent, Kiyo se surprit à retenir son souffle, attendant sa décision comme si sa propre existence en dépendait.

- OK, fit le pilote. La Présidence nous aurait alertés d'une manière ou d'une autre si nous avions été en conflit avec les USA. Et une Américaine isolée au fin fond des montagnes, loin de tout objectif stratégique, ça ne tient pas debout.

Kiyo et le copilote se regardèrent en coin, sourire aux lèvres.

- … mais je veux être sûr qu'on ne se plante pas.

Il se tourna vers son coéquipier.

- Demande-lui de confirmer la lettre de mission du jour.

Kiyo fronça les sourcils pendant que le copilote s'exécutait.

Elle ne comprenait pas. Le pilote s'en aperçut et vint à son secours.

- Chaque mission a un nom, composé d'un numéro et d'une lettre d'identification. Si cette femme a secouru Rasoir et qu'il a coopéré avec elle pour nous contacter, il lui a communiqué la lettre. Si ce n'est pas le cas, on ne fera rien.

- Épervier Bleu Un à Rasoir, fit l'opérateur, j'annonce *Minnie 188*.

Les grésillements retentirent avec force dans les haut-parleurs.

- … comme… ky !

Les pilotes se regardèrent et la tension monta d'un cran dans le cockpit bruyant.

- Pas compris, résuma le pilote. Répétez.
- Min... 8... Whis... tendez ? ...WHISKY !

La tension retomba. Le pilote se tourna vers Kiyo et son coéquipier.

- OK, c'est ça. *Whisky*... Incroyable, toute cette histoire ! On lance le sauvetage. Nom de code de l'opération... *disons*...

Il se tourna vers Kiyo, cherchant l'inspiration. Un sourire illumina son visage et il cligna des yeux, radieux.

- *Soleil Levant*. Opération *Soleil Levant*. C'est pas mal.

Kiyo sentit une boule d'émotion se former dans sa gorge, la forçant à approuver de la tête.

***

Nantua, 7 juillet

Alison descendit de la moto avec peine, le corps parcouru de douleurs. Elle se sentait fiévreuse et épuisée. Elle avait abusé des ressources de son corps et n'avait pas eu le temps de s'en occuper. En retour, il lui faisait payer sa négligence.

Solène la rejoignit au moment où le moteur s'arrêtait. Elle l'aida à descendre de la BMW et la soutint jusqu'à l'intérieur de la ferme.

- On va avoir de la visite, fit faiblement Alison en se déplaçant vers un vieux canapé qui sentait le moisi.

Les bras de Solène se raidirent autour du torse. La fillette leva les yeux pour en savoir plus, soudain inquiète.

- Qui ? Des méchants comme avant ?
- Non, répondit Alison en s'allongeant avec un sourire. Des gentils cette fois. Un hélicoptère. Des soldats français. Ils viennent chercher le pilote. On leur demandera s'ils veulent bien nous prendre aussi...

Solène fronça les sourcils en gagnant la cuisine.

- Mais alors, la Belgique ?
- On verra plus tard. Pour le moment, j'ai besoin d'être prise en charge par des *amis*... Ils peuvent m'aider, me soigner. Et je peux leur être utile un certain temps. Après, on verra.
- On verra *comment* ? demanda Solène en remplissant un verre d'eau pour Alison. Ensemble ?

Alison prit le verre des mains de la fillette.

- *Évidemment*, minette. Ensemble. Pour toujours.

***

Dijon, 7 juillet

Le gros hélicoptère volait en stationnaire au-dessus de l'aéroport déserté de Dijon.

Kiyo était retournée à côté de la porte de cabine ouverte et contemplait avec l'opérateur le spectacle de désolation sous les pales du rotor. Le long bâtiment qui servait d'aérogare était entouré de carcasses carbonisées d'avions de ligne. Le feu était éteint mais il s'était propagé au bâtiment dont les côtés et le toit noircis s'étaient effondrés par endroits. Des infectés erraient dans les ruines, visage tourné vers l'hélicoptère.

- J'ai repéré un camion de carburant, fit la voix du pilote dans les écouteurs. On doit se poser et ravitailler.

Kiyo serra les dents en silence. Elle n'aimait pas l'idée de se poser au milieu des ruines et des infectés, même aux côtés de soldats armés. L'hélicoptère reprit son vol et gagna la verticale d'un camion-citerne peint en blanc, intact.

- Accrochez-vous ! ordonna-t-il alors que l'hélicoptère descendait vers le sol comme un ascenseur.

Kiyo sentit son cœur se soulever mais la sensation s'arrêta dès que les roues de la machine touchèrent le sol. Aussitôt, le mitrailleur et l'homme du treuil sortirent et gagnèrent le camion, courbés sous le souffle du rotor qui tournait toujours, pour mettre le camion en service. Elle resta dans la cabine et observa. Dans le cockpit, les pilotes firent la même chose, arme à la main.

- En approche à douze heures, fit le copilote. Cent mètres. Dépêchez-vous !

Kiyo, comme les hommes à terre, regarda devant l'hélicoptère. Des infectés apparurent. *Peu nombreux mais leurs rangs allaient grossir...*

L'opérateur du treuil déroula le tuyau attaché au camion et l'amena vers l'hélicoptère, puis il actionna la pompe depuis le camion. Le mitrailleur prit position, un genou à terre, fusil braqué vers la menace. Le transfert de carburant commença dans le tonnerre du rotor et le grondement du moteur du camion mis en marche pour activer les pompes. Affolée par le niveau de bruit, Kiyo regarda vers l'arrière. Plusieurs silhouettes lentes se profilèrent sur le ciel gris, plus loin que le premier groupe.

- Attention derrière ! fit-elle.

Le pilote jura dans les écouteurs. Par signe, il communiqua avec le mitrailleur. L'homme hocha la tête et se retourna vers la nouvelle menace. Il l'observa puis se retourna vers le premier groupe. Avec application, il tira sur les infectés qui tombèrent comme des quilles. Il se retourna et fit la même chose avant de recharger son arme.

- *Plus vite... plus vite,* gronda Kiyo intérieurement en faisant le tour visuel des environs. Un mouvement de couleur attira soudain son regard. Une camionnette venait d'arriver près du bâtiment. Plusieurs hommes armés en sortirent et se mirent à l'abri en regardant l'hélicoptère, le désignant du doigt.

- Attention ! hurla-t-elle dans le micro intégré au casque en le voyant pointer le doigt vers eux.

Déconnectés du circuit de communication interne, le mitrailleur et le ravitailleur ne l'entendirent pas. L'inconnu tira. Les deux soldats s'affaissèrent ensemble. Le pilote jura en hurlant qu'il ne pouvait pas décoller tant que l'hélicoptère était relié au camion par le tuyau. La solution passa comme un flash devant les yeux de Kiyo. Sans hésiter, elle sortit de la cabine et gagna le tuyau accroché au réservoir de l'hélicoptère. Sous les balles qui miaulaient autour d'elle, elle chercha fébrilement à le déconnecter.

- Le camion ! fit le mitrailleur qui agonisait dans une mare de sang. Coupez la pompe depuis le camion...

Kiyo le regarda, mesura la distance jusqu'au camion et, dans un ultime effort, se propulsa vers l'engin bruyant. Les nerfs à vif, elle chercha le mode de fonctionnement de la pompe et l'actionna d'une main tremblante. Le carburant cessa de couler dans le tuyau. Elle retourna à l'hélicoptère et déverrouilla le tuyau qui glissa de ses mains, trop lourd. *Décoller ! Décoller le plus vite possible...*

Le rotor reprit de la vitesse. Elle se dirigea vers la cabine et s'arrêta malgré les balles qui continuaient à siffler autour d'elle. Les deux soldats étaient allongés. Elle hésita un court instant, tentée de regagner l'abri de l'hélicoptère, mais ne sut réfréner ses réflexes de médecine. Elle se précipita vers le premier corps. *Mort.* L'autre, celui qui lui avait parlé, était encore vivant malgré une volée de balles en plein torse dont une près du cœur. *Rasé, cheveux courts. Jeune, si jeune... Tout ce sang autour de lui...*

Kiyo ressentit soudain la compassion d'une mère pour son enfant, caressant machinalement les cheveux. Dans ses bras, elle le sentit tressaillir. Le sang coula de la bouche et du nez, ses yeux clairs se posèrent sur les siens. Elle tâta le pouls. *Mort, sans un mot.* Elle reposa doucement la tête inerte sur le sol et regagna l'hélicoptère.

L'engin prit de la hauteur, le copilote quitta le cockpit, gagna le poste de la mitrailleuse sans un mot, en lui jetant un regard noir, et arma la mitrailleuse. Mâchoires serrées, il attendit que l'hélicoptère bascule sur le côté pour déclencher le tir. Hachés par les balles, les occupants de la camionnette s'effondrèrent les uns après les autres.

L'hélicoptère se rétablit et reprit sa trajectoire sur le cap initial, réservoirs pleins.

***

7 juillet

Après l'épisode désastreux du refueling, Kiyo reprit sa place dans le cockpit alors que l'hélicoptère approchait des montagnes.

A l'aide des coordonnées GPS fournies par la militaire américaine, du dispositif de localisation de la balise et des lunettes de vision nocturne, les pilotes repérèrent la ferme malgré la nuit tombante. Une lampe infrarouge lança soudain des appels en code à partir du sol.

Si c'était bien l'Américaine, alors cela ne pouvait signifier qu'une chose. Ils étaient arrivés. Et Adrien était tout près

L'hélicoptère se posa dans une cours adjacente à un bâtiment fermier. Une grande femme noire, en treillis militaire, armée jusqu'aux dents, se dirigea vers eux, courbée, un fusil militaire dans les bras. Après un échange par geste avec les pilotes, ceux-ci rejoignirent Kiyo, ouvrirent la porte latérale de l'hélicoptère et se retrouvèrent face à la femme accompagnée d'une petite fille blonde.

Kiyo les salua rapidement et fila, le cœur battant, retrouver Lasalle en emportant du matériel de premier secours.

Lorsque celui-ci la vit entrer dans la chambre miteuse où il était allongé, il lutta avec difficulté contre une violente émotion.

D'un mouvement commun, non concerté, conditionnés par leur pudeur respective, Kiyo et Lasalle s'enlacèrent avec délicatesse.

Le nez dans les cheveux de Kiyo, il huma longuement son odeur et resta contre elle, incapable de s'en éloigner, trop inquiet de la perdre à nouveau, ou pour toujours. Comme pour sceller les nouvelles perspectives, ils s'embrassèrent avec tendresse.

Kiyo le soigna avec une douceur et une abnégation qui le laissèrent muet d'émotion.

Plus tard dans la soirée, Alison Cornell, les pilotes, Kiyo et Solène se réunirent dans la chambre de Lasalle, à présent l'officier le plus gradé du groupe. Après des présentations rapides, ils expliquèrent leurs parcours réciproques, échangèrent ce qu'ils savaient sur la situation globale et établirent un plan d'action pour le lendemain.

Conformément aux ordres du colonel Francillard, ils décidèrent de regagner Bordeaux à bord de l'hélicoptère pour se mettre en sécurité au sein de la Zone Propre.

Aux premières lueurs de l'aube, le Super-Puma décolla et mit le cap sur le sud-ouest, quittant définitivement le Haut-Bugey et mettant fin à la mission *Soleil Levant*.

***

Chapitre 21

Bordeaux, 10 juillet
    Kiyo attendait devant la salle où la Présidente de la République Française, l'amiral Jaeger, responsable en chef des forces françaises et étrangères amalgamées, et un nombre de représentants politiques, militaires et religieux se préparaient à l'écouter. Malgré son expérience des conférences, elle n'avait jamais parlé devant un tel parterre de personnalités. *Si seulement Adrien avait pu m'accompagner...* Elle secoua la tête. *Tu sais bien que c'est impossible. Il a besoin de soins.*

Un homme en cravate à l'air grave sortit de la salle et sourit dans sa direction. Il était grand, chauve et portait des lunettes.

- A vous, docteur Hikashi.

Elle avala sa salive, souffla profondément, et se rapprocha de lui. Ils allaient ouvrir les portes lorsqu'une voix masculine les stoppa net.

- Holà ! Pas si vite !

Kiyo se retourna d'un bloc et resta sans voix devant l'homme en fauteuil roulant qui se dirigeait vers elle. Elle l'accueillit en se baissant, la gorge trop nouée par l'émotion pour pouvoir articuler une parole. Il détecta visiblement son trouble et l'encouragea d'un sourire chaleureux.

- Pas question de te laisser seule devant ces huiles, ronchonna-t-il, le front luisant, en se replaçant face à la salle. Tu auras besoin de soutien.

L'homme en cravate haussa les épaules et se mit derrière Lasalle.

Kiyo ouvrit les portes, dévoilant une vaste salle au centre de laquelle trônait une table ovale.

La Présidente se tenait au milieu, debout pour l'accueillir, comme les autres personnalités présentes. Elle irradiait l'autorité et le pragmatisme mais aussi l'ambition et le calcul.

Par politesse, Kiyo lui rendit son sourire. C'était la première fois qu'elle parlait devant un chef d'état. Elle n'avait aucun doute sur le fait que ce qu'elle allait dire sur le Fléau d'Attila, objet de la réunion, allait être utilisé concrètement et influencer la destinée de millions de rescapés.

- Docteur Hikashi, fit la Présidente en tendant la main, bienvenue. Nous sommes tous tellement heureux de vous rencontrer enfin ! Il faut dire que votre réputation vous a précédée.

Kiyo serra la main tendue et fit le tour de la table pendant que l'homme plaçait le fauteuil roulant de Lasalle contre un mur.

L'amiral Jaeger, son chef hiérarchique et plus haut gradé de France, le regarda avec circonspection. Il haussa les sourcils. L'officier soupira.

La Présidente s'assit pendant que Kiyo préparait son exposé oral, ignorant l'ordinateur et le vidéoprojecteur.

Elle n'avait pas l'intention de laisser des écrits entre les mains de personnes qu'elle ne connaissait pas, malgré l'importance et le nombre de représentants.

L'homme en cravate se plaça à côté d'elle, se racla la gorge et prit la parole.

- Madame la Présidente, mesdames, messieurs, le Docteur Kiyo Hikashi est chercheuse en médecine humaine à l'Université de Tokyo. Comme vous le savez, c'est elle qui a décidé d'aider la France à trouver un moyen de combattre la maladie et ce, dans un contexte de pénurie humaine et matérielle pendant son séjour à Vélizy et jusqu'à la chute du camp retranché. Madame, c'est à vous.

Dans le silence de la salle, Kiyo ajusta les microphones du pupitre, à sa hauteur, s'éclaircit la voix et se lança sans notes, les yeux fixés sur le fond de la pièce.

- Comme tout le monde, comme moi, comme tous les rescapés, vous vous demandez ce qu'est le Fléau d'Attila. D'où vient-il ? Pourquoi est-il si agressif ? Si rapidement transmissible ? Et pourquoi ses symptômes physiques et mentaux ne ressemblent à aucun autre ? Pourquoi et comment est-il possible qu'il apparaisse si soudainement sur notre planète en provoquant des conséquences sans précédent sur la vie de notre espèce ? Comment est-il arrivé à faire basculer la totalité des civilisations et des peuples sur notre planète sans laisser la moindre chance de contrer son avance ?

Elle fit une pause et regarda la salle. Les visages la dévoraient des yeux. Le temps des explications était enfin venu et elle eut la certitude absolue qu'elle était en train de participer à la rédaction d'une page gigantesque de l'histoire humaine.

- Je n'aurai sans doute pas réponse à toutes ces questions, poursuivit-elle, mais ce que je vous propose, c'est d'exposer les résultats de mes travaux de manière objective, de vous expliquer ce que j'ai découvert, étape par étape.

Elle fit une courte pause et reprit sa respiration avant d'ajouter, d'une voix plus sûre :

- Mon objectif est de combattre le Fléau d'Attila, comme vous, mais sur un autre terrain, un terrain que je connais bien mieux que celui des armes. Je n'ai aucun agenda caché, aucun objectif personnel. Ma seule motivation, c'est la survie et le bonheur de l'humanité, indépendamment de toute notion de peuple, d'ethnie ou de religion.

Le cœur battant, Lasalle apprécia l'entrée en matière et sa capacité à lever toute ambigüité relative à sa nationalité.

Autour de lui, l'auditoire resta silencieux. L'amiral hocha courtoisement la tête. Il était visible qu'il appréciait lui aussi l'introduction.

- J'aimerais pouvoir vous dire que nous sommes face à un ennemi classique. Mais ce n'est *pas* le cas. Le Fléau d'Attila est une machine biologique redoutable, une arme dévastatrice qui tire sa force de destruction de sa composition. Nous avons affaire à un agent pathogène combiné. Je reviendrai sur cette notion plus tard. Pour le moment, retenons simplement qu'il agit sur l'organisme en trois phases : *ralentissement, affaiblissement, neutralisation.*

Des sourcils se froncèrent dans l'audience.

Lasalle attendit la suite avec impatience.

- Mais tout d'abord, les recherches sur les prélèvements révèlent la présence d'un premier agent, le filovirus N2 à spirale complexe. Vous le connaissez tous sous un autre nom. *Ébola.*

La pièce frissonna comme un organisme géant. Lasalle sentit les poils de son corps se hérisser. Ebola avait toujours fait peur. Il se rappela les images des malades atteints par la maladie. Les lésions corporelles, les canaux qui striaient la peau. Et pourtant, les effets d'Ebola n'étaient rien en comparaison de ceux du Fléau d'Attila. La suite de l'exposé promettait d'être intéressante.

Et terrifiante.

- C'est lui qui explique les symptômes constatés au niveau du système tégumentaire, reprit Kiyo. Fièvre hémorragique, température corporelle élevée, nécessité fréquente de se rafraîchir, destruction de l'épiderme et des muqueuses... C'est aussi lui qui est responsable de la température élevée et de la dégradation externe des infectés, peau, muqueuses, yeux, oreilles, croûtes, saignements... et même l'odeur de nécrose. Et les lésions et les nécroses cutanées occasionnent des souffrances physiques telles qu'elles limitent l'amplitude des mouvements des infectés. L'action du filovirus Ébola, c'est de provoquer le *ralentissement* de l'organisme infecté.

Elle se racla la gorge.

- Une de mes hypothèses, c'est qu'il est responsable d'une partie de l'agressivité comportementale des individus contaminés, mais cela reste à prouver. Pas de certitude sur son mode de transmission, mais il est préférable de considérer qu'il passe par le sang, la salive, les vomissures, le sperme, les selles et la sueur. La mauvaise nouvelle, c'est que cette variante d'Ébola est plus agressive que les souches précédentes. Et trois à quatre fois plus rapide.

Quelqu'un laissa échapper un sifflement de consternation. Kiyo s'interrompit.

- Continuez docteur, encouragea la Présidente en cherchant du regard le responsable du sifflement.

- Autre mauvaise nouvelle : il n'existe pas de traitement. La seule façon de lutter contre Ébola, c'est de suivre une procédure d'endiguement de l'épidémie par détection et isolement physique des sujets infectés.

Lasalle déglutit avec difficulté. *Ébola...* Il frissonna.

L'explication de Kiyo avait de quoi refroidir le soldat le plus endurci.

- L'observation du Fléau confirme également la présence d'un second virus dont le patrimoine génétique complet a été combiné à celui du filovirus Ébola. L'observation des deux virus est difficile, car l'un et l'autre sont physiquement combinés, mais les repères visuels des deux agents identifiés sont suffisamment caractéristiques pour éliminer le risque d'erreur d'identification. La forme en sphère parfaite du second agent pathogène inséré, ainsi que les protéines virales extérieures caractéristiques GP41 et GP120 sont sans équivoque. Il s'agit très clairement du virus HIV, dont le rôle est *d'affaiblir* l'organisme infecté par l'attaque des systèmes immunitaires et lymphatiques des organismes infectés, ce qui les rend plus sensibles aux agressions bénignes. C'est ce qui provoque la dégénérescence des blessures et détruit les organes internes. Il se transmet par contact direct avec une membrane ou avec le flux sanguin contaminé, sperme, fluide vaginal, sang, lait maternel...

Elle se frotta un œil. Lasalle détecta l'épuisement dans ses gestes.

- La puissance incapacitante du HIV est élevée et peut paralyser une force ennemie sans la détruire. Quoi qu'il en soit, c'est la source principale *d'affaiblissement* physique de l'organisme des personnes infectées et un élément complémentaire d'explication de leur lenteur, des pigmentations épidermiques marquées des parties visibles et, indirectement, des épanchements glaireux du nez, des oreilles et de l'ensemble des voies naturelles. Je dis indirectement, car ce dernier symptôme n'est pas dû au virus lui-même, mais à ses conséquences : les défenses immunitaires corporelles sont quasiment anéanties par le HIV, ce qui ne permet plus à l'organisme de se défendre contre les attaques d'autres agents comme la grippe, le rhume, la pneumonie... Et il n'existe aucun traitement connu contre le HIV, uniquement des remèdes palliatifs destinés à ralentir les effets du virus sur l'organisme en cas d'infection. Malheureusement, rien qui puisse le faire disparaître. La seule parade, c'est d'éviter le contact avec les fluides corporels contaminés. La même recommandation que pour Ébola.

Kiyo parlait de façon limpide et professionnelle, de cette voix féminine, à la tonalité et à l'accent si ravissant qu'il avait appris à adorer. Comme d'autres autour de lui, il secoua pourtant la tête, tétanisé par la violence des révélations, sans commune mesure avec la douceur de la voix.

Il soupira profondément. Il avait toujours suspecté que le Fléau était une horreur biologique mais les explications de Kiyo dépassaient ses pires craintes.

Pour le soldat Lasalle, la révélation était terrible. *Ébola, le SIDA...*

Avec ces seuls virus, le Fléau n'était pas combattable, ni militairement, ni médicalement.

Et de quelle autre horreur était-il encore composé ?

Kiyo inspira profondément avant de reprendre courageusement la parole.

- Les agents ont été combinés entre eux au niveau génétique par insertion de fragments de gènes étrangers codants dans le premier virus, quelque chose comme trente ou quarante acides aminés dans le virus d'origine. Ces gènes sont des neuropeptides, des hormones. C'est une opération complexe mais déjà tentée avec succès par les scientifiques russes au début des années 90. Ils travaillaient sur des agents moins nocifs que ceux du Fléau d'Attila, mais le principe était le même. La différence provient de la nocivité des agents combinés.

Lasalle secoua de nouveau la tête, stupéfait par l'horreur de ce monde qu'il découvrait.

La voix au délicat accent reprit les explications sans laisser transparaître d'émotion.

- La combinaison du virus Ébola et du HIV permet de créer un virus hybride, dénommé Première Chimère, dont nous devons confirmer la composante HIV et vérifier le mode de reproduction pour déterminer s'il s'agit d'une nouvelle variante du virus HIV. Si c'est le cas, la résolution thérapeutique sera complexe...

Il se mordit les lèvres.

- L'observation de l'agent indique que la Première Chimère a été modifiée par ajout de nouveau patrimoine génétique codant pour créer une Deuxième Chimère et aboutir à la forme actuelle du Fléau d'Attila. Cette étape a été obtenue par recombinaison de la Première Chimère avec un troisième agent pathogène, un Agent Transmissible Non Conventionnel, une particule infectieuse protéinique reconnaissable à sa pliure spécifique. Le Prion. Son mode de transmission et de reproduction par pénétration des neurones, pliure des protéines PRP-C en PRP-SC et suppression de la dégradation par protéolyse, tue les neurones et forme les plaques de dépôts dans le cerveau et...

- Docteur, interrompit doucement la Présidente. Simplifiez s'il vous plait. Nous ne sommes pas tous des spécialistes...

- Bien sûr. Pardonnez-moi...

Elle s'éclaircit la voix et reprit sur un ton moins protocolaire.

- Normalement, le Prion infecte l'organisme à la suite d'une consommation de tissus infectés. Mais dans sa forme actuelle, il se propage par la salive et les fluides corporels. C'est une propriété inédite que j'estime être en rapport avec l'origine du Fléau. Une fois dans l'organisme, il attaque le système nerveux central et le cerveau, comme dans le cas des maladies de Creutzfeldt-Jakob et de la vache folle. Dans sa forme connue, et pour faire simple, il agit en détruisant les neurones du cerveau par étouffement, en se multipliant dans le cerveau par formation de plaques de dépôts localisées mais en expansion rapide qui provoquent les crises de démence observées chez les malades et la perte progressive et inaltérable des fonctions intellectuelles supérieures. La réflexion, la capacité de socialisation, d'empathie, de pondération morale deviennent impossibles. Il altère le comportement des infectés : absence de vie sociale, d'organisation, d'empathie, de réflexion, de mémoire à long terme, sensation de faim permanente, cannibalisme... absence d'actions coordonnées de groupe et de mémoire à long terme. Autant dire qu'à ce stade de l'infection, l'organisme, physiquement non répondant, n'est plus géré par le système nerveux central. Le sujet infecté est complètement hors de contrôle. Comme lobotomisé, ou réduit à l'état de robot. Le Prion conclut l'action du Fléau. C'est lui qui est chargé de la *neutralisation* définitive de l'organisme.

Lasalle baissa les yeux en attendant la suite.

- Mais il n'attaque pas la partie du cerveau responsable de la mémoire associative, ce qui explique que les infectés soient toujours capables d'associer un humain sain à une source de nourriture potentielle. C'est la même chose pour les centres nerveux qui régissent la faim. En fait, le Prion se concentre surtout sur le lobe préfrontal, frontal et pariétal du cerveau, les sièges du comportement social et de la réflexion. Mais la différence par rapport aux maladies attribuées à la protéine Prp-sc, en dehors de son mode de transmission inédit, c'est que ce nouveau Prion produit de nouveaux effets sur le cerveau. Une fois dans l'organisme, il gagne le cerveau par les vaisseaux sanguins et prolifère en attaquant des zones ciblées. Ces spécificités peuvent elles aussi être expliquées par l'origine du Fléau. J'y reviendrai en conclusion.

- Docteur, interrompit l'amiral, une minute je vous prie. Ce que vous dites est énorme. Ca fait beaucoup de choses à absorber d'un coup, surtout quand c'est aussi négatif ! Alors rassurez-moi. Il existe bien un moyen de lutter médicalement contre le Prion, n'est-ce-pas ?

Kiyo ferma brièvement les yeux et prit une profonde inspiration avant de répondre.

- Non. Il n'existe rien contre sa forme connue. Encore moins pour la nouvelle forme. Dans sa forme initiale, sa mortalité est de 100%. En extrapolant à partir de la forme connue, la seule façon de lutter est d'éviter l'ingestion de particules corporelles émanant des infectés.

Elle marqua une pause avant de reprendre.

- La liste des symptômes comportementaux des infectés n'est pas exhaustive. Ce qu'il faut noter, c'est que le processus de mort physiologique est anormalement long. Les infectés restent en vie, sont mobiles et attaquent, mangent et défèquent. L'appareil digestif, respiratoire, les muscles et le cœur continuent de fonctionner et, malgré l'agression du corps par trois agents pathologiques virulents combinés, la mort biologique est moins rapide que prévue.

- Comment expliquez-vous ça ? coupa l'amiral.

- Simple hypothèse pour le moment : c'est peut-être le résultat des interactions des agents entre eux. Ou en lien avec l'origine du Fléau d'Attila.

Une voix à l'accent portugais s'éleva soudain. Mains croisées sur la table, un vieil homme de petite taille, le visage couvert de barbe blanche qui le faisait ressembler à un nain de jardin, rajusta ses lunettes en parlant. Il portait une blouse et était de toute évidence un scientifique médical.

- C'est tout de même incroyable que les organismes infectés restent en vie malgré les dommages physiques qu'ils subissent ! Sans compter que leur... *nourriture* se raréfie ! Il y a longtemps qu'ils auraient du mourir...

- C'est exact, mais l'observation montre qu'ils parviennent à survivre avec une fraction seulement de la nourriture habituellement nécessaire.

- Vous expliquez ça comment ?

- Les agents pathogènes combinés ont des actions contraires sur l'organisme. Par exemple, la lutte du système lymphatique contre l'attaque globalisée du virus Ébola nécessite des réserves importantes alors que le virus du SIDA ralentit le métabolisme et diminue les besoins physiologiques principaux. Lorsque les infectés ingurgitent de la... *nourriture*, le processus de digestion se poursuit lentement et le *besoin* de s'alimenter disparait alors que la *sensation* de manger persiste, à la fois pour des raisons de dysfonctionnement cérébral dus au prion et par la lutte permanente de l'organisme contre les agressions extérieures. La nourriture ingurgitée, alliée aux faibles dépenses physiques, leur permet de tenir pendant des jours sans se nourrir du fait de leurs faibles besoins énergétiques.

- Attendez, docteur. Avec ce genre de lésions, c'est donc juste une question de temps avant qu'ils meurent. Je me trompe ? Et si c'est ça, vous avez une idée sur leur longévité dans ces conditions ?

- Pas encore. Mais ce qu'on observe, c'est que l'organisme des infectés se bat énergiquement contre l'infection. Il réussit même à s'adapter en réduisant ses besoins caloriques et énergétiques. C'est une stratégie de survie efficace à moyen terme. Mais il arrivera un moment où l'organisme infecté sera trop faible pour permettre au Fléau de prospérer. L'hôte mourra par défaillance d'une ou plusieurs fonctions vitales.

Elle prit une profonde inspiration et Lasalle sentit qu'elle arrivait à la fin de son exposé, aussi pénible pour l'audience que pour elle.

- Cela fait plusieurs fois que vous mentionnez des caractéristiques du Fléau en relation avec son origine, ajouta l'amiral d'un œil suspicieux. Vous pouvez développer ?

L'audience, comme Lasalle, retint son souffle, attendant un élément d'espoir, même ténu.

Tout était bon à prendre après un tel exposé.

- La probabilité est quasi nulle qu'il s'agisse d'une mutation ou d'une recombinaison spontanée naturelle. De toute évidence, la rapidité et la virulence incapacitante des agents concernés, HIV, Ébola et Prion, leurs interactions et, pour certains, leur mutation, ainsi que la recombinaison génétique complexe des trois agents entre eux indiquent que nous avons à faire à une création *artificielle*.

- Quoi ? fit la Présidente, les yeux écarquillés, visiblement stupéfaite. *Artificielle* ?

- Oui madame. *Quelqu'un* est derrière la création, la militarisation et l'apparition du Fléau d'Attila. Pas des terroristes, car les moyens techniques et intellectuels nécessaires sont trop complexes pour cela.

- Qui alors ? demanda la Présidente.

- Une nation, madame. C'est une nation qui est derrière ce programme. Ce qui reste difficile à établir, c'est de savoir si cet agent complexe a été libéré volontairement ou non.

Un silence de plomb s'abattit sur l'assemblée.

Le scientifique portugais reprit la parole.

- Est-on *sûr* que c'est une maladie *artificielle* ?

- La probabilité est quasiment nulle pour que la nature ait créé cet agent infectieux par accident. Les mutations de virus sont un phénomène reconnu, mais une *combinaison génétique* de *trois* agents de cette *nature* est le résultat d'une *intervention humaine*. Il n'y a aucun doute là-dessus.

- Une saloperie de cocktail de la mort à la con ! jura un homme en costume. Qui sont les salauds qui ont fabriqué cette merde ? Faut les buter au plus vite !

Le visage de la Présidente s'empourpra devant l'écart de langage et elle fit un effort visible pour se contenir mais Kiyo la devança.

- La maladie est apparue en Asie Centrale, près de la Chine, dans un secteur où les autorités sanitaires internationales ont toujours suspecté que des pays travaillaient en secret sur la militarisation d'agents pathogènes avant la Crise.

- Erreur ! interrompit l'homme, furieux. La région concernée est pauvre. Rien que des analphabètes, des éleveurs d'ânes et des fumeurs de hasch ! Ca m'étonnerait beaucoup qu'ils aient les moyens que vous décrivez pour lancer un programme de recherche bactériologique et chimique ! Ca n'a pas de sens !

- C'est la raison pour laquelle il faut réfléchir. La complexité d'un programme de recherche d'arme biologique permet d'éliminer les pays trop peu avancés. C'est une activité à long terme qui nécessite un accès régulier aux souches biologiques désirées, des installations discrètes et sécurisées de culture, de fermentation, de traitement et de recherche, des équipes compétentes, des centres d'essais, des moyens de simulation puissants, la capacité d'installation d'agents pathogènes sur des armes…

- Vous avez des candidats en tête ? demanda la Présidente.

- Dans la région concernée, les pays suffisamment avancés pour y arriver ne sont pas nombreux. La Chine, l'Iran, la Russie.

La Présidente échangea des coups d'œil entendus avec plusieurs membres de l'assemblée, en particulier avec l'amiral.

- Les Russes, fit simplement celui-ci. Ça ne peut être qu'eux. Sinon, pourquoi auraient-ils attaqué nos centrales nucléaires ?

Dans un silence de plomb, il formula ses pensées à voix haute.

- En tous cas, ça m'a l'air d'être une opération coordonnée. D'abord, affaiblissement des moyens de défense par le lancement du Fléau, puis attaque militaire sur nos installations. Mais pourquoi la France et pas une autre nation ?

- Méfions-nous des apparences et des conclusions trop hâtives, amiral, corrigea la Présidente. Les faits jouent contre les Russes, c'est vrai, mais j'ai du mal à leur attribuer le sens que vous venez d'évoquer. Et compte-tenu des enjeux pour l'humanité, ce sujet devra être instruit avec autant de rigueur que possible. Mais ce n'est pas le débat du jour. Docteur, poursuivez je vous prie.

Kiyo décida de s'éloigner des hypothèses militaro-industrielles et de revenir à son domaine d'expertise.

- Quel que soit le pays concerné, il fait preuve d'une excellente maîtrise de la génétique biologique. De ce point de vue, le Fléau d'Attila est une création incroyablement complexe, le résultat d'une intelligence scientifique brillante.

Autour de Lasalle, les visages étaient livides, les lèvres pincées, les traits tirés. Le moral de l'audience était à l'image du sien. *K.O. debout.* La première, la Présidente reprit la parole.

- Donc, pour résumer, docteur, deux choses sont importantes d'après vous. En premier, il n'existe pour l'heure ni médicament, ni vaccin, ni traitement pour les maladies citées. Rien d'autre qu'une recommandation comportementale. Les éviter physiquement.

- Oui.

- Deuxièmement, vous n'avez pas les moyens de continuer les recherches en restant ici. C'est bien ce que vous avez expliqué ?

- Oui.

- La Présidente se rapprocha de la table, posa les coudes dessus et croisa les doigts, sourcils froncés. Son regard se fit lointain.

- Dans ce cas, fit-elle après s'être éclairci la gorge, les conclusions à tirer sont simples. D'abord, nous ne pouvons pas compléter la Phase 3 du plan, c'est-à-dire la recherche d'un remède, en restant ici. Nous *devons* relocaliser les recherches… Mais c'est une décision à prendre après mûre réflexion. Et si c'était le cas, ce serait pour aller où ? Vous avez une idée, docteur ?

La chercheuse baissa les yeux.

- Le laboratoire P4 de l'Institut Mérieux, à Lyon.

Il y eut des murmures, des sifflements dans la pièce.

- C'est du suicide pour les forces qui seront engagées ! fit l'amiral. Pour ceux qui auraient la mémoire courte, il y avait *deux cents* kilomètres entre Saint-Dizier et Vélizy. On a perdu *un homme sur deux* ! Pour l'évacuation de Vélizy, on compte à peine cinq pour cent de survivants ! Vous imaginez une expédition sur Lyon ? Le monde qu'on va perdre ? C'est de la folie !

- C'est pourquoi nous devons réfléchir avant d'agir ! gronda la Présidente pour couvrir le brouhaha de la salle.

Elle s'écarta de la table et posa les mains sur ses genoux. Ses yeux clairs éclaircissaient son visage d'une lumière froide.

- Nous pouvons réussir, fit-elle en détachant chaque mot, nous *devons* réussir. Je compte sur vous pour cela, officiers et gens de bonne volonté. Si nous devons monter une expédition pour lancer des recherches depuis Lyon, je *veux* que tout le monde se mette au travail pour évaluer la proposition et participer à l'élaboration d'un plan. Est-ce clair ? Évitons de prendre une décision sous l'emprise de la passion. Réfléchissez de manière objective, venez avec des idées, des solutions, des propositions. Ne vous censurez pas. Nous finirons bien par trouver comment agir.

Elle se tourna vers Kiyo et son visage se fendit d'un large sourire.

- Madame, fit-elle d'une voix douce, il me reste, au nom de la France, à renouveler nos remerciements pour la qualité des travaux que vous avez accomplis dans ces circonstances pénibles. Rien ne vous obligeait à nous aider. Le pays vous doit tant, docteur ! Et si vous êtes consentante, je voudrais vous demander de continuer vos travaux pour le compte de la République Française. Et pour l'humanité de demain.

Le visage de Kiyo reprit des couleurs. Un sourire timide se dessina sur son visage clair. Avec solennité, elle salua à la japonaise, buste profondément incliné, jambes droites, mains jointes sur les genoux.

- Madame la Présidente, répondit-elle dans un murmure, je suis au service de l'humanité. Si, en travaillant pour vous, je peux servir ce but, alors oui, j'accepte.

Lasalle vit alors une chose incroyable. L'assemblée se mit debout en silence pour applaudir. Il sentit sa gorge se serrer en pensant à Kiyo. *Que pouvait-elle attendre d'autre de la vie dans les circonstances actuelles ? Etait-il possible de bénéficier d'un signe de confiance plus sincère que celui de ces dignitaires graves, meurtris et reconnaissants, par ces représentants d'un état en ruines, d'un pays qui n'était pas le sien ?*

Le cœur gonflé de fierté et d'affection, il attendit que l'assemblée se disperse, puis il alla la retrouver.

***

ÉPILOGUE

Bordeaux, 2 septembre, 19:28

Lasalle et Kiyo étaient assis côte à côte sur une longue plage de sable fin. Derrière eux, les dunes couvertes de végétation formaient un rempart naturel au-dessus duquel les oiseaux marins volaient en surfant sur les courants aériens. Devant eux, la mer grise montait jusqu'à l'horizon où elle semblait fusionner avec le ciel.

Les gros nuages qui venaient de l'ouest roulaient depuis des heures au-dessus de la côte, chargés de pluie. Le vent qui soufflait était frais pour la saison et, malgré sa veste de treillis et son Tee-shirt, Kiyo frissonna.

Lasalle mit son bras sur ses épaules et l'attira à lui, humant son odeur sucrée et douce. La discipline stricte et le rationnement de l'eau douce dans la *Zone Propre* limitait les douches à une par semaine. Kiyo venait de prendre la sienne et elle embaumait le savon. Le précieux. Le cœur gonflé de bonheur, il savoura l'instant.

L'air marin chargé de sel soufflait sans relâche dans leur direction. Blottis l'un contre l'autre, yeux fermés, ils goûtèrent l'instant en souhaitant qu'il ne s'arrête jamais.

Depuis leur arrivée à Bordeaux, il avait revu plusieurs fois Isabelle Delahaye, la Présidente de la République Française, préoccupée par l'épisode des chasseurs-bombardiers russes en France. Malgré le manque de moyens, un scénario explicatif commençait à se dessiner. Avec l'afflux des derniers rescapés, des éléments fragmentaires d'information avaient commencé à faire surface. Quelque chose s'était passé autour de la centrale nucléaire de Cattenom, aujourd'hui entourée d'un véritable *no-man's-land* dépourvu de toute forme de vie. D'autres réfugiés avaient fait état d'une situation similaire dans l'ouest parisien, entre Rambouillet et Mantes-la-Jolie.

Les rapports rédigés à partir des témoignages des rares réfugiés tendaient à établir un lien entre les zones privées de vie et l'utilisation d'un agent sale de type chimique que les services de renseignement parvinrent à corréler à la présence des Su-33 dans les régions concernées. Les cadavres observés par les réfugiés étaient décrits comme ceux de personnes mortes d'asphyxie, crispées dans un dernier spasme.

Les recoupements d'informations sur l'expédition des deux Su-33 en France avaient également conduit le gouvernement français à identifier les centrales de Bugey et de Cruas comme les objectifs probables des chasseurs russes, au-delà de Cattenom.

Malgré des tentatives répétées, l'équipe de la Présidente Française n'était pas parvenue à établir de contact avec les dirigeants russes. Le mystère demeurait entier sur l'origine du raid des Sukhoi. Entreprise délibérée des forces aéronavales livrées à elles-mêmes ? Action pilotée par le Kremlin ? Personne n'avait d'élément de réponse, mais la différence était de taille. En cas de pilotage par le Kremlin, la menace pouvait réapparaître. Depuis sa mission d'interception du Su-33, les Russes ne s'étaient plus manifestés.

Que faisaient-ils maintenant ? Qui avait lancé cette opération contre les centrales nucléaires françaises ? Pouvait-on craindre une autre opération de ce genre, en France ou ailleurs ? Et si cela arrivait, comment la France pouvait-elle détecter la menace et réagir ?

Lasalle s'était consacré à son rétablissement physique. Après un mois passé à l'hôpital en chaise roulante pour soigner sa jambe, il avait réussi à la sauver et l'examen physique d'aptitude militaire l'avait exceptionnellement autorisé à reprendre son poste de pilote de chasse. Pour l'heure, toutefois, il n'était pas question de le laisser voler. En tant normal, sa blessure l'aurait radié définitivement du corps des personnels navigants de l'Armée de l'Air mais, en raison de la pénurie de pilotes français, il avait été réintégré sous condition de récupérer complètement l'usage de sa jambe.

Nommé commandant opérationnel adjoint d'un ensemble hétéroclite d'avions d'armes de types et de nationalités multiples, il secondait dans ce rôle le colonel d'aviation François Montclar. Dans le but de limiter les risques d'une nouvelle intervention armée russe, il veillait au maintien en condition opérationnelle de l'assemblage invraisemblable d'avions d'armes qui s'étaient agglutinés sur l'aéroport de Mérignac en provenance d'Europe, d'Afrique du Nord, d'Ukraine. En dehors de dizaines d'avions commerciaux et de tourisme, une trentaine d'avions d'armes avaient atterri en deux semaines avant que le flux ne se tarisse.

Lorsque, pour la première fois, Lasalle avait inspecté l'aéroport, il avait eu du mal à croire ce qu'il voyait. Parqués en rangées inégales sur le périmètre aéroportuaire, gardés jour et nuit par des soldats de toutes nationalités, les avions étaient regroupés par rôle : chasseurs, bombardiers, transport, observation, hélicoptères d'attaque ou de transport...

L'aéroport était un vrai bazar aéronautique : Su-22, Mirage 2000D et C, Eurofighter, C-130, C-160, Mirage F-1, Alphajet, F-16, Hawk, Gripen, Cn-235, C-17, F-18... Il avait même aperçu un Su-27 ukrainien, version terrestre du chasseur qu'il avait affronté au-dessus des montagnes.

Mais aucun Rafale. Les forces aéronavales et aériennes opératrices du Rafale avaient été anéanties. Avec rage, Lasalle avait du admettre que les seuls Rafale en état de marche se trouvaient toujours à Saint-Dizier, abandonnés dans l'urgence à l'autre bout du pays deux mois auparavant, les corps décomposés de ses anciens collègues toujours coincés dans les cockpits fermés.

Déterminé à protéger la Zone Propre avec les moyens disponibles, il avait procédé méthodiquement, recensé les pilotes navigants et techniciens disponibles, par grade, rôle et compétences, l'état des avions, les chargements offensifs opérationnels, rarement compatibles entre avions, les besoins logistiques, regroupant les forces par rôle.

Deux escadrilles composites de défense aérienne étaient en cours de formation, chacune forte de six appareils, complétées par un petit groupe d'attaque au sol, un groupe de reconnaissance de deux appareils et un groupe de transport tactique dont l'ossature était formée par le binôme C-17/C-130. Ainsi réorganisée, la force aérienne internationale était suffisante pour contrer la plupart des agressions aériennes potentielles, Russes ou autres. Mais en cas de besoin de projection de force à distance, faute de ravitailleurs en vol, de bases terrestres sécurisées et approvisionnées en carburant, de moyens de communication fiables, la situation était critique. S'il le fallait, un plan minutieux d'envoi d'éléments de sécurisation par avion-cargo ou hélicoptères pouvait être établi mais l'empilement des risques rendait l'opération aléatoire et, plus d'une fois, Lasalle s'était réveillé en pleine nuit, le cœur cognant dans sa poitrine, espérant ne jamais avoir à organiser une telle opération.

Sur le papier, la force aérienne disponible, hétéroclite, était formidable. Dans la pratique, faute d'approvisionnement en pièces, munitions et carburant, le pilote savait qu'elle ne pourrait rester opérationnelle très longtemps. Pourtant, la certitude d'avoir un outil de défense aérienne le motivait. Il avait à cœur de la rendre opérationnelle et fiable, matériellement et humainement. C'était son nouveau métier et il le faisait avec conviction.

De son côté, après avoir livré toutes les informations qu'elle détenait, Kiyo avait été versée dans une unité de recherche médicale pour lutter contre le Fléau d'Attila en tant que Directrice Adjointe de Recherche. Sous les ordres du professeur Portugais, renommé pour ses travaux en Génétique Virale, qui avait participé à son débriefing sur le Fléau, elle veillait sur une équipe de quatre cents personnes. Ce qu'elle avait vu lui avait redonné espoir. Les moyens physiques et les ressources intellectuelles n'avaient rien à voir avec celles de Vélizy. Pour la première fois depuis longtemps, elle s'était retrouvée immergée dans un projet difficile mais crédible et avait recommencé à se projeter dans le futur. La volonté unanime des chercheurs à combattre le Fléau d'Attila pour sauver ce qui restait de l'humanité agissait comme une source permanente de motivation pour elle.

Mais, après plusieurs jours de travail, une rumeur de fond, des bruits de couloir persistants, avaient commencé à circuler.

On parlait d'une mission. Quelque chose était en préparation, en rapport avec l'Institut Mérieux de Lyon ou avec l'Extrême-Orient, le lieu présumé d'origine du Fléau d'Attila. *Peut-être les deux.* Malgré ses questions, rien de concret n'avait filtré. Un secret solide entourait les rumeurs. Elle en avait parlé avec Adrien et, ensemble, ils essayaient d'en savoir plus depuis. Sans succès.

Une mission à Lyon ? Ou en Asie ?

Pour Lasalle et Kiyo, Lyon ne pouvait signifier qu'une chose : une équipe militaire allait être chargée d'acheminer des scientifiques dans le laboratoire P4 pour y conduire les recherches médicales lourdes, seules capables de trouver une solution au Fléau, s'il en existait une. Aventure aussi folle que prometteuse si elle débouchait. Et Kiyo avait toutes les chances d'en faire partie.

Mais *l'Orient* ? La Japonaise avait émis l'hypothèse que c'était un moyen de revenir au foyer d'origine du Fléau, de se rapprocher du Patient Zéro, traquer la source, remonter vers ceux qui l'avaient mis au point, localiser les installations et dénicher sur place de quoi le combattre.

Lasalle avait écouté avec attention. Les explications se tenaient. Pourtant, il était partagé entre le désir de participer aux efforts, d'assumer ses responsabilités militaires dans l'effort et la lutte, et celui de rester avec Kiyo.

Elle avait élaboré son hypothèse à la suite des débriefings répétés avec la Présidente sur l'origine du Fléau d'Attila durant lesquels elle avait expliqué la nature chimérique artificielle et militarisée de l'agent pathogène et indiqué que *quelqu'un* était à l'origine de cette monstruosité, quelque part dans le monde.

Mais qui ? A qui profitait ce crime sans commune mesure avec ce qu'avait vécu l'humanité depuis son apparition sur terre ? Quelle était la puissance humaine suffisamment monstrueuse pour programmer l'extinction de l'espèce ? Qui pouvait avoir une telle volonté de destruction ?

La question restait entière. Comme tant d'autres.

Dans quel état était réellement le monde ? Combien y avait-il de survivants ? Où se trouvaient-ils ? Qui dirigeait les USA, la Chine, la Russie, l'Inde ? Comment faire pour unifier les survivants dans le monde pour organiser la lutte ? Etait-ce même envisageable ?

Les estimations qui circulaient variaient selon les sources entre quelques centaines de milliers et cent millions de survivants à l'échelle mondiale.

Dans le meilleur des cas, moins d'un pour cent de la population mondiale d'avant-crise. Quatre-vingt dix neuf pour cent de la population emportés par le Fléau. Encore assez pour tenter de reconstruire le monde en s'unifiant. Et en espérant également qu'une autre nation n'aurait pas les mêmes desseins funestes que la Russie.

Une mouette piailla dans le vent et fit sortir Lasalle de ses pensées. Il leva les yeux et suivit l'oiseau blanc du regard. Il filait avec grâce dans les airs, portés par le vent marin, puis s'éloigna rapidement en suivant le rivage de sable, petite tâche claire au milieu d'un univers gris.

Lasalle soupira en baissant le regard. Le ciel, la mer, le sable, les nuages. Ses pensées. Tout était gris.

Un nouvel ordre se profilait, lourd d'incertitudes et de menaces, comme ce ciel marin et tourmenté qui charriait ses amas de nuages vers les dernières côtes organisées d'Europe. Il n'y voyait aucune forme de sérénité. Tout était à réécrire.

Et pourtant, au milieu du chaos qui leur servait à présent de décor, il restait des traces d'espoir, ténues, mais réelles.

Il y avait des hommes et des femmes autour d'eux, des talents et des compétences. Des volontés. Et aucun nouveau cas d'infection au sein de la *Zone Propre* dans les trois dernières semaines. Des moyens militaires étaient disponibles sur site pour se protéger des agressions extérieures.

Les parcelles de terre disponibles étaient cultivées pour la production agricole, y compris dans les parcs urbains de Bordeaux. Les premières récoltes étaient attendues dans quelques semaines, juste avant l'automne. Un embryon d'élevage bovin était en cours de développement pour le lait et la viande.

Avec l'approche de la saison froide, les camps en tentes allaient être pliés. Un plan collectif d'occupation des bâtiments disponibles en ville et dans la périphérie était en cours d'élaboration par les services urbains. Comme tout le monde, Kiyo et Lasalle attendaient leur affectation avec impatience et excitation.

Des expéditions maritimes étaient menées quotidiennement à l'extérieur de la *Zone Propre* pour assurer l'approvisionnement en nourriture, outils, machines, essence.

Avec altruisme, les adultes avaient rassemblé les enfants survivants et une structure éducative sommaire avait été rapidement mise en place avec l'aide des personnels présents. Solène, avait rejoint les rangs des écoliers et faisait comme eux ses devoirs le soir sous la surveillance du lieutenant de vaisseau Alison Cornell lorsqu'elle n'était pas en mission. Affectée aux missions de reconnaissance profonde à l'extérieur de la *Zone Propre* pour étudier l'évolution de la situation, des infectés et des bandes itinérantes et assurer la défense de la Zone, elle avait confirmé l'affaiblissement physique progressif des infectés, vraisemblablement en raison du manque de nourriture. Mais elle avait aussi indiqué un changement d'attitude des infectés. Par manque de proies humaines, elle avait assisté à des scènes de prédation des infectés sur des animaux. Chats, chiens, vaches, cochons étaient dévorés vivants. La nouvelle avait été mal accueillie par les survivants car elle signifiait que la stratégie de survie de Kiyo par attrition alimentaire des infectés était retardée, voire démentie, par leur capacité d'adaptation, inattendue.

Et puis… et puis il y avait Kiyo.

Le fondement de son espoir. La base de son envie de vivre et de se battre. Il l'enlaça en silence.

Le vent froid finit par réveiller la douleur résiduelle de sa fracture à la jambe et l'obligea à allonger la jambe dans le sable pour la soulager. Mais la douleur tarda à passer et il décida de quitter la plage. Il se mit debout avec l'aide de Kiyo.

Soutenu par celle-ci dans sa marche, il emprunta le petit sentier qui serpentait dans le sable jusqu'à l'endroit où ils avaient déposé les vélos. Sans prévenir, son pied butta contre un obstacle et il faillit tomber. Machinalement, il se retourna vers ce qu'il avait heurté pour en déterminer la nature. Ses yeux se posèrent sur un bras en plastique qui émergeait du sable. Kiyo se baissa et tira doucement sur le petit bras, dévoilant une poupée en triste état.

Elle l'amena à hauteur de visage et ils la contemplèrent en silence. C'était une poupée bon marché, encore vêtue de ses vêtements. L'enfant qui l'avait habillée avait choisi une petite jupe à carreaux et un débardeur assorti. Malgré l'érosion du sable, la morsure du sel et la corrosion de l'eau, son visage souriant et ses yeux bleus lumineux semblaient chercher ceux de l'enfant qui l'avait abandonnée.

La tristesse submergea Lasalle sans prévenir.

Le visage de sa fille s'interposa, souriant, blond et pur. Il la vit, peluche en main, le saluant de la main lorsqu'il quittait la maison pour aller travailler. Avec une puissance insoupçonnée, les larmes montèrent à ses yeux et, malgré ses efforts, il perdit le contrôle.

Serrant la main de Kiyo, le commandant chercha dans ses yeux du réconfort mais les yeux en amandes semblaient aussi éteints que les siens et les larmes coulaient en silence sur les joues de sa compagne.

- Kiyo... La date d'aujourd'hui. C'est quoi ? demanda-t-il d'une voix faible après plusieurs minutes qui semblèrent durer des heures.

Elle essuya ses yeux d'un revers de la main avant de consulter le petit cadran de sa montre à aiguilles.

- Deux septembre, fit-elle d'une voix à peine audible. Pourquoi ?

Son cœur se serra avec une telle force qu'il crut défaillir. Les souvenirs ressurgirent violemment en une masse tourbillonnante et incontrôlable. L'image folle de sa fille virevoltait devant ses yeux, fantôme souriant et insaisissable.

Il tomba à genoux dans le sable et se prit la tête dans les mains.

- *Deux septembre...* répéta-t-il dans un souffle.

Malgré ses propres larmes et sa tristesse, Kiyo réfléchit à l'effondrement soudain de son partenaire.

A travers le brouillard de ses yeux, il réalisa qu'elle avait compris à son tour lorsqu'elle s'agenouilla dans le sable à côté de lui.

Malgré les maigres perspectives d'amélioration de la situation et les limbes d'espoir qui rythmaient leur nouvelle vie, les deux compagnons brisés venaient de réaliser que, dans le calendrier scolaire qui avait rythmé l'ancien monde, c'était le jour prévu de la rentrée des classes. Un jour de joie et de communion à présent dénué pour eux de tout autre sentiment que la souffrance.

Le couple resta longtemps immobile et ne trouva la force de se relever que lorsque les premières gouttes de pluie s'écrasèrent dans le sable.

A cet instant, la perspective de participer à la mission de combat hypothétique perdit toute importance derrière le voile de larmes qui obstrua les yeux gris de Lasalle.

L'avenir restait à écrire bien sûr, mais il y avait d'abord tant de choses à reconstruire.

A PROPOS DE L'AUTEUR

Alexandre Lang vit en Ile-de-France. Dévoré par un métier passionnant dans l'industrie aéronautique, il est marié, père d'une petite fille et maître d'un chat qui se fait attendre. Mais surtout, il a cessé, depuis longtemps, de chercher à guérir d'une maladie incurable : la passion des avions.

La suite de 'Pandémie, L'Effondrement' est actuellement en cours d'écriture. Pour en savoir plus sur le livre ou son auteur ou pour dialoguer directement avec lui, rendez-vous sur le blog : http://pandemieeffondrement.wordpress.com/

3663403R00365

Printed in Germany
by Amazon Distribution
GmbH, Leipzig